H. P. LOVECRAFT
러브크래프트 전집 5

러브크래프트 전집 5 외전 (상)

H. P. LOVECRAFT

러브크래프트 전집

5

러브크래프트 전집 5 외전 (상)

H. P. 러브크래프트 외 | 정진영 옮김

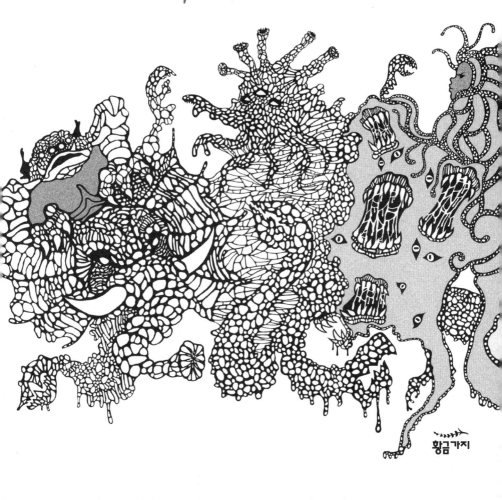

황금가지

* 인명 및 지명, 기타 명칭은 한글 맞춤법 통일안 및 외래어 표기 규정을 따랐습니다.
* 본문에 사용한 부호 및 기호의 뜻은 다음과 같습니다.

- 전집, 단행본 : 『』
- 신문, 잡지 : 《》
- 개별 작품, 단편, 영화 : 「」

* 본문 중 괄호 쳐진 작은 숫자는 개념이나 단어를 이해하기 위한 역자 주석 번호입니다. 각 단편의 끝에 주석이 있습니다.

THE HORROR IN THE MUSEUM

박물관에서의 공포

작가와 작품 노트 | 헤이즐 힐드(Hazel Heald, 1896~1961)

러브크래프트에게 교정 작업을 의뢰한 고객. 매사추세츠 주 서머빌에서 살았다. 러브크래프트는 1932년부터 1933년까지 그녀를 위하여 「석인」, 「날개 달린 죽음」, 「박물관에서의 공포」, 「영겁으로부터」, 「묘지에서의 공포」의 다섯 편을 대필에 가까운 수준으로 집필했다. 헤이즐 힐드에 대해선 거의 알려진 것이 없다.

「박물관에서의 공포」는 1932년에 완성되어, 1933년《위어드 테일스》7월 호에 실렸다. 러브크래프트는 이 작품에 대하여 "최근의 교정 작업은 거의 대필하는 수준이라서 지나간 작가 시절의 플롯 구상과 같은 문제까지 떠안게 되니 참 어렵다."라고 밝혔다. (E. 호프만 프라이스에게 보낸 편지, 1932년 10월 20일 자.) 또 다른 글에서는 "「박물관에서의 공포」는 한 고객이 너무나 빈약한 시놉시스를 가져와 부탁하기에 거절할 뻔했으니, 사실상 내가 쓴 작품이다."라고 말하기도 했다. 이 작품에는 위대한 올드원의 하나인 란-테고스가 등장하는데, 여러모로 크툴루를 연상시키는 흥미로운 신적 존재다.

「묘지에서의 공포」는 1933년 또는 1934년에 완성된 것으로 보이며, 1937년《위어드 테일스》5월 호에 실렸다. 러브크래프트가 이 작품에 대해 언급한 출처가 없어서 완성 시기를 특정하기 어렵다. 다만 1934년 이후로 헤이즐 힐드와는 별다른 작업을 하지 않은 것으로 봐서 러브크래프트가 힐드를 위해 대필한 마지막 작품으로 보인다. 분위기와 문체가 「더니치 호러」와 흡사하고, 등장인물의 이름들도 흥미롭다. 이를테면, 애클리(「어둠 속에서 속삭이는 자」), 제너스(「우주에서 온 색채」), 애트우드(『광기의 산맥』)처럼 러브크래프트의 다른 작품에 등장했던 이름들이 나온다. 그래서 러브크래프트가 자신의 작품들을 패러디한 것은 아닐까 궁금증을 갖게 만든다.

「석인」은 1932년에 완성되어, 같은 해《원더 스토리스》10월 호에 실렸다. 러브크래프트가 힐드와 작업한 작품 중에 첫 번째에 해당한다. 힐드는 1944년에 덜레스에게 보낸 편지에서 "러브크래프트가 다른 작품과 마찬가지로 이 단편도 도와줬어요. 사실 러브크래프트가 문단마다 다시 쓴 셈이에요. 문단 하나하나 평가를 하면서 옆에 표시를 하고선 자기 마음에 들 때까지 고치라고 했거든요."라고 밝혔다. 러브크래프트가 힐드의 초안을 수정하다가 나중에는 힐드의 플롯만 채택하여 본문 전체를 다시 썼다는 설이 유력하다.

「영겁으로부터」는 1933년에 완성되어, 1935년 《위어드 테일스》 4월 호에 실렸다. 러브크래프트는 1935년 R.H. 발로에게 보낸 편지에서 "「영겁으로부터」는 내 작품으로 간주해도 무방하네. 이 여성 작가(헤이즐 힐드)가 제공한 것이라고는 고대 미라가 살아 있는 뇌를 지니고 있다는 아이디어 하나뿐이니까."라고 밝혔다. 또 다른 글에서는 "「영겁으로부터」에 대해 말하자면, 내가 손을 댔다고 말해야겠다. 내가 그 작품을 썼다."라는 대목이 있다. 이 작품은 러브크래프트의 초기 던세이니풍 분위기와 후기 크툴루 신화의 요소들이 결합되어 힐드를 위해 쓴 대필작 중에서 가장 뛰어나다는 평가를 받기도 한다.

「날개 달린 죽음」은 러브크래프트가 대필한 작품으로 1932년에 완성되어, 1934년 《위어드 테일스》 3월 호에 실렸다. 러브크래프트는 이 작품을 집필 중이었던 것으로 보이는 1932년 여름에 덜레스에게 보낸 편지에서 이렇게 적고 있다. "내 의뢰인 중 한 명이 며칠 전에 황당한 일을 당했네. 내가 아주 독창적이라고 생각하여 작품에 삽입했던 대목 때문에 벌어진 일이지. 이 작품을 해리 베이츠(《스트레인지 테일스》의 편집장)에게 보냈는데, 문제의 대목(그러니까 곤충이 스스로 잉크에 몸을 적시고 흰 표면에 글을 쓴다는 대목)이 이미 다른 작품의 핵심적인 장면이라는 이유로 거절당한 걸세. 이게 대체 뭐지! 내가 생각하기엔 완전히 새롭고 독특한 아이디어였는데 말이야." 나중에 이 작품이 《위어드 테일스》에 발표된 후에 러브크래프트는 "「날개 달린 죽음」은 그리 흥분할 만한 작품은 아니다. (중략) 내가 대략 90퍼센트 내지 95퍼센트를 쓴 것 같다."라고 밝혔다.

I

처음에 스티븐 존스가 로저스 박물관을 찾게 된 것은 시시한 호기심 때문이었다. 강 건너 사우스워크 거리의 요상한 지하실에 마담 투소의 가장 섬뜩한 인형보다도 훨씬 더 무시무시한 밀랍 인형들이 있다는 누군가의 말을 듣고, 4월의 어느 날에 얼마나 실망스러울까 확인이나 할 겸 어슬렁어슬렁 그곳에 들어갔던 것이다. 뜻밖에도 그는 실망하지 않았다. 그곳엔 색다르고 독특한 뭔가가 있었다. 물론, 일반적이고 진부한 피투성이, 이를테면 랑드뤼[1], 크리펜 박사[2], 마담 데미어, 리치오[3], 레이디 제인 그레이[4]를 비롯해 전쟁과 혁명에 훼손된 무수한 희생자가 있었고, 질 드레와 마르키 드사드 같은 괴물들도 있었다. 그러나 그의 호흡을 빠르게 만들고 폐관을 알리는 벨 소리가 들릴 때까지 거기 머물게 만든, 다른 것들도 있었다. 이런 전시물을 만든 사람이 평범한 협잡꾼일 리 없었다. 이 전시물의 일부에는 상상력 — 심지어 병든 천재의 그것에 버금가는 — 이 있었다.

나중에 그는 조지 로저스에 관해 알게 되었다. 투소의 직원으로 일하다가 어떤 문제 때문에 해고를 당했다고 한다. 그의 정신 상태에 대해 악의적인 비방이 있고, 정신 나간 비밀 의식을 치른다는 얘기도 있다. 나중에 직접 차린 지하 박물관이 성공을 거두면서 일부 비난의 각이 무뎌진 반면, 다른 잠재적인 비난의 각은 더 날카로워졌다. 악몽의 기형학과 도상학이 그의 취미였기 때문이다. 하지만 그는 성인 전용의 구석 전시실에 있는 최악의 밀랍 인형 일부를 가려놓는 신중함은 있었다. 존스를 푹 빠져들게 한 것이 바로 이 구석 전시실이었다. 이곳엔 오로지 상상으로만 가능하고, 기막힌 재주로 만들어져 진짜 살아 있는 것처럼 색칠된 혼성물들이 있었다.

일부는 잘 알려진 신화의 ─ 고르곤, 키메라, 용, 키클롭스 유의 오싹한 ─ 존재들이었다. 또 어떤 것은 더욱 음산하고 은밀한 속삭임으로 떠도는 지하의 전설을 토대로 하고 있었다. 무정형의 검은 차토구아[5], 많은 촉수가 달린 크툴루, 주둥이가 비죽 나온 샤우그너 판[6], 『네크로노미콘』, 『에이본의 서』 혹은 본 준츠의 『비밀 의식』 같은 금서에서 나온 불경한 존재들이 그랬다. 그러나 가장 무시무시한 형태는 순전히 로저스 본인의 독창성으로 만들어진 것으로, 기존의 어떤 이야기에서도 암시조차 하지 않은 것들을 표현하고 있었다. 그중 몇 개는 우리가 아는 유기체의 모습을 섬뜩하게 패러디한 것이었고, 다른 행성과 다른 은하에 관한 과잉된 꿈에서 나온 것으로 보이는 형태들도 있었다. 클라크 애슈턴 스미스의 퍽 난폭한 그림들에서는 살짝 보여줄 법한 것도 있었다. 그러나 거대한 크기와 소름 끼치도록 노련한 장인의 손길, 게다가 전시 공간의 사악하리만큼 영리한 조명에 의해 빚어진 신랄하고 역겨운 공포의 효과만은 그 누구도 모방할 수 없었다.

스티브 존스는 예술 분야의 괴기성을 한가로이 즐기는 감식가답게, 천장이 둥근 이 박물관의 뒤쪽에 있는 지저분한 사무실 겸 작업실로 로저스를 직접 찾아갔다. 숨겨진 자갈 안마당과 같은 높이의 수평 벽돌담에 가로로 틈처럼 나 있는 지저분한 창문으로 빛이 희미하게 들어오는, 음흉한 느낌의 소굴. 이곳에서 인형들을 수리하고, 일부는 직접 제작하기도 했다. 밀랍으로 만든 팔다리와 머리, 몸통이 여러 종류의 벤치에 기괴하게 놓여 있었고, 높은 층층이 선반마다 헝클어진 가발과 살벌한 이빨, 빤한 시선의 반질반질한 눈알들이 뒤죽박죽 흩어져 있었다. 고리에 걸려 있는 별별 의상들, 한쪽 구석에 쌓여 있는 엄청난 양의 살색 밀랍 덩어리, 선반에 가득한 온갖 종류의 페인트 통과 붓. 방 한복판에는 주형 작업용 밀랍을 준비하는 대형 용광로가 있었다. 용광로의 화실(火室) 위에 경첩이 달린 커다란 쇠 용기가 놓여 있는데, 손가락 하나로 살짝 조작하기만 해도 이 용기에 달린 관을 통해서 녹은 밀랍이 쏟아져 나왔다.

그 밖에 이 음산한 지하실에 있는 것들은 설명하기가 녹록지 않았다. 이를테면 수상쩍은 부품들은 환각의 유령처럼 생긴 완제품에서 분리된 것들이었다. 한쪽 벽에 있는 육중한 판자문은 대개 잠겨 있었고, 자물쇠에 아주 독특한 문양이 새겨져 있었다. 한때 무시무시한 『네크로노미콘』을 읽어봤던 존스는 그 자물쇠의 문양을 알아보고 자기도 모르게 부르르 떨었다. 틀림없이 이 박물관의 흥행사는 음산한 어둠의 학문에 놀라울 정도로 박식하다는 생각이 들었다.

로저스와의 대화도 나쁘지 않았다. 다소 지저분한 행색의 로저스는 키가 크고 마른 남자였다. 평소 수염으로 덥수룩하고 창백한 얼굴에선 크고 검은 눈동자가 상대를 이글거리듯 응시하고 있었다. 그는 존스의 갑작스러운 방문에 화를 내기는커녕 일의 부담에서 벗어나 재밌는 사람을 상대하게 되어 반색하는 것 같았다. 유난히 굵게 울리는 목소리에서 억누르고 있는 격정 같은 것이 전해졌다. 존스가 보기에, 많은 사람들이 로저스를 미쳤다고 여기는 것도 이상하지 않았다.

방문이 이어지면서 — 몇 주가 지나자 이런 방문은 습관이 되었고 — 존스는 더욱더 로저스가 솔직하고 믿을 만한 사람임을 알게 되었다. 처음에는 로저스라는 사람에게서 느껴지던 이상한 종교와 의식의 흔적이 나중에는 허무맹랑한 우스개처럼 들리는 — 몇 장의 증거 사진이 있긴 했으나 — 얘기로 확대되었다. 진정한 광기의 이야기가 맨 처음 등장한 건, 존스가 괜찮은 위스키 한 병을 가져와 로저스에게 자꾸 권했던 6월의 어느 밤이었다. 그 전에도 황당한 얘기들, 이를테면 티베트와 아프리카 오지, 아라비아 사막, 아마존 계곡, 알래스카, 남태평양의 거의 알려지지 않은 섬들을 다녀온 신비한 여행담을 비롯하여 인간 세계 외부의 사악한 렝 고원에서 전해진다는 미완의 『프나코틱 필사본』과 『도울 영창[7]』 같은 기괴하고 허구에 가까운 책들을 읽었다는 주장이 있었으나, 위스키의 취기에 사로잡힌 그 6월의 밤처럼 확실하게 미친 이야기는 여태 없었다.

직설하면, 로저스는 자연계에서 전대미문의 뭔가를 발견하여 그 증거를 가져왔다고 어딘지 허세처럼 떠벌리기 시작했다. 술에 취한 그의 장광설에 따르면, 그는 불가해한 원시의 책들을 세상 누구보다 더 많이 해독해 냈고, 그 결과 이상한 생존자들이 숨어 있는 오지 몇 곳을 직접 찾아갔다. 그 생존자들은 인류보다 앞서 오랜 세월과 생명 주기에서 살아남았고, 일부는 다른 차원과 다른 세계에 연결되어 인류 이전의 잊힌 시대와 교류를 하는 예가 빈번했다. 존스는 로저스의 상상력에 놀랐고,

그의 정신 상태를 적이 의심했다. 마담 투소 박물관의 병적이고 기괴한 환경에서 일하면서 상상력의 비약이 시작된 것일까, 아니면 그런 상상력을 선천적으로 타고나서 그 일부가 직업을 선택하는 데 영향을 미친 것일까? 아무튼 이 남자의 직업은 자신의 생각과 매우 긴밀하게 연결되어 있었다. 가려놓은 '성인 전용' 전시실만 해도 무시무시한 괴물에 관한 그의 가장 음산한 암시가 역력했다.

이런 무책임한 주장에 솔직하게 회의를 드러내고 한낱 오락거리로 받아들인 존스의 태도가 점점 돈독해지던 둘 사이의 호감을 깬 원인이었다. 로저스의 입장에서는 제법 진지했던 모양이다. 왜냐하면 언제부턴가 부루퉁하고 발끈해진 그가 존스의 세련되고 자기 만족적인 의심의 벽을 깨버리겠다는 끈질긴 목적 하나로 꾹 참고 있었기 때문이다. 그래서 이름 없는 태고의 신들을 숭배하는 의식과 제물에 관한 황당한 얘기와 암시 들을 계속하면서, 가끔씩 존스를 이끌고 구석진 칸막이 전시실의 섬뜩하고 불경한 전시물 앞으로 데려가 가장 뛰어난 인간의 솜씨로도 완벽하게 재현하기 어려운 특징들을 가리키곤 했다. 존스는 이 전시관에 푹 빠져서 로저스가 더는 자신을 존중하지 않는다는 것을 알면서도 발길을 끊지 않았다. 이따금씩 미친 암시나 주장에 동조하는 척하면서 로저스의 비위를 맞추려고도 노력했으나, 이 말라깽이 흥행사는 그런 꼼수에 넘어가지 않았다.

9월 말에 긴장감이 고조되었다. 존스가 평소처럼 박물관에 들러 이제는 퍽 익숙해진 괴기물 사이의 희미한 통로를 어슬렁거리던 어느 오후, 로저스의 작업실 방향에서 아주 이상한 소리가 들려왔다. 다른 사람들도 그 소리를 들었고, 지하실의 거대한 궁륭 천장을 따라 메아리가 울리는 동안 모두 불안한 기색을 보였다. 직원 세 명이 서로 이상한 눈길을 주고받았다. 그중에 외국인처럼 보이는 한 명, 그러니까 수선을 담당하면서 설계 조수로서 로저스를 보좌하던 과묵하고 음험한 사람이 미소를 지었다. 그런데 그의 미소를 본 동료들이 당황하는 것 같았고, 존스의 감수성에도 몹시 거슬렸다. 그것은 개가 캥캥 짖거나 우는, 극도의 공포와 고통 속에서만 가능한 그런 소리였다. 너무도 고통스러워 날뛰는 소리가 듣기 섬뜩했다. 게다가 그곳이 괴기스럽고 기형적인 환경이다 보니 그 섬뜩함이 배가되었다. 존스는 이 전시관에 개를 데리고 입장할 수 없다는 점을 떠올렸다.

그가 작업실 문 쪽으로 걸음을 옮기려는데 음흉한 인상의 직원이 말과 손짓으로 그를 제지했다. 이 직원은 미안해하면서도 어딘지 빈정거리는 투로 상냥하게 말했다. 로저스 씨는 지금 외출 중이며, 자신이 없는 동안 사무실에 아무도 들여보내지 말라고 지시했다는 것이다. 그리고 저 시끄러운 소리는 전시관 뒤쪽 마당에서 들려오는 것이 틀림없다고 했다. 인근에 떠돌이 개들이 널려 있고, 종종 저들끼리 싸우는 소리가 아주 시끄럽다고 했다. 전시관 내부에는 개가 없다고 했다. 그래도 존스 씨가 로저스 씨를 꼭 만나야겠다면, 폐관 직전에는 가능할 것 같다고 덧붙였다.

그래서 낡은 돌계단을 올라 밖으로 나온 존스는 지저분한 주변을 흥미롭게 살펴보았다. 기울고 낡은 건물 — 한때는 주거지역이었으나 지금은 대부분 상점과 창고로 쓰이는 — 들은 정말이지 오래된 것이었다. 박공 양식의 일부 건물은 튜더 시대에 지어진 것 같았고, 주변 어디나 희미하지만 유독한 악취가 스며들어 있었다. 지하 전시관이 있는 음침한 건물 옆에 검은 자갈이 깔린 통로가 있었다. 존스는 작업실 뒤에 있다는 마당을 보고 개 소리의 정체를 밝히면 마음이 좀 더 편해질까 싶어서 그 통로로 들어섰다. 저물어가는 햇빛 아래서 어둠침침한 마당은 뒷담으로 에워싸여 있었고, 거리에 면한 낡고 불쾌한 건물들의 정면보다도 훨씬 더 추하고 왠지 모르게 위협적이기까지 했다. 개는 그림자도 보이지 않았다. 존스는 그토록 광적인 소동이 어떻게 금세 잠잠해졌을까 의아했다.

직원이 전시관에 개는 없다고 말했음에도 존스는 지하 작업실의 조그만 창문 세 개를 초조히 힐끔거렸다. 풀이 무성한 지면 가까이 수평으로 난 좁은 직사각형의 창문들은 더러운 창틀에 끼워져, 죽은 물고기의 눈처럼 불쾌하고 무심해 보였다. 창문 맨 왼쪽의 낡은 계단은 칙칙하고 육중한 문으로 이어져 있었다. 존스는 충동에 이끌려서 축축한 자갈에 납작 웅크리고 혹시나 창문에 두터운 초록색 커튼이 쳐져 있는지 살폈다. 유리 바깥 면에 두껍게 낀 먼지를 손수건으로 닦아내고 보니, 커튼은 쳐져 있지 않았다.

지하실 내부가 워낙 컴컴해서 창문을 이리저리 옮겨가며 살펴보아도 간간이 기괴한 작업 도구들이 유령처럼 스쳐 가는 정도였다. 처음엔 안에 아무도 없는 것 같았다. 그런데 맨 오른쪽 창문 ─ 통로 쪽에서 가장 가까운 창문 ─ 을 자세히 들여다보자, 한쪽 구석에서 빛이 보였다. 존스는 어리둥절해졌다. 그쪽에 불이 켜져 있는 이유를 알 수 없었다. 지하실 구석 쪽인 그 위치에 가스등이나 전기 장치가 있었는지 기억나지 않았다. 다시 살펴보니, 빛이 세로 방향의 커다란 직사각형 형태여서 그의 뇌리에 퍼뜩 스치는 것이 있었다. 그곳은 아주 커다란 자물쇠, 그러니까 금지된 고대 마법서의 단편적인 기록에 나오는 섬뜩한 비밀 상징이 투박하게 새겨져 있는 자물쇠로 육중한 판자문이 잠겨 있었다. 그리고 불빛은 그 문의 안쪽에서 나왔다. 그 문이 어디로 나 있는지 또 그 너머에 무엇이 있는지 예전에 궁금해했던 부분들이 새삼 몇 배의 불안감과 함께 떠올랐다.

존스가 그 음침한 주변을 정처 없이 돌아다니다가 로저스를 만나기 위해 박물관을 다시 찾은 시간은 6시 직전이었다. 왜 그리도 로저스를 만나고 싶어 하는지 당시에는 자신도 딱히 이유를 알지 못했으나, 오후에 들려온 정체 모를 개의 섬뜩한 울부짖음과 평소에는 육중한 맹꽁이 자물쇠로 잠겨 있던 작업실 내부의 문에서 비친 꺼림칙한 불빛 때문에 잠재적인 불안감을 느끼고 있었던 게 분명했다. 전시관에 도착했을 때, 직원들은 마침 퇴근을 하고 있었다. 오라보나 — 외국인처럼 생긴 검은 피부의 직원 — 가 웃음을 참으며 음흉하게 존스를 쳐다보는 것 같았다. 그 친구가 자신의 고용주까지 종종 그런 눈빛으로 쳐다본다고 해도 존스는 그 표정이 마음에 들지 않았다.

천장이 아치로 된 전시관은 폐관의 분위기로 으스스했으나 존스는 빠른 걸음으로 실내를 가로질러 사무실 겸 작업실의 문을 두드렸다. 안에서 인기척이 들려왔으나 문은 쉽게 열리지 않았다. 두 번째 노크를 했을 때 잠금장치가 덜컥거리고 낡은 여섯 틀 양판문[8]이 마지못해 삐꺼덕거리며 열리더니, 조지 로저스의 지저분한 몰골과 열뜬 눈동자가 나타났다. 첫눈에 봐도 이 흥행사의 모습은 평소와는 사뭇 달랐다. 망설임과 진심으로 반기는 감정이 이상하게 뒤섞여 있었고, 곧바로 가장 섬뜩하고 터무니없는 장광설을 쏟아내기 시작했다.

생존하는 태고의 신들이니, 형언할 수 없는 희생제니 뭐니, 성인 전용 전시물의 일부는 단순히 인공적으로 만든 것 그 이상이라는 등등, 모두 여느 때처럼 허풍이었으나 말투에서 유난히 자신감이 넘쳤다. 존스는 이 불쌍한 인간의 광증이 더 심해지고 있구나 확신했다. 가끔씩 로저스는 묵직한 맹꽁이자물쇠로 잠겨 있는 구석 자리의 문과 거기서 멀지 않은 바닥의 올 굵은 삼베 천을 힐끔거렸다. 삼베 천 밑에 작은 물체가 놓여 있는 것 같았다. 존스는 시간이 갈수록 불안해졌고, 얼마 전까지 물어보고 싶어서 안달했던 그날 오후의 이상한 일에 대해 말을 하기가 망설여지기 시작했다.

로저스는 음산하게 울리는 저음으로 열띤 장광설을 쏟아내느라 거의 목이 쉬어 있었다.

"기억하시오?" 그가 소리쳤다. "초-초[9]가 살았던 인도차이나의 폐허 도시에 대해 내가 했던 말. 당신도 사진들을 보고 내가 거기 갔었다는 걸 인정할 수밖에 없었지. 물론 어둠 속에서 헤엄치는 저 타원형의 괴물을 내가 밀랍으로 만들어냈다고 생각하겠지만 말이오. 만약 당신도 나처럼 지하의 웅덩이에서 꿈틀거리는 저걸 봤더라면…….

흠, 이번엔 훨씬 더 크지. 이러쿵저러쿵하는 소리를 듣기 전에 후반 작업을 마무리하고 싶어서 지금까지 당신한테 비밀로 하고 있었소. 당신도 사진들을 봤으니 그 장소가 가짜가 아니라는 건 알 거요. 그리고 저것이 내가 밀랍으로 만들어낸 상상이 아니라는 걸 입증할 만한 방법이 또 있을 것 같소. 당신은 지금까지 저걸 한 번도 보지 못했소. 실험을 하느라 저걸 전시할 수 없었으니까."

이 흥행사는 맹꽁이자물쇠로 채워진 문을 이상한 눈초리로 힐끔거렸다.

"이 모든 것이 전부 미완의 『프나코틱 필사본』 제8장에 있는 고대의 제식에 나오죠. 그 내용을 이해하게 되었을 때, 그 의미가 딱 하나라는 걸 알게 되었소. 로마르 땅이 있기 전, 그러니까 인류가 출현하기 전, 북쪽에 괴물들이 있었소. 저게 바로 그중에 하나요. 모턴 요새에서 노아

턱 강을 따라 올라가는 알래스카 대장정이 필요했지만, 그 괴물은 예상대로 거기 있었소. 거대한 거석의 광대한 폐허. 기대한 것보다는 남아 있는 수가 적었지만, 300만 년이 지난 지금에 와서 무엇을 기대할 수 있겠소? 에스키모 전설이 다 올바른 안내서는 아니지 않소? 우리와 함께 가겠다고 나서는 비렁뱅이 하나 없어서 미국인들을 모으러 놈[10]까지 썰매를 타고 되돌아가야 했소. 오라보나는 그 추운 기후에 힘겨워했소. 춥다고 인상을 쓰면서 넌더리를 냈으니까.

우리가 그것을 어떻게 발견했는지는 나중에 말하리다. 중심 폐허의 탑문들에서 얼음을 폭파하고 보니, 예상과 정확히 일치하는 계단이 있었소. 조각 일부가 아직 남아 있었고. 양키들이 우릴 따라 들어올까 봐 걱정할 필요도 없었소. 오라보나는 사시나무처럼 떨더군. 지금 여기선 거들먹거리며 오만방자하게 굴고 있지만, 거기서는 상상도 할 수 없는 모습이었소. 태고의 전설을 많이 알고 있었으니 무서워할 만도 했지요. 햇빛은 사라졌으나 손전등으로도 충분했소. 우리보다 먼저 ─ 기후가 따뜻했던 머나먼 과거에 ─ 왔던 자들의 뼈를 보았소. 그중에는 당신이 상상도 할 수 없는 생물체의 뼈도 있었소. 지하 3층에서 상아 왕좌를 발견했는데, 그 왕좌의 흔적만으로도 많은 것을 알 수 있었소. 왕좌가 텅 비어 있진 않았다 이 말이오.

왕좌에 앉아 있던 그것은 움직이지 않았소. 우리는 곧 그것이 제물을 원한다는 걸 알았소. 하지만 당장은 그것을 깨우고 싶지 않았소. 일단은 런던으로 가져가는 것이 더 현명했으니까. 오라보나와 나는 밖에서 큰 상자를 가져와 그것을 담았지만 세 계단도 들고 올라갈 수 없었소. 사람에 맞춰서 만든 계단이라고 하기엔 너무 커서 힘들었소. 어쨌든, 상자만 해도 더럽게 무거웠소. 그래서 미국인들에게 상자를 가지러 내려오라고 했소. 그들은 별 망설임 없이 지하로 내려왔으나, 진짜 무서운 것은 물론 상자 안에 안전하게 담겨 있었지요. 상자에 조각품을 한 무더기 담았다고 말했소. 고고학 유물들이라고. 미국인들은 왕좌를 보고 나서 우리의 말을 믿었소. 그들이 숨겨진 보물을 떠올리고 공평하게 나누자고 요구하지 않은 게 이상했소. 놈 인근에 떠도는 소문들을 들었던 게 분명하오. 그래도 녀석들이 그곳에 다시 가서 그 상아 왕좌를 넘보지 않았을까 의심은 하고 있소."

　로저스가 말을 멈추고 책상을 뒤적이더니 큼지막한 사진이 든 봉투를 집어 들었다. 봉투에서 사진 한 장을 꺼내 자기 앞에 뒤집어놓고는 나머지를 존스에게 건넸다. 사진의 배경이 정말이지 기이했다. 얼음으로 뒤덮인 산, 개썰매, 모피를 입은 사람들 그리고 설원 속 거대한 폐허. 기상천외한 윤곽과 거대한 석조물의 이 폐허에 대해 마땅히 설명할 방법이 없었다. 한 장의 사진에는 어마어마한 내부 공간과 사람을 위해 만들었다고 하기엔 터무니없이 크고 기묘한 왕좌가 플래시 조명 아래 드러나 있었다. 거대한 석조물 — 벽이 높고 천장이 독특한 아치를 이루는 — 에 새겨진 조각들이 가장 많이 눈에 띄었고, 불온한 전설에서나 음산하게 인용되는 아주 생소한 문양과 특정한 상형문자들도 있었다. 지금 맹꽁이자물쇠로 잠겨 있는 판자문 위쪽에 그려져 있는, 섬뜩한 상징과 똑같은 것이 사진 속 왕좌의 위쪽에 어렴풋이 보였다. 존스는 불안하게 판자문을 힐끔거렸다. 확실히 로저스는 여러 번 이상한 장소에 가서 이상한 것들을 본 것 같았다. 하지만 이 황당한 지하의 내부 사진은 아주 교묘한 무대장치를 꾸미고 촬영한 가짜일 가능성이 컸다. 너무 쉽게 믿어서는 안 되는 법이다. 그래도 로저스는 계속 말했다.

　"음, 우리는 놈에서 상자를 배에 실어 런던까지 무사히 가져왔소. 기회를 놓치지 않고 뭐라도 가지고 돌아온 건 그때가 처음이었소. 그걸 전시하진 않았소. 그것을 위해 해야 할 좀 더 중요한 일이 있었으니까. 제물을 바쳐야 했소. 그것은 신이었으니까. 물론 그것이 예전에 가질 수 있었던 제물 같은 건 구할 수 없었소. 그런 건 지금 없으니까. 하지만 다른 걸로 대신할 수는 있었소. 피는 곧 생명이니까. 인간이나 짐승의 피를 적절한 조건에 맞춰 바친다면 심지어 인류보다 오래된 여우원숭이와 4원소의 정령들까지 불러올 수 있지."

로저스의 표정이 점점 더 불안하고 기분 나빠서 존스는 의자에 앉아 안절부절 어쩔 줄 몰라 했다. 방문객의 불안을 알아챈 로저스는 더욱 사악한 미소를 머금고 말을 이어갔다.

"그것을 입수한 게 작년, 나는 그때부터 줄곧 제식을 치르고 제물을 바치려고 노력해 왔소. 오라보나는 그것을 깨우길 원치 않았기에 별 도움이 되지 않았소. 그것을 싫어했지. 그것이 깨어나면 무슨 일이 벌어질지 몰라 무서웠기 때문일 거요. 녀석은 자신을 보호한답시고 늘 권총을 지니고 다니는데, 인간의 무기로 그것과 상대할 수 있다니, 멍청한 놈! 총을 빼 들기만 해봐라. 목을 비틀어버릴 테니까. 녀석은 나더러 그것을 죽여서 인형을 만들라고 하더이다. 하지만 내게도 다 계획이 있었지. 오라보나 같은 겁쟁이와 존스 당신처럼 비웃기나 하는 회의론자들이 뭐라고 해도 나는 곧 해내고 말 거요! 나는 영창을 읊어 제식을 치르고 제물을 바쳐왔소. 드디어 지난주에 변화의 조짐이 있었소. 그것이 제물을 받아들이고 좋아하더라 이거요!"

로저스가 입맛을 다시는 동안, 존스는 거북한 자세로 굳어 있었다. 로저스는 말을 멈추고 일어서더니 지금까지 자꾸 힐끔거리던 삼베 천 쪽으로 걸어갔다. 그러고는 몸을 숙이고 삼베 천의 한쪽 끝을 잡으면서 말했다.

"당신은 지금까지 내 작품들을 보고 비웃어왔소. 이제 당신이 진실을 알 때가 됐소. 오라보나가 그러던데, 당신이 오늘 오후에 이 주변에서 개의 울부짖음을 들었다지요. 무슨 일이었는지 알고 있소?"

존스는 흠칫 놀랐다. 너무도 궁금하고 알고 싶었던 문제건만 이제는 아무래도 좋았고 그저 밖으로 나가고만 싶었다. 그러나 로저스는 냉혹하게도 삼베 천을 들어 올리기 시작했다. 그 밑에 짓뭉개져서 형태를 거의 알아볼 수 없는 덩어리 하나가 나타났다. 존스는 그것의 정체를 서서히 가늠하고 있었다. 살아 있는 생물이었을 그것은 뭔가에 의해 묵사발이 나고 수없이 구멍이 뚫린 채 징그럽고 흐물흐물한 덩어리가 될 때까지 피를 빨렸던 것 같았다. 잠시 후에 존스는 그 생물의 정체를 깨달았다. 그것은 개의 사체가 틀림없었다. 아마도 몸집이 꽤 크고 흰색이었을 것이다. 너무도 끔찍하게 변한 상태라 원래 어떤 종이었는지는 알 수 없었다. 털은 대부분 강산(強酸) 같은 것으로 타버렸고, 드러난 살가죽은 무수한 원형의 상처 혹은 칼자국으로 가득했다. 도대체 어떤 고문을 가했기에 저리 됐을까. 짐작도 가지 않았다.

존스는 치솟는 역겨움과 혐오감에 소리를 지르며 벌떡 일어섰다.

"이 역겨운 사디스트, 미친놈. 이따위 짓을 하고도 모자라 감히 나처럼 점잖은 사람한테 자랑이냐!"

로저스는 표독하게 코웃음을 치면서 삼베 천을 떨어뜨리고 자신을 향해 다가오는 존스를 마주 보았다. 그의 목소리는 이상할 정도로 차분했다.

"허허, 멍청하긴, 내가 이랬다고 생각하시오? 편협한 인간의 관점에서 보면 아름답지 않은 결과라는 걸 인정한다고 칩시다. 그래서요? 그것은 인간이 아니고 그렇게 보이려고 하지도 않소. 제물을 바치는 건 존경을 표현하는 것에 불과하오. 내가 이 개를 그것에게 주었소. 그다음 벌어진 일은 내가 아니라 그것의 소행이오. 그것은 제물을 섭취할 필요가 있었고 자신만의 방식으로 그렇게 한 거요. 자, 그것이 어떻게 생겼는지 보여주리다."

존스가 멈칫 서 있는 동안, 로저스는 책상으로 돌아와 뒤집어놓았던 사진을 집어 들었다. 그는 묘한 표정으로 사진을 내밀었다. 존스는 거의 반사적으로 사진을 받아 들고 흘깃 쳐다보았다. 곧 존스의 눈빛은 예리하게 사진 속으로 빨려 들어갔다. 피사체의 엄청난 마력은 최면 효과와도 같은 힘을 지니고 있었다. 사진 속의 섬뜩한 악몽을 실물로 구현하는 데 있어서 로저스는 그 자신의 능력까지도 초월한 것 같았다. 그 괴물은 완벽하고 악마적인 천재성에 의해 빚어진 작품이었다. 이것이 전시된다면 사람들이 어떻게 반응할지 자못 궁금해졌다. 이렇게 섬뜩한 괴물은 존재하지, 아니 상상하지도 말아야 했다. 그런데 그것은 자신을 만든 사람의 정신을 이미 완전한 혼란에 빠뜨렸고, 야만적인 희생제로 숭배하게까지 만들었다. 이 불경한 괴물이 오싹하고 색다른 실물의 형태라는 — 혹은 한때 그랬었다는 — 불길한 암시를 떨쳐버릴 수 있는 건 오로지 견고한 이성뿐이었다.

사진 속의 괴물은 다른 기묘한 사진 속에 등장했던, 기괴한 왕좌를 교묘하게 모방해 만든 것으로 보이는 물체 위에 쪼그려 앉은 것 같기도 했고 균형을 잡고 있는 것 같기도 했다. 일반적인 어휘로는 이 괴물을 설명하기란 불가능했다. 정상적인 인간의 상상력으로는 이 괴물과 대충이나마 비슷한 형태를 떠올릴 수 없었기 때문이다. 확실치는 않아도 지구의 척추동물과 얼추 관련이 있는 뭔가를 표현한 것 같았다. 덩치가 거대했다. 쪼그려 앉아 있는데도 옆에 보이는 오라보나보다 거의 두 배나 컸기 때문이다. 자세히 살펴보니, 고등 척추동물의 형태적 특징과 유사한 흔적도 있는 것 같았다.

상반신은 거의 공처럼 둥그스름했고, 여섯 개의 길고 구불구불한 다리가 달려 있었다. 다리 끝은 게의 집게발 같은 형태였다. 몸의 맨 위에는 보조적인 구체 하나가 기포처럼 앞쪽으로 불거져 있었다. 이 구체에는 빤히 노려보는 삼각형의 물고기 눈알 같은 것이 세 개, 유연해 보이는 30센티미터 길이의 주둥이, 아가미와 유사하게 확장된 측면 조직이 있어서 머리 부분임을 암시하고 있었다. 몸통 대부분이 처음에는 털로 덮여 있는 것 같았으나 더 자세히 살펴본 결과, 거무스름하고 가는 촉수 아니면 흡수관이 빽빽이 나 있었고, 각각의 끝마다 입이 달려 있어서 독사의 머리를 보고 있는 느낌이 들었다. 머리 위와 주둥이 아래의 촉수들은 좀 더 길고 두꺼워 보였고, 메두사의 뱀 머리칼처럼 나선형의 줄무늬가 나 있었다. 이런 괴물에게 표정이 있다니 역설적이었다. 존스는 삼각형의 불룩한 물고기 눈알과 비스듬한 주둥이에서 지구 혹은 이 태양계의 감정과는 다른 것이 섞여 있는, 그래서 인간으로서는 이해할 수 없는 증오와 탐욕 그리고 완전한 잔인성을 느꼈다. 로저스가 이 야만적인 기형 속에 자신의 악랄한 광기와 무시무시한 조각술의 천재성을 남김없이 쏟아부은 것 같았다. 정말이지 믿기 어려웠으나, 사진은 이 괴물의 실존을 입증하고 있었다.

존스의 골몰한 생각을 방해한 것은 로저스의 목소리였다.

"자, 어떻소? 저 개를 짓뭉개고 100만 개의 입으로 쪽쪽 빨아 먹은 게 뭘 것 같소? 그것이 영양분을 원한 거요. 더 원하고 있소. 그것은 신이고, 나는 후대에 그것을 섬기는 최초의 사제인 셈이오. 이야! 슈브-니구라스[11]! 천 마리의 새끼를 거느린 염소!"

존스는 혐오와 연민 속에서 그 사진을 밑으로 치웠다.

"이봐요, 로저스. 이건 아닙니다. 알다시피 한계가 있기 마련이죠. 걸작인 건 맞지만 그 이상은 아닙니다. 당신에게 좋을 것 같지 않군요. 다시는 보지 않는 게 좋겠어요. 오라보나에게 부수라고 하고, 잊어버리세요. 그리고 이 고약한 사진도 내가 찢어버리지요."

로저스가 코웃음을 치면서 그 사진을 낚아채더니 책상에 도로 올려놓았다.

"멍청하기는. 아직도 이게 다 사기라고 생각하다니! 아직도 내가 그것을 만들었다고 생각하는 거로군. 아직도 내 작품들이 그저 생명 없는 밀랍 덩어리라고 생각하는 거야! 흥, 지랄하네! 당신은 밀랍 덩어리보다도 더 형편없는 살덩어리야. 하지만 내가 이번에는 증명해 냈으니까 나중에 알게 될걸! 그것이 제물을 취하고 쉬는 중이니 지금 당장은 곤란하니 나중을 기약하자고. 아무렴, 그때는 당신도 그것의 힘을 의심하지 못할 거야."

로저스가 맹꽁이자물쇠 달린 판자문을 힐끔거리는 동안, 존스는 옆의자에서 모자와 지팡이를 집어 들었다.

"로저스, 알았으니 나중에 봅시다. 지금은 가야 하니까, 내일 오후에 들르지요. 내 충고가 적절한지 아닌지 한번 생각해 봐요. 오라보나에게도 의견을 물어보세요."

로저스가 흡사 맹수처럼 이를 드러냈다.

"지금 가야 한다? 겁먹었어! 입으로 떠드는 건 용감한데 결국 겁이 나는 게로군! 저 인형들이 그저 밀랍이라고 말하더니 내가 그렇지 않다는 걸 증명하기 시작하니까 꽁무니를 빼잖아. 내가 장담하는데, 당신

같은 족속들은 한밤중에 이 박물관에 있지도 못해. 올 때는 아주 용감하겠지만, 한 시간 후에는 나가게 해달라고 울고불고 난리를 칠걸! 오라보나에게 물어보라고 했냐, 엉? 너희 두 놈은 언제나 나를 반대하는군! 앞으로 이 세상에 도래할 그것의 통치를 방해하고 싶다 이거지!"

존스는 침착함을 유지했다.

"아니요, 로저스. 아무도 당신을 반대하지 않아요. 그리고 난 당신의 인형들을 무서워하지 않아요. 물론 당신의 기술엔 무척 감탄하지만요. 우리 둘 다 오늘 밤에 신경이 좀 날카롭군요. 둘 다 휴식을 취하는 게 좋겠어요."

다시금 로저스가 나가려는 존스를 가로막았다.

"무섭지 않아? 그런데 왜 이렇게 나가고 싶어서 안달이지? 이봐, 당신이 이 어둠 속에서 혼자 여기 남아 있을 수 있을까, 없을까? 그것을 믿지 않는다면서 왜 이리 서두르시나?"

로저스는 뭔가 좋은 수가 떠오른 것 같았고, 존스는 그런 그를 물끄러미 쳐다보았다.

"허허, 서두르는 게 아닙니다. 내가 여기서 혼자 머문다고 뭐가 달라지겠어요? 뭘 증명한다는 거죠? 잠을 자기엔 그리 편한 장소가 아니라서 싫다고 할 뿐이죠. 그런다고 우리한테 무슨 이득이 있나요?"

이번엔 존스에게 뭔가 떠오르는 생각이 있었다. 그는 달래는 투로 계속 말했다.

"로저스, 그러니까 내 말은 여기서 내가 혼자 머문다고 치고, 또 우리 둘 다 그 사실을 확인한다고 해서 무엇을 증명할 수 있냐고 묻는 겁니다. 아마 당신의 인형들은 그저 인형에 불과하고, 당신이 최근에 보여주었던 것처럼 상상력을 활용해선 안 된다는 걸 증명하겠지요. 내가 여기서 아침까지 있으면, 생각을 바꿀 겁니까? 서너 달 휴가를 보내고, 오라보나더러 당신의 저 새 작품을 부수라고 할 거냐고요? 그래야 공평하지, 안 그래요?"

로저스는 알 수 없는 표정을 지었다. 이리저리 머리를 굴리고 있는 게 분명해 보였고, 결국에는 오만 가지 모순된 감정 중에서도 악의적인 승리감이 제일 강하게 표출되었다. 그는 목멘 소리로 대답했다.

"아주 공평해! 당신이 여기 계속 남아 있다면, 당신의 충고를 받아들이지. 하지만 잠시도 떠나선 안 돼. 일단은 밖에서 저녁 식사나 하고 오자고. 그다음 당신을 이 전시실에 가두고 난 집으로 갈 거야. 아침에 내가 오라보나보다 먼저 와서 — 오라보나는 다른 직원들보다 30분 일찍 나오니까 — 당신이 어떻게 하고 있나 확인하겠어. 하지만 영 아니다 싶으면 그만둬. 다른 사람들은 슬그머니 꽁무니를 뺐어. 당신도 그럴 수 있어. 그리고 현관문을 한 번만 두드려도 어김없이 경찰이 올 거야. 얼마 동안은 그러고 싶지 않겠지. 그러나 당신은 그것과 같은 방에 있는 건 아니어도, 같은 건물에 있게 되는 거야."

그들이 뒷문을 통해서 지저분한 마당으로 나갈 때, 로저스는 그 삼베로 싼 것을 가져갔다. 꽤 묵직해 보였다. 마당 한가운데쯤 맨홀이 있었다. 로저스가 조용히 그 맨홀 뚜껑을 들어 올렸는데, 어딘지 섬뜩할 정도로 익숙한 행동이었다. 삼베도 그것에 싸여 있던 것도 모두 하수도의 미궁 속으로 떨어졌다. 존스는 몸서리를 쳤고, 거리로 나갈 때는 이 말라깽이 남자를 피해 떨어져 걸었다.

암묵적인 동의에 따라 그들은 각자 식사를 하고 11시에 박물관 앞에서 만나기로 했다.

택시를 탄 존스는 워털루 다리를 건너고 환한 스트랜드에 가까워질 즈음에야 한결 편히 숨을 쉴 수 있었다. 조용한 카페에서 식사를 한 뒤, 목욕을 하고 몇 가지 물건을 챙기기 위해 포틀랜드 플레이스의 집으로 갔다. 로저스는 지금 무엇을 하고 있을까 괜스레 궁금해졌다. 들리는 말에 따르면, 로저스의 집은 월워스 로(路)에 있는 음산한 대저택으로, 불가사의한 금서와 오컬트 용품 그리고 박물관에 전시하지 않은 밀랍 인형들로 가득했다. 존스가 알기로는, 같은 집의 별채에서 오라보나가 생활하고 있었다.

11시에 존스는 사우스워크 거리의 지하실 문가에서 기다리고 있는 로저스를 발견했다. 두 사람은 거의 말을 하지 않았으나 서로 팽팽한 긴장감에 사로잡혀 있는 것 같았다. 그들은 내기의 장소를 아치 천장 전시실 한 곳으로 국한하는 데 동의했다. 로저스는 존스더러 가장 무서운 성인전용 전시실에 있어야 한다고 고집하지는 않았다. 그는 작업실의 전등을 전부 끄고 묵직한 열쇠 꾸러미에 딸려 있는 열쇠로 그 문을 잠갔다. 손 하나 까딱하지 않고 현관문을 나서더니, 밖에서 문을 잠그고 인도로 향하는 낡은 계단을 꾹꾹 눌러 밟고 올라갔다. 그의 발소리가 멀어지는 동안, 존스는 바야흐로 길고도 지루한 밤샘 내기가 시작됐음을 깨달았다.

II

얼마 후 존스는 커다란 아치형 천장 아래, 완전한 어둠 속에서 여기까지 오게 된 자신의 유치함에 욕을 해댔다. 처음 30분 동안은 간간이 손전등을 비춰보기도 했으나, 그 후로는 어둠 속에서 우두커니 의자에 앉아 있으려니 무척이나 신경이 곤두섰다. 손전등을 켤 때마다 꽤나 음침하고 기괴한 물체들, 이를테면 단두대, 이름 모를 잡종 괴물, 수염 난 얼굴의 교활하고 사악한 표정, 잘린 목에서 붉은 핏줄기를 쏟아내고 있는 몸통 따위가 나타났다. 이런 물체와 불길한 현실과는 거리가 멀다는 것을 모르지 않았으나, 처음 30분이 지난 후에는 그것들을 보고 싶지 않았다.

왜 그가 그 광인의 비위를 맞추느라 이 고생을 하고 있는지 스스로도 이해가 되지 않았다. 로저스를 그냥 내버려두거나 정신과 전문의에게 보여주었다면 훨씬 더 간단했을 터이다. 어쩌면 예술가끼리의 동료애 때문이라고 생각했다. 로저스의 천재성이 워낙 대단해서 그가 점점 심해지는 강박에서 벗어나도록 조용히 도와주고 싶었던 것 같다. 그토록 생생한 작품들을 상상하고 창조해 낼 수 있는 사람이라면 실로 위대하다는 확신이 들었다. 로저스는 사임과 도레의 상상력을 블라쉬카[12]의 세밀하고 과학적인 솜씨와 결합했다. 실제로도 블라쉬카 부자가 자신들이 세밀하게 만든 색유리의 놀랍도록 정밀한 식물 모형으로 식물학계에 이바지한 것처럼 로저스는 악몽의 세계에 업적을 남겼다.

자정이 됐을 때 멀리서 어둠을 뚫고 시계의 타종 소리가 들려오자, 존스는 아직 바깥세상이 깨어 있다는 생각에 기운이 났다. 아치 천장의 박물관 내부는 무덤처럼 철저한 고독감과 스산함에 휩싸여 있었다. 쥐라도 한 마리 있으면 힘이 되는 동료가 되겠다 싶을 정도였다. 그러나 로저스는 언젠가 '어떤 이유에서' 박물관 근처에 쥐나 곤충이 얼씬도 하지 않는다고 했더랬다. 참 이상한 일이었으나 정말 그런 것 같았다. 완벽하리만큼 생기가 없었고 적막했다. 제발 소리라도 내는 것이 있었으면! 그가 이리저리 움직이자 완전한 정적을 뚫고 발소리가 유령처럼 메아리쳤다. 기침을 했으나 그 스타카토의 울림 속에는 어딘지 조롱이 있었다. 혼잣말을 하기도 그랬다. 그건 정신적으로 무너졌다는 의미였다. 시간은 비정상적이고 불안하리만큼 더디게 흘러갔다. 손목시계에 손전등을 비춰본 후로 시간이 많이 흘렀다고 확신했으나 타종 소리는 고작 자정을 알리고 있었다.

존스는 자신의 감각이 지나치게 예민해지지 않기를 바랐다. 어둠과 정적 속의 뭔가가 그의 감각을 예민하게 만들어서 진짜라고 하기엔 미미한 암시에도 반응하게 만들었다. 가끔씩 귓가로 들려오는 희미하고 교묘한 속삭임, 그것을 지저분한 거리에서 들려오는 밤의 소음이라고 할 수도 없었다. 혹시 우리의 현실 차원을 누르고 있는 외계 차원의 알려지지 않은 금단의 삶과 영역에서 들려오는 음악은 아닐까, 이런 막연하고 생뚱맞은 생각들이 떠올랐다. 자꾸 그런 생각에 빠져들었다.

어둠에 물든 시야에서 떠다니는 빛의 반점들이 패턴과 동작의 기묘한 대칭을 이루는 것 같았다. 그 기이한 빛은 깊이를 알 수 없는 심연에서 나와 세속의 조명이 모두 사라졌을 때 우리 앞에 번뜩이는 것은 아닐까 자꾸만 의아해졌으나 그 방식이 과연 지금처럼 작용하는지는 알길이 없었다. 일반적인 빛의 반점들이 지니는 편안한 무목적성과는 달랐다. 현세의 개념과는 동떨어진 의지와 목적을 암시한다고나 할까.

그때 묘한 변화가 일어난 것 같았다. 아무것도 열려 있지 않았고 바람이 새지 않는데도 공기가 변함없이 고요하진 않다는 느낌이 들었다. 보이지 않는 정령들의 섬뜩한 발길질이라고 단정할 순 없다 해도, 어딘지 기압의 미묘한 변화가 있었다. 게다가 이상하게 추웠다. 존스는 이런 상황이 싫었다. 마치 음침한 지하수의 소금기가 뒤섞여 있는 것처럼 공기에서 짭짤한 맛이 느껴졌고, 뭐라고 표현할 수 없는 곰팡내가 나는 것 같았다. 한낮에는 밀랍 인형에서 그런 냄새를 맡은 적이 한 번도 없었다. 심지어 이 순간에도 밀랍 인형에서 그런 냄새가 날 리 없다고 생각했다. 그것은 자연사 박물관의 표본에서 나는 미묘한 냄새에 가까웠다. 자기가 만든 밀랍 인형들이 전부 인공적인 것은 아니라고 했던 로저스의 주장을 떠올리니 새삼 이상했다. 로저스의 주장 때문에 상상력이 후각적인 의심을 만들어냈는지 모르겠다. 상상의 과잉에 맞서야 했다. 불쌍한 로저스한테서 비롯된 그런 상상이야말로 미친 것이 아니던가?

그러나 박물관의 완전한 고독감이 무서웠다. 멀리서 들려온 타종 소리마저도 우주의 심연을 건너온 것 같았다. 로저스가 보여주었던 비상식적인 사진이 떠올랐다. 거칠게 파서 만든 지하 내부와 신비한 왕좌는, 로저스의 주장에 따르면, 북극에서도 사람들이 기피하는 외딴곳에 있다는 300만 년 전 유적의 일부였다. 로저스가 알래스카에 가봤을지는 모르나, 그 사진은 무대장치에 불과했다. 그게 아니라면, 사진 속의 조각과 섬뜩한 상징들이 정상일 리 없었다. 게다가 왕좌에서 발견했다는 그 괴물의 모습까지, 이 얼마나 병적인 상상의 비약인가! 존스는 그저 밀랍으로 만든 그 광기의 걸작과 자신이 얼마나 멀리 떨어져 있는지 궁금했다. 아마도 그것은 작업실에 있는, 묵직한 맹꽁이자물쇠 달린 판자문 너머에 보관되어 있을 터이다. 그러나 그 밀랍의 이미지에 신경을 쓰지 않을 것이다. 이미 이 공간에도 그런 인형들, 요컨대 '그것'만큼 섬뜩한 인형들이 가득하지 않은가? 그리고 왼쪽에 있는 '성인 전용' 전시실의 얇은 가림막 뒤에도 이루 말할 수 없는 망상의 유령들이 있었다.

15분이 더 지나는 동안 셀 수 없을 만큼 많은 밀랍 인형들이 점점 더 존스의 신경을 갉아댔다. 이 박물관에 대해 속속들이 알고 있어서 칠흑 같은 어둠 속에서도 인형들의 이미지를 지워버릴 수 없었다. 어둠은 오히려 기억 속의 그 이미지에 몹시도 심란한 상상의 연상을 덧붙이는 효과를 가져왔다. 단두대가 삐꺼덕거리는 것 같았고, 50명의 아내를 살해한 랑드뤼의 수염 난 얼굴이 저절로 인상을 찌푸리고 무시무시한 위협을 가했다. 마담 데미어의 잘린 목에서 부글부글 끓는 오싹한 소리가 나는 것 같았고, 토막 살인을 당하여 머리와 발이 없는 희생자가 피투성이 몸통으로 야금야금 다가오는 것 같았다. 이런 이미지들이 희미해질까 싶어 눈을 질끈 감았으나 소용없었다. 오히려 눈을 감은 동안, 그 기이하고 의도적인 빛의 반점들이 더욱더 심란한 패턴들을 만들어 냈다.

그런데 여태껏 지워버리려고 애썼던 그 오싹한 이미지들을 갑자기 계속해서 떠올리려고 애쓰게 되었다. 계속 떠올리려고 애쓴 것은 이미지들이 더욱더 끔찍한 것으로 바뀌어가고 있었기 때문이다. 의지와는 반대로 기억의 구석 어딘가에 숨어 있던 극도의 비인간적인 괴물들을 재현해 내기 시작했던 것이다. 이 혼합물 덩어리들이 스멀스멀 꿈틀거리며 사방에서 그를 포위해 들어오는 것 같았다. 두꺼비 같은 괴물상에 불과했던, 검은 차토구아가 저절로 수백 개의 미숙한 발을 지닌 길고 구불구불한 윤곽을 띠었다. 고무질의 깡마른 나이트곤[13] 한 마리가 존스를 덮칠 태세로 날개를 펼쳤다. 존스는 비명을 지르지 않으려고 마음을 단단히 먹었다. 자신이 유년 시절의 전통적인 공포심으로 되돌아가고 있다는 것을 깨닫고 어른다운 이성으로 그 환영들을 저지하기로 결심했다. 손전등을 다시 켠 것이 조금 도움이 되었다. 인형들의 모습은 여전히 무시무시했으나 칠흑의 어둠에서 상상으로 불러낸 것들보다는 한결 나았다.

그러나 안 좋은 점도 있었다. 손전등 불빛을 비추는데도 가림막이 쳐진 '성인 전용' 전시실 쪽에서 가볍고도 은밀한 흔들림이 있다는 의혹을 지울 수 없었기 때문이다. 가림막 뒤에 무엇이 있는지 기억해 내고 온몸을 떨었다. 머릿속에는 전설적인 요그-소토스의 충격적인 모습이 되살아났다. 요그-소토스는 무지갯빛 구체 덩어리에 불과했으나 암시되는 악의만큼은 엄청났다. 서서히 떠다니다가 성인 전용 전시실 가림막에 부딪친 저 능살스러운 덩어리의 정체는 과연 무엇인가? 가림막의 오른쪽 끝이 조금 불룩해진 것은 때로는 두 발로 걷고 때로는 네 발로 걷고 때로는 여섯 발로 걷는다는 그린란드 빙판의 전설적인 털북숭이 그노프케를 암시했다. 이런 환영을 떨쳐버리기 위해 존스는 손전등을 비추면서 무턱대고 그 오싹한 성인 전용 전시실로 걸어갔다. 물론 지금까지의 공포는 전부 가짜였다. 그런데 위대한 크툴루의 긴 촉수들이 실제로 천천히 은밀하게 흔들거리고 있지 않은가? 존스도 그 촉수들의 신축성을 알고는 있었으나, 자신이 걸어가면서 일으킨 바람에도 촉수들이 움직일 거라고는 미처 생각하지 못했다.

성인 전용 전시실에서 떨어진 원래의 자리로 돌아온 존스는 눈을 감고서 체계적인 빛의 반점들이 최악의 결과물을 만들어내도록 내버려두었다. 멀리서 타종 소리가 1시를 알려왔다. 고작 1시밖에 안 됐단 말인가? 손목시계에 손전등을 비춰보니 정확히 1시였다. 아침까지 기다리는 건 정말 고역일 것 같았다. 로저스가 오라보나보다 일찍 온다고 해도 8시쯤일 것이다. 그보다 한참 전에 바깥에 햇빛이 비치겠지만 여기 지하실에는 빛 한줄기 들어오지 않을 것이다. 마당을 마주 보고 있는 세 개의 작은 창문을 제외하고 이 지하실의 창문은 전부 벽돌로 막혀 있었다. 결국 괴롭기 짝이 없는 기다림일 것이다.

귓가에 온갖 환청들이 들려오고 있었다. 맹세컨대, 잠겨 있는 작업실 너머에서 은밀하고 둔중한 발소리가 들려왔다. 로저스가 '그것'이라고 부르면서 전시하지 않은 괴물을 떠올려서는 곤란했다. 그것은 해로웠다. 창조자의 광기 속에서 만들어진 것이었다. 사진만으로도 무궁무진한 공포를 불러냈다. 그것이 작업실에 있을 리 없었다. 분명히 맹꽁이 자물쇠로 잠긴 육중한 판자문 뒤에 있었다. 그러니 발소리는 순전히 상상에 불과했다.

그때 작업실 문을 열쇠로 여는 소리가 들려온 것 같았다. 손전등을 켜자 작업실의 낡은 여섯 틀 양판문이 보일 뿐 이상한 점은 없었다. 다시 손전등을 끄고 눈을 감았으나 삐꺼덕거리는 괴로운 환청이 들려왔다. 이번에는 단두대에서 나는 소리가 아니라 작업실 문이 슬그머니 열리는 소리였다. 비명을 지르지 않으려고 했다. 비명을 질렀다간 이성을 잃게 될 것이다. 둔탁한 발소리 같기도 하고, 발을 끄는 듯한 소리 같기도 한 것이 서서히 그를 향해 가까워지고 있었다. 정신을 잃지 않겠다고 단단히 마음먹었다. 머릿속의 환영들이 에워쌀 때도 그러지 않던가? 발소리가 점점 더 가까워졌고, 결심은 흔들렸다. 비명을 지르진 않았으나 이렇게 소리치고 말았다.

"누구야? 누구? 뭐 하는 거야?"

대답 대신에 발소리만 계속되었다. 존스는 손전등을 켜는 것과 괴물이 덮쳐 올 때까지 어둠 속에서 잠자코 있는 것 중에서 무엇이 더 무서운지 알 수 없었다. 확실한 느낌상, 이 괴물은 지금까지의 공포와는 차원이 달랐다. 손가락과 목에서 경련이 일었다. 잠자코 있을 수 없었고, 완전한 어둠의 긴장감이 무엇보다 견디기 어려워졌다. 또다시 신경질적으로 소리쳤다.

"멈춰! 거기 누구야?"

그와 동시에 손전등을 켰다. 그는 곧 자기가 본 것으로 인해 온몸이 굳어버렸다. 손전등을 떨어뜨리고 비명을 질렀다. 한 번이 아니라 수없이.

어둠 속에서 발을 끌며 그에게 다가오던 것은 딱히 원숭이도 아니고 곤충도 아닌, 검은색의 거대한 물체였다. 살갗이 축 늘어져 있었고, 머리에 있는 주름지고 죽은 눈알 같은 것이 술에 취한 것처럼 이리저리 움직였다. 발톱을 쫙 펼친 앞발을 쳐들고, 얼굴 표정은 없었으나 온몸 가득 살의가 가득했다. 비명이 그치고 다시 어둠이 깔리자, 그것이 뛰어올라 순식간에 존스를 바닥에 짓눌렀다. 존스는 저항하지 못하고 기절해 버렸다.

존스가 기절한 시간은 아주 짧았다. 정체 모를 괴물이 어둠 속에서 원숭이처럼 그를 끌고 가는 동안 의식을 회복했기 때문이다. 퍼뜩 정신을 차린 것은 괴물이 내는 소리 때문이었다. 아니, 괴물 소리를 내는 어떤 목소리 때문이었다. 사람의 목소리였고, 귀에 익었다. 그토록 열광적이고 쉰 목소리로 미지의 공포를 향해 영창을 할 수 있는 사람은 딱 한 명이었다.

"이야! 이야!" 목소리는 울부짖고 있었다. "가고 있나이다. 오, 란-테고스[14]님, 제물을 가지고 지금 가고 있나이다. 너무도 오래 기다리며 제대로 드시지 못했으나, 곧 약속한 것을 바치겠나이다. 비록 오라보나는 아니나, 당신을 의심했던 자 중에서 상급에 해당하는 자입니다. 이놈을 으깨고 마음껏 빨아 드소서. 이놈의 의심까지 모조리. 그리하여 더욱 강해지소서. 훗날 이놈은 인간 중에서 란-테고스님의 영광을 알리는 기념비가 될 겁니다. 저는 당신의 노예이고 대제사장이옵니다. 님이 굶주려 계시니 제물을 바치나이다. 제가 징표를 읽고 당신을 안내하겠나이다. 님께 피를 바치나니 제게 힘을 주소서. 이야! 슈브-니구라스! 천 마리의 새끼를 거느린 염소여!"

한밤의 모든 공포가 벗어 던진 망토처럼 순식간에 존스로부터 사라졌다. 그가 맞서야 했던 지극히 현실적이고 구체적인 위험을 알게 되었기에 자제력을 되찾았다. 상대는 전설의 괴물이 아니라 위험한 광인이었다. 로저스가 자신의 광기로 고안한 괴물 분장을 뒤집어쓰고, 밀랍으로 만든 마신(魔神)에게 섬뜩한 제물을 바치려 하고 있었다. 그는 뒷마당을 통해 작업실로 들어와서 변장한 뒤에, 교활한 덫과 공포에 걸려든 희생양, 존스에게 접근해 왔을 터이다. 로저스는 힘이 보통이 아니었다. 상황이 더 나빠지기 전에 행동에 나서야 했다. 이 광인이 자신감에 취해 있는 점을 감안하여 기습 공격을 하기로 마음먹었다. 그쯤에서 그를 움켜잡고 있는 손아귀의 힘이 느슨해졌다. 문지방이 닿는 것으로 봐서 칠흑같이 어두운 작업실로 들어가는 것 같았다.

존스는 죽음의 공포가 던져주는 힘에 이끌려 눕다시피 끌려가던 자세에서 벌떡 일어섰다. 그리고 깜짝 놀란 광인의 손아귀에서 순식간에 빠져나와, 어둠 속에서도 용케 로저스의 감춰진 목을 움켜잡았다. 로저스도 다시 그를 붙잡았고, 탐색전 없이 서로 뒤엉켜 생사를 건 싸움을 시작했다. 존스의 유일한 구원자는 평소 꾸준히 해온 운동이었다. 미친 상대방은 페어플레이도, 품위도, 심지어 자기 보호 본능도 무시해 버린 늑대나 표범처럼 무섭고 잔인한 파괴 장치였기 때문이다.

목구멍에서 나오는 신음만이 간간이 어둠 속의 끔찍한 난투극을 알려주고 있었다. 피가 튀었고 옷이 찢어졌다. 존스가 드디어 변장으로 꼭꼭 숨어 있는 광인의 목을 찾아내어 그 유령 가면을 벗겼다. 그는 한마디 말도 없이 살기 위해 온 힘을 쏟아부었다. 로저스는 차고 찌르고

들이받고 깨물고 할퀴고 때렸다. 그러면서도 간간이 소리를 질렀다. 대부분은 '그것'이나 '란-테고스'를 지칭하는 의례적인 헛소리였다. 녹초가 된 존스에게는 그 소리가 마치 아득히 멀리서 메아리치는 사악한 콧바람과 울부짖음 같았다. 난투극은 막판으로 치달았고, 두 사람이 엎치락뒤치락하는 과정에서 의자들이 뒤집히거나 벽과 용광로의 벽돌 하부가 쿵쿵 울렸다. 존스는 마지막 순간까지도 살아남을 수 있을지 자신이 없었으나 결국에는 결정적인 일격을 가할 수 있었다. 무릎으로 로저스의 가슴을 가격한 것이 싸움의 종지부를 찍었고, 곧 승리를 확신했다.

존스는 기진맥진 간신히 일어서서 전등 스위치를 찾아 벽을 더듬었다. 옷 대부분이 찢겨 나갔듯이 손전등도 망가졌기 때문이다. 벽을 따라 비틀거리는 동안, 널브러져 있는 광인이 갑자기 공격을 해 올지도 몰라 예의 주시했다. 마침내 스위치를 찾아 전등을 켰다. 갑작스러운 불빛에 아수라장이 된 작업실 내부가 드러나자, 존스는 눈에 띄는 줄과 혁대 따위로 로저스를 묶기 시작했다. 가면(혹은 그 일부)은 가죽으로 만든 독특한 것이었다. 가면에 손을 댔다가 왠지 소름이 돋았고, 주변에서 생경한 녹내가 나는 것 같았다. 열쇠 꾸러미는 로저스의 평상복 호주머니에 들어 있었다. 탈진한 존스는 자유의 세상으로 나가는 그 마지막 수단을 움켜잡았다. 작고 가는 홈처럼 나 있는 창문마다 커튼이 쳐져 있었다. 그는 창문을 그대로 놔두었다.

존스는 세면대에서 피를 씻어낸 뒤 작업실 의상 중에서 가장 평범하고 몸에도 얼추 맞는 것을 골라 입었다. 마당으로 난 문을 열어보니, 용수철 자물쇠로 잠겨 있어서 안에서 따로 열쇠가 필요하지 않았다. 그래도 나중에 구급대원과 함께 돌아올 때를 대비해서 열쇠 꾸러미를 가져가려고 했다. 정신과 전문의가 꼭 필요한 상황이었다. 박물관에는 전화가 없었으나 심야 식당이나 약국에서 금방 찾아낼 수 있을 터였다. 그가 문을 열고 막 나가려는데 방 저편에서 의식을 찾은 로저스의 섬뜩한 욕설이 들려왔다. 왼쪽 뺨에 눈에 확 띄는 길고 깊은 상처가 남아 있었다.

"멍청한 놈! 노스-이디크[15]의 새끼, 크툰[16]의 찌꺼기! 아자토스[17]의 혼란 속에서 짖어대는 개자식! 정화되어 불멸을 얻을 수 있었는데, 그것과 그것의 사제를 배신하다니! 조심해라! 그것이 굶주려 있으니까. 오라보나의 몫이었다. 그놈은 언제든 나와 그것을 배반할 개자식이니까. 그래도 난 네놈에게 첫 번째 영광을 주려 했다. 너희 두 놈 모두 조심해라. 사제가 없으면 그것은 극히 포악해지니까 말이다.

아이와! 아이와! 복수가 임박했다! 네가 불멸을 누릴 수 있었다는 걸 아느냐? 저 용광로를 봐라! 불을 지필 준비가 되어 있고, 통 속에는 밀랍이 들어 있다. 한때 살아 있던 생물들에게 했듯이 네게도 하려 했다. 허! 네놈은 나의 인형들이 전부 밀랍이라고 장담했고, 네놈이 저 인형이 될 뻔했다! 용광로는 준비 완료! 그것이 너를 다 빨아 먹은 후 내가 보여준 개 꼴로 변하면 그 납작하게 구멍 숭숭 뚫린 시체에 불멸을 주려 했단 말이다! 밀랍으로 그렇게 할 수 있다. 내가 위대한 예술가라고 네놈이 말하지 않았더냐? 털구멍을 전부 밀랍으로 채우고, 온몸 구석구석 왁스를 발라서. 아이와! 아이와! 세상은 너의 난자당한 시체를 보면서 나의 상상력과 창조력에 경탄할 것이다! 허! 그리고 오라보나가 다음, 또 다른 놈들이 줄줄이 뒤를 잇는 거다. 그래서 내 인형 가족이 늘어나는 거야! 이 개자식아, 아직도 내가 인형들을 다 만들었다고 생각하나? 또 횡설수설해 보지그래? 내가 낯선 곳들을 다녀왔고 이상한 물건들을 가져왔다는 거, 너도 알고 있다. 겁쟁이 녀석. 너를 겁주려고 내가 누구의 가죽을 뒤집어쓰고 있었는지, 너는 그 차원의 셈블러[18]를 쳐다보지도 못할 것이다. 살아 있는 그 모습을 쳐다만 봐도 아니 그 온전한 모습을 상상만 해도 공포에 질려 죽어버릴 테니까! 아이와! 아이와! 피는 곧 생명이니, 그것은 굶주린 채 기다리고 있다!"

로저스는 벽에 기대 일어서서 결박된 상태로 이리저리 버둥거렸다.

"어이, 존스. 내가 널 놔줄 테니까 너도 날 풀어주겠나? 그것이 대사제의 시중을 받아야 한다. 오라보나를 제물로 바쳐도 그것이 생명을 유지할 수는 있다. 녀석의 숨통이 끊어진 후에 남은 시체를 왁스로 영원히 보존하여 세상이 보게 할 것이다. 네가 그 자리를 차지할 수 있었지만 그 영광을 포기한 건 바로 너다. 다시는 널 괴롭히지 않겠다. 날 풀어줘. 그것으로부터 받게 될 힘을 너와 나누어 갖겠다. 아이와! 아이와! 위대한 란-테고스! 풀어줘! 풀어줘! 그것이 문 뒤 저 아래서 굶주려 죽어가고 있다. 그것이 죽게 되면 올드원은 절대 돌아올 수 없다. 허! 허! 풀어줘!"

존스는 로저스의 상상력에 구역질이 났으나 그저 고개만 저었다. 맹꽁이자물쇠로 잠긴 판자문을 뚫어지게 쳐다보던 로저스가 머리를 벽돌 벽에 연거푸 찧었고, 꽉 묶인 발목을 마구 비틀어댔다. 저러다 다칠까 봐 걱정한 존스가 아예 움직이지 못하게 더 단단히 결박하기 위해 로저스를 향해 다가갔다. 로저스는 비틀거리며 존스의 손길을 피했고, 소름 끼치도록 기괴하고 인간의 것이 아닌 말들을 미친 듯이 외쳐댔다. 게다가 성량이 실로 엄청났다. 사람의 목에서 그토록 크고 날카로운 소리가 나오다니, 믿기지 않았다. 로저스의 외침이 계속된다면 굳이 전화로 도움을 청할 필요도 없을 것 같았다. 주변이 버려진 창고 지역이라 듣는 사람이 없다 해도, 얼마 안 있으면 경관이 올 것이었다.

"위자-예이! 위자-예이!" 광인이 울부짖었다. "이카아 하아아 브호-이이, 란-테고스-크툴루 프타근-에이! 에이! 에이! 란-테고스, 란-테고스, 란-테고스!"

로저스는 온몸이 칭칭 감긴 채 버둥거리면서 난장판인 바닥을 기어가더니 판자문에 머리를 쾅쾅 찧기 시작했다. 존스는 그를 더 단단히 묶어야 한다는 게 겁이 났고, 좀 전에 난투극을 벌이느라 힘이 남아 있을지도 걱정이었다. 로저스의 과격한 행동은 존스의 신경을 곤두서게 만들어서 얼마 전까지 어둠 속에서 느꼈던 정체 모를 불안감이 되살아나는 것 같았다. 로저스고 박물관이고 이 얼마나 병적이며, 저세상의 음산한 전망이던가! 묵직한 맹꽁이자물쇠로 잠긴 판자문 너머 어둠 속에, 손에 잡힐 듯 가까운 곳에 숨어 있을 비정상적인 천재의 밀랍 걸작을 떠올리자니 진저리가 쳐졌다.

그 순간 정체를 알 수 없는 모호한 공포감 때문에 모골이 송연해지고 머리칼과 손등의 잔털까지 쭈뼛 섰다. 로저스는 갑자기 고함을 멈추고 단단한 판자문에 머리를 찧는 것도 그만둔 채 앉은 자세로 잔뜩 긴장해서 뭔가에 귀를 기울이듯 머리를 한쪽으로 비스듬히 세우고 있었다. 곧바로 그의 얼굴에 무시무시한 승리의 미소가 번졌다. 그리고 이번에는 알아들을 수 있는 말을 지껄이기 시작했다. 좀 전의 우레 같은 울부짖음과 묘한 대조를 이루는, 쉰 목소리의 속삭임이었다.

"잘 들어, 멍청이야! 잘 들어! 그것이 내 목소리를 듣고 지금 오고 있다. 통로 끝, 저 아래 웅덩이에서 그것이 첨벙거리는 소리 안 들리나? 웅덩이를 깊게 팠다. 그것을 위해서라면 뭐든 아깝지 않으니까. 그것은 양서류다. 사진에서 아가미를 봤으니 너도 알겠지. 그것은 따뜻한 심해의 도시들로 이루어진 납빛의 유고스에서 지구로 왔다. 저 아래서는 너무 키가 커서 일어서지 못하고 앉거나 웅크리고 있다. 열쇠를 줘. 그것을 꺼내주고 그 앞에 무릎을 꿇어야 한다. 그리고 우리 둘이 밖으로 나가서 개든 고양이든, 아니면 술 취한 사람이든 뭐든 데려와 그것의 제물로 바치자."

존스를 몹시 심란하게 만든 것은 말의 내용이 아니라 말투였다. 미친 속삭임에서 전해지는 단호한 확신과 진심은 지독히도 전염성이 강했다. 이런 자극과 상상력이 결합하여 육중한 판자문에 가려져 보이지 않는, 사악한 밀랍 인형이 진짜 위협적인 대상으로 느껴졌다. 마력에 홀린 듯이 판자문을 쳐다보던 존스는 문 너머에서 확실한 폭력의 조짐이 없는데도 문짝에 금이 가 있는 것을 발견했다. 문 뒤에 얼마나 큰 방 혹은 벽장이 있는지, 또 밀랍 인형이 어떤 모습으로 놓여 있는지 궁금했다. 미친 로저스가 떠벌린 웅덩이니 통로니 하는 것들은 그의 다른 망상들처럼 교묘한 허상에 불과했다.

곧 섬뜩한 순간이 찾아왔다. 존스는 숨이 막혔다. 로저스를 더 단단히 결박하려던 혁대가 존스의 맥 빠진 손에서 툭 떨어졌고, 머리부터 발끝까지 경련이 일었다. 거기 있다가는 로저스처럼 미쳐버릴 터. 아니, 그는 이미 미쳐 있었다. 얼마 전까지 그를 괴롭혔던 그 어떤 것보다도 기이한 환각이 일고 있었으니 말이다. 미친 로저스는 판자문 너머 웅덩이에서 허구의 괴물이 첨벙거리는 소리를 존스도 들었을 거라고 장담했더랬다. 그런데 딱하게도 존스는 그 소리를 들었다!

로저스는 존스의 얼굴에 이는 경련이 멍한 공포의 표정으로 바뀌는 것을 보았다. 그가 낄낄거렸다.

"이제야 믿는구나, 멍청한 놈! 드디어 알았구나! 네놈도 그것이 오는 소리를 들었어. 멍청이야, 내 열쇠를 내놔. 그것에 예를 갖추고 모셔야지!"

그러나 이미 존스의 귓가에는 미친 헛소리든 정상적인 소리든 간에 사람의 말소리는 아예 들려오지 않았다. 병적인 공포감에 온몸이 마비되어 꼼짝할 수 없었고 정신도 혼미했다. 그의 무기력한 상상 속에서 난폭한 이미지들이 주마등처럼 질주했다. 첨벙거림이 들려왔다. 물에 젖은 커다란 발이 단단한 바닥을 밟는 듯한, 아니면 질질 끄는 듯한 발소리. 뭔가가 다가오고 있었다. 무시무시한 판자문의 갈라진 틈으로 동물의 지독한, 그러면서도 리전트 공원 동물원의 포유동물 사육장에서 나는 냄새와는 또 다른 지독한 악취가 코를 찔렀다.

존스는 로저스가 뭐라고 말을 하고 있는지 아니면 잠자코 있는지 분간할 수 없었다. 현실의 모든 것은 희미해졌고, 너무도 부자연스러워서 그와는 무관한 객체처럼 느껴지는 꿈과 환각에 사로잡힌 상태였다. 판자문 너머 미지의 심연에서 바닥을 밟는 듯, 혹은 발을 질질 끄는 듯 발소리가 들려왔다. 그런데 갑자기 짖어대는 시끄러운 소리가 귓전을 때렸다. 그의 흔들리는 시선 속에서 꽁꽁 묶인 광인의 모습이 뿌옇게 가물거렸고, 그 미치광이가 소리를 질러대고 있는지 확신이 서지 않았다. 소름 끼치도록 역겹고 그러면서도 눈에는 보이지 않는 밀랍 괴물의 사진이 존스의 머릿속을 떠다녔다. 그런 괴물은 존재할 권리가 없었다. 그것이 그를 광기로 몰아가고 있지 않은가?

이런 생각을 하는 동안에도 광기의 새로운 증거가 그를 괴롭혔다. 뭔가가 육중한 판자문의 걸쇠를 만지작거리는 것 같았다. 그것은 문을 두드리고 할퀴고 밀쳤다. 묵직한 문을 쿵쿵 때리는 소리가 들려왔고, 점점 더 커졌다. 악취가 지독했다. 어느새 문을 두드리던 소리가 공성 망치를 휘두르는 것처럼 악의적이고 단호한 타격으로 바뀌었다. 우지직

하는 살벌한 소리가 들려왔다. 그리고 쪼개지는 소리, 한꺼번에 밀려드는 악취에 이어 판자문이 무너졌고 게의 집게발 같은 검은 손이……

"살려줘! 살려줘! 제발! 아아아아악!"

존스는 있는 힘을 다해 공포의 마비 상태를 풀고 광기의 탈출을 시도했다. 그의 행동은 가장 광포한 악몽의 사납고도 무모한 비약과 묘하게 비슷했다. 단숨에 난잡한 작업실을 가로질러 출입문을 열어젖힌 후 문이 저절로 잠기거나 말거나 세 달음박질 만에 낡은 돌계단을 뛰어올랐기 때문이다. 그러고는 축축한 자갈 마당을 정신없이 벗어나서 사우스워크의 지저분한 거리로 질주했다.

여기서 기억은 끝난다. 존스는 자신이 어떻게 집에 왔는지 알지 못한다. 그가 택시를 탔다는 증거도 없다. 어쩌면 맹목적인 본능에 따라 집까지 — 워털루 다리를 건너 스트랜드와 채링 크로스를 따라 헤이마켓과 집 인근의 리전트 거리까지 — 줄곧 달려왔는지 모르겠다. 의사의 왕진을 청할 정도로 정신을 차릴 때까지 그는 기묘하게 뒤섞인 박물관 의상을 입고 있었다.

일주일 후에 신경과 전문의는 병상에서 일어나도 좋다고, 바깥 공기를 쐬며 산책을 하라고 허락했다.

그러나 그는 의사에게 많은 것을 말하지 않았다. 그가 겪은 일들은 광기와 악몽의 휘장으로 감싸여 있었고, 침묵만이 유일한 해법이라고 여겼다. 병상에서 일어나자, 그 끔찍한 밤 이후에 나온 신문들을 자세히 살폈으나 박물관의 괴사건을 언급한 기사는 없었다. 그렇다면 어디까지가 현실이었을까? 어디까지가 현실이고, 어디부터가 악몽의 시작인가? 그 컴컴한 전시실에서 그는 정말 이성을 송두리째 잃었던 것일까? 그래서 로저스와의 격투 또한 한낱 열병의 환영이었단 말인가? 이

골치 아픈 문제를 해결한다면 원기를 회복하는 데 도움이 될 터였다. 그가 '그것'이라는 밀랍 인형의 고약한 사진을 본 건 틀림없었다. 로저스는 그런 흉한 것을 얼마든지 고안해 낼 수 있는 인간이기 때문이었다.

보름이 채 되지 않아서 존스는 사우스워크 거리를 다시 찾을 수 있었다. 시간은 아침나절, 허물어져가는 낡은 상점과 창고 주변엔 지극히 정상적이고 건전한 활력이 넘쳤다. 박물관의 간판도 그대로 있었고, 가까이 가보니 개관 중이었다. 존스가 안으로 들어가기 위해 용기를 내고 있을 때, 수위가 반색하며 그를 맞았다. 아치형 천장 아래에서도 직원 한 명이 쾌활하게 자신의 모자를 톡 치면서 알은척을 했다. 어쩌면 모든 것이 꿈이었나 보다. 아무렇지 않게 작업실의 문을 두드리면 로저스가 나타나지 않을까?

그때 오라보나가 다가와 인사를 건넸다. 검고 반들반들한 얼굴이 조금 냉소적이었으나 그렇다고 존스에게 반감을 지닌 것 같지는 않았다. 오라보나가 특유의 억양으로 말했다.

"안녕하세요, 존스 씨. 오랜만에 오셨네요. 로저스 씨 만나러 오셨나요? 어쩌죠, 지금 출타 중인데요. 미국에 볼 일이 있다고 갔습니다. 아, 아주 갑작스럽게 결정된 일이죠. 지금은 내가 책임자예요. 박물관과 집에서 말이죠. 로저스 씨가 돌아올 때까지 그분의 높은 안목을 유지하려고 애쓰는 중입니다."

그 외국인이 미소를 머금었다. 상냥한 미소였다. 존스는 뭐라고 대꾸해야 할지 몰랐으나 그동안 별일은 없었는지 두세 마디 중얼중얼 물었다. 오라보나는 그런 질문을 받아서 아주 기쁜 기색이었고, 대답하기까지 한참 뜸을 들였다.

"아, 그럼요, 존스 씨. 지난달 28일이죠. 여러 가지 이유로 그 날짜를 기억하고 있습니다. 그날 아침, 그러니까 로저스 씨가 출근하기 전에 말이죠, 내가 와보니 작업실이 난장판이더라고요. 치우느라 엄청 고생했어요. 늦게까지 작업이 있었거든요. 중요한 새 인형에 2차 소성[19] 작업을 하고 있었어요. 내가 출근한 뒤로 그 작업을 도맡아 했습니다.

로저스 씨가 많이 가르쳐주긴 했지만, 그래도 아주 어려운 작업입니다. 그분이 위대한 예술가라는 건 선생님도 아시잖아요. 그분이 출근한 뒤에 많이 도와줬습니다. 내게 아주 큰 도움을 줬으니까요. 그런데 로저스 씨는 다른 직원과 인사도 하지 않고 곧 외출했습니다. 누가 급한 일로 만나자고 한 것 같더군요. 작업 과정에서 중요한 화학반응이 일어났어요. 소리가 하도 요란해서 바깥 정원에 있던 사람들 중에는 몇 발의 총성을 들었다고 말할 정도였으니까요. 아주 웃겼다니까요! 그런데 새 인형은…… 운이 없었죠. 로저스 씨가 고안하고 제작한, 대단한 걸작인데 말이에요. 로저스 씨가 돌아오면 사정을 알게 되겠죠, 뭐."

이번에도 오라보나가 씩 웃었다.

"경찰 말이에요, 일주일 전에 그 인형을 전시했어요. 그랬더니 두세 사람이 기절을 하더군요. 불쌍한 한 친구는 그 앞에서 간질 발작을 일으켰어요. 그 인형이 다른 거에 비해 좀 강렬한 편이긴 하죠. 무엇보다 크잖아요. 물론 성인 전용 전시실에 전시했어요. 다음 날인가, 런던 경찰국에서 경찰 둘이 나와서 그걸 보고는 전시하기엔 너무 섬뜩하다고 말하더군요. 치우라고 말이죠. 그런 걸작을 몰라보다니 참 부끄러운 일이죠. 그러나 로저스 씨가 없는 상황에서 내가 법적인 항의를 하는 건 옳지 않다고 생각했어요. 로저스 씨도 경찰과 공개적으로 문제를 일으키는 걸 원치 않을 테니까요. 그러나 그분이 돌아오면, 그때 가서 또……."

존스는 몇 가지 이유 때문에 거북스러움과 반감이 심해지는 것을 느꼈다. 그래도 오라보나는 계속 말했다.

"존스 씨는 예술품 감정사잖아요. 개인적으로 선생님에게 보여드린다고 해서 법을 위반하는 건 아니라고 생각합니다. 우리가 앞으로 그걸 부숴버려야 하는가는 물론 로저스 씨의 의사에 달린 문제겠지만, 어쨌든 그건 범죄 행위나 다름없어요."

존스는 그걸 보고 싶지 않았고 무조건 도망치고만 싶었다. 그런데 예술가의 열정에 달아오른 오라보나가 존스의 팔을 붙잡고 앞장서고 있었다. 정체 모를 공포로 가득한 성인 전용 전시실에는 관람객이 한 명도 없었다. 그쪽 구석의 커다란 벽감 하나에 커튼이 처져 있었고, 싱글벙글한 오라보나가 그쪽으로 다가갔다.

"존스 씨, 알아두세요. 저 작품의 제목은 「란-테고스에게 바치는 제물」입니다."

존스는 소스라치게 놀랐으나, 오라보나는 아랑곳하지 않았다.

"저 거대하고 몰골사나운 신은 로저스 씨가 연구해 온, 불가사의한 전설에 등장하지요. 선생님도 로저스 씨에게 종종 타이르며 말했듯이 전부 다 허튼소리에 불과합니다. 저것은 외계 생물체로 북극에서 300만 년 전에 살았다고 하네요. 자기한테 바쳐진 제물을 퍽 독특하면서도 오싹하게 다루었대요. 로저스 씨는 지독할 정도로 실물과 똑같이 만들었어요. 제물의 얼굴까지 말이죠."

이쯤 되자 존스는 온몸을 부들부들 떨면서 커튼이 처져 있는 벽감 앞의 황동 난간을 붙잡았다. 그가 오라보나를 제지하기 위해 손을 뻗으려는 찰나, 벽감의 커튼이 스르르 걷히기 시작했다. 그는 모순된 충동에 이끌려 오라보나를 제지하려던 손길을 거두었다. 그 외국인은 의기양양하게 미소를 머금었다.

"보세요!"

존스는 난간을 꼭 붙잡고 있었음에도 휘청거렸다.

"이런! 억!"

기우뚱하게 웅크린 자세인데도 족히 3미터는 될 어마어마한 괴물이 한없는 우주의 적의를 드러낸 채 기괴한 조각으로 뒤덮인 거대한 상아 왕좌에서 금방이라도 뛰어나올 듯 모습을 드러냈다. 한가운데 여섯 개의 다리는 납작하게 짓뭉개지고 뒤틀려서 핏기 하나 없는 물체를 움켜잡고 있었다. 붙잡힌 물체에 무수한 구멍이 나 있었고, 군데군데 강한 산성 물질 같은 것에 의해 타들어가 있었다. 거꾸로 늘어져 있는 제물의 난자당한 머리만이 그것이 한때 인간이었음을 알려주고 있었다.

이미 꽤나 오싹한 사진을 본 존스에게 그 괴물의 정체가 무엇인지 굳이 설명할 필요는 없었다. 그 고약한 인화지는 너무도 사실적이었다. 그럼에도 이 거대한 실물에 깃든 완벽한 공포까지는 전달하지 못했더랬다. 공 모양의 상반신, 기포처럼 생긴 머리, 세 개의 물고기 눈알, 30센티미터 길이의 주둥이, 부풀어 오른 아가미, 독사의 빨판 같은 기괴한 모세관, 검은 집게발이 달린 여섯 개의 구불구불한 조직, 아! 저 검은 집게발은 얼마나 눈에 익은지!

오라보나의 미소는 극도로 가증스러웠다. 존스가 진저리를 치면서도 그 소름 끼치는 전시물에서 눈을 떼지 못한 것은 점점 더해 가는, 그래서 그 자신도 당혹스럽고 혼란스러워진 매혹 때문이었다. 아직 정체를 다 드러내지 않은 이 괴물이 그를 사로잡아서 더 오래, 더 자세히 보게 하려는 것은 과연 무엇일까? 그래서 로저스가 미쳤나 보다……. 최고의 예술가, 로저스가 그러지 않았던가…… 인공물이 아니라고…….

그는 문득 자신을 사로잡고 있는 것이 무엇인지 알아냈다. 짓뭉개진 밀랍 제물의 축 처진 머리, 그것이 암시하는 어떤 것이었다. 머리에서 얼굴을 아예 알아보지 못할 정도는 아니었고, 그 얼굴이 눈에 익었다. 불쌍한 로저스의 미친 얼굴과 닮았다. 존스는 더 자세히 살피면서도 왜 자신이 그렇게 하는지 이유를 알지 못했다. 미친 이기주의자가 자신의 모습을 본떠 걸작을 만드는 것이 이상한 일은 아니잖은가? 광인의 잠재적인 상상력이 이 절대 공포 속에 집어넣어 감추어버린 뭔가가 더 있는 것일까?

난자당한 밀랍 얼굴은 더없이 능란한 솜씨로 만들어진 것이었다. 그 구멍들, 가여운 개에게 났던 무수한 상처들을 얼마나 완벽하게 재현해냈던가! 그러나 다른 뭔가가 더 있었다. 왼쪽 뺨에 원래의 계획에서 벗어난 것처럼 일종의 변칙이 있었다. 마치 조각가가 첫 모형물에 생긴 흠을 숨기려고 애쓴 것 같다고 할까. 존스가 쳐다보면 볼수록, 그것은 이상할 정도로 공포감을 주었다. 그런데 불현듯 어떤 상황이 떠올랐고, 이 때문에 그의 공포는 절정에 달했다. 격투가 벌어졌던 그 무시무시한 밤에 결박당한, 실제로 살아 있는 로저스의 왼쪽 뺨에 길고도 깊은 상처가 났었다.

존스는 난간을 꽉 움켜잡고 있던 손을 놓아버렸고 정신을 잃고 말았다.

오라보나는 여전히 미소를 머금고 있었다.

....

1) 앙리 데지르 랑드뤼(Henri Desire Landru): 프랑스의 연쇄살인범. 제1차 세계대전 당시, 신문에 구혼 광고를 낸 뒤, 찾아온 여성들과 한동안 사귀면서 금품을 갈취하고 살해했다. 시신들을 토막 내 화덕에 태우는 방식으로 1914년부터 1918년까지 11명(10명의 여성과 피해 여성 중 한 명의 아들 1명 포함)을 살해했다.

2) 홀리 하비 크리펜(Hawley Harvey Crippen): 일명 '크리펜 박사'로 더 많이 알려져 있는 미국의 동종요법 치료사. 아내를 살해한 혐의로 교수형에 처해졌다.

3) 데이비드 리치오(David Rizzio): 메리 여왕의 이탈리아인 비서. 당시에 메리는 단리 경 사이에 아기를 임신(제임스 1세) 중이었는데, 단리 경은 아기의 아버지가 리치오라는 소문에 위기감과 질투를 느끼고 리치오를 살해했다.

4) 레이디 제인 그레이(Lady Jane Grey): 1553년 튜더 왕가의 네 번째 여왕으로 즉위했다. 독실한 영국 성공회 신자인 제인은 로마 가톨릭을 고집하는 왕녀 메리 1세와 대립 관계에 있었다. 즉위한 지 9일 만에 메리 1세가 런던에 입성하자 반역죄로 런던탑에 갇혔다가 이듬해 불과 16세의 나이로 참수당했다.

5) 차토구아(Tsathoggua): 클라크 애슈턴 스미스가 「사탐프라 제이로스의 이야기」에서 처음으로 언급한 창조물로, 러브크래프트가 차용했다.

6) 샤우그너 판(Chaugnar Faugn): 프랭크 벨내프 롱이 러브크래프트의 크툴루 신화를 확장하여 추가한 창조물. 샤우그너 판은 롱이 《위어드 테일스》에 발표한 「언덕에서 온 공포」에 처음 등장하는 위대한 올드원의 하나로 코끼리 머리와 막(膜) 구조에 뻣뻣한 털이 난 커다란 귀, 입가 양쪽으로 튀어나온 엄니 두 개, 사람의 손을 지닌 것으로 묘사된다.

7) 『도울 영창 *Dhol chants*』: 크툴루 신화에 등장하는 여타 가공의 책에 비해 상대적으로 잘 알려져 있지 않고, 이 작품에만 언급된다. 러브크래프트의 또 다른 창조물인 도울(Dholes, 거대한 백색 벌레류)과 관련지을 수 있으나, 도울이 이 책에 어떤 영향을 미쳤는지는 언급이 없다. 나중에 덜레스와 브라이언 럼리 등이 차용하여 좀 더 구체적으로 확장했다. 이를테면, 렝 고원에서 전해진 『도울 영창』은 중국어 판본과 영어 판본이 있는데, 전자는 아시아의 한 수도원에, 후자는 미스캐토닉 대학에 소장되어 있다는 설정이다. 그 내용은 555가지의 영창 혹은 주문으로 이루어져 있고, 여기엔 정령들을 소환하여 부리는 주문을 포함하여 이로운 주문과 복수의 주문이 있다. 이로운 주문의 경우에는 효과를 거두기 어려운 경우가 종종 있고, 복수의 주문은 주문을 건 장본인이 죽은 후에야 비로소 효과를 거둔다고 한다.

8) 양판문(洋板門): 문짝에 문틀을 짜고 그 안에 판자를 끼워 넣는 방식의 문.

9) 초-초(Tcho-Tchos): 러브크래프트의 두 작품 「시간의 그림자」와 이 작품에 간단히 언급된 종족으로, 동료 및 후대 작가들에 의해 확장된 종족이다. 안다만 제도, 말레이시아, 티베트 등지에 산재해 있는데, 태초에 샤우그너 판이 이 종족을 만들었다고 한다. 즉 샤우그너 판은 선사시대 파충류의 살로 '미리 니그리'라는 난쟁이 종족을 먼저 만든 뒤, 나중에 이 종족과 인간을 짝 지어 초-초 종족을 만들었다. 초-초는 한때 동아시아 전역에 널리 퍼져 있었으나, 지금은 극소수만 남아 있다. 이들은 자신의 창조주 샤우그너 판 외에도 슈브-니구라스, 해스터 등을 숭배한다.

10) 놈(Nome): 알래스카 주 북서부에 있는 항구도시.

11) 슈브-니구라스(Shub-Niggurath): 러브크래프트가 창조한 다산의 여신으로, 맨 처음 언급된 작품은 「더니치 호러」이다. 슈브-니구라스는 '천 마리의 새끼를 밴 염소'의 모습으로 그려지는데, 나중에는 요그-소토스의 아내로 등장하기도 한다. 밧줄처럼 생긴 촉수와 발굽이 있는 짧은 발을 지닌 거대하고 음산한 모습이다.

12) 블라쉬카(Blaschka): 유리 예술가인 레오폴드 블라쉬카와 그의 아들 루돌프 블라쉬카를 말한다.

13) 나이트곤(Night-Gaunts): 러브크래프트 작품 속에서 드림랜드와 현실 세계 양쪽에서 발견되는 괴생명체. 고래와 비슷한 피부, 커다란 박쥐 날개, 뿔 그리고 얼굴이 있어야 할 자리가 텅 비어 있는 특징을 지녔는데, 이런 점만 제외하면 인간과 생김새가 흡사하다. 감각기관이 없음에도 불구하고 주변 환경을 감지하는 능력이 탁월하다. 삼지창으로 무장하기도 하고, 맨몸으로 다닐 때도 많다. 대개는 인간과 멀리 떨어진, 황폐한 지역에 살면서 자신들의 영역을 침범하는 자가 있으면, 매복했다가 낚아채 날아오른다. 포로가 붙잡힌 상태에서 저항하면, 커다란 미늘이 달린 꼬리로 따끔거리게 괴롭히는데, 그래도 계속 저항하면 공중에서 떨어뜨려버린다. 반면 저항하지 않는 포로는 기이하고 위험한 장소로 데려가 버린다. 나이트곤 무리는 거대한 심연의 제왕 노덴스를 위해 일한다고 알려져 있다. 러브크래프트의 『미지의 카다스를 향한 몽환의 추적』에 자세히 묘사된다.

14) 란-테고스(Rhan-Tegoth): 300만 년 전에 외계의 행성 유고스에서 지구를 찾아와 북극에 거주한 위대한 올드원의 하나. 러브크래프트의 작품 중에서는 이 단편에만 등장하며, 린 카터와 덜레스 등이 차용하고 확장했다. 란-테고스가 죽으면 올드원들이 돌아올 수 없다고 하나, 인간의 힘으로는 란-테고스를 죽일 수 없다.

15) 노스-이디크(Noth-Yidik): 이 작품 외에 특별한 언급이 없지만, 린 카터의 「시간의 광기」에서 노스-이디크(남성)와 크툰(여성) 사이에 태어난 자손을 사냥개로 묘사하고 있다. 이 사냥개들은 나선형의 탑들로 이루어진 도시, 즉 틴달로스에 거주하는 고대 혹은 다른 차원의 피조물이다. 파란 혀를 지닌 녹색의 털 없는 개를 닮았으나, 일정한 형태가 없는 검은 그림자처럼 보이는 등 정확한 형태를 알 수 없다. 원래 「틴달로스의 사냥개」는 1931년 프랭크 벨내프 롱이 발표한 동명의 단편이다.

16) 크툰(K'thun): 「시간의 광기」에 등장하는 인물. 자세한 사항은 주석 15항 참조.

17) 아자토스(Azathoth): 외계의 신이자 우주의 중심. 끝없이 사악한 존재로서 감히 그 이름을 입에 올리지 못한다. 시간을 초월한 숨 막히는 광기의 북소리와 저주받은 피리 소리에 묻혀 있다. 니알라토텝도 아자토스의 명령을 받들어 혼돈의 임무를 수행한다. 아자토스는 「어둠 속에서 속삭이는 자」, 「누가 블레이크를 죽였는가」, 「광기의 산맥」, 「미지의 카다스를 향한 몽환의 추적」에 등장하며, 「아자토스」라는 미완성 단편이 있다.

18) 차원의 셈블러(dimensional shambler): 쭈글쭈글한 피부와 커다란 집게발을 지닌, 인간을

닮은 생명체. 요그-소토스와 같은 차원에서 산다. 마법사들이 의식을 통하여 지상으로 불러내기도 하지만, 셈블러가 자발적으로 나타나기도 한다. 인간과 마주치면 대개는 붙잡아 자신의 차원으로 데려가버린다. 러브크래프트의 작품 중에서 이 단편에만 등장한다.

19) 소성(燒成): 가마에서 석회석 따위를 구워 도자기나 벽돌을 만드는 작업.

THE HORROR IN THE BURYING GROUND

묘지에서의 공포

러틀랜드로 가는 주립 고속도로가 폐쇄되어, 여행객들은 싫든 좋든 스웜프 할로를 지나는 스틸워터 도로를 이용해야 한다. 군데군데 수려한 풍광에도 불구하고 이 길은 수년 동안 그리 큰 호응을 얻지 못하고 있다. 이 일대가 어딘지 음울한데, 특히 스틸워터 인근이 그렇다. 운전자들은 마을 북쪽 야산의 굳게 잠긴 농가 주변을, 또 마을 남쪽의 낡은 묘지를 배회하며 망자들과 대화를 하는 듯한 흰 수염의 백치를 보면서 미묘하게 거북함을 느끼곤 한다.

지금은 스틸워터의 흔적이 그리 많이 남아 있지 않다. 토양은 파헤쳐졌고, 사람들 대부분은 멀리 강 건너 마을이나 멀리 산 너머 도시로 떠났다. 낡은 흰색 교회의 첨탑은 무너졌고, 뿔뿔이 흩어져 있던 스무 채 남짓의 가옥 중에서 절반은 폐가가 되어 이런저런 붕괴의 조짐을 보이고 있다. 그나마 일상의 흔적이 감지되는 유일한 곳이자 호기심 어린 여행객들이 굳게 닫힌 집과 송장에게 말을 하는 백치에 관해 묻기 위해 차를 세우는 곳은 펙 잡화점과 주유소뿐이다.

질문하던 사람들 대부분은 혐오스럽고 불안한 기색으로 떠나간다.

이곳에서 마주친 남루한 게으름뱅이들은 이상스레 불쾌하고, 이들이 오랜 과거의 일들을 회상할 때는 묘한 암시들로 가득하다. 지극히 평범한 사건들을 이야기할 때조차 그들의 말투에는 위협적이고 불길한 기운이 담겨 있다. 요컨대, 쓸데없이 암시적이고도 은밀한 태도를 취하는가 하면, 어떤 대목에서는 섬뜩한 속삭임으로 목소리를 낮추기도 해서 듣는 사람 입장에선 알게 모르게 심란해지기 마련이다. 늙은 뉴잉글랜드 사람들이 종종 이런 식으로 말하기는 하나, 이곳의 경우에는 마을의 특징처럼 보이는 음울함과 얘기 자체의 음산함이 더해져 이들의 음침하고 은밀한 말버릇을 의미심장하게 만든다. 그렇다 보니 외지인들은 이 고립된 청교도와 이들의 기이한 억압 이면에 숨겨져 있는, 본연의 공포를 강하게 느끼곤 한다. 그래서 공포를 느끼고 속히 좀 더 깨끗한 공기 속으로 도망치고 싶어 안달하게 되는 것이다.

빈둥거리는 주민들이 그 굳게 닫힌 집에 관해 의미심장하게 속삭이는 내용은 스프라그 노파, 즉 소피 스프라그에 관한 것이다. 소피의 오빠 톰은 1886년 6월 17일에 묘지에 묻혔다. 소피는 오빠의 장례식 이후 다시는 예전 모습으로 돌아가지 못했다. 장례식 날에 이런저런 일들이 벌어졌고, 결국에 소피는 집 안에서 계속 칩거하는 쪽을 택했다. 지금도 모습을 보이지 않고 있으나, 뒷문의 깔개 아래 남겨놓은 쪽지를 보고 네드 펙의 아들이 잡화점에서 필요한 물건들을 배달해 주고 있다. 뭔가 두려워하고 있는 것인데, 특히 오래된 스웜프 할로 묘지가 그랬다. 소피의 오빠 — 그리고 또 한 사람 — 가 매장된 후로 누구도 묘지 근처에 얼씬하지 않았다. 실성한 조니 도가 떠들어대는 것도 그리 놀라운 일이 아니다. 그는 온종일은 물론이고 종종 한밤에도 묘지 근처를 배회하고, 톰뿐만 아니라 다른 사람과도 대화를 나눈다고 주장한다. 묘지를 배회한 뒤에는 소피의 집으로 행군하여 그녀를 향해 뭐라고 고래고래 소리를 질러댄다. 소피가 문을 꼭꼭 걸어 잠그기 시작한 이유가 이 때문이다. 조니는 소피를 데려가기 위해 뭔가가 오고 있다고 말한다. 누군가 말려야 하는데, 불쌍한 조니를 매정하게 대할 수 있는 사람은 없다. 게다가 스티븐 바버는 언제나 자신만의 독특한 주장을 펼치곤 한다.

조니는 두 개의 무덤과 대화를 나눈다. 그중 하나가 톰 스프라그의 무덤이다. 다른 하나는 같은 날에 매장된 헨리 손다이크의 것으로, 묘지 맞은편 끝에 있다. 헨리는 수 킬로미터 반경에서 하나뿐인 마을 장의사였고, 스틸워터 주변을 몹시 싫어했다. 러틀랜드 출신의 도시 남자로서 대학물도 먹었고 박학다식했다. 듣도 보도 못한 기묘한 일들에 관한 책을 읽었고, 나쁜 목적으로 화학약품을 혼합했다. 언제나 뭔가 새로운 — 최신 유행의 독한 위스키라든가 시답잖은 약 같은 — 것을 발명하려고 애썼다. 마을 사람들 중에는 헨리가 의사를 꿈꾸었으나 실패한 뒤 차선의 직업을 선택했다고 말하는 사람들이 있었다. 물론 스틸워터 같은 지역에서 장의사가 필요한 일이 그리 많지 않아서 헨리는 농사를 겸했다.

헨리는 비열하고 음침한 성격인 데다 그의 집 쓰레기 더미에서 발견된 빈 병들로 미루어보면 은밀한 술꾼이기도 했다. 당연히 그를 싫어한 톰 스프라그는 그의 프리메이슨 입회를 반대했고, 그가 소피의 환심을 사려고 알랑거릴 때는 얼씬도 말라고 경고했다. 헨리는 자연과 성경에 위배되는 방식으로 동물 실험을 자행했다. 양치기 개가 어떻게 발견되었는지 또 애클리 노파의 고양이에게 무슨 일이 생겼는지를 아무 일 없었다는 듯 잊어버릴 수 있는 사람은 없었다. 얼마 후에는 리빗 집사의 송아지 문제가 불거지는 바람에 톰이 마을 청년들을 이끌고 가서 설명을 요구하기도 했다. 신기한 것은, 톰이 발견했을 때 부지깽이처럼 빳빳했던 송아지가 결국에는 살아났다는 점이다. 주민 일부는 톰의 장난이라고 말했으나 헨리 손다이크 입장에서는 그렇게 생각하기 어려웠을 것이다. 왜냐하면 그는 그 사건이 오해로 밝혀지기도 전에 톰의 주먹질에 고꾸라졌기 때문이다.

물론 톰이 당시에 어지간히 취해 있었다. 기껏해야 심술궂은 망나니였고, 불쌍한 여동생을 협박하여 겁에 질리게 했다. 소피가 지금까지 공포에 질려 있는 것도 아마 그래서일지 모르겠다. 피붙이라고는 단둘, 톰은 재산을 나누기 싫어서 소피를 절대 놔주려 하지 않았다. 대부분의 남자들은 톰을 극히 무서워했기 때문에 소피와의 교제는 꿈도 꾸지 못했다. 톰은 신발을 벗고도 키가 183센티미터였다. 그러나 헨리 손다이크는 남의 눈을 피해 일을 저지르는 교활한 놈팡이였다. 별 볼일 없는 남자였으나 소피는 그런 그에게 싫은 내색조차 하지 않았다. 그가 비열하고 못생긴 건 사실이나, 소피는 오빠로부터 벗어날 수만 있다면 상대가 누구든 기뻐했을 것이다. 헨리 덕분에 오빠로부터 벗어난 후에 이번에는 또 어떻게 헨리로부터 벗어날까, 아마 이런 의문을 계속 품었을 것이다.

아무튼 이것이 1886년 6월의 상황이었다. 이때까지만 해도 펙 잡화점에 모여든 놈팡이들의 소곤거림이 그리 흉흉하진 않았다. 그러나 속삭임이 계속될수록 은밀함과 악의적인 긴장감이 더해 갔다. 톰 스프라그는 유흥을 즐기느라 정기적으로 러틀랜드에 가는 것 같았고, 이런 외출은 헨리 손다이크에게 절호의 기회였다. 톰은 언제나 형편없는 몰골로 집에 돌아왔고, 프랫 박사는 귀머거리에 거의 장님이긴 했으나 톰의 심장병과 알코올에 의한 섬망증의 위험을 경고하곤 했다. 마을 사람들은 언제나 톰의 욕설과 고함 소리를 듣고 그가 집에 돌아온 것을 알았다.

6월 9일 수요일, 이날은 젊은 조슈아 구디너프가 자신의 최신식 사일로[20]를 만든 다음 날이었고, 톰이 마지막으로 가장 길게 흥청망청 술판을 벌이러 떠난 날이었다. 톰이 다음 주 화요일 아침에 돌아왔을 때, 잡화점에 모여 있던 동네 사람들은 그가 자신의 적갈색 종마를 술에 만취했을 때처럼 채찍질하는 모습을 지켜보았다. 곧이어 스프라그의 집에서 고함과 비명, 욕설이 들려왔고, 사람들이 제일 먼저 떠올린 것은 걸음아 나 살려라 프랫 박사에게 달려가고 있을 소피의 모습이었다.

의사가 스프라그의 집에 도착해 보니 헨리 손다이크가 거기 있었다. 톰은 눈을 부릅뜬 채 입가엔 거품을 물고 자기 방 침대에 있었다. 이리저리 촉진을 해보고 일반적인 진찰을 끝낸 프랫이 심각하게 고개를 젓더니 소피에게 큰일을 당했다고 말했다. 요컨대, 소피의 가장 가깝고도 소중한 혈육이 천국의 문을 지나 저세상으로 떠났다고, 톰이 금주를 하지 않는 한은 언젠가 이렇게 될 줄 모두 다 알고 있었다고 말했다.

소피는 훌쩍이면서 울었고 마을 놈팡이들은 수군거렸으나 그리 심각해 보이진 않았다. 손다이크는 그저 미소만 머금고 있었다. 아마도 늘 앙숙이었던 그 자신이 누구보다 토머스 스프라그의 대리자가 될 확률이 높다는 아이러니한 상황을 생각하고 있었는지도 모르겠다. 그는 잘 듣지 못하는 노의사 프랫의 귀에 대고 톰의 상태로 봐서 장례를 일찍 치러야 한다고 소리쳤다. 술꾼들은 죽어서도 언제나 수상쩍은 부류여서 장례를 지체하다간 — 게다가 시설이 부족한 시골이다 보니 — 눈에 띄는 변화든 그렇지 않은 변화든 간에 망자의 소중한 유족에게 견디기 어려운 결과를 초래할 수 있다는 게 이유였다. 노의사는 톰의 음주벽 덕분에 오히려 훌륭하게 방부 처리를 한 효과가 있다고 중얼거렸으나, 손다이크는 자신의 지식과 실험을 통해 고안한 더 나은 방법에 대해 허풍을 떨어대면서 의사의 생각과는 정반대의 결과가 생길 수 있다고 설득했다.

이 대목에서 놈팡이들의 수군거림이 극히 심란해졌다. 여기까지는 대체로 에즈라 대번포트의 입에서 나온, 아니면 에즈라가 겨울이면 늘 그랬듯이 동상으로 몸져누워 있었다면, 루더 프라이의 입에서 나온 이야기였다. 그러나 이후부터는 캘빈 휠러가 이야기의 실마리를 이어갔고, 그의 목소리는 지독히도 불길한 느낌으로 숨은 공포를 암시했다. 행여 조니 도가 근처를 지나갈라치면, 이야기가 중단되었다. 스틸워터 사람들은 조니와 외지인들이 너무 많은 이야기를 나누는 걸 좋아하지 않았기 때문이다.

캘빈은 이야기를 듣고 있던 여행객에게 슬그머니 다가갔고, 때로는 흙 묻고 얼룩투성이인 자신의 손으로 여행객의 외투 옷깃을 붙잡고는 파란색의 축축한 눈을 반쯤 감고서 말을 잇기도 했다.

"그러니까 말이죠." 그가 속삭였다. "헨리가 집에 가서 장의 도구를 가져왔지요. 실성한 조니 도가 그 짐을 대부분 챙겼는데, 그야 녀석이 늘 헨리의 허드렛일을 해주고 있었으니까요. 아무튼 집에 다녀온 헨리가 프랫 의사와 실성한 조니더러 입관을 도우라고 했지요. 의사는 언제나 헨리가 말이 너무 많다고 생각했지요. 그러니까 헨리는 자기가 얼마나 뛰어난 일꾼인지 또 스틸워터 같은 곳에, 하긴 휘트비 지역도 마찬가지지만, 대충 매장이나 하는 돌팔이들이 아니라 정식 장의사가 있으니 얼마나 다행이냐고 떠벌린 거죠.

'사람들 중에 마비성 경련이랄까, 선생도 어디선가 읽어본 적이 있는 그런 증세를 겪는 경우를 생각해 봐요. 그런데 그런 사람을 땅에 묻고 덮어버린다면 어떻겠소? 방금 세운 묘석 아래서 숨이 막혀 버둥거리다가 간혹 그럴 힘이라도 있어서 이리저리 할퀴고 찢고 한다면 어떻겠소? 별 소용없는 일이지요, 선생. 그런데 스틸워터에는 사람이 죽든 죽지 않든 똑똑한 의사가 있고, 일 처리 깔끔한 장의사가 있으니 얼마나 다행이냐 이 말이외다.'

헨리가 그런 식으로 떠벌렸다고 하더군요. 그것도 대부분은 불쌍한 톰의 시신에 대고 한 말이지요. 프랫 의사는 헨리한테서 똑똑한 의사라는 칭찬을 듣긴 했어도 그런 과정이 썩 내키지 않았다는군요. 실성한 조니가 줄곧 시체를 쳐다보면서 칭얼거리는 소리도 듣기 참 고약했겠지요. 녀석은 '의사 선생님, 톰이 차갑지 않아요.'라든가 '눈꺼풀이 움직였어요.' 또는 '톰의 팔에 구멍이 있는데요. 헨리가 나한테 아주 기분 좋은 주사를 줬을 때 생긴 구멍이랑 똑같네요.'라고 지껄였다지요. 손다이크는 이 대목에서 조니의 입을 다물게 했으나, 그가 가여운 조니에게 마약을 주사하고 있다는 건 동네 사람들도 다 아는 일이었어요. 그 가여운 녀석이 마약을 단박에 끊었다는 게 사실 기적이긴 해요.

하지만 의사 선생의 말에 따르자면, 최악의 상황은 헨리가 방부액을 주사하려는 순간, 시체가 벌떡 일어난 것이지요. 헨리는 개와 고양이를 상대로 실험한 그 새로운 약품이 얼마나 대단한 것인지 연신 떠벌리고 있었답니다. 그런데 느닷없이 톰의 시체가 마치 살아 있는 것처럼 몸을 웅크렸다가 드잡이라도 할 기세였지요. 어이구야, 의사 선생은 시체에 근육 강직이 시작되면 그럴 수 있다는 걸 알면서도 무서워서 꼼짝도 하지 못했대요. 그러니까 내 말의 요지는, 시체가 일어나 헨리의 손에 든 주사기를 움켜잡았고, 그 바람에 시체에 들어갈 방부액이 조금 헨리한 테 주사된 거라 이거요. 헨리는 재빨리 주삿바늘을 빼고 시체를 다시 눕히고는 남은 방부액을 몽땅 시체에 주사했으나, 꽤나 겁을 먹었다는 군요. 확실히 처리한답시고 방부액을 기준치보다 많이 준비했지만, 자 신한테 주사된 양이 그리 많진 않을 거라고 혼자서 위안을 하더래요. 그런데 실성한 조니가 또 칭얼거리기 시작했어요.

'리그 홉킨스의 개가 완전히 죽어서 빳빳해졌다가 다시 살아났을 때 네가 쓴 그 약이랑 같은 거구나. 이제 너도 톰 스프라그처럼 죽어서 빳 빳해지겠네! 몸에 많이 들어가지 않았으면 한참이 지나야 약효가 나타 나니까 명심해!'

소피는 이웃 몇몇과 함께 아래층에 있었어요. 올해 들어 죽은 내 마 누라 마틸디도 그중에 한 명이었어요. 그 사람들은 톰이 집에 돌아왔을 때 손다이크가 어떻게 했는지 또 톰을 격분하게 만든 일이 무엇인지 알 아내려고 안달이 나 있었지요. 몇몇 사람들은 소피가 더 자세한 얘기를 하지 않는 데다 손다이크의 묘한 웃음에도 신경을 쓰지 않자 별스럽게 생각했나 봐요. 헨리가 직접 만든 기묘한 액체와 주사로 톰을 어떻게 했다느니, 소피가 그것을 알고 있더라도 끝끝내 입을 다물 거라느니, 사람들이 암시하는 말이 다 사실일 리 없지만, 알다시피 사람들은 시체 의 귀환 같은 것을 추측해 보는 거요. 우리는 모두 손다이크가 거의 미 칠 지경으로 톰을 증오했다는 걸 알아요. 물론 이유 없이 미워한 건 아 니지요. 에밀리 바버가 내 아내 마틸디에게 그랬다는군요. 누구의 의심 도 사지 않게 현장에서 사망진단서를 발급해 주는 프랫 박사가 있으니 헨리로선 참 운이 좋다고 말이지요."

늙은 캘빈이 이 대목에 이르면, 대개 목소리가 멋대로 자라 지저분한 흰 수염에 파묻혀 알아들을 수 없는 웅얼거림으로 바뀌기 시작한다. 이 야기를 듣던 사람들 대부분은 슬금슬금 이 노인한테서 멀어지는데, 그래도 노인은 신경을 쓰지 않는 것 같다. 보통 이쯤에서 이야기를 이어가는 사람은 당시에 아주 어렸던 프레드 펙이다.

토머스 스프라그의 장례식은 6월 17일 목요일, 그러니까 그가 죽은 지 불과 이틀 뒤에 있었다. 장례를 이렇게 서두르는 것은 사람들의 발길이 쉬이 닿지 않는 오지의 스틸워터에서는 무례한 짓에 가까웠다. 장례식에 참석하려면 먼 길을 와야 하지만, 손다이크는 망자의 특별한 상태 때문에 부득불 어쩔 수 없다고 고집했다. 이 장의사는 입관 준비를 하면서부터 어딘지 초조해 보였고, 자신의 맥을 짚어보는 모습이 자주 사람들의 눈에 띄었다. 노의사 프랫은 손다이크가 실수로 자신의 몸에 방부액이 주사된 것을 걱정하나 보다 생각했다. 자연스레 '입관' 과정에서 벌어진 일들이 소문으로 퍼져서 가뜩이나 호기심과 병적인 관심 때문에 모여든 조문객들은 더욱더 몸이 달았다.

손다이크는 심란한 기색이 역력했음에도 훌륭하게 자신의 직업상 의무를 다하려고 애쓰는 것 같았다. 소피와 이웃들은 시신을 보고서 살아 있는 듯한 모습에 그만 소스라치게 놀랐고, 기술 좋은 장의사는 주기적으로 특정 약물을 시체에 계속 주입함으로써 더욱더 자신의 일에 믿음을 주었다. 그가 자기 자랑과 쓸데없는 수다로 그나마 좋았던 인상마저 망치고 있긴 해도, 어쨌든 마을 사람들과 조문객들로부터 존경심 같은 것을 억지로 얻어내고 있었다. 그는 말 없는 의뢰인에게 약물을 주입할 때마다 자기 같은 1급 장의사가 있으니 얼마나 행운이냐고 자꾸 횡설수설했다. 마치 시체에 대고 말하듯이 톰이 산 사람을 매장해버리는 돌팔이들의 손에 맡겨졌더라면 과연 어떻게 됐겠냐고 반문했다. 그가 섣부른 매장이 얼마나 무서운 것인가에 대해 토해 내는 장광설은 정말이지 잔인하고 역겨웠다.

장례식은 답답하지만 가장 좋은—스프라그 부인이 죽은 이후 처음으로 공개되는—방에서 거행되었다. 음이 고르지 않은 거실의 작은 오르간이 구슬피 울리는 동안, 현관에서 가까운 가대(架臺)에 놓인 관은 메스꺼운 향의 조화들로 뒤덮여 있었다. 인근에서 또 멀리서 전에 없이 많은 조문객이 모였고, 소피는 사람들을 위해 슬픈 표정을 지으려고 노력했다. 그러나 방심한 순간마다 소피는 불안해 보이는 장의사와 살아 있는 듯한 오빠의 시신을 번갈아 바라보면서 당혹스럽고 불편해하는 것 같았다. 그녀의 마음속에서 손다이크에 대한 혐오심이 서서히 퍼져나갔고, 이웃들은 톰이 죽고 없으니 그녀가 손다이크를 매몰차게 차버릴 거라고 마음대로 수군거렸다. 물론 손다이크 같은 교활한 놈팡이를 상대하기가 종종 어렵기 때문에 소피가 그렇게 할 수 있느냐가 관건이었다. 그러나 소피의 재산과 외모 정도면 다른 남자가 나타날 터이고, 그 남자가 헨리를 적당히 처리할 수 있을 터였다.

오르간으로 「뷰티풀 아일 오브 섬웨어[21]」가 숨넘어갈 듯 연주되는 동안, 침례교의 성가대가 처량한 목소리로 가뜩이나 섬뜩한 불협화음을 더했고, 조문객들은 모두 경건한 표정으로 리빗 집사를 바라보았다. 물론 실성한 조니는 예외였는데, 그는 관의 유리 아래에서 움직이지 않는 시체를 뚫어지게 쳐다보며 혼자 조용히 중얼거리고 있었다.

소피의 집 옆에서 농사를 짓는 스티븐 바버가 조니를 눈여겨본 유일한 사람이었다. 그는 백치인 조니가 시체를 향해 말을 하고 있는 모습을 보고 전율을 느꼈다. 게다가 조니는 마치 유리판 밑에서 잠든 사람에게 장난을 치듯 우스꽝스러운 손짓까지 하고 있었다. 그럴 만한 이유가 있긴 했겠으나, 톰이 불쌍한 조니를 근처에서 쫓아낸 경우가 한두 번이 아니었다. 지나간 일과 지금의 조니가 보여주는 행동에서 뭔가가 자꾸 스티븐의 신경을 거스르기 시작했다. 장례식 분위기에는 그가 설명할 수 없는 억눌린 긴장감과 음울한 변칙 같은 것이 스며들어 있었다. 조니를 그 집에 들이지 말았어야 했다. 한편 손다이크가 한사코 시체를 쳐다보지 않으려고 무던히 애쓰는 모습을 보고 있자니 퍽 이상했다. 이 장의사는 이따금씩 이상한 표정으로 자신의 맥을 짚어보곤 했다.

사일러스 애트우드 목사는 망자를 둘러싼 — 가족이라곤 둘밖에 없는 사랑하는 남매를 연결하는 속세의 끈을 잘라버린 죽음의 칼부림을 둘러싼 — 애잔하고 단조로운 분위기 속에서 꾸벅꾸벅 졸았다. 이웃 몇 명이 내리깐 눈으로 서로를 힐끔거리는 동안, 소피가 격렬하게 흐느끼기 시작했다. 손다이크가 소피의 곁으로 다가가 위로를 하려고 했으나, 소피는 이상하게도 몸을 피했다. 손다이크의 행동은 불편해 보였고, 공기 중에 스며든 비정상적인 긴장감을 예민하게 받아들이고 있는 것 같았다. 마침내 장례식에서의 중요한 임무를 깨달은 그가 앞으로 나와 음산한 목소리로 이제 시신을 마지막으로 볼 수 있는 시간이라고 말했다.

지인과 이웃이 무리를 지어 천천히 관을 지나갔고, 손다이크는 관 가까이 있던 실성한 조니를 거칠게 밀어냈다. 톰은 평온하게 잠든 모습을 하고 있었다. 한창때의 준수한 외모도 그대로였다. 조문객 대부분은 호기심 어린 눈빛으로 시체를 바라보고 나중에 수군거리긴 했으나, 진정 슬퍼서 우는 사람은 별로 없었고 그런 척하는 사람은 많았다. 스티븐 바버는 관 옆에서 오래 지체하면서 주의 깊게 시체의 얼굴을 바라보다 고개를 절레절레 흔들며 지나갔다. 그 뒤를 따르던 그의 아내 에밀리는 톰의 눈이 떠져 있으니 손다이크가 자기 자랑을 작작 좀 했으면 좋겠다고 속삭였다. 에밀리가 자세히 살펴본 결과, 장례식 시작 전에는 톰의 눈이 감겨 있었다. 그런데 톰의 두 눈이 죽은 지 이틀이 지난 것치고는 아주 자연스러워 보였다.

이 대목까지 말한 프레드 펙은 평소처럼 더는 말하고 싶지 않은지 입을 다물어버린다. 듣는 사람들도 뭔가 안 좋은 일이 벌어졌다고 예감한다. 그러나 펙은 다음에 벌어진 일이 마을 사람들의 암시처럼 그리 나쁘지는 않다고 말해 준다. 스티븐조차도 자신의 생각을 말로는 표현하지 못하는 형편이니 실성한 존은 오죽하랴.

일의 발단이 된 인물은 루엘라 밀러 ─ 성가대에서 노래를 불렀던 늙고 신경질적인 하녀 ─ 였다. 그녀는 다른 사람들처럼 차례대로 관을 지나가다가 바버 부부를 제외한 그 누구보다도 더 자세히 시신을 살펴보았다. 그러던 그녀가 갑작스레 비명을 지르더니 혼절을 하고 말았다.

당연히 실내는 아수라장으로 변했다. 노의사 프랫은 사람들을 헤치고 루엘라에게 다가와 그녀의 얼굴에 물을 뿌리라고 했다. 사람들이 루엘라와 관을 보기 위해 몰려들었다. 조니 도는 또 혼잣말을 중얼거리기 시작했다. "저 사람은 알아. 알아. 우리가 하는 말과 행동을 전부 듣고 볼 수 있어. 사람들이 저 상태로 땅에 묻을 거야." 그러나 스티븐 바버 외에는 아무도 조니의 중얼거림에 주의를 기울이지 않았다.

얼마 지나지 않아서 루엘라가 의식을 회복하기 시작했으나, 왜 그리 놀랐는지에 대해서는 정확히 설명하지 못했다. 그녀가 속삭인 말이라고는 "톰의 눈빛, 톰의 눈빛." 이게 다였다. 그러나 다른 사람들이 보기엔 시체에 아무 변화도 없었다. 그렇긴 해도 눈을 뜨고 혈색까지 좋은 시체는 꽤나 섬뜩해 보였다.

그런데 어리둥절해진 조문객들이 루엘라와 톰의 시신을 잠시 잊게 만드는 일이 곧바로 벌어졌다. 장본인은 손다이크였다. 갑자기 흥분하고 우왕좌왕하는 조문객들 때문에 손다이크에게 묘한 문제가 생긴 것 같았다. 소동이 이는 동안 그가 쓰러졌고, 곧 일어나 앉으려고 애를 쓰고 있었다. 얼굴 표정은 극도로 겁에 질려 있었고, 눈동자는 흐릿하고 탁하게 변하기 시작했다. 정확하게 말을 할 수 없어서 필사적으로 목구멍에서 그르렁거리는 소리를 냈으나 누가 봐도 손쓸 방법이 없었다.

"집에 데려다 주시오. 빨리. 실수로 내 팔에 주사한 용액 때문에…… 심장 발작…… 이 빌어먹을 박동…… 너무 심해…… 잠깐…… 잠깐…… 내가 죽었다고 생각하지 마시오. 그렇게 보이더라도…… 그냥 용액 때문이니까, 날 집에 데려다 주기만 하면 돼…… 잠깐…… 좀 있다가, 얼마나 오래 걸릴지는 모르겠지만 아무튼 괜찮아질 거요……. 그동안 계속해서 의식이 있는 상태일 거고, 무슨 일이 벌어지는지도 알고 있을 거요. 그러니까 속지 마시오……."

이런 말은 그의 곁에서 맥을 짚어보고 있던 노의사 프랫에게는 아무 의미 없는 여운에 불과했다. 프랫은 손다이크를 오랫동안 지켜보다가 고개를 저었다. "속수무책이군. 이 사람은 사망했소. 심장이 좋지 않은 데다 몸에 들어간 용액이 나쁜 영향을 끼친 것 같소. 무슨 용액인지는 나도 모르겠소만."

조문객들은 모두 멍한 상태였다. 장례식장에서 또 다른 죽음이라니! 손다이크의 숨넘어가는 마지막 말을 곰곰이 생각한 사람은 스티븐 바버밖에 없었다. 정말 죽은 것일까? 그렇게 보이는 것일 뿐이라고 말하지 않았나? 조금 더 상황을 지켜보는 게 낫지 않을까? 솔직히 프랫 박사가 매장을 하기 전에 겸사겸사 톰 스프라그까지 좀 더 지켜본다고 해서 해가 될 것은 없잖은가?

실성한 조니는 구슬피 신음하면서 손다이크의 시신 옆으로 충견처럼 몸을 날렸다. "이 사람 땅에 묻지 마! 이 사람 묻지 마! 죽지 않았어. 리그 홉킨스의 개도 리빗 집사의 송아지도 이 사람이 주사기로 찔렀을 때 죽지 않았단 말이야. 그냥 죽은 것처럼 보이는 약을 주사한 거야! 죽은 것처럼 보이지만 무슨 일이 벌어지는지 다 알 수 있고, 다음 날이면 지금까지보다 훨씬 더 건강하게 살아난단 말이야. 이 사람 묻지 마. 땅속에서 깨어나면 빠져나올 수 없어! 이 사람 착해. 톰이랑은 달라. 톰은 몇 시간이고 땅속에서 발버둥 치다가 숨이 막혀서……."

그러나 스티븐을 제외하고는 아무도 불쌍한 조니의 말을 귀담아듣지 않았다. 게다가 스티븐의 말까지 무시당했다. 사람들은 그저 반신반의했다. 마지막 검진 중이던 노의사 프랫은 사망진단서 용지가 있어야겠다고 중얼거렸고, 매사 사근사근한 엘더 애트우드는 시신 두 구를 동시에 매장하려면 준비를 해야겠다고 넌지시 말했다. 손다이크까지 죽었으니 러틀랜드 인근엔 장의사가 없었고, 굳이 장의사를 불러오려면 비용이 만만치 않을뿐더러 이 무더운 6월에 방부 처리를 하지 않은 손다이크의 시신이 어떻게 될지는 아무도 장담할 수 없었다. 또한 소피를 제외하면 장의사 없이 매장을 한다고 해서 비난할 만한 친척이나 친구도 없었다. 그런데 정작 소피는 방 맞은편에서 말없이, 거의 섬뜩한 표정으로 오빠의 관을 빤히 쳐다보고 있었다.

리빗 집사는 짐짓 위엄을 되찾으려고 애쓰면서 손다이크의 시신을 거실로 옮기도록 했고, 제나스 웰스와 월터 퍼킨스를 시켜 장의사의 집에서 적당한 크기의 관을 가져오라고 했다. 집 열쇠는 헨리의 바지 호주머니에 들어 있었다. 조니는 계속 칭얼거리며 손다이크의 시신을 부여잡고 있었다. 엘더 애트우드는 마을 예배에 참석한 적이 없는 손다이크의 교파를 알아내느라 분주했다. 러틀랜드에 살던 친척들 — 지금은 모두 고인이 된 — 이 침례교도였다고 결론이 나자, 사일러스 목사는 리빗 집사더러 간단한 기도를 올리는 게 좋겠다고 했다.

스틸워터와 그 인근의 장례식 애호가들에겐 축일이나 다름없었다. 루엘라마저도 자리를 뜨지 않아도 될 만큼 의식을 회복했다. 여기저기서 소리를 죽인 뒷공론이 한창이었고, 몇 사람이 싸늘하게 굳은 손다이크의 시신을 수습하고 있었다. 사람들이 무엇보다 시급하다고 동의한 일은 조니를 집 밖으로 쫓아내는 것이었다. 그러나 조니가 멀리서 울부짖는 소리가 섬뜩하게 집 안으로 흘러들었다.

손다이크의 시신은 입관을 끝내고 토머스 스프라그의 관 옆에 놓였다. 말없이 무서운 표정으로 오빠의 관을 노려보고 있던 소피가 이번에는 손다이크의 관에 똑같은 눈길을 던졌다. 소피는 한참 동안 말 한마디 뻥긋하지 않았고, 도저히 묘사할 수도 없고 해석도 할 수 없는 표정을 짓고 있었다. 다른 사람들이 망자들과 소피만 남겨두고 자리를 피하자, 그녀는 무감정한 말투로 뭐라고 말하기 시작했다. 그러나 아무도 그녀의 말을 알아들을 수 없었고, 그녀는 두 구의 시신을 향해 번갈아 가며 말을 하는 것 같았다.

곧이어 오후가 되자 장례 절차가 처음부터 끝까지 께느른하게 반복되었는데, 이 광경은 외지인의 눈에 소름 끼치는 무의식 코미디의 절정으로 보였을지 모르겠다. 또다시 오르간이 힘겹게 선율을 토해 냈고, 또다시 성가대가 새된 소리를 질러댔으며, 또다시 지루한 기도 소리가 들려왔다. 그리고 병적인 호기심을 품은 조문객들이 또다시 섬뜩한 — 이번에는 나란히 누워 있는 두 구의 — 시신 곁을 지나갔다. 일부 예민한 사람들은 반복되는 이 장례 과정에 몸서리를 쳤고, 역시나 스티븐 바버는 오싹한 공포와 악마적인 비정상성이라는 숨겨진 기운을 느꼈다. 어떻게 두 구의 시신이 저리도 살아 있는 것처럼 보이는지……. 어떻게 손다이크는 자신이 죽었다고 예단하지 말아달라고 할 수 있었는지……. 또 그가 얼마나 톰 스프라그를 증오했는지……. 그러나 상식 앞에서, 망자는 망자이고 노련한 의사 프랫까지 있는 상황에서 과연 할 수 있는 일이 무엇인지……. 아무도 신경 쓰지 않더라도 그중 한 사람은 나설 수 있지 않을까? 톰이 무슨 일을 당하든 그건 자업자득……. 그리고 헨리가 설령 톰에게 무슨 짓을 했다 해도 이제는 주거니 받거니 한 셈이다. 아무튼, 소피는 드디어 자유로워졌다.

시신을 지나친 행렬이 마침내 현관문에 다다르자, 소피는 또 한 번 망자들과 홀로 남겨졌다. 밖으로 나간 엘더 애트우드는 말 대여소에서 온 영구 마차의 마부와 대화 중이었고, 리빗 집사는 관 운구자들을 두 군데로 배치하고 있었다. 다행히 영구 마차에 관 두 개를 실을 수 있을 것 같았다. 에드 플러머와 에단 스톤은 무덤을 하나 더 파기 위해 삽을 들고 느긋하게 먼저 출발했다. 빌려 온 삯말이 세 필, 조문객들이 개인적으로 몰고 온 마차도 꽤 있었다. 사람들을 무덤에서 쫓아내려고 해봐야 소용없는 일이었다.

불현듯, 소피와 두 구의 시신이 있는 거실에서 격한 비명이 터져 나왔다. 사람들을 얼어붙게 만들 정도로 갑작스러운 일이었고, 루엘라가 비명을 지르고 실신했을 때처럼 큰 소동이 일었다. 스티븐 바버와 리빗 집사가 헐레벌떡 집 안으로 들어가려는데, 소피가 먼저 밖으로 뛰쳐나왔다. 그녀가 울먹이면서 말했다. "창문에 저 얼굴! 창문에 저 얼굴!"

그때 눈에 핏발 선 사람 한 명이 건물 모퉁이에서 모습을 드러냈고, 이로써 소피의 극적인 비명에서 비롯된 의문도 말끔히 풀렸다. 소피가 말한 얼굴의 주인공, 바로 실성한 조니였다. 그는 이리저리 날뛰면서 소피를 가리키고 악을 썼다. "저 여자가 알아! 저 여자가 알아! 두 남자를 쳐다보면서 말을 할 때 저 여자 표정에서 내가 알아봤어! 저 여자가 알아. 두 사람을 땅에 묻어서 숨이 막혀 발버둥 치게 만들려는 거야. 하지만 두 남자가 저 여자한테 말했고, 저 여자가 그 말을 들었어. 두 남자가 저 여자한테 말할 거야. 언젠가 돌아와서 저 여자를 가만두지 않겠다고!"

제나스 웰스가 악을 써대는 백치를 집 뒤편 헛간으로 끌고 가서 최대한 꽁꽁 묶어놓았다. 조니의 악다구니와 헤갈 치는 소리가 멀리서 들려왔으나 아무도 신경 쓰지 않았다. 장례 행렬이 시작되었고, 소피가 탄 말을 선두로 마을을 지나 스웜프 할로 묘지에 이르는 짧은 거리를 천천히 이동했다.

톰 스프라그가 매장되는 동안 엘더 애트우드가 조문을 읽었고, 조문이 거의 끝나갈 즈음에는 에드와 에단이 묘지 맞은편에서 손다이크의 무덤을 다 팠다. 조문객들이 그쪽으로 옮겨 갔다. 리빗 집사가 추도사를 낭독하고 침울한 과정이 되풀이되었다. 조문객들은 삼삼오오 자리를 뜨기 시작했고, 돌아가는 마차와 이런저런 소음들이 사방에 가득했다. 때맞춰 무덤을 덮는 삽질이 시작되고 흙이 허공을 날았다. 손다이크의 관에 먼저 흙이 덮이기 시작할 때, 스티븐 바버는 소피 스프라그의 얼굴에 스치는 묘한 표정을 보았다. 그 표정을 다 이해할 순 없어도, 어딘지 뒤틀리고 사악하게 억눌린 승리감 같은 것이 비쳤다. 스티븐은 고개를 저었다.

묘지에서 바삐 돌아온 제나스가 소피가 집에 오기 전에 헛간에서 조니를 꺼내주자, 이 불쌍한 백치는 무턱대고 묘지를 향해 달려갔다. 그가 묘지에 도착했을 땐 무덤이 다 메워지기 전이었고, 호기심 많은 조문객 상당수가 아직 주변을 서성이고 있었다. 조니가 메워지고 있던 톰 스프라그의 무덤을 향해 고함 지르며 이제 막 봉긋 솟아오른 손다이크의 무덤을 마구 파헤치던 광경은 묘지에 남아 있던 사람들에겐 여전히 떠올리기 오싹한 것이었다. 조담 블레이크 경관이 조니를 강제로 마을 농장까지 데려가야 했고, 조니의 비명은 무시무시한 메아리로 울렸다.

이 부분까지 오면 프레드 펙은 대개 이야기를 멈춘다. 그러곤 무슨 얘기가 더 필요하냐고 반문하곤 한다. 음울한 비극이었고, 그 후로 소피가 이상해졌다는 것을 의심하는 사람은 없었다. 시간이 너무 늦어서 캘빈 휠러가 비틀비틀 집으로 돌아가야 한다면, 이야기는 더 들을 수 없다. 그러나 그가 아직 근처에 있다면, 으레 고약한 암시와 불길한 속삭임으로 말문을 연다. 그의 이야기를 듣고 난 뒤 사람들은 종종 폐쇄된 소피의 집이나 묘지를 특히 어두워진 후에는 지나가지 않으려고 한다.

"히, 히…… 프레드는 당시에 젖먹이에 불과해서 그 일의 절반도 기억하지 못해! 소피가 왜 집 안에 틀어박히게 됐는지, 또 미친 조니가 왜 아직도 무덤에 얘기를 하고 소피의 창문에 고함을 쳐대는지 알고 싶지? 글쎄, 내가 속속들이 알고 있진 못해도 귀로 들은 건 다 알고 있지."

이쯤에서 노인은 씹는담배를 뱉어내고는 긴 이야기를 준비한다.

"그날 밤, 아니 다음 날 새벽 무렵이었어. 두 사람을 매장한 지 여덟 시간이 지났을 때, 소피의 집에서 첫 비명이 들려왔지. 모두 잠에서 깼어. 스티븐과 그의 처 에밀리, 나와 마틸디가 잠옷 바람에 부리나케 달려갔더니, 소피는 거실 바닥에 상복 차림 그대로 죽은 것처럼 기절해 있더군. 소피가 문을 잠가놓지 않아서 그나마 다행이었지. 우리가 다가갔지만 사시나무 떨듯 해서 무슨 일이냐고 제대로 물을 수가 없었어.

마틸디와 에밀리가 소피를 진정시켰고, 스티븐은 내게 듣기 거북한 말들을 속삭였지. 한 시간쯤 지나서 집에 돌아가도 되겠다고 생각하는데, 소피가 뭔가에 귀를 기울이듯 고개를 한쪽으로 숙이더군. 그러더니 갑자기 또 비명을 질렀고 또 기절을 해버렸어.

허허, 난 있는 그대로를 말하고 있는 거야. 배짱 없는 스티븐 바버처럼 넘겨짚는 게 아니라고. 그 친구가 그럴듯하게 변죽을 울리는 건 최고였지. 10년 전에 폐렴으로 죽었지만…….

그때 우리는 희미한 인기척을 들었는데, 아니나 다를까 실성한 조니였어. 소피의 집에서 묘지까지는 1.5킬로미터 정도였고, 조니가 갇혀 있던 마을 농장에서 창문을 통해 빠져나온 게 틀림없었어. 블레이크 경관조차도 그날 밤에는 밖으로 나오지 않았다더군. 그때부터 지금까지 조니는 두 무덤 사이를 배회하면서 말을 하지. 톰의 무덤엔 욕을 하면서 발길질을 하고, 헨리의 무덤 앞에선 몸가짐을 바루고 이런저런 물건을 갖다 바쳐. 그리고 무덤에 있지 않을 때는 꼭꼭 닫힌 소피의 집 주변을 어슬렁거리면서 곧 그녀를 벌하러 누군가 올 거라고 소리를 질러.

소피는 묘지 근처에는 얼씬도 하지 않았고, 지금은 집 밖으로 나오거나 사람을 만나려고도 하지 않아. 말하자면 스틸워터에 저주가 내린 셈이지. 장담하는데, 소피는 만신창이가 됐을걸. 모든 게 엉망으로 변했으니까. 소피한테 이상한 일이 벌어진 건 확실해. 한번은 샐리 홉킨스가 소피를 방문했는데, 1897년인가 1898년일 거야, 창문에서 소름 끼치는 덜컥덜컥 소리가 나더래. 당시에는 조니를 안전하게 가둬둔 상황이었고, 더지 경관도 정말이라고 장담을 했거든. 하지만 나도 매년 6월 17일마다 시끄러운 소리가 들려온다느니, 칠흑처럼 캄캄한 새벽 2시경에 희미하게 반짝이는 뭔가가 소피의 문을 두드린다느니 하는 소문에 대해서는 이렇다 저렇다 말하진 못하겠어.

그런데 말이야, 장례를 치른 후에 소피가 뭔가 소리를 듣고 두 번이나 졸도한 것도 새벽 2시경이었어. 아까 말했다시피, 스티븐과 나 그리고 마틸디와 에밀리도 어렴칫하긴 해도 그 소리를 들었으니까. 다시 말하지만, 그건 실성한 조니가 묘지에서 내는 소리가 틀림없었어. 조담 블레이크 경관의 입장에선 달리 할 말이 있겠지. 그렇게 멀리서 사람의 목소리가 들려오는 게 가능한지는 모르겠어. 사람의 머릿속은 터무니없는 것들로 채워져 있으니, 우리가 두 개의 목소리를 들었다고 생각한대도 놀랄 일은 아니지. 물론, 말을 할 수 없는 자들의 목소리였지. 스티븐은 나보다 더 많이 들었다고 하더군. 그 친구는 정말 유령을 믿었거든. 마틸디와 에밀리는 너무 겁에 질려서 무슨 소리를 들었는지도 잊어버렸어. 그런데 재미있는 건, 마을에서 그 불경한 시간에 깨어 있었던 어느 누구도 무슨 소리를 들었다고 말하지 않는다는 거야.

너무 어렴풋해서 말소리가 아니었다면, 바람 소리였겠지. 나도 조금은 들었다고 생각하지만, 그렇다고 스티븐의 주장에 무조건 동의하는 건 아니야.

'못된 년…….' '언젠가는…….' '헨리…….' 이런 소리는 똑똑히 들려왔어……. 또 다른 목소리가 말했어……. '네가 알잖아…….' '준비하고 있으라고 했지…….' '그를 없애.' '날 파묻어.' 곧이어 고약하게 꽥꽥거리는 섬뜩한 목소리가 들려왔어……. '언젠가는 돌아올 거야.' 하지만 조니가 그런 소리를 냈다고는 장담 못 하지.

어이, 이봐! 왜 그리 급히 가려는 거야? 마음만 동하면 더 많은 얘기를 해줄 수도 있는데…….”

74

20) 사일로(silo): 돌이나 벽돌 따위로 지은 원형 탑 모양의 창고.

21) 「뷰티풀 아일 오브 섬웨어 *Beautiful Isle of Somewhere*」: 존 실베스터 피어리스 작곡, 제시 브라운 파운즈 작사. 암살당한 미국의 25대 대통령 윌리엄 매킨리가 평소 좋아했던 곡으로, 그의 장례식에서 불렸다고 한다.

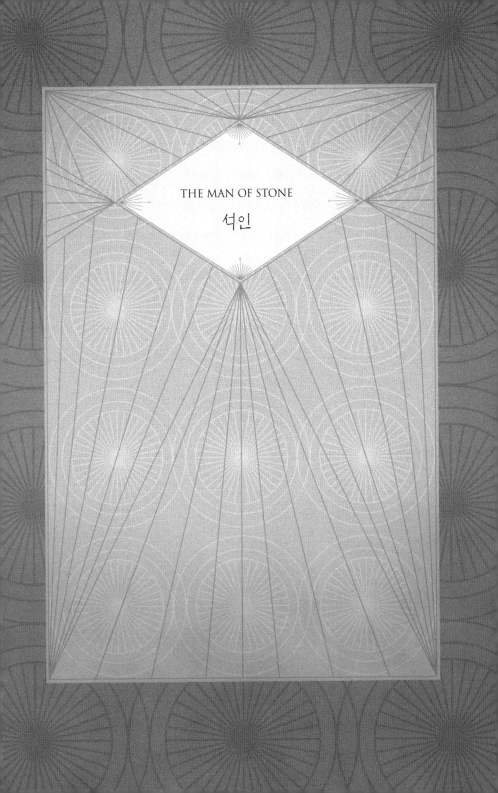

THE MAN OF STONE

석인

언제나 고집불통인 벤 헤이든이 한번은 애디론댁 북부에 있다는 이상한 석상들 이야기를 듣고 기어이 그것을 보러 가겠다고 했을 때 아무도 말릴 재간이 없었다. 나는 오랫동안 벤과 절친한 사이였고, 우리의 둘도 없는 우정 덕분에 언제나 함께였다. 그래서 벤이 가겠다고 단호히 결심했을 때는, 휴, 나도 충실한 양치기 개 콜리처럼 따라나설 수밖에 없었다.

"잭." 벤이 말했다. "헨리 잭슨이라고, 왜 있잖아, 폐가 나빠서 플래시드 호수 너머 오두막에 요양하러 갔던 친구 알지? 글쎄, 그 친구가 거의 나아서 돌아왔는데, 그쪽의 아주 괴상한 상황을 두고 말을 많이 하나 봐. 갑자기 당한 일이라 그저 기괴한 조각상에 불과한 건지 아닌지 긴가민가하대. 그래도 찜찜한 기분이 가시진 않나 봐.

하루는 사냥을 나가서 동굴 하나를 지나가는데, 그 앞에 개처럼 생긴 뭔가가 있었대. 개가 짖겠거니 하고 다시 쳐다봤더니 살아 있는 게 아니었대. 돌로 만든 것인데, 짧은 수염까지 기막히게 완벽해서 초자연적으로 만들어진 석상인지 아니면 죽은 동물이 굳은 것인지 분간이 가지 않더래. 만지는 것조차 무서웠지만, 그래도 만져보니 분명히 석상이었대.

한참을 망설이다가 용기를 내고 동굴 안으로 들어갔더니 거긴 더 큰 충격이 기다리고 있었다지. 동굴 바로 안쪽에 석상이 아니면 그렇게 보이는 것이 또 하나 있었는데 이번에는 사람이었대. 석상은 옷을 입은 채 바닥에 모로 누워서 얼굴에 묘한 미소를 짓고 있었대. 헨리는 그 석상을 건드리지 않고 곧장 산 정상에 있는 마을로 향했지. 거기서 물론 석상에 대해 물어봤지만, 뾰족한 답은 듣지 못했어. 원주민들이 고개를 저으며 행운을 빌어주는 손짓을 하고는 누군지도 모르는 '미친 댄' 어쩌고 중얼거리기만 하니 헨리로서는 참 감질나는 문제였지.

그 문제가 꽤 심각했는지, 헨리는 예정보다 몇 주 일찍 집으로 돌아왔어. 내가 기이한 것들을 좋아한다는 걸 알고 그 친구가 얘기해 주더군. 내게도 그 친구 얘기와 딱 들어맞는 기억이 있으니 참 이상하긴 해. 아서 휠러라고, 너무 사실적이어서 사람들이 아예 사진사라고 부르는 조각가 기억하지? 아마 너도 그 사람에 대해 조금은 알고 있을걸. 사실 그 사람이 애디론댁 그쪽에 갔다가 돌아오지 않았거든. 거기서 오랫동안 지내다가 종적을 감췄어. 아무 소식도 없어. 지금 사람과 개의 석상 같은 것이 그쪽에 있다면, 아마 그 사람의 작품일 거야. 촌사람들이 석상에 대해 뭐라고 하든 아니면 숨기려고 하든 그건 상관없어. 헨리처럼 예민한 친구들은 물론 그런 일에 쉽게 겁을 먹고 심란해하겠지. 하지만 나 같으면 도망치기 전에 실컷 살펴봤을 거야.

잭, 솔직히 말해서 난 거기까지 올라가서 석상들을 볼 생각이야. 너도 함께 가는 거야. 휠러나 그 사람의 작품을 찾아낼 수 있을 거야. 어쨌든 산 공기가 우리 둘한테 좋겠지."

그렇게 일주일이 채 지나지 않아서 우리는 장거리 기차와 덜컹거리는 버스에 몸을 싣고 숨 막히는 절경을 지나, 6월 늦은 오후의 황금빛 태양 아래 산에 도착했다. 마을이라고 해봐야 고작 몇 채의 작은 집과 호텔 하나 그리고 버스 정류장의 잡화점이 전부였다. 그래도 잡화점은 정보를 알아내기에 좋은 곳이라는 생각이 들었다. 실제로도 게으른 놈팡이들이 잡화점 근처에 모여 있었다. 우리가 건강 때문에 이곳을 찾아왔고 숙박할 만한 곳을 찾는다고 하자, 그들은 꽤 여러 곳을 추천했다.

조사나 탐사 같은 건 다음 날로 계획하고 있었으나, 느리광이 중에서 한 명이 노쇠하고 수다스럽다는 것을 간파한 벤이 자제하지 못하고 애매하면서도 신중하게 질문을 하고 말았다. 벤은 헨리의 경험으로 미루어 기묘한 석상에 대해 물어봐야 소용없다고 생각했다. 그래서 휠러 얘기를 꺼내면서 우리가 아는 사람이라 당연히 그가 어떻게 됐는지 궁금하다는 식으로 접근했다.

나무를 깎던 샘이라는 노인이 마침내 말문을 열자, 모여 있던 나머지 사람들이 거북해하는 것 같았는데, 그들에겐 그럴 만한 이유가 있었다. 이 맨발의 늙고 쇠퇴한 산사람, 샘 노인조차도 휠러라는 이름을 들었을 때 온몸이 뻣뻣하게 굳었으니 말이다. 그리고 벤이 이 노인으로부터 뭐라도 일관적인 말을 얻어내기까지 참 어려운 과정을 밟아야 했다.

"휠러?" 노인이 마침내 씨근거리며 말했다. "아, 항상 돌을 부수고 잘라서 석상을 만들던 친구. 자네들이 그 사람을 안다고? 글쎄, 우리가 말해 줄 수 있는 건 많지 않아. 아니, 그 정도만 해도 너무 많은 건지 모르지. 그 사람은 산속에 있는 미치광이 댄의 오두막에서 생활했어. 그리 오래 있진 않았지. 그 사람을 더 원하지 않았거든……. 내 말은 댄이 그랬다고. 그 사람은 말을 살갑게 하면서 댄의 마누라 주변을 맴돌았어. 그러다가 결국 그 늙은 악마한테 들킨 거지. 그 사람이 댄의 마누라한테 아주 잘했던 거 같아. 그런데 갑자기 흔적도 없이 사라져서 다신 눈에 띄지 않더군. 댄이 그 사람한테 분명하게 무슨 말을 전했을 거야. 이번에는 자네들을 노릴걸. 댄은 그러고도 남을 악당이니까! 그쪽에는 얼씬도 말게. 거기 가봐야 좋을 게 없으니까. 댄은 점점 더 악랄해졌고 지금은 아예 보이지도 않아. 마누라도 마찬가지야. 아마 다른 사내와 눈이 맞을까 봐 가둬놓았을 거야!"

샘 노인이 다시 나무를 깎다가 몇 마디 더 덧붙이는 동안, 벤과 나는 눈짓을 교환했다. 강하게 파고들 만한 새로운 단서가 틀림없었다. 호텔에서 묵기로 결정하고 준비를 가급적 서둘렀다. 다음 날 거친 산간지대로 뛰어들기 위해.

우리는 식량과 쓸 만한 도구로 가득한 배낭을 하나씩 메고 동틀 녘에 출발했다. 어제는 거의 초대를 받은 느낌까지 받았더랬다. 물론 그 밑바닥에는 희미하면서도 불길한 암류가 흐르고 있긴 했지만 말이다. 거친 산길은 곧 가파르고 구불구불해졌고, 얼마 지나지 않아 발이 몹시 욱신거렸다.

3킬로미터 넘게 걸은 후에 헨리 잭슨이 만들어준 지도와 안내지를 바탕으로 커다란 느릅나무 바로 옆의 돌담을 건너, 대각선 방향으로 좀 더 가파른 비탈을 향해 갔다. 험난한 여정이었으나 문제의 오두막이 멀지 않았다. 드디어 느닷없이 구멍을 발견했는데, 수풀이 무성하고 어두운 그 틈을 지나면서 지면이 급격히 오르막이 되었다. 그리고 그 옆에, 그러니까 얕은 돌 웅덩이 근처에 작은 형체 하나가 움직임 없이 뻣뻣하게 서 있었다. 마치 자신의 기괴한 경직성과 싸우는 것처럼.

그것은 회색빛 개 혹은 개의 석상이었고, 우리는 가쁜 숨을 진정시키면서도 그것의 정체를 가늠하지 못했다. 잭슨이 조금도 과장하지 않았던 셈이다. 어떤 조각가가 과연 그토록 완벽한 작품을 만들어낼 수 있을지 믿기지 않았다. 개의 멋진 털 한 올 한 올이 또렷했고, 정체불명의 뭔가가 몰래 접근하고 있는 것처럼 등에 난 털들이 뻣뻣하게 일어서 있었다. 돌로 만든 그 섬세한 털을 슬며시 만지던 벤이 탄성을 질렀다.

"와, 이게 석상이라니! 봐, 세세한 부분까지 완벽해. 털이 나 있는 걸봐! 이건 진짜 개야. 어쩌다가 이렇게 됐는지는 하늘만 알겠지만. 돌덩어리 같아. 너도 만져봐. 혹시 동굴에서 이상한 기체가 흘러나와서 생물한테 이런 영향을 미친 걸까? 이 지역 전설을 좀 더 자세히 알아봐야겠어. 이게 진짜 개라면, 아니면 한때는 그랬었다면, 안에 있는 사람도 진짜일 거야."

결국 벤이 앞장섰고, 우리는 진짜 숙연함과 외경심에 사로잡힌 채 엉금엉금 기어서 동굴 입구를 통과했다. 폭이 1미터도 채 되지 않을 만큼 비좁은 동굴은 곧 넓어져서 바닥에 잡석과 암설이 깔린 축축하고 어둠침침한 방 같은 공간으로 바뀌었다. 한동안은 식별할 수 있는 것이 거의 없었으나, 일어서서 눈에 힘을 주자 앞쪽 어둠 속에서 누워 있는 형체 하나가 보이기 시작했다. 벤이 손전등을 더듬어 꺼냈으나 늘어져 있는 그 형체를 향해 불빛을 비추기까지 잠깐 망설였다. 우리는 그 석상이 한때 사람이었다고 확신했고, 그래서 떠오른 어떤 생각 때문에 둘 다 간담이 서늘해졌다.

벤이 이윽고 손전등을 비추었고, 그것은 우리 쪽으로 등을 보인 채 옆으로 누워 있었다. 밖에 있는 개와 똑같은 재질로 만들어져 있었으나, 너덜너덜 썩어가는 운동복을 입고 있었다. 몹시도 놀라고 긴장한 우리는 아주 조용히 그 물체를 향해 다가갔다. 벤이 그것의 얼굴을 보려고 반대편으로 돌아갔다. 아무리 마음의 준비를 했다 한들 그때 벤이 손전등을 비추고 본 것을 담담하게 받아들일 순 없었으리라. 그가 비명을 지른 것은 지극히 당연했고, 나 또한 그 모습을 보기 위해 그의 곁으로 다가서다가 똑같이 비명을 지를 수밖에 없었다. 그러나 섬뜩하다거나 무섭다는 의미가 전혀 아니다. 단지 아는 얼굴이었기 때문이었다. 겁에 질리고 괴로운 표정을 짓고 있는 그 싸늘한 석상은 틀림없이 한때 우리가 알았던 아서 휠러였다.

본능에 따라 비틀비틀 엉금엉금 기어서 동굴을 빠져나온 우리는 그 불길한 석견(石犬)이 보이지 않는 곳까지 수풀 무성한 비탈을 내려왔다. 어떻게 받아들여야 할지 갈피를 잡을 수 없었다. 머릿속은 억측과 불안으로 소용돌이쳤다. 벤은 휠러를 잘 알기에 특히 심한 동요를 보였다. 마치 내가 모르는 단서들을 꿰맞추고 있는 것 같았다.

푸른 비탈에 잠시 멈춰 섰을 때, 벤은 계속해서 "아서가 불쌍해. 불쌍해!"라는 말을 되풀이하다가 나중에는, 샘 풀 노인의 말에 따르면, 휠러가 실종되기 직전에 갈등이 있었다는 문제의 '미치광이 댄'이라는 작자의 이름을 중얼거렸다. 벤은 그 미친 댄이라는 자가 지금 벌어진 일을 보게 되면 고소해할 거라고 말했다. 우리는 얼핏 그 사악한 동굴에 있는 조각가의 현재 모습이 질투심 강한 댄의 짓일지 모른다고 생각했으나, 이내 부질없는 생각이 되었다.

우리를 가장 당혹스럽게 만든 것은 이 현상 자체를 설명하는 일이었다. 가스 방출이나 광물을 함유한 증기가 상대적으로 짧은 시간에 이런 변화를 가져올 수 있는지 도무지 이해가 되지 않았다. 우리가 알고 있는 일반적인 석화 작용은 서서히 진행되는 화학적 대체 과정으로서 아주 오랜 시간에 걸쳐 완성된다. 그런데 이곳에 있는, 한때 생물이었던 ─ 적어도 휠러의 경우는 ─ 두 개의 석상은 불과 몇 주 전에 생긴 것이었다. 추측해 봐야 소용없었다. 유일한 방법은 전문가들에게 알려 그들이 추정하게 하는 것이었다. 그런데도 벤의 머릿속에는 미치광이 댄과 관련이 있다는 생각이 집요하게 남아 있었다. 어쨌든 우리는 간신히 길까지 돌아왔으나 벤은 마을 방향이 아니라 샘 노인이 댄의 오두막이 있다고 말한 방향을 올려다보았다. 그 늙은 놈팡이가 씨근거리며 말한 그곳은 마을 외곽에서 두 번째 집이었고, 길에서 왼쪽으로 멀리 떨어진 울창한 떡갈나무 숲에 있었다. 내가 미처 그곳을 알아보기도 전에 벤은 나를 이끌고 모래투성이 큰길을 따라 올라갔고, 지저분한 농장을 지나 점점 으슥해지는 황야 지대로 들어섰다.

나는 그만두자고 말하진 않았으나, 농경과 문명의 익숙한 흔적들이 점점 사라져가는 동안 분명한 위협감 같은 것을 느끼고 있었다. 이윽고 왼쪽으로 버려진 비좁은 길의 초입이 나타났고, 기분 나쁘게 모여 있는 빈사 상태의 나무들 사이로 페인트칠이 벗겨지고 지저분한 건물의 뾰족지붕이 저절로 모습을 드러냈다. 그곳이 바로 미친 댄의 오두막이었다. 휠러가 왜 하필 이렇게 불쾌한 곳을 작업실로 택했는지 의문이었다. 그 잡초 무성한 길을 따라 올라가는 게 내키지 않았으나, 성큼성큼 앞서 간 벤이 어느새 곰팡내 나고 삭아빠진 문을 거침없이 두들겨대고 있으니 마냥 뒤처져 있을 수도 없었다.

문을 두드려도 아무 응답이 없었고, 노크 소리의 메아리에서 전해지는 어딘지 오싹한 느낌이 온몸을 훑고 지나갔다. 그러나 벤은 조금도 동요하지 않았다. 기다렸다는 듯이 잠기지 않은 창문을 찾아서 집 주변을 빙 돌았다. 이리저리 흔들어본 세 번째 ― 이 음침한 오두막의 뒤쪽에 있는 ― 창문이 잘하면 열릴 것 같았고, 이내 벤은 창문을 힘껏 들어 올리고 틈을 벌리더니 무사히 안으로 들어간 뒤 내가 들어가는 것을 도와주었다.

우리가 들어선 방은 석회암과 화강암 덩어리, 조각 도구와 진흙 모형 따위로 가득했다. 우리는 단번에 이곳이 휠러의 작업실이었다는 것을 알아챘다. 아직까지 생명의 흔적은 전혀 없었고, 어디에나 숨이 막힐 듯 지독히도 불쾌한 냄새가 스멀거렸다. 방 왼쪽의 열려 있는 문은 굴뚝이 있는 주방으로 통하는 것이 분명했고, 친구의 마지막 자취라도 발견하기 위해 그 문을 지나간 벤이 갑자기 놀라면서 멈춰 섰다. 벤이 문간을 지나갔을 때 나와는 거리가 꽤 멀어서 처음에는 그가 왜 갑자기 멈춰 서서 겁에 질린 나지막한 신음을 토해 냈는지 알 수 없었다.

그러나 나는 곧 그 이유를 알게 되었고, 동굴에서처럼 나도 모르게 벤을 따라 비명을 지르고 말았다. 이상한 기체가 발생하여 이상한 변이를 일으킬 수 있는 지하 공간과는 거리가 먼 이곳에 한눈에도 아서 휠러의 작품이 아닌 두 개의 석상이 있었던 것이다. 난로 앞 투박한 안락의자에 기다란 생가죽 채찍 같은 것으로 묶여 있는 형체는 남자, 지저분하고 늙은 행색의 그는 석화된 흉악한 얼굴에 가늠할 수 없는 공포의 표정을 짓고 있었다.

그리고 남자 옆의 바닥에 누워 있는 여자, 그녀는 우아한 자태와 꽤 젊고 아름다운 용모를 드러내고 있었다. 여자는 얼굴에 냉소적인 만족감을 드러내고 있었고, 쭉 뻗은 오른손 근처에 커다란 양철 들통이 놓여 있었는데, 그 안쪽에 얼룩 같은 것이 묻어 있고 거무스름한 침전물이 들어 있었다.

우리는 이 불가사의한 남녀 가까이 다가가지 않았고, 아주 간단한 추측 외에는 아무 생각도 하지 못했다. 이 남녀 석상이 미친 댄과 그의 아내라는 것을 의심하긴 어려웠으나, 어쩌다가 이 지경에 이르렀는지는 오리무중이었다. 우리는 겁에 질려서 주변을 둘러보다가 이 마지막 상황이 급작스레 벌어진 것임을 깨달았다. 왜냐하면 먼지가 켜켜이 앉긴했으나 모든 것이 평범한 가정의 모습이었기 때문이다.

한 가지 예외가 있다면, 주방의 식탁이었다. 누군가의 시선을 끌 목적이었는지, 깨끗하게 치워진 식탁 중앙에 꼬깃꼬깃해진 얇은 장부 같은 것이 큼지막한 깔때기에 눌려 있었다. 그것을 읽으려고 다가간 벤은 악필로 괴발개발 갈겨쓴 일기 혹은 일지 같은 것이라고 생각했다. 첫 단어가 내 시선을 사로잡았고, 벤은 10초도 되지 않아서 단숨에 그 휘갈겨 쓴 글을 읽어버렸다. 나도 몹시 궁금해서 그의 어깨 너머를 힐끔거렸다. 글을 읽고 공기가 한결 나은 옆방으로 들어서자, 불분명한 것들이 너무도 명확해지는 동시에 오만 가지 감정이 우리를 엄습해 전율하게 만들었다.

우리가 읽은 것은 나중에 검시관도 읽었다. 이것은 싸구려 신문 지면에 극도로 왜곡되고 선정적인 기사로 알려졌으나, 이마저도 험한 산중의 낡은 오두막에서 숨 막히는 침묵과 기괴하고 비정상적인 두 개의 석상과 더불어 우리가 당혹스러워했던 간단한 원본의 진짜 공포를 조금도 전달하지 못했다. 벤은 다 읽은 장부를 메스꺼운 표정으로 호주머니에 집어넣더니 이렇게 말했다. "여기서 나가자."

초조해하면서 말없이 그 집을 빠져나온 우리는 문을 잠그지 않은 채로 놔두고 마을까지 먼 길을 걷기 시작했다. 그날 이후로 해야 할 진술과 답해야 할 질문이 많았다. 나와 벤이 그 처참한 경험의 후유증을 떨쳐버릴 수 있을지 모르겠다. 현장으로 몰려간 전문가들과 기자들이 다락방 상자에서 발견한 책 한 권과 많은 서류들을 불사르고 산 중턱의 불길한 동굴 속 가장 깊숙한 곳에서 발견한 많은 장치들을 파괴했지만,

그들 또한 그 일을 잊을 수 있을지 모르겠다. 장부에 적힌 글의 내용은 아래와 같다.

11월 5일

내 이름은 대니얼 모리스. 내가 요즘에는 아무도 믿지 않는 힘을 믿는다고 해서 주변에서는 나를 '미치광이 댄'이라고 부른다. 여우의 향연을 준비하기 위해 선더힐에 오르고 난 후, 사람들은 모두 내가 미쳤다고 생각한다. 나를 두려워하는 이 외딴 산골 사람들을 제외하고. 산골 사람들은 핼러윈에 내가 검은 양을 제물로 바치는 걸 막으려고 하고, 관문을 열게 해 줄 위대한 제식을 치르지 못하게 언제나 방해한다. 사람들도 나의 외가가 반카우란이라는 걸 알고 있고, 허드슨 강 이쪽 지역에 사는 사람이라면 누구나 반카우란 집안에 무엇이 전해져왔는가를 말할 수 있으니, 사람들이 더 많이 알아둬야 필요가 있다. 우리는 1587년에 베이하르트[22]에서 교수형당한 마법사 니콜라스 반카우란의 후손이고, 그분이 악마와 계약을 맺었다는 것은 누구나 알고 있다.

병사들이 그분의 집을 불살랐을 때 『에이본의 서』는 찾아내지 못했고, 그분의 손자 윌리엄 반카우란이 그 책을 가지고 렌셀러위크에 도착했다가 나중에 강을 건너 에소푸스로 갔다. 윌리엄 반카우란 가문이 자신의 목적을 방해하는 사람들에게 어떻게 했는지 킹스턴이나 헐리에 있는 아무에게나 물어보라. 또한, 사람들이 나의 삼촌 헨드릭 카우란을 마을에서 내쫓았을 때, 그가 과연 『에이본의 서』를 가져갔는지, 그래서 강 상류의 이곳까지 가족과 함께 왔는지도 물어보라.

나는 이 글을 써서 보관할 것이다. 내가 죽은 후에 사람들이 진실을 알았으면 하기 때문이다. 또한, 명명백백하게 정리해 놓지 않으면 내가 정말 미쳐버릴까 봐 두렵다. 세상만사가 내 뜻과는 반대로 돌아가고 있으니, 계속 이런 상황이 지속된다면 어쩔 수 없이 이 책의 비밀을 이용해 힘을 불러낼 수밖에 없다. 석 달 전에 조각가라는 아서 휠러가 산 정상에 나타났고, 사람들이 그를 내게 보냈다. 이 지역에서 농사와 사냥과 여름철 행락객을 등치는 일 말고 모든 걸 다 아는 사람이 나밖에 없기 때문이다. 그 친구는 내 말에 관심을 보였고, 이 집에서 잠시 기숙하는 조건으로 주당 13달러에 계약을 했다. 돌덩어리를 보관하기에도 좋고 조각 작업을 하기에도 좋은 주방 옆 뒷방을 내주었고, 네이트 윌리엄스더러 돌을 부수고 수소들이 끄는 수레로 운반까지 도와주라고 주선했다.

그게 석 달 전이다. 그 개자식이 왜 그리도 이곳에 잘 적응하는지 이제야 알겠다. 내 말에 관심이 있어서가 아니라 오스본 챈들러의 장녀이자 내 아내인 로즈 때문인 것이다. 로즈는 나보다 열여섯 살이 어리고, 언제나 마을 청년들에게 추파를 던진다. 그러나 이 야비한 쥐새끼가 나타나기 전까지 로즈가 루드마스와 만성절의 의식을 도와주지 않아도 우리는 그럭저럭 잘 지내고 있었다. 휠러가 로즈에게 수작을 거는 중이고, 로즈는 이 녀석에게 푹 빠져서 나를 거들떠보지도 않는다는 걸 지금은 다 알고 있다. 아마 조만간 두 연놈이 도망을 칠 것이다.

그러나 휠러는 교활하고 빤질빤질한 개처럼 작업을 천천히 하고 있다. 그래서 나는 충분한 시간을 갖고 어떻게 해야 할지 궁리 중이다. 둘 다 내가 의심하고 있다는 걸 까맣게 모르고 있지만, 머잖아 반카우란의 가정을 깨는 일이 그리 이롭지 못하다는 걸 깨닫게 될 것이다. 내가 약속하는데, 이 연놈들에게 참신한 방법을 다양하게 동원할 것이다.

11월 25일

추수감사절! 이 얼마나 괜찮은 농담인가! 그러나 내가 시작한 일을 끝내고 나면 감사라도 해야 하는 건 사실이다. 휠러가 내 아내를 넘보려는 게 확실하다. 하지만 당분간은 그 녀석이 인기 있는 하숙인 노릇을 계속하게 놔둘 것이다. 다락방에 있는 헨드릭 삼촌의 낡은 가방에서 『에이본의 서』를 꺼내 와 이 주변에서 구하기 힘든 제물이 없어도 되는, 괜찮은 방법을 찾아볼 것이다. 이 비열한 배신자들을 끝장내는 동시에 내게 아무 문제도 생기지 않는 방법이면 좋겠다. 드라마와 같은 반전이 있으면 금상첨화렷다. 요스[23]의 방사성 물질을 사용해 볼까 생각해 왔지만, 그러려면 아이의 피가 필요한데 나는 지금 이웃의 눈을 신경 써야 할 처지다. '녹색 부패[24]' 정도면 괜찮겠지만, 이 방법은 연놈들뿐만 아니라 내게도 조금은 불쾌할 수 있다. 나는 불쾌한 광경과 냄새가 싫다.

12월 10일

유레카! 드디어 방법을 찾아냈다! 복수는 달콤하고, 이 방법은 완벽한 클라이맥스다! 조각가 휠러, 이거 참 좋은데! 맞아, 이 빌어먹을 좀도둑놈은 지금까지 만들어온 것보다 더 빨리 팔릴 수 있는 석상을 만들게 될 거야! 흥, 사실주의자라고? 글쎄, 이번에 만들 새 조각품이야말로 사실주의 그 자체일걸! 책 679쪽에 끼여 있는 한 장의 원고에서 그 해법을 찾아냈다. 육필로 쓴 이 원고는 아마도 증조부인 — 1839년에 뉴팔츠에서 실종된 — 바레우트 픽터스 반카우란이 끼워 넣은 것 같다. 이와! 슈브-니구라스! 천 마리의 새끼를 거느린 염소여!

정확히 말하자면, 그 두 마리 쥐새끼들을 석상으로 바꾸어버릴 방법을 발견했다. 터무니없이 간단한 방법으로, 외부의 힘보다는 평범한 화학에 더 좌우된다. 적당한 재료를 확보할 수 있다면 집에서 만든 포도주처럼 보이는 술을 양조할 수 있을 것이고, 한 잔만으로도 코끼리를 제외한 보통 사람 정도는 끝장낼 것이다. 그 정도의 양이면 일종의 석화 과정이 아주 빠르게 진행된다. 칼슘과 바륨염으로 가득한 전체 조직을 무력화하고 살아 있는 세포를 광물질로 대체하는 과정이 극히 빠르게 진행됨으로써 그 무엇으로도 막을 수 없다. 이것은 캐츠킬의 슈가로프에서 열린 대규모 악마의 집회에서 증조부가 구한 물질 중 하나임이 틀림없다. 1834년에 뉴팔츠에서 지주였던 하스브룩이라는 남자가 돌 혹은 그 비슷한 것으로 변했다는 소문을 들었다. 그는 반카우란 가문의 숙적이었다. 제일 먼저 해야 할 일은 올버니와 몬트리올에서 필요한 다섯 가지 화학약품을 주문하는 것이다. 나중에 실험해 볼 시간은 충분하다. 모든 일이 끝나면 밀린 하숙비를 정산할 겸 석상들을 다 모아서 휠러의 작품이라며 내다 팔아야지! 휠러는 늘 사실주의자였고 이기주의자였다. 돌로 자신의 모습을 조각하다니 녀석에게 딱 어울리는 일 아닌가? 게다가 녀석이 실제로도 보름 동안 내 아내를 모델로 해온 작업이 있으니, 아내까지 석상으로 만들면 더욱 절묘하지 않겠는가? 우둔한 사람들이 이 기묘한 돌을 어느 채석장에서 구했냐고 묻지 않기를!

12월 25일

크리스마스. 이 땅에 평화와 기타 등등이 깃들기를! 이 색마들이 나를 아예 없는 사람 취급하면서 서로 눈을 맞추고 좋아 죽는다. 내가 귀머거리에 벙어리고 장님인 줄 아나 본데! 황산바륨과 염화칼슘이 지난 화요일 올버니에서 도착했고, 산과 촉매제와 여러 기구들이 몬트리올에서 곧 도착할 예정이다. 하늘의 응보! 조림지 하부 근처에 있는 앨런의 동굴에서 작업을 진행하면서 동시에 이 집 지하실에서 드러내놓고 포도주를 빚을 것이다. 발정 난 이 얼뜨기들을 속이기 위해 구태여 여러 계획까지 세울 필요는 없으나, 그래도 새 술을 대접할 만한 구실이 필요하니까. 문제는 술을 좋아하지 않는 척 내숭을 떠는 로즈에게 포도주를 먹이는 일이다. 동물 실험은 동굴에서 할 것이고, 겨울에 동굴에서 무슨 일이 벌어질 거라고 생각하는 사람은 아무도 없을 것이다. 집을 비울 때마다 땔감을 구하러 간다고 둘러대야겠다. 땔감 한두 짐 들고 오면 그 녀석이 전혀 눈치채지 못할 테니까.

1월 20일

생각보다 녹록지 않다. 정확한 비율이 관건이다. 몬트리올에서 물건들이 도착했으나, 계량기와 아세틸렌 램프는 더 좋은 것으로 교체해 달라고 반품해야 했다. 이 물건들 때문에 마을에서 말이 많나 보다. 속달 우편 사무소가 스텐베이크 상점에 있지 않았더라면 좋았을걸. 요즘엔 동굴 앞 웅덩이에 다양한 혼합물을 타고 여기서 물을 마시고 몸을 씻는 참새 떼를 상대로 실험하고 있다. 때로는 참새들이 죽고 때로는 날아간다. 분명히 중요한 반응이 빠진 것 같다. 로즈와 그 시건방진 놈은 대부분 내가 집에 없는 틈을 타서 놀아나는 것 같다. 그러나 나는 연놈들이 마음대로 하도록 놔둘 여유가 있다. 결국 성공할 테니까.

2월 11일

마침내 성공! 작은 웅덩이에 새로운 혼합물을 탔더니 오늘 다 녹았다. 웅덩이 물을 마신 첫 번째 참새가 총에 맞은 것처럼 비틀거렸다. 조금 있다가 참새를 집어 들었더니 완전한 돌로 변해 있었다. 작디작은 발톱과

깃털까지 전부. 물 마시는 자세를 취하고 있으니 근육에 변화가 생긴 건
아니다. 아마 약물이 위에 들어가는 순간 즉사했을 것이다. 하지만 더 큰
동물에게 적용하려면 참새만으론 부족하다. 두 연놈에게 효과적일 적당
한 약물의 양을 알아내려면 좀 더 큰 동물을 구해서 실험해야 한다. 로즈
의 개, 렉스 정도면 적당할 것 같다. 다음에 데려갔다가 늑대한테 당했다
고 둘러대야지. 로즈가 개를 퍽 아끼고 있으니, 큰 천벌에 앞서 작은 슬
픔을 얹어준다고 해서 미안할 것도 없다. 이 책을 신경 써서 보관해야 한
다. 로즈가 종종 아주 이상한 곳까지 구석구석 뒤지곤 하니까.

2월 15일

거의 다 됐다! 렉스한테 약물을 두 배만 더 강하게 했을 뿐인데 참새
와 똑같은 반응을 나타냈다. 그 바위 사이 웅덩이에 약물을 타고 렉스가
마시게 했다. 털을 곤두세우고 으르렁거리는 걸 봐서 렉스는 뭔가 이상
하다는 걸 느끼는 것 같았다. 그러나 고개를 돌려 웅덩이를 외면하기도
전에 이미 돌로 변해 있었다. 인간은 훨씬 더 강하기 때문에 약효를 더
높여야겠다. 방법을 터득해 가고 있으니, 곧 휠러 개자식한테 본때를 보
여주리라. 맛은 없는 모양이지만, 집에서 빚고 있는 포도주를 넣어 맛을
낼 생각이다. 어느 정도 맛이 없는지 확실히 알 수 있다면, 로즈가 싫어
하는 포도주를 억지로 권하지 않고 물에 타서 주면 될 텐데 아쉽다. 둘에
게 따로 약물을 먹일 생각이다. 휠러는 이리로 데려와서, 로즈는 집에서.
강력한 약물을 만든 후에는 지체 없이 동굴 앞의 이상한 물건들을 깨끗
이 치워야겠다. 렉스가 늑대한테 당했다고 말하면, 아마 로즈는 강아지
처럼 징징거릴 테고, 휠러는 또 마음 아픈 척 꼴값을 떨어대겠지.

3월 1일

이야 리예[25]! 차토구아님을 찬양하라! 드디어 그 개자식을 해치웠다! 채집하기 쉬운 석회암 바위 턱을 발견했다니까 역시나 똥개처럼 졸졸 따라오는 꼬락서니하고는! 나는 포도주로 맛을 낸 약물 병을 엉덩이춤에 꽂고 앞장섰고, 이곳에 도착해서 한 잔 마시라고 했더니 녀석이 반색했다. 녀석은 단숨에 들이켜더니 셋을 세기도 전에 약병을 떨어뜨렸다. 녀석은 이것이 나의 복수임을 눈치챘다. 내가 아주 의미심장한 표정을 짓고 녀석을 바라봤으니까. 쓰러져 버둥거리는 동안 녀석의 얼굴에 전모를 알았다는 표정이 떠올랐다. 2분 만에 녀석은 단단한 돌이 되었다.

녀석을 동굴 안으로 옮겼고, 렉스를 도로 밖으로 내왔다. 털이 빳빳하게 곤두선 개의 석상을 보고 사람들이 무서워 피해 갈 터이다. 봄 사냥철이 멀지 않은 데다 산 너머 오두막의 잭슨이라는 우라질 '폐병쟁이'가 눈 속을 휘젓고 다니기 때문이다. 아직은 이 실험실과 저장실이 남의 눈에 띄면 곤란하잖아! 집에 돌아와, 로즈에게 휠러가 마을에서 집으로 급히 돌아오라는 전보를 받았다고 말했다. 내 말을 믿는지는 모르겠으나 상관없다. 아무튼 일을 확실히 하기 위해 휠러의 짐을 싸서 산을 내려갔다. 로즈한테는 짐을 배 편으로 붙여야겠다고 말했다. 짐은 레이플리의 폐가, 말라붙은 우물 속에 집어넣었다. 이제 로즈 차례다!

3월 3일

로즈가 한사코 포도주를 먹지 않으려고 한다. 물에 타도 맛이 이상하지 않기를 바랄 수밖에. 차와 커피에 타봤더니, 침전물이 생겨서 글렀다. 물에 타더라도 양을 줄여야 하는데, 진행 속도만 느릴 뿐이지 결과는 같을 거라고 믿는 수밖에 없다. 오후에는 호그 씨 부부가 찾아왔고, 갑자기 떠난 휠러를 화제로 대화를 하느라 진땀을 흘렸다. 마을 사람 누구도 전보가 왔다는 소식을 듣지 못한 상황에서 휠러가 뉴욕으로 돌아갔다는데, 그가 버스를 타지도 않았으니 말이다. 로즈는 이 문제에 관해 정말이지 이상하게 굴었다. 결국엔 로즈와 싸움이 일었고, 그녀를 다락에 가두어버렸다. 최선의 방법은 로즈가 약물을 탄 포도주를 마시게 하는 것이다. 그렇게만 되면 참 좋겠는데.

3월 7일

로즈에게 화가 나기 시작했다. 포도주를 마시려고 하지 않아서 채찍으로 한 대 때리고 계속 다락에 가두었다. 살아서 내려오진 못할 것이다. 다락방에 하루에 두 번씩 짭짤한 빵과 소금에 절인 고기와 소량의 약을 탄 물병을 넣어주었다. 짠 음식 때문에 물을 많이 마시게 될 터이니 머잖아 반응이 시작되겠지. 내가 다락방 문 앞에 갈 때마다 로즈가 휠러에 관해서 고래고래 소리를 지르는 게 정말 싫다. 그때 말고는 쥐 죽은 듯 조용하다.

3월 9일

약효가 이렇게 늦게 나타나다니 환장하겠다. 약물의 강도를 더 높여야겠다. 아니면 로즈가 짠 음식에 일절 손을 대지 않고 있는지도 모르겠다. 약물로 안 된다면, 얼마든지 다른 방법이 있다. 그러나 이 깔끔한 석상 계획을 꼭 완성하고 싶다! 오늘 아침 동굴에 가봤더니 모든 것이 그대로였다. 이따금씩 다락에서 로즈의 발소리가 들려오는데, 어딘지 점점 더 발을 끄는 것 같다. 약효가 나타나기 시작한 것 같지만, 너무 느리다. 너무 약하다. 지금부터 약물의 강도를 바짝 높여야겠다.

3월 11일

정말 이상하다. 로즈가 아직 살아서 움직이고 있다. 화요일 밤에는 로즈가 창문을 열려고 덜컥거리는 소리가 들려오기에 올라가서 생가죽 채찍으로 때려주었다. 겁을 낸다기보다 침울하게 구는 편이고, 두 눈은 부어 있다. 그러나 저 정도 높이에서 뛰어내릴 리는 없고, 달리 내려올 수 있는 방법도 없다. 천천히 발을 끄는 소리가 신경을 건드려서 밤에 심란한 꿈을 꾸었다.

3월 15일

약을 아주 강하게 탔건만 아직 살아 있다. 뭔가 이상하다. 이제는 거의 걷지 않고 기어 다닌다. 그런데 기어 다니는 소리가 섬뜩하다. 역시나 창문을 열려고 덜컥거리고 문을 만지작거린다. 계속 이런 식이면 아예 생가죽 채찍으로 끝장내버려야겠다. 점점 졸음이 쏟아진다. 로즈가 경계심을 늦추지 않나 보다. 그렇다고 해도 약물을 분명히 마셨을 텐데. 내가 이렇게 졸린 건 이상하다. 너무 긴장한 탓이겠지. 아무튼 너무 졸려…… (이 부분에서 휘갈겨 쓴 필체가 아예 판독하기 어려운 상태로 바뀌더니, 갑자기 분명해진 글씨, 요컨대 극도의 긴장감에 사로잡혀서 쓴 것으로 보이는 여자 글씨체로 대체되었다.)

3월 16일, 오전 4시

이것은 죽음을 앞둔 로즈 C. 모리스가 덧붙이는 글입니다. 뉴욕 마운틴탑 루트2에 사시는 내 아버지 오스본 E. 챈들러에게 연락해 주세요. 이 짐승이 쓴 글을 방금 읽었어요. 이자가 아서 휠러를 죽였다고 확신했지만, 이 끔찍한 글을 읽기 전까지 어떤 방법으로 그랬는지는 몰랐어요.

이제야 내가 어떤 위험에서 벗어났는지 알겠군요. 물맛이 이상하기에 처음에 한 모금 마신 뒤로는 입에 대지 않았어요. 전부 창문 밖으로 버렸어요. 한 모금만 마셨는데도 몸이 마비되다시피 했으나 그래도 움직일 순 있었지요. 갈증이 심했어요. 그래도 짠 음식을 최소한만 먹었고, 지붕이 갈라진 곳 밑에 이놈이 음식을 담아 넣어주는 낡은 냄비와 접시를 갖다 놓아서 얼마 안 되는 빗물이나마 얻을 수 있었어요.

두 번인가 큰 비가 왔어요. 어떤 종류인지는 모르겠지만 이자가 날 독살하려고 했나 봐요. 이자가 자기 자신과 나에 대해 쓴 글은 거짓이에요. 우린 단 한순간도 행복한 적이 없었고, 내가 이자와 결혼한 것도 어쩌면 이자가 사람들한테 걸곤 하는 주술 때문이었는지 몰라요. 아마 나와 아버지에게 최면을 걸었던 거 같아요. 아버지는 언제나 악마와의 검은 거래를 증오하고 두려워하고 의심했거든요. 아버지가 한번은 이자를 악마의 일족이라고 했는데, 그 말이 맞아요.

이자의 아내로서 내가 어떤 삶을 살아왔는지 아무도 모를 거예요. 그냥 잔인하다는 말로는 부족해요. 물론 이자가 얼마나 잔인한지 또 얼마나 자주 가죽 채찍으로 날 때렸는지 신은 알고 있겠지만요. 내 나이 또래 어느 누구도 이해할 수 없을 겁니다. 이자는 괴물이에요. 자신의 외가에서 전해져오는 오싹한 제식 같은 것들을 치렀어요. 제식을 치를 때마다 나더러 도와달라고 했지만, 무슨 제식이었는지는 차마 입에 담기도 어려워요. 내가 도와주지 않으니까 때리더군요. 나한테 무슨 짓을 시켰는지 입에 담는 것조차 신성모독입니다. 이자가 어느 날 밤 선더힐에서 무엇을 제물로 바쳤는지 알기에 나는 진작부터 이자가 살인자라고 말할 수 있답니다. 이자는 진짜 악마의 일족이에요. 네 번인가 도망치려고 했지만, 언제나 붙잡혀서 두들겨 맞았어요. 게다가 이자는 나뿐만 아니라 내 아버지의 마음까지 마음대로 조정할 수 있었어요.

아서 휠러와의 관계에서 부끄러운 어떤 짓도 하지 않았어요. 우린 서로를 사랑하게 됐지만 우리의 사랑은 정중한 선을 벗어나지 않았어요. 내가 아버지를 떠나온 이후 처음으로 그이는 날 따뜻하게 대해 주었고, 내가 이 악마의 손아귀에서 벗어나도록 도와주려고 했지요. 그이는 내 아버지와 몇 차례 의논을 했고, 나를 데리고 서부로 갈 계획이었어요. 이 짐승과 이혼한 후에 우린 결혼하려고 했어요.

다락방에 갇힌 후로는 탈출해서 이 짐승을 죽이겠다고 마음먹었죠. 탈출할 때를 대비해서 독약을 늘 하룻밤 동안 보관했어요. 이자가 잠든 틈을 타서 어떡해서든 독약을 먹이려고요. 내가 방 자물쇠를 만지작거리고 창문을 열려고 하자 처음에는 이자가 금세 깨어나더군요. 그런데 나중에는 점점 피곤해졌는지 깊이 잠들었어요. 언제나 코 고는 소리를 듣고 이자가 잠들었다는 걸 알았지요.

오늘 밤은 세상 모르게 곯아떨어져서 무사히 자물쇠를 부술 수 있었어요. 몸 일부가 마비되어서 아래층까지 내려오느라 애를 먹었어요. 지금까지 이자가 글을 써오던 이 책상에서 램프를 켜둔 채 잠들어 있더군요. 한쪽 구석에 심심하면 나를 때리던 생가죽 채찍이 있었어요. 그 채찍으로 이자를 의자에 묶어서 꼼짝 못하게 만들었죠. 목도 단단히 묶어두어서 저항을 받지 않고 무엇이건 목구멍으로 처넣을 수 있게 했지요.

내가 만반의 채비를 끝내자마자 이자가 눈을 떴어요. 자기가 어떤 상황에 처했는지 똑똑히 알 거라고 생각했어요. 무시무시한 말로 소리치고 신비한 주문을 외려고 했지만, 내가 개수대에서 가져온 행주로 이자의 입을 틀어막았어요. 곧 이자가 끼적이고 있던 이 장부를 발견하고 읽어봤지요. 너무 큰 충격이어서 네댓 번이나 기절할 뻔했어요. 이런 일은 상상도 할 수 없었으니까요. 이후에는 이 악마에게 두세 시간 정도 계속해서 말했어요. 네놈의 노예로 살면서 내가 늘 무엇을 바랐는지, 또 이 끔찍한 장부까지 읽은 마당에 내가 해야 할 일이 무엇인지 전부 말해 주었어요.

내가 말을 다 끝냈을 때, 이자는 거의 자줏빛으로 변했고 정신착란을 일으키는 것 같았어요. 나는 재빨리 찬장에서 깔때기를 가져와 이자의 입에서 행주를 벗기고 깔때기를 쑤셔 넣었지요. 이자도 내가 무슨 짓을 하려는지 알았지만 속수무책이었겠죠. 독약이 든 물통을 가져다가 가차 없이 그 반을 깔때기에 쏟아부었어요.

약이 아주 독했나 봐요. 곧바로 이 짐승이 뻣뻣해지기 시작하더니 돌처럼 잿빛으로 변했으니까요. 10분이 지나자 아예 단단한 돌이 되더군요. 이자를 만지는 게 싫었으나, 어쩔 수 없이 입에서 양철 깔때기를 뽑아내자니 철컥철컥 오싹한 소리가 나더라고요. 이 악마 놈에게 훨씬 더 고통스럽고 오래가는 죽음을 줄 수 있기를 바랐어요. 물론 이거야말로 세상에서 가장 올바른 인과응보지요.

더 말할 것이 없네요. 내 몸의 절반은 마비 상태이고 아서는 살해당했으니 살아야 할 이유가 없어요. 사람의 눈에 띄기 좋은 곳에 이 장부를 가져다 놓고 남은 독약을 마심으로써 이 일을 매듭지려 합니다. 15분쯤 후에 나는 석상이 되어 있겠지요. 이 악마가 동굴에 가져다 놓은 아서의 석상을 발견한다면, 그 옆에 나를 묻어주세요. 마지막 소원입니다. 충직했던, 가여운 렉스는 우리 발치에 놓아주세요. 그리고 이 의자에 묶인 악마의 석상은 어떻게 되든 상관없어요……

22) 베이하르트(Wijtgaart): 네덜란드 북부 프리슬란트 주의 주도 레이우아르던에 있는 작은 마을.

23) 요스(Yoth): 오클라호마 지하에 있는 세계. 오클라호마 밑에는 큰-얀이라는 방대한 면적의 청색 지하 세계가 있고, 이 큰-얀 지하에 요스라는 적색 지역이 있다. 많은 동굴들의 형태로 이루어진 이 요스에 파충류 종족인 사인족이 세웠던 도시의 폐허들이 남아 있다. 사인족이 뱀 신 이그를 숭배하다가 새로이 차토구아를 받아들이면서 이그의 저주가 내려 요스 문명이 몰락했다. 상층부인 큰-얀의 거주자들이 간헐적으로 요스를 방문하여 과학 문명의 상당 부분을 습득했다. 큰-얀과 요스는 「고분」의 주요 무대가 된다.

24) 녹색 부패(Green Decay): 『에이본의 서』에 나오는 마법의 한 종류로, 목표물을 녹색 덩어리로 변하게 할 수 있으나, 결과가 불결하고 혼잡스러워 마법사들이 사용하기 저어한다.

25) 리예(R'lyeh): 태평양 밑에 침몰했다는 위대한 올드원의 도시. 크툴루가 이곳에서 부활을 기다린다. 아틀란티스나 레무리아에 상응하는 가상의 해저 도시로, 크툴루와 함께 많은 작품에 등장한다. '르리예'라고도 발음하고, 「고분」에서는 '리렉스'로 발음한다.

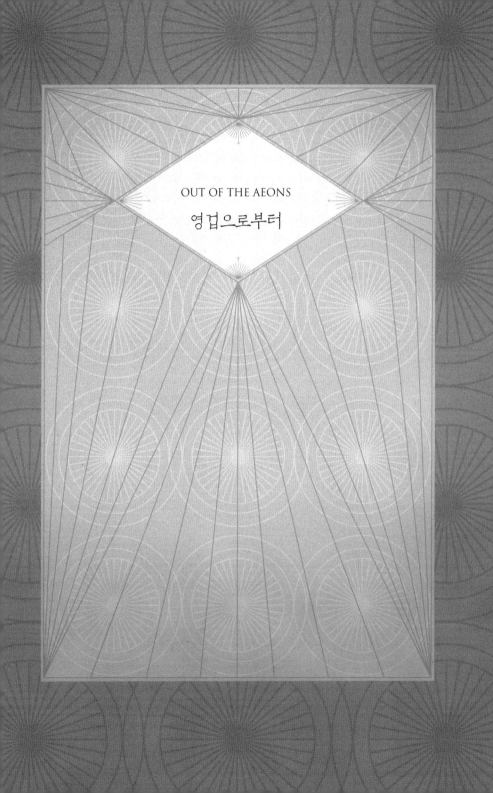

OUT OF THE AEONS

영겁으로부터

(이 원고는 매사추세츠 보스턴 소재 캐벗 고고학 박물관의 학예사인 고(故) 리처드 H. 존슨 철학 박사의 유품에서 발견됨.)

　보스턴에 사는 사람이라면 누구나 — 혹은 다른 지역에 있더라도 예민한 독자들이라면 누구나 — 캐벗 박물관의 기이한 사건을 잊지 못할 것이다. 신문 지상을 통해 알려진 그 끔찍한 미라, 그리고 이것과 관련된 오래되고 무시무시한 소문들, 1932년에 행해진 컬트 행위와 병적인 관심들, 나아가 그해 12월 1일, 박물관의 두 침입자가 맞은 섬뜩한 운명에 이르기까지, 이 모든 것은 대대손손 민담으로 전해져서 괴담의 핵심으로 자리 잡은 고전적인 미스터리 중 하나와 결부되어 있다.

　이 절정의 공포를 설명하는 공식적인 분석들 저면에 뭔가 아주 치명적이고 극도로 섬뜩한 것이 은폐되어 있다는 점을 모든 사람들이 알아채고 있는 것 같다. 두 구의 시체 중 하나의 상태를 두고 초기에 제기되었던 불안한 단서들은 난데없이 관심의 초점에서 사라지고 무시되었다. 미라의 독특한 변화에 대해서도 보통은 언론의 후속 보도가 이어져서 큰 주목을 끌었겠으나 이번에는 그렇지 않았다. 미라가 다시 관 속에 복구되지 않았다는 것도 사람들에겐 이상한 낌새를 주었다. 요즘의 박제 전문가들이 볼 때, 미라의 손상이 너무 심해서 전시할 수 없다는 것은 서투른 변명에 불과하다.

이 박물관의 학예사로서 나는 은폐된 사실을 남김없이 밝혀야 하는 입장이나, 내가 살아 있는 동안은 그럴 수 없을 터이다. 이 세상과 우주에 관해서 대중이 모르는 편이 나은 일들이 있고, 그 공포의 시기 동안 박물관 직원과 의사, 기자, 경찰이 모두 비밀에 부치기로 한 약속을 어길 수도 없다. 반면에 과학적으로 또 역사적으로 이처럼 중요한 문제를 아예 기록으로 남기지 않는 것은 부적절해 보인다. 그래서 나는 진지한 학자들에게 보탬을 주고자 이 글을 준비해 왔다. 내가 죽은 후에 이 글을 여러 신문사에 보내 조사를 촉구할 생각이나, 이 일의 성사 여부는 유언 집행인의 판단에 달려 있다. 지난 몇 주 동안 아시아인, 폴리네시아인 그리고 이질적인 신비주의 광신도들 사이에 널리 퍼져 있는 몇 가지 비밀 의식을 통해서 가해진 위협과 이상한 사건들로 인해 나의 목숨뿐만 아니라 박물관의 다른 직원들의 목숨까지 위험해졌다고 직감했다. 그래서 유언 집행인이 나서야 할 때가 그리 멀지 않은 것 같다. [유언 집행인의 메모: 존슨 박사는 1933년 4월 22일 다소 의문스러운 심장 발작으로 급사했다. 캐벗 박물관의 박제사 웬트워스 무어는 이보다 앞선 3월 중순경에 실종되었다. 같은 해 2월 18일, 이 사건과 관련된 해부 작업을 감독했던 윌리엄 미놋 박사는 등에 칼을 맞고 다음 날 사망했다.]

공포의 본격적인 시작은 아마도 1879년, 내가 학예사 일을 하기 훨씬 이전으로, 당시에 이 박물관은 오리엔트 해운으로부터 무시무시하고 불가사의한 문제의 미라를 입수했다. 미라의 발견 자체도 기괴하고 위협적이었다. 이것이 발견된 장소가 태평양 해저에서 갑자기 융기한 작은 땅과 함께 나타난, 기원을 알 수 없는 전설의 고대 토굴이었기 때문이다.

1878년 5월 11일, 뉴질랜드의 웰링턴에서 칠레의 발파라이소로 향하던 화물선 에리다누스의 찰스 위더비 선장은 어떤 해도에도 나와 있지 않으며 화산 활동의 결과로 보이는, 새 섬을 발견했다. 끝을 자른 원뿔 모양의 이 섬은 수면 위로 아주 대담하게 튀어나와 있었다. 위더비 선장의 인솔하에 섬에 상륙한 정찰대는 그들이 올라갔던 울퉁불퉁한 경사면에서 오랜 침몰의 증거를 확인했고, 정상에 올랐을 때는 최근에 파괴된 흔적을 발견했는데, 지진의 영향으로 보였다. 흩어진 잡석 사이에 인공의 거대한 석조물들이 있었고, 이것을 살펴본 결과, 태평양의 특정 섬에서 발견되어 여전히 고고학적인 미제로 남아 있는 선사시대 거석 문명의 일부임이 드러났다.

이윽고 선원들이 거대한 — 짐작건대, 아주 거대한 건물의 일부이자 원래 깊숙한 지하에 자리 잡고 있었던 — 석조 지하실로 들어섰을 때, 그 섬뜩한 미라가 한쪽 구석에 웅크리고 있었다. 오싹한 벽화까지 더해져서 잠시 엄청난 공포에 사로잡혔던 선원들은 미라에 손을 대는 것조차 무섭고 역겨워하면서도 그것을 배로 옮겨야겠다는 충동을 느꼈다. 미라 옆에는 원래 미라의 옷 속에 들어 있었던 것으로 보이는, 처음 보는 금속 원통이 놓여 있었고, 그 안에는 정체 모를 회색 안료로 역시나 처음 보는 독특한 글자들이 적혀 있는 얇고 푸르스름한 흰색의 피륙 같은 것이 돌돌 말려 있었다. 거대한 돌바닥 한복판에는 뚜껑문 같은 것이 있었으나 선원들에겐 그것을 움직일 만한 장비가 없었다.

당시에 신축된 캐벗 박물관은 선원들의 발견을 다룬 짤막한 기사를 보자마자 문제의 미라와 원통을 확보하기 위해 여러 방법을 동원했다. 픽맨 학예사가 직접 발파라이소에 들렀고, 스쿠너 선을 물색해 미라가 발견된 지하실을 찾아보려 했으나 실패하기도 했다. 섬이 발견됐다는 지점엔 그저 망망대해만 펼쳐져 있었고, 수색자들은 지진에 의해서 그 섬이 가늠할 수 없는 세월 동안 잠겨 있었을 해저의 암흑에서 갑자기 솟구쳤듯이 이번에도 똑같은 지진에 의해서 원래의 자리로 침몰했음을 깨달았다. 끄떡도 하지 않던 뚜껑문의 비밀은 영원한 미궁으로 남았다. 반면, 미라와 원통은 보존되었고, 미라는 1879년 11월 초, 캐벗 박물관의 미라 전시관에 진열되었다.

캐벗 고고학 박물관은 예술 분야를 초월해 알려지지 않은 고대 문명의 유적에 중점을 둔, 규모는 작지만 과학계에선 높은 평가를 받는 시설 중 하나였다. 보스턴에서도 상류층이 모여 사는 비컨힐의 중심 — 조이 거리에서 가까운 마운트 버넌 거리 — 에 위치한 이 박물관은 개인 저택이었던 건물 뒤쪽에 별관을 증축한 형태로서, 최근의 끔찍한 사건들로 인해 오명을 얻기 전까지만 해도 인근의 까다로운 이웃들이 자부심을 느끼던 곳이었다.

원래 저택의 서쪽 2층에 있던 (벌핀치의 설계로 1819년에 세워진) 미라 전시관은 미국에서도 미라와 관련해 가장 뛰어난 전시물을 보관하고 있어서 역사학자와 고고학자에겐 그야말로 존경의 대상이었다. 이곳에서 사카라 초기부터 8세기 콥트 말기에 이르는 이집트 미라 제작의 전범을 볼 수 있었다. 그뿐만 아니라 알류산 열도에서 최근에 발견된 선사시대의 인디언 미라를 비롯해 다른 문화권의 미라들도 있었다. 비극적인 분지의 폐허 더미에 묻혀 있다가 발견된 석고 형태의 고뇌하는 폼페이인 표본들, 광산에서 자연스럽게 미라화된 시체들, 전 세계 곳곳에서 온 출토품들, 죽음의 순간에 버둥대다가 기괴한 자세로 매장되어 발견 당시에 충격을 안겨준 표본 등등, 이 분야에서 웬만한 수집품은 이 박물관에서 접할 수 있었다. 물론 1879년에는 지금처럼 소장품이 많지 않았으나 그 당시로서는 대단한 수준이었다. 그중에서도 해저에서 불현듯 나타났다가 불현듯 사라져버린 섬의 원시 거석 지하실에서 발견된 이 놀라운 미라는 언제나 가장 큰 주목을 끌었고 가장 불가사의한 미스터리로 남아 있었다.

이 미라는 미지의 종족에 속하는 보통 체격의 남자로서 독특하게 웅크린 자세를 취하고 있었다. 갈고리 손 같은 것으로 반쯤 가려진 얼굴은 아래턱이 앞으로 상당히 돌출해 있었고, 오그라든 모습에서 너무도 섬뜩한 공포감이 전해져 관람객 일부는 그 자리에서 얼어붙듯 꼼짝도 하지 못했다. 눈은 감겨 있었고, 부풀어 튀어나온 듯한 눈을 눈꺼풀이 단단히 덮고 있었다. 머리칼과 수염이 조금 남아 있었고, 전체적인 색깔은 칙칙하고 우중충한 회색 계통이었다. 미라의 재질은 반은 가죽 같고 반은 돌 같아서 미라의 제작 과정을 규명하고자 했던 전문가들에게 풀 수 없는 수수께끼를 안겨주었다. 군데군데 세월과 부패의 영향이 나타나 있었다. 그리고 디자인을 알 수 없는 아주 독특한 직물이 너덜너덜해진 상태로 아직도 미라에 붙어 있었다.

이 미라가 왜 그토록 섬뜩하고 혐오스러웠는지 말하기는 어렵다. 우선은 깊이를 알 수 없는 암흑의 기괴한 심연 가장자리에서 바라보듯 끝없는 태고성과 완전한 이질감이라고 할까, 미묘하고도 알 수 없는 느낌을 주기 때문이었다. 그러나 뭐니 뭐니 해도 돌출한 턱과 반쯤 가려진 채 오그라든 얼굴에 나타나 있는 광기의 공포가 제일 큰 이유였을 것이다. 이처럼 비인간적이고 끝없는 우주적 공포는 보는 이로 하여금 미스터리와 헛된 추측의 불안한 혼란 속에 들어가 있다는 느낌을 줄 수밖에 없었다. 캐벗 박물관의 폐쇄적이고 조용한 운영 방침 때문에 카디프의 거인 화석[26]과 같은 대중적인 반향을 불러일으키진 않았으나, 이 잊힌 고대의 유적은 박물관을 자주 찾는 몇몇 사람들 사이에선 곧 엄청난 명성을 얻었다. 19세기 말에는 저속한 과대 선전술이 적어도 학계에서는 요즘처럼 활개를 치지 않았다. 늘 실패로 끝나긴 했으나, 여러 분야의 학자들이 이 섬뜩한 미라의 실체를 규명하기 위해 최선을 다했다. 고대 태평양 문명에 관한 이론, 지금도 상당한 자취가 남아 있는 이스터 섬의 석상 그리고 포나페[27] 섬과 난마돌[28]의 거대 석조물에 관한 이론들이 학자들 사이에서 자유로이 유포되었고, 학술지들도 멜라네시아와 폴리네시아의 무수한 섬으로 그 일부가 남아 있는 옛 대륙에 관한 다양하고도 종종 대립되는 추론들까지 게재했다. 사라진 가상의 문명 혹은 대륙을 놓고 각각 다른 시간대를 추측하는 상황은 당혹스러우면서도 흥미롭게 받아들여졌다. 그뿐만 아니라 픽 놀라울 정도로 관련이 있는 암시들이 타히티 같은 섬들의 특정 신화에서 발견되기도 했다.

한편, 기이한 원통과 그 속에 든 정체불명의 상형문자 두루마리는 이 박물관 서고에 조심스럽게 보관되어 그 가치에 어울리는 주목을 받았다. 이것이 미라와 관련이 있다는 점에 의혹을 제기하는 사람은 없었다. 그래서 이 두루마리의 수수께끼를 푸는 것은 곧 오그라든 미라의 미스터리를 푸는 것이기도 했다. 길이 10센티미터, 지름 2.3센티미터 정도의 원통은 묘한 무지개 빛깔의 금속으로서 그 어떤 화학 분석도 불가능했고, 어떠한 시약에도 반응이 없는 것 같았다. 같은 재질의 뚜껑으로 밀봉되어 있었고, 원통 표면에는 장식이자 전통적인 상징 같은 것이 새겨져 있었는데, 그 형태가 아주 이질적이고 불합리해서, 불가사의한 기하학 체계를 따르고 있는 것 같았다.

원통에 들어 있는 두루마리 또한 신기했다. 분석이 불가능한 얇고 푸르스름한 흰색 재질의 이 말끔한 두루마리는 원통과 같은 재질의 가는 금속 막대로 묶여 있었고, 펼치면 60센티미터가량 되었다. 두루마리의 중심에서 세로 방향으로 나 있는 크고 굵은 상형문자는 알 수 없는 회색 도료로 썼거나 색칠된 형태였고, 언어학자와 고문서학자 들에게 전혀 알려져 있는 않은 종류였다. 전 세계의 전문가들에게 사진을 찍어 보냈으나 해독이 불가능했다.

신비주의와 마법 문학에 정통한 일부 학자들이 전설의 하이퍼보리아에서 전해졌다는 『에이본의 서』, 선사시대의 것으로 추정되는 『프나코틱 필사본』, 미친 아랍인 압둘 알하즈레드가 썼다는 금서 『네크로노미콘』 같은 아주 오래되고 모호한 비전(秘典)에 두세 번 묘사되거나 인용된 원시 상징들이, 이 상형문자와 유사하다는 것을 발견하기는 했다. 그러나 이런 유사성은 전혀 논의되지 않았다. 신비학을 제대로 평가하지 않는 분위기가 만연된 상황이라 해당 전문가들 사이에서 상형문자의 사진을 알리려는 노력이 없었다. 초기에 이런 노력들이 있었더라면 이 사건을 다룬 후대 역사는 사뭇 달라졌을 터이다. 실제로 본 준츠의 오싹한 『비밀 의식』을 읽어본 독자라면 이 상형문자들을 한 번 보기만 해도 중요한 연관성을 떠올렸을 것이다. 그러나 당시에 이 기괴한 신성모독의 책을 읽어본 독자들은 극히 적었다. 뒤셀도르프 초판본(18과 브라이드웰 번역본(1845)이 판금 조처된 이후 1909년 골덴 고블린 출판사에서 삭제본이 출간되기까지 극히 적은 부수만이 세상에 나와 있었다. 사실상, 신비학자나 원시의 신비담을 연구하는 학자 가운데 어느 누구도 최근에 선정적인 언론들이 이 사건에 대한 폭로를 쏟아내 절정의 공포를 불러오기 전까지 이 기이한 두루마리에 주목하지 못했다.

II

이런 상황이 이 박물관에 섬뜩한 미라가 전시된 이후 50년 동안 이어져왔다. 이 소름 끼치는 미라는 보스턴의 식자층에서만 명성을 얻었을 뿐 그 이상은 아니었다. 원통과 두루마리의 존재는 십수 년간의 성과 없는 연구 이후에 사실상 잊혀버렸다. 캐벗 박물관이 워낙 조용하고 보수적이어서 기자나 전문 기고가 가운데 어느 누구도 대중적으로 흥미 있는 소재를 찾아서 이 조용한 건물에 침입할 생각을 하지 않았다.

소란이 시작된 것은 1931년 봄, 매우 놀라운 수집품 ― 프랑스 아베르와뉴의 거의 사라지다시피 한, 악명 높은 포시 플라마 성의 폐허가 된 지하에서 발견된 기이한 물체와 시신 들 ― 때문에 이 박물관이 크게 언론의 주목을 받을 때였다.《보스턴 필라》는 "부지런히 떠벌려서 이익을 낸다."라는 자사 방침에 걸맞게 이 사건과 박물관 자체의 설명을 과장 왜곡하여 일요판 특집 기사를 내기 위해 기자를 보냈다. 스튜어트 레이놀즈라는 이 젊은 기자는 자신의 중요한 취재 대상이었던 최근의 수집품보다 우연히 마주친 정체불명의 미라가 훨씬 더 큰 반향을 일으킬 거라고 생각했다. 신지학적 전설에 관한 겉핥기식 지식이 있어 사라진 대륙과 전설적인 원시 문명을 다룬 처치워드 대령과 루이스 스펜스 같은 작가들을 동경하던 레이놀즈는 정체불명의 미라처럼 극히 오래된 유물에 각별한 관심이 있었다.

박물관에서 레이놀즈 기자는 집요하고도 썩 명석하지 않은 질문들을 해대고, 이상한 각도에서 사진을 찍기 위해 상자에 든 물건들을 이리저리 옮겨달라고 끝없이 요구함으로써 넌덜머리 나는 인간으로 낙인찍혔다. 지하 서고에서는 이상한 금속 원통과 그 안의 두루마리를 계속해서 뚫어지게 쳐다보면서 온갖 각도에서 사진을 찍는 것도 모자라 상형문자는 아예 글자 하나하나까지 촬영할 정도였다. 게다가 원시 문화와 침몰한 대륙에 관한 책을 전부 보여달라고 요구하더니, 세 시간 동안 앉아서 메모를 하다가 케임브리지 대학으로 가기 위해 급히 자리를 떴는데, 그 이유가 와이드너 도서관에 소장된 혐오스러운 금서 『네크로노미콘』을 보기 위해서였다.(물론 대학에서 허락한다면.)

4월 5일 자《보스턴 필라》일요판은 미라와 원통, 상형문자 두루마리의 사진으로 도배되었고, 정신적으로 미숙한 다수 애독자들의 호응을 노린 몹시 억지스럽고도 유치한 기사가 실렸다. 오류와 과장과 선정주의로 가득한 이 기사는 군중의 우둔하고 변덕스러운 흥미를 자극하는 데 안성맞춤이었다. 그 결과 조용하던 박물관의 장중한 회랑은 일찍이 없었던 수다스럽고 얼뜬 시선의 관람객들로 득시글대기 시작했다.

기사의 유치함에도 불구하고 학구적이고 지적인 관람객들도 있었다. 사진 자체가 전달하는 것이 있었고, 학식 있는 사람들도 가끔씩은 별생각 없이《보스턴 필라》를 읽었다. 나는 11월에 찾아온, 아주 이상한 사람 한 명을 기억하고 있다. 터번을 두르고 검은 피부에 수염이 텁수룩했던 이 남자는 말을 할 때 힘겹고 부자연스러워 보였고, 얼굴은 이상하리만큼 무표정했으며, 볼품없는 손엔 우스꽝스러운 흰색 벙어리장갑을 끼고 있었다. 지저분한 웨스트엔드 주소를 대며 이름이 '스와미 찬드라푸트라[29]'라고 자신을 소개했다. 이 남자는 신비학에 대단히 박식했고, 자기가 직관적인 지식을 두루 갖추고 있는 어느 과거 시대의 특정 기호와 상징이 두루마리의 상형문자와 흡사하다는 점에 진심으로 크게 동요하는 것 같았다.

6월경, 미라와 두루마리의 명성은 보스턴 너머 멀리까지 퍼졌고, 박물관에는 전 세계 신비학자와 미스터리 연구가 들로부터 사진을 보내달라는 문의와 요청이 쇄도했다. 이 박물관은 환상적인 몽상가들을 배려하지 않는 과학 연구 시설이었기에 우리 직원들로서는 이러한 변화가 마냥 달갑지만은 않았다. 그래도 우리는 이런 요청에 일일이 정중하게 답했다. 이런 질문 공세와 답변 과정에서 뉴올리언스의 저명한 신비주의자 에티엔느-로랑 드마리니[30]가 《오컬트 리뷰》에 쓴 대단히 박식한 기고문이 나오기도 했다. 이 기고문에 따르면 무지갯빛 원통에 새겨진 이상한 기하학 문양의 일부와 두루마리의 상형문자 몇 개가 본 준츠의 섬뜩한 금서인 『검은 책』 혹은 『비밀 의식』에 인용된 무시무시한 의미의 특정 (원시 거석에 있는 것을 옮겨 적었거나 학자와 추종자로 이루어진 소수의 비밀 종교 집단에서 행하는 비밀 의식 과정에서 필사했다는) 표의문자와 정확히 일치한다는 것이다.

드마리니는 1840년에 있었던 본 준츠의 죽음, 그러니까 뒤셀도르프에서 그 흉악한 책을 출간하고 1년이 지난 뒤, 자신이 어디서 정보를 얻었는지 일부 짐작할 수 있을 정도로 오싹한 출처에 대해 언급한 이후 맞은 끔찍한 죽음을 상기했다. 무엇보다 드마리니는 본 준츠의 기괴한 표의문자와 박물관의 소장품이 상당한 관련이 있다고 강조했다. 원통과 두루마리에서 언급하고 있는 내용이 박물관의 소장품에 관한 것임을 부정할 순 없었다. 그럼에도 그 내용이 너무도 터무니없어서 — 믿어지지 않을 만큼 오랜 시간이 흘렀고, 사라진 고대 세계의 변칙이 너무도 기괴하여 — 사람들은 그것을 믿기보다는 그저 감탄하는 데 그 쳤다.

실제로도 일반인들은 거의 모든 언론에서 다루고 있는 신문 기사를 읽으며 감탄하고 있었다. 눈에 띄는 곳마다 사진을 곁들인 기사들이 미라의 공포를 부연 설명하면서, 또 원통의 문양과 두루마리의 상형문자를 본 준츠의 표의문자와 비교하면서, 나아가 더없이 황당하고 더없이 선정적이고 더없이 불합리한 가설과 추측까지 곁들여가며 『검은 책』에 언급되는 전설들을 말하고, 아니 주장하고 있었다. 박물관의 관람객 수가 세 배로 늘었고, 세간의 광범위한 관심은 — 대부분은 무의미하고 과잉된 — 편지의 폭증으로 입증되었다. 미라와 그 기원에 관한 사람들의 관심은 — 특히 상상력이 풍부한 사람들에게는 — 1931년과 1932년에 중심 화두였던 대공황과 맞먹는 수준처럼 보였다. 나는 이 열광에 떠밀려 본 준츠의 기괴한 책(골든 고블린판)을 정독함으로써 현기증과 욕지기를 느꼈으며, 지독한 오명에 가려진 무삭제판을 읽지 않은 게 그나마 다행이라고 여겼다.

III

『검은 책』에 투영되어 있는, 그리고 신비한 두루마리와 원통의 문양과 상징 들과 매우 흡사한 고대의 속삭임들은 정말이지 주술적이고도 가공할 만한 위력을 지니고 있었다. 이 속삭임들은 시간의 믿을 수 없는 간극을 뛰어넘어 — 우리가 알고 있는 문명, 종족, 땅을 모조리 초월하여 — 몽환적이고 전설적인 시대에 사라진 국가와 사라진 대륙에 대해 집중적으로 말하고 있었다. 뮤라는 명칭을 선사한 전설, 20만 년 전에 화려한 전성기를 구가하던 원시 나칼어로 쓴 낡은 서판들, 유럽에 그저 잡종들만이 거주하고 잃어버린 하이퍼보리아가 무정형의 검은 차토구아를 숭배하는 이름 없는 의식을 목도하던 그때……

첫 인류가 발견한 기괴한 폐허, 여기 아주 오래된 땅에 크나아라는 왕국 혹은 성이 있었다고 한다. 이 폐허에는 원래 거주자가 있었으니, 별에서 새어 나온 이 미지의 존재들은 잊힌 태동기의 지구에서 영겁 동안 살았다. 크나아는 성지였는데, 그 이유는 크나아 한복판에 하늘을 찌를 듯 우뚝 솟구친 야디스-고우 산의 황량한 현무암 절벽이 있었기 때문이다. 이 절벽에는 인류의 기원보다 까마득히 오래된 거대 석조물들이 으리으리한 요새를 이루고 있었고, 이 요새의 건설자들은 육서 생물이 나기 이전의 지구를 식민지화했던, 검은 행성 유고스에서 온 외계의 후손들이었다.

유고스의 자손들은 오래전에 멸망했으나 절대로 죽지 않는 기괴하고 섬뜩한 생물체 하나를 남겨놓았다. 요컨대, 이들의 흉악한 신 혹은 수호 악마인 가타노토아가 야디스-고우 산의 요새 지하 토굴에 모습을 숨기고 웅크린 채 깊은 생각에 잠겨 있었다. 하늘 아래 까마득히 기하학적으로 비정상적인 윤곽을 본 것 외에 야디스-고우 산을 오르거나 그 불경한 요새를 본 인간은 없었다. 그러나 가타노토아가 여전히 그곳, 거석의 성벽 아래 가늠조차 할 수 없는 심연에서 이리저리 뒹굴고 흙을 파고 있다는 데 사람들 대부분이 동의했다. 가타노토아가 심연의 은둔지에서 기어 나와서 한때 유고스 자손의 원시 세계를 어기적거렸듯이 인간세계를 무시무시하게 활보하지 않게 하려면 제물을 바쳐야 한다고 믿는 사람들이 항상 있어왔다.

사람들이 말하길, 제물을 바치지 않는다면 가타노토아가 한낮의 햇빛에 분비물을 뚝뚝 흘리면서 야디스-고우의 현무암 절벽을 쿵쿵 내려와, 보이는 족족 사람들을 전부 죽인다 했다. 죽음보다도 더 무서운 변화를 겪지 않고서는 인간이 가타노토아를 볼 수 없을뿐더러 그것을 완벽하게 재현한 그림조차 볼 수 없었다. 유고스의 자손과 관련된 모든 전설들이 확인해 주듯이, 이 신의 모습 혹은 그 그림을 본다는 것은 독특한 충격으로 인해 마비되고 석화되는 것을 의미했고, 희생자의 외관은 돌과 가죽으로 바뀌는 반면 두뇌는 영원히 살아남아서 숱한 세월 동안 그대로 갇힌 채 행운과 시간에 의해 석화된 외관이 완전히 썩어 죽게 될 때까지 무기력하게 기나긴 시간의 흐름을 미치도록 의식하고 있어야 했다. 물론 대부분의 두뇌는 영겁의 세월 동안 미뤄져온 해방의 순간이 오기 훨씬 전에 미쳐버릴 것이었다. 지금은 가타노토아를 봤을 때의 위험이 유고스의 자손을 봤을 때의 그것과 비슷해졌다고는 하나, 여전히 인간은 이 신의 모습을 스치듯 본 적조차 없다.

그리고 크나아에는 가타노토아를 숭배하는 의식이 있어서 해마다 젊은 전사와 젊은 처녀를 각각 열두 명씩 제물로 바쳤다. 누구도 감히 야디스-고우의 현무암 절벽을 오르려 하지 않았고 그 정상에 있는 인류 이전의 거석 요새에도 가까이 가려 하지 않았기에 이 희생양들은 산기슭에서 가까운 대리석 신전의 불타는 제단 위에 바쳐졌다. 가타노토아의 사제들은 유일하게 크나아의 보존을 책임졌고, 미지의 굴에서 가타노토아가 불시에 나타나는 불상사를 방지하여 뮤의 모든 땅을 지킬 수 있었기에 이들의 세력은 그야말로 막강했다.

크나아에는 이 검은 신의 사제 100명이 있었다. 이들을 통솔하는 대제사장 이마시-모는 나스 축제 때 타본 왕보다 앞서 걸었고, 왕이 도력

전당에 무릎을 꿇는 동안에도 거만하게 서 있었다. 사제마다 대리석 저택과 금궤 한 상자, 200명의 노예와 100명의 첩을 소유했고, 크나아 전역에서 만인의 생사를 결정하는 권능을 휘두르고 법의 제재를 받지 않는 자는 왕의 사제들을 제외하고 이 가타노토아 사제들이 유일했다. 사제라는 수호자들이 있었음에도 지하에서 슬그머니 올라온 가타노토아가 가차 없이 산을 쿵쿵 내려와 인간세계에 공포와 석화의 재앙을 가져오진 않을까 하는 두려움이 항상 도사리고 있었다. 후대에 이르러 사제들은 인간들에게 가타노토아의 오싹한 모습을 추측하거나 짐작하는 것조차 금했다.

인간이 가타노토아와 그것의 정체 모를 위협에 최초로 반기를 든 것은 '적월의 해(본 준츠에 의하면 기원전 173,148년)'였다. 이 용감한 이단자는 천 마리의 새끼를 거느린 염소 슈브-니구라스의 대제사장이자 구리 신전을 지키는 수호자 트요그였다. 트요그는 다양한 신들의 위력에 대해 오랫동안 생각해 왔고, 현재와 과거 세계의 삶에 관한 기이한 꿈과 계시를 보았다. 마침내 그는 인간에게 우호적인 신들의 도움을 얻어 적대적인 신들과 맞설 수 있으며, 뱀 신 이그뿐만 아니라 슈브-니구라스, 누그[31], 예브까지 인간의 편으로 끌어들임으로써 가타노토아의 전횡과 가상적 공포에 대항할 수 있다고 확신했다.

지모신[32]에서 영감을 얻은 트요그는 성직자용 나칼어로 기이한 주문을 적었고, 이것을 지니고 있으면 검은 신의 석화에도 안전하다고 믿었다. 그래서 용감한 사람이 이 부적을 지니고 간다면 공포의 인간 최초로 현무암 절벽을 오를 수 있어서 가타노토아가 시무룩이 은둔해 있다는 거석 요새의 지하로 들어갈 수 있다고 생각했다. 슈브-니구라스와 그 자식들의 힘을 빌려 정면 대결을 펼친다면, 가타노토아 신을 굴

복시키고 드디어 그 음산한 위협으로부터 인류를 구원할 수 있을 터이다. 그의 노력 덕분에 인간이 해방된다면, 그는 최고의 명예를 거머쥘 터이다. 가타노토아의 사제들이 누리던 모든 영광도 당연히 그의 차지가 될 터이다. 가는 곳마다 왕 아니 신의 권능을 행사하리라.

트요그는 프타곤(본 준츠에 따르면, 지금은 멸종된 야키스 도마뱀의 속가죽) 두루마리에 방어 주문을 적어서 문양이 새겨진 라그 금속 ─ 지구에는 없고 엘더원이 유고스에서 가져온 금속 ─ 원통에 돌돌 말아 넣었다. 옷 속에 넣은 이 부적이 가타노토아의 위협으로부터 그를 지켜줄 것이고, 만에 하나 그 괴물이 나타나 만행을 저지르기 시작한다면 그 과정에서 석화된 희생자들까지 원래의 모습으로 되돌려놓을 수 있을 것이었다. 그는 인간의 발길이 닿은 적 없는 금기의 산을 올라, 이상한 각도로 건축된 거석의 요새로 들어가 충격적인 악마의 괴물과 그 서식지에서 맞설 계획이었다. 무슨 일이 벌어질지는 예측불허, 그러나 인류의 구원자라는 희망이 그의 의지를 굳게 만들었다.

그러나 그는 미처 가타노토아의 오만방자한 사제들이 품게 될 질시와 이기심까지 생각하진 못했다. 그의 계획이 알려지자마자, 그 악마신이 쫓겨날 경우에 자기들의 세력과 특권을 잃게 될까 두려워한 사제들이 신성모독이라고 야단법석을 떨어대면서 그 누구도 가타노토아에 대항해서는 안 되고 그 모습을 보려는 시도만으로도 인류에게 무자비한 살육이 초래될 것이니 이는 그 어떤 주문이나 사제의 기술로도 막을 수 없다고 울부짖었다. 사제들은 이렇게 울부짖으면서 사람들이 트요그와 등지기를 바랐다. 그러나 사람들은 가타노토아로부터 해방되고픈 열망이 너무도 큰 데다 트요그의 능력과 열정을 믿었기에 사제들의 온갖 주장에도 흔들리지 않았다. 사제들의 꼭두각시에 불과하던 왕마저 트요그의 용감한 순례를 막으라는 요청을 거부했다.

결국 가타노토아의 사제들은 떳떳하지 못한 일을 은밀하게 진행했다. 어느 날 밤 대제사장인 이마시-모가 몰래 트요그가 잠들어 있던 신전의 방으로 숨어들어서 금속 원통을 빼냈다. 그리고 원통에서 슬그머니 부적 두루마리를 빼낸 뒤 그것과 아주 똑같이 생긴(그러나 신이나 악마에 대한 대항력은 없는) 두루마리로 바꿔치기했다. 이마시-모는 잠든 트요그의 겉옷에 원통을 도로 집어넣고는 흡족해했다. 트요그가 원통 속을 다시 확인할 가능성은 거의 없다는 걸 알고 있었기 때문이다. 진짜 두루마리의 보호를 받고 있다고 생각한 트요그는 용감하게 금기의 산을 올라 악마의 존재를 찾아갈 것이다. 그다음은 가타노토아가 무장 해제된 적을 알아서 처리할 터이다.

가타노토아의 사제들은 트요그의 도전을 막기 위해 애쓸 필요가 없었다. 트요그가 원하는 대로 가서 죽음을 맞게 놔두면 될 일이었다. 그리고 그 훔친 두루마리 — 강력한 힘을 지닌 진짜 부적 — 는 은밀하고도 신중하게 보관하여 혹여 사제들이 악마 신의 뜻을 거슬러야 할지 모르는 먼 훗날을 대비해 대제사장에서 후임 대제사장에게 전해 줄 계획이었다. 그리하여 이마시-모는 새 원통에 넣어둔 진짜 부적과 함께 그 밤의 남은 시간 동안 아주 평온히 잠들었다.

트요그가 사람들의 기도와 영창 속에서 타본 왕의 축복을 받고 오른손에 트라스 나무 지팡이를 들고 공포의 산으로 떠난 것은 '하늘-불꽃의 날(이 명칭에 대해서 본 준츠는 정확한 설명을 하지 않았다.)'이었다. 그는 함정에 빠진 것을 간파하지 못한 채 옷 속에 간직한 원통에 진짜 부적이 들어 있다고 믿었다. 게다가 이마시-모를 비롯한 가타노토아의 사제들이 그의 무사 귀환과 성공을 위해 기도하는 걸 보면서도 이상하다고 의심하지 못했다.

그날 아침 내내 사람들은 인간의 발길이 닿은 적 없는 금기의 현무암 비탈을 힘겹게 오르며 점점 작아지는 트요그의 모습을 지켜보았다. 트요그가 아찔한 바위 턱을 따라 숨겨진 산허리 쪽으로 사라진 지 한참이 지나서도 많은 이들이 자리를 지키고 서 있었다. 그날 밤 몇 명의 예민한 사람들은 꿈결처럼 그 악랄한 산봉우리를 울리는 희미한 굉음을 들었다. 물론 대부분의 사람들은 그들의 말을 웃어넘겼다. 다음 날에도 많은 사람들이 모여서 산을 지켜보며 기도했고, 과연 트요그가 언제쯤 돌아올까 궁금해했다. 그다음 날에도 또 그다음 날에도 그랬다. 그렇게 희망을 품고 기다리기를 몇 주, 결국 사람들은 눈물을 흘렸다. 그 누구도 공포로부터 인류를 구원하겠다던 트요그의 모습을 두 번 다시 보지 못했다.

이후 사람들은 트요그의 무모함을 곱씹으며 몸서리쳤고, 불경한 행동으로 인해 과연 트요그에게 어떤 벌이 내려졌을지 짐작해 보았다. 가타노토아의 사제들은 신의 뜻을 원망하거나 희생제를 마뜩잖아하던 사람들을 보며 회심의 미소를 머금었다. 나중에 이마시-모의 계략이 사람들에게 알려졌으나, 그렇다고 한들 가타노토아를 건드리지 않는 게 낫다는 전반적인 정서를 바꿀 수는 없었다. 그 누구도 가타노토아에게 반기를 들려고 하지 않았다. 그렇게 세월이 흘러 왕이 바뀌고 대제 사장이 바뀌고 여러 나라들이 흥하고 망했으며 여러 땅들이 바다 위로 솟구쳤다가 다시 가라앉았다. 수천 년의 쇠퇴기를 겪은 크나아에 마침내 폭풍과 번개와 무시무시한 굉음과 산만 한 파도가 덮쳐 왔고, 뮤의 모든 땅은 영원히 해저로 가라앉았다.

그래도 숱한 세월이 흐른 뒤에 고대 비밀의 가는 물줄기가 조금씩 새어 나오긴 했다. 머나먼 땅에서 바다 악마의 분노에서 살아남은 회색빛 얼굴의 도망자들이 모였고, 기이한 하늘은 사라진 신들과 악마들을 섬기는 제단의 연기를 삼켰다. 신성한 산봉우리와 무시무시한 가타노토아의 거석 요새가 얼마나 깊은 해저에 가라앉았는지 아는 이는 없었으나, 가타노토아가 깊디깊은 바다에서 솟아올라 사람들 사이를 비적비적 활보하며 공포와 석화의 재앙을 퍼뜨릴까 봐 여전히 그 이름을 웅얼거리면서 이름 모를 제물을 바치는 사람들이 있었다.

뿔뿔이 흩어진 사제들 사이에서 어둡고 은밀한 숭배 의식이 나날이 세를 떨쳐갔다. 이것이 은밀한 이유는 새 땅의 사람들이 다른 신과 악마의 체계를 가졌고 오래되고 이질적인 것들은 무조건 나쁘다고 생각했기 때문이다. 그러다 보니 이 은밀한 숭배 의식의 내부에서 온갖 끔찍한 일이 자행되었고, 온갖 이상한 물건들이 귀한 가치로 인정되었다. 교활한 사제들 중 일부 계파가 잠든 트요그한테서 이마시-모가 훔친 진짜 가타노토아 대항 부적을 지금도 간직하고 있다는 소문이 돌았다. 다만 그 신비한 글자를 읽고 이해할 수 있는 사람도, 사라진 크나아와 그곳의 무시무시한 야디스-고우 산봉우리와 악마 신의 은둔지인 거대한 요새가 세상 어디에 있었는지 짐작조차 할 수 있는 사람도 남아 있지 않았다.

은밀한 숭배 의식은 한때 뮤가 있었던 태평양 근처에서 주로 번성했으나, 불운의 아틀란티스와 진저리 쳐지는 렝 고원에서도 가타노토아를 숭배하는 비밀스럽고도 혐오스러운 의식이 있었다는 소문이 돌았다. 본 준츠는 전설의 지하 왕국 큰-얀에서도 이 숭배 의식이 행해졌다고 암시하는 한편, 이집트와 칼데아, 페르시아와 중국, 아프리카의 사라진 셈족 왕국, 신세계(남북아메리카)의 멕시코와 페루까지 이 의식이 침투했다고 명확히 밝혔다.

본 준츠의 좀 더 강한 암시에 따르면, 유럽의 주술적 동향은 교황들의 오판과는 달리 이 비밀의 숭배 의식과 깊은 관련이 있었다. 반면에 서구 세계는 이런 숭배 의식의 번성을 결코 원하지 않았다. 게다가 섬뜩한 의식과 정체 모를 희생제를 일견한 대중들의 분노로 인해 숭배 의식의 수많은 잔류들까지 일소되었다. 결국 이 숭배 의식은 박해를 받으면서 더욱더 은밀한 지하 세계의 행위로 변질되었으나, 그 핵심만은 완전히 근절되지 않았다. 이 의식은 주로 극동과 태평양 섬에서 늘 명맥을 유지해 왔고, 이런 지역에서 의식의 가르침은 폴리네시아 아레오이[33]의 신비한 전설과 합해졌다.

본 준츠는 이 의식과의 실제적인 접촉에 대해 미묘하고도 불안한 암시를 주었다. 그래서 책을 읽는 동안 그의 죽음에 얽힌 소문들 때문에 소름이 돋았다. 그는 (너무도 무모했기에 다시는 돌아오지 못한 트요그를 예외로 한다면) 어떤 인간도 본 적이 없다는 악마 신의 생김새에 대해 일부 의견이 점점 확대되었다고 밝혔다. 이런 경향은 이 괴물의 생김새를 두고 상상조차 금했던 고대 뮤 지역의 지배적인 사고 체계와는 대조를 이룬다. 외경심에 사로잡혀 정신이 나간 듯한 광신도들이 이 문제에 관해 속삭이는 말, 다시 말해 최후의 파멸로 인해(그것이 진정 최후인지는 모르겠으나) 지금은 공포의 산이 침몰했으나 그 전까지 거기 있었던 오싹한 선사시대의 건물에서 트요그가 맞닥뜨린 존재의 정체가 과연 무엇이었을까 하는 호기심 어린 속삭임에는 어딘지 독특한 공포감이 배어 있었다. 게다가 나는 이 독일 학자가 이 주제와 관련해서 완곡하면서도 음험하게 한 말 때문에 꽤나 심란해졌다.

또한 도난당한 가타노토아 대항 부적의 출처와 이 부적이 최종적으로 사용될 상황에 대해 본 준츠가 추측한 대목도 심란하기는 마찬가지였다. 이 모든 것이 순전히 허구에 불과하다는 확신에도 불구하고, 나는 미래에 극악무도한 신이 나타나리라는 예언과 인간이 갑자기 이상한 종족으로 돌변하여 살아 있는 뇌는 따로 갇혀서 영겁의 세월 동안 생기 없이 무기력한 자각만 가능하다고 묘사한 대목에서는 절로 전율할 수밖에 없었다. 뒤셀도르프의 이 노학자는 악의적인 묘사 방식으로 실제보다 더 많은 것을 암시했고, 이 가증스러운 책이 왜 그토록 많은 나라에서 불경하고 위험하며 부정한 금서로 낙인찍혔는지 그 이유를 이해할 만했다.

나는 혐오감에 몸서리치면서도 이 책의 불경한 매혹에 사로잡혀 다 읽을 때까지 내려놓지 못했다. 책에 나와 있는 뮤 대륙의 문양과 표의 문자는 기이한 원통과 두루마리의 그것과 놀랍고도 무서울 정도로 유사했다. 그리고 세부적인 정황까지 이 끔찍한 미라와 관련돼 있다는 모호하면서도 불안한 암시를 전하고 있었다. 원통과 두루마리, 태평양이라는 장소, 그리고 미라를 발견한 거석의 토굴이 해저에 가라앉은 거대한 건물 지하에 있었다는 늙은 위더비 선장의 일관적인 주장에 이르기까지……. 어쨌거나 그 화산섬이 뚜껑문의 어마어마한 비밀이 풀리기 전에 도로 침몰했다는 것에 묘한 안도감을 느꼈다.

IV

『검은 책』을 읽은 덕분에 1932년 봄부터 점점 나의 주의를 끌게 된 뉴스와 관련 사건들에 오히려 단단히 마음의 준비를 갖출 수 있었다.

동양의 여러 나라와 세계 도처에서 이상하고 기괴한 숭배 의식이 빈발해 경찰들이 수사에 나섰다는 기사가 점점 빈번해지는 것을 내가 주목하기 시작한 시점이 정확히 언제인지는 모르겠다. 분명한 건, 5월이나 6월에 전 세계적으로 평소에는 조용하던 비밀 신비주의 괴단체들이 충격적이고 이례적인 활동을 활발히 전개했다는 점이다.

나는 이런 기사와 본 준츠의 암시 또는 박물관의 미라와 원통에 향해지던 대중들의 흥분을 관련시킬 생각은 없었다. 다만 당시에 행해지던 여러 의식과 다양한 비밀 참석자들의 연설에 중요한 의미와 일관적인 유사성이 있다는 언론 매체의 선정적인 보도들은 세간의 주목을 끌었다. 나는 빈번하게 되풀이되는 명칭 하나를 불안한 마음으로 주목할 수밖에 없었다. 여러 개의 다른 표기로 나타난 이 명칭은 모든 숭배 의식의 핵심인 것 같았고, 존경과 공포가 독특하게 혼재된 대상 같았다. 몇 가지 표기를 예로 들자면, 크탄타, 타노타, 탄-타, 가탄, 그탄-타 같은 것인데, 이처럼 변형된 표기 속에서 본 준츠가 가타노토라고 표현한 괴물과의 유사성을 확인하기 위해 구태여 나와 서신을 주고받던 많은 비술가들의 조언을 구할 필요는 없었다.

걱정스러운 기사들은 더 있었다. 언론들은 '진짜 부적'에 관한 모호하고 두려운 가설들을 연거푸 보도했다. 마치 이 부적이 엄청난 결과를 예정하고 있다는 투였고, 이것이 누구인지 혹은 무엇인지 정체가 묘연한 '나고브'의 보호 아래 있다고 했다. 신문 기사마다 토그, 티오크, 요그, 조브 혹은 요브 같은 이름이 집요하게 반복되었고, 나는 점점 더 고조되는 흥분감 속에서 『검은 책』에 불운한 이단자로 묘사된 트요그의 이름을 무의식적으로 떠올리고 있었다. 트요그를 지칭하는 듯한 이름들은 대개 다음과 같은 불가사의한 문구와 관련해서 언급되고 있었다.

"바로 이 사람이다." "그는 그것의 얼굴을 보았다." "그는 보지도 느끼지도 못하나 모든 것을 알고 있다." "그는 영겁의 세월 동안 그 기억을 전수했다." "진짜 부적이 그를 해방시킬 것이다." "나고브가 진짜 부적을 가지고 있다." "그는 어디서 그것을 발견했는지 말해 줄 수 있다."

뭔가 아주 이상한 분위기가 팽배했고, 선정적인 일요판 신문들뿐만 아니라 나와 서신 왕래를 하는 비술가들이 새로운 양상의 비정상적인 소동을 한편으로는 뮤 대륙의 전설과 또 다른 한편으로는 최근에 발굴된 섬뜩한 미라와 연관을 짓기 시작할 무렵 나도 의심을 거두었다. 처음에 미라와 원통과 부적을 『검은 책』의 이야기와 집요하게 관련시킴으로써 매스컴을 통해 널리 읽힌 기사들 그리고 이 기사들의 황당하고 광적인 추측들이 아마도 우리의 복합적인 세계에 스며들어 있던 무수한 이국의 비밀 추종자 집단으로부터 광신과 열광을 불러일으킨 것 같았다. 언론은 이 불길에 연신 기름을 끼얹은 형국이었다. 컬트 집단이 일으키는 소동이 초기의 허풍스러운 기사들보다 더 열광적이었기 때문이다.

여름이 가까워지면서 — 매스컴의 1차 격발 이후에 다소 소강상태를 보이다가 두 번째 열광의 물결에 이끌려 사람들이 박물관으로 밀려올 즈음 — 박물관 직원들은 관람객들 사이에서 뭔가 흥미롭고 새로운 낌새를 알아챘다. 나날이 낯설고 이국적인 외모의 — 가무잡잡한 아시아인, 딱히 어디 사람이라고 말하기 어려운 장발족, 어색해 보이는 유럽풍 옷을 입고 긴 수염을 기른 갈색 피부의 사람 등 — 관람객이 늘어갔다. 이들은 이구동성으로 미라 전시관을 물었고, 얼마 뒤에는 각양각색의 황홀한 표정을 짓고서 그 섬뜩한 태평양의 미라를 빤히 쳐다보고 있었다. 이 괴상한 외국인들의 행렬 속에 뭔가 고요하면서도 불길한 기운이 도사리고 있어서 박물관의 경비원들은 바짝 긴장했고, 나 또한 무덤덤할 수만은 없었다. 그들과 같은 외국인 컬트 집단에서 일고 있는 광범위한 소동들이 자연스레 떠올랐다. 그리고 신화와 관련된 이 소동들은 무시무시한 미라와 원통의 두루마리와 아주 긴밀한 관련이 있었다.

나는 이따금씩 그 미라를 전시관에서 철수하고 싶은 충동을 느꼈다. 한 직원이 그 미라 앞에서 이상한 동작으로 절을 하는 외지인들을 몇 번 봤고, 관람객의 수가 꽤 줄어드는 시간이면 미라를 향해 웅얼거리는 영창이나 제식용 주문 같은 소리를 들었다고 말했을 때는 특히 그랬다. 경비원 한 명은 기다란 유리 관에 놓여 있는 그 석화된 미라에서 기묘하고 불안한 환각을 보았다고도 말했는데, 뼈만 앙상한 손과 극한 공포의 표정을 띤 피질의 얼굴에서 하루가 다르게 알 듯 말 듯 아주 미세한 변화가 생기는 것 같다고 했다. 게다가 미라가 섬뜩하게 불거진 두 눈을 금방이라도 부릅뜰 것 같은 으스스한 생각을 떨칠 수 없다고도 했다.

그 사건이 벌어진 건 9월 초, 그러니까 호기심 어린 관람객들의 수가 줄어서 미라 전시관이 종종 텅 비곤 하던 때였다. 유리 관을 잘라 미라를 꺼내려는 시도가 있었다. 범죄를 시도한 가무잡잡한 폴리네시아인은 때마침 경비원에게 발각되어 유리 관을 훼손하기 전에 제압당했다. 조사 결과, 이 폴리네시아인은 비밀 컬트 교단에서 활동한 이력으로 악명이 높은 하와이 거주자였고, 비정상적이고 비인간적인 제식과 희생제 혐의로 전과 기록이 많았다. 일부 언론이 이자의 방에서 아주 난해하고 불온한 물건들을 발견했고, 그중에는 박물관의 두루마리와 본 준츠의『검은 책』에 나오는 것과 아주 유사한 비밀 문자로 가득한 다량의 문서가 포함되어 있었다. 그러나 그 물건들에 대해서 이자는 끝내 입을 열지 않았다.

이 사건이 있은 지 일주일이 채 지나지 않아서 미라를 훔치려는 시도가 또 발생했다. 이번에는 유리 관의 자물쇠를 부수려고 했으나 이자 또한 현장에서 체포되었다. 범죄자는 싱할라족 출신의 남자로, 하와이 출신자처럼 역겨운 컬트 활동과 관련되어 고약한 전과가 많았고, 역시나 경찰에게 비협조적이었다. 이번 사건이 전에 비해 훨씬 더 음산하고 흥미로웠던 이유는 경비원 한 명이 박물관을 찾아온 이 범죄자를 몇 차례 본 적이 있고, 미라를 향해 독특한 영창을 읊는 동안 '트요그'라는 단어가 분명하게 반복되었다고 말했기 때문이다. 이 사건 때문에 나는 미라 전시관의 경비원을 두 배로 증원하고 한시라도 자리를 비우지 말라고 지시했다.

당연한 순서처럼 언론에서 이 두 사건을 요란하게 보도하면서 원시의 전설적인 뮤 대륙을 재탕하는가 하면, 이 끔찍한 미라가 자신이 침입한 선사시대의 요새에서 마주친 그 무엇인가에 의해 석화되어 이 격변의 지구 역사에서 17만 5000년 동안이나 석화 상태로 보존되어 온, 용감한 이단자 트요그라는 주장까지 서슴지 않았다. 게다가 가장 선정적인 방법으로 강조되고 반복되는 기사에 따르면, 이상한 열광자들은 뮤 대륙에서 전해져온 컬트 집단을 대표해서 왔고 미라를 숭배할 뿐만 아니라 어쩌면 마법과 주문으로 미라를 깨우려고 시도하는 것 같다고 했다.

작가들은 지속적으로 반복되는 옛 전설, 요컨대 가타노토아에 의해 석화된 희생자들의 뇌가 의식은 있으나 무감각한 상태로 보존된다는 대목을 활용하여 더없이 황당하고 개연성 없는 추측의 토대로 삼았다. '진짜 부적'에 관한 언급도 당연히 주목을 받았다. 트요그의 도난당한 가타노토아 대항 부적은 지금 어딘가에 있으며, 컬트 관련자들이 모종의 목적으로 그것을 가져다 트요그와 직접 접촉하려고 한다는 설이 널리 퍼져 있었다. 이렇게 작가들까지 나서면서 안달이 난 관람객들이 박물관으로 밀려와 이 기이하고 불온한 사건의 핵심인 흉악한 미라를 빤히 쳐다보는, 바야흐로 세 번째 열기가 고조되었다.

이런 열기 속에서 — 관람객 상당수는 박물관을 다시 찾은 경우로 — 미라의 모습이 어딘지 변했다는 말이 처음으로 나돌기 시작했다. 몇 달 전에 소심한 경비원 한 명이 이미 그런 말을 하긴 했으나, 박물관의 직원들은 그 미라의 기이한 모습에 줄곧 익숙해져 있어서 세부적인 면에 주목하지 못하는 것 같았다. 어찌 됐든 흥분한 관람객들의 속삭임은 경비원들로 하여금 미묘하긴 하나 확연히 진행 중인 변화를 알아채게 만드는 계기가 되었다. 때마침 언론들도 이 부분을 포착해 냈고, 그 결과가 얼마나 소란스러웠을지는 능히 짐작하고도 남을 것이다.

나는 당연히 이 문제를 아주 주의 깊게 관찰했고, 10월 중순경에는 미라가 확실한 부패 과정을 겪고 있다는 판단을 내렸다. 박물관 내부의 화학적 혹은 물리적 요인 때문에 반은 돌, 반은 피질로 이루어진 미라가 서서히 이완되어 팔다리뿐만 아니라 공포로 일그러진 얼굴 표정까지 분명한 변화를 보이는 것 같았다. 지난 50년간 완벽히 보존되어 온 상태라 이런 변화는 상당히 심각한 것이어서 박물관 전담 박제사인 무어 박사에게 몇 번에 걸쳐 그 섬뜩한 미라를 확인하게 했다. 무어 박사는 전반적인 이완과 연화 과정이 진행 중이라고 보고한 뒤, 미라에 두세 차례 수렴제 스프레이를 뿌렸으나 갑작스럽게 부서지거나 부패가 촉진될까 두려워 좀 더 적극적인 조처를 하진 못했다.

이런 과정이 가뜩이나 호기심 많은 관람객들에게 끼친 영향은 퍽 흥미로운 것이었다. 지금까지는 매번 언론에 의해 새로운 센세이션이 일었고 그때마다 눈에 힘을 주고 수군거리는 관람객들이 쇄도했으나, 이 번에는 — 언론에서도 미라의 변화에 대해 쉬지 않고 떠들어대곤 있었 으나 — 일반인들이 자기들의 병적인 호기심까지 압도하는 공포감을 분명하게 느끼는 것 같았다. 관람객들이 줄어들자, 박물관에 늘 진을 치고 있는 이상야릇한 외국인 무리가 유난히 눈에 띄었고, 이들의 수는 전혀 줄어들지 않았다.

11월 18일에는 인디언계 페루인이 미라 앞에서 히스테리성 혹은 간 질성 발작을 일으켰고, 나중에 병상에서 이렇게 소리쳤다. "눈을 뜨려 고 했어요! 트요그가 눈을 뜨고 날 쳐다보려고 했어요!" 그 무렵 나는 미라를 전시실에서 철수하려고까지 마음먹었으나, 박물관의 극히 보수 적인 이사회의 결정에 군말 없이 따랐다. 그러나 박물관은 이 지역의 엄격하고 조용한 주민들로부터 악명을 얻기 시작했다. 이 사건 이후에 나는 태평양에서 입수한 그 섬뜩한 유물 앞에서 어느 누구도 한 번에 이삼 분 이상 멈춰 서 있지 말라고 지시를 내렸다.

경비원 중 한 명이 미라의 눈이 미세하게 열려 있는 것을 발견한 시 점은 11월 24일 5시에 박물관이 폐관한 후였다. 그 변화는 아주 미세했 으나 — 양쪽 눈에서 초승달 모양의 각막이 살짝 보이는 것에 불과했으 나 — 굉장히 흥미로운 현상임엔 틀림없었다. 다급히 불려온 무어 박사 가 확대경으로 미라의 노출된 안구를 관찰하려고 만지는 과정에서 피 질의 눈꺼풀이 도로 감기고 말았다. 최대한 조심해서 눈을 다시 열려고 했으나 실패했고, 박제사는 다른 방법을 써볼 엄두조차 내지 못했다. 이 모든 과정을 무어 박사가 내게 전화로 알려왔을 때, 나는 그저 단순 한 사건이라고 치부해 버릴 수 없는 섬뜩함을 느꼈다. 잠시 동안이긴 하나, 형태를 알 수 없는 사악한 그림자가 시공의 까마득한 깊이에서 솟구쳐 나와 은밀하면서도 위협적으로 박물관을 떠돈다는 세간의 인식에 동조할 뻔했다.

이틀 후에는 부루퉁한 필리핀인이 폐관 시간을 노려 박물관에 잠입하려고 시도했다. 이 사람은 경찰서로 연행되었으나 신원 확인을 거부했고 일단은 용의자로 유치장에 갇혔다. 한편 미라 전시관의 관리가 엄격해지자 이상한 외국인 무리가 부담을 느낀 것 같았다. 적어도 "멈춰 서 있지 마시오."라는 지시를 내린 후로는 외국인 관람객의 수가 현격하게 줄었다.

끔찍한 파국이 찾아온 것은 12월 1일 목요일 이른 새벽이었다. 오전 1시경에 박물관에서 죽음의 공포와 고통에 사로잡힌 끔찍한 비명이 들려왔고, 이웃에서 다급한 신고 전화가 이어지자 곧바로 경찰대와 나를 포함한 박물관 직원 몇 명이 현장에 도착했다. 경찰 일부가 건물을 포위하는 동안, 나머지 대원과 직원 들이 조심스레 안으로 들어갔다. 중심 회랑에서 질식사한 ─ 동인도의 삼을 아직 목에 감고 있는 ─ 야간 경비원의 시체가 발견되었다. 철저한 주의를 기울였음에도 사악한 침입자 혹은 침입자들이 박물관에 접근한 셈이었다. 그러나 당장은 무덤 같은 침묵이 모든 것을 휘감고 있어서 문제의 진원지라고 예상되는 불길한 별관으로 감히 올라가지 못하고 있었다. 중앙 개폐기를 통해 건물 전체에 조명을 밝힌 후에야 조금 안정감을 찾은 우리는 주저하면서도 곡선형 계단을 올랐고 높은 아치 길을 따라 미라 전시관으로 향했다.

V

이 시점부터 이 끔찍한 사건의 보도 통제가 이루어졌다. 이후에 벌어진 일을 세상에 알려서 이로울 것이 전혀 없다는 데 모두가 의견의 일치를 보았기 때문이다. 앞에서 말했듯이 계단을 오르기 전, 건물 전체에 조명을 켰다. 그 불빛 아래 부서진 유리 관과 그 속의 오싹한 내용물들이 놓여 있었다. 우리 눈앞에 당혹스러운 침묵의 공포가 펼쳐져 있었고, 이것은 상상할 수 없는 사건이 벌어졌음을 증명하고 있었다. 두 명의 — 폐관 전에 박물관에 이미 잠입해 있었다고 나중에 결론 내린 — 침입자가 있었다. 그러나 이들은 경비원 살해 혐의로 처벌을 받지 않았다. 이미 처벌을 받은 후였으니까.

한 명은 미얀마 사람, 다른 한 명은 피지 제도 사람이었다. 두 사람 모두 섬뜩하고 혐오스러운 컬트 종교 활동으로 전과가 있었다. 그들은 죽었고, 자세히 살펴보면 볼수록 그들의 죽음은 더없이 기괴하고 형언할 수 없는 것이었다. 그들의 얼굴에는 백전노장의 베테랑 경찰마저도 처음 볼 정도로 광적이고 비인간적인 공포의 표정이 서려 있었다. 그런데 시체 두 구의 상태는 서로 의미심장한 차이를 보이고 있었다.

미얀마인은 문제의 미라 관 가까이에 쓰러져 있었고, 유리 관은 사각 형태로 말끔하게 잘려 있었다. 그의 오른쪽 손에는 푸르스름한 재질의, 내가 곧 알아봤듯이 회색의 상형문자로 채워진 두루마리가 쥐어 있었는데, 나중에 자세히 대조해 보니 미세한 차이가 있긴 했으나, 1층 서고에 있는 두루마리를 거의 그대로 복사해 놓은 것 같았다. 몸에 폭력의 흔적이 없었고, 일그러진 얼굴의 절망적이고 고통스러운 표정으로 미루어 우리는 이 남자의 사인이 공포 자체였다는 결론만 내릴 수 있었다.

그런데 우리에게 가장 강렬한 충격을 던져준 것은 근처에 있던 피지 사람의 시체였다. 그 시체를 맨 처음 만져본 경찰 한 명이 겁에 질려 비명을 지름으로써 이 지역에 찾아든 밤의 공포에 또 한 번의 전율을 보탰다. 공포로 일그러진 원래 검었던 얼굴과 뼈만 남은 — 여전히 한 손엔 손전등을 움켜쥔 — 두 손이 죽음의 잿빛으로 변해 있음을 봤을 때 우리는 섬뜩하게 뭔가 잘못된 것을 알아차렸어야 했다. 그러나 우리 중 어느 누구도 경찰관이 머뭇거리며 시체를 만졌을 때 나타난 변화를 받아들일 준비가 되어 있지 않았다. 지금도 나는 공포와 혐오의 경련을 일으키지 않고서는 그 장면을 떠올릴 수 없다. 간단히 말해서, 이 불운한 — 한 시간 전까지만 해도 미지의 악에 심취해 있던, 멜라네시아에서 온 이 건장한 — 침입자는 이제 돌과 피질로 석화되어 빳빳한 잿빛을 띠고 있었으니, 그 모습이 손상된 유리 관에서 영겁의 세월 동안 웅크리고 있던 신성모독의 물체와 영락없이 똑같았다.

그러나 이게 최악은 아니었다. 충격에 휩싸인 우리가 바닥의 시체들을 향해 돌아서기 직전에 모든 공포를 압도하면서 시선을 잡아끈 것은 그 섬뜩한 미라의 상태였다. 미라의 자세가 급격히 변해 있어서 그 변화가 더는 애매하고 미묘한 것이 아니었다. 그것은 이상하리만큼 경직성을 잃은 채 처지고 구부정해져 있었다. 뼈다귀 손도 밑으로 내려가 있어서 공포에 물든 얼굴을 더는 가리고 있지 않았다. 신이여, 우리를 도우소서! 미라의 끔찍하게 불거진 두 눈은 휑하니 열려 있었고, 공포 혹은 그보다 더 나쁜 원인으로 죽은 두 명의 침입자를 똑바로 응시하고 있는 것 같았다. 죽은 생선의 눈알처럼 소름 끼치는 그 시선이 어찌나 사람의 마음을 홀리던지 침입자들의 시체를 조사하는 내내 우리의 뇌리에서 떠나질 않았다. 우리 모두 묘하게 몸이 경직되어서 단순히 움직이는 것조차 힘겨워했던 것을 보면 그 시선이 우리의 신경에 미친 영향이 참으로 기이했다. 그런데 그런 경직성은 나중에 조사를 하기 위해 상형문자 두루마리를 서로 돌려보는 동안 신기하게도 사라졌다. 이따금씩 나도 모르게 유리 관 속의 무섭게 불거진 눈동자를 내려다보곤 했고, 시체들을 확인한 후 다시 그 눈동자를 자세히 살펴보는 동안, 놀라우리만큼 잘 보존된 검은 동공의 유리알 같은 표면에서 뭔가 독특한 것을 발견했다. 보면 볼수록 매혹적이었다. 마침내 나는 팔다리가 이상하게 굳어 있었음에도 불구하고 사무실로 내려가서 고성능 다중배율 확대경을 가져왔다. 확대경으로 생선 눈알 같은 동공을 아주 자세하고도 조심스럽게 관찰하는 동안, 나머지 사람들은 무슨 일인가 궁금한 표정으로 주변에 몰려들었다.

나는 죽거나 혼수상태에 빠지는 경우 망막에 마지막으로 본 장면과 물체가 남는다는 이론에 줄곧 회의적이었다. 그런데 확대경으로 관찰을 시작하자마자 영겁에서 태어난 이 정체 모를 미라의 유리알처럼 불거진 눈동자에 전시실이 아닌 어떤 이미지가 어려 있음을 깨달았다. 오랜 세월을 버텨온 망막 표면에 분명히 어떤 장면의 윤곽이 남아 있었고, 그것은 까마득히 오래전 미라가 생의 마지막 순간에 본 것이라는 확신이 들었다. 그 윤곽이 서서히 희미해지는 것 같아서 나는 다른 배율의 렌즈로 갈아 끼우려고 확대경을 초조히 만지작거렸다. 그러나 미라가 — 미지의 사악한 마법에 의해서가 아니면 침입 행위에 대한 반응으로서 — 공포로 비명횡사한 침입자들을 마주 보았을 때, 그 윤곽이 아무리 작다고 할지라도 정확하고 또렷하게 남아 있었을 터이다. 여분의 렌즈를 번갈아 끼우면서 전에는 볼 수 없었던 세부 모습을 상당 부분 찾아냈고, 내가 본 것을 설명하려고 애쓰는 동안 외경심에 사로잡힌 사람들은 내 주위에서 소란스레 웅성거리기 시작했다.

1932년, 여기 보스턴의 한 남자가 완전히 이질적인 미지의 세계에 —— 이미 영겁의 세월 전에 인간과 그들의 일반적인 기억에서 사라져 버린 세계에 —— 있었던 뭔가를 바라보고 있었다. 거석의 어느 공간, 어마어마하게 큰 방이 있었고, 나는 한쪽 구석에서 그곳을 지켜보고 있는 느낌이 들었다. 벽화들이 너무도 섬뜩해서 이 불완전한 이미지에서조차 그 신성모독과 잔인함이 큰 충격을 안겨주었다. 이 벽화를 새긴 조각가들이 인간이었으리라고는, 그들이 구경꾼을 흘겨보는 이 소름 끼치는 형체들을 벽에 새겨 넣었을 때 인간을 만나본 적이 있었으리라고는 도저히 생각할 수조차 없었다. 방 한복판에는 밑에서부터 밀어 올리는 방식의 거대한 돌 뚜껑문이 있었다. 확대경을 통해서는 기괴한 얼룩처럼 보였으나, 미라의 눈과 겁에 질린 침입자들의 눈이 마주쳤을 때만큼은 분명히 또렷했을 터이다.

당시에 나는 미라의 오른쪽 눈만 살펴보고 있었다. 잠시 후에는 이쯤에서 조사를 그만두고 싶다는 강한 충동이 일었다. 그러나 발견과 새로운 사실을 향한 열망 때문에 이번에는 좀 더 또렷한 상이 망막에 맺혀 있기를 바라면서 고성능 렌즈를 미라의 왼쪽 눈에 갖다 댔다. 흥분과 원인 모를 경직 때문에 떨리는 두 손으로 확대경의 초점을 맞추는 순간 그쪽 망막의 상이 좀 더 또렷하다는 것을 알아냈다. 불분명하고 음산한 번뜩임 속에서 그때 내가 본 것은 잃어버린 세계의 태곳적 낡은 거석 토굴에서 거대한 뚜껑문을 통해 올라오고 있는 소름 끼치는 괴물이었다. 나는 괴성의 비명을 지르고 정신을 잃고 말았는데, 지금도 그것을 부끄럽게 생각하지 않는다.

내가 의식을 회복했을 때, 기괴한 미라의 양쪽 눈에는 더 이상 또렷한 이미지가 남아 있지 않았다. 두 번 다시 그 비정상적인 미라를 마주할 자신이 없었기에 경찰서의 키프 경사가 나를 대신해 확대경으로 살폈다. 나는 조금이라도 일찍 그것을 보지 않게 해준 것에 우주의 모든 힘에게 감사했다. 그 섬뜩한 폭로의 순간에 본 것을 말하겠다는 결심과 유혹은 모두 사라져버렸다. 실제로도 그 사악한 미라로부터 벗어나 1층 사무실로 자리를 옮길 때까지 아무 말도 할 수 없었다. 이미 그 미라와 그 유리알처럼 불거진 눈에 대해 더없이 오싹하고 터무니없는 생각을 품기 시작했다. 미라가 의식 또는 섬뜩한 뭔가를 지니고 있어서 자기 앞에서 벌어진 일을 목격하고 시간의 심연을 뛰어넘어 모종의 무시무시한 메시지를 전하려고 헛되이 시도했다고 말이다. 다시 말해 내가 미쳤다는 의미였다. 그래도 내가 그때 불완전하게 본 것을 말할 수만 있다면 조금은 나아질 거라는 생각이 들었다.

그러고 보니 할 얘기가 그리 많은 건 아니었다. 그 거대한 지하실의 열린 뚜껑문에서 슬그머니 올라오던 그것은 상상을 초월하는 거구의 괴물이었고, 그저 그것을 보는 것만으로도 죽게 될 거란 생각이 들었다. 지금 이 순간에도 나는 기탄없이 그것을 묘사할 엄두가 나지 않는다. 내가 말할 수 있는 건, 거대하고 촉수가 달린 장비목[34], 문어의 눈, 특별한 형태를 갖추고 있지 않은 듯 유연하고, 반은 비늘로 반은 주름으로 뒤덮인……. 억! 그러나 검은 혼돈의 자식이며 끝없는 밤의 자식인, 그 금기의 존재가 내뿜는 역겹고도 불경하고 비인간적이며 너무도 거대한 공포와 증오와 절대적인 악을 대충이나마 표현할 길이 없다. 이 글을 쓰고 있는 지금도 그것을 연상시키는 병적인 이미지 때문에 금방이라도 욕지기가 나고 정신을 잃을 것만 같다. 사무실에서 주변의 사람들에게 그 모습을 설명하면서 회복했던 의식을 또 놓아버리지 않으려고 필사적으로 애써야 했다.

이야기를 들은 사람들도 크게 동요했다. 15분 동안 낮은 탄식 외에 모두 할 말을 잃었고, 나중에는 외경심에 사로잡혀 쉬쉬하는 분위기로 『검은 책』에 나오는 섬뜩한 전설에 대해, 컬트 집단의 동향을 다룬 최근의 신문 기사에 대해, 박물관에서 벌어진 불길한 사건들에 대해 서로 이런저런 의견을 주고받았다. 가타노토아…… 아무리 작은 이미지라도 그것이 완벽한 가타노토아의 모습이라면 가짜 두루마리에 의지했던 트요그를 능히 석화시킬 수 있었을 것이다. 트요그는 두 번 다시 돌아오지 못했다. 진짜 두루마리가 있다면 석화를 완전히 혹은 부분적으로라도 되돌릴 수 있을까? 진짜 두루마리는 아직 남아 있을까? 소름 끼치는 컬트 의식에서 들려왔다는 말들…… 이를테면 이런 말들이다. "바로 이 사람이다." "그는 그것의 얼굴을 보았다." "그는 보지도 느끼지도 못하나 모든 것을 알고 있다." "그는 영겁의 세월 동안 그 기억을 전수했다." "진짜 부적이 그를 해방시킬 것이다." "나고브가 진짜 부적을 가지고 있다." "그는 어디서 그것을 발견했는지 말해 줄 수 있다."

우리를 정상의 세계로 돌려놓은 것은 새벽의 깨끗한 여명이었다. 그리고 그 정상의 세계에서 내가 일견한 것들은 입 밖에 내서는 안 되는 금기가 되었다. 설명해서는 안 되고, 두 번 다시 생각해서도 안 되는…….

우리는 불완전한 보고서를 언론에 공개했고, 나중에는 언론의 협조를 받아 또 다른 은폐를 시도하기도 했다. 이를테면, 석화된 피지인의 검시를 통해서 겉으로는 완전히 석화된 상태이긴 하나, 뇌와 몇몇 내부 장기들은 전혀 손상이 없고 석화되지 않았음을 알게 됐을 때, 그로 인해 의사들이 당혹해하면서도 신중하게 논쟁을 벌였을 때, 우리는 이 문제를 새로운 흥분의 불씨로 삼고 싶지 않았다. 물론 가타노토아에게 희생되면 반은 돌, 반은 피질로 변하지만 뇌에는 손상이 없고 지각 능력이 정지된 상태를 유지한다고 보도해 온 황색 저널리즘이 이번에도 야단을 떨 거라는 것도 잘 알고 있었다.

실제로도 선정적인 신문들은 상형문자 두루마리를 열린 유리 관 속 미라를 향해 내밀었던 사람은 석화되지 않았던 반면 두루마리가 없었던 사람은 석화되었다고 보도했다. 신문들이 우리에게 특별한 ─ 그 두루마리를 반석반피(半石半皮)의 피지인 시체와 미라 자체에 모두 적용해 보자는 ─ 실험을 요구했을 때, 우리는 미신 선동을 그만두라고 격분했다. 미라는 이미 전시관에서 박물관 실험실로 옮겨져 적절한 의학 전문가들 앞에서 추후 진행될 진짜 과학적인 실험을 기다리고 있었다. 우리는 지난 사건들을 상기하면서 미라의 철통 보안에 신경 썼다. 이런 상황에서도 12월 5일 오전 2시 25분에 박물관에 잠입하려는 시도가 있었다. 경보기가 작동하여 범죄자 혹은 범죄자들이 도주했으며, 덕분에 범죄를 미연에 방지했다.

더는 외부에 알려진 것이 없어서 나는 적잖이 안도했다. 더는 언급해야 할 사건이 벌어지지 않기를 간절히 바랐다. 물론 정보가 새어 나갈 것이고, 내게 무슨 일이 벌어진다면 유언 집행인들이 과연 이 글을 어떻게 처리할지 알 수도 없다. 다만 이 사건의 비밀이 알려지더라도 많은 사람들이 무조건 생소한 충격으로만 받아들이진 않을 터이다. 게다가 사람들이 내막을 다 알게 된다 해도 믿으려 하진 않을 터이다. 이것이 바로 대중의 오묘한 속성이다. 황색 신문들이 암시를 할 때, 대중은 무엇이든 받아들이려고 덤빈다. 그러나 비정상적이고 엄청난 비밀이 마침내 폭로됐을 때, 대중은 그것을 거짓이라고 웃어넘긴다. 전체의 정상성을 위해서라도 차라리 그편이 나을지도 모르겠다.

그 끔찍한 미라를 대상으로 과학 실험을 계획 중이라고 앞서 말했다. 실험은 12월 8일, 그러니까 일련의 사건들이 섬뜩한 절정에 도달한 지 꼭 일주일이 지났을 때, 저명한 윌리엄 미놋 박사와 웬트워스 무어 과학 박사 그리고 박물관 박제사에 의해 진행되었다. 미놋 박사는 앞서 일주일 전에 기이하게 석화된 피지인의 검시가 진행될 때 참관했다. 그 밖에도 박물관의 이사인 로렌스 캐벗 씨와 두들리 솔튼스톨 씨, 박물관 직원인 메이슨, 웰스, 카버, 그리고 언론사 대표 두 명과 내가 있었다. 섬유질이 이완되어 유리알 같은 눈동자가 약간 변한 것 외에 일주일 동안 미라의 상태에서 눈에 띄게 달라진 점은 없었다. 직원들은 모두 미라와 마주하는 걸 두려워했다. 미라가 조용히, 의식적으로 지켜보고 있는 느낌이 너무도 섬뜩했기 때문이다. 나 또한 이 실험에 참석하기 위해 엄청난 노력이 필요했다.

미놋 박사는 오후 1시를 조금 넘겨서 도착했고, 몇 분 후에 미라 실험을 시작했다. 그의 집도하에 해체 작업이 어느 정도 진행되었을 때, 우리가 10월 1일부터 미라에 점진적인 이완이 있었다고 말하자 그는 미라의 상태를 살핀 후 더 손상되기 전에 전체 해부를 하기로 결정했다. 필요한 장비들이 준비되자마자 작업이 시작되었고, 그는 회색 미라의 기이한 섬유질에 연신 큰 소리로 탄성을 질렀다.

그러나 그의 탄성은 1차 절개를 하면서 더욱 커졌다. 절개 부위에서 짙은 심홍색 피가 — 까마득히 오래된 미라의 나이에도 불구하고 — 서서히 흘러나왔기 때문이다. 몇 차례 박사의 능숙한 손놀림이 있은 후, 석화되지 않은 데다 놀라울 정도로 온전히 보존되어 있는 여러 장기들이 나타났으니, 석화된 외부 조직의 상처들 때문에 기형이나 손상이 있는 것 외엔 완벽한 상태였다. 공포로 죽은 피지인의 시신에서도 이와 비슷한 상황이 발견됐으나 미라의 경우에는 너무도 강렬해서 이 저명한 의학박사마저도 당황하며 숨을 죽였다. 오싹하게 불거진 두 눈까지 전혀 손상이 없다니 참으로 기이했고, 전반적인 석화를 고려할 때 눈의 정확한 상태를 결정짓기는 무척 힘들었다.

오후 3시 30분에 미라의 두개골이 열렸고, 그로부터 10분 후에 소스라치게 놀란 우리는 앞으로 이 원고처럼 민감한 자료를 누출하지 않고 비밀을 지키기로 맹세했다. 두 명의 기자까지도 기꺼이 침묵을 지키겠다고 했다. 두개골이 열리고 나타난 것은 맥동하는, 살아 있는 뇌였기 때문이다.

....

26) 카디프의 거인 화석(Cardiff Giant): 1869년에 미국 뉴욕 주 카디프 지역의 뉴웰 농장에서 발견된 거인 화석으로 키가 3미터를 넘고, 발 길이가 50센티미터를 넘는다고 알려졌으나 나중에 조작으로 밝혀졌다.

27) 포나페(Ponape): 폰페이(Pohnpei)의 과거 명칭. 폰페이는 서태평양의 캐롤라인 제도 동부에 있으며 미크로네시아 연방의 한 주를 구성하고 있다.

28) 난마돌(Nanmadol): 폰페이 섬 동쪽 해안에 위치한 수상 폐허 도시 유적. 현재는 미크로네시아 연방에 속하며, 수많은 인공 섬으로 이루어져 있다. '난마돌'은 '사이의 공간'을 의미하며, 폐허 사이로 흐르는 운하를 가리킨다. '천국의 암초', '태평양의 베니스'라는 별칭이 있으며, 사람의 힘으로 옮기기 불가능한 거석들이 쌓여 성벽을 이루고 있다.

29) 스와미 찬드라푸트라(Swami Chandraputra): 러브크래프트의 「실버 키의 관문을 지나서」에 등장하는 인물. 스와미는 야디스라는 행성에서 온 마법사 즈카우바이자 동시에 랜돌프 카터의 또 다른 분신이다.

30) 에티엔느-로랑 드마리니(Etienne-Laurent de Marigny): 역시 「실버 키의 관문을 지나서」에서 동양의 고대 문화에 정통한 학자로 등장한다. 러브크래프트가 동료 작가인 E. 호프만 프라이스를 모델로 하여 만든 인물이라고 한다.

31) 누그(Nug), 예브(Yeb): 누그는 구울족의 조상이고, 예브는 가타노토아의 우두머리 부하

다. 대체로 누그와 예브는 쌍둥이 하급 신으로 함께 등장한다. 슈브-니구라스와 요그-소토스의 자식 혹은 슈브-니구라스와 해스터의 자식이라는 등 출생이 묘연하고 혼란스럽다. 아이렘, 뮤, 큰-얀에서 누그와 예브를 숭배했다.

32) 지모신(Mother Goddess): 모성(母性) 원리를 인격화한 신. 고대 인도의 샤크티 숭배, 바빌로니아와 아시리아의 아슈타르테(이슈타르) 등이 대표적이다.

33) 아레오이(Areoi): 남태평양 폴리네시아에 있는 소시에테 제도와 그 인근에서 '오로'라는 신을 숭배했는데, 싸움의 신이자 풍요의 신인 오로를 숭배하는 종교 결사가 '아레오이'라고 불렸다. 고갱의 작품 「아레오이의 후예」에 소재로 등장하기도 한다.

34) 장비목(長鼻目): 척추동물 포유류의 한 목으로 육지 동물 중에서 몸집이 가장 크다. 현존하는 코끼리과와 매머드 등의 화석종이 여기에 속한다.

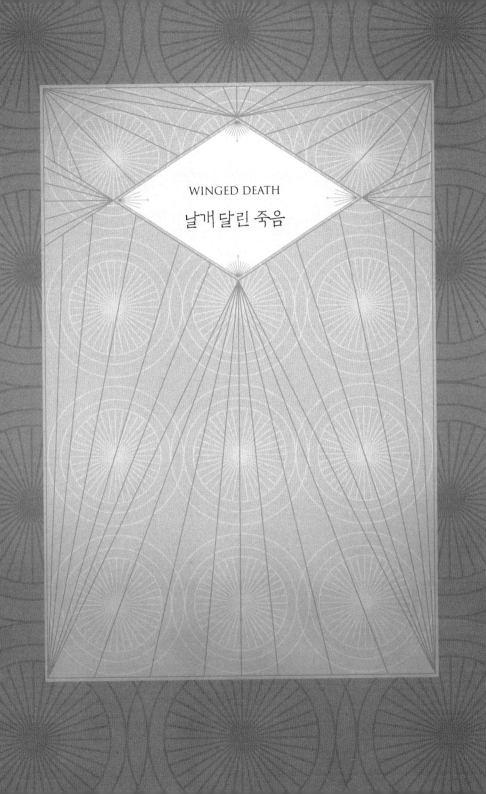

WINGED DEATH

날개 달린 죽음

I

남아프리카의 블룸폰테인 기차역에서 가까운 하이 거리, 여기에 오렌지 호텔이 있다. 1932년 1월 24일 일요일, 이 호텔 3층 객실에 네 남자가 공포에 오들오들 떨면서 앉아 있었다. 호텔 소유주인 조지 C. 티터리지, 시경 소속의 이안 드위트 경관, 검시관인 요하네스 보가트, 마지막으로 그중에서 가장 침착해 보이는 법의관 코넬리우스 반퀼른 박사, 이렇게 네 명이었다.

여름의 숨 막히는 열기와 함께 바닥에 놓여 있는 시체 한 구, 이것은 불편한 광경임이 분명했다. 그러나 네 사람이 두려워한 것은 이 시체가 아니었다. 이들의 시선은 이상한 물건들이 놓여 있는 탁자와 매끄러운 흰색 표면에 크고 서툰 알파벳이 잉크로 휘갈겨져 있는 천장 사이를 오가고 있었다. 반퀼른 박사는 자신의 왼손에 들려 있는, 닳은 가죽 장정의 노트를 이따금씩 힐끔거렸다. 이들 네 명의 공포는 노트와 천장에 휘갈겨진 글자 그리고 탁자 위 암모니아 병에 죽은 채 떠 있는 독특한 생김새의 파리 한 마리에 각각 똑같은 크기로 분산되어 있는 것 같았다. 이것 말고도 탁자에는 뚜껑이 열려 있는 잉크병, 펜과 편지지, 의사용 구급상자, 염산 병, 검은색 망간 산화물이 4분의 1 정도 채워져 있는 텀블러 등이 있었다.

닳은 가죽 장정의 노트는 죽은 자의 일기였고, 이것을 토대로 호텔 숙박부에 작성한 '캐나다 토론토 광산 회사 프레드릭 N. 메이슨'이라는 신원이 거짓임이 밝혀졌다. 신원이 위조됐음을 알려주는 오싹한 물건들이 더 있었다. 그뿐만 아니라 그것이 무엇인지 굳이 모르더라도, 또 믿을 만한 것이 아니더라도 아주 섬뜩한 것을 암시하는, 훨씬 더 무시무시한 물건들도 있었다. 음울한 아프리카의 어둡고 뿌리 깊은 비밀들과 가까이서 살아온 이 네 명의 남자들이 무더운 1월의 열기 속에서도 오들오들 떨게 만든 것은 바로 이들 자신의 불확실한 믿음이었다.

그리 크지 않은 노트에 내용은 달필로 적혀 있었으나 끝으로 갈수록 점점 부주의하고 신경질적인 필체로 변해 갔다. 초반에는 수시로 짧은 메모를 적었던 것이 나중에는 일기처럼 바뀌었다. 작성자의 활동 사항만 열거해 놓은 것이라 딱히 일기라고 하기는 그랬다. 반쾰른 박사가 노트를 펼치자마자 시체의 신원을 알아챈 이유는 죽은 자가 주로 아프리카에서 저명한 의학계 인사였기 때문이다. 박사는 곧 이 망자의 이름이 넉 달 전쯤에 연일 신문 지상에 오르내렸던, 어느 파렴치한—공식적으로는 미제로 남은—범죄와 관련이 있음을 알아내고 잔뜩 겁을 먹었다. 노트를 더 읽어갈수록 그의 공포와 외경심, 혐오감과 공황감 같은 것이 더욱 깊어졌다.

아래는 박사가 사악하고 역겨운 방 안에서 큰 소리로 읽었던 그 노트의 주요 내용으로, 다른 세 명은 박사가 노트를 읽는 동안 거칠게 숨을 몰아쉬면서 좌불안석이었다. 그들은 천장과 탁자, 바닥에 누워 있는 시체와 서로의 얼굴을 겁에 질린 눈으로 번갈아 바라보았다.

다음은 이 불길하고 점점 소란스러워지는 객실에서 나머지 세 명이 좌불안석 숨을 죽이면서 천장과 탁자와 바닥의 시체와 그들 서로를 겁에 질려 힐끔거리는 동안, 박사가 큰 소리로 읽은 노트의 내용이다.

의학박사 토머스 슬라웬와이트의 일기

뉴욕 브루클린에 살면서 컬럼비아 대학교 무척추동물 생물학과 교수로 있는 헨리 사전트 무어에게 내린 징벌에 관한 이야기. 복수가 성공한다면 아무도 내가 한 일인지 모를 것이기에, 내가 해낸 복수를 널리 알리고자 나의 사후에 읽히도록 이 글을 준비한다.

1929년 1월 5일. 헨리 무어 박사를 죽이기로 결심했고, 최근의 한 사건이 내게 그 방법을 알려주었다. 지금부터 일관적인 행동 지침에 따라 움직일 것이다. 그래서 이 일기를 시작한다.

내가 왜 여기까지 오게 되었는지 그 핵심적인 사실에 대해서 알 만한 사람들은 이미 다 알고 있기에 여기서 재론할 필요는 없을 것 같다. 나는 1885년 4월 12일, 뉴저지의 트렌턴에서 폴 슬라웬와이트 박사의 아들로 태어났다. 나의 아버지는 예전에 남아프리카 트란스발의 프리토리아에서 산 적이 있다. 나는 우리 가문의 전통에 따라 약학을 공부했고, 아프리카 열병에 전문가였던 아버지가 (아버지는 1916년, 내가 프랑스 군의 남아프리카 연대에서 복무 중일 때 돌아가셨다.) 나를 이끌어주었다. 컬럼비아 대학을 졸업한 후에는 나탈의 더반에서 적도까지 오가며 주로 연구를 하면서 보냈다.

몸바사에서 이장열의 전염과 확산에 관한 새 이론을 정립하는 데 성공했다. 이 과정에서 공중보건의였다가 지금은 작고한 노먼 슬로안 경의 논문을 숙소에서 발견했으나 그리 큰 도움을 받진 않았다. 논문을 발표하자, 나는 곧 저명한 권위자의 반열에 올랐다. 귀화를 한다면 남아프리카 공공 의료 분야에서 최고위직과 나아가 기사 작위까지 주겠다는 말을 듣고 필요한 절차를 밟았다.

내가 헨리 무어를 죽이기로 결심하게 만든 사건이 그 무렵에 벌어졌다. 미국과 아프리카에서 수년 동안 학우이자 친구였던 그가 작심하고 내 이론을 음해하고 나선 것이다. 노먼 슬로안 경이 이미 나보다 앞서 이론의 핵심 부분을 연구했다는 의혹과 더불어 내가 찾아낸 노먼 경의 논문이 참고문헌에 밝힌 것보다 더 많을 거라고까지 암시했다. 그는 자신의 터무니없는 모함을 뒷받침하기 위해 노먼 경으로부터 받았다는 편지까지 조작해 냈다. 편지에는 노먼 경이 이미 내 이론을 먼저 확립했으며 급사를 당하지 않았더라면 연구 결과를 곧 발표하려고 한 정황이 담겨 있었다. 착잡했으나 이 정도는 참아줄 수 있었다. 용서할 수 없었던 것은 내가 노먼 경의 논문을 보고 이론을 도둑질했다는 시기 어린 의혹이었다. 영국 정부는 현명하게도 이런 중상모략들을 무시하긴 했으나, 이론이 내 것임을 인정하되 새롭지는 않다는 근거로 따놓은 당상 같았던 직위와 기사 작위를 보류하고 말았다.

미국 시민권을 포기하면서까지 아프리카에서의 경력에 모든 희망을 걸었건만, 심각한 좌절을 맛본 셈이다. 몸바사 주재 영국 관리들도 나를 냉랭하게 대했고, 그중에서 노먼 경과 알고 지내던 사람들은 특히 더했다. 뾰족한 방법은 없었으나, 머잖아 무어에게 앙갚음을 하겠다고 마음먹은 것이 이때였다. 내가 일찍 명성을 얻게 되자, 그는 질투한 나머지 나를 파멸시키기 위해 노먼 경과 과거에 주고받은 서신까지 이용했다. 나의 안내를 받아서 아프리카에 관심을 갖게 된 그 친구가, 나의 조언과 격려 덕분에 현재 아프리카 곤충학 분야의 권위자로 그나마 명성을 누리고 있는 그 친구가 내게 그런 짓을 한 것이다. 지금 이 순간에도 나는 그의 재능을 부인하지 않겠다. 그는 내 덕분에 성공했건만 그 보답으로 나를 파멸시켰다. 언젠가는 기필코 놈을 죽이고 말겠다.

몸바사에서 입지가 좁아진 것을 깨닫고 오지 ― 우간다 국경에서 불과 80킬로미터 떨어진 음공가 ― 의 일자리에 지원했다. 이곳은 면직물과 상아의 교역소로 주변에 있는 백인이라곤 고작 여덟 명이었다. 거의 적도에 자리 잡은 이 더러운 지역은 인류에게 알려져 있는 온갖 열병으로 가득했다. 어디를 가나 독사와 독충, 의과 대학 강의실이 아니면 듣도 보도 못할 병에 걸린 검둥이들이 득시글거렸다. 그래도 맡은 일이 고되지 않고 시간도 많아서 헨리 무어에 대한 복수 계획을 짜기는 좋았다. 그의 저서 『중남부 아프리카의 파리류』를 책장의 눈에 잘 띄는 곳에 놓아두니 즐거웠다. 컬럼비아, 하버드, 위스콘신 대학교에서 이 책을 채택하고 있으니 정말이지 기본서라는 생각이 들었다. 그러나 이 책의 장점 중에서 절반은 나의 제안 덕분에 가능했다.

무어를 어떻게 죽일지 결정짓게 만든, 우연한 계기가 지난주에 찾아왔다. 우간다 사람 한 무리가 기이한 병에 걸린 흑인을 데려왔는데, 나로서는 진단을 확정할 수 없는 병이었다. 환자는 심한 저체온이었고 무기력한 상태로 독특하게 경련을 일으켰다. 일행 대부분은 환자를 무서워하면서 주술사의 주문 같은 것에 걸렸다고 말했다. 그러나 통역사인 고보는 환자가 벌레에 물렸다고 말했다. 환자의 팔에 작은 구멍 하나만 나 있어서 무슨 벌레인지는 도무지 감이 잡히지 않았다. 상처는 밝은 적색을 중심으로 주위를 둥그렇게 자줏빛이 감싸고 있었다. 흡사 유령 같은 모습. 흑인들이 흑마술에 걸렸다고 생각하기에 충분했다. 그들은 이런 증상을 전에도 본 적이 있는지 손을 쓸 방법이 없다고 말했다.

교역소에 있는 갈라족의 은쿠루 노인이 말하길, 그것은 틀림없이 '악마 파리'에 물린 상처로서 물리게 되면 서서히 쇠약해지다가 죽는데, 파리가 아직 살아 있다면 망자의 영혼과 인격, 호불호와 생각 같은 것까지 전부 파리에게 옮겨져 이 상태로 파리가 주위를 날아다닌다고 한다. 괴상한 전설이다. 이 지역에 그 정도로 치명적인 곤충이 있는지는 모르겠다. 이름이 메바나라는 이 메스꺼운 환자에게 키니네를 주사하고 실험용으로 채혈을 해두었으나 아직까지 이렇다 할 진전은 없다. 이상한 병원균이 있는 것 같지만, 대충이나마 정체를 밝히지 못하고 있다. 가장 근접한 것은 체체파리에 물린 황소, 말, 개에서 발견되는 바실루스균이다. 그러나 체체파리는 인간을 감염시키지 않는 데다 이곳은 체체파리의 서식지에서 멀리 떨어진 북쪽이다.

그러나 중요한 것은 내가 무어를 어떤 방법으로 죽일지 결정했다는 점이다. 만약 원주민들이 말하는 그런 치명적인 독충이 이 지역에 있다면, 의심스럽지 않은 공급원을 통하여 전적으로 무해하다는 보증을 곁들여서 무어에게 이 곤충들을 발송할 것이다. 미지의 종을 연구할 때마다 무턱대고 덤벼드는 녀석인지라, 그다음은 무슨 일이 벌어지는지 그냥 지켜보면 될 터! 원주민들을 이토록 두려움에 떨게 만드는 곤충, 그걸 찾아내는 일은 그리 어렵지 않겠지. 일단은 가여운 메바나가 어떻게 되는지 지켜본 다음, 죽음의 전령을 찾아 나서야겠다.

1월 7일. 내가 아는 해독제를 전부 투여했으나 메바나의 상태는 호전되지 않고 있다. 그는 발작을 일으키는 와중에 겁에 질려서 자기가 죽으면 자기를 문 곤충으로 영혼이 옮겨 갈 것이고, 그때까지는 반혼수 상태로 있을 거라며 고래고래 소리를 질렀다. 그러나 심장 기능은 아직 괜찮아서 회복도 가능할 것 같다. 그가 물린 장소로 날 안내해 줄 수 있을 것이기에 그의 회복을 위해 최선을 다할 생각이다.

기다리는 동안 전임자였던 링컨 박사에게 편지를 쓸 것이다. 교역소장인 앨런의 말에 따르면, 링컨 박사는 이 지역 질병에 해박하기 때문이다. 백인 중에서 그보다 죽음의 파리에 대해 더 잘 아는 사람은 없을 것이다. 지금 링컨 박사가 있는 곳은 나이로비, 반은 기차로 반은 도보로 흑인 심부름꾼을 보내면 일주일 안에 답신을 받을 수 있겠다.

1월 10일. 환자는 호전되지 않고 있으나, 내가 원하는 것을 찾아냈다! 링컨 박사의 답신을 기다리는 동안, 이 지역의 옛 의료 기록을 자세히 살피다가 발견했다. 30년 전에 우간다에서 전염병으로 원주민 수천 명이 사망했는데, 체체파리의 사촌쯤 되는 '사바나 체체파리'라는 희귀종이 그 원인이었다. 이 사바나 체체파리는 호숫가와 강가의 덤불에 살면서 악어, 영양, 덩치 큰 포유동물의 피를 먹는다. 피를 빨린 동물들의 몸속에 들어간 트리파노소마증이나 수면병의 원인균은 31일간의 잠복기를 거쳐 발병과 함께 사바나 체체파리를 매개로 빠르게 확산된다. 이후 75일 안에 이 파리에 물린 사람이나 기타 생물체는 모두 죽는다.

이 곤충이 흑인들이 말하는 '악마 파리'가 틀림없다. 이제 길이 보인다. 메바나가 완쾌되길. 링컨의 답신이 네댓새 안으로 도착하길. 그는 이런 일에 명성이 자자하다. 가장 큰 문제는 어떻게 파리의 정체를 숨겨서 무어에게 보내는가이다. 파리가 이미 기록에 남아 있기 때문에 지독히도 우직한 학구열을 지닌 무어 녀석이 속속들이 알고 있을 공산이 크다.

1월 15일. 사바나 체체파리에 관한 옛 의료 기록을 확인해 주는 링컨 박사의 답신이 방금 도착했다. 박사는 수면병의 치료법을 알고 있으며, 병의 초기 상태에서 많은 환자를 치료한 경험도 있다. 근육주사로 트리파르사미드를 투여하는 것이다. 메바나는 물린 지 두 달이 지나서 효과를 장담할 수 없으나 링컨 박사는 여덟 달 동안 시름시름 앓던 환자도 치료했다고 하니 아직 희망이 있을지 모르겠다. 박사가 여러 가지 약품들을 보내주었기에 방금 메바나에게 독한 주사를 한 대 놔주었다. 현재 메바나는 혼수상태다. 사람들이 마을에서 메바나의 아내 중에서 한 명을 데려왔으나 메바나는 아내를 알아보지도 못했다. 그가 회복한다면 파리가 어디에 있는지를 알려줄 것이다. 소문에 의하면, 메바나는 뛰어난 악어 사냥꾼으로 우간다 지역을 손바닥 보듯 훤히 알고 있다. 내일 또 주사를 놔야겠다.

1월 16일. 오늘은 메바나가 조금 원기를 찾은 듯하나, 심장 기능은 약간 둔화되었다. 주사를 계속 놓아야겠지만, 과다 투여는 금물이다.

1월 17일. 회복의 조짐이 분명하다. 메바나는 주사를 맞고 난 후에 몽롱하긴 해도 눈을 뜨고 의식의 징후를 보여주었다. 무어가 트리파르사미드에 대해 모르고 있길 바라야지. 그는 의약 분야에는 전혀 관심을 두지 않으니까 모를 가능성이 크다. 메바나의 혀가 마비된 것 같지만 그 정도는 의식만 회복하면 해결될 것이다. 푹 자야겠다. 그러나 메바나처럼은 절대 아니다!

1월 25일. 메바나가 거의 완치되었다! 다음 주면 그를 앞장세우고 밀림으로 들어갈 수 있겠다. 처음 의식을 찾았을 때는 겁을 먹었으나 ― 자기가 죽고 난 뒤 파리가 그의 영혼을 빼앗았다고 여겼으나 ― 내가 곧 쾌유할 거라고 말하자 결국엔 화색이 돌았다. 아내인 우고웨가 그를 정성스럽게 간호하고 있으니 나는 좀 쉴 수 있겠다. 그다음 목표는 죽음의 전령이렷다!

2월 3일. 메바나는 회복했고, 그에게 파리 사냥에 관해 말해 보았다. 그는 파리한테 물린 곳 가까이 가는 걸 두려워했으나 나는 보은 심리를 이용했다. 게다가 그는 내가 병을 고칠 뿐만 아니라 예방할 수도 있다고 생각했다. 백인을 무색하게 만드는 용기를 지닌 그였으니 틀림없이 가려고 할 것이다. 교역소장에게는 지역 보건 업무차 출장을 다녀오겠다고 하면 문제없다.

3월 12일. 여긴 우간다! 메바나 외에도 갈라족 원주민 다섯 명이 동행했다. 이 지역 흑인들은 메바나에게 생긴 일을 듣고서 문제의 장소에 얼씬도 하지 않으려고 했기 때문에 고용할 수 없었다. 이 밀림은 유독한 증기로 가득한 위험지역이었다. 역병이 가득했고, 유독한 증기가 떠돌았다. 호수는 전부 흐르지 않고 고여 있는 것 같았다. 한 곳에서 거석의 폐허를 발견했을 때, 갈라족조차 넓게 원을 그리며 그곳을 뛰어 지나갔다. 이들의 말에 따르면, 이런 거석들은 인류보다 오래되었고 '외계의 낚시꾼들' — 그게 무슨 의미인지는 모르겠으나 — 과 차토구아와 클루루라는 사악한 신들의 출몰지 혹은 전초기지였다. 지금까지도 주변에 해로운 영향을 끼친다는데, 어쩌면 악마 파리와도 관련이 있는 것 같다.

3월 15일. 아침에 메바나가 파리한테 물렸다는 음로로 호수에 도착했다. 오싹한 녹색 부유물과 악어가 가득했다. 메바나가 촘촘한 철망으로 만든 파리 덫에 악어 고기를 미끼로 넣어두었다. 덫의 입구가 좁아서 파리가 일단 들어오면 빠져나오기 어렵다. 녀석들은 지독히도 멍청한 데다 신선한 고기나 피에 굶주려 있다. 좋은 성과가 있기를. 무어가 눈치채지 못하게 실험을 통해서 파리의 생김새를 바꾸기로 결심했다. 다른 종과 교배를 시켜 전염성은 그대로 유지하되 알려지지 않은 잡종을 만들어낼 수 있을 터이다. 결과는 곧 알게 되겠지. 지금은 서두르지 말고 기다려야 한다. 잡종이 만들어지면 메바나에게 감염된 고기를 가져오게 해서 그 죽음의 전령들에게 먹일 것이다. 그리고 우체국으로 가는 거다. 별의별 전염병이 들끓는 지역이므로 내가 감염되지 않게 조심해야 한다.

3월 16일. 운이 좋다. 파리 덫 두 개가 가득 찼다. 날개 달린 다섯 마리의 활발한 표본들이 다이아몬드처럼 빛나고 있다. 메바나가 뚜껑을 촘촘한 그물로 덮은 큰 깡통에 파리들을 집어넣었다. 때마침 파리를 잡은 셈이다. 음공가로 무사히 가져갈 수 있다. 파리 먹이로 악어 고기를 넉넉히 챙겼다. 고기는 적어도 대부분은 감염된 상태다.

4월 20일. 음공가로 돌아와 실험실에서 분주히 보내고 있다. 프리토리아에 있는 주스트 박사에게 체체파리 일부를 보내어 이종교배 실험을 부탁했다. 이종교배에 성공한다면, 체체파리만큼 치명적이면서도 식별하기 어려운 종을 만들어낼 수 있을 것이다. 실패한다면 이 지역의 다른 파리류로 다시 시도하기 위하여 냉웨에 있는 반데르벨데 박사에게 콩고 서식종을 보내달라고 연락을 취해 놓았다. 메바나를 보내 오염된 고기를 가져올 필요도 없어졌다. 지난달에 가져온 고기를 이용해 트리파노소마 감비엔스 병원균을 시험관에 배양하는 데 성공했기 때문이다. 적당한 때를 기다렸다가 신선한 고기를 오염시켜 날개 달린 전령들에게 실컷 먹일 것이다. 그다음엔 녀석들에게 좋은 여행을 빌어주면 끝!

6월 18일. 주스트 박사가 보낸 체체파리들이 도착했다. 사육장은 오래전에 만들어두었으니 선별 과정만 남았다. 생명 주기를 가속화하기 위해 자외선을 이용할 생각이다. 다행히 필요한 장비들을 갖추고 있다. 내가 무엇을 하는지는 당연히 비밀로 하고 있다. 사람이 몇 안 되는 데다 무지하기까지 해서 목적을 숨기고 의료 차원에서 기존의 곤충들을 연구하는 척 속이기도 쉽다.

6월 29일. 이종교배 대성공! 지난 수요일에 상당량의 알을 확보했고, 지금은 멋진 유충들이 태어났다. 성충이 되어서도 지금처럼 색다른 생김새를 유지한다면, 더 바랄 것이 없을 것이다. 이종 표본들을 위한 단독 사육장을 준비 중이다.

7월 7일. 새로운 잡종 탄생! 생김새만은 멋지게 위장했으나, 날개의 광택은 여전히 체체파리를 떠올리게 한다. 흉부에도 체체파리 특유의 줄무늬가 희미하게 남아 있다. 개체마다 약간씩 차이가 있다. 지금 녀석들에게 감염된 악어 고기를 먹이고 있으니, 전염성이 생기는 대로 흑인 몇 명을 상대로, 물론 사고인 것처럼 꾸며서, 실험할 생각이다. 이 주변엔 독성이 약한 파리들이 많기 때문에 그리 큰 의심을 사진 않을 것이다. 일꾼인 바타가 아침을 가져오는 시간에 완전히 밀폐된 식당 안에 파리 한 마리를 풀어놓을 것이다. 물론 나 자신이 감염되지 않게 신중에 신중을 기하면서. 그리고 일이 끝나면 파리를 생포하거나 잡아 죽일 것인데, 녀석이 아주 멍청하기 때문에 그리 어렵지 않을 것이다. 아니면 방을 염소 가스로 채워 질식시켜도 된다. 이번 1차 시도에서 실패하더라도, 성공할 때까지 계속 시도할 것이다. 내가 물릴 경우를 대비해서 트리파르사미드를 즉시 사용할 수 있게 준비해 둘 것이다. 그러나 해독제가 확실한 대비책이 될 순 없기에 물리지 않도록 조심해야 한다.

8월 10일. 전염성이 강해졌고, 어렵사리 바타가 제대로 물리게 할 수 있었다. 바타를 문 파리를 붙잡아 사육장에 도로 집어넣었다. 바타에게 요오드를 발라 통증을 완화해 주었더니 이 불쌍한 녀석이 무척 고마워 했다. 교역소의 배달꾼 역할을 하는 감바를 상대로 내일 다른 종으로 실험해 봐야겠다. 이것이 내가 여기서 할 수 있는 실험의 전부지만, 더 필요하다면 우칼라에 표본을 가져가 추가 자료를 얻어야겠다.

8월 11일. 감바를 물리게 하는 데는 실패했으나, 파리를 산 채로 회수할 수 있었다. 바타는 아직 멀쩡해 보이고, 물렸던 등에서 통증을 느끼지도 않는다. 감바에게 다시 시도하려면 좀 기다려야 한다.

8월 14일, 반데르벨데 박사가 보낸 곤충들이 드디어 도착했다. 서로 확연히 다른 일곱 개의 종으로 독성에서 강약의 차이가 있다. 이 녀석들에게 체체파리의 이종교배가 실패할 경우를 대비하여 충분한 먹이를 공급해 주고 있다. 일부는 체체파리와 아주 다르게 생겼으나, 이 독특한 생김새가 이종교배로 적절히 이어지지 않는다면 문제가 될 터이다.

8월 17일. 오늘 오후에 감바가 물렸으나, 그 파리를 죽여야 했다. 녀석은 감바의 왼쪽 어깨를 물었다. 상처를 치료해 주었더니 감바도 바타처럼 고마워했다. 바타에게는 변화가 없다.

8월 20일. 감바에게 아직 큰 변화가 없다. 바타도 마찬가지다. 이종교배를 보완하기 위해 새로운 형태의 위장, 요컨대 체체파리임을 알려주는 날개 특유의 광채를 염색 같은 것으로 변화시키는 실험을 하고 있다. 푸르스름한 색이 가장 좋을 듯하다. 파리 전체에 그 색을 뿌릴 수 있을 것이다. 프러시안 블루와 턴블 블루, 철염과 사이아노젠 소금 같은 것부터 시작해 봐야겠다.

8월 25일. 바타가 등에 통증을 호소했다. 슬슬 일이 시작되나 보다.

9월 3일. 실험에서 큰 진척이 있었다. 바타가 무력증을 보이면서 등

154

이 항상 아프단다. 감바는 물린 어깨를 불편해하기 시작했다.

9월 24일. 바타는 상태가 점점 나빠지자 물린 상처에 겁을 먹기 시작했다. 악마 파리에 물린 것이 틀림없다면서 사육장에서 그 파리를 봤으니 죽여버리라고 간청했고, 내가 그 파리는 오래전에 죽었다고 말한 후에야 잠잠해졌다. 그는 죽고 난 후에 자기 영혼이 파리에게 옮아가는 게 싫다고 했다. 나는 그의 기분을 풀어주려고 맹물을 피하주사로 놓아주었다. 파리가 체체파리의 특성을 모두 지니고 있음이 분명하다. 감바도 악화되더니 바타와 같은 증상을 호소했다. 파리의 효과가 충분히 입증된 터라 감바에게 트리파르사미드를 주사해도 좋을 것 같다. 다만 바타는 좀 더 지켜봐야겠다. 죽을 때까지 시간이 얼마나 걸리는지 대략적인 계산이라도 하고 싶다.

염색 실험은 순조롭게 진행되고 있다. 철을 함유한 페로시안 화합물의 이성질체와 칼륨염을 섞어 알코올에 용해하여 파리에 뿌리면 효과 만점이다. 검은 흉부의 색을 거의 건드리지 않으면서 날개를 파랗게 염색할 수 있고, 물을 뿌려도 색이 씻겨 나가지 않는다. 이 정도로 위장할 수 있다면 지금 있는 체체파리 잡종들을 사용해도 좋고, 구태여 실험을 더 할 필요가 없다. 무어가 아무리 예리하다고 해도, 날개는 파랗고 흉부의 절반 정도만 체체파리와 닮은 이것을 식별하진 못할 것이다. 물론 염색 작업은 철저히 비밀리에 진행해 왔다. 차후에 이 파란 파리 떼와 나를 관련짓지는 못할 것이다.

10월 9일. 바타는 혼수상태에 빠져 침대로 옮겨졌다. 감바에게 2주에 걸쳐 트리파르사미드를 주사했고, 회복될 것으로 보인다.

10월 25일. 바타의 상태는 악화된 반면, 감바는 거의 회복 중이다.

11월 18일. 바타가 어제 죽었는데, 이상한 사건이 벌어진 데다 원주민의 전설과 바타 자신의 공포까지 가미되어 나도 소름이 끼쳤다. 바타가 죽은 뒤 실험실로 돌아와보니, 바타를 물었던 파리가 들어 있는 12번 사육장에서 아주 독특한 윙윙 소리와 탁탁 소리가 들려왔다. 문제의 파리는 몹시 흥분한 듯 보였으나, 내가 나타나자 갑자기 잠잠해졌다. 녀석이 철망에 앉아서 나를 아주 기묘하게 바라보았다. 어리둥절하다는 듯이 철망 사이로 다리를 내밀고 있었다. 앨런과 저녁 식사를 마치고 돌아와보니 파리는 죽어 있었다. 미처 날뛰다가 사육장 안에서 생을 다한 것이다.

바타의 죽음과 딱 맞춰서 이런 일이 벌어지다니 참 이상하다. 원주민이 그 광경을 봤다면, 두말없이 불쌍한 바타의 영혼이 파리에게 빨려 들어갔다고 했을 터이다. 파랗게 염색한 잡종들을 조만간 계획대로 움직여야겠다. 이 잡종들의 살상력은 순종 체체파리보다 좀 더 앞선다. 바타는 감염 후 석 달 여드레 만에 죽었으나 오차 범위가 클 수 있음을 감안해야겠다. 감바도 그냥 내버려 둘걸 하는 아쉬움마저 들었다.

12월 5일. 무어에게 이 죽음의 전령들을 어떻게 보낼지 생각하느라 바쁘다. 그의 저서 『중남부 아프리카의 파리류』를 읽어본 한 사심 없는 곤충학자가 '정체불명의 새로운 종'을 연구하고 싶어서 그에게 보내는 것처럼 꾸며야 한다. 원주민들의 오랜 경험을 바탕으로 입증되었기 때문에 이 파란 날개의 파리들이 무해하다는, 확실한 보장도 충분히 해두어야 한다. 무어는 방심하게 될 거고, 정확한 시점까지는 알 수 없으나 언젠가는 파리들이 그를 해치울 터이다.

뉴욕 친구들의 편지가 도움이 될 것이다. 지금까지 간간이 무어와 연락하는 그 친구들을 통해서 초기 상황에 대해 ─ 그가 죽으면 신문에 보도될 것 같긴 한데 ─ 지속적으로 알 수 있을 것이다. 제일 중요한 건,

내가 무어의 일과 무관하게 보여야 한다는 점이다. 여행 중에 파리를 우편으로 발송하되, 아무도 날 알아봐서는 안 된다. 최선책은 장기 휴가를 떠나서 수염을 기르고 우연히 지나가는 곤충학자처럼 행세하다가 우칼라에서 우편을 보낸 뒤, 수염을 깎고 이곳으로 돌아오는 것이다.

1930년 4월 12일. 긴 여행을 마치고 음공가로 돌아왔다. 모든 일이 시곗바늘처럼 정확하고 순조롭게 진행됐다. 아무 흔적도 남기지 않고 무어에게 파리들을 보냈다. 작년 12월 15일에 크리스마스 휴가를 신청하고 필요한 물건들을 챙겨 지체 없이 떠났더랬다. 전령들의 먹이인, 병균에 감염된 악어 고기를 담을 수 있는 공간까지 곁들여 멋진 우편 상자를 만들었다. 2월 말에는 반다이크[35]와 아주 흡사해 보일 정도로 수염이 많이 자라났다.

우칼라에 도착한 것은 3월 9일, 교역소에서 무어에게 편지를 타이프로 쳐서 보냈다. 발신인은 '네빌 웨이랜드-홀', 런던 출신의 곤충학자인 척했다. 동료 과학자로서 관심 운운하면서 내용도 그럴싸하게 쓴 것 같다. 표본들이 '완전히 무해한' 종이라는 점도 표 나지 않고 자연스럽게 강조했다. 아무도 의심하지 않았다. 숲에 닿자마자 수염을 깎아버렸기 때문에 음공가로 돌아왔을 때 수염자리만 햇볕에 타지 않고 이상하거나 하는 그런 문제는 전혀 없었다. 작은 늪지를 지날 때를 제외하고는 흑인 짐꾼도 부리지 않았다. 나는 배낭 하나만 달랑 메고도 잘 돌아다니고, 길눈도 밝은 편이다. 그런 여행에 익숙해서 다행이었다. 업무 복귀가 예상보다 늦은 이유에 대해서는 숲을 지나는 동안 열병 기운이 있었던 데다 길을 잃어서라고 둘러댔다.

그러나 심리적으로 가장 힘든 부분이 남아 있다. 아무 내색하지 않고 무어의 소식을 기다리는 일. 물론 독성이 사라질 때까지 파리에게 물리지 않을 가능성도 있다. 그러나 그는 무모하기 때문에 그럴 가능성은 1퍼센트밖에 되지 않는다. 후회는 없다. 나에게 한 짓이 있으니 사필귀정이다.

1930년 6월 30일. 쾌재라! 1단계 성공! 컬럼비아 대학교의 다이슨한테 방금 들은 소식에 따르면, 무어는 아프리카로부터 파란 날개의 파리떼를 받았고, 그 정체를 몰라 아주 안달이 났단다! 물렸다는 말은 없으나, 내가 생각한 대로 무턱대고 덤벼드는 놈의 성향이 발휘된다면 머잖아 그리되겠지!

1930년 8월 27일. 케임브리지 대학의 모턴한테서 편지가 왔다. 모턴이 받은 무어의 편지에 심각한 피로감에 시달리고 있으며, 6월 중순에 받은 신기한 새 표본 중 한 마리가 목덜미를 물었다고 적혀 있다는 것이다. 성공한 걸까? 무어는 쇠약감과 파리에게 물린 것을 연관시키지 못하는 모양이다. 만약 이것이 사실이라면, 무어는 파리의 감염성이 유효한 기간에 물린 셈이다.

1930년 9월 12일. 이겼다! 다이슨한테서 무어가 심각한 상태라는 편지를 받았다. 지금은 자신의 병이 6월 19일 한낮에 소포로 받은 파리에게 물려서 생긴 것임을 알아내고, 그 곤충의 정체에 대해 무척 당혹스러워하고 있다는 것이다. 그리고 소포를 보낸 '네빌 웨이랜드-홀'이라는 사람과 연락을 취하려고 애쓰는 중이라고 한다. 내가 보냈던 100여 마리의 파리 중에서 스물다섯 마리 정도가 살아서 도착했나 보다. 무어가 목덜미를 물린 시점에 몇 마리가 도망쳤으나 발송 이후에 생긴 알에서 유충 몇 마리가 나온 모양이다. 다이슨의 말에 따르면, 무어는 이 유충들을 조심스럽게 길렀다고 한다. 이 유충들이 성충으로 자란다면, 그때는 무어도 체체파리 잡종임을 알아내겠지만, 그런다고 달라질 것은

없다. 놈이 이런 궁금증을 품긴 하겠지! '파란 날개는 왜 유전되지 않는 걸까?'

1930년 11월 8일. 여섯 명의 친구로부터 무어가 위독하다는 소식을 받았다. 다이슨이 오늘 이곳에 왔다. 다이슨의 말에 따르면, 무어는 유충에게서 발현된 잡종 형질에 무척 당혹해하면서 부모 파리에게 있는 파란 날개가 인공적인 방법의 결과라고 생각하기 시작했다. 무어는 대부분 침대에 누워 지내는 모양이다. 그가 트리파르사미드를 사용했다는 얘기는 없다.

1931년 2월 13일. 상황이 썩 좋지 않다! 무어는 점점 쇠약해지고 치료법도 모르는 것 같긴 한데, 나를 의심하는 눈치다. 지난달에 모턴한테서 무어의 얘기를 전혀 언급하지 않은, 아주 섬뜩한 편지를 받았다. 그리고 방금 전에 받은 다이슨의 편지에는 — 역시나 부자연스러운 투로 — 무어가 이 문제에 대해 여러 가지 가설들을 세우고 있다 했다. 무어는 전보를 이용해 — 런던, 우칼라, 나이로비, 몸바사 등지에서 — '웨이랜드-홀'을 찾기 위해 백방으로 수소문 중이나 당연히 소득이 없나 보다. 무어가 다이슨에게 누굴 의심하고 있는지 말해 주었으나, 다이슨이 아직까진 그 말을 믿지 않는 것 같다. 모턴이 그 말을 믿을까 봐 걱정이다.

상황을 봐서 이곳을 벗어난 뒤 내 신분을 영원히 지워버려야겠다. 시작은 참 좋았는데 끝이 왜 이렇지! 무어가 한술 더 떠 하는 짓도 그렇지만, 이번에는 미리 대가를 치러야 할 거다! 남아프리카로 돌아가 조용히 새로운 신분 — '광산업 중개인으로 일하는 캐나다 토론토 출신의 프레드릭 나스미스 메이슨' — 으로 계좌를 만들고 돈을 그리 입금해야겠다. 새로운 신분에 맞게 서명도 연습해 두어야겠다. 만약에 이렇게까지 하지 않아도 된다면, 원래의 계좌로 돈을 다시 이체하면 된다.

1931년 8월 15일. 반년이 지났지만 무어는 아직 살아 있다. 다이슨과 모턴은 — 몇몇 다른 친구들과 마찬가지로 — 이제 내게 편지를 쓰지 않을 것 같다. 샌프란시스코의 제임스 박사가 무어의 친구들로부터 소식을 듣고 내게 전해 준 바에 따르면, 무어는 계속 혼수상태에 빠져 있다. 5월부터는 걷지를 못하고, 그나마 말을 할 수 있을 때에는 춥다고 불평만 한단다. 지금은 약간의 의식이 있는 듯하나, 아예 말을 하지 못한다. 호흡은 짧고 빨라서 멀리서도 들릴 정도다. 트리파노소마 감비엔스가 그를 죽여가고 있음이 분명한데, 이 주변의 흑인들보다는 오래 버티고 있다. 바타는 석 달 여드레 만에 죽었는데, 무어는 물린 지 1년이 넘게 살아 있다. 지난달에는 우칼라 지역에서 '웨이랜드-홀'을 찾는 집중 수색이 있었다는 소문이 들려왔다. 그 사건과 나를 관련지을 만한 단서는 전혀 없으니 아직까진 걱정할 필요 없다.

1931년 10월 7일. 드디어 끝났다!《몸바사 가제트》에 기사가 실렸다. 무어가 경련성 발작과 심각한 저체온에 시달리다가 9월 20일 사망했다. 이 정도면 됐다! 봐라, 내가 놈을 죽이겠다고 하지 않았나! 신문에는 무어의 오랜 병고와 죽음에 관한 3단짜리 기사와 함께 '웨이랜드-홀'에 대한 헛된 수색 소식이 실려 있었다. 무어는 아프리카에서 예상보다도 더 유명한 인물이었다. 아직 생존한 파리 표본과 성장 중인 유충을 통해서 그를 물었던 파리의 정체뿐만 아니라 날개를 염색했다는 것도 밝혀졌다. 누군가 살인을 목적으로 파리를 채집하여 보냈다는 사실이 만천하에 알려진 셈이다. 무어는 다이슨에게 몇 가지 의심스러운 점을 말한 것 같은데, 다이슨도 경찰도 증거가 불충분하여 함구하는 것 같다. 무어의 적들이 모두 조사를 받았고, AP 통신은 "현재 해외 체류 중인 유명 의사가 포함된 후속 조사가 있을 예정."이라고 보도했다.

이 보도 기사의 끝 부분 — 싸구려 선정주의 기자가 쓴 허무맹랑한 글 — 때문에 묘한 전율을 느꼈다. 원주민 전설과 바타의 사망 시점에 파리가 날뛰던 광경이 떠올라서 더욱 그랬다. 무어가 사망한 날 밤, 이상한 사건이 벌어졌나 보다. 다이슨은 날개가 파란 파리 한 마리가 윙윙거리는 통에 잠을 깼는데 — 파리는 곧 창밖으로 날아갔고 — 그 직후 멀리 떨어진 브루클린에 있는 무어의 집에서 간호사가 전화를 걸어와 사망 소식을 알렸다는 것이다.

그러나 가장 신경 쓰이는 것은 이 사건 수사의 초점이 아프리카로 쏠리고 있다는 점이다. 우칼라 사람들이 편지와 소포를 보낸 수염 기른 이방인을 기억하고 있다. 경찰대가 문제의 이방인을 안내하거나 태워준 사람이 있는지 우칼라 지역을 샅샅이 뒤지고 있다. 내가 일꾼을 많이 고용하진 않았으나, 혹여 경찰이 나를 은키니 정글까지 데려다 준 우반데족을 조사한다면, 나는 예상보다 더 많은 것을 설명해야 할 처지에 놓일 것이다. 드디어 내가 사라져야 할 시간인가 보다. 내일 사직서를 내고 미지의 세계로 떠날 채비나 해야겠다.

1931년 11월 9일. 사직서가 수리되기까지 우여곡절이 많았으나 드디어 오늘 자유의 몸이 되었다. 표 나게 도망침으로써 의심을 사고 싶지 않았다. 지난주에 제임스한테서 무어의 죽음에 대해 전해 들었으나, 신문 기사 이상의 새로운 내용은 없었다. 뉴욕에 있는 무어의 지인들이 자세한 내막에 대해서는 말을 삼가면서도 한목소리로 철저한 수사를 요구하고 있는 모양이다. 뉴욕 등지의 미국 동부에 있는 친구들은 내게 아무런 연락이 없다. 무어가 의식을 잃기 전에 위험한 의혹을 퍼뜨린 것이 분명하나, 그것을 입증할 증거는 전혀 없다.

요행 따위는 바라지 않는다. 목요일에 몸바사로 출발하여 그곳에서 증기선을 타고 해안을 따라 더반까지 갈 것이다. 그 후엔 종적을 감출 테지만 머잖아 토론토의 광산 중개인 프레드릭 나스미스 메이슨이라는 신분으로 요하네스버그에 나타날 것이다.

이것으로 일기를 마친다. 끝까지 내가 의심받지 않는다면, 내가 죽은 뒤에 이 일기가 공개되어 원래의 목적대로 자칫 베일에 가려질 사건의 진상을 알리게 되리라. 그 반대의 상황이 되어 의혹들이 구체성을 띠고 쉽게 사그라지지 않는다면, 이 일기장은 불분명한 혐의를 명확히 규정해 주는 동시에 중요하지만 풀리지 않았던 간극들을 메워주는 역할을 할 것이다. 물론 내게 위험이 닥친다면 이 일기장을 없애버릴 테지만 말이다.

흠, 무어는 죽었다. 인과응보다. 이제 토머스 슬라웬와이트 박사도 죽었다. 그리고 한때 토머스 슬라웬와이트 박사의 것이었던 이 육신까지 죽게 된다면, 그때 사람들이 이 기록을 보게 될지 모르겠다.

II

1932년 1월 15일. 새해다. 주저하며 이 일기를 다시 쓰려 한다. 사건이 아직 끝나지 않았다고 생각하는 건 터무니없기 때문에 이번에 일기를 쓰는 이유는 오로지 마음을 달래기 위해서다. 새로운 신분으로 요하네스버그의 바알 호텔에 짐을 풀었고, 아직 나를 의심하는 사람은 없다. 사람들에게 서툴게나마 사업 얘기를 함으로써 광산업 중개인처럼 행세했고, 내가 실제로 그 일을 하고 있다고 사람들이 믿게 만들었다.

나중에 토론토에 가서 날조한 과거 행적에 대해 몇 가지 증거들을 마련해 두어야겠다.

그러나 성가신 문제가 생겼으니, 오늘 정오 무렵에 내 방으로 들어온 파리 한 마리다. 요즘에도 물론 파란 파리와 관련해 온갖 악몽을 꾸곤 있으나, 신경이 극도로 예민해졌을 때나 그럴 뿐이다. 그런데 이 녀석은 분명한 현실이어서 이것을 어떻게 설명해야 할지 난감하다. 이 녀석은 15분 동안을 내내 책장 주변을 날아다니면서 내가 아무리 잡거나 죽이려고 해도 잘도 피해 다녔다. 무엇보다 이상한 것은 파리의 색깔과 형태였다. 날개가 파란색일 뿐만 아니라, 내가 죽음의 전령으로 선택한 잡종 파리와 모든 면에서 똑같았다. 그중 한 마리가 여기까지 올 수 있을까. 도무지 모르겠다. 무어에게 보내지 않은 잡종 파리는 전부 ── 염색을 한 것이든 하지 않은 것이든 간에 ── 없애버렸고, 그때 도망친 파리도 없었다.

이 모든 것이 환각일까? 아니면 무어가 물릴 당시에 탈출했다던 파리들이 그 먼 브루클린에서 아프리카까지 돌아온 것일까? 무어가 죽었을 때 파란 파리가 다이슨을 깨웠다는 허무맹랑한 이야기도 있지 않은가. 어쨌거나 그중에서 일부가 살아남거나 돌아오는 게 불가능하지만은 않다. 내가 만들어낸 안료가 문신에 사용하는 것처럼 거의 영구적이기 때문에 날개가 아직 파란색일 가능성도 충분하다. 이 녀석이 이렇게 먼 남쪽까지 왔다니 참 괴이쩍긴 하나, 가능성 없는 추측을 줄여나가다 보면 이것만이 유일하게 합리적인 설명으로 남는다. 아마 체체파리 계통에서 귀소본능이 유전되나 보다. 이 녀석의 고향이 남아프리카가 아닌가.

이 녀석한테 물리지 않도록 조심해야 한다. 물론 원래의 독성은 — 만약 이 파리가 무어한테서 탈출한 것이 확실하다면 — 오래전에 사라졌겠지만 말이다. 그러나 미국에서 날아오는 동안 먹이를 먹었을 것이고, 역시나 중앙아프리카를 통과하며 먹이를 먹다가 새로이 감염성을 띠게 되었을 가능성도 있다. 사실, 아닐 확률보다 그럴 수 있는 확률이 더 높다. 체체파리의 유전성이 이 녀석을 자연스럽게 우간다로 이끌었을 것이고, 트리파노소마증 병원균에 완전히 노출되었을 것이다. 지금까지 약간의 트리파르사미드를 남겨두었으나 — 의료 가방 때문에 사람들의 의심을 살 수 있겠으나 차마 그것을 없앨 수는 없어서 — 이 분야의 자료들을 쭉 읽어온 이후로는 이 약의 효능에 대해서 예전보다 확신이 덜해졌다. 약을 써볼 만하긴 해도 — 감바의 목숨을 구한 것도 분명히 이 약이니까 — 실패할 가능성이 늘 도사리고 있다.

요놈의 파리가 넓디넓은 아프리카에서 하필 내 객실로 들어오다니 참 이상하지 않은가! 우연치고 참 기막힌 우연이다. 다시 나타나면 그땐 확실히 죽여야겠다. 대개는 이놈의 파리들이 아주 멍청해서 잡기 쉬운데 오늘은 날 피해 달아나다니 놀랍다. 순전히 환상일까? 우간다에서도 멀쩡했던 내가 이제 와서 더위를 먹었나 보다.

1월 16일. 내가 미쳐가고 있나? 파리가 오늘 정오에 다시 나타나서 내가 손쓸 수조차 없을 정도로 이상하게 굴었다. 이 윙윙거리는 해충이 무슨 속셈인지 설명할 수 있는 건 망상밖에 없다. 불쑥 나타난 파리가 책장으로 곧장 날아가더니 무어의 저서 『중남부 아프리카의 파리류』 앞쪽을 연신 맴돌았다. 녀석은 이따금씩 책 위에 혹은 책등에 사뿐히 앉았다가 나를 향해 쏜살같이 날아왔으나, 내가 돌돌 만 종이로 후려치려고 하면 어느새 뒤로 피해 버렸다. 멍청하기 짝이 없는 아프리카 파리가 이토록 교활하게 행동한다는 얘기는 금시초문이다. 30분 가까이 그 가증스러운 놈을 잡아보려고 갖은 애를 썼으나, 결국은 내가 모르고 있던 철망의 구멍을 통해 창밖으로 도망쳐버렸다. 몇 번은 잡힐 듯이 약을 올리다가 내가 종이 뭉치를 내리치는 순간 교묘히 피하는 것 같은 생각이 들기도 했다. 정신 바짝 차려야겠다.

1월 17일. 내가 미쳤거나 우리가 아는 확률의 법칙에 문제가 생겼거나 둘 중 하나다. 그 빌어먹을 파리가 정오 직전에 또 불쑥 나타나서 책장의 무어 책 주위를 윙윙 날기 시작했다. 잡으려고 했으나 어제와 같은 상황이 되풀이되었다. 나중에는 그놈의 해충이 탁자 위의 뚜껑을 열어놓은 잉크병으로 가더니 날개만 빼놓고 다리와 흉부를 잉크에 적셨다. 그러고는 천장으로 날아가 앉더니 곡선형의 잉크 자국을 남겨놓았다. 잠시 후에 녀석은 조금 떨어진 자리로 옮기고는 지금까지 그린 자국과는 상관없이 점 하나를 찍었고, 그 잉크 방울이 곧장 내 얼굴에 떨어졌다. 녀석은 내가 잡을 새도 없이 냉큼 시야에서 사라져버렸다.

이 일과 관련해서 뭔가 섬뜩하면서도 딱히 설명하기 어려운, 불길하고 비정상적인 느낌이 들었다. 천장의 잉크 자국을 다른 각도에서 보고 있자니, 점점 익숙해 보였고, 불현듯 그것이 완벽한 물음표의 형태를 띠었다. 그토록 사악하고 적절한 문장부호가 또 있을까? 내가 기절하지 않은 게 오히려 이상하다. 아직은 호텔 직원들이 천장의 잉크 자국을 알아채지 못하고 있다. 오후와 저녁에는 파리가 보이지 않아도 잉크병 뚜껑은 꼭 닫아두었다. 무어를 살해한 후유증이 날 괴롭히고 병적인 환각을 심어주는 것 같다. 파리 따위는 아예 있지도 않은데 말이지.

1월 18일. 내가 살아 있는 악몽으로 가득한, 이상한 지옥에 빠진 걸까? 오늘 정상적으로는 일어날 수 없는 일이 일어나고 말았다. 게다가 호텔 직원 한 명이 천장의 자국을 보았고, 그것이 허상이 아님을 확인해 주었다. 오전 11시경에 원고를 쓰고 있을 때, 뭔가가 잉크병으로 쏜 살같이 날아들더니 내가 미처 쳐다보기도 전에 위로 솟아올랐다. 내가 천장을 올려다보니, 예전처럼 그놈의 가증스러운 파리가 곡선을 그리다가 방향을 틀면서 또 다른 자국을 남기고 있었다. 내가 할 수 있는 일이라고는 놈이 가까이 올 때를 대비해서 신문지를 말아 쥐고 기다리는 것뿐이었다. 천장에서 몇 차례 방향을 틀던 녀석이 어두운 구석으로 날아갔다가 곧 사라졌고, 이미 한 차례 낙서가 된 천장에 새 잉크 자국으로 남은 것은 크고 선명한 숫자 '5'였다!

제대로 설명할 수도 없는 정체불명의 위협감이 쇄도하는 통에 잠시 정신을 잃을 지경이었다. 곧 정신을 차리고 행동에 나섰다. 약국에 가서 끈끈이 덫을 만드는 데 필요한 고무풀 등의 재료와 객실에 있는 것과 똑같은 잉크병도 하나 더 샀다. 객실로 돌아와, 새 잉크병에 끈적끈적한 혼합물을 채워 넣고 원래 잉크병이 있던 자리에 놓아둔 뒤 뚜껑을 열어놓았다. 이윽고 나는 독서에 집중하려고 애썼다. 3시 무렵, 그 빌어먹을 파리가 소리를 내며 나타나더니 새 잉크병 주위를 맴돌았다. 놈은 끈적이는 표면까지는 내려왔으나 건드리지 않고 곧장 내게 날아왔고, 내가 후려치기 직전에 내빼버렸다. 곧 책장으로 가더니 무어의 책 주위를 맴돌았다. 이놈의 침입자가 책 주위를 선회하는 모습에는 심오하고 사악한 뭔가가 있다.

놈의 마지막 행동이 최악이었다. 무어의 책에서 열려 있는 창문으로 날아가더니 철망에 자기의 몸을 리드미컬하게 두드려댔다. 몇 차례 같은 간격으로 두드리다가 한 번씩 쉬는 식이었다. 나는 놈의 행동에 잠시 몸이 굳어버렸으나 이내 창문으로 가서 그 지긋지긋한 놈을 잡아 죽이려고 했다. 역시나 헛수고였다. 놈은 보란 듯이 객실을 가로질러 램프 쪽으로 가더니 딱딱한 마분지로 만든 램프 갓에 대고 또 몸을 두드려댔다. 절박한 느낌에 사로잡힌 나는 철망에 미세한 구멍이 나 있는 창문과 객실의 문까지 전부 닫아버리기 시작했다. 점점 더 내 신경을 갉아대는 이 집요한 놈을 반드시 죽여야만 할 것 같았다. 그런데 불현듯 그놈이 몸을 두드리는 횟수가 한 차례에 다섯 번이라는 것을 알게 되었다.

5. 오늘 아침에 이놈이 천장에 잉크로 남겨놓은 숫자도 5가 아니던가! 무슨 관련이 있는 걸까? 잡종 파리에게 인간의 지능과 숫자를 쓰는 지식이 있다고 생각한다면 정신이 나간 거다. 인간의 지능이라, 우간다 원주민들의 가장 원시적인 전설들을 떠올리게 하지 않는가? 게다가 이놈은 보통 파리류의 멍청함과는 대조적으로 지독히도 영리하게 내게서 잘도 빠져나갔다. 내가 돌돌 만 종이를 옆에 두고 점점 강렬해지는 공포에 사로잡혀 앉아 있는 동안, 그 벌레는 위로 날아올라 난방 배관이 위층 객실로 연결되는 천장 구멍으로 사라져버렸다.

놈이 사라졌으나 황당하고 섬뜩한 생각들이 꼬리를 물고 떠올라 마음이 진정되지 않았다. 만약 그 파리가 인간의 지능을 가지고 있다면, 그 지능은 어디서 온 것일까? 이런 파리에 물린 사람들이 나중에 죽으면 그 영혼을 파리가 가져간다는 원주민들의 말이 사실일까? 그렇다면, 저 파리에게 옮겨 간 영혼은 누구의 것일까? 저 파리는 무어가 물렸을 때 탈출한 파리 중 하나가 틀림없다. 무어를 물었던 죽음의 전령이 바로 저 파리일까? 그렇다면 내게서 뭘 원하는 거지? 바타를 물었던 파리가 바타가 죽었을 때 했던 행동이 떠오르자 식은땀이 흘렀다. 죽은 희생자의 영혼과 파리의 그것이 서로 바뀌는 것일까? 그러고 보니, 무어가 죽었을 때 다이슨을 깨웠다는 파리에 관해 놀라운 기사가 있었다.

나를 괴롭히고 있는 그 파리, 혹시 앙심을 품은 영혼이 파리를 그렇게 몰아가고 있단 말인가? 무어의 책 주위를 맴돌지 않던가! 더는 생각하기 싫었다. 갑자기 그 파리가 감염됐다는, 그것도 더없이 강한 전염성을 가졌다는 확신이 들기 시작했다. 그 사악한 행동으로 미루어볼 때, 의도적으로 아프리카 전역에서도 가장 치명적인 바실루스균을 품고 온 것이 분명하다. 나는 완전히 이성을 잃은 상태에서 그 파리가 인간의 특질을 띠고 있다고 간주했다.

직원에게 전화를 걸어 난방 배관이 지나는 구멍과 그 밖에 객실에 있을지 모르는 틈을 막아달라고 요청했다. 파리들 때문에 괴롭다고 말하니까 직원이 크게 공감하는 것 같았다. 관리인이 왔기에 천장의 잉크 자국을 가리키자, 그도 어렵사리 그것을 보았다. 역시나 자국은 진짜였다! 물음표와 숫자 5를 닮은 잉크 자국을 보고 그는 어리둥절하고 신기해했다. 결국은 그가 찾을 수 있는 구멍들을 전부 메우고 창문의 철망까지 수리한 덕분에 지금은 창문 두 개를 다 열어두고 있다. 그가 나를 괴팍한 사람으로 여기는 게 분명했고, 그가 있는 동안에 벌레 한 마리 보이지 않으니 그럴 만도 했다. 뭐라고 생각하든 상관없다. 저녁이 된 지금까지 파리는 나타나지 않고 있다. 그놈의 정체가 무엇인지, 그놈이 무엇을 원하는지 또 내게 무슨 일이 생길지는 오직 신만이 알겠지!

1월 19일. 나는 완전히 공포에 사로잡혀 있다. 그놈이 내 몸에 닿았다. 지금 주변에서 기괴하고 사악한 일이 벌어지고 있으며, 나는 무력한 희생자다. 아침을 먹고 객실로 돌아와보니, 지옥에서 온 날개 달린 악마가 내 머리 위로 나타나서는 어제처럼 창문 철망에 몸을 부딪치기 시작했다. 그런데 이번에는 네 번씩만 부딪쳤다. 내가 창문으로 달려가 놈을 잡으려고 했으나, 평소처럼 잘도 피해서 무어의 책으로 날아가더니 나를 조롱하듯 그 주위를 윙윙 날아다녔다. 녀석이 소리를 내는 데는 한계가 있으나, 윙윙거리는 소리가 일정한 간격을 두고 네 번씩 나는 것 같았다.

이쯤에서 나는 완전히 미쳐버렸다. 왜냐하면 파리를 향해 이렇게 소리쳤으니까. "무어, 무어, 빌어먹을, 원하는 게 뭐야?" 그렇게 말하자, 그 벌레는 갑자기 맴돌기를 멈추고는 나를 향해 마치 절을 하듯 낮고 우아한 하강 곡선을 그려 보였다. 그러고는 다시 책 쪽으로 날아갔다. 적어도 내 눈에는 그렇게 보였다. 설령 나 자신의 감각을 더는 믿지 않는다고 해도.

곧 최악의 상황이 벌어졌다. 내가 잡으려고 들지 않는다면 혹시나 그 괴물이 알아서 나가지 않을까 싶어 문을 열어두었다가 11시 30분경에 놈이 가버린 것으로 여기고 문을 닫았다. 그러고는 책을 읽으려고 의자에 앉았다. 정오에 목덜미에 간지러운 느낌이 들어 손으로 만져봤으나 아무것도 없었다. 잠시 뒤에 또 간지러운 느낌이 들어서 내가 움직이려는데 정체 모를 그 지옥의 자식이 뒤쪽에서 사뿐히 날아 눈앞에 나타나더니 또다시 조롱하듯 우아한 하강 곡선을 그려 보이고는 열쇠 구멍으로 빠져나갔다. 열쇠 구멍이 파리가 통과할 수 있을 정도로 크다고는 꿈에도 생각하지 못했다.

그놈이 내 몸에 닿았다는 것은 분명하다. 물지는 않았고 그저 닿기만 했다. 무어가 정오에 목덜미를 물렸다는 것이 불현듯 떠올랐고, 싸늘한 공포감이 밀려들었다. 그 이후로 파리의 침입은 없었으나, 열쇠 구멍을 전부 종이로 막아버렸고, 출입을 위해 객실 문을 여닫을 때마다 말아놓은 종이 뭉치를 챙겼다.

1월 20일. 내가 초자연적인 현상을 전적으로 믿는 건 아니지만, 그럼에도 내가 당황하고 있다는 것이 두렵다. 이 일은 너무 버겁다. 오늘 정오가 되기 직전, 그 악마가 창밖에서 나타나 또 몸을 부딪쳤다. 그런데 이번에는 세 번씩이었다. 내가 창문으로 다가가자 놈은 시야에서 사라져버렸다. 아직은 방어 수단이 남아 있다. 두 창문의 철망을 모두 떼어내어 양쪽 면에 끈끈이 ― 잉크병에 사용했던 것 ―를 바른 다음 제자리에 도로 끼워 넣었다. 어디 한번 부딪쳐봐라. 그걸로 끝장이다!

남은 하루가 평화로이 지나갔다. 미치지 않고 이번 일을 극복할 수 있을까?

1월 21일. 블룸폰테인행 기차에 올랐다.

떠나는 중이다. 그놈이 이기고 있다. 모든 방법을 무용지물로 만들 만큼 놈은 악마적인 지능을 지니고 있다. 오늘 아침, 놈이 창밖에 나타났으나 끈끈이가 묻은 철망을 건드리지 않았다. 철망에 앉기는커녕 비켜서 원을 그리며 윙윙 날았다. 공중에서 한 차례에 두 번씩 소리를 내고 잠시 멈추는 식이었다. 이런 행동을 몇 번 되풀이하다가 도시의 지붕들 너머로 사라졌다. 숫자들의 암시가 오싹한 해석으로 이어지다 보니, 내 신경이 버틸 수 있는 한계에 다다르고 있다. 월요일에 숫자 5, 화요일엔 4, 수요일엔 3, 그리고 오늘은 2다. 5, 4, 3, 2……. 이것이 기괴하고도 황당한 카운트다운이 아니고 뭐란 말인가? 그 의도가 무엇인지는 우주의 사악한 힘들만이 알겠지. 오후 내내 짐을 챙기고 정리하여 방금 전에 블룸폰테인행 야간열차에 올랐다. 도망쳐봐야 소용없겠지만 이것 말고 내가 뭘 할 수 있겠는가?

1월 22일. 블룸폰테인에 있는 오렌지 호텔 ― 안락한 1급 호텔 ―에 여장을 풀었으나 공포가 나를 뒤쫓아 왔다. 문과 창문을 다 닫았고, 열쇠 구멍과 틈새 비슷한 것까지 막았고 커튼까지 쳤다. 그러나 정오가

되기 직전, 창문 철망 한 곳에서 둔탁하게 두드리는 소리가 들려왔다. 나는 기다렸다. 그러자 한참이 지나서 또 한 번 두드리는 소리가 들려왔다. 두 번째 정적, 그리고 또 한 번의 소리. 커튼을 걷자, 예상대로 그 가증스러운 파리가 보였다. 놈은 공중에서 서서히 커다란 원을 그리다가 시야에서 사라져버렸다.

탈진감이 밀려와서 소파에 기대어 쉬어야 했다. 하나! 괴물이 전하는 메시지가 분명했다. 두드림 하나, 원 하나. 내게 무시무시한 파멸이 오기까지 하루가 남았다는 뜻일까? 다시 도망을 가야 하나, 아니면 객실을 밀폐하고 숨어 있어야 하나?

한 시간 쉬고 나자 가뿐해져서 많은 양의 통조림과 포장 음식을 ─리넨과 수건도 함께─ 주문했다. 내일은 무슨 일이 있어도 문이나 창문을 아예 열지 않을 것이다. 음식과 리넨을 가져온 흑인이 나를 이상하게 쳐다봤으나 내가 괴팍하게 보이건, 미쳐 보이건 상관없다. 지금 나를 쫓고 있는 힘을 생각하면 인간의 조롱 따위는 대수롭지 않다. 주문한 물건들을 받은 뒤, 벽을 샅샅이 뒤져서 미세한 틈만 있으면 모조리 메워버렸다. 드디어 마음 놓고 잠을 청할 수 있을 듯하다.

[여기서부터 필체가 불규칙하고 불안정해져서 알아보기가 매우 어렵다.]

1월 23일. 정오 직전, 뭔가 아주 끔찍한 일이 벌어질 것 같다. 야간열차에서 잠 한숨 못 자고 왔는데도 생각처럼 늦게까지 잠을 자지 못했다. 일찍 일어났으나 읽거나 쓰거나 어디에도 집중할 수 없었다. 역시나 느리고 의도적인 카운트다운이 견디기 어렵다. 자연의 섭리 아니면 내 머리, 둘 중에 어느 쪽이 미쳐버린 건지 모르겠다. 11시가 가까워질 때까지 방 안을 왔다 갔다 한 것 말고 한 일은 거의 없다.

갑자기 어제 주문한 음식물 꾸러미에서 부스럭 소리가 들리더니 그 악마 같은 파리가 눈앞으로 기어 나왔다. 겁에 질려 있는 상황에서도 납작한 물건을 움켜잡고 놈을 향해 휘둘렀으나 역시나 부질없었다. 내가 다가가자 그 파란 날개의 괴물은 평소처럼 책을 쌓아둔 탁자로 가서 무어의 책 『중남부 아프리카의 파리류』에 잠시 내려앉았다. 내가 그쪽으로 쫓아가자, 놈은 벽난로 선반의 시계로 날아가더니 숫자 12 근처에 내려앉았다. 내가 어떻게 해야 할지 결정하기도 전에 놈은 시계 방향으로 천천히 기기 시작했다. 분침을 지난 뒤, 곡선을 그리며 위로 아래로, 이번에는 시침을 지나더니 마침내 정확히 숫자 12에 멈춰 섰다. 놈은 그 위에 떠서 윙 소리를 내며 한 차례 날개를 떨었다.

불길한 전조 같은 걸 알려주는 건가? 나는 점점 흑인들처럼 미신에 사로잡히고 있다. 지금 11시가 조금 넘었다. 12시가 최후란 말인가? 완전한 절망 속에서 마지막 수단이 떠올랐다. 왜 진작 생각해 내지 못했을까. 의료 가방에 염소 가스를 만드는 데 필요한 두 가지 화학약품이 전부 있다는 생각이 떠올랐고, 그 치명적인 증기로 방 안을 채우기로 결심했다. 파리가 질식하는 동안, 나는 암모니아를 묻힌 손수건을 얼굴에 덮고 있는 거다.

다행히 암모니아는 충분했다. 손수건을 마스크로 사용하기엔 좀 조잡하긴 해도 파리가 죽을 때까지, 혹은 최소한 잡아 죽일 수 있을 만큼 약해질 때까지 산성의 염소 가스를 중화해 줄 것이다. 그러나 서둘러야 한다. 내가 준비를 끝내기도 전에 놈이 기습 공격을 해 올지 모르잖나? 이 일기를 중단하는 일이 생겨선 안 되는데……

잠시 후에 두 가지 화학약품, 염산과 이산화망간을 탁자에 올려놓고 혼합 준비를 끝냈다. 코와 입을 손수건으로 막고 암모니아 병을 꺼내 염소 가스가 사라질 때까지 계속해서 적실 준비도 끝냈다. 창문 두 개는 꼼꼼하게 막아놓았다. 그런데 그 잡종 악마의 행동이 마음에 들지 않는다. 놈은 아직 시계 위에 있긴 한데, 숫자 12에서 시계 방향과 반대로 천천히 기어가는 모습을 보아하니, 다가오는 분침과의 거리를 점점 좁히려는 것 같다.

이것이 마지막 일기가 될까? 이미 의심하고 있는 것을 부정해 봐야 소용없다. 더없이 황당하고 환상적인 전설들의 이면에는 종종 어마어마한 진실의 밑알이 숨어 있기 마련이다. 헨리 무어의 영혼이 파란 날개의 이 악마를 통해서 나를 죽이려는 것일까? 이 파리가 무어를 물었고, 그래서 그가 죽은 뒤에 그의 의식을 빨아들인 것일까? 그게 맞는다면, 그리고 이 파리가 나를 문다면, 죽은 뒤의 내 영혼이 무어의 그것을 대신해 저 윙윙거리는 몸속으로 들어가게 될까? 그럴지도 모르지만, 설령 놈이 날 문다고 해도 꼭 죽어줘야 할 필요는 없다. 언제든지 트리파르사미드를 사용할 수 있으니까. 아무런 후회도 없다. 무어는 죽어야 했고, 그건 인과응보다.

잠시 후.

파리는 시계의 45분 근처에서 멈춰 있다. 현재 시간 11시 30분. 얼굴을 두른 손수건에 암모니아를 적셨고, 더 필요할 경우를 대비하여 암모니아 병을 가까이에 두었다. 이것이 염산과 망간을 섞어 염소 가스를 만들어내기 전 마지막 기록이 될 것이다. 꾸물거릴 시간이 없으나, 저 괴물이 내게 기록할 시간을 주고 있다. 이 기록을 위해서가 아니었다면, 난 이미 오래전에 이성을 잃어버렸을 터이다. 파리는 점점 불안해

보이고, 분침이 녀석을 향해 다가가고 있다. 자, 염소 가스를 만들 때
다…….

[일기 끝.]

1932년 1월 24일 일요일, 오렌지 호텔 303호에 투숙한 괴짜 남성이
아무리 노크를 해도 응답을 하지 않았고, 이에 흑인 직원 하나가 여벌
열쇠로 문을 열고 들어갔다가 곧장 비명을 지르며 아래층으로 내려와
호텔 사무장에게 객실에서 발견한 것을 말했다. 사무장은 경찰에 신고
한 뒤 지배인을 호출했다. 그리고 지배인은 드위트 경관과 보가트 검시
관 그리고 반퀼른 박사와 함께 그 죽음의 방으로 들어갔다.

투숙객은 얼굴을 위로 향하고 누운 채 죽어 있었고, 암모니아 냄새가
강하게 풍기는 손수건이 얼굴에 묶여 있었다. 손수건을 치우고 보니,
얼굴에 완전한 공포의 표정이 남아 있었고, 이 공포는 저절로 조사관들
에게 옮아갔다. 반퀼른 박사는 시체의 목덜미에서 독충에게 물린 — 검
붉은 점을 자줏빛이 동그랗게 감싸고 있는 — 상처를 발견했는데, 체체
파리 아니면 그것보다 독성이 약한 해충 같았다. 나중에 부검을 통해서
트리파노소마증 병원균에 감염된 것으로 밝혀지긴 했으나, 현장 조사
당시에는 사인이 해충에 물려서라기보다는 극한의 공포로 인한 심장
발작으로 보였다.

탁자에는 이런저런 물건들 — 일기가 기록된 낡은 가죽 장정의 노트
한 권, 펜, 편지지, 뚜껑이 열린 잉크병, 금으로 'T. S.'라는 머리글자가
새겨진 의료 가방, 암모니아 병과 염산 병, 검은 이산화망간이 4분의 1
가량 채워져 있는 컵 — 이 있었다. 암모니아 병을 다시 들여다본 이유
는 그 안에 용액 말고도 뭔가 다른 것이 있는 것 같았기 때문이다. 보

가트 검시관이 자세히 살펴본 결과, 그 이질적인 물체는 파리 한 마리였다.

애매한 체체파리 계통의 잡종 같았으나, 강한 암모니아에 젖은 상태에서도 희미하게 파란색을 띤 날개는 무척이나 당황스러웠다. 이것을 보던 반퀼른 박사는 신문에서 읽었던 ― 그리고 곧 일기를 통해서 확인된 ― 기사를 어렴풋이 떠올렸다. 파리의 아랫부분은 잉크로 얼룩져 있었는데, 얼마나 진하게 묻어 있던지 암모니아에도 탈색이 되지 않았다. 날개에는 잉크가 묻지 않아서 이상하긴 하나, 파리가 잉크병에 떨어진 적이 있는 것 같았다. 그런데 어떻게 입구가 좁은 암모니아 병 속으로 떨어진 걸까? 마치 파리가 일부러 병 속으로 기어들어 자살이라도 한 것처럼!

그러나 무엇보다 이상한 것은 드위트 경관이 호기심 어린 시선으로 두리번거리다가 희고 매끈한 천장에서 발견한 것이었다. 그가 소리치자, 나머지 세 명도 천장을 올려다보았다. 한동안 공포와 매혹과 불신이 뒤섞인 표정으로 낡은 가죽 장정의 노트를 뒤적이고 있던 반퀼른 박사도 시선을 들었다. 천장에 있던 것은 비틀비틀 볼품없는 잉크 자국으로, 잉크에 흠뻑 젖은 곤충이 기어 다니면서 만들었다고 하면 그럴듯해 보였다. 네 사람은 동시에 암모니아 병에서 기이하게 발견된 파리의 잉크 얼룩을 떠올렸다.

그러나 그것은 평범한 잉크 자국이 아니었다. 한눈에도 심란하게 만드는 익숙함이 느껴졌고, 자세히 살펴보던 네 사람은 소스라치게 놀라서 숨을 제대로 쉴 수 없었다. 보가트 검시관은 본능적으로 방을 둘러보며, 사람이 천장에 잉크 자국을 남기기 위해 딛고 올라선 특별한 도구나 쌓아놓은 가구들이 있는지 찾아보았다. 아무것도 찾을 수 없자,

그는 호기심과 외경심에 사로잡혀서 다시금 천장을 올려다보았다.

그 잉크 얼룩은 틀림없이 알파벳, 요컨대 영어 단어들을 일관성 있게 배열한 글이었다. 맨 먼저 그 의미를 알아낸 사람은 반퀼른 박사였고, 그가 사람의 손이 닿지 않는 장소에 휘갈겨 쓴, 황당하게 들리는 메시지를 읽는 동안, 나머지 세 사람은 숨죽이고 듣고 있었다.

"내 일기를 보라. 그것이 한발 앞서 나를 물었다. 나는 죽었다. 그리고 내가 그것 안에 들어왔음을 알았다. 흑인들이 옳았다. 자연에는 기이한 힘이 있다. 이제 나의 남은 부분을 익사시키려 한다……."

어리둥절한 침묵에 이어서 곧 반퀼른 박사가 낡은 가죽 장정의 일기를 큰 소리로 읽기 시작했다.

....

35) 안토니 반다이크(Anthony van Dyck): 플랑드르의 화가.

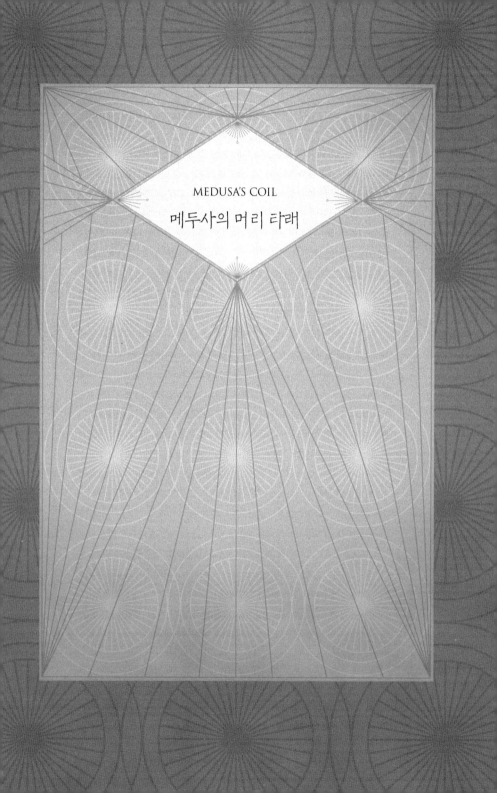

MEDUSA'S COIL

메두사의 머리 타래

작가와 작품 노트 | 질리아 비숍(Zealia Brown Reed Bishop, 1897~1968)

러브크래프트와 서신을 주고받던 지인이자 윤문 고객이었다. 두 사람은 사무엘 러브먼의 소개로 1928년경에 알게 되었고, 로맨틱 소설을 쓰고 싶어 하던 비숍을 위어드 픽션과 순문학 쪽으로 유도한 것이 러브크래프트였다. 러브크래프트는 비숍을 위해 「이그의 저주」, 「고분」, 「메두사의 머리 타래」 등 총 세 편의 단편을 썼다. 세 편 모두 비숍의 간단한 줄거리를 바탕으로 러브크래프트가 완성한 것이다. 나중에 비숍은 러브크래프트의 전기물인 「러브크래프트: 한 제자의 시선 *H.P.Lovecraft: A Pupil's View*」을 쓰기도 했으나, 사실관계에서 오류가 많다는 평을 받았다. 캔자스 시티에 살면서 '뉴잉글랜드 역사가계 소사이어티' 등의 회원으로 활발히 활동했고, 미주리 주 클레이 카운티에 관한 역사물 시리즈를 집필하기도 했다.

「메두사의 머리 타래」는 1930년 5월부터 수개월간 러브크래프트가 대필하여, 1939년 《위어드 테일스》 1월 호에 처음 실렸다. 이 작품은 처음에 《위어드 테일스》로부터 거절당했다. 그래서 1930년 말 무렵에 러브크래프트는 비숍의 대리인 역할을 하던 프랭크 벨내프 롱에게 편지를 보내 《고스트 스토리스》에 보내는 문제를 의논했다. 확실치는 않지만, 그 역시 거절당한 것으로 보인다. 비숍을 위해 대필한 또 다른 작품 「고분」과 더불어 나중에 덜레스에 의해 상당 부분 수정된 뒤 《위어드 테일스》에 실렸다. 러브크래프트의 원본이 다시 출간된 것은 1990년이 다 되어서였다.

「이그의 저주」는 1928년 러브크래프트가 대필한 작품으로, 1929년 《위어드 테일스》 11월 호에 실렸다. 러브크래프트는 덜레스에게 보낸 편지에서 이 작품에 대해 이렇게 밝혔다. "이 작품의 75퍼센트 정도는 내가 쓴 겁니다. 내가 의지한 것이라고는 한 쌍의 개척자 부부와 이들의 오두막 밑에 있는 방울뱀, 뱀에 물려 죽은 남편, 시체 폭발 그리고 아내의 광기를 적어놓은 시놉시스가 전부였어요. 플롯도 동기 부여도 없었어요. 그래서 100퍼센트 내 작품이라고 해도 무방합니다. 뱀 신과 그 저주를 작품에 도입하고, 도끼를 휘두른 아내의 실수와 죽은 뱀의 정체, 정신병원 에필로그까지 다 내가 쓴 겁니다. 배경이 되는 오클라호마의 지리적인 묘사 또한 이 여류 작가(질리아 비숍)로부터 정보를 얻은 결과이기도 하지만, 사실 책에서 더 많은 걸 얻었지요."

I

케이프 지라도[36]로 차를 모는 동안 낯선 지역을 지났다. 늦은 오후의 햇빛이 점점 황금빛의 몽환적인 분위기를 자아낼 무렵, 밤이 되기 전에 마을에 도착할 작정이었다면, 정확히 방향을 알고 왔어야 한다는 걸 깨달았다. 이 황량한 남부 미주리의 저지대를 일몰 후에 헤매는 일은 별로 달갑지 않았다. 길은 험했고, 지붕 없는 로드스터에서 느끼는 11월의 추위가 만만찮았으니까. 게다가 지평선에 먹구름이 잔뜩 몰려들고 있었다. 혹시 주택이라도 있으면 필요한 정보라도 얻을 수 있을까 싶어서 갈색 들판에 드리워진 회색과 파란색의 기다란 그림자들 사이를 둘러보았다.

한적하고 황량한 시골, 그러나 마침내 오른쪽 작은 강가의 수풀 사이로 지붕 하나를 찾아냈다. 도로에서 800미터가량 떨어져 있었고, 가던 길로 쭉 가면 닿을 것 같았다. 근처에는 다른 집이 없었기 때문에 그 지붕 있는 곳에서 운을 시험해 보기로 했다. 길가 덤불 사이로 부서진 돌문이 나타나자 반가웠고, 돌문을 뒤덮은 말라 죽은 덩굴과 빽빽한 수풀 때문에 들판 너머 멀리서 처음 이곳을 봤을 때는 문까지 이어진 길을 찾지 못했다는 것도 알게 되었다. 차를 몰고 문으로 들어갈 수 없어서 문 주변 — 비가 내려도 아름드리 상록수가 막아주는 — 에 조심조심 주차한 후, 차에서 내려 집까지 긴 도보를 준비했다.

땅거미가 지는 가운데 지나가는 덤불 무성한 길에서 불현듯 스치는 불길함, 아마도 돌 대문과 그곳까지 이어진 차도 주변에 떠도는 불길한 부패의 분위기 때문인 듯했다. 낡은 돌기둥의 조각들을 보아하니, 한때 장원의 위엄 있는 영지였던 것 같았다. 게다가 차도는 원래 방어벽처럼 늘어선 피나무들의 호위를 받았다는 것도 분명히 알 수 있었다. 피나무 일부는 이미 말라 죽었고, 나머지는 무성한 수풀 사이에서 본연의 임무를 잊고 있었다.

덤불을 헤치며 나아가는 동안, 도꼬마리와 가시가 옷에 달라붙었고, 이런 곳에 과연 사람이 살고나 있을지 의문이 들기 시작했다. 괜한 헛 수고를 하는 건가? 발길을 돌려 도로를 따라 다른 집을 좀 더 찾아보자 는 유혹이 이는 순간, 앞에서 눈에 들어온 저택의 모습이 호기심을 유 발했고 모험심을 자극했다.

나무로 에워싸인 그 낡은 건물은 도발적인 매력 같은 것을 풍겼다. 지난 시절의 기품과 웅장한 규모, 무엇보다 지극히 남부적인 분위기를 무언으로 말하고 있었기 때문이다. 19세기 초 양식을 따른 2.5층짜리 전형적인 목조 농장 저택으로, 거대한 이오니아식 주랑은 다락 높이까 지 솟구쳐 삼각 박공을 지탱하고 있었다. 건물의 노후 상태는 아주 심 각한 수준이었다. 거대한 기둥 하나가 썩어서 땅바닥에 쓰러져 있고, 2층 의 베란다 혹은 발코니는 위험할 정도로 기울어져 있었다. 그리고 주변에 다른 건물 몇 채가 더 있는 것 같았다.

널찍한 돌계단을 올라 포치와 채광창이 달린 출입문 쪽으로 다가가는데 유난히 신경이 곤두서서 담배에 불을 붙이려다 주변이 온통 메마르고 불에 타기 쉽다는 걸 깨닫고는 그만두었다. 그쯤에서 저택에 아무도 살지 않는다고 확신하면서도 어쩐지 노크를 하지 않으면 저택의 위엄을 모독하는 것 같아서 망설였다. 그래서 녹슨 쇠 문고리를 억지로 잡아당겨 조심스럽게 두드리자, 저택 전체가 흔들리면서 삐걱거리는 것 같았다. 아무 반응이 없기에 한 번 더 그 성가시게 삐걱거리는 장치를 사용했다. 이 폐가에 혹시 있을지 모를 뭔가를 깨우는 것이 마치 불경한 침묵과 고독을 깨뜨리는 것 같았다.

강가 어딘가에서 구슬피 우는 비둘기 소리는 마치 강물이 흘러가는 소리 같았다. 꿈을 꾸는 기분으로 낡은 빗장을 붙잡고 그 커다란 여섯 틀 양판문을 흔들어보았다. 잠겨 있지 않았다. 뻑뻑한 돌쩌귀의 삐걱거리는 소리와 함께 문을 밀치고 어둠에 물든 넓은 홀로 들어섰다.

하지만 발을 들여놓는 순간 후회했다. 괴괴한 제정 시대풍의 가구가 비치된 어둡고 먼지 낀 홀에서 유령의 무리라도 달려들었기 때문은 아니었다. 내가 후회한 이유는 그 집이 버려진 곳이 결코 아니라는 것을 금세 알았기 때문이었다. 곡선형의 커다란 계단이 삐걱거렸고, 내키지 않는 듯 천천히 계단을 내려오는 발소리가 들려왔다. 곧이어 층계참에 난 커다란 팔라디오식의 창문에 구부정한 사람의 모습이 드리워졌다.

처음 내가 맞닥뜨린 공포는 이내 사라졌고, 그가 마지막 계단을 내려올 즈음에는 내가 침범한 이 사유지의 집주인에게 인사를 건넬 준비를 하고 있었다. 어둠 속에서 그가 성냥을 찾기 위해 주머니를 뒤적이는 모습이 보였다. 곧바로 계단 끝에서 가까운, 금방이라도 부서질 것 같은 소형 탁자 위의 작은 등잔에서 불길이 일었다. 희미한 불빛 속에서 아주 키가 크고 깡마른 노인의 구부정한 모습이 나타났다. 헝클어진 옷차림과 면도를 하지 않은 얼굴, 그럼에도 점잖은 신사의 기품과 풍채가 느껴졌다.

나는 우물쭈물하지 않고 이 집에 들어온 이유를 설명하기 시작했다.

"이렇게 불쑥 들어온 걸 사과드립니다. 노크를 해도 아무 소리가 나지 않아서 집에 사람이 살지 않는 줄 알았습니다. 실은 케이프 지라도로 가는 길, 그러니까 지름길을 알고 싶어서요. 해 지기 전에 그곳에 도착해야 하는데, 아, 물론 이미 해가 떨어지긴 했지만……."

내가 말을 잠시 멈추자, 노인이 말했다. 예상대로 교양 있는 목소리였고, 그가 살고 있는 이 저택처럼 틀림없는 남부 특유의 부드러운 억양이었다.

"노크 소리에 빨리 응대하지 못한 내가 오히려 사과해야지요. 워낙 궁벽한 곳에 살다 보니 평소에 손님이 없는 편이라오. 처음에는 그저 호기심에 주위를 둘러보나 여겼지요. 곧이어 또 노크 소리가 들리기에 서둘러 나온다고는 했는데, 몸이 좋지 않아서 거동이 아주 느리다오. 척수염이거든요. 사람 참 애태우는 병이지요.

그나저나 해 지기 전에 마을에 도착하기는 글렀구려. 댁이 온 길, 아마 요금 징수소를 지나왔을 터인데, 아무튼 그 길은 직선로도 아니고 지름길도 아니라오. 요금 징수소를 지난 뒤에 제일 먼저 나오는 좌회전 길로 들어가야 해요. 그러니까 맨 처음 왼쪽으로 보이는 진짜 도로 말이오. 그 전에 서너 번 나오는 마찻길은 그냥 모르고 지나칠 수도 있지만, 진짜 도로는 그 맞은편 오른쪽에 아주 커다란 버드나무가 있어서 한눈에 봐도 딱 안다오. 그렇게 좌회전한 다음부턴 도로 두 개를 지나

직진하다가 세 번째 도로에서 우회전해요. 그런 다음에는……"

이 지역에 난생처음 와본 이방인에게 혼란스러울 정도로 자세한 설명에 나는 그만 당황해서 노인의 말을 끊을 수밖에 없었다.

"잠깐만요! 여기 와본 적도 없는 사람이 이 칠흑 같은 어둠 속에서 그저 무심한 전조등 불빛에만 의지해 어디가 도로고 아니고를 가려가며 어떻게 그 설명대로 따라갈 수 있겠습니까? 게다가 곧 폭풍이 올 것 같은데, 제 차는 지붕이 없는 차종인걸요. 오늘 밤에 케이프 지라도로 가려다간 큰 곤경에 처할 겁니다. 솔직히 좋은 결정은 아닌 듯하군요. 조금도 폐를 끼치고 싶지 않지만 피치 못할 상황이고 하니 하룻밤만 재워주시면 안 되겠습니까? 성가신 일은 없을 겁니다. 식사 같은 것도 필요 없습니다. 단지 날이 밝을 때까지만 한쪽 구석에서 잠을 청할 수 있으면 그걸로 족합니다. 차는 지금 있는 자리에 그대로 두겠습니다. 최악의 상황만 아니라면 좀 젖는다고 문제가 되진 않을 겁니다."

내가 갑작스레 부탁을 하는 동안, 조용히 인고의 미덕을 보여주던 노인의 얼굴에 놀랐다는 듯 이상한 표정이 떠올랐다.

"잔다고? 여기서?"

그는 내 부탁에 무척 놀란 것 같았다.

"네, 안 될까요? 성가시게 하지 않겠습니다. 달리 방법이 없어서요. 이 지역은 처음이고, 밤에는 길이 미로 같은 데다 장담하는데 한 시간 후엔 장대 같은 비가 쏟아질……"

이번에는 집주인이 내 말을 끊었다. 그의 낮고 낭랑한 목소리에서 독특한 특징이 느껴졌다.

"이 지역이 처음이라…… 당연히 그렇겠지요. 그렇지 않다면 여기서 잘 생각일랑 하지 않을 테니까요. 여기에 올 생각도 아예 안 했겠지요.

요즘엔 여기 오는 사람들이 없다오."

노인이 말을 멈추자, 그 단순한 말이 불러일으키는 비밀의 느낌 때문에 그 집에 묵고 싶은 생각이 몇 배는 더 간절해졌다. 그 집에는 마음을 잡아끄는 뭔가가 분명히 있었고, 집 안 어디서나 스멀거리는 곰팡내가 천 가지 비밀을 숨기고 있는 것 같았다. 하나뿐인 작은 등잔불의 희미한 빛 속에서도 주변의 모든 것들이 극도로 낡았음이 다시금 분명하게 드러났다. 으슬으슬한 냉기가 느껴졌고, 난방장치 하나 없는 것 같아서 아쉬운 생각이 들었다. 그럼에도 호기심을 억누를 수 없었고 이 은둔자와 그의 쓸쓸한 집에 대해 알고 싶은 마음에 감질이 났다.

"아무튼, 도움을 청할 수 있는 사람이 달리 없습니다. 정말 날이 밝을 때까지만 잠시 머물면 됩니다. 그런데 사람들이 이 집을 좋아하지 않는다면, 너무 낡아서 그런 건 아닐까요? 물론 이 정도의 저택을 유지하려면 꽤 많은 돈이 들겠지만, 그게 부담스럽다면 좀 더 작은 거처를 구하지 그러세요? 힘들고 불편한데도 왜 이런 삶을 고수하시는 겁니까?"

노인은 기분이 상한 것 같지 않았으나 대꾸를 할 때는 아주 심각했다.

"정 여기서 묵고 싶다면 그리하시게. 댁이 폐를 끼치지 않을 거라는 건 나도 아니까. 하지만 사람들이 그러는데, 이곳에 아주 안 좋은 힘이 있다고 하더이다. 나야 어쩔 수 없으니 여기서 살고 있지만. 뭐랄까, 여기를 지켜야 한다는 의무감이랄까, 아무튼 뭔가가 날 여기에 붙잡아두고 있다오. 나도 이 집과 땅을 제대로 돌볼 돈과 건강과 의욕이 있었으면 좋겠소."

나는 더욱 강해진 호기심을 품은 채 집주인이 딴소리를 하지 못하게 마음의 준비를 단단히 했다. 노인이 손짓하는 대로 그를 따라 천천히 계단을 올라갔다. 어느새 아주 어두워져 있었고, 밖에서 어렴풋이 들려오는 빗방울 소리는 곧 있을 폭우를 예고하고 있었다. 하룻밤 묵어갈 수 있다면 어디든 마다할 처지가 아니었으나, 집과 주인의 신비감 때문에 이 집은 더더욱 좋았다. 구제불능의 그로테스크 애호가에게 이처럼 좋은 피난처는 없었다.

II

이 집의 다른 방에 비해서 덜 지저분한 2층의 구석방, 집주인은 날 그리로 데려갔다. 그리고 작은 등잔 대신에 꽤 커다란 등잔에 불을 붙였다. 방의 청소 상태와 가구를 봐서, 그리고 벽을 따라 진열된 책으로 봐서 이 신사의 취향과 태생에 대해 내가 예측한 부분이 맞는 것 같았다. 노인이 은둔자고 괴짜인 건 분명하지만, 그럼에도 교양과 지적인 관심을 지닌 사람이었다. 노인이 앉으라고 손짓하자, 나는 일반적인 화제로 대화를 시작했고 노인이 전혀 과묵한 편이 아님을 알고 기뻤다. 그뿐만 아니라 누군가와 대화하기를 좋아하는 것 같았고, 사적인 화제도 피해 가려고 하지 않았다.

노인의 이름은 앙투안 데루시, 루이지애나로 이민 온 유서 깊고 유력한 명문 개척자 가문의 후손이었다. 100여 년 전에 집안의 작은 아들이었던 노인의 할아버지가 남부 미주리로 이주해 와 조상의 방식대로 새 저택을 지었다. 기둥으로 장식된 이 대저택을 지었고, 주변을 거대한 인공림으로 둘러쌌다. 한때 이 저택 뒤편 — 지금은 강물이 침범한 — 평지에 오두막들이 있었고 여기서 200명이나 되는 노예들이 살았다. 밤마다 검둥이들이 노래하고 웃고 떠들며 밴조를 연주하는 소리가 들려왔으니 지금은 처연히 사라져버린 문명과 사회질서의 더없는 매력을 알던 시절이었다. 아름드리 떡갈나무와 버드나무가 경비병처럼 버티고 선 저택의 정면에는 늘 물을 주고 다듬는, 녹색 카펫처럼 드넓은 잔디밭이 있었고, 꽃으로 경계를 두르고 판석을 깐 산책로가 잔디밭 사이를 구불구불 누비고 있었다. '리버사이드'로 불렸던 이 강변 저택은 당시만 해도 아름답고 목가적인 대농장의 전형이었다. 노인은 그 전성기의 흔적이 아직 많이 남아 있던 시절을 기억해 낼 수 있었다.

어느새 비가 억수같이 퍼붓고 있었다. 장대비가 불안정한 지붕과 벽과 창문을 사정없이 후려쳤고, 집 안의 무수한 틈새로 빗방울이 흘러들었다. 어디론가 스며든 빗물이 바닥으로 똑똑 떨어졌고, 점점 거세지는 바람에 썩고 헐거워진 덧문들이 덜컥거렸다. 그러나 나는 그런 건 아랑곳하지 않았고, 심지어 나무 아래 세워둔 로드스터에도 신경 쓰지 않았다. 조금 있으면 이 저택과 노인의 사연을 듣게 될 터였으니까. 내가 계속 부추기자, 노인은 나의 잠자리를 봐주느라 움직이면서도 더 옛날로, 더 좋은 시절로 계속 더듬어나갔다. 조금만 더 있으면 노인이 이 낡은 저택에 왜 혼자 살고 있는지 또 이웃들이 왜 이곳에 대해 불쾌한 힘으로 가득하다고 여기는지 단서를 얻을 수 있을 것 같았다. 그야말로 음악 소리 같은 노인의 목소리는 얼마 지나지 않아 내가 절대 졸음을 느낄 수 없을 화제로 옮겨 가기 시작했다.

"그러니까 이 리버사이드가 완공된 때가 1816년, 내 아버님이 1828년에 여기서 나셨지. 살아 계셨다면 지금 100살도 넘었겠으나 젊어서 돌아가셨네. 당시에 나는 너무 어려서 아버님에 대한 기억이 거의 없어. 1864년에 입대를 하기 위해 고향으로 돌아온 아버님은 남부 연합군 루이지애나 제7보병대로 참전했다가 전사하셨지. 할아버님은 싸우기엔 너무 연로하셨지만, 아흔다섯까지 살면서 어머니를 도와 나를 키우셨다네. 아주 잘 키워주셨으니, 그분들께 감사할 일이지. 우리는 늘 전통을 굳건히 지켰고 명예를 중시했네. 할아버님은 십자군 전쟁 이후 대대손손 이어온 데루시 가문의 양육 방식 그대로 나를 키우셨지. 가세가 완전히 기운 건 아니어서 남북전쟁 후에도 안락하게 살 정도는 되었어. 나는 루이지애나의 명문 학교를 다니다가 나중엔 프린스턴 대학에 입학했네. 시간이 지나 수익이 꽤 짭짤한 이 농장을 소유하게 됐지. 물론 보다시피 지금은 이렇게 변해 버렸네만.

어머님은 내가 스무 살 때 돌아가셨고, 할아버님은 그로부터 2년 뒤에 세상을 뜨셨지. 나는 1885년에 뉴올리언스에 사는 먼 친척과 결혼했네. 아내가 살아 있었더라면 지금 상황이 많이 달랐겠으나, 아들 데니스를 출산하다가 죽고 말았지. 결국 내게 남은 피붙이라고는 데니스뿐이었지. 나는 재혼을 포기하고 아들 녀석에게 정성을 쏟았네. 나랑 닮았어. 가무잡잡한 피부와 호리호리한 체격, 불같은 성질까지 아예 데루시 가문의 특징을 전부 빼닮은 것 같았지. 할아버님이 나를 키운 방식과 똑같이 아들 녀석을 키웠으나, 명예심에 관해서는 더 가르칠 게 없었지. 타고났으니까. 내 아들처럼 고결한 정신을 지닌 사람을 보지 못했네. 고작 열한 살 때 스페인 전쟁에 참전하겠다는 걸 도저히 말릴 재간이 없었다니까! 게다가 또 얼마나 낭만적인 청년이었던지……. 드높은 이상이랄까, 지금에야 고루하다고 하겠지만, 아무튼 그랬지. 검둥이 계집 하나 건드린 적 없을 정도로 말썽이라곤 피운 적이 없다네. 내가 다녔던 학교에 보냈고, 대학도 프린스턴에 입학시켰지. 데니스는 1909년에 프린스턴을 졸업했네.

나중에 데니스는 의사가 되기로 결심하고 1년간 하버드 의대에 다녔지. 그런데 갑자기 가문의 프랑스 전통을 지켜야겠다며 소르본 대학으로 유학 보내달라고 부탁하더군. 그리했지. 물론 내가 아들 녀석을 멀리 보내놓고 얼마나 적적할지 모르지 않았으나 그래도 아들의 결정이 자랑스러웠네. 아무렴! 파리에서 그 누구보다 무사히 지낼 수 있는 아이가 있다면 그게 바로 데니스라고 생각했어. 데니스는 생자크 거리에 방을 얻었네. 카르티에라탱[37]의 소르본 대학에서 가깝거든. 데니스의 편지와 친구들의 말을 종합해 보면, 아들은 방탕한 놈팡이들과는 어울리지 않았다더군. 데니스가 알고 지내는 사람들은 대부분 집에서 학교를 다니는 청년들이었지. 젠체하고 으스대면서 흥청망청 술집이나 드나드는 부류가 아니라 자신의 일과 공부에 매진하는 진중한 학생과 예술가들 말이야.

그러나 진지한 연구와 못된 짓거리 사이에서 줄타기를 하는 친구들이 많았다네. 유미주의자들, 데카당 말일세. 삶과 감각의 실험자들, 보들레르 같은 자들 말이지. 자연히 데니스는 이런 부류의 사람들을 많이 만나게 됐고, 그들의 삶을 가까이서 지켜보았어. 그들의 세계는 별의별 광기 어린 집회와 컬트 의식으로 가득했지. 악마 숭배나 악마의 미사를 모방한 집회 등등 말일세. 그런 것들이 큰 위해가 된다는 건 좀 그렇고, 대부분 일이 년이 지나면 사람들이 까맣게 잊어버리기 마련이지. 그런데 이 괴상한 짓거리에 푹 빠져 있는 녀석이 있었는데, 데니스가 대학 전부터 알고 지내던 친구였지. 사실 그 녀석의 아버지와 내가 아는 사이였어. 프랭크 마시라고 뉴올리언스에 살지. 프랭크 마시는 라프카디오 헌과 고갱과 반고흐의 추종자였어. 황색 90년대[38]의 전형적인 친구였지. 그런 면에서 위대한 예술가의 소질이 있었네.

마시는 파리에서 데니스와 가장 절친한 친구여서 세인트클레어 아카데미 시절 등등 어린 시절의 얘기를 나누면서 자연스레 함께 있는 시간이 많았지. 데니스는 편지에서 마시에 대해 많은 얘기를 했고, 마시가 관련을 맺고 있다는 신비 집단에 대해서 나는 그리 해롭지 않다고 생각했네. 선사시대 이집트와 카르타고의 마법 의식 같은 게 좌안[39]의 자유분방한 사람들 사이에서 대유행이라는데, 전설의 아프리카 문명 그러니까 짐바브웨와 사하라 호가르 지역의 멸망한 아틀란티스 도시들, 이런 곳에 숨겨진 진실의 원천을 되찾아야 한다고 호도하는 등 황당한 일들이 벌어졌던 것 같아. 게다가 뱀과 인간의 머리칼을 관련짓는 헛소리들도 한둘이 아니었지. 적어도 당시에는 헛소리라고 생각했지. 데니스는 마시한테 들은 얘기, 요컨대 메두사의 머리털 전설이나 후기 프톨레마이오스 왕조의 베레니케가 자신의 남편이자 오빠를 구하기 위해 머리털을 바쳐 이것이 머리털자리가 됐다는 전설의 이면에 가려진 기묘한 진실이니 하는 말들을 편지로 적어 보내곤 했지.

데니스가 그런 일에 영향을 받을 거라고는 생각하지 않았네. 적어도 어느 날 밤에 마시의 방에서 이상한 의식이 열리고 그곳에서 데니스가 여사제를 만나기 전까지는 말일세. 이 숭배 의식의 참가자들은 대부분 청년들이었고, 그 우두머리는 자칭 '타니트[40]-이시스[41]'라는 (이것이 본명인 것처럼 구는) 젊은 여성이었지. 이 여성의 말에 따르면 최근에 환생한 자신의 이름은 마셀린 베다르라고 했다더군. 그리고 자신이 샤모 후작의 사생아라고 주장했는데, 수익이 더 짭짤한 그 마법 게임을 시작하기 전까지는 시시한 예술가 겸 예술 모델로 지냈던 모양이야. 소문에 따르면, 이 여성이 서인도제도에서, 가만있자 마르티니크라고 했던가 아무튼 그곳에서 한동안 산 적이 있다지만, 정작 본인은 자신과 관련해서 거의 말을 하지 않았다는군. 이 여성은 의식에서 엄숙과 신성의 상징이었으나 나는 견문이 더 넓은 학생이라면 그런 짓거리를 진지하게 받아들이지 않을 거라고 생각했지.

하지만 견문이 넓지 못한 데니스는 편지 열 장에 빼곡히 자신이 발견한 여신에 대해 유치찬란한 헛소리를 늘어놓았지. 내가 아들 녀석의 단순함을 간파했더라면, 어떤 식으로든 조치를 취할 수 있었을 터인데, 그저 치기 어린 열정이겠거니 대수롭지 않게 넘겨버리고 말았네. 데니스의 까다로운 명예심과 가문에 대한 자부심 때문에 심각한 말썽까지는 일어나지 않을 거라고 어찌 보면 터무니없이 믿고 있었던 거지.

시간이 흐를수록 데니스의 편지에 신경이 쓰이기 시작하더군. 마셸린 얘기가 점점 더 많아지는 반면 친구들 얘기는 줄었지. 게다가 친구들이 마셸린을 부모 형제에게 소개하려고 들지 않으니 참으로 '매정하고 우둔하다.'라고 말하더군. 데니스는 그 여자의 신상에 대해서는 일절 묻지 않은 것 같았으나, 내가 보기엔 그 여자가 자신의 출생과 신성한 계시, 그리고 그로 인해 사람들에게 받은 박해에 대한 낭만적인 환상으로 데니스를 구워삶은 게 틀림없네. 결국 데니스가 지인들과 연락을 끊고 대부분의 시간을 그 여우 같은 여사제와 보낸다는 걸 알게 됐지. 여자의 특별한 요청에 따라서 데니스는 옛 친구들에게 그들의 지속적인 만남을 비밀로 했어. 그 결과 주변에서 그들의 관계를 끊으려는 시도조차 없었지.

내 생각에는 그 여자가 데니스를 엄청난 부자로 생각한 것 같아. 데니스가 귀족적인 분위기를 풍기는 데다 귀족적인 미국인은 전부 부자라고 믿는 사람들도 있으니까. 아무튼 그 여자는 근사한 배우자감과 적법하게 사귈 수 있는 절호의 기회라고 생각했을 거야. 이쯤 되자 나는 신경이 곤두서서 조언을 쏟아냈으나, 그러기엔 이미 늦은 후였어. 데니스가 이미 그 여자와 법적 부부가 되었으니 학업을 포기하고 여자와 함께 리버사이드로 돌아오겠다고 편지를 보내왔거든. 그 녀석이 하는 말이, 글쎄 그 여자가 마법 집단의 지도자 신분을 포기하는 등 엄청난 희생을 무릅쓰면서까지 그저 시시한 양갓집 부인, 즉 장차 리버사이드의 여주인이자 데루시 후손의 어머니로 살 작정이라고 하더군.

글쎄올시다, 선생, 나는 그나마 그것이 최선이라고 생각했다오. 세련된 유럽인들이 우리처럼 늙은 미국인들과는 다른 규범을 가지고 있다는 걸 알고 있었지. 어쨌거나 내가 그 여자에 대해 제대로 알고 있는 게 전무했소. 최악이라고 해봐야 사기꾼일 테니까. 당시에는 아들을 위해서 되도록 그런 일은 모른 척하려고 노력했지. 데니스의 아내가 데루시 가문의 방식에 익숙해질 때까지 데니스를 내버려두는 것 외에 내가 현명하게 대처할 수 있는 방법이 없잖소. 데니스의 아내에게 기회를 주자고 생각했소. 어쩌면 걱정했던 것보다 우리 가족에게 그리 해를 끼치지 않을지도 모르니까. 그래서 나는 아무 반대도 하지 않았고 개과천선하라고 하지도 않았지. 일은 그렇게 마무리됐고, 나는 아들이 누구를 데려오든 반겨줄 마음의 준비를 끝냈다네.

아들 내외는 전보로 결혼 소식을 전한 지 3주 후에 도착했다오. 마셀린은 흠잡을 데 없이 아름답더군. 아들 녀석이 그 여자에게 홀딱 빠져서 정신을 못 차릴 만했지. 여자는 양갓집 규수 같은 자태를 지녔는데, 지금 생각해도 좋은 집안 출생이 틀림없었어. 나이는 많아야 스물, 보통 키에 아주 날씬했고, 행동거지는 암호랑이처럼 우아했지. 피부는 짙은 올리브색, 뭐랄까 오래된 상아의 색깔 같았고 눈은 크고 새카맸어. 체격은 내 취향에는 딱 맞지 않았지만 그래도 표준에 가까울 정도로 아담했어. 무엇보다 눈에 띈 것은 머리칼이었는데, 내 평생 그렇게 새까만 머리털은 처음 봤어.

그 풍성한 머리칼을 마법 집회에서 치렁치렁 늘어뜨릴 생각을 안 했다면 그게 더 이상하지. 머리를 감아올리면 오브리 비어즐리[42]의 그림에 등장하는 동양의 공주를 닮았어. 또 등 뒤로 늘어뜨리면 무릎 아래까지 내려왔고, 햇빛을 받으면 별개의 불경한 생물체처럼 빛을 발했어. 마셸린의 머리칼을 보고 있노라면, 그때까지 그런 연상을 일으킬 만한 것들을 보지 못한 터라 메두사나 베레니케를 떠올리곤 했지.

가끔씩 마셸린의 머리칼이 저절로 움직이는 것 같았고, 밧줄이나 실타래처럼 보일 때가 있었으나 아마 착각이었을 거야. 마셸린은 쉬지 않고 머리를 빗었고, 약품 같은 걸 쓰는 것 같더군. 한번은 괴이하고 변덕스러운 생각이긴 하나, 마셸린의 머리칼이 이상한 방식으로 먹이를 줘야 하는 생물체 같다는 생각까지 했지. 모조리 말도 안 되는 소리지. 그러나 이 터무니없는 생각 때문인지 마셸린의 머리칼이 더욱더 거북해지더군.

아무리 애를 써도 마셸린을 온전히 좋아할 수 없었다는 건 인정해. 꼭 집어서 말할 수 없는, 그런 문제가 있었지. 마셸린에게 있는 뭔가가 아주 미묘하게 반발심을 불러일으켰고, 그 아이와 관련된 모든 것에서 병적이고 섬뜩한 연상을 떨쳐버릴 수 없었어. 마셸린의 피부색에서 왠지 바빌론, 아틀란티스, 레무리아처럼 잊힌 태고의 섬뜩한 느낌이 떠올랐지. 또한 눈동자는 인간이 불완전했던 까마득히 먼 태고의 숲에 살았던 불경한 동물 혹은 동물 신의 그것을 종종 떠올리게 만들었어. 게다가 숱이 많고 이국적이며 영양분이 과했던, 반들거리는 흑단 머리털을 보면 거대한 검은 비단뱀을 봤을 때처럼 소름이 돋았어. 나의 무의식적인 거부감을 마셸린이 눈치채지 못했을 리 없지. 물론 내가 거부감을 감추려고 애썼고, 마셸린 또한 자신이 눈치채고 있음을 감추려고 노력했지만.

그러나 아들 녀석은 계속 마셸린에게 홀려 있었지. 대놓고 아양을 떠는 건 물론이고 아내를 위해 준답시고 이것저것 거드는 모습이 눈꼴실 정도였어. 마셸린도 아들 녀석에게 똑같은 감정을 표현하는 것 같았어. 다만 내가 볼 때는 진심이라기보다 아들 녀석의 열정과 과장을 마지못해 흉내 내는 거였네. 무엇보다 마셸린은 우리의 재산이 기대에 못 미치는 것을 알고 기분이 상했던 것 같아.

하나같이 흉하고 언짢은 일뿐이었어. 보이지 않던 슬픈 암류(暗流)가 솟아오르는 것 같았지. 풋사랑에 정신이 반쯤 나가버린 데니스는 내가 마셸린을 피하는 걸 눈치채고 점점 더 나와 거리를 두더군. 그렇게 몇 달이 흐르는 동안, 내가 하나뿐인 아들을 잃어가고 있다는 걸 깨달았지. 지난 15년 동안 내 모든 생각과 행동의 중심을 차지했던 아들을 말이지. 솔직히 참담했어. 세상에 그렇지 않을 아버지가 어디 있을까? 그런데도 나는 속수무책이었네.

마셸린은 그 짧은 시간에 훌륭한 아내로서 자질을 충분히 갖춘 것 같았고, 우리의 지인들은 트집을 잡거나 시시콜콜 캐묻지 않고 마셸린을 인정해 주었어. 하지만 데니스의 결혼 소식이 알려지면서 파리에 체류 중인 청년들이 고향의 친인척에게 편지를 보내는 걸 알고 나는 늘 노심초사했지. 아무리 여자의 밀애라지만, 그것이 영원히 비밀로 남을 순 없지. 사실 데니스는 리버사이드에 마셸린과 정착한 직후에 절친한 친구 몇 명에게 비밀을 지켜달라며 편지를 썼어.

나는 건강을 핑계로 점점 더 내 방에 혼자 있어야 했지. 지금의 척수염이 나빠지기 시작한 게 아마 그 무렵이었을 거야. 아무튼 좋은 구실이 생긴 셈이었지. 데니스는 아무런 문제도 눈치채지 못하는 것 같았고, 이 아비가 어떻게 사는지 관심을 두지 않았어. 그 녀석이 갈수록 어찌나 냉담해지던지 마음이 아팠어. 나는 불면에 시달리기 시작했고, 밤이면 대체 무엇이 문제인지, 새 며늘아기가 왜 그리도 혐오스럽고 심지어 미약하나마 섬뜩한 공포를 내게 주는지 머리를 쥐어짜곤 했지. 며느리의 불가사의하고 황당한 과거 행적 때문은 분명 아니었어. 며느리도 과거를 전부 잊었고 아예 입에 올리지 않았으니까. 한때 며느리가 미술에 취미를 둔 적이 있다는 걸 나도 알고 있었으나, 그림조차 그리질 않더군.

이상하게 들리겠지만, 나처럼 며늘아기를 거북해한 사람은 오직 하인들뿐이었어. 이 저택 가까이에 거처를 둔 검둥이들은 며늘아기를 대할 때 무척이나 퉁명스러워 보였고, 불과 몇 주가 지나지 않아서 우리 가족에게 유독 충실했던 몇을 빼고는 모두 이곳을 떠나버렸어. 늙은 스키피오와 그의 아내 사라, 요리사 딜라일라 그리고 스키피오의 딸 메리, 이렇게 몇 명은 며늘아기에게 최대한 공손히 굴더군. 그러나 분명한 건 그들이 새 주인마님의 말을 애정이 아니라 의무감으로 따랐다는 거지. 그들은 되도록 자신들의 거처인 별채에서 머물려고 했어. 백인 운전사인 매케이브는 며늘아기에게 적의를 드러내기보다는 되지도 않는 찬사를 바치는 부류였어. 매케이브처럼 예외적인 사람이 또 있었으니, 100년도 더 전에 아프리카에서 왔다는 고령의 줄루족 노파였지. 이 노파는 일종의 동족 공동체 같은 작은 오두막에서 우두머리였어. 이 소포니스바 노파는 마셸린이 가까이 있을 때마다 존경을 바쳤고, 한번은 내가 보고 있는데 마셸린이 걸어간 땅에 대고 입을 맞추기까지 하더군. 흑인들은 미신적인 동물이라 혹시 마셸린이 하인들의 거부감을 누르기 위해 자신의 황당무계한 행적을 이용한 건 아닐까 의심이 가더라고.

III

그렇게 지낸 게 반년이 다 되어갔지. 그러다가 1916년 여름에 사달이 나기 시작했어. 6월 중순께, 데니스는 죽마고우인 프랭크 마시로부터 신경쇠약을 앓고 있으니 이 마을에서 요양을 하고 싶다는 편지를 받았지. 소인이 찍힌 곳은 뉴올리언스, 그러니까 건강의 이상을 느끼자 파리에서 고향으로 돌아온 것인데, 편지에서는 정중하면서도 아주 단정적으로 자길 초대해 달라고 말하고 있더군. 마시는 물론 마셀린이 여기 있는 걸 알고 있었지. 그래서 아주 예의 바르게 마셀린의 안부를 물었어. 데니스는 건강이 좋지 않다는 친구의 소식에 안타까워하면서 아무 때나 방문해도 좋다고 그 자리에서 답장을 보냈어.

마시가 왔어. 나는 전에 비해 너무도 변해 버린 마시의 모습을 보고 깜짝 놀랐어. 내가 알고 있던 마시는 조금 작다 싶은 체격에 날씬한 편이었고, 파란 눈과 부드러운 턱 선을 지닌 아이였지. 그런데 이제는 음주의 후유증이 역력해서 부은 눈꺼풀과 늘어난 코의 모공 그리고 입가에 짙게 파인 주름까지 대체 어쩌다 이리 됐을까 싶더군. 랭보, 보들레르, 로트레아몽처럼 될 작정으로 데카당에 너무 심취했다는 생각이 들지만 그래도 여전히 대화 상대로는 유쾌한 친구였지. 퇴폐주의자들이 전부 그렇듯이 마시 또한 사물의 색과 분위기와 명칭에 아주 민감했으니까. 게다가 더없이 생기발랄했고, 대부분의 사람들은 있는 줄도 모르고 지나쳐버리는 일상과 감정의 애매하고 희미한 부분에서의 의식적인 경험들을 완벽하게 기록해 놓은 보고나 다름없었지. 그 녀석 아비가 좀 더 오래 살았다면 중심을 잡아주었을 텐데, 불쌍한 녀석 같으니!

나는 집 안의 분위기가 예전처럼 정상으로 돌아오리라 기대했기에 마시의 방문을 반겼지. 실제로도 처음 며칠간은 그렇게 되는 것 같더군. 말했다시피, 마시와 함께 있으면 즐거워지니까. 마시는 내가 아는 사람 중에서 가장 진실하고 깊이 있는 예술가였고, 아름다움을 인식하고 표현하는 일 외에는 그 어떤 것에도 관심을 갖지 않는 아이라고 굳게 믿고 있었거든. 마시가 진기한 것을 보거나 창작 중일 때는 홍채가 거의 보이지 않을 정도로 눈동자가 커져서 연약하고 섬세하고 희디흰 얼굴에 두 개의 검고 신비한 눈동자만 남게 되지. 우리는 도저히 짐작조차 할 수 없는, 낯선 세계로 열려 있는 검은 눈동자 말이야.

그런데 여기 와서는 마시가 그런 얼굴을 보여줄 기회가 그리 많지 않았어. 데니스에게 말했듯이 심신이 몹시 지친 상태였으니까. 마시는 기괴한 분야의 예술가로서 푸젤리나 고야 또는 사임이나 클라크 애슈턴 스미스처럼 상당한 성공을 거둔 모양인데, 갑자기 진이 다 빠져버린 거지. 평범한 일상은 마시에게 더는 아름답다는 인식을, 그러니까 그의 창조력을 끌어낼 만큼 강렬하고 예리한 아름다움을 느끼게 하질 못했지. 데카당 예술가들이 다 그러하듯 마시도 이런 침체기를 종종 겪긴 했으나, 이번에는 새롭고도 기이하고 색다른 감각이나 경험을 아예 느낄 수 없었던 거지. 그런 것들이 있어야 신선한 아름다움이나 자극적인 모험에 대한 기대를 담은, 그에게 필요한 환상을 이끌어낼 수 있을 텐데. 마시는 기묘한 삶에서 가장 탈진한 시점에 있는 뒤르탈[43]이나 데제생트[44] 같았어.

마시가 도착했을 때 마셀린은 집에 없었어. 전부터 마시의 방문을 썩

달가워하지 않았던 마셸린이 때마침 세인트루이스에 사는 지인들에게서 데니스와 함께 놀러 오라는 초대를 받고 응한 거지. 데니스는 물론 집에 남아 친구를 맞았고, 마셸린은 혼자 떠났어. 아들 내외가 떨어져 있게 된 것이 처음이었고, 나는 이 기간 동안 아들 녀석을 바보로 만든 현혹이랄까 미혹이랄까 이런 것이 사라지길 기대했어. 마셸린은 서둘러 돌아올 생각이 없어 보였고, 오히려 내가 생각하기에는 자신의 부재를 최대한 오래 끌려는 의도 같았어. 데니스는 공처가치고는 생각보다 잘 견뎠고, 마시와 지난 시절을 얘기하며 축 처진 이 유미주의자 친구의 기운을 북돋워주려고 노력하다 보니 예전 모습을 조금씩 되찾아가는 것 같더군.

정작 마셸린을 보고 싶어 안달하는 쪽은 마시였어. 아마도 마셸린의 아름다움이랄까 아니면 한때 마법 의식에서 보여줬다는 신비주의랄까 그런 것이 사물에 대한 관심을 되살려주고 예술적 창작열을 새로이 지펴줄 거라고 생각하는 눈치더라고. 마시의 성품을 잘 아는 터라 그것 말고 다른 상스러운 이유 같은 게 있을 리 없었지. 마시는 결점도 많은 아이였으나 신사였어. 내가 처음에 마시가 여기 오고 싶어 한다는 걸 알고도 마음을 푹 놓은 건 마시가 데니스의 호의를 마다할 이유가 없었기 때문이었지.

마침내 마셸린이 돌아오자, 마시가 눈에 띄게 흥분하더군. 마셸린이 명확하게 거부 의사를 밝힌 기괴한 일에 대해선 입에 올리지 않았지만, 깊은 감탄의 눈빛만은 숨기지 못한 채 ─ 이 집에 온 후 처음으로 독특하게 확장된 눈동자로 ─ 마셸린의 일거수일투족을 좇았어. 마셸린은 마시의 집요한 시선에 기뻐하기보단 불편해하는 것 같더군. 처음에는 그래 보였다는 말이지. 그러나 불과 며칠이 지나자 불편함이 사라졌는지 두 사람은 더없이 화기애애하게 수다를 떨면서 친근한 사이가 됐지. 마시는 주위에 사람이 없다고 생각할 때마다 마셸린을 유심히 바라보는 것 같았어. 나는 미개인도 아니고 예술가란 사람이 마셸린의 수상쩍은 매력에 그리 오랜 시간을 빠져 있기야 하겠나 생각했지.

상황이 이쯤 되자 데니스가 당연히 동요하더군. 물론 데니스도 마시가 신의를 중시하는 친구라는 걸 잘 알고 있었고, 신비주의와 유미주의라는 공통분모를 지닌 마셸린과 마시이기에 자기처럼 관습적인 사람과는 나눌 수 없는 둘만의 화젯거리가 많다는 걸 이해하고 있었지. 데니스는 누굴 원망하기보다는 그저 자신의 상상력이 부족하고 전통에 얽매여 있어 마시처럼 마셸린과 대화를 나눌 수 없다는 걸 안타까워했어. 상황이 이렇게 되니까 아들 녀석과 함께 있는 시간이 많아지더군. 아내가 다른 일로 바쁘다 보니, 자기도 아비가 있다는 걸, 어떤 고난과 어려움 속에서도 기꺼이 자기를 도와줄 아비가 있다는 걸 기억해 낸 거지.

우리는 종종 베란다에 함께 앉아서 마시와 마셸린이 말을 타고 이리저리 노닐거나 당시만 해도 이 집의 남쪽에 있던 코트에서 테니스 치는 모습을 지켜보았지. 그들은 주로 불어로 얘기했어. 마시의 몸에 비록 프랑스인의 피가 많이 섞인 건 아니지만 그래도 데니스와 나보다는 불어를 능숙하게 구사했어. 마셸린은 그 전부터도 문법적으로는 흠잡을 데 없는 영어를 구사한 데다 시간이 지나면서 억양도 일취월장하고 있었으나 오랜만에 모국어를 쓰니까 즐거워 보이더군. 그렇게 단짝처럼 잘 어울리는 두 사람을 보고 있노라면, 아들 녀석의 얼굴과 목이 뻣뻣하게 굳어버리더군. 물론 마시의 좋은 친구로서 또 마셸린의 사려 깊은 남편으로서 여전히 변함없는 모습을 보여주긴 했지만.

내가 말하는 이야기는 대부분 오후 시간에 있었던 일이야. 마셸린은 아주 늦게 일어났고 침대에서 아침을 먹은 뒤 아래층으로 내려오기까지 몸단장하는 데 엄청난 시간이 걸렸으니까. 내 평생 화장품에 미용도구도 모자라 머릿기름과 크림 등등 그렇게 많은 걸 처바르는 사람은 처음 봤어. 그래서 데니스와 마시가 질투심으로 인해 생긴 긴장감에도 불구하고 서로 만나서 돈독한 우정과 신뢰를 확인하는 시간은 주로 아침나절이었지.

가만있자, 데니스와 마시가 평소처럼 베란다에 앉아 얘기를 나누던 어느 아침이었을 거야. 마시가 우리를 파멸로 이끈 그 제안을 한 게 말이지. 척수염으로 누워 있던 나는 간신히 아래층으로 내려와 베란다의 긴 창문에서 가까운 응접실 소파에 몸을 기댔지. 데니스와 마시가 바로 바깥에 있었으니 본의 아니게 그들의 얘기를 듣게 된 거야. 예술에 관한 얘기, 예술가가 진정한 작품을 창작하기 위해선 기이하고 변화무쌍한 환경적 요인이 필요하다는 얘기를 하는 것 같았네. 마시가 갑자기 추상적인 화제에서 개인적인 바람으로 방향을 틀더니, 처음부터 마음에 두고 있었던 것이 분명한 말을 꺼내더군.

'어떤 장면이나 사물에는 누군가에게 심미적인 자극을 주는 뭔가가 있는데, 그것이 정확히 무엇인지 아는 사람은 없을 거야. 물론 기본적으로는 사람마다 쌓아온 정신적인 연상의 배경과 관련이 있겠지. 감수성과 감응은 사람마다 다르니까. 우리 데카당파 예술가들에게 평범한 사물은 그것이 무엇이건 간에 감성적 혹은 상상적 의미를 띠지 않고, 비범한 것을 보더라도 사람마다 반응은 천차만별이지. 내 경우를 예로 들자면…….'

마시는 이 대목에서 잠시 뜸을 들이다가 다시 말을 잇더군.

'있잖아, 데니, 내가 이런 말을 너한테 할 수 있는 건 네가 아주 올곧은 사람이기 때문이야. 그러니까 너는 깨끗하고, 섬세하고, 솔직하고, 객관적이라는 말이지. 너는 너무 민감하고 줏대 없는 사람들처럼 내 말을 오해하진 않을 거라 믿어.'

마시는 또다시 뜸을 들이더군.

'사실은, 내가 상상력을 회복하기 위해 뭐가 필요한지 알 것 같아. 우리가 파리에 있을 때는 그저 막연한 생각이었지만 지금은 확실해졌어. 친구, 그건 바로 마셸린이야. 그 얼굴과 머리칼 그리고 그것이 불러일으키는 일련의 음울한 이미지들. 단순히 눈에 보이는 아름다움이 아니라, 아, 그런 아름다움이야 널려 있잖아. 딱히 설명할 순 없지만 뭔가 독특하고 개성화된 것 말이야. 지난 며칠 동안 느낀 아주 강렬한 자극 덕분에 나 자신을 극복할 수 있다는 생각이 들었어. 마셸린의 얼굴과 머리칼이 상상력을 자극하고 흔드는 바로 그 순간에 그림을 그릴 수만 있다면 진짜 걸작의 반열에 드는 작품이 탄생할 거야. 마셸린은 뭐랄까, 기이하고 다른 세상 같은, 아련한 태고의 것을 대변하고 있지. 마셸린이 그런 부분에 대해 너한테 얼마나 많이 얘기했을지는 모르겠지만, 장담하는데 무궁무진하다고. 마셸린은 다른 세계와 놀라운 연결 고리를 지니고 있어……'

이 대목에서 마시가 말을 멈추고 다시 하기까지 꽤 오랜 침묵이 흐른 것으로 봐서 데니스의 표정에 뭔가 변화가 생겼던 거 같아. 이런 상황을 예상치 못한 나로서는 정말이지 무척 놀랐지. 아들 녀석이 이 상황을 어떻게 받아들일까 궁금하더군. 나는 쿵쾅거리는 가슴을 억누른 채 아예 엿듣기로 마음먹고 귀를 기울였어. 곧 마시가 다시 말을 하기 시작했지.

'물론 네가 질투하겠지. 내가 하는 말이 어떻게 들릴지 나도 아니까. 하지만 맹세해. 질투할 문제가 전혀 아니라는 거.'

데니스가 아무 말이 없자, 마시가 다시 말을 이었어.

'솔직히 말해서 나는 마셸린을 사랑할 수 없어. 아무리 좋게 말해도 진실한 친구조차 될 수 없다고. 이거 참, 하긴, 요즘 마셸린과 얘기할 때마다 내가 위선자라는 생각이 들긴 해.

간단한 거야. 나는 마셸린의 어떤 모습을 보고 있으면 묘한 방식으로 최면에 걸리지. 아주 이상하고 기괴하면서 어딘지 섬뜩한 방식으로 말이야. 마셸린의 또 다른 모습이 너한테는 훨씬 정상적인 방식으로 최면을 걸듯이 말이야. 마셸린에게서 뭔가를 봤어. 아니 심리학적으로 정확히 말하자면, 마셸린을 통해서 혹은 그 너머에서 너는 결코 보지 못한 것을 나는 봤단 말이야. 잊힌 심연에서 나온 형체들의 웅장하고 화려한 장관, 또렷하게 떠올리려고 하는 순간 여지없이 사라져버리는 그 믿을 수 없는 것들을 그림으로 그리고 싶어. 데니, 오해하지 마. 네 아내는 굉장한 존재이고, 이 지상의 그 무엇보다도 신성한 우주의 눈부신 핵심이니까!'

나는 이쯤에서 상황이 정리됐다고 느꼈지. 마시의 표현이 난해하고 이상한 데다 마셸린에 대해 아부의 말까지 곁들였으니, 데니스처럼 아내를 자랑스러워하는 사람을 진정시키기엔 효과적이었으니까. 마시의 계속된 말에서 더욱 자신감이 넘치는 것으로 봐서 데니스의 변화를 알아챘던 거겠지.

'데니, 마셸린을, 그 머리칼을 그려야겠어. 너도 절대 후회하지 않을 거야. 그 머리카락에는 인간 이상의, 뭐랄까, 아름다움 이상의 뭔가가 있어……'

마시가 말을 멈추었고, 나는 데니스가 어떻게 생각할지 궁금했어. 사실 나 자신은 또 어떻게 생각하고 있는지 궁금하더군. 마시는 과연 예술가로서만 관심을 가진 것일까, 아니면 데니스가 그랬던 것처럼 단순히 연정을 느낀 것일까? 두 아이의 학창 시절을 떠올려보면, 마시는 데니스를 부러워했던 거 같아. 그리고 어렴풋이 지금도 그렇다는 느낌이 들더군. 한편으로는 예술가의 자극에 관한 부분에서 굉장한 진심이 느껴졌어. 곰곰이 곱씹어볼수록 마시의 말이 액면 그대로 진실하게 와 닿았으니까. 데니스도 그리 생각한 모양이야. 데니스가 하도 작은 목소리로 대답을 하는 바람에 직접 듣지는 못했으나, 그 뒤에 이어진 상황으로 봐서 긍정적인 대답을 한 것 같았어.

둘 중 하나가 상대의 등을 두드리는 것 같은 소리가 들려온 뒤에 마시가 고맙다는 말을 했는데, 나는 그 말을 지금까지 기억하고 있어.

'데니, 정말 잘됐어. 내가 말했듯이, 절대 후회하지 않을 거야. 어떤 면에서는 너를 위한 일일 수도 있어. 그림을 보고 나면 너도 달라질 테니까. 너를 원래의 자리로 되돌려놓겠어. 각성이라고 할까, 일종의 구원이라고 할까, 다만 내가 됐다고 할 때까지는 그림을 볼 수 없어. 그냥 우리의 오랜 우정을 기억하라고. 그리고 내가 예전과 다르게 경솔하게 군다느니 그런 생각일랑 하지 말고!'

나는 심란한 기분으로 일어서서, 팔짱을 끼고 잔디밭 사이를 거닐며 담배를 피우는 두 아이를 지켜보았어. 마시의 이상야릇하고 불길하기까지 한 확신은 무엇을 의미하는 걸까? 두려움을 한쪽으로 눌러놓으면, 다른 쪽에서 또 솟구쳐 오르더군. 아무리 생각해도 나쁜 징조 같았어.

그럼에도 그 일은 시작되었어. 데니스가 천장에 채광창이 있는 다락방을 손본 뒤에 마시가 그곳에 온갖 화구들을 옮겨놓더군. 이 새로운 작업을 앞두고 모두가 퍽 들떠 있었고, 나는 음울한 긴장감을 깰 만한 계기가 마련됐다는 점에서 그나마 다행이다 싶은 정도였지. 곧 모델이 자리를 잡고 그림 작업이 시작되었는데, 우리 모두는 그들을 아주 진지하게 바라봤어. 왜냐하면 마시가 그 작업을 중대한 예술 행위로 간주한다는 걸 모두가 알고 있었으니까. 데니스와 나는 뭔가 신성한 일이 벌어지고 있는 것처럼 집 주변을 조용히 오갔지. 마시의 입장에서만 보자면, 그것이 신성한 일이 맞긴 했으니까.

하지만 마셸린에게는 다르다는 걸 나는 곧바로 눈치챘지. 마시가 모델을 어떤 식으로 대했는지는 정확히 모르겠으나, 모델인 마셸린의 태도는 분명했어. 마셸린은 갖은 수를 써가며 예술가를 향해 노골적이고도 진부한 연정을 드러내는 동시에 기회만 있으면 데니스의 애정 표현을 면박 주기 일쑤였지. 이상하게도 데니스보다는 내가 이런 상황을 더 분명하게 알아챘고, 사태가 확실하게 드러나기 전까지 아들 녀석의 마음을 진정시키기 위해 이런저런 궁리를 했지. 그러나 이거면 아들 녀석의 주위를 분산시킬 수 있겠다 싶어 시도해 본 방법들이 다 소용없더군.

결국 나는 그 불쾌한 상황이 지속되는 동안 데니스를 멀리 보내기로 결심했지. 결과적으로는 아들을 위한 일이 될 터이고, 조만간 마시는 그림을 완성하고 여길 떠날 테니까. 그리고 마시의 신의를 생각할 때 최악의 상황은 오지 않을 거라고 생각했지. 한차례 폭풍이 지나가고 마셸린이 새로운 연애에도 시들해질 즈음, 데니스를 다시 집으로 부를 생각이었어.

그래서 나는 뉴욕에 있는 재정 대리인에게 장문의 편지를 보내 아들 녀석을 그리로 보낼 계획을 짰지. 나는 대리인을 시켜 집안일로 긴급히 둘 중 한 명이 동부로 와야 한다는 편지를 아들에게 보내라고 했어. 건강이 좋지 않은 내가 갈 수 없다는 건 당연지사였어. 데니스가 뉴욕에 도착하면 내가 필요하다고 판단하는 기간 동안 정신없이 바쁠 만한 일들을 준비해 놓았지.

계획대로 착착 진행된 덕분에 데니스는 일말의 의심도 없이 뉴욕으로 떠났어. 마셸린과 마시는 데니스와 함께 차를 타고 케이프 지라도까지 배웅을 갔고, 그곳에서 데니스는 세인트루이스행 오후 열차를 탔지. 그들은 해 질 무렵에 돌아왔는데, 매케이브가 차를 차고에 가져다 놓는 동안, 나는 베란다에서 오가는 그들의 대화를 듣게 됐어. 내가 그림에 관한 마시와 데니스의 대화를 엿들었던 응접실의 긴 창가 그 자리에서 말이야. 이번에는 처음부터 엿들을 생각으로 조용히 응접실까지 내려가 창가 소파에 몸을 기댔어.

처음에는 아무 소리도 들리지 않았으나, 곧바로 의자를 끄는 소리에 이어 마셸린의 외마디 짧은 숨소리와 아파서 소리치는 듯한 소리가 들려왔어. 이내 마시가 긴장하고 사무적인 말투로 이렇게 말하더군.

'당신이 많이 피곤하지 않다면 오늘 밤 작업을 했으면 하는데.'

마셸린은 방금 전에 아파서 소리쳤을 때와 똑같은 목소리로 대답하더군. 이번엔 영어로 말했어.

'아이, 프랭크, 진짜 그림 생각밖에 안 하는 거야? 언제까지나 그놈의 그림 타령! 이 아름다운 달빛 아래 그냥 앉아 있는 것도 안 돼?'

마시는 짜증 섞인 목소리로 대답했고, 그 목소리에서 예술적인 열정 이면에 감춰진 경멸감이 전해지더군.

'달빛! 어이쿠, 감성 한번 저렴하시네! 당신처럼 지적으로 보이는 사람이 싸구려 소설에나 나오는 조잡한 헛소리를 읊조리다니! 예술을 코

앞에 놔두고 달빛 타령이라. 버라이어티 쇼의 스포트라이트처럼 천박하게시리! 또 모르지, 달을 보고 있자니 오퇴유[45])에서 돌기둥을 돌며 루드마스 춤이라도 추고 싶어졌나? 빌어먹을, 왜 그렇게 늘 눈알을 희번득거리면서 째려보는 거야! 그래봐야 안 돼. 지금은 다 그만둔 거라고 알고 있는데. 데루시 부인에게 아틀란티스의 마법이니 뱀 머리털 의식이니 그런 건 안 되지! 나는 그 태고의 존재들을 알고 있는 유일한 사람이야. 타니트 신전으로 전해져왔고, 짐바브웨 성벽에서 메아리치던 것. 하지만 나는 그런 것을 알고 있다고 해서 사기 치는 데 써먹을 생각 없어. 그 모든 것은 저절로 내 캔버스에서 그 존재를 드러내고 있으니까. 기적을 포착해 내고 7만 5000년의 비밀을 구체화할 존재……'

마셀린이 복잡한 감정이 뒤섞인 목소리로 마시의 말을 막더군.

'지금 싸구려 감상에 젖어 있는 건 바로 당신이야! 태고의 존재들을 그냥 내버려두는 게 좋다는 건 당신도 알잖아. 내가 혹시라도 태고의 의식을 치르거나 아니면 유고스와 짐바브웨와 리예에 숨어 있는 것을 소환하려고 한다면, 그땐 모두 똑똑히 봐두는 게 좋을걸. 그래도 당신만은 남다른 감각을 지니고 있다고 믿었건만!

당신은 막무가내야. 나더러 당신의 소중한 그림에 관심을 가져달라면서 정작 당신이 무엇을 그리고 있는지는 볼 수 없게 하잖아. 언제나 검은 천으로 가려놓으면서! 내가 그림을 봤다면 이렇게까지……'

이번에는 마시가 마셀린의 말꼬리를 잘랐는데, 이상하리만큼 냉혹하고 부자연스러운 말투였어.

'그건 안 돼. 지금은 아냐. 때가 되면 보게 될 거야. 당신을 그린 그림이라고, 맞아. 그런데 그 이상이야. 그게 뭔지 알게 된다면, 이렇게 보고 싶어 안달진 않을걸. 불쌍한 데니스! 이런 치욕이 있나!'

마시의 목소리가 열병 환자의 발작 소리처럼 커지는 동안, 나는 목이 바싹바싹 말랐어. 대체 마시가 무슨 얘기를 하고 있는 걸까? 그런데 마시가 말을 하다 말고 혼자서 집 안으로 들어오더군. 현관문이 쾅 닫히고 위층으로 올라가는 발소리가 들렸어. 베란다에선 여전히 토라진 마셸린의 씩씩거리는 숨소리가 들려왔지. 나는 괴로운 마음으로 발소리를 죽이고 자리를 뜨면서 데니스가 집으로 돌아오기 전에 알아야 할 심상치 않은 일들이 있음을 직감했어.

　　그날 밤 이후로 이 집에 도사린 긴장감은 더욱 악화되었지. 마셸린은 늘 아첨과 아부를 받으며 살아왔기에 마시의 냉혹한 몇 마디 말에도 충격을 받고 분을 삭이지 못했어. 불쌍한 아들 녀석까지 집에 없는 상황에서 누구든 함부로 대하다 보니 아무도 마셸린의 곁에 있으려고 하질 않았지. 집에서 화풀이할 상대를 찾지 못하자 소포니스바의 오두막을 찾아가 그 괴팍한 줄루 노파와 수다를 떨며 시간을 보내더군. 소피 이모로 통하던 그 노파만이 비굴하게 마셸린의 비위를 맞춰주었지. 한번은 그들의 대화를 엿듣게 되었는데, 마셸린이 '태고의 비밀'과 '미지의 카다스', 뭐 이런 얘기를 속삭이는 동안, 그 검둥이 노파는 의자에 앉아 흔들거리며 중간중간 추임새처럼 존경과 찬사의 탄성을 지르더군.

　　그러나 그 무엇도 마시를 향한 마셸린의 집요한 연정을 없애진 못했지. 마시에게 말을 할 때는 쌀쌀맞고 샐쭉하면서도 점점 더 마시의 요구를 들어주더군. 이쯤 되자 마시는 내킬 때마다 마셸린을 모델로 앉힐 수 있게 됐으니 외려 아주 수월해진 셈이었다. 마셸린이 고분고분 모델이 되어주자 마시는 고마움을 표현하긴 했으나, 내가 보기엔 그 정중함 이면에 경멸감이라고 할까 혐오감에 가까운 감정이 실려 있었어. 솔직히 말해서 나야 마셸린을 몹시 싫어했지! 그 무렵에는 그저 탐탁지 않은 정도로 마음을 누그러뜨려보려고 아무리 애를 써도 소용이 없었으니까. 정말이지 데니스가 집에 없어서 다행이었어. 데니스의 편지는 기대한 것보다는 자주 오지 않았지만, 초조감과 걱정의 흔적이 역력했지.

8월 중순이 지나갈 즈음, 마시가 내게 초상화를 거의 완성했다고 말하더군. 그 소식에 마셀린은 자신의 허영심이 충족되었는지 성깔이 좀 누그러진 반면, 마시는 점점 더 냉소적으로 변해 갔지. 마시가 일주일 안으로 작업이 다 끝날 거라고 말했는데, 나는 지금도 그날을 생생히 기억하고 있어. 마셀린은 독기 어린 눈으로 나를 바라봤지만, 그래도 눈에 띄게 표정이 밝아졌어. 그때 마셀린의 머리털이 확연히 보일 정도로 머리를 꽉 조이는 것 같았어.

'내가 제일 먼저 봐야 해!' 마셀린이 그렇게 소리를 치고는 미소를 머금고 마시를 바라보더군. '봐서 내 맘에 들지 않으면 갈가리 찢어버리겠어!'

마시는 내가 한 번도 본 적 없는 아주 이상야릇한 표정을 짓더니 이렇게 대답했지.

'마셀린, 당신의 취향에 맞을지 자신이 없는걸. 하지만 위대한 걸작이라는 것만은 확실해! 내가 잘나서가 아니라 반드시 이 그림은 완성되어야 하는, 뭐랄까 예술은 저절로 창조된다고나 할까, 뭐 그런 거지. 조금만 기다려!'

이후 며칠 동안 나는 아주 불길한 예감을 느꼈어. 마치 그 그림이 완성되면 위안이 아니라 파멸이 올 거 같은 예감 말이야. 데니스마저 소식이 없기에 뉴욕의 대리인에게 알아보니 글쎄 그 녀석이 집에 들를 계획이라더군. 이 모든 것이 과연 어떤 결과를 가져올지 알 수가 없었어. 마시와 마셀린 그리고 데니스와 나, 왜 이리 기묘하게 얽힌 걸까! 그리고 서로 일으키는 반작용은 결국 무엇을 의미할까? 두려움이 너무 커져서 쇠약해진 건강 때문이라고 여겼으나 그렇다고 위안이 되진 않았어.

IV

일이 터진 건 화요일, 그러니까 8월 26일이었어. 나는 평소와 같은 시간에 일어나 아침을 들었으나 등의 통증 때문에 몸이 영 좋지 않았어. 통증이 점점 심해지던 터라 견디기 어려울 때는 아편에 의지해야 했어. 하인들 외에는 아래층에 아무도 없었고, 마셜린이 자기 방에서 내는 인기척이 들려왔어. 마시는 다락에 있는 작업실 옆방에서 잠들어 있었는데, 언제부턴가 늦은 시간까지 작업을 하느라 드물게는 점심때까지 잠을 자기도 했어. 오전 10시쯤, 나는 통증이 너무 심해서 평소보다 두 배 많은 아편을 하고 응접실 소파에 누웠어. 내가 마지막으로 들은 것은 마셜린이 위층에서 이리저리 오가는 발소리였어. 불쌍한 것, 내가 진작 알아챘더라면 좋았을 것을! 마셜린은 긴 거울 앞을 오가면서 자신의 모습에 취해 있었을 거야. 안 봐도 뻔하니까. 머리부터 발끝까지 허영심으로 가득해서 데니스가 그나마 해줄 수 있는 시시한 사치품 속에 푹 빠져 있듯 자신의 아름다움에 푹 빠져 있었으니까.

나는 해 질 녘에야 눈을 떴고, 기다란 창문 밖에 드리워진 황금빛 노을과 긴 그림자들을 보고는 얼마나 오랫동안 잠이 들었는지 곧 깨달았지. 주위에는 아무도 없었고, 어딘지 부자연스러운 침묵이 집 안 전체를 뒤덮고 있는 것 같더군. 그런데 아주 멀리서 희미한 울부짖음이 거칠게 간헐적으로 들려오는 것 같았는데, 그 소리에서 어딘지 영문 모를 익숙함이 느껴지더군. 나는 예감 같은 걸 믿는 사람은 아니지만 그때는 잠에서 깰 때부터 몹시 불안했어. 몇 주 전에 꾸었던 것보다 더 나쁜 악몽을 꾼 데다, 이번에는 그 악몽이 음산하게 곪은 현실과 섬뜩한 관련이 있는 것 같았거든. 집 안 공기에 독기가 가득했어. 혹시 내가 아편에 취해 잠이 든 동안 이상한 소리가 내 뇌의 무의식 영역에 스며든 건 아닐까 생각했지. 그래도 통증은 많이 가라앉은 상태라 어렵잖게 일어서서 걸을 수 있었어.

나는 곧 뭔가 잘못됐다는 걸 알아채기 시작했어. 마시와 마셸린은 밖에서 승마를 즐기느라 보이지 않는다 쳐도, 누군가는 주방에서 저녁 식사를 준비하고 있어야 했거든. 그런데 멀리서 들려오는 희미한 울부짖음인지 통곡인지 모를 소리 외에는 집 안에 침묵만 감돌고 있더군. 구식 종의 줄을 잡아당겨 스키피오를 불렀으나 아무도 오지 않았어. 그런데 우연히 위를 올려다보다가 천장에 새빨간 물감 같은 것이 번지고 있는 걸 봤지. 마셸린의 방바닥에서 스며 나오는 게 분명했어.

나는 등이 아픈 것도 잊고, 혹시 변고라도 생겼을까 싶어 부리나케 위층으로 올라갔어. 침묵에 잠긴 마셸린의 방, 습기에 휘어진 방문을 열려고 버둥거리는 동안, 지는 해에 비친 모든 것이 내 마음속을 쏜살같이 스쳐 갔고, 무엇보다 끔찍했던 것은 드디어 악의에 찬 희망이 실현되었다는, 드디어 파멸의 기대가 충족되었다는 오싹한 예감이었지. 불현듯 내가 이미 다 알고 있었다는 생각이 들었어. 정체 모를 공포가 몰려들고 있다는 것을, 심원하고 거대한 악이 오로지 피와 비극을 가져오기 위해 내 집에 둥지를 틀었다는 것을.

방문이 마침내 열렸고 나는 비틀거리며 넓은 방 안으로 들어갔어. 창문 밖 거목들이 햇빛을 가려 방 안은 어둠침침했어. 방 안에 들어서자마자 콧속을 파고드는 악취 때문에 움찔했지. 곧 전깃불을 켜고 방 안을 둘러보다가 그만 노랗고 파란 융단 위에 스치는 정체불명의 괴물을 보고 말았어.

그것은 검붉은 피 웅덩이에 얼굴을 처박은 상태였고, 벌거벗은 그것의 등 한가운데 사람의 피 묻은 구두 발자국이 찍혀 있었어. 벽이고 가구고 바닥이고 피가 사방에 튀어 있었지. 그 살풍경한 모습에 휘청거리다가 간신히 의자에 털썩 주저앉고 말았어. 실오라기 하나 걸치지 않은 데다 머리 가죽에서 머리칼이 거의 다 난도질하듯 마구 잘려 나간 터라, 처음엔 그것이 무엇인지 분간조차 하기 어려웠으나 얼마 후 사람이 분명하다는 생각이 들더군. 짙은 상아색 몸뚱이를 보니 마셀린이 틀림없다 싶었지. 등에 난 구두 발자국 때문에 더욱 소름 끼치게 보였어. 그 방 아래서 내가 잠든 사이에 벌어졌을 기이하고 역겨운 참사이건만, 그 광경은 상상조차 할 수 없던 것이었지. 이마의 식은땀을 닦으려고 팔을 들다가 손가락이 온통 피로 끈적거리는 걸 알고 온몸이 부들부들 떨렸어. 정체불명의 살인자가 방을 나가면서 방문을 억지로 잠갔고, 그때 문손잡이에 피가 묻었을 거라고 생각했어. 살해 도구도 방에서는 보이지 않는 걸로 봐서 살인자가 가져간 것 같았지.

바닥을 살펴보다가 시체의 등에 있는 것과 똑같은, 피로 끈적거리는 발자국이 그 오싹한 시체 쪽에서 문 쪽으로 나 있는 걸 발견했어. 다른 핏자국도 있었는데, 그건 설명하기가 쉽지 않더군. 거대한 뱀 같은 것이 지나간 듯 좀 넓고 연속적인 선이었거든. 처음에는 살인자가 뭔가를 끌고 갔다고 생각했어. 그런데 그 연속적인 선 모양의 핏자국과 구두 발자국이 일부 겹치는 것으로 보아 살인자가 방을 나간 후에도 그 뭔가는 방 안에 남아 있었다고 생각할 수밖에 없더군. 그렇지만 살인자가 만행을 저지르고 나가는 동안 살인자와 희생자와 더불어 이 방에 있었을 그 뱀 같은 것의 정체는 뭐지? 내가 그렇게 혼자 질문을 곱씹고 있는데, 또다시 멀리서 희미한 울부짖음이 들려오는 것 같았어.

공포로 굳어버린 몸을 간신히 일으키고 혈흔을 따라가기 시작했어. 살인자가 누구인지 짐작조차 할 수 없었고, 하인들이 왜 없는지도 설명할 수 없었지. 막연하게 마시의 다락방으로 올라가야 한다고 생각했는데, 핏자국을 따라가다 보니 나도 모르게 다락방에 와 있더군. 그렇다면 마시가 살인자? 병적인 상황에서 스트레스를 받고 미쳐서 갑자기 정신착란이라도 일으킨 것일까?

다락방 복도에서 선 모양의 흔적이 희미해졌고, 발자국도 거기서 끝이 난 것처럼 두 흔적이 검은 카펫과 뒤섞여 있었어. 그래도 앞서 간 선 모양의 독특한 흔적을 구별해 낼 수 있었지. 이 흔적은 마시의 작업실 쪽으로 곧장 이어졌다가 닫혀 있는 문의 중간 지점 밑으로 사라졌어. 그러니까 작업실 문이 활짝 열려 있을 때 문지방을 넘어 들어간 게 분명했지.

괴로이 문손잡이를 돌리다가 문이 잠겨 있지 않다는 걸 알았어. 문을 열고 저물어가는 햇빛 아래 과연 또 어떤 새로운 악몽이 나를 기다리고 있을까 싶어서 멈춰 섰지. 실제로도 바닥에 사람 같은 것이 널브러져 있기에 샹들리에 스위치를 켜려고 팔을 뻗었어.

하지만 불이 켜지는 순간, 내 시선은 저절로 바닥과 그 끔찍한 시체, 불쌍한 마시의 시체를 벗어나 도저히 믿을 수 없는 생존자에게 쏠렸지. 그것은 마시의 침대로 가는 길목에 웅크리고 앉아 눈을 부릅뜨고 있었어. 퀭하니 난폭한 눈동자, 마른 피를 온몸에 껍질처럼 뒤집어쓴 채 한 손에 작업실 벽에 장식용으로 걸려 있던 큰 칼을 쥐고 있는 사람인지 짐승인지 모를 형체. 그런데 나는 그 오싹한 순간에도 이곳에서 아주 먼 거리에 있을 거라고 생각했던 누군가를 떠올렸지. 내 아들 데니스 말이야. 아니 한때 데니스였지만 이제는 실성한 낙오자였지.

나를 봐서인지 그 불쌍한 녀석이 조금은 정신을 차린 것 같더군. 아니, 기껏해야 기억을 잠시 되살려냈는지도 모르지. 아들 녀석이 몸을 쭉 펴고 마치 자신을 에워싼 뭔가를 떨쳐버리려는 듯 머리를 흔들어댔어. 나는 한마디 말도 못 하고 그저 어떻게든 목소리를 내려고 입을 바르작거리고 있었지. 내 시선이 잠시 바닥에 있는, 그러니까 묵직하게 휘장을 쳐놓은 이젤 앞 바닥에 있는 형체로 향해졌어. 그 이상한 선 모양의 혈흔 방향에 있던 그 형체는 검은 밧줄 같은 것으로 칭칭 감겨 있는 것 같더군. 내가 눈길을 돌린 것이 아들 녀석의 망가진 뇌에 어떤 영향을 끼쳤는지, 갑자기 쉰 목소리로 조그맣게 중얼거리기 시작하더군. 녀석이 무슨 말을 하는지 금방 알아들을 수 있었어.

'그 여자를 없애야 했어요. 그 여잔 악마였어요. 모든 악의 우두머리이자 제사장, 지옥의 자식이었어요. 마시는 그걸 알고 내게 경고를 하려고 한 거예요. 마시는 착한 친구예요. 진실을 알기 전엔 그 친구를 죽일 생각이었지만, 아니 내가 죽이지 않았어요. 하지만 저 밑에서 그 여잘 죽였어요. 그리고 그 저주스러운 머리털을……'

데니스가 목이 메어 잠시 쉬었다가 다시 말을 잇는 동안, 나는 겁에 질려 귀를 기울이고 있었지.

'아버지는 모르시겠지만, 저는 그 여자의 수상쩍은 편지들을 받고 마시와 사랑에 빠진 걸 눈치챘어요. 나중에는 편지도 끊다시피 했어요. 마시가 보낸 편지에는 그 여자 얘기가 전혀 없었고요. 뭔가 잘못됐다는 생각이 들어서 집으로 돌아와 무슨 일인지 알아봐야겠다고 생각했어요. 혹시 아버지가 아시면 일을 그르칠까 봐 돌아온다는 말을 미리 못했고요. 그 여자와 마시 두 사람을 깜짝 놀랠 생각이었으니까요. 택시를 타고 오늘 정오쯤에 여기 도착해서 집 안 하인들을 모두 내보냈어요. 농장 일에 필요한 일손만 남겨놓고요. 그 사람들 오두막은 이 집에서 무슨 일이 벌어지더라도 소리가 들리지 않는 거리에 있으니까요. 매케이브한테는 케이프 지라도에서 몇 가지 물건을 사 오라고 심부름 보내면서 내일 와도 좋다고 했죠. 집에 있는 낡은 차에 하인들을 모두 태우고 메리더러 운전을 하여 벤드 마을로 가서 하루 쉬었다 오라고 했어요. 우리는 소풍 삼아 외출할 것이니 하인들이 할 일이 없다고, 검둥이 전용 하숙집을 운영하는 스키프 삼촌네서 하루 자고 오는 게 좋겠다고 말이죠.'

데니스가 점점 횡설수설하는 바람에 나는 더욱 집중해서 귀를 기울였지. 그때 또 멀리서 거친 울부짖음이 들려온 것 같았으나, 당장은 아들의 얘기를 듣는 게 우선이었어.

'아버지가 응접실에서 주무시는 걸 보고 차라리 깨시지 않았으면 했어요. 조용히 위층으로 올라갔어요. 마시와…… 그 여자를 찾아내려고요!'

아들 녀석은 부들부들 떨면서 한사코 마셸린의 이름을 입에 올리지 않으려고 하더군. 그런데 그때쯤에는 아주 익숙해져버린, 알 듯 말 듯 한 울부짖음이 멀리서 들려오자 아들 녀석의 눈이 휘둥그레졌어.

'그 여자가 방에 없기에 작업실로 올라갔어요. 문은 닫혀 있는데, 안에서 목소리가 들려왔어요. 노크를 하지 않고 문을 확 열어젖히고 들어서니까 그 여자가 모델 포즈를 취하고 있더군요. 실오라기 하나 걸치지 않은 몸에 그 역겨운 머리칼을 칭칭 두르고 말이죠. 그러고는 마시에게 온갖 추파의 눈길을 보내고 있더라고요. 마시는 문가 쪽으로 이젤을 반쯤 돌려놓은 상태라 무슨 그림인지는 보이지 않았어요. 내가 나타나자 두 사람은 소스라치게 놀랐고, 마시는 아예 붓까지 떨어뜨렸어요. 나는 격분해서 그 초상화를 봐야겠다고 말했지만, 마시는 곧 침착해지더군요. 아직 완성되지 않았다고, 하루 이틀이면 완성되니 그때 보라고 하더군요. 그 여자도 아직 보지 못했다면서.

그런 말이 내게 통할 리 없었죠. 내가 그쪽으로 다가가자, 마시는 내가 보기 전에 얼른 벨벳 커튼으로 그림을 덮어버렸어요. 내가 그림을 끝까지 보려고 든다면 마시는 싸우기라도 할 기세였고, 그때 그, 그 여자가 일어서서 내 옆으로 다가왔어요. 그러곤 그 여자가 우린 그림을 볼 권리가 있다고 말하더군요. 내가 커튼을 치우려고 하자 마시가 격분해서 내게 주먹을 날렸어요. 나도 주먹을 휘둘렀고, 마시는 기절한 것 같았어요. 그리고 나도 그, 그것이 내지르는 비명에 그만 정신을 잃을 뻔했죠. 그 여자는 직접 커튼을 걷고서 마시가 지금까지 그려온 그림을 바라보고 있었거든요. 비틀거리던 나는 그 여자가 미친 사람처럼 방을 뛰쳐나가는 걸 봤어요. 그리고 그 그림을 봤죠.'

아들 녀석의 눈에서 다시금 광기의 불똥이 튀더군. 그 순간 녀석이 나한테 덤벼들어 큰 칼을 휘두르는 줄 알았어. 하지만 잠시 후에 정신을 조금 차리는 것 같았지.

'억! 그 괴물! 절대 그 그림을 보지 마세요! 휘장을 덮은 채로 불살라버리고 그 재는 강물에 던져버리세요! 마시는 모든 걸 알고 내게 경고를 했던 거예요. 마시는 그것의 정체를 알고 있었어요. 그 여자가 표범, 아니 고르곤, 아니 라미아, 그게 무엇이든 이미 그 실체를 알고 있었다고요. 파리에 있는 마시의 작업실에서 내가 그 여자를 만난 이후 마시는 계속해서 내게 암시를 주었지만, 끝내 말로 표현할 수는 없었던 거죠. 사람들이 그 여자에 관해 무서운 얘기를 쑥덕거려도 나는 사람들이 틀렸다고 생각했어요. 그 여자가 내게 최면을 거는 바람에 명백한 사실마저 믿질 못한 거죠. 하지만 마시의 그림에 모든 비밀이, 그 기괴한 이면이 전부 담겨 있다고요!

아, 마시는 정말 예술가예요! 렘브란트 이후 어느 누구도 그토록 위대한 걸작을 창조하지 못했으니까요! 그걸 불태우는 건 범죄죠. 그러나 그걸 전시한다면 더 큰 범죄예요. 저 여자, 저 악마를 살려둔다면 끔찍한 범죄가 되듯이 말이죠. 그림을 보고 곧 저 여자의 정체와 그 오싹한 비밀에서 맡고 있는 역할까지 알게 됐어요. 크툴루와 태고의 신들로부터 전해 내려온 비밀, 아틀란티스의 침몰과 함께 거의 사라졌으나 숨겨진 구전과 우의적인 신화 그리고 은밀히 자행되는 한밤의 숭배 의식을 통해 명맥을 이어온 비밀 말입니다. 진짜예요. 거짓이 아니에요. 차라리 거짓이라면 다행이죠. 그것은 현자들이 감히 입에 올리려 하지 않는 태고의 섬뜩한 그림자이고, 『네크로노미콘』에서 암시되고 이스터 섬의 거석으로 상징화된 괴물이에요.

그 여자는 우리가 자신의 정체를 모를 거라고, 우리가 불멸의 영혼을 팔아넘길 때까지 자신의 가면 쓴 실체를 들키지 않을 거라고 생각했어요. 반은 맞은 셈이죠. 나를 마음대로 조정했으니까요. 그 여자는 오로지 기다리고 있었던 거예요. 하지만 마시, 그 착한 친구는 내겐 너무 벅찬 사람이었어요. 모든 걸 간파하고 그것을 그림으로 그렸죠. 그 여자가 그림을 보고 비명을 지르며 뛰쳐나가지 않았다면 그게 더 이상한 일이죠. 아직 완성되지 않았지만 그걸로 충분했으니까요.

그때 나는 그 여자뿐만 아니라 그 여자와 관련된 모든 것을 죽여야 한다는 걸 깨달았어요. 정상적인 인간의 피로는 감당할 수 없는 독이었으니까요. 또 다른 것도 있어요. 하지만 아버지가 그림을 보지 않고 불태운다면 앞으로도 결코 알지 못하실 거예요. 나는 쓰러져 있는 마시를 그냥 놔둔 채 이 방에 걸려 있던 큰 칼을 가지고 그 여자의 방으로 내려갔어요. 마시는 아직 숨을 쉬고 있었고, 내가 그 친구를 죽이지 않은 건 정말이지 천운이었죠.

그 여자는 거울 앞에서 그 역겨운 머리를 따고 있더군요. 나를 보고 야수처럼 돌아서더니 마시를 향한 증오를 퍼붓기 시작했어요. 그 여자가 마시에게 느끼는 사랑, 그것이 오히려 사태를 악화시켰지요. 나는 잠시 동안 꼼짝도 하지 못한 채 그 여자의 최면에 걸려들 뻔했어요. 그때 그림을 떠올리자 최면이 깨졌어요. 그 여자는 내 눈빛을 통해 최면이 깨졌다는 것뿐만 아니라 내 손에 쥐어진 큰 칼을 봤을 겁니다. 그때 그 여자가 나를 보던 정글의 야수 같은 눈빛, 태어나서 그런 눈빛을 처음 봤어요. 그 여자가 표범처럼 달려들었지만 내가 더 빨랐죠. 내가 휘두른 큰 칼에 숨이 끊어졌으니까요.'

데니스는 또 말을 멈춰야 했지. 여기저기 튄 핏방울 사이로 이마에서 식은땀이 흐르더군. 그러나 곧 거친 말투로 다시 말하기 시작했어.

'그것이 죽었다고 말했잖아요. 그런데 억! 그 일부는 오히려 그때 생명을 얻어 꿈틀대기 시작했어요! 마치 사탄의 군대와 싸우는 느낌이 들었어요. 그래서 내가 방금 죽인 그 괴물의 등을 발로 짓밟았죠. 그런데 그 불결한 머리카락들이 저절로 뒤틀리며 꿈틀대는 거예요.

그게 뭔지 알 것 같았어요. 옛날 얘기에 나오는 거 말이죠. 그 가증스러운 머리털들은 저절로 살아 움직였고, 그 여자만 죽인다고 끝나는 게 아니었죠. 불태워버려야 한다는 걸 깨닫고 큰 칼로 머리털들을 마구 잘라냈어요. 아, 얼마나 끔찍하던지! 철사처럼 단단했지만 가까스로 잘라냈어요. 내 손아귀에서 커다란 머리털들이 몸부림치고 있으니 너무 역겨웠어요.

마지막 터럭을 자르고 뽑아낼 무렵, 집 뒤에서 무시무시한 울부짖음이 들려왔어요. 아버지도 들리다 말다 하는 저 소리 아시잖아요. 저 소리의 정체가 뭔지는 모르겠지만, 틀림없이 이 흉악한 일 때문에 생긴 소리가 분명해요. 왠지 반드시 그 정체를 알아내야 할 것 같은데 도저히 감을 잡을 수 없어요. 맨 처음에 저 소리를 듣고 어찌나 신경이 곤두서고 겁이 나던지, 잘라낸 머리털을 떨어뜨렸어요. 곧바로 더욱 무서운 공포가 덮쳤어요. 머리털 타래가 순식간에 나를 겨냥했고, 그중 하나의 끝 부분이 기괴한 머리처럼 불룩해지더니 원한에 사무친 듯 나를 후려치기 시작했거든요. 내가 큰 칼을 휘두르며 대항하자 머리털이 뒤로 물러서더군요. 한숨 돌리면서 쳐다보니, 그 기괴한 머리 타래가 마치 살아 있는 커다란 뱀처럼 바닥을 기어가고 있었어요. 잠시 동안 어찌할 바를 모르다가 그것이 문간으로 사라지기에 간신히 정신을 차리고 비틀거리며 그 뒤를 쫓아갔죠. 넓게 퍼진 혈흔이 위층으로 향하고 있었어요. 위층에 도착해 보니, 맹세코, 작업실로 들어간 그것이 나한테 그랬듯이 성난 방울뱀처럼 기절해 있던 가여운 마시를 공격했고 결국에는 비단뱀처럼 그 친구의 몸을 칭칭 감았어요. 막 정신을 차리고 있던 마시는 그 징글징글한 괴물 뱀의 공격을 받고 미처 두 발로 일어서기도 전에 죽고 만 거죠. 이 모든 것이 그 여자의 원한에서 비롯됐음을 알면서도 내겐 맞설 힘이 없었어요. 노력했지만 무리였어요. 큰 칼조차 소용없었죠. 칼을 능숙하게 사용하질 못해서 자칫하다간 마시의 몸을 난

도질할 것 같았어요. 그래서 그 괴물 머리 타래가 불쌍한 마시를 칭칭 감아 죽이는 것을 지켜볼 수밖에 없었죠. 그동안 농장 뒤편 어딘가에서 오싹하고 희미한 울부짖음이 계속 들려왔어요.

그렇게 끝났어요. 벨벳 커튼으로 그림을 도로 덮어버리면서 어느 누구도 이 그림을 보지 않기를 바랐죠. 그림을 불태워야 해요. 죽은 마시의 몸에서 저 머리 타래를 떼어낼 수 없었어요. 거머리처럼 달라붙어서 아예 움직이질 않는 것 같았어요. 마치 자기가 죽여버린 남자를 향해 뒤틀린 연모를 느끼듯 그 몸에 들러붙어서 포옹하듯 칭칭 감고 있었어요. 아버지가 저 불쌍한 마시와 함께 머리 타래를 불태우셔야 해요. 그리고 잿더미로 변할 때까지 반드시 확인하셔야 해요. 저것과 그림 전부, 다 사라져야 해요. 이 세상의 안전을 위해서 다 사라져야 해요.'

데니스가 무슨 말인가를 더 하려던 것 같았으나, 갑자기 희미한 울부짖음이 들려와 우리 둘 다 멈칫했어. 그때 처음으로 우리는 그 소리의 정체를 알아챘어. 서풍에 실려 온 그 울부짖음에 드디어 말소리가 담겨 있었으니까. 이전에도 그 비슷한 목소리를 종종 들어온 터라 진작 알아채지 못한 게 이상했지. 그 소리는 주름투성이 소포니스바, 언제나 마셀린의 비위를 맞추던 줄루족의 늙은 주술사가 이 무시무시한 비극의 공포가 절정으로 치닫는 동안 자신의 오두막에서 무릎을 꿇고 내던 절규였어. 나와 아들은 노파의 외침 일부를 알아들을 수 있었고, 태고의 비밀을 전수받은 상속자, 즉 방금 전에 죽은 마셀린과 그 미개한 주술사 사이에 은밀하고 원시적인 연결 고리가 있음을 알게 되었지. 노파의 말 중에서 일부는 자신이 악마적인 고제3기의 전통에 얼마나 정통한지 드러내기 위해 사용한 말이었어.

'이아! 이아! 슈브-니구라스! 야-리예! 느가기 느부루 브와나 느로로! 야, 요, 타니트 아씨를 보라! 이스시 아씨를 보라! 클루루 주인님이 물 밖으로 나오시어 모두를 공포에 떨게 하네. 머리카락은 이제 아씨를 가질 수 없네. 클루루 주인님, 늙은 소피는 알고 있어요! 아씨가 늙은 아프리카의 커다란 짐바브웨에 있는 검은 돌까지 갔던 걸 이 늙은 소피는 알고 있어요. 아씨가 죽었네! 아씨가 죽었네! 클루루 주인님. 늙은 소피는 알고 있어요! 아씨가 달빛 속에서 악어 바위를 돌며 춤을 추다가 그만 느방구스한테 붙잡혀 뱃사람들에게 팔려 갔다는 걸 이 늙은 소피는 알고 있어요! 타니트는 이제 없네! 이시스는 이제 없네! 저 큰 바위에서 불을 지펴야 할 마녀는 이제 없네! 야, 요! 느가기 느부루 브와나 느로로! 이아! 슈브-니구라스! 아씨는 죽었네! 소피는 알고 있어요! 이아! 이아! 슈브-니구라스! 야-리에! 느가기 느부루 브와나 느로로! 야, 요, 타니트 아씨를 보라. 이시스 아씨를 보라!'

절규가 그렇게 끝난 건 아니고 내가 집중해서 들을 수 있는 부분이 그게 다였지. 아들 녀석의 표정을 보니 뭔가 무서운 것이 생각나는지, 쓸데없이 큰 칼을 쥔 손에 잔뜩 힘을 주더군. 자포자기 상태에서 또 무슨 짓을 저지르기 전에 달려들어 칼을 뺏어야 했지.

그러나 늦었어. 나이 들고 병든 늙은이라 내 몸 하나 제대로 가누기 쉽지 않았으니까. 거칠게 드잡이를 벌였으나 얼마 지나지 않아서 아들 녀석은 스스로 목숨을 끊고 말았어. 어쩌면 그 녀석이 날 죽이려고 했는지도 모르겠어. 녀석이 마지막으로 헐떡이며 한 말이 마셸린과 관련된 사람은, 혈육이든 결혼으로 맺어진 관계든 모조리 없애야 한다는 거였으니까.

V

지금 생각해도 그 순간에, 적어도 그 후로 몇 시간 안에 내가 미치지 않았다는 게 신기해. 눈앞에는 이 세상에서 가장 사랑했던 아들의 시체가 있었고, 3미터 거리에 휘장으로 덮인 이젤 앞에는 아들 녀석의 가장 절친한 친구가 정체 모를 공포의 타래에 칭칭 감겨 죽어 있었으니까. 그리고 아래층에는 머리 가죽이 벗겨진 그 여자, 아니 그 괴물의 주검이 있었으니, 나는 이 세상에서 가장 황당한 얘기들도 얼마든지 믿을 수 있을 것 같았어. 너무도 혼란스러워서 머리 타래 얘기가 과연 사실일까 따져볼 엄두도 나지 않았지. 설령 혼란스럽지 않다 해도, 늙은 소피의 오두막에서 들려오는 음산한 울부짖음 하나만으로도 당분간은 아무런 의심을 품지 않았을 거야.

내가 현명했더라면, 아들 녀석이 하라는 대로 했겠지. 호기심을 버리고 그냥 그림과 머리 타래에 칭칭 감겨 있는 시체를 둘 다 불살라버렸겠지. 하지만 나는 현명하게 처신하기에는 너무 큰 충격을 받았어. 아마 나는 아들 녀석의 시체를 향해 헛소리를 지껄여댄 것 같아. 그러다 밤이 지나고 아침이 오면 하인들이 돌아올 거란 생각을 했네. 이런 일은 도저히 설명할 수 없는 것이어서 흔적을 지우고 적당한 얘기를 꾸며내야 했어.

마시를 칭칭 감고 있는 머리 타래는 정말이지 괴물 같더군. 벽에 걸려 있던 검으로 찔러봤더니 시체를 꽉 움켜잡고 있는 느낌이었어. 만져볼 엄두도 나지 않았지. 머리 타래를 보면 볼수록 섬뜩한 점들이 눈에 띄더군. 그중 한 가지는 특히 놀라웠어. 입에 올리고 싶지 않네만, 왜 마셀린이 언제나 이상한 기름으로 먹이를 주듯 머리칼에 발랐는지 그 이유를 알겠더군.

결국 나는 세 구의 시신을 지하실에 묻기로 결심했어. 창고에 생석회가 있다는 걸 떠올리고 그걸 이용하기로 했지. 그런 일을 하다니 참 끔찍한 밤이었네. 세 기의 무덤을 팠어. 아들 녀석의 무덤은 다른 두 무덤에서 멀리 거리를 두었지. 그 여자의 몸이나 머리털과 가까이 두고 싶지 않았으니까. 가여운 마시의 시신에서 머리 타래를 떼어낼 수 없어서 안타까웠네. 시신들을 지하실로 옮기자니 참 고역이더군. 여자와 머리 타래에 감긴 마시의 시신을 옮길 때는 담요를 이용했어. 그리고 창고에서 석회 두 통을 가져왔지. 순조롭게 그걸 다 옮기고 세 기의 무덤을 석회로 채운 걸 보면 하늘이 내게 힘을 준 게 틀림없어.

석회 일부로 회반죽을 만들었어. 발판 사다리에 올라서, 피가 스며나온 응접실 천장에 회반죽을 발랐지. 그리고 마셸린의 방에 있는 물건들을 거의 다 불태웠고, 벽이며 바닥이며 무거운 가구까지 박박 문질러 닦았어. 다락 작업실과 거기까지 나 있는 혈흔과 발자국까지 다 닦아냈지. 그동안 내내 멀리서 늙은 소피의 통곡이 들려오더군. 그렇게 줄기차게 소리를 내는 걸 보면 그 늙은이 속에 악마가 들어갔던 게 분명해. 그런데 생각해 보면 그 노파는 언제나 괴상한 소리를 질러댔지. 그래서 농장의 검둥이들도 그날 밤이라고 해서 딱히 무서워하거나 이상하게 생각하지 않았어. 다락의 작업실 문을 잠그고 열쇠를 내 방에 가져다 놓았네. 그리고 내가 입고 있던 피 묻은 옷가지들을 전부 벽난로에 넣어 태웠지. 동이 틀 무렵, 집 안은 구태여 수상쩍은 눈길로만 보지 않는다면 아주 평범해 보일 정도가 됐네. 휘장으로 덮여 있던 이젤은 도저히 만질 수가 없어서 나중에 처리할 생각이었어.

흠, 나는 아침에 돌아온 하인들에게 젊은 사람들은 모두 세인트루이스에 갔다고 말했지. 농장 일꾼들은 특별히 보거나 들은 게 없는 듯했고, 소포니스바 노파의 통곡도 해가 뜨는 순간 뚝 그쳤지. 그 이후로 노파는 마치 스핑크스라도 된 것처럼 하루 전과 간밤에 그 음울하고 망령된 머릿속에 무엇이 들어왔었는지 말 한마디 뻥긋하지 않더군.

나중에는 데니스와 마시 그리고 마셀린까지 다시 파리에 간 것처럼 꾸몄고, 파리에 있는 믿을 만한 사람을 시켜 편지들 ─ 내가 필체를 위조해 미리 건네준 편지들 ─ 을 보내게 했지. 많은 지인들에게 자초지종을 설명하자니 이런저런 속임수와 과묵함이 필요하더군. 사람들은 내색은 하지 않았으나 은근히 나를 의심하고 있었네. 전쟁 동안 마시와 데니스가 사망했다고 주변에 알리는 한편, 마셀린은 얼마 후 수녀원에 들어간 것으로 꾸몄지. 다행히 마시는 고아인 데다 괴팍함 때문에 루이지애나의 지인들과도 교류를 끊고 있었어. 내가 만약 그림을 불태우고 농장을 팔아버렸다면, 그리하여 충격과 과도한 중압감에 짓눌린 정신 상태로 계속해서 농장을 운영하려고만 하지 않았다면, 그 정도의 지각만 있었다면, 상황은 여러모로 나한테 유리하게 전개되었을 걸세. 하지만 내가 얼마나 어리석었는지 그 결과를 지금 자네가 보고 있는 셈이군. 농장은 망해 갔고, 일손들을 하나둘 내보내는 과정에서 집은 폐허가 됐고 나 자신은 은둔자도 모자라 해괴한 시골 소문의 표적이 되었지. 요즘에는 날이 저물면 아무도 이 근처에 오려고 들지 않아. 밤이든 낮이든 가능하면 오지 않으려고 하지. 그래서 자네가 이곳의 물정을 모르는 외지인이라고 알아봤네.

그런데 왜 내가 여기 남아 있느냐고? 속 시원하게 말해 주긴 어려워. 정상적인 현실의 경계선에 아슬아슬 걸쳐 있는 것들, 그래 그런 것과 아주 밀접한 관련이 있다고 해야겠지. 내가 만약 그림을 보지만 않았어도 달랐을 걸세. 불쌍한 아들 녀석의 말을 들었어야 했어. 그 참변이 있은 후 일주일이 지나 잠가놓은 작업실로 올라갔을 때만 해도 그림을 불살라버릴 생각이었지. 그런데 불태우려다가 그만 그림을 보고 말았어. 그것으로 모든 게 변해 버린 걸세.

아니, 내가 본 걸 말해 봐야 소용없어. 당장이라도 자네가 직접 볼 수도 있어. 세월과 습기가 그림에 영향을 끼치긴 했지만 말일세. 자네는 그냥 한번 봐도 해롭지 않겠으나, 나는 다르지. 그 의미를 너무도 깊이 알고 있으니까.

데니스가 옳았어. 미완성이긴 하나, 렘브란트 이후 가장 위대한 걸작이지. 나는 한눈에 알아봤네. 그리고 마시가 자신의 데카당 신조를 정확히 입증했다는 것도 단번에 알아냈지. 보들레르가 시로 쓴 것, 그것을 마시는 그림으로 그린 거야. 그리고 마셀린은 마시의 가장 깊은 곳에 내재된 천재성의 자물쇠를 푸는 열쇠였고.

휘장을 걷는 동안 나는 하마터면 정신을 잃을 뻔했네. 그리고 그림의 의미를 절반도 채 알기 전에 진짜 정신을 잃고 말았지. 뭐랄까, 일부분만 초상화였어. 마셀린만 그리는 것이 아니라 그 여자를 꿰뚫고 그 너머를 그리는 것이라던 마시의 암시, 그 암시가 정확히 맞았네.

그 여자는 물론 그림에 있었어. 어떤 면에서는 그림의 핵심이면서도 여자의 모습은 거대한 구도의 일부로만 자리 잡고 있더군. 그놈의 오싹한 머리털을 온몸에 감고 있다 뿐이지 실상 벌거벗은 상태였고, 우리가 아는 어떤 장식품과도 다른 벤치 혹은 소파 같은 데에 앉은 듯 기댄 듯 포즈를 취하고 있었네. 여자의 한 손에는 기괴한 모양의 술잔이 들려 있었고, 그 잔에서 지금까지도 무슨 색인지 무슨 재질인지 알 수 없는 액체가 흘러내리고 있었지. 마시가 대체 그런 물감을 어디서 구했는지 모르겠어.

여자와 소파는 내 평생 목격한 중에 가장 이상한 장면에서 왼쪽 전경을 차지하고 있었네. 그림 전체가 여자의 머리에서 발산된 일종의 감화력을 의미하는 것 같으면서도 정반대의 의미, 요컨대 여자는 단순히 장면 자체에 의해 만들어진 악의 이미지 혹은 환영 같기도 하더군.

그 장면이 안인지 밖인지, 그 무시무시한 거석의 아치 지붕을 안에서 본 것인지 밖에서 본 것인지, 단순히 병적인 균류에 뒤덮인 게 아니라 실제 돌로 지은 것인지 분간이 가지 않았어. 기하학적인 배열 또한 광기에 가까워서 예각과 둔각이 뒤죽박죽 섞여 있었어.

그게 다가 아닐세! 영원한 악의 황혼 속을 떠도는 악몽의 괴물들! 그 여자가 제사장인 악마의 연회를 숨어서 곁눈질하며 어른거리는 신성모독의 괴물들! 어딘지 염소를 닮은 검은 털북숭이들, 다리는 세 개, 등에는 일렬로 촉수가 나 있는 악어 머리 짐승, 이집트의 사제들이 저주를 내렸던 동작으로 춤을 추는 납작코의 아이기판[46] 무리!

그러나 그 장면은 이집트가 아니라 그 너머였네. 심지어 아틀란티스, 전설의 뮤, 속삭이는 신화 속의 레무리아까지 거슬러 간 그 너머. 그것은 이 지상의 모든 악의 근원이었고, 마셸린이 그 일부로서 얼마나 필요불가결한 존재인가를 여실히 보여주는 상징이었어. 그것은 어쩌면 감히 입에 올려서는 안 되는, 지구 상 어떤 생물체와도 다른 존재에 의해 세워진 리예의 일부라는 생각이 드네. 마시와 데니스가 어둠 속에서 목소리를 낮추고 얘기하곤 하던 그곳. 그림 속에서 모든 것들이 자유로이 숨을 쉬는 것처럼 보이긴 했으나, 전체 장면은 깊은 물속 같았어.

흠, 나는 그저 그림을 보면서 부들부들 떨기만 했지. 그런데 캔버스 속의 마셸린이 부풀어 오른 섬뜩한 눈동자로 간악하게 나를 보고 있다는 걸 알았네. 단지 미신이 아니었어. 마시가 실제로 선과 색으로 이루어진 자신의 교향악 속에 마셀린의 소름 끼치는 생명력을 포착해 냈기에 그 여자가 여전히 음울하고 증오에 찬 눈으로 노려보고 있었던 거지. 마치 지하실의 생석회 밑에 묻혀 있는 것은 그 여자의 극히 일부분인 것처럼. 무엇보다 끔찍했던 것은 헤카테로부터 태어난 뱀 같은 머리카락들이 저절로 일어나 나를 향해 더듬더듬 캔버스를 빠져나오는 광경이었네.

그것이 결정적인 공포였고, 내가 영원히 수호자이자 포로로서 남아야 한다는 걸 깨달았지. 메두사와 고르곤의 전설을 있게 한 근원, 그게 바로 그 여자였어. 충격에 흔들리던 내 의지는 정복당하여 결국 돌처럼 굳어버렸지. 똬리를 튼 그 뱀 머리털, 그림 속에도, 지하실 포도주 통 가까이 석회 밑에도 있는 그 머리털에서 다시는 벗어날 수 없는 운명. 죽은 자의 머리칼은 매장된 지 수백 년이 지나도 썩지 않는다는 얘기들을 떠올려봤지만 이미 때는 늦은 후였네.

그 후의 내 삶은 공포이고 노예였어. 지하실에 도사리고 있는 공포 속에 늘 갇혀 살았지. 한 달도 채 되지 않아 해가 지면 포도주 통 근처에서 거대한 검은 뱀이 기어 다니고 2미터 정도 떨어진 곳까지 기이한 흔적을 남겨놓는다고 검둥이들이 수군거리기 시작했어. 결국에 검둥이들이 뱀이 나타난다는 곳에 얼씬거리지 않도록 나는 모든 걸 지하실의 다른 쪽으로 옮겨야 했지.

얼마 후에는 농장 일꾼들이 매일 밤 자정이 넘어서 검은 뱀이 소포니스바 노파의 오두막으로 찾아간다는 얘기를 하기 시작했어. 그들 중 하나가 내게 뱀이 지나간 흔적을 보여주기도 했지. 그리고 얼마 지나지 않아서 소피 노파가 직접 이 대저택의 지하실을 찾아와, 다른 흑인들은 가까이 가지 않으려는 한 지점에서 몇 시간이고 서성이며 중얼거린다는 걸 알아냈어. 그 늙은 마녀가 죽었을 때 내가 얼마나 기뻐했는지 아나! 나는 지금도 그 노파가 아프리카에서 전해진 태고의 섬뜩한 전통을 섬기는 여사제였다고 철석같이 믿고 있네.

밤이면 종종 집 주변에서 뭔가 미끄러지는 소리를 듣곤 하지. 계단에서, 특히 디딤판이 헐거워진 곳에서 이상한 소리가 들려오기도 하고, 방문을 누가 미는 것처럼 덜컥거리기도 해. 물론 방문을 늘 잠가놓지. 아침이 되면 간혹 복도에서 쾨쾨하고 역겨운 악취가 나는 것 같고, 바닥의 먼지 사이로 희미한 밧줄 자국 같은 것이 나 있기도 하지. 내가 그림 속의 머리털을 지켜야 한다는 건 알고 있네. 혹여 머리털에 무슨 일이라도 생긴다면, 이 집의 존재들이 확실하고도 무자비한 보복에 나설 테니까. 나는 죽지도 못해. 리예에서 나온 그것들의 손아귀에서는 삶과 죽음이 하나니까. 내가 의무를 소홀히 한다면 뭔가가 곧 나를 처단하겠지. 메두사의 머리 타래는 나를 꼼짝없이 옭아맸고, 머리털은 언제나 변함없이 똑같아. 젊은 친구, 자네의 영혼을 소중히 여긴다면 비밀과 극한 공포를 혼돈하지 말게."

VI

노인이 이야기를 마쳤을 때, 작은 등잔불은 꺼진 지 오래였고 큰 등잔불도 거의 꺼져가고 있었다. 나는 새벽이 가깝다는 걸 깨달았다. 귀기울여보니 폭풍도 잠잠해져 있었다. 노인의 얘기를 듣고 멍해진 상태에서 혹시나 정체불명의 뭔가가 문을 밀고 들어오는 것은 아닐까 겁에 질린 눈으로 문가를 힐끔거렸다. 나를 사로잡은 힘 중에서 ― 아찔한 공포였는지 의혹이었는지 아니면 병적이고 기괴한 호기심이었는지 ― 어떤 것이 더 강했는지 말하기 어렵다. 나는 그저 할 말을 잃고서 이 괴상한 노인이 어서 침묵을 깨주길 기다리고 있었다.

"보고 싶은가, 그림?"

노인의 아주 낮고 주저하는 목소리로 미루어 진심임이 분명했다. 나는 혼란스러운 감정 중에서 호기심을 제일 강하게 느꼈다. 그래서 말없이 고개를 끄덕였다. 자리에서 일어난 노인이 가까운 탁자에서 초를 집어 불을 붙이고 방문을 열면서 촛불을 높이 치켜들었다.

"나랑 가세. 위층."

그 곰팡내 나는 복도를 다시 가자니 무서웠으나 호기심 때문에 불안감은 일거에 가라앉았다. 우리 발밑에서 바닥이 삐꺼덕거렸고, 계단 가까이 먼지 속에서 희미한 밧줄 자국 같은 것을 본 것 같아서 소름이 끼쳤다.

다락으로 올라가는 계단은 디딤판 몇 개가 떨어져 나가서 시끄러운 소음을 내며 금방이라도 부서질 것 같았다. 나는 발밑을 자세히 살피느라 주변을 두리번거릴 여유가 없으니 오히려 다행이다 싶었다. 다락 복도는 칠흑처럼 어두웠고, 복도 끝 왼쪽 문까지 지워지다 만 흔적을 제외하곤 온통 거미줄로 빽빽했고 켜켜이 먼지가 쌓여 있었다. 두꺼운 카펫의 썩은 찌꺼기를 발견했을 때, 수십 년 전에 그 위를 지나갔을 사람들과 발이 없는 뭔가를 떠올렸다.

흐트러진 흔적이 끝나는 문까지 나를 곧장 이끌고 간 노인이 잠시 녹슨 빗장을 만지작거렸다. 그림이 아주 가까이 있다는 생각에 나는 격렬한 공포에 사로잡혔지만 그렇다고 거기서 물러날 순 없었다. 곧 집주인이 나를 데리고 버려진 작업실로 들어섰다.

촛불은 아주 희미했으나, 중요한 특징들을 비춰줄 순 있었다. 낮고 비스듬한 지붕, 커다랗게 확장한 지붕창, 벽에 걸려 있는 골동품과 기념품, 무엇보다 시선을 잡아끈 것은 커다란 휘장에 가려져 방 한복판에 놓여 있는 이젤이었다. 그 이젤을 향해 걸어간 데루시가 문을 등지게 돌려놓은 이젤에서 먼지 낀 휘장의 한쪽을 잡고서 걷어내기 시작했다. 노인이 내게 가까이 오라며 말없이 손짓했다. 그렇게 하자니 큰 용기가 필요했다. 흔들리는 촛불 속에서 휘둥그레진 눈으로 휘장이 벗겨진 캔버스를 바라보는 노인의 모습 때문에 더더욱 그랬다. 그러나 이번에도 호기심이 모든 것을 눌러버렸다. 나는 이젤을 빙 돌아 데루시 노인의 곁으로 갔다. 그리고 그 저주스러운 그림을 보았다.

나는 기절하지 않았다. 그러나 기절하지 않으려고 내가 얼마나 기를 썼는지 그 누구도 이해하지 못할 것이다. 나는 비명을 지르다가 그만 노인의 얼굴에 스치는 공포의 표정을 보고 뚝 그쳤다. 예상대로 그림은 습기와 방치로 인해서 휘고 곰팡이 슬고 우툴두툴해져 있었다. 그럼에도 불구하고 그 불가사의한 장면의 병적인 내용과 뒤틀린 기하학적 배열 속속들이 잠재해 있는 사악한 우주의 극단이라는 기괴한 암시를 감지할 수 있었다.

노인의 말처럼 아치 천장과 기둥으로 이루어진 지옥에서 검은 미사와 악마의 집회가 뒤섞여 있었고, 그림이 완성되었더라면 또 어떤 것이 더해졌을지는 짐작조차 할 수 없었다. 그림의 부패 상태는 오히려 그 사악한 상징과 병적인 암시의 극단적인 섬뜩함을 더 살려주고 있었다. 세월의 영향을 가장 많이 받은 부분은 그림에서도 썩고 부패하기 십상인 자연계 — 혹은 자연을 조롱하는 극단의 우주 영역 — 의 한 부분이었으니까.

가장 큰 공포는 물론 마셸린이었다. 그 부풀고 퇴색한 피부를 보면서 그림 속 여자가 지하실 바닥의 생석회 속에 묻혀 있는 여자와 불가사의하게 관련되어 있다는, 묘한 생각이 들었다. 어쩌면 석회 때문에 시체가 훼손되지 않고 보존되어 왔는지도 모르겠다. 그렇다고 해도 캔버스에 채색된 지옥에서 나를 조롱하듯 노려보는 저 사악하고 검은 눈동자까지 보존할 수 있었을까?

그리고 마셸린의 모습에서 또 다른 뭔가가 있었고, 나는 그것을 알아챌 수밖에 없었다. 데루시가 말로 표현하진 못했으나 아마도 마셸린과 같은 지붕 아래 거주했던 가족을 모두 죽여야 한다는 데니스의 바람과 관련이 있는 것 같았다. 마시가 그것을 알고 있었는지 아니면 그의 천재성이 그 자신도 모르게 그림으로 그것을 표현해 낸 것인지는 알 길이 없다. 반면에 데니스와 그의 아버지는 그림을 볼 때까지는 그것을 알지 못했다.

그 극한의 공포는 바로 나부끼는 머리, 썩어가는 몸을 뒤덮었지만 그 자체는 조금도 훼손되지 않은 머리털이었다. 노인의 얘기는 충분히 입증되었다. 구불구불한 밧줄 같고 기름기가 있는 동시에 바삭바삭한 검은 뱀의 물결, 그것에서 인간의 느낌은 전혀 없었다. 사악한 별개의 이 생명체는 매 순간 기괴하게 비비 꼬면서 소용돌이를 일으켰고, 끄트머리마다 달려 있는 무수한 파충류의 머리들은 너무도 또렷해서 착각이거나 우연일 리가 없었다.

그 불경한 그림이 나를 자석처럼 잡아끌었다. 나는 무기력했다. 고르곤의 눈길과 마주친 사람들은 모두 돌로 변했다는 신화가 사실이라고 생각했다. 그런데 불현듯 마셸린의 모습에 변화가 일어난 것 같았다.

홀겨보는 눈길이 미묘하게 움직였고, 썩어가는 턱이 벌어지면서 짐승처럼 두터운 입술 사이로 누런색의 뾰족한 송곳니가 드러났다. 사악한 눈동자가 점점 커지더니 눈알이 저절로 튀어나올 듯 부풀어 오르는 것 같았다. 그리고 머리, 그 극악무도한 머리! 머리털들이 눈에 보일 정도로 바스락거리며 꿈틀거렸고, 끝에 달린 뱀 머리들이 전부 데루시 쪽을 향하더니 금방이라도 덤벼들 것처럼 부르르 떨었다.

이성을 잃은 나는 무슨 짓을 하는지도 모른 채 권총을 빼 들고는 그 무시무시한 캔버스를 향해 열두 발의 총알을 난사하고 말았다. 캔버스는 단번에 박살이 났고, 캔버스의 틀까지 이젤에서 덜컥거리며 먼지 낀 바닥으로 떨어졌다. 그러나 공포가 산산이 부서졌음에도 곧이어 또 다른 공포가 솟구쳤으니 그건 바로 데루시 본인이었다. 그림이 부서지는 것을 보면서 미친 듯이 비명을 지르던 노인, 그 모습은 그림만큼이나 섬뜩한 것이었다.

"억! 자네가 해냈군!" 간신히 알아들을 수 있는 그 외침과 함께 미친 노인은 거칠게 내 팔을 붙잡더니 방 밖으로 끌고 나와 덜컥거리는 계단을 내려왔다. 그가 충격 속에서 촛불을 떨어뜨렸으나 새벽이 가까운 시간이라 희붐한 박명이 먼지 뒤덮인 창문들을 통해 스며들고 있었다. 나는 연거푸 발을 헛디디고 비틀거렸으나, 나를 잡아끄는 노인은 한순간도 속력을 늦추지 않았다.

"달려!" 그가 악을 썼다. "죽을힘을 다해 달려! 자네가 무슨 짓을 저질렀는지 모를 거야! 내가 전부를 말한 게 아니니까! 내가 해야만 하는 일들이 있었어. 그림이 내게 그러라고 말했지. 그림을 보호하고 지키는 일. 그런데 최악의 사태가 벌어졌군! 그 여자와 머리털이 이제 곧 무덤에서 나올 거야. 무슨 짓을 할지 몰라!

이봐, 빨리! 제발 시간이 있을 때 여기서 나가세. 자네 차로 케이프 지라도까지 날 데려다 주게. 어디에 있든 그것이 날 가만두지 않겠지만, 그래도 한번 피 터지게 싸워는 봐야지. 여기서 나가자고, 빨리!"

우리가 1층에 도착했을 때, 나는 집 뒤쪽에서 쿵 하는 둔중하고 이상한 소리에 이어 문이 닫히는 소리를 들었다. 데루시 노인은 쿵 소리를 듣지 못하고 문 닫히는 소리만 들은 모양이었다. 그런데 그가 사람의 소리라고는 할 수 없는, 더없이 섬뜩한 비명을 지르기 시작했다.

"어! 어! 지하실 문이야. 그 여자가 오고 있어……."

그때 나는 커다란 현관문의 녹슨 빗장과 휘어버린 돌쩌귀와 필사적으로 씨름을 하고 있었다. 노인이 점점 광기를 띠어가는 동안, 이 저주받은 저택의 뒤쪽 어딘가에서 쿵 쿵, 둔중한 소리가 점점 다가왔다. 간밤에 내린 비로 떡갈나무 널판이 휘어버려서 어제저녁에 이 집에 들어올 때보다 더 힘을 줬건만 육중한 문이 꽉 물려 꿈쩍도 하지 않았다.

정체 모를 발걸음에 어디선가 판자가 삐걱거리는 소리, 이 소리가 불쌍한 노인의 마지막 이성의 끈마저 잘라버린 것 같았다. 노인은 미친 황소처럼 고함을 지르면서 나를 잡고 있는 손을 놓고는 정신없이 오른쪽의 열려 있는 문을 향해, 응접실로 보이는 곳으로 뛰어들었다. 잠시 후 내가 간신히 현관문을 열고 밖으로 탈출하는 순간, 쩽그랑 유리 깨지는 소리가 들려왔다. 노인이 창문으로 몸을 던진 것 같았다. 내가 기울어져가는 포치를 벗어나, 현관에서 대문까지 이르는 잡초 무성한 긴 차도를 따라 광기의 탈주를 시작할 때, 둔중하고 집요한 죽음의 발소리가 나를 뒤쫓지 않고 대신에 거미줄 가득한 응접실 쪽에서 서성이는 것 같았다.

우중충한 11월의 잿빛 여명 속에서 버려진 차도의 가시덤불을 헤치고 죽어가는 린덴 나무와 떡갈나무를 지나 정신없이 뛰어가면서 뒤를 돌아본 것은 딱 두 번이었다. 처음엔 매캐한 냄새가 나기에 데루시 노인이 다락 작업실에 떨어뜨린 촛불을 떠올리면서 돌아보았다. 그 무렵에 다행히 도로와 가까운 고지대까지 와 있어서 멀리 저택의 지붕과 주변의 나무들까지 훤히 내려다보였다. 짐작대로 다락 지붕창을 빠져나온 짙은 연기구름이 납빛 창공으로 구불구불 올라가고 있었다. 태고의 저주가 불에 정화되어 지상에서 사라져가고 있으니, 창조주의 힘에 감사할 따름이었다.

그러나 곧이어 두 번째로 뒤돌아보게 되었고, 그때 안도감을 거둬가고 다시는 회복할 수 없을 극한의 충격을 준 두 개의 물체를 보았다. 이미 말했듯이, 당시 나는 차도의 높은 곳에 있어서 뒤쪽으로 농장 대부분을 볼 수 있었다. 집과 나무뿐만 아니라 버려진 채 일부는 강물에 잠긴 강가의 평평한 습지와 내가 정신없이 달려온 잡초 무성한 차도의 굴곡진 몇 군데도 보였다. 바로 이 평지와 차도에서 내가 본, 아니면 본 것 같은 그 광경을 할 수만 있다면 착각이라고 부인하고 싶다.

그때 다시 돌아보게 만든 것은 멀리서 희미하게 들려오는 비명이었다. 저택 뒤편의 음침한 잿빛 습지에서 움직임이 눈에 띄었다. 거리가 멀어서 사람이 아주 작게 보였으나 움직임 자체가 두 가지 유형, 그러니까 쫓는 자와 쫓기는 자로 확연했다. 심지어 검은 옷을 입은 앞선 사람이 대머리의 벌거숭이에게 붙잡혀 불타는 저택 방향으로 질질 끌려가는 모습까지 똑똑히 본 것 같았다.

그러나 그 결과까지는 지켜볼 수 없었다. 좀 더 가까운 곳에서, 버려진 차도의 덤불 사이에서 또 다른 움직임이 포착되었기 때문이다. 바람이 불지 않는데도 잡초와 덤불과 가시나무 들이 흔들리고 있었다. 마치 민첩하고 커다란 뱀이 꿈틀거리며 나를 쫓아오는 것처럼.

내가 감당할 수 있는 것은 거기까지가 다였다. 옷과 살이 찢기어 피가 나는 것도 아랑곳없이 정신없이 대문으로 달렸고, 거대한 상록수 아래 세워놓은 로드스터에 뛰어올랐다. 차는 빗물에 흠뻑 젖고 지저분해졌지만 다행히 시동은 걸렸다. 무작정 차를 몰았다. 그 무시무시한 악몽과 악마 들로부터 멀리 떨어지고 싶다는 생각밖에 없었다. 한시라도 빨리 거기서 벗어나 휘발유가 다 떨어질 때까지 달리고 싶었다.

오륙 킬로미터쯤 달렸을 때 한 농부 — 어딘지 굼뜨고 표정이 온화하며 그 지역에 대해 잘 아는 토박이 중년 남자 — 가 나를 소리쳐 불렀다. 내 몰골이 이상하게 보이리라 생각했지만 어쨌든 반색하며 속도를 줄이고 길을 물었다. 남자는 케이프 지라도로 가는 길을 친절히 알려주더니, 이른 시간에 그런 행색으로 어디서 오는 길이냐고 물었다. 마땅히 답을 하기가 궁색해진 나는 간밤에 폭우를 만나 가까운 농가에서 비를 피했는데 나중에는 관목 숲에 세워둔 차를 찾느라 길을 잃고 헤매다 보니 그리됐다고 말했다.

"농가요? 누구의 집이지……. 바커스 크릭 너머 짐 페리 농가 이쪽으로 40킬로미터까지 아무것도 없는걸요."

나는 깜짝 놀라면서 이건 또 무슨 미스터리일까 의아해졌다. 그래서 혹시 낡은 대문이 도로와 접해 있는 커다란 농장 저택을 본 적이 없냐고 물었다.

"에이, 장난치지 마세요. 외지 분이 어떻게 그 집을 안다고! 그런 집이 있긴 했죠. 하지만 지금은 없어요. 오륙 년 전에 불탔거든요. 그 집에 얽힌 아주 이상한 소문들도 돌았고요."

나는 몸서리쳤다.

"리버사이드 저택 말인가요? 데루시 노인의 집요. 15년 전인가 20년 전인가 그 집에서 이상한 일이 벌어졌어요. 노인의 아들이 외국 여자와 결혼했는데, 사람들이 그 여자가 아주 이상하다고들 했어요. 그 여자의 생김새를 싫어했죠. 그런데 여자와 아들이 갑자기 종적을 감추었고, 얼마 뒤에 노인이 말하길 아들은 전쟁 통에 죽었다고 하더군요. 하지만 검둥이들 중에서 이상한 소리를 수군거리는 놈들이 있었어요. 아, 글쎄 노인이 며느리랑 사랑에 빠져서 며느리와 아들을 죽였다고 말이죠. 그리고 그 집에 검은 뱀이 나타났다는데 그야 모르는 일이죠.

그러다가 오륙 년 전인가, 노인이 사라졌고 저택은 불타버렸어요. 노인이 집 안에 있어서 집과 함께 불에 탔다는 말도 있었죠. 아마 오늘처럼 간밤에 비가 내린 아침이었는데, 농장 너머에서 데루시 노인의 오싹한 비명을 들은 사람들이 많아요. 사람들이 걸음을 멈추고 둘러보니, 저택은 눈 깜짝할 사이에 불길에 휩싸여 있었죠. 비랑 상관없이 집 자체가 부싯깃처럼 불에 타기 좋은 재목으로 지어졌으니까요. 그 후로 아무도 노인을 다시 보지 못했고, 인근에 커다란 검은 뱀 유령이 돌아다닌다는 소문이 돌았어요.

근데 왜 그런 얘기를 하는 거죠? 댁이 그 집을 아는 것 같으니 말이에요. 데루시 가족에 대해 들어본 적이 없을 텐데요, 안 그래요? 혹시 데니스란 젊은이가 결혼한 여자와 무슨 관련이라도 있나요? 그 여자는 딱히 이유를 모르겠는데도 누구든 떨게 만들고 증오심을 갖게 만드는 그런 여자였어요."

아무리 생각해도 내 능력 밖의 일이었다. 수년 전에 저택이 불탔다고? 그렇다면 내가 밤을 보낸 저택은 대체 뭐란 말인가? 게다가 이런 얘기를 내가 어떻게 알고 있겠는가? 생각을 곱씹는 동안에도 외투 소매에 붙어 있는 노인의 짧고 흰 머리카락 한 올을 발견했으니 말이다.

결국에 나는 아무 말 없이 차를 몰았다. 다만 항간의 소문들은 이미 참 많은 고통을 당한 그 늙고 불쌍한 농장주를 곡해하는 것이라고 넌지시 말하기는 했다. 요컨대 내가 몇 다리 건너서 듣긴 했지만 믿을 만한 정보에 따르면, 리버사이드에서 생긴 일로 지탄을 받아야 할 사람이 있다면 바로 그 여자 마셸린이라고 말했던 것이다. 그리고 그 여자는 미주리 주에 와서 살 여자가 아니었다고, 데니스가 그 여자와 결혼한 것 자체가 큰 불운이었다고.

내가 더 알은체를 하지 않은 이유는, 명예와 고결한 정신을 소중히 여기는 데루시 가문이 그걸 원치 않을 것이기 때문이었다. 이 지역 사람들은 그 지옥의 악마에 대해, 태고의 괴물 고르곤에 대해 짐작조차 하지 못하겠지만, 데루시 가문이 어쩌다가 유서 깊고 빛나는 가문의 명예에 오점을 남기게 됐는지, 또 얼마나 많은 고통을 감당해야 했는지 신만은 알 것이다.

또한 간밤에 기이한 집주인이 내게 말하지 못했던, 그 자신도 나처럼 프랭크 마시의 이제는 사라진 걸작을 보고서야 알게 됐을 또 다른 공포에 대해 마을 사람들에게 알리는 것도 온당치 않았다.

한때 리버사이드의 상속녀였던 여자 — 불타버린 저택 지하의 석회로 채워진 무덤 속에서 지금도 부슬부슬한 뱀 머리털로 흡혈귀처럼 한 예술가의 해골을 감싸고 있을 저주받은 고르곤 혹은 라미아 — 가 예술가의 눈에는 미묘하긴 하나 그래도 틀림없이 짐바브웨에서 가장 원시적인 사제 집단의 후손으로 비쳤다는 것을 안다면, 마을 사람들에게는 이 또한 끔찍한 일이 될 것이다. 그 여자가 늙은 주술사 소포니스바와 모종의 관련을 맺고 있었다는 건 의심의 여지가 없다. 왜냐하면, 눈에 잘 띄지 않고 알아보기는 어렵지만, 마셸린은 흑인이었기 때문이다.

....

36) 케이프 지라도(Cape Girardeau): 미국 미주리 주 동남부, 미시시피 강에 인접한 카운티.

37) 카르티에라탱(Latin Quarter): 파리 중심부에 있는 대학로. 중세 시대부터 학문의 중심지로 여겨졌다.

38) 황색 90년대(yellow nineties): 1890년부터 10년간을 뜻하며, 빅토리아풍이 퇴조하고 프랑스의 영향을 받아 섭정 시대풍이 득세했던 시기.

39) 좌안(la Rive Gauche): 센 강 서쪽 강변으로 화가 등 자유분방한 예술가들의 거주지로 유명한 지역.

40) 타니트(Tanit): 카르타고에서 달의 여신으로 숭배되던 최고의 신.

41) 이시스(Isis): 고대 이집트 신화에 나오는 여신.

42) 오브리 비어즐리(Aubrey Vincent Beardsley): 영국의 삽화가. 퇴폐적인 분위기가 가득한 환상의 세계를 보여주어 세기말 유미주의의 상징적 존재로 통했다.

43) 뒤르탈(Durtal): 조리스-카를 위스망스의 자전적 작품 『저승에서』에 등장하는 주인공. 19세기 악마주의자들의 이야기를 다룬다.

44) 데제생트(Des Esseintes): 위스망스의 작품 『거꾸로』의 주인공. 권태에 빠진 귀족 데제생트가 퇴폐적인 미학을 추구하여 다양한 실험을 한다는 내용이다.

45) 오퇴유(Auteuil): 파리의 한 지역.

46) 아이기판(aegipan): 그리스 신화에 등장하는 목장과 가축의 신. 하반신은 산양, 상반신은 인간 남자의 모습을 하고 머리에 뿔이 있다.

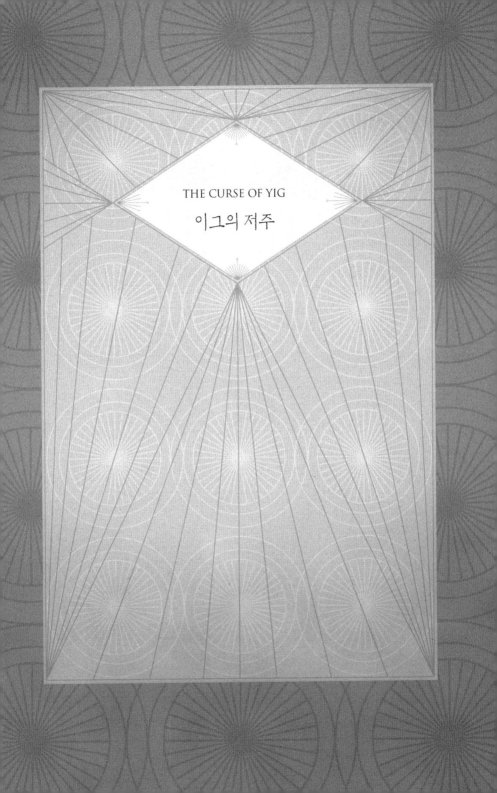

THE CURSE OF YIG

이그의 저주

1925년, 나는 뱀에 관한 민간전승을 찾아서 오클라호마에 갔다가 평생 지울 수 없을 뱀에 대한 공포를 얻고 말았다. 내가 보고 들은 것은 전부 타당하게 설명이 된 마당이니 공포 운운하는 것이 어리석다는 걸 인정하지만 그래도 나는 그 공포에 굴복당해 있다. 그저 옛날이야기가 다라면, 이렇게 충격을 받지는 않았을 터이다. 아메리칸인디언을 연구하는 인종학자로서 나는 온갖 황당한 전설에 단련이 되어 있을 뿐만 아니라 기발한 창작에 관해서라면 백인이 인디언보다는 한 수 위라는 걸 잘 알고 있다. 그러나 나는 거스리[47]의 정신병원에서 목격한 것을 잊을 수 없다.

내가 그 정신병원에 들른 이유는 나이 지긋한 개척민 몇 명으로부터 그곳에 가면 중요한 걸 찾아내리란 말을 들었기 때문이다. 인디언도 백인도 내가 추적해 온 뱀 신 전설 따위를 화제로 삼진 않을 것이다. 오일 붐 세대는 으레 이런 주제에 관해선 전혀 몰랐고, 인디언과 늙은 개척자 들은 내가 이런 얘기를 하면 확연히 겁에 질리곤 했다. 정신병원에 대해 말해 준 사람은 예닐곱 정도, 하나같이 조심스레 속삭였다. 맥닐 박사가 내게 아주 섬뜩한 유물을 보여주고 내가 알고 싶어 하는 걸 전부 말해 줄 거라고 한 것도 그런 속삭임이었다. 맥닐 박사는 반은 사람이고 반은 뱀이라는 이그, 즉 뱀의 아버지가 왜 오클라호마 중부에서 기피와 공포의 대상이 되었는지, 나아가 늙은 개척민들이 한적한 곳에서 끝없이 울리는 톰톰 소리와 함께 가을 밤낮 동안 은밀히 벌어지는 인디언 주신제에 왜 그리도 몸서리치는지 그 이유를 설명해 줄 수 있다고 했다.

인디언 사이에 전해지는 뱀 숭배의 변화 양상에 대해 다년간 자료를 수집해 온 내가 거스리로 간 것은 사냥개의 후각 같은 것이 작동한 결과였다. 나는 전설과 고고학의 저변에 깔려 있는 명확한 함의를 바탕으로 위대한 케찰코아틀 ─ 멕시코의 관대한 뱀 신 ─ 보다 더 오래고 음산한 원형이 있을 거라고 확신해 왔다. 실제로도 최근 몇 달 동안 과테말라부터 오클라호마 평원에 이르는 연구를 통해서 그 믿음을 거의 입증했다. 그러나 뱀 숭배 의식은 공포와 비밀로 가려져 있어서 모든 것이 애매하고 불완전했다.

그러던 차에 새롭고도 풍부한 정보의 원천이 나타났으니, 나는 간절함을 애써 숨기지 않고 정신병원의 원장을 찾아갔다. 맥닐 박사는 작고 말쑥한 남자로 나보다 꽤 나이가 많았다. 게다가 말과 행동으로 미루어 자신의 전문 분야 외에도 다방면에 두루 박학다식한 학자임을 금방 알 수 있었다. 내가 용건을 말하자 처음에 그는 심각하고 미심쩍은 표정이었지만 어느 친절한 귀화 인디언 대리인이 내게 써준 소개장과 나의 자격증들을 신중하게 훑어보는 과정에서 서서히 누그러졌다.

"그러니까 이그의 전설을 연구하고 있다는 거군요?" 그가 조심스럽게 말했다. "오클라호마의 인종학자 대다수가 그 전설과 케찰코아틀을 관련지으려고 하지만, 아무도 그 연결 고리를 제대로 추적하진 못하는 것 같소. 선생은 아직 젊은 나이인데도 뛰어난 성과를 거두었으니 우리가 가지고 있는 자료를 다 제공해도 되겠군요.

메이저 무어 노인도 그렇고 다른 누구도 이 병원에 있는 게 무엇인지 알려주진 않았을 겁니다. 그 사람들은 그걸 입에 올리기 저어하고, 나도 마찬가지죠. 참으로 비극적이고 섬뜩한 일이라고밖에는 달리 말할 수 없군요. 그러나 나는 초자연적인 현상, 뭐 그런 식으로 보지 않아요. 먼저 선생이 그걸 본 후에 그 사연을 얘기할까 하오. 무섭도록 슬픈 이야기지만 나는 그걸 마법이라고 생각하지 않소. 믿음이 어떤 사람들에겐 곧 현실화될 수 있다는 확실한 증거일 뿐이니까요. 솔직히 말해서 나도 그것이 단순히 육체적인 변화가 아니라 그 이상이라는 점 때문에 전율하곤 하지만, 낮이 되면 전부 신경이 예민해진 탓이라고 돌려버리지. 나도 이젠 늙었으니 말이오!

요컨대 이 병원에 있는 그것은 이그의 저주에 희생된 사례라고 봐도 무방하오. 육체적으로 살아 있는 희생양. 병원 간호사 대부분이 그것의 존재를 알고 있긴 하나, 직접 보는 건 금지하고 있소. 전용 병동에서 그것에게 먹이를 주고 씻기는 간호사는 고작 두 명, 원래는 세 명이었으나 그 착한 스티븐스 노인이 몇 년 전에 세상을 떠났소. 조만간 전담 팀을 새로 꾸려야지요. 그것은 늙지도 않고 변하지도 않는 것 같은데, 우리 늙은이들은 영원히 살 순 없으니까요. 어쩌면 가까운 장래에 윤리 의식이 변하면 그것에게 아량을 베풀어서 풀어줄 수도 있겠지만, 장담은 못 하지요.

차도를 올라오면서 동쪽 별관에 지상으로 창문 하나가 나 있는 거 봤나요? 바로 거기요. 지금 내가 선생을 직접 안내할 거요. 아무 말도 할 필요 없어요. 그냥 문에 있는 관찰용 창으로 들여다보면 됩니다. 다행히 빛이 그리 강하지 않아요. 그다음에 내가 이야기를 해주겠소. 최대한 기억을 되살려내고 정리해서 말이오."

우리는 조용히 지하로 내려갔고, 폐기된 것으로 보이는 지하실의 복도를 누비는 동안에도 서로 말이 없었다. 맥닐 박사가 회색 쇠문의 자물쇠를 열었으나, 그것은 또 다른 복도로 이어지는 격벽에 불과했다. 마침내 그가 멈춰 선 곳은 B116호실 앞, 까치발을 하고 간신히 관찰 창을 열더니 마치 그 안의 뭔가를 깨우려는 듯 페인트칠한 쇠문을 몇 차례 쾅쾅 두드렸다.

박사가 관찰 창을 열자 희미한 악취가 새어 나왔고, 문을 두드린 것에 화답하듯 쉭쉭 낮은 소리가 난 것 같았다. 박사가 관찰 창에서 비켜서며 내게 손짓하자, 나는 그쪽으로 움직이면서 까닭 없이 강렬해지는 전율을 느꼈다. 바깥쪽 지상에 가까이 나 있는 쇠창살 창문으로 희미한 빛이 간신히 비치고 있었다. 몇 초간 악취 나는 병실 내부를 들여다보고 있자니, 밀짚을 깐 병실 바닥에서 뭔가 꿈틀꿈틀 기어 다니는 것이 눈에 띄었는데, 그것은 간간이 작고 공허하게 쉭쉭 소리를 내고 있었다. 이윽고 그 그림자가 일정한 형태를 띠기 시작했고, 그 꿈틀거리는 형체가 바닥에 배를 깔고 엎드린 사람의 모습과 어딘지 조금 닮은 것 같았다. 나는 정신을 잃지 않으려고 쇠문의 손잡이를 그러잡고서 몸을 지탱해야만 했다.

움직이는 물체는 거의 사람 크기였고, 실오라기 하나 걸치지 않은 상태였다. 몸에 털은 전혀 나지 않은 데다 흐릿하고 스산한 빛에 드러난 황갈색 등에는 희미하게 비늘 같은 것이 달려 있었다. 양어깨 주변에 갈색 반점들이 나 있었고, 머리는 아주 이상하리만큼 납작했다. 그것이

쉭쉭거리며 나를 올려다보는 순간, 구슬처럼 작고 검은 눈알들이 역겹게도 유인원의 그것과 닮았다는 걸 알았으나 오랫동안 관찰할 용기가 나지 않았다. 눈알 두 개가 섬뜩하고 집요하게 나를 노려보는 바람에 나는 숨을 몰아쉬며 관찰 창을 닫아버림으로써 그것이 밀짚을 깐 바닥과 괴괴한 황혼 속에서 저 혼자 꿈틀거리게 내버려두었다. 박사가 나를 이끌면서 부드럽게 내 팔을 잡아준 것으로 봐서 내가 약간 현기증을 느꼈나 보다. 그동안 나는 계속해서 같은 말을 더듬거리고 있었다.

"그, 그런데, 어휴, 저, 저게 뭡니까?"

맥닐 박사는 원장실에서 안락의자에 아예 널브러지다시피 기댄 나를 마주 보고 앉아서 그 이야기를 해주었다. 늦은 오후의 누르스름한 심홍색 햇빛이 초저녁의 보랏빛으로 바뀌었으나 나는 여전히 경외감에 휩싸여 꼼짝없이 앉아 있었다. 전화와 버저가 울릴 때마다 화가 치밀었고, 간호사와 인턴 들이 수시로 박사에게 달려올 때마다 그들에게 욕설이라도 퍼붓고 싶었다. 밤이 왔다. 박사가 원장실의 전등을 다 켜주니 기뻤다. 명색이 과학자건만, 나는 난롯가에서 두런두런 오가는 마녀 이야기에 귀 기울인 어린아이처럼 공포의 황홀경에 빠져 연구에 대한 열의마저 망각하고 있었다.

중앙 평원의 부족들이 섬기는 뱀 신 ─ 좀 더 남쪽의 케찰코아틀이나 쿠쿨칸[48]의 원형으로 추정되는 ─ 즉, 이그는 아주 제멋대로이고 변덕스러운 성품의 반(半)의인화된, 기묘한 악마인 것 같다. 무조건 사악하지만은 않아서 자기 자신과 자식들, 즉 뱀에게 적절한 존경심을 보이는 자에겐 대체로 살갑게 대하는 편이다. 그러나 가을에는 유난히 탐욕스러워져서 적절한 제식을 치러 물리쳐야 한다. 포니, 위치타, 카도 지역에서 8월과 9월 그리고 10월까지 몇 주에 걸쳐 톰톰 소리가 끊이지 않는 이유가 바로 그 때문이다. 이 지역 주술사들이 마치 아즈텍과 마야의 그들처럼 딸랑이와 호각으로 괴상한 소음을 내는 이유도 바로 그 때문이다.

이그의 중요한 특징은 자식들을 향한 맹목적인 헌신이었다. 그 헌신이 어찌나 지독했던지 인디언들은 지역에 득시글거리는 독 방울뱀으로부터 스스로를 방어하는 것마저 두려워했다. 공포에 짓눌린, 은밀한 이야기들은 이그를 조롱하거나 그 새끼 뱀들한테 해를 가하는 자는 이그의 보복을 당한다는 것을 암시했다. 다시 말해, 희생자를 적당히 고문한 후에 점박이 뱀으로 만들어버린다는 것이다.

인디언 지역에서 오래전에는, 박사의 계속되는 설명에 따르면, 이그에 관한 얘기가 그리 큰 비밀은 아니었다. 평원의 부족들은 사막의 유목민과 푸에블로 부족에 비해 조심성이 없어서 최초의 인디언 대리인들에게 부족의 전설과 가을에 치르는 의식들에 관해 허물없이 얘기함으로써 그 상당 부분이 인근의 백인 정착촌까지 퍼지는 단초가 되었다. 토지 쟁탈전이 한창이었던 1889년, 기이한 사건들과 관련하여 소문이 나돌았고 이것이 나중에 오싹하리만큼 명백한 증거에 힘입어 사실로 받아들여질 무렵, 거대한 공포가 엄습했다. 인디언들은 새로 이주해 온 백인들이 이그에 대처하는 방법을 모른다고 말했고, 그 후로 백인 정착민들도 그런 말을 기정사실화했다. 그 무렵부터 중부 오클라호마의 노인들은 백인과 인디언을 막론하고 뱀 신에 관해서 에두른 암시 외에는 일절 입에 올리지 못했다. 박사가 불필요하게 힘을 주어 덧붙인 말에 따르면, 결국 사실로 입증된 유일한 공포는 마법이 아니라 불쌍한 비극의 희생양 하나뿐이라고 했다. 게다가 이 증거물은 지극히 구체적이고 참혹하여 그 변화의 마지막 단계는 엄청난 논란을 불러오기까지 했다.

맥닐 박사가 잠시 말을 멈추고 목을 가다듬는 동안, 나는 영화관의 커튼이 올라갈 때처럼 감질나고 애가 탔다. 사건의 시작은 워커 데이비스와 그의 아내 오드리가 새로 허가된 공유지에 정착하기 위해 아칸소를 떠난 1889년 봄이었고, 그 결말은 위치타 지역 — 지금은 카도 카운티가 된 위치타 강 북부 — 에서 일어났다. 지금은 이곳에 빙어라는 작은 마을이 있고 철도가 지나간다. 그러나 이것만 제외하면 이곳은 오클라호마의 다른 지역에 비해 변화가 적은 편이다. 거대한 유전들이 그리 가까이 없기 때문에 이곳엔 — 요즘에는 특히 생산성이 높은 — 농장과 목장이 있다.

워커와 오드리는 망아지 두 마리가 끄는 지붕 달린 짐마차에 '울프'라는 쓸모없는 개 한 마리와 살림살이를 싣고 오자크의 프랭클린 카운티에서 출발했다. 전형적인 구릉 주민이었던 이들 부부는 젊은 데다 다른 사람들에 비해 야심이 커서 아칸소에서보다는 더 큰 근면의 보답을 얻고 더 나은 삶을 살리라 꿈에 부풀어 있었다. 둘 다 깡마른 체격으로, 남자는 키가 크고 꺼칠꺼칠한 피부에 눈은 잿빛인 반면 여자는 키가 작고 피부가 검었는데 특히 검은 생머리 때문에 어딘지 인디언 혼혈이라는 느낌을 주었다.

전반적으로 이들 부부에게서 눈에 띄는 특징은 없었고, 한 가지만 빼고는 당시에 새 땅을 찾아 몰려든 수많은 개척자들과 그다지 다른 삶의 내력이랄 것도 없었다. 그 예외적인 한 가지란 워커가 간질 발작에 가까울 정도로 뱀을 무서워한다는 것이었다. 천성적으로 그랬다는 말도 있고, 그가 어렸을 때 어느 인디언 노파가 놀려주려고 했다는 예언 때문에, 다시 말해 그의 운명에 관한 음산한 말 때문에 그렇다는 일설도 있다. 이유가 무엇이건 간에 그 후유증은 확실했다. 평소 용감하기 이를 데 없는 그가 뱀 얘기만 나왔다 하면 파리하게 질렸고, 작은 뱀 한 마리라도 보는 날에는 충격으로 말미암아 종종 발작을 일으키기까지 했다.

데이비스 부부는 새 땅을 봄갈이할 희망에 부풀어 그해 일찍 출발했다. 여정은 더뎠다. 아칸소는 도로 사정이 나빴고, 길은 고사하고 산과 붉은 모래 황무지가 광활하게 펼쳐지기 일쑤였다. 지세가 점점 평평해지는 동안, 고향의 산들과는 다른 지형이 계속 이어지자 그들의 마음은 더욱 울적해졌다. 그러나 인디언 대리인들은 아주 상냥했고, 정착한 인디언 대부분이 친절하고 정중하다는 것도 알게 되었다. 간간이 같은 처지의 개척자들을 만나면 순박한 농담과 기분 나쁘지 않은 견제를 주고받기도 했다.

마침 뱀이 그리 많지 않은 계절이어서 워커는 기질적인 약점 때문에 그리 곤경을 겪지 않았다. 여정의 초반에는 그를 괴롭힐 만한 인디언의 뱀 전설도 듣지 못했다. 동남부에서 이주해 온 인디언 부족들은 서부의 부족과는 달리 그런 전설들을 공유하고 있지 않았기 때문이다. 그러나 어찌할 수 없는 운명이었는지, 이그의 전설을 맨 처음 데이비스 부부에게 넌지시 알려준 이는 크리크 카운티의 오크멀기에 사는 한 백인이었다. 백인의 암시는 워커를 묘하게 사로잡아서 거리낌 없이 이런저런 질문까지 하게 만들었다.

머잖아 워커의 흥미는 공포증의 나쁜 증상 중 하나로 발전했다. 밤에 야영할 때마다 수풀이 아예 없는 빈터를 고르고 돌이 있는 곳은 한사코 피하는 등 지나치게 조심했다. 자라다 만 수풀이 모여 있는 곳이나 판석처럼 크고 넓적한 바위에 틈이라도 있으면 틀림없이 사악한 뱀들이 숨어 있다고 단정하는가 하면, 정착민이나 이주민으로 보이지 않는 사람은 누구를 막론하고 의심이 풀릴 때까지 잠재적인 뱀 신이라고 간주했다. 다행히 이때까지는 그의 신경을 더욱더 갉아댈 만큼 수상쩍은 사람들과 마주치지 않았다.

그들이 킥카푸 카운티에 다다를 무렵, 바위에서 멀리 떨어져 야영하기가 더욱 어려워졌다. 급기야 그런 식으로 야영하는 게 불가능해지자, 불쌍한 워커는 어린 시절에 배웠던 뱀 퇴치 주문을 외우는 등 유치한 방법까지 동원했다. 두세 번인가 실제로 뱀이 나타났고, 이 때문에 평정을 유지하려는 워커의 노력은 더욱 힘겨워졌다.

여행 22일째 되는 날, 맹렬한 바람이 불자 노새의 안전을 위해서라도 어쩔 수 없이 야영지를 최대한 빨리 찾아내야 했다. 오드리는 한때 캐나디안 강[49]이었으나 지금은 말라붙은 강바닥 위로 유난히 높게 솟구쳐 있는 절벽을 선택하자고 남편을 설득했다. 워커는 바위에 드리워진 그림자가 영 꺼림칙했으나 이번만은 참아보자고 결심했다. 경사 때문에 짐마차를 가져갈 수 없기에 워커는 시무룩하게 노새들을 끌고 비탈로 향했다.

오드리가 마차 근처의 바위를 살피는 동안, 그 근처에서 늙고 쇠약한 개가 유난히 코를 킁킁거렸다. 라이플총을 들고 개를 따라가던 오드리는 곧 그것을 워커보다 먼저 발견한 행운에 고마워했다. 두 개의 표석 사이 틈바구니에 은밀히 자리 잡은 뱀 소굴을 워커가 봐서 좋을 일이 없었기 때문이다. 뱀이 서너 군데 더 있을 법했지만 지금 그녀의 눈앞에서 한 덩어리처럼 돌돌 말고 나른하게 꿈틀거리는 것은 새끼 방울뱀들이 틀림없었다.

혹여 워커가 보고 충격을 받을까 봐 조바심이 난 오드리는 망설임 없이 총열을 단단히 움켜잡고서 개머리로 그 꼼지락거리는 뱀들을 몇 번이나 내리쳤다. 그녀도 속이 울렁거리기야 했지만 진짜 공포라고 할 정도는 아니었다. 드디어 다 끝난 것을 확인하고, 즉석 몽둥이로 사용한 라이플총을 붉은 모래에 비빈 다음 근처의 마른 풀로 닦아내려고 돌아섰다. 워커가 노새를 매어놓고 돌아오기 전에 뱀의 은신처를 가려놓아야겠다는 생각도 들었다. 양치기 개와 코요테의 잡종인 늙은 울프가 눈에 보이지 않기에 혹시 주인을 부르러 간 건 아닐까 조바심이 났다.

곧 들려온 발소리는 오드리의 걱정이 괜한 것이 아님을 입증했다. 잠시 후에 워커가 전부 보고 만 것이다. 혹시나 기절하면 부축하려고 오드리가 곁으로 다가갔지만 그는 조금 휘청거리는 정도였다. 곧 핏기 없는 얼굴에 단단히 겁에 질린 — 마치 경외심과 분노가 뒤섞인 듯한 — 표정을 하고 천천히 돌아서더니 떨리는 목소리로 아내를 나무랐다.

"빌어먹을, 오드, 왜 이런 짓을 한 거야? 뱀 악마, 이그에 대한 이야기 못 들었어? 나한테 알리고 다른 데로 옮겼어야지. 그 악마 신이 자기 새끼를 다치게 하면 어떻게 하는지 몰라서 그래? 인디언들이 왜 가을 내내 춤을 추고 북을 쳐대는지 몰라? 이 땅은 저주받았다고. 귀가 닳도록 내가 말했고, 여기 오는 사람들도 다 같은 말을 하잖아. 이그가 이곳을 지배하고, 가을마다 희생양을 찾아 돌로 만들려고 밖으로 나온다잖아. 오드, 저 협곡 너머의 인디언들이 뱀을 좋아해서든 돈 때문이든 뱀 한 마리 죽이지 않는 이유가 뭐겠어!

당신이 이그의 새끼들을 짓뭉개놓았으니 이걸 어째. 내가 인디언 주술사의 부적을 사 오지 않으면, 이그가 곧 당신을 잡으러 올 거야. 틀림없다니까, 여보. 밤에 나타나서 당신을 점박이 뱀으로 만들 거라고!"

이후 남은 여정 내내 워커는 오싹한 질책과 예언을 되풀이했다. 뉴캐슬 근처에서 캐나디안 강을 가로지르고 얼마 후 그들은 진짜 평원 인디언을 처음으로 만났다. 담요로 몸을 휘감고 있는 위치타 부족이었고, 그들의 추장은 워커가 건네는 위스키에 취해 스스럼없이 얘기를 주고 받다가 위스키 1리터를 선물로 받고는 장황스러운 방어 주문을 알려주었다. 그 주가 끝나갈 무렵, 데이비스 부부는 드디어 위치타 지역 내 선별지에 도착했다. 그들은 서둘러 땅의 경계를 긋고 집을 짓기도 전에 봄갈이부터 시작했다.

그 지역은 평평했고 바람이 세찼으며 수풀이 많지 않았다. 그래도 농사를 지으면 풍작을 기대할 수 있는 환경이었다. 간간이 지면에 노출된 화강암이 부서진 붉은 사암으로 이루어진 토양의 성질에 변화를 주었고, 여기저기 땅거죽을 따라 펼쳐져 있는 거대하고 납작한 바위들은 흡사 인공 바닥 같았다. 뱀이나 뱀의 서식지가 될 만한 곳도 거의 없는 것 같았다. 그래서 오드리는 크고 반들반들한 화강암 위에 방 한 칸짜리 오두막을 짓자고 남편을 설득하는 데 성공했다. 그 정도 바닥에 큼지막한 난로만 있으면 아무리 습한 날씨에도 끄떡없을 터였다. 물론 얼마 지나지 않아 이 지역에선 습기가 그리 문제 되지 않는다는 걸 알게 됐지만 말이다. 통나무들은 그나마 가장 가까운, 위치타 산맥 쪽으로 꽤 멀리 떨어진 숲에서 짐마차로 실어 왔다.

워커는 굴뚝이 넓은 오두막과 투박한 헛간을 이웃 정착민들의 도움을 받아 완성했다. 이웃이라고는 하나 가장 가까운 집이 1.5킬로미터 정도도 떨어져 있었다. 워커는 그 보답으로 이웃들이 비슷한 집을 짓는 걸 도와주었고, 이렇게 품앗이를 하는 과정에서 새로 이웃 간에 돈독한 정이 생겼다. 철로를 따라 동북쪽으로 50킬로미터 이상 떨어진 엘레노 외에 인근엔 마을이라고 할 만한 촌락이 없었다. 몇 주가 지나지 않아서 이 지역 정착민들은 서로 멀리 떨어져 있음에도 강하게 결속했다.

목초지에 정착하기 시작한 인디언들은 금주법에도 불구하고 은밀히 구한 술에 취하면 퍽 난폭하게 싸움을 벌였지만 대부분은 순진한 사람들이었다.

데이비스 부부의 이웃 중에서 특히 조 콤프턴과 샐리 콤프턴 — 동향인 아칸소 출신의 부부 — 이 가장 많은 도움을 주었고 서로 잘 통했다. (샐리는 오늘날까지 살아 있으며 콤프턴 할머니로 불리고 있다. 이곳에 이주해 올 때 갓난아기였던 그녀의 아들 클라이드는 어느덧 지역 유지가 되어 있다.) 샐리와 오드리는 서로 3킬로미터쯤 떨어져 그나마 가까운 편이어서 왕래가 잦았다. 봄과 여름의 긴 오후 동안, 두 아낙은 떠나온 아칸소의 추억과 이주해 온 새 보금자리의 소문을 주고받았다.

샐리는 뱀을 무서워하는 워커의 약점을 무척이나 측은해했다. 그런데 그녀는 이그의 저주에 관한 주문과 예언을 시도 때도 없이 늘어놓는 워커 때문에 역시나 신경증에 걸려버린 오드리에게 위안을 주기는커녕 오히려 더 큰 불안을 부채질한 모양이었다. 샐리는 남달리 섬뜩한 뱀 이야기를 훤히 꿰고 있었고, 그중에서도 걸작에 속하는 — 스콧 카운티에서 방울뱀 무리한테 한꺼번에 물려 독이 퍼지는 바람에 아주 기괴하게 부풀었다가 급기야 펑 하고 온몸이 터져버렸다는 한 남자에 관한 — 이야기를 할 때는 몹시도 음산한 분위기를 자아냈다. 오드리는 그 일화를 남편에게 얘기하지 않았을 뿐만 아니라 콤프턴 부부에게 이 지역에선 그 얘기를 삼가달라고 간청했다. 그 후로 조와 샐리 내외는 오드리의 간곡한 부탁을 더없이 충실하게 들어주었다.

워커는 옥수수 농사를 일찍 시작한 덕분에 한여름의 자투리 시간 동안 이 지역 고유의 마리화나를 많이 수확할 수 있었다. 그리고 조 콤프턴의 도움으로 우물을 파서 아주 깨끗한 물의 공급원까지 확보했고, 나중에는 분수우물로 바꿀 계획이었다. 뱀 때문에 심각한 상황을 겪은 일은 많지 않았고, 꿈틀거리는 불청객들이 자신의 땅엔 얼씬하지 못하도록 많은 준비를 해두었다. 위치타의 중심 부락을 형성하는 원뿔 모양의 초가집 마을에 이따금씩 들러서 인디언 노인과 무당을 상대로 뱀 신에 대해, 또 그 저주를 퇴치하는 방법에 대해 장시간 대화를 나누기도 했다. 위스키만 있으면 언제든지 주문이나 부적을 얻을 수 있었으나, 그렇게 얻은 정보의 대부분은 그에게 전혀 위안을 주지 못했다.

이그는 위대한 신이었다. 이그는 나쁜 주술사였다. 이그는 절대 잊지 않았다. 새끼들이 굶주리고 거칠어지는 가을이 오면, 이그도 굶주리고 거칠어졌다. 옥수수 수확기가 오면 부족들은 전부 이그를 퇴치하기 위해 주술을 걸었다. 이그에게 옥수수를 바치고, 호각과 딸랑이와 북소리에 맞춰 적절한 위엄을 갖추고 춤을 추었다. 이그를 멀리 쫓기 위해서, 또 티라와(포니 인디언 부족의 창조신.)의 도움을 청하기 위해서 그들은 쉬지 않고 북을 쳤다. 이그의 자식이 뱀이듯이 티라와의 자식은 사람이기 때문이다. 데이비스의 인디언 아내가 이그의 자식들을 죽인 건 악행이었다. 그러니 데이비스는 옥수수 수확기가 오면 주문을 무수히 외워야 했다. 이그는 이그. 이그는 위대한 신.

옥수수 수확기가 시작될 무렵, 워커는 아내를 가련할 정도의 신경증 상태로 몰아넣고 말았다. 그의 기도와 주문 흉내는 정말이지 성가시기 짝이 없었다. 게다가 인디언의 가을제가 시작되자, 멀리서 바람에 실려 쉬지 않고 들려오는 북소리는 불길한 배경음악까지 더해 주는 꼴이었다. 광활한 붉은 평원 너머로 줄기차게 들려오는 어렴풋한 소음을 듣고 있자니 점점 미칠 노릇이었다. 그래도 한 번은 쉬지 않을까? 밤과 낮이 바뀌고 한 주가 가고 또 한 주가 오는 동안, 붉은 먼지바람은 지치지 않는 소리를 집요하게 실어 왔다. 오드리는 남편의 주문보다 그 소리를 더 질색했다. 워커가 그 소리에 자신의 주문을 더 보강해 주는 방어력이 있다고 여겼기 때문이다.

가을 날씨가 이상하리만큼 포근하여 원시적인 조리 용도 외에는 워커가 공들여 만든 돌난로를 그리 많이 사용하지 않았다. 후텁지근한 면지구름 속의 부자연스러운 뭔가가 모든 정착민의 신경을 갉아댔고, 그 중에서도 당연 오드리와 워커의 피해가 가장 컸다. 주변에 감도는 뱀의 저주와 멀리서 끝없이 들려오는 인디언의 기묘한 북소리가 나쁜 조합을 이루어 도저히 참을 수 없는 괴기 요소를 더해 가고 있었다.

이런 긴장감에도 불구하고 옥수수 수확이 끝난 후 집집이 돌아가면서 축제 모임을 몇 차례 가졌다. 현대성 속에 여전히 간직된 순박함, 가정에서 열리는 이 흥미로운 수확제는 인간의 농경 생활만큼이나 그 연원이 깊었다. 미주리 남부 출신으로 워커의 집에서 동쪽으로 5킬로미터가량 떨어져 사는 라파예트 스미스, 그의 바이올린 연주 실력은 상당한 수준이었다. 바이올린 선율은 사람들로 하여금 멀리서 들려오는 톰톰의 단조로운 소리를 잊게 만들었다. 핼러윈을 앞두고 정착민들은 또 한 번의 유쾌한 모임을 계획했으니, 이것은 농경문화보다도 더 오래된 풍습과 관련이 있었다. 아리안족이 등장하기 전부터 은밀한 숲에서 칠흑 같은 밤을 통해 면면히 이어져왔고 후대에는 유머와 가벼움의 가면 뒤에서도 여전히 모호한 공포를 암시하고 있는, 으스스한 악마의 연회. 핼러윈은 목요일이었고, 첫 축제를 데이비스 부부의 오두막에서 열기로 약속이 되어 있었다.

포근하던 날씨가 바뀐 것은 바로 10월 31일이었다. 그날 아침에 잔뜩 찌푸리고 우중충하더니 정오 무렵에는 계속해서 불어대는 바람이 더위를 으스스한 냉기로 바꾸어버렸다. 사람들은 추위를 예상치 못했기 때문에 더욱 몸을 떨었고, 워커 데이비스의 늙은 개 울프는 힘없이 집 안으로 들어와 난롯가에 자리를 잡았다. 그러나 먼 북소리는 여전히 계속되었고, 백인 정착민들도 그들만의 축제를 그만둘 생각이 없었다. 이르다 싶은 오후 4시경부터 마차들이 워커의 오두막에 속속 도착하기 시작했다. 기억에 남을 바비큐 파티를 끝내고 저녁에는 라파예트 스미스의 바이올린이 널찍한 방에 북적이는 꽤 많은 사람들에게 톡톡 튀는 기괴함의 향연을 선사했다. 상대적으로 젊은 사람들은 계절에 어울리게 기분 좋은 공허감에 빠져들었고, 바이올린 소리를 처음 들어보는 울프는 특히 라파예트의 으스스한 연주 부분에서 등골이 오싹할 만큼 불길하고 구슬프게 울어댔다. 그러나 쇠약해진 이 노견은 흥겨운 소란 속에서도 대부분 잠이 들어 있었다. 울프는 적극적인 호기심을 느끼기엔 너무 늙어서 대부분의 시간을 꿈속에서 살고 있었기 때문이다. 톰 릭비와 제니 릭비는 콜리종의 지크를 데려왔는데 이 녀석은 도통 붙임성이 없었다. 지크는 뭔가 불편한 것이 있는지 밤 내내 주변을 돌아다니며 코를 킁킁거렸다.

오드리와 워커는 춤 솜씨가 뛰어나서 콤프턴 할머니는 지금도 그날 밤 이 한 쌍의 부부가 춤을 추던 광경을 즐겨 회상하곤 한다. 그때만큼은 데이비스 부부도 근심 걱정을 잊은 듯했고, 특히 워커는 면도를 하고 몸단장을 해서 아주 말쑥해 보였다. 10시가 되자 모두가 기분 좋게 노곤해졌고, 많은 악수와 즐거운 시간이었다는 인사가 오가는 가운데 가족마다 하나둘 집으로 돌아가기 시작했다. 톰과 제니 부부는 마차를 향해 뒤따라오던 지크가 오싹하게 울어대자 집으로 가는 것이 못내 아쉬워서 그러나 보다 생각했다. 그러나 오드리의 생각에는 지크를 자극한 것은 멀리서 들려오는 톰톰 소리였다. 그도 그럴 것이 집 안에서의 흥겨운 축제가 끝나고 나니 그 아득한 북소리가 더욱더 섬뜩하게 들려왔다.

그날 밤은 몹시 추워서 워커는 처음으로 난로의 커다란 장작에 불을 붙이고 재를 덮어 아침까지 불이 꺼지지 않게 놔두었다. 늙은 울프는 불그스름한 불빛 가까이 자리를 잡고서 평소처럼 혼수상태와 같은 잠에 빠져들었다. 주문과 저주를 생각하기엔 너무 피곤했던 오드리와 워커는 투박한 소나무 침대에 누웠고, 난로 선반 위의 싸구려 자명종이 3분을 채 재깍거리기도 전에 곯아떨어졌다. 여전히 저 멀리선 지긋지긋한 톰톰 소리가 차가운 밤바람에 실려 오고 있었다.

맥닐 박사가 말을 멈추고 안경을 벗었다. 마치 현실 세계가 흐릿해지면 회상의 시야는 선명해지기라도 하는 것처럼.

"이웃들이 떠나고 난 뒤 벌어진 일을 꿰맞추느라 내가 얼마나 고생했는지 곧 알게 될 거요. 그래도 한때는 꽤 노력을 해보기도 했다오."

잠시 침묵했던 그가 다시 말을 이었다.

오드리는 무시무시한 이그의 악몽을 꾸었고, 그녀가 어디선가 본 싸구려 판화에서처럼 이그는 사탄의 가면을 쓰고 나났다. 그녀가 공포의 절정에서 소스라치게 놀라 잠에서 깼을 때, 워커는 이미 깨어서 침대에 앉아 있었다. 그는 뭔가에 잔뜩 귀를 기울이고 있는 것 같았고, 무슨 일로 잠에서 깼냐고 물으려는 아내에게 낮은 목소리로 조용히 하라고 말했다.

"쉿, 조용! 뭔가 재잘재잘 윙윙거리고 부스럭거리는 소리 안 들려? 귀뚜라미 같지?"

분명히 오두막 안에서 워커가 말한 소리가 또렷하게 들려왔다. 무슨

소리인지 알아내려던 오드리는 그만 섬뜩하고도 귀에 익은, 이제는 그
녀의 기억 한편에서 가물가물 맴도는 뭔가를 떠올렸다. 게다가 그녀의
섬뜩한 생각을 뒤흔드는 단조로운 탐탐 소리가 구름 낀 반달 아래 어둠
에 물든 평원을 가로질러 여전히 들려오고 있었다.

"여보, 혹시 이그의 저, 저, 저주인가요?"

그녀는 남편이 부르르 떠는 것을 느꼈다.

"아니, 이그는 이런 식으로 나타나지 않을걸. 가까이서 보지 않는다
면 사람의 모습을 하고 있어. 잿빛 독수리 추장이 그랬어. 밖이 추워서
벌레들이, 귀뚜라미는 아니고, 그 비슷한 것들이 들어온 모양이야. 더
안쪽으로 들어오거나 찬장에 들어가기 전에 밟아 죽여야겠어."

그는 가까이 걸어둔 등잔을 더듬으며 일어서서 양철통에서 성냥알
을 꺼내 등잔불을 붙였다. 오드리는 침대에 일어나 앉아서, 확 치솟은
성냥불이 잔잔한 등잔불로 옮겨 가는 걸 지켜보았다. 이윽고 방 안을
찬찬히 살피기 시작하는 두 사람, 그런데 그들이 거의 동시에 내지른
광기의 비명에 투박한 서까래들이 흔들거렸다. 평평한 돌바닥에서 새
로이 드러난 환영이 있었으니, 꿈틀꿈틀 득시글거리는 한 무리의 방울
뱀이었다. 난로를 향해 미끄러지던 뱀들이 이제는 겁에 질려 등불을 들
고 있는 워커를 향해 방향을 돌리더니 능글맞은 머리들을 위협적으로
치켜들었다.

오드리가 방울뱀들을 본 것은 한순간에 불과했다. 크기가 다 달랐고
셀 수 없이 많았으며 여러 종이 뒤섞여 있는 것 같았다. 그녀가 보고 있
는 동안에도 두세 마리가 머리를 들고 금방이라도 워커를 공격할 태세
였다. 그녀는 기절하지 않았다. 등잔불이 꺼져 그녀가 어둠 속에 갇힌
것은 워커가 쿵 하고 바닥에 쓰러졌기 때문이었다. 그는 끽소리도 내지

못했다. 공포에 마비된 채로 마치 인간이 아닌 존재가 쏜 침묵의 화살에 맞은 것처럼 그냥 쓰러졌다. 오드리에게는 방금 깨어난 악몽과 현실이 뒤섞여 미친 듯이 빙빙 도는 것 같았다.

의지와 현실감을 잃은 오드리가 자발적으로 움직인다는 건 아예 불가능했다. 그저 무기력하게 베개에 등을 기대고 어서 이 꿈에서 깨길 바랄 뿐이었다. 그녀는 무슨 일이 벌어졌는지 한동안 사태 파악을 전혀 하지 못했다. 얼마 후, 지금 내가 깨어 있는 건 아닐까 하는 의심이 시나브로 들기 시작했다. 뒤죽박죽 거세지는 고통과 슬픔으로 온몸에 경련이 일었고, 드디어 지금까지 침묵하게 만들었던 금기를 깨뜨리면서 긴 비명을 질렀다.

워커는 죽었고, 그녀는 아무런 도움도 주지 못했다. 그는 어렸을 때 주술사 노파가 예언한 대로 뱀 때문에 죽었다. 울프도 그를 구하지 못했다. 울프는 아예 깊은 잠에서 깨어나지도 못한 것 같았다. 이제 포복하는 괴물들이 그녀를 노릴 게 분명했다. 어둠 속에서 시시각각 그녀를 향해 꿈틀꿈틀 다가와 어쩌면 이미 침대 다리에 미끈거리는 몸을 감고서 거친 모직 담요를 따라 기어오르고 있을지도 몰랐다. 오드리는 자기도 모르게 이불 속으로 기어들어 오들오들 떨었다.

이그의 저주가 틀림없다. 이그가 만성절 밤에 자신의 괴물 자식들을 보내 워커를 먼저 죽인 것이다. 그런데 왜지? 잘못이 없는 워커를 왜? 곧장 그녀에게 달려들지 않은 이유는 뭐지? 그녀 혼자서 새끼 방울뱀들을 죽이지 않았던가? 그리고 오드리는 인디언들이 말하는 저주의 방식을 떠올렸다. 죽지 않는 대신에 점박이 뱀으로 변할 터이다. 아! 방금 전에 바닥을 스쳐 간 그런 뱀으로 변한단 말인가? 이그가 그녀를 잡기 위해 보낸 저 뱀들, 저것들과 똑같아진단 말인가! 오드리는 워커한테서 배운 주문을 외워보려 했으나 한마디 말도 내뱉을 수 없었다.

자명종의 시끄러운 재깍거림이 멀리 톰톰의 광기 어린 소리보다 더 크게 들려왔다. 뱀들은 시간을 오래 끌었다. 시간을 끌면서 그녀를 희롱하려는 수작인가? 가끔씩 이불 위에서 음흉하고 일정한 압력이 느껴지는 것 같았으나, 그때마다 알고 보면 그녀 자신의 긴장된 신경이 실룩거린 결과였다. 어둠 속에서 자명종이 재깍거리는 동안, 그녀의 생각에 서서히 변화가 생겼다.

뱀들이 이리도 시간을 끌 리 없잖은가! 그렇다면 이그의 전령이 아니라, 그저 돌바닥 밑에 서식하다가 따뜻한 불기운에 이끌려 나온 자연산 방울뱀일 것이다. 그녀를 노리고 있진 않을 것이다. 이미 불쌍한 위커로 만족했을 테니까. 그렇다면 지금 어디에 있을까? 가버렸나? 불가에 똬리를 틀고 있을까? 아니면 아직도 희생양의 시체 위를 기어 다니고 있을까? 자명종이 재깍거렸고, 멀리서 북소리가 들렸다.

남편의 시체가 칠흑 같은 어둠 속에 누워 있다고 생각하자, 완전한 공포의 전율이 오드리를 휘감았다. 샐리 콤프턴이 말한, 스콧 카운티의 그 남자! 그 남자도 방울뱀 무리한테 한꺼번에 물렸다고 했지. 가만, 그래서 어떻게 됐다더라? 독이 퍼져 온몸이 부풀었고, 결국엔 오싹한 펑소리와 함께 터져버렸다고 했다. 저 돌바닥에 누워 있는 위커에게도 그런 일이 생기려는 것일까? 오드리는 너무도 섬뜩해서 차마 입에 올리지도 못할 뭔가를 향해 자기도 모르게 귀를 쫑긋 세우고 있었다.

재깍 재깍 재깍, 시계 소리는 밤바람에 아득하게 실려 오는 북소리와 함께 비웃듯, 냉소하듯 시간을 좇았다. 괘종시계였더라면 이 무서운 불침번을 얼마나 오래 서야 할지라도 알 수 있을 텐데. 오드리는 기절도 하지 않는 자신의 강한 신경을 원망했고, 날이 밝은들 과연 안심할 수는 있을지 의심스러웠다. 혹시 이웃들이 지나가다가 — 틀림없이 누군 가는 방문할 터이니 — 아직은 제정신인 그녀를 발견하게 될까? 지금 은 제정신이라고 할 수 있나?

음침하게 귀 기울이고 있던 오드리는 불현듯 뭔가를 깨달았다. 그냥 믿어버리기에 앞서 무슨 수를 써서든 꼭 확인부터 해야만 하는 그런 것 말이다. 그런데 확인을 한 뒤에는 그것을 반겨야 할지 두려워해야 할지 갈피를 잡지 못했다. 요컨대 멀리서 들려오던 인디언의 톰톰 소리가 그 친 것이었다. 언제나 그녀를 괴롭히던 북소리, 그러나 워커는 외계의 정체 모를 악마로부터 지켜주는 방벽으로 여기지 않았던가? 워커가 잿 빛 독수리와 위치타 부족의 주술사들을 만나고 와서 그녀에게 알려준 일들이 뭐였더라?

결국 오드리는 그 새롭고도 갑작스러운 침묵을 좋게 받아들이지 않 았다. 어딘지 불길했다. 시끄럽게 재깍거리던 자명종도 북소리가 그치 고 혼자가 되자 이상한 소리를 내는 것 같았다. 마침내 자기의 의지대 로 움직일 수 있게 된 오드리는 이불 밖으로 얼굴을 내밀고 어둠 속에 서 창가를 바라보았다. 사각의 창문 너머로 또렷하게 보이는 하늘과 총 총한 별, 아마도 달이 지고 하늘은 갠 것 같았다.

그때 아무런 예고 없이 뭐라 표현할 수 없을 정도로 충격적인 소리, 그러니까 "퍽!" 하고 살이 터지는 지독히도 둔탁한 소리가 들리더니 어 둠 속 사방으로 독이 튀었다. 아이고! 샐리 말이 정말이네. 메스꺼운 악 취와 신경을 감고 할퀴는 이 침묵! 너무도 끔찍했다. 침묵의 끈이 툭 끊 어졌고, 칠흑의 밤은 오드리가 더는 억누를 수 없었던 완전한 광기의 비명으로 덧칠됐다.

그 충격에도 오드리는 정신을 잃지 않았다. 차라리 그랬더라면 좋으

런만! 오드리는 자신의 비명이 메아리치는 가운데 별이 총총한 사각의 창문을 바라보았고, 운명의 불길한 전조를 알리는 오싹한 자명종 소리를 들었다. 오드리가 다른 소리를 들었던 것일까? 사각의 창문은 아직도 정사각형이었던가? 그녀는 현실과 환각을 구별하거나 판단할 수 있는 상황이 아니었다.

아니, 창문은 정사각형이 아니었다. 아래 창틀에 뭔가가 웅크리고 있었다. 그리고 방 안에는 시계의 재깍거림 말고 다른 소리도 있었다. 오드리 자신의 것도 가여운 울프의 것도 아닌 가쁜 숨소리가 분명히 들려오고 있었다. 울프는 곤히 잠들어 있었고, 녀석이 깨어나 낑낑거리는 소리를 그녀가 모를 리 없었다. 그때 오드리는 창가의 별빛을 등지고 나타난, 사람처럼 생긴 검고 무시무시한 실루엣을 보았다. 온몸을 부들거리며, 그 커다란 머리와 어깨를 들썩이며, 천천히 그녀를 향해 다가오는……

"아아악! 아아악! 저리 가! 저리 가! 저리 가, 이 뱀 악마야! 저리 가, 이그! 방울뱀을 죽이려고 했던 거 아니에요. 남편이 겁을 먹을까 봐 걱정돼서 그런 거예요. 제발, 이그! 제발! 당신의 자식들을 해친 게 아니에요. 가까이 오지 마요. 날 점박이 뱀으로 만들지 마요!"

그러나 절반은 어둠 속에 모습을 감춘 머리와 어깨가 오로지 침대를 향해, 너무도 조용히 비틀비틀 다가오고 있었다.

한순간 오드리의 머릿속에서 모든 상황이 정리되는 것 같았고, 곧 그녀는 움츠린 아이에서 분노한 광인으로 돌변했다. 도끼가 어디에 있는지 알고 있었다. 등잔과 가까운 벽걸이에 걸려 있었다. 손을 뻗으면 닿을 거리, 오드리는 어둠 속에서도 도끼를 찾아낼 수 있었다. 더 생각해보기도 전에 그녀의 손에 도끼가 들려 있었고, 그녀는 침대 다리 쪽으로 슬그머니 미끄러져 내려갔다. 그러는 동안에도 그 무시무시한 머리와 어깨가 그녀를 향해 시시각각 다가오고 있었다. 그때 만약 방 안에 불빛이 있었더라면, 오드리가 얼마나 섬뜩한 표정을 짓고 있었는지 보였을 것이다.

"맘대로 해봐! 해, 해, 해, 해봐!"

오드리는 새된 소리로 웃어댔다. 창문 너머 별빛이 다가오는 새벽에 자리를 양보하고 희미해져가는 것을 봤을 때 그녀의 깔깔거림은 더욱 높아졌다.

맥닐 박사는 이마의 식은땀을 훔치고 안경을 다시 썼다. 그가 다시 말을 잇기까지 기다리던 나는 계속 침묵이 흐르자 조용히 말했다.

"오드리가 살았나요? 발견은 됐어요? 무슨 일인지 밝혀졌나요?"

박사가 목청을 가다듬었다.

"그렇소. 오드리는 아무튼 살았소. 그리고 무슨 일인지도 설명이 됐소. 내가 말했잖소. 마법 따위는 없다고. 그저 잔인하고 비참하고 실체적인 공포일 뿐이라고."

현장을 발견한 사람은 샐리 콤프턴이었다. 그녀는 다음 날 오후 오드리와 파티 얘기를 하려고 데이비스의 오두막을 찾았다가 굴뚝에 연기가 없는 것을 알아챘다. 그건 이상한 일이었다. 날씨는 다시 포근해졌으나, 그 시간이면 오드리가 대개 요리를 하기 때문이었다. 노새들은 헛간에서 굶주린 소리를 내고 있었다. 게다가 문가 지정석에서 일광욕을 즐기기 마련인 늙은 울프의 모습도 보이지 않았다.

샐리는 무엇보다도 오두막의 분위기가 꺼림칙해서 아주 소심하게 주춤주춤 현관으로 올라가 노크를 했다. 아무 인기척이 없었으나 통나무를 쪼개 만든 그 투박한 문을 열기까지 한참을 더 기다렸다. 문은 잠겨 있지 않은 것 같았다. 그래서 천천히 문을 밀고 안으로 들어갔다. 이윽고 숨이 막혀와 비틀거리며 물러났고, 쓰러지지 않으려 문설주를 붙잡았다.

샐리가 문을 열었을 때 지독한 악취가 풍겼으나 그 때문에 그녀가 충격을 받은 건 아니었다. 그녀가 본 것 때문이었다. 어두운 집 안에 해괴한 일들이 일어나 있었고, 바닥에 있던 세 개의 충격적인 물체가 보는 이로 하여금 경외감과 당혹감을 불러일으켰다.

불 꺼진 난로 가까이 커다란 개 한 마리가 있었다. 옴과 노화로 벗어진 피부에 자줏빛 멍이 있었고, 방울뱀의 독에 부풀었다가 터진 것처럼 죽어 있었다. 많은 뱀에게 한꺼번에 물린 게 분명했다.

출입문 오른쪽에는 도끼로 난도질당한 남자로 보이는 시체가 있었다. 긴 잠옷 차림이었고, 한 손에는 부서진 등잔을 움켜쥔 상태였다. 남자는 뱀에 물린 흔적이 전혀 없었다. 남자의 시체 가까이에 피 묻은 도끼 한 자루가 아무렇게나 놓여 있었다.

그리고 오싹하고 휑한 눈으로 바닥에서 꿈틀거리는 여자가 있었으나, 그녀는 이제 벙어리 광인에 불과했다. 그녀가 할 수 있는 것이라고는 쉭, 쉭, 쉭, 소리를 내는 것뿐이었다.

이 대목에서 박사와 나는 이마에 맺힌 식은땀을 닦아냈다. 박사가 책상 위에 있던 플라스크 병에 든 것을 유리잔에 따라 한 모금 마시고는 다른 잔을 내게 건넸다. 나는 그저 떨리는 목소리로 멍하니 이렇게 말했다.

"그러니까 워커가 처음엔 기절했던 거군요. 비명 소리에 정신을 차렸지만 결국 도끼에 당한 거죠?"

"그렇소." 맥닐 박사의 목소리는 착 가라앉아 있었다. "그러나 워커는 뱀 때문에 죽은 셈이오. 워커의 공포는 두 가지 방식으로 작용했소. 하나는 그를 기절시킨 것이고, 또 다른 하나는 아내에게 무서운 이야기를 주입함으로써 그녀로 하여금 결국엔 뱀 악마를 봤다고 생각하게 만든 거요."

나는 잠시 생각에 잠겼다.

"그런데 오드리의 경우에는, 이그의 저주가 저절로 그녀에게 영향을 끼친 것 같은데 이상하지 않나요? 쉭쉭거리는 뱀 떼의 느낌이 오드리에게 너무 강하게 주입된 것 같아서요."

"그렇소. 처음에는 주술의 효과도 있었을 테지만, 그건 시간이 지나면서 약해졌어요. 오드리의 머리칼은 모근부터 하얗게 변했고, 나중에는 탈모가 시작됐어요. 피부가 점점 얼룩덜룩해지다가 결국엔 죽었는데……"

나는 소스라치게 놀라서 박사의 말을 막았다.

"죽어요? 그러면 저, 저기 지하실에 있는 건 뭡니까?"

맥닐이 심각하게 말했다.

"그건 9개월 후에 오드리한테서 태어난 거요. 세 마리가 더 있었는데, 그중에서 두 마리는 더 흉측했지요. 하지만 살아남은 건 저 한 마리뿐이오."

---

47) 거스리(Guthrie): 오클라호마의 옛 주도.

48) 쿠쿨칸(kukulcan): 마야의 케찰코아틀.

49) 캐나디안 강(Canadian River): 미국 뉴멕시코 주 북동부의 강.

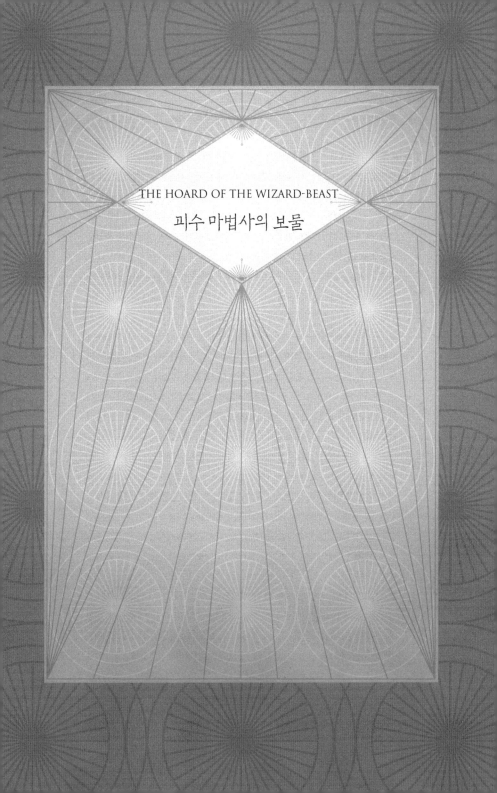

THE HOARD OF THE WIZARD-BEAST

피수 마법사의 보물

작가와 작품 노트 | R. H. 발로(Robert Hayward Barlow, 1918~1951)

미국 작가, 멕시코 전공 인류학자 겸 역사가. 멕시카족의 나우아틀어 전문가. 러브크래프트의 지인이자 글벗. 러브크래프트가 자신의 문학 재산권을 처리할 유언 집행인으로 지정했다. 아버지가 프랑스 주둔 미군이었던 관계로 프랑스에서 태어났고, 아버지의 제대와 더불어 플로리다의 드랜드에 정착했다. 캔자스시티 예술 학교와 샌프란시스코 주니어 칼리지에 다녔다. 1940년에 1년간 멕시코에서 유학한 뒤, 캘리포니아 대학으로 돌아와 학사 학위를 받았다.

발로는 열세 살 때부터 러브크래프트와 로버트 E. 하워드의 문우 관계를 맺었다. 러브크래프트와 여섯 편의 단편을 공저했고, 러브크래프트는 플로리다 드랜드에 있는 발로의 집을 몇 차례 방문하기도 했다. 발로는 러브크래프트의 육필 원고를 타이핑함으로써 원본을 보존하는 데 큰 공헌을 하였다. 발로는 러브크래프트 사망 후 곧바로 프로비던스로 와서 러브크래프트의 원고 대부분과 일부 출간물을 브라운 대학의 존 헤이 도서관에 기증하였다. 특히 발로는 러브크래프트이 「시간의 그림자」를 필사하여 죽기 전까지 보관하다가 지인이었던 준 리플리에게 맡긴다. 그리고 리플리가 사망한 1994년에야 어린이 공책에 연필로 필사된 이 원고가 발견되어 존 헤이 도서관에 기증된다.

출판에 관심이 많았던 발로는 《드래곤 플라이》와 《리브스》 같은 잡지를 발행하기도 했다. 두 잡지 모두 2호 발간으로 단명했으나, 《드래곤 플라이》는 프랭크 벨내프 롱의 첫 시집 『고블린 타워』, 러브크래프트의 「울타르의 고양이」를 세상에 내놓았다.

1937년, 문우이자 멘토였던 러브크래프트가 사망하고 가족의 문제까지 겹치면서 발로는 작가로서의 창작 활동을 중단한다. 러브크래프트의 에세이를 편집하고 전기물에 원고를 (「풀밭에 부는 바람 The Wind That is in the Grass」) 보태는 등의 활동에 그친다.

발로는 1943년경 멕시코로 영구 이주하여, 멕시코 국립자치대학 등 몇 개 대학에서 교편을 잡다가 1948년에 라스 아메리카스 대학(당시 명칭은 멕시코 시립대학) 인류학과 학과장을 맡는다. 이때부터 실험적인 시와 메소아메리카 문명(현재의 멕시코를 비롯한 중앙아메리카 일대에서 번창했던 고대 문명) 연구에서 발군의 성과를 나타냈다. 1944년에 록펠러 재단 기금, 1946년부터 1948년까지 구겐하임 연구비를 받았다. 멕시코의 토착 문화를 다루는 잡지 《틀라로칸》에 뛰어난 논문들을 속속 발표하면서, 멕시코와 미국 및 유럽의 학회지에도 자주 인용되기 시작한다. 『18세기 지리적 연관 *The 18th Century Relaciones Geograficas*』 등의 저작과 1950년에는 나우아틀어 신문인 《멕시칸 캘린더》를 발간하는 등 메소아메리카 인류학 분야에 상당한 업적을 쌓았다.

발로는 1944년 초에 "나의 흥미롭고 불안한 삶이 오래갈 것 같지 않은 미묘한 느낌."이 든다고 글을 쓴 적이 있다. 그리고 1951년 1월, 멕시코 자택에서 방문을 잠근 채 세코날을 과다 복용하여 자살한다. 불만을 품은 학생이 발로의 동성애 사실을 폭로하겠다고 협박한 것이 표면적인 자살 이유이나 확실하진 않다. 자살할 때 방문에 마야 상형문자로 이렇게 쓴 메모를 붙여놓았다고 한다. "방해하지 마시오. 긴 잠을 자고 싶소."

「모든 바다가 마를 때까지」는 러브크래프트와 발로가 1935년 1월에 공동으로 집필하여, 1935년 《캘리포니안》 여름 호에 처음 발표했다. 러브크래프트가 펜으로 수정한 것을 발로가 타이핑한 원고가 남아 있어서 러브크래프트가 이 작품에 어느 정도 참여했는지 확인할 수 있다. 전체적인 구성 면에선 러브크래프트가 크게 바꾼 것이 없고, 일부 표현을 수정하거나 어법의 오류를 바로잡는 정도였다. 다만 지구의 마지막 인간이 죽음을 맞는 대목에 우주적 전망을 반영하는 등 결말의 상당 부분을 직접 썼다고 알려져 있다.

「붕괴하는 우주」는 두 작가가 공동 집필하다가 끝내지 못한 단편으로, 1938년 《리브스》에 실렸다. 서로 한 문단씩 번갈아가면서 쓰기로 했으나, 러브크래프트가 단어 몇 개만 쓰고 발로에게 넘기는 일이 많았다고 한다. 그 결과 익살스러운 대목 상당 부분과 작품의 절반 이상을 발로가 썼다. '스페이스 오페라'에 대한 풍자를 의도한 것인데, 완성되었더라면 퍽 흥미로웠을 작품이다.

「밤바다」는 두 작가가 1936년 여름에 공동으로 집필하여, 1936년 《캘리포니안》 겨울 호에 처음 발표했다. 공동 창작의 형태이긴 하나, 실상 발로가 전체적인 전개와 내용 대부분을 썼고, 러브크래프트는 단순 교정만 한 것으로 알려져 있다. 이 작품에 대한 러브크래프트의 진술엔 상반되는 면이 있다. 《캘리포니안》의 편집자에게 보낸 편지에선 원고를 갈가리 찢어버린 일이 종종 있었다고 진술한 반면, 다른 지인에게 보낸 편지에선 "내가 많이 개입했더라면 가능하지 않았을 성과가 나왔다."라며 높이 평가하기도 했다. 위어드 픽션 특유의 분위기가 가득하고, 미묘함으로 공포의 본질을 포착해 내는 작풍으로 보아 러브크래프트의 본심은 후자에 가까우리라고 보며, 실제로도 독자와 비평가로부터 높은 평가를 받는 작품이다.

세계의 여느 대도시에서 얼마든지 벌어질 수 있는 사건 하나가 고층 건물로 빽빽한 도시 제스에서 벌어졌다. 제스가 기이한 짐승과 더 기이한 식물의 행성에 있는 도시라고 해서, 이 사건이 런던이나 파리 혹은 우리가 아는 대도시에서 벌어지는 사건과 크게 다르지 않았다. 늙고 약삭빠른 관리가 자신의 부정을 교묘히 은폐한 탓에 이 도시의 재정은 바닥나고 말았다. 제스의 국고에는 예전처럼 빛나는 프룰더가 넘치지 않았다. 텅 빈 돈궤 위로 건들거리는 거미가 비웃듯 거미줄을 치고 있었다. 마침내 지파스 옐덴이 그 어두컴컴한 지하실에 도착해 횡령 사실을 발견했을 때, 그곳에 남아 있는 것이라고는 그를 외계의 침입자처럼 노려보는, 굼뜬 쥐 떼가 전부였다.

늙은 관리인 키샨이 오래전에 죽은 이후로 회계 장부도 남아 있지 않았다. 기대했던 넉넉한 재원 대신에 바닥난 금고를 발견한 옐덴, 그의 낭패감은 클 수밖에 없었다. 그가 판석의 틈새에 모여 있는 조그만 쥐 떼처럼 태평할 수는 없는 노릇이었다. 이것은 아주 중대한 문제였고, 아주 신속하고도 진지하게 해결 방법을 찾아야 했다. 오른에게 자문을 구하는 수밖에 없었다. 오른은 대단히 불길한 존재였다.

그 정체가 극히 의심스러운 존재임에도 오른은 제스의 실질적인 통치자였다. 제스가 아닌 타지 출신으로, 어느 날 밤 제스에 들렀다가 샤미스 사제들에게 생포되었다. 그런데 사제들은 오른의 아주 기괴한 생김새와 타고난 모사력에서 엄청난 가능성을 보았다. 그 결과, 사제들은 오른을 신격화하여 신탁의 존재로 만들고, 이를 섬기기 위해 새로운 사제단을 조직했다. 이 사제단은 오른의 칙령과 신탁을 전달하는 부수적인 역할도 맡았다. 후대의 델파이와 도도나(그리스의 고대 신전)처럼 오른은 올바른 판단과 문제의 해결책을 제시하는 존재로 점점 유명해졌다. 그것이 까마득히 오래전, 어떤 일이든 일어날 수 있었던 초고대 세계에 있었다는 점만 제외한다면 고대 신전과 본질적으로 다르지 않다. 엘덴도 당대의 제스에 퍼져 있던 통상적인 믿음을 가지고 있었기에 철통같은 경호와 화려한 장식을 자랑하는 그 전당으로 향했다. 오른은 그곳에서 사제들이 시키는 대로 깊은 묵상에 잠겨 있었다.

엘덴의 시야에 파란색 타일로 지은 전당 건물이 들어오자, 그는 적절한 종교적 예의를 갖추고 상당히 거추장스럽지만 공손한 태도로 건물 안에 들어섰다. 관례에 따라, 신의 수호자들이 그의 복종심과 금전적인 봉납을 확인한 후에 향로를 피우기 위해 육중한 커튼 뒤로 물러났다. 모든 준비가 끝나자, 엘덴은 형식적인 기도문을 중얼거린 뒤 이국적인 보석으로 치장된 — 텅 빈 채 호기심을 자아내는 — 연단 앞에 허리를 깊숙이 숙였다. 잠시 동안 예정된 의식에 따라 낮은 자세를 취했던 그가 몸을 세웠을 때 연단은 비어 있지 않았다. 사제들이 준 뭔가를 우적우적 씹고 있는 그것은 딱히 설명하기 어려운, 크고 통통한 생김새에 짧은 회색 털로 뒤덮여 있었다. 그것이 그 짧은 시간에 어떻게 연단에 나타났는지는 사제들만이 아는 비밀이겠지만, 탄원하러 온 옐덴은 그 것이 오른임을 단번에 알아보았다.

옐덴은 머뭇거리면서 자신이 맞닥뜨린 불운을 말하고 조언을 구했는데, 스스로도 기가 찰 만큼 아첨의 말을 잘도 꾸며댔다. 그는 초조하게 예언자의 대답을 기다렸다. 음식물을 말끔하게 먹어치운 오른이 옐덴을 향해 세 개의 작고 불그스름한 눈을 치켜뜨더니 아주 단호한 어조로 말했다. "구마이 에르 포투올 레헤트 테그." 그러고는 연분홍빛 연기에 휩싸여 순식간에 사라졌으니, 연기는 조수들이 있는 커튼 뒤에서 나온 것 같았다. 곧이어 조수들이 숨어 있던 곳에서 나타나 옐덴에게 이렇게 말했다. "그대가 아주 통탄할 만한 일을 당하고도 그것을 간단명료하게 진술함으로써 신을 기쁘게 하였기에 우리가 그 신탁을 통역해 주겠소. 그대가 들은 신비한 말의 의미는 '그대의 운명에 따르라.'이며, 좀 더 구체적으로 말하자면 그대가 괴물 마법사 아나타스를 죽이고 엄청나다는 그자의 재물로 보상받으라는 것이오."

옐덴은 신전에서 물러났다. 그가 조금도 두려워하지 않았다고 한다면 엄밀히 말해 사실이 아닐 것이다. 울라시아와 그 인근 주민들처럼 그 또한 괴물 아나타스를 공공연히 두려워하고 있었기 때문이다. 아나타스의 존재를 믿지 않는 사람들마저도 그가 거주한다고 알려진 '세 바람의 동굴' 주변에는 가까이 가지 않았다.

오른의 신탁에는 낭만적인 매력이 없지 않았다. 게다가 옐덴은 젊었고 자연히 무모한 면도 있었다. 무엇보다 지독한 호색한으로 잘 알려진 그 괴물에게 붙잡혀 있는 여성들을 구출해야 한다는 바람을 늘 품어왔다. 아나타스의 생김새에 대해서는 확증 없이 상반된 이야기들이 널리 퍼져 있었다. 멀리서 봤을 때, 강한 혐오감을 일으키는 검은색의 거대한 그림자였다고 단언하는 목격자들이 많았다. 또 어떤 이들은 썩은 살에서 분비물이 징그럽게 흘러 나오는 젤라틴 덩어리 같았다고 말하기도 했다. 그뿐만 아니라 바글거리는 종속물을 품고 있는 괴물 곤충이었다는 주장까지 있었다. 그런데 이렇게 제각각인 목격담에도 한 가지 일치하는 것이 있긴 했다. 즉, 되도록 아나타스와 마주치지 말라는 충고였다.

신들과 그들의 사자인 오른에 대한 의무감으로 옐덴은 세 바람의 동굴을 향해 떠났다. 그의 가슴속에는 충심 어린 사명감과 더불어, 진기한 미스터리를 접하게 되리라는 모험의 설렘이 한데 뒤섞였다. 그는 생각 있는 사람이라면 갖추어야 할 준비를 게을리하지 않았고, 어느 나이 지긋하고 명망 있는 마법사로부터 받은 특별한 물건들도 챙겼다. 이를테면, 갈증이나 배고픔을 막아주고 음식물을 섭취하지 않아도 버틸 수 있게 하는 부적, 길에 흩어져 있는 광물에서 발산되는 사악한 기운을 차단해 주는 반짝이는 망토, 그 밖에도 야릇한 갑각류와 향일성에 의해 흩어질 때까지 자욱이 피어오르는 죽음의 안개를 미리 경고하고 방어하는 장비가 있었다.

이렇게 무장한 옐덴은 순조로운 여정을 거쳐 백색 벌레의 서식지에 도착했다. 앞으로 가야 할 길의 방향을 알아내기 위해 이곳에서 잠시 시간을 지체할 필요가 있었다. 인내심을 갖고 부지런히 찾은 끝에 드디어 무채색의 작은 구더기 하나를 붙잡아, 그것을 에워싸듯 초록색 물감으로 독특한 표식을 그렸다. 예언에 따르면, 그 구더기는 벌레의 왕, 사랄이었고, 풀어주는 조건으로 비밀을 알려준다고 했다. 옐덴이 그것을 놓아주자, 그것은 그가 가야 할 방향을 알려준 뒤에 꾸물꾸물 사라졌다.

이때부터 그가 가는 불모의 땅에는 아무도 살고 있지 않았다. 목적지

앞에 버티고 있는 마지막 고원, 그 너머엔 맹수마저 보이지 않았다. 멀리, 자줏빛을 띤 안개 속에서 아나타스가 살고 있다는 산이 솟아 있었다. 인근 지역이 적막했으나 아나타스는 혼자가 아니라 이상한 애완동물들 ─ 전설적인 고대의 괴물과 그 자신이 무시무시한 마법으로 창조해 낸 독특한 존재들 ─ 과 함께 살고 있었다.

전설에 따르면, 아나타스는 동굴 한복판에 어마어마한 금은보화를 숨겨두고 있었다. 이 막강한 마법사가 무슨 이유로 금은보화나 돈에 연연하는지는 분명치 않았으나, 이런 취향이 사실임을 입증하는 사례는 많았다. 옐덴보다 의지가 강하고 똑똑한, 많은 사람들이 이 야수 마법사의 재물을 노리다가 놀라운 방식으로 죽임을 당했고, 그 유해들은 경고의 의미로서 동굴 입구에 이상한 형태로 놓여 있었다.

우여곡절 끝에 번뜩이는 표석들 한복판에서 바람의 동굴을 발견했을 때, 옐덴은 소문대로 아나타스의 서식지가 세상과 얼마나 격리되어 있는지를 알게 되었다. 동굴 입구는 잘 숨겨져 있었고, 그 주변은 온통 불길한 적막감에 휩싸여 있었다. 동굴 앞에 장식물처럼 늘어져 있는 뼈를 제외하곤 거주의 흔적은 없었다. 옐덴은 오른의 사제 한 명이 축성해 준 칼을 움켜쥔 채 떨면서 앞으로 나아갔다. 일단 동굴 입구에 도착한 뒤, 괴수가 나가고 없는 것을 확신했기에 그때부터는 망설이지 않았다.

옐덴은 지금이야말로 임무를 완수할 절호의 기회라고 판단하고 동굴 속으로 뛰어들어 갔다. 내부는 몹시 비좁고 지저분했으나 천장에는 정체 모를 형형색색의 작은 빛이 무수히 배열되어 있었다. 동굴 뒤쪽에서 자연적인 것인지 인공적인 것인지 모를 또 하나의 입구가 나타났다. 그 어둡고 낮은 굴속으로 들어간 옐덴은 서둘러 기기 시작했다. 오래지 않아 맞은편 끝에서 파란 빛이 반짝이는가 싶더니 이내 넓은 공간이 나타났다. 몸을 일으키고 보니 주변 환경이 사뭇 달랐다. 무엇보다 이 두 번째 동굴은 천장도 높았고 초자연적인 힘으로 만들어진 것마냥 돔형으로 되어 있었다. 그리고 파란색과 은색 빛이 은은하게 어둠을 비추고 있었다. 그의 생각에는 아나타스가 정말 안락하게 살고 있는 것 같았다. 그곳이 제스 궁전보다도, 심지어 상상을 초월하는 부와 아름다움으로 치장한 오른 신전의 어떤 방보다도 훌륭했기 때문이다. 옐덴은 기가 차서 멍하니 서 있었지만 그리 오랫동안 그러고 있지는 않았다. 무엇보다도 원하는 것을 찾아낸 뒤 아나타스가 돌아오기 전에 그곳을 떠나고 싶었다. 숱한 전설을 만들어낸 괴수 마법사와 마주치고 싶지 않았기 때문이다. 그래서 이 두 번째 동굴에 나 있는 좁은 틈으로 들어선 뒤, 고원의 단단한 암석을 관통하는 구불구불하고 어두운 길을 따라 내려갔다. 그 길 끝에서 세 번째이자 마지막 동굴이 나올 것이었다. 그렇게 나아가는 동안, 앞쪽에서 이상한 빛이 보였다. 그런데 난데없이 눈앞에 펼쳐진 것은 불타는 석탄으로 빽빽하게 뒤덮인 드넓은 공터였고, 그 위로 용의 머리를 한 새 떼가 홰를 치면서 시끄럽게 울어대고 있었다. 초록빛의 기괴한 불도마뱀이 불타는 땅에서 미끄러지듯 움직이면서 악의에 찬 눈으로 침입자를 노려보았다. 그리고 맞은편 끝에는 보석이 박힌 금속 연단과 귀중품이 높다랗게 쌓여 있었다. 그것이 바로 괴수 마법사의 금은보화였다.

이 어마어마한 재물 앞에서 옐덴은 하마터면 흥분하여 이성을 잃을 뻔했다. 이내 자신의 경솔함을 나무라며 불의 바다를 건너갈 만한 방법이 있는지 주위를 살폈다. 그러나 그런 방법이 쉽게 찾아질 리 없다는 것을 곧 깨달았다. 그 이글거리는 토굴에 있는 것이라고는 입구 근처에 사람이 간신히 발을 내디딜 수 있을 것 같은 초승달 모양의 발판이 고작이었다. 그는 절망감에 휩싸였다. 그러다가 결국 위험을 무릅쓰고 불타는 바닥을 걸어가보기로 마음먹었다. 빈손으로 돌아가느니 차라리 목적을 이루다가 죽는 편이 나았다. 이를 악다물고 앞일이야 어찌 되든 아랑곳없이 불의 바다를 향해 발걸음을 옮기기 시작했다.

그런데 불길에 휩싸일 거라는 예상과 달리 깜짝 놀랄 만한 일이 벌어졌다. 그가 앞으로 나아가는 순간, 이글거리는 바닥에 흙으로 된 안전하고 시원한 오솔길이 생기더니 황금 옥좌까지 똑바로 이어지는 것이었다. 정신이 반쯤 나간 옐덴은 이상하리만큼 우호적인 그 마법 이면에 어떤 위험이 도사리고 있을지도 몰랐지만 칼을 뽑아 들고 오솔길 주변의 갈라진 틈에서 솟구치는 불길 사이로 용감하게 나아갔다. 뜨거운 열기도 아무렇지 않았고, 용의 머리를 한 괴물 새들도 그를 괴롭히지 않고 그냥 뒤로 물러났다.

바로 눈앞에서 반짝이는 금은보화, 옐덴은 벌써부터 어마어마한 전리품을 하나 가득 가지고 돌아가 영웅으로 칭송되는 자신의 모습을 상상했다. 그는 기쁨에 도취된 나머지 아나타스가 자신의 보물을 왜 이렇게 허술하게 방치해 두었을까 의심하지 못했고, 같은 편이라도 되는 듯 나타난 오솔길에 대해서도 이상하게 여기지 않았다. 심지어 맞은편에서는 보이지 않던 커다란 아치문이 연단 뒤쪽에 열려 있었으나 그마저도 그에게 경계심을 주지 못했다. 연단의 널찍한 계단에 올라선 뒤에야, 여러 시대와 여러 세상에서 가져온 기이한 황금 유물과 미지의 광산 그리고 미지의 자연에서 나와 미지의 의미를 띤 찬란한 보석들이 발목까지 차올랐을 때에야, 그는 뭔가 잘못되었다는 것을 깨닫기 시작했다.

불타는 바닥에 펼쳐졌던 기적의 오솔길이 서서히 사라지기 시작했고, 그는 자신이 찾던 찬란한 금은보화와 더불어 연단 위에 고립된 신세가 되고 말았다. 오솔길이 완전히 사라지자, 또 다른 탈출로를 찾아 주위를 두리번거렸으나 헛수고였다. 게다가 연단 뒤의 커다란 아치문에서 전해지는 형체 모를 젤리 같은 거대한 그림자와 악취는 그를 더욱 불안하게 만들었다. 그는 기절하지 않으려고 애썼고 결국에는 그 그림자가 세상에 잘 알려진 그 어떤 전설보다도 더 끔찍하게 변해 가는 광경을 지켜보아야 했다. 그리고 차분하면서도 흡족하게 그를 응시하고 있는 무지갯빛 일곱 개의 눈동자까지…….

이윽고 괴수 마법사 아나타스가 아치문을 빠져나와 소름 끼치는 공포의 위엄을 드러내고는 겁에 질려 있는 하찮은 정복자를 비웃었다. 그리고 유난히 굶주린 초록빛 불도마뱀들이 침을 질질 흘리면서 느릿느릿 잔뜩 기대에 부푼 움직임으로 연단을 오르려 하고 있었다.

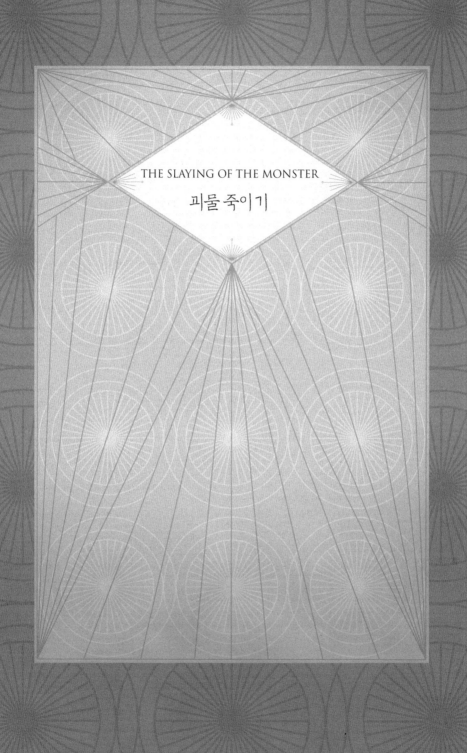

THE SLAYING OF THE MONSTER

괴물 죽이기

라엔에서 큰 소동이 일었다. 용의 언덕에서 연기가 피어올랐기 때문이다. 그것은 분명히 괴물의 꿈틀거림을 의미했다. 괴물이 지하 깊숙한 곳에서 몸부림치면서 용암을 뱉고 땅을 흔들어대고 있는 것이다. 라엔 사람들은 모여서 얘기를 하는 동안, 첨탑으로 가득한 그들의 도시와 설화석고로 만든 웅장한 건물들을 괴물의 불로부터 지키기 위해 기필코 그것을 죽이겠다고 맹세했다.

이리하여 나약한 인간 100명이 횃불을 들고 모여서 은신처에 있는 악마와의 일전을 준비했다. 밤이 되자, 사람들은 휘영한 달빛 아래 어설피 대오를 갖추고 언덕을 향해 행군했다. 저 앞에서 이글거리는 불덩어리가 자줏빛 어스름 속으로 그들의 목적지를 알려주고 있었다.

진실한 기록을 위해, 적과 마주하기 한참 전부터 이미 그들의 사기가 가라앉았다는 점을 밝혀두겠다. 그리고 달빛이 점점 어두워지고 찬찬한 구름들이 새벽을 알려 올 즈음, 사람들은 용이 어떻게 되든 상관없이 집에 가고 싶은 마음뿐이었다. 그러나 해가 뜨자, 그들은 조금 힘을 내서 창을 고쳐 들고 목적지까지 결연히 무거운 발길을 옮겼다.

유황 연기가 장막처럼 주위를 덮었고, 막 떠오른 해마저 어둠에 물들었다. 연기는 괴물의 입에서 뿜어지는 음산한 숨결로 계속 자욱한 상태를 유지했다. 굶주린 화마에 쫓겨 라엔 사람들은 다급히 뜨거운 돌 위를 움직였다. "그런데 용은 어디 있지?" 누군가 그 소리를 듣고 괴물이 달려올까 봐 목소리를 죽이고 속삭였다. 주위를 살펴보았지만 소득이 없었다. 죽이기에 적합한, 구체적인 물체는 그 어디에도 없었다.

결국, 사람들은 창을 어깨에 멘 채 터벅터벅 집으로 돌아왔다. 그리고 이 일을 기리기 위해 석판을 세우고 다음과 같이 새겼다. "표독한 괴물에게 괴롭힘을 당하던 라엔의 용감한 주민들은 무시무시한 소굴에서 그 괴물을 찾아내 죽임으로써 이 땅을 파멸로부터 구해 냈다."

우리가 고대 용암층 깊은 곳에서 이 석판을 발굴해 낸 당시, 그 글자를 해독하기란 녹록지 않았다.

TILL A' THE SEAS

모든 바다가 마를 때까지

I

한 남자가 침식된 산봉우리에 누워, 멀리 계곡 너머를 응시하고 있었다. 그렇게 누워서 그는 아주 멀리까지 볼 수 있었으나, 그 메마른 공간 어디에도 움직이는 것은 없었다. 먼지 날리는 평원에도, 한때 지구의 힘찬 물줄기가 흘렀지만 지금은 말라붙은 지 오래인 강바닥의 부서진 모래에도 움직이는 것은 없었다. 이 행성에서 인류의 생존이 연장되고 있는 마지막 단계, 이 마지막 세상에 푸른 생명은 거의 찾아볼 수 없었다. 아득히 오랜 세월 동안, 가뭄과 모래 폭풍이 모든 땅을 유린하였다. 나무와 수풀은 비틀리고 왜소한 떨기나무로 변하여 그나마 억센 생명력으로 오래 버티기는 했다. 그러나 이마저 끈적끈적하고 질긴 변종 식물들이 출현하면서 모두 멸종되었다.

지구가 태양에 점점 가까워질수록, 끝없는 열기가 무자비하게 모든 것을 말려 죽였다. 단시간에 벌어진 일이 아니었다. 누군가 그 변화를 깨닫기까지 아주 오랜 세월이 걸렸다. 첫 단계를 거치면서 인간의 적응 형태는 서서히 돌연변이로 이어졌고, 더욱더 뜨거워지는 대기 속에서 생존을 위하여 스스로 변화했다. 그 후로 인간이 자신의 뜨거운 도시를 견디되 병에 걸리는 시기가 찾아왔고, 느리지만 의도적인 방식으로 점진적인 퇴화가 시작되었다. 물론 적도에서 가장 가까운 도시와 정착촌에서 먼저 시작되었지만, 나중에는 다른 지역으로 번져갔다. 나약해지고 지쳐버린 인간들은 무자비하게 비등하는 열기에 더는 대처할 수 없었다. 열기에 무감각해졌고, 돌연변이로 저항하기에는 그 진행 속도가 너무도 더디었다.

그러나 적도 부근의 대도시들이 처음부터 거미와 전갈로 뒤덮인 것은 아니었다. 처음 수년간은 거기서도 많은 사람들이 특수 방패와 갑옷을 고안해, 열기와 극한의 가뭄을 견뎌냈다. 이 용감한 사람들은 일부 건물에 차단막을 설치함으로써 서서히 침입해 오는 햇빛을 막은 뒤, 거기에다 갑옷이 필요 없는 작은 피난처를 만들었다. 그들은 놀라우리만큼 독창적인 물건들을 만들어냈고, 폭염이 끝나면 각자의 고향으로 돌아갈 수 있으리란 희망을 한동안 간직하고서 부식해 가는 건물에서 끈질기게 살아남았다. 많은 사람들이 천문학자들의 말을 믿지 않고서 다시금 예전의 쾌적한 세상이 도래하리라 기대했기 때문이었다. 그러나 어느 날, 이 새로운 도시 니야라에서 나온 다스인들이 그들의 태곳적 수도였던 유아나리오에 신호를 보냈을 때, 그곳의 극소수 생존자들은 아무런 응답도 보내지 않았다. 건물마다 다리로 연결되어 있는 그 천년의 도시에 수색대가 도착해 보니, 남아 있는 것은 침묵뿐이었다. 심지어 부패의 공포마저 없었다. 썩은 고기를 먹는 도마뱀들이 그들보다 한발 빨랐기 때문이다.

그제야 사람들은 그 도시를 완전히 잃었다는 것을, 영원히 그 상태로

버려두어야 한다는 것을 뼈아프게 깨달았다. 이 뜨거운 땅에 자리 잡았던 또 다른 이주민들은 자신들이 세운 불굴의 전초기지에서 도망쳐버렸고, 텅 빈 도시들의 현무암 벽마다 완전한 침묵이 자리 잡았다. 과거의 북적이던 인파와 거대한 활력, 그 어느 것도 남아 있지 않았다. 이 건조한 사막에는 이제 흉흉하게 텅 빈 건물과 공장을 비롯한 온갖 건축물들이 더한층 견딜 수 없는 열기로 작열하는 눈부신 햇빛과 폭염을 반사하며 유령처럼 떠 있었다.

그럼에도 아직 타들어가는 황폐함으로부터 벗어나 있는 땅이 많았고, 이런 새로운 거주지들이 피난민들을 금세 흡수하였다. 이상하리만큼 번영을 누렸던 수 세기 동안, 적도의 오래된 황무지 도시들은 점점 잊히고 환상적인 이야기와 뒤섞였다. 그 부패해 가는 유령 같은 고층 건물…… 부서진 벽과 선인장 가득한 거리로 뒤얽힌 혼돈, 음산한 침묵 속에 버려진 그 도시들을 생각하는 사람은 거의 없었다.

죄악으로 점철된 전쟁이 장기간 벌어지기도 했으나, 평화의 세월이 더 길었다. 그러나 팽창한 태양은 빛의 세기를 더욱 높이고 있었으니, 지구는 격분한 어버이에게 더 가까이 불려 가는 아이 같은 처지였다. 지구는 마치 까마득한 옛날, 우주의 성장 과정에서 납치되어 나왔다가 근원으로 돌아가려고 작심한 것 같았다.

얼마 후, 어두운 재앙의 그림자가 지구 중심부에서 외곽으로 슬며시 확장되기 시작했다. 남쪽의 야라트가 타들어가다 인적 없는 사막으로 변했고, 그다음은 북쪽이었다. 수 세기 동안 인류의 보금자리였던 페라스와 발링 같은 고대 도시에는 뱀과 불도마뱀처럼 비늘 달린 형체들만 움직였고, 결국에는 기우는 첨탑과 부서지는 돔 지붕의 돌발적인 붕괴에 답하는 유일한 메아리는 로턴에서만 들려오게 되었다.

익숙했던 땅을 떠나야 하는 인간의 대탈주는 꾸준하고도 쉼 없이 세계 곳곳에서 진행되었다. 인간이 살 수 있는 땅은 줄어들었다. 인간이 탈출 외에 선택할 수 있는 방법은 아무것도 없었다. 인간의 대대적인 도시 탈출은 배우들마저 그 내용을 모르는 서사극이자 거대한 비극이었다. 이 무자비한 변화는 몇 년, 몇백 년이 아니라 천 년에 걸쳐 일어났다. 그리고 침울하고 필연적이고 잔혹한 이 황폐화는 여전히 계속되고 있었다.

농경은 중단되었고, 세상은 작물을 경작하기에 너무도 건조한 땅으로 급변해 갔다. 이 문제는 곧 전 세계적으로 인공적인 대체 작물을 재배하여 해결되었다. 인간의 위대한 업적을 간직한 오랜 도시들이 계속 버림을 받을수록, 도망자들이 취할 수 있는 전리품들도 점점 사라졌다. 가장 가치 있고 중요한 물건들은 죽은 박물관에 —수백 년 동안 방치된 상태로— 남겨졌고, 결국 태고의 유산도 버려졌다. 육체적 퇴화와 문화적 퇴보가 잠행적인 열기 속에 확연히 자리 잡았다. 편안하고 안정된 상태로 오랫동안 살아온 인간에게 이처럼 과거로부터의 대탈출은 힘겨운 과정이었다. 그리고 이런 과정을 냉정하게 받아들이지도 못했다. 과정의 아주 더딘 속도는 참으로 끔찍한 것이었다. 머잖아 퇴화와 타락은 흔한 것이 되었다. 정부는 해체되었고, 문명은 속절없이 야만으로 되돌아갔다.

적도에서 재앙이 시작된 지 4900년이 지났을 때, 서반구 전체는 무인 지대로 변했고 그 혼돈은 극에 달했다. 이 거대하고 필사적인 이주의 마지막 장면에서 질서나 품위 따위는 찾아볼 수 없었다. 광기와 광포함이 그들 사이를 헤집었고, 곧 있을 아마겟돈의 광신적인 외침들이 있었다.

인류는 이제 유구한 종족의 가여운 찌꺼기에 불과했고, 만연하는 재앙뿐만 아니라 그 자신의 퇴화로부터 쫓기는 도망자 신세였다. 갈 수 있는 사람들은 북극과 남극으로 들어갔다. 나머지는 터무니없이 떠들썩한 사투르날리아(고대 로마의 축제) 속에서 몇 년을 배회하며, 재앙이 과연 올 것인가 막연히 의심하였다. 볼리고 시에서는 몇 달째 예언이 실현되지 않자, 신예 예언자들을 대거 처형했다. 사람들은 북쪽으로 피신할 필요가 없다고 생각했고, 위협적인 파멸을 더는 걱정하지 않았다.

　그들이, 우주에 저항하고 있다고 생각했던 그 하찮고 우둔한 피조물들이 아주 끔찍한 방식으로 파멸했음은 자명하다. 그러나 시커멓게 그을린 도시들은 침묵에 잠겨 있을 뿐……

　그러나 이런 사건들이 연대기순으로 기록되어서는 안 된다. 왜냐하면, 사라진 문명의 복잡하고 거침없는 파멸보다 더 중요한 일들이 있기 때문이다. 윤리 의식이 밑바닥까지 떨어진 오랜 세월 동안, 낯선 북극과 남극 해안에 정착한 소수의 용맹한 사람들은 오래전에 파멸한 남쪽 야라트의 시민들처럼 온화해져 있었다. 그곳엔 휴식이 있었다. 땅은 비옥했고, 잊혔던 목축술이 새로이 활용되었다. 인구가 많지 않았고 거대한 건물들도 없었으나, 이곳에는 만족할 만한, 사라진 대륙의 축소판이 오래도록 건재했다. 인류의 극소수만이 변화의 영겁에서 생존하여 후대의 흩어진 마을에 거주하였다.

　이런 과정이 얼마나 오랫동안 지속되었는지는 알 수 없다. 태양은 이 마지막 은신처에 서서히 침입하고 있었다. 세월이 흐르는 동안, 드넓은 강과 깊디깊은 바다가 서서히 말라갔다. 점점 뜨거워지는 공기와 말라가는 토양, 무엇보다 시간의 흐름과 함께 땅이 점점 더 가라앉고 있었다. 파도의 물보라가 여전히 눈부시게 빛났고, 휘도는 소용돌이도 여전히 거기 있었으나, 물기가 있는 곳이면 어디든 가뭄의 운명이 도사리고 있었다. 그러나 물의 유실을 탐지할 만한 정밀한 장비들이 당시에는 없었다. 설령 바다가 줄어들고 있다는 것을 알았다고 해도, 사람들이 그것을 큰 경고나 장애로 받아들였을 확률은 낮았다. 유실의 정도는 너무도 미미했고 바다는 너무도 거대했기에…… 수백 년에 불과 몇 센티미터씩, 그러나 오랜 세월에 걸쳐 그 변화는 점점 더…….

* * *

마침내 바다는 사라졌고, 물은 폭염과 가뭄에 지배당한 지구에서 희귀품이 되었다. 당시, 인간은 북극과 남극 도처에 퍼져 있었다. 적도의 도시를 비롯한 수많은 거주지들은 어느새 전설에서마저 잊히고 말았다.

물이 부족해지고 그나마 깊은 동굴 속에서만 발견됐기에 이런 상황은 또다시 평화를 위협했다. 동굴 속 물마저 턱없이 부족했다. 사람들은 먼 곳을 배회하다가 갈증으로 죽어갔다. 그러나 이 치명적인 변화는 너무도 느리게 진행되어서 세대가 바뀔수록 사람들은 자신의 부모로부터 전해 들은 이야기를 믿으려 들지 않았다. 옛날에는 폭염이 덜했다거나 물이 더 많았다는 말을 아무도 인정하지 않았고, 심지어 더 혹독한 고온과 가뭄의 시기가 올 것이라는 경고마저 무시했다. 최후의 순간에 이르러 고작 수백 명의 생존자들이 잔인한 태양 아래서 숨을 헐떡일 때조차 달라진 것은 없었다. 그들은 한때 이 저주받은 행성에 살았던 수많은 사람들 중에서 살아남았으나 혼란에 빠진 극소수의 가련한 생존자에 불과하였다.

수백이었던 생존자의 수는 또 줄어들어서 결국에는 고작 열 명을 헤아리게 되었다. 이들 열 명은 동굴의 줄어든 물기 가까이에 모여 있었고, 그제야 종말이 임박했음을 깨달았다. 이 적은 인원 중에서 지구의 북극과 남극 가까이에 조그맣게 남아 있다는—그런 것이 진짜 남아 있는지는 모르겠지만—전설의 얼음 골을 본 사람은 없었다. 설령 얼음이 남아 있고 그곳이 어디인지 아는 사람이 있다고 해도, 아무도 길 없는 광활한 사막을 가로질러 거기까지 갈 수는 없었다. 그리고 이 애처로운 생존자들의 수도 줄어들었다…….

지상에서 인간을 사라지게 만든 이 무시무시한 사건들의 고리를 설명하는 건 불가능하다. 윤곽을 잡거나 요약하기에는 너무도 광범위하게 벌어진 일이었다. 수십억 년 전, 지구의 운 좋은 시절에 살았던 사람 중에서도 불과 몇 명의 예언자와 광인만이 다가올 미래를 예상하고서 적막한 죽음의 땅과 오랫동안 말라붙은 해저의 예시를 이해할 수 있었다. 그리고 나머지는 지구에 다가온 변화의 그림자와 인류에 드리워진 파멸의 그림자를 모두 의심하였다. 스스로 자연의 영원한 지배자라고 생각해 온 인간이었기에…….

II

죽어가는 늙은 여인의 고통을 덜어준 후, 율은 무서우리만큼 멍한 상태에서 눈부신 사막을 배회하였다. 노파는 오그라들고 파삭파삭 말라 비틀어져서 끔찍한 몰골이었다. 뜨거운 바람에 부스럭거리는, 기분 나쁜 황색 풀과도 같은 안색, 그렇게 그녀는 역겹게 늙어 있었다.

그러나 그녀는 동료였다. 막연한 공포에 대해, 이 믿을 수 없는 현실에 대해 더듬더듬 말이라도 건넬 수 있는 누군가였다. 그 침묵의 공간에서 산 너머의 다른 정착촌으로 가면 살아남을 수 있다는 희망을 공유한 친구였다. 율은 다른 곳에 사람이 살고 있을 거라고는 믿지 않았다. 그는 젊었고, 노인과 같은 확신이 없었기 때문이다.

오랜 시간 동안 율이 아는 사람은 노파 ─ 이름은 음라드나 ─ 밖에 없었다. 노파와 가까운 사이가 된 것은 그가 열한 살 되던 해, 사냥꾼들이 전부 먹을 것을 찾아 나갔다가 돌아오지 않았을 때였다. 율은 어머니를 기억하지 못했고, 그 소수의 집단에는 여성이 거의 없었다. 남자들이 사라진 후, 세 명의 여자 ─ 젊은 여자 하나와 늙은 여자 둘 ─ 는 무섭게 절규했고 오랫동안 오열하였다. 얼마 후, 젊은 여자는 미쳐서 예리한 막대로 자살했다. 늙은 여자들은 손톱으로 얕은 구덩이를 파고 자살한 여자를 묻었다. 두 노파보다도 더 늙은 음라드나가 나타났을 때 율은 혼자였다.

음라드나는 마디가 많은 막대기에 의지해서 걸었다. 오래된 숲에서 주운 그 막대기는 단단했고, 오랜 세월을 사용한 탓에 번들번들 윤이 났다. 음라드나는 자기가 어디에서 왔는지는 말하지 않았으나, 젊은 자살자를 묻는 동안 그 오두막으로 비틀거리며 들어와서 두 사람이 돌아올 때까지 기다렸다. 그리고 율과 두 노파는 음라드나를 무심하게 받아들였다.

그렇게 무심히 몇 주가 지났을 때, 두 노파가 병에 걸려 쓰러졌고, 음라드나는 그들을 치료하지 못했다. 자기보다 젊은 두 여인이 쓰러졌고, 아주 늙고 쇠약한 음라드나는 살아남았다. 음라드나는 며칠 동안 두 노파를 간호했으나, 결국 그들은 죽었고, 율은 그 이방인과 단둘이 남게 되었다. 율이 밤새도록 울부짖는 바람에 인내의 한계를 느낀 음라드나가 자기도 죽어버리겠다고 으름장을 놓았다. 그 말을 듣고 율은 금세 조용해졌다. 오롯이 혼자 남는 건 싫었기 때문이다. 그 후로 그는 음라드나와 함께 살았고, 나무뿌리를 먹으면서 연명하였다.

음라드나의 썩은 치아로는 긁어모은 뿌리를 먹을 수 없었지만, 그들은 적당한 크기까지 공들여 썰었다. 뿌리를 찾아다니고 먹는, 지루한 일상이 율이 기억하는 어린 시절의 전부였다.

어느덧 율은 열아홉 살의 튼튼하고 힘센 청년이 되었고, 음라드나는 죽고 말았다. 더 머무를 이유가 없었기에 그는 산 너머에 있다는 오두막을 찾아가 그곳에서 사람들과 함께 살기로 결심했다. 여정에 필요한 것은 없었다. 그는 오두막 안에 죽은 노파를 남겨두고 문을 닫았다. (사실, 그곳에는 오랫동안 동물의 흔적도 보이지 않아서 문을 닫아둘 필요도 없었다.) 자신의 대담함에 얼떨떨하기도 하고 겁이 나기도 한 상태로 마른 풀 사이를 헤치며 몇 시간을 걸은 끝에 드디어 첫 번째 산기슭에 닿았다. 오후가 되었고, 지칠 때까지 산을 오른 후 풀밭에 누웠다. 대자로 누운 채, 많은 생각을 했다. 자신의 기이한 삶이 불안했고, 산 너머의 정착지를 찾고 싶은 마음이 간절했다. 그러나 그는 잠이 들었다.

그가 눈을 떴을 때, 얼굴에 별빛이 내려앉고 있었다. 한결 가뿐했다. 해가 없는 동안, 요기도 거의 하지 않고서 부지런히 발길을 서둘렀다. 갈증을 견딜 수 있는 동안 서둘러야 했다. 그는 아무것도 가져오지 않았다. 한곳에 모여 살던 마지막 인간들은 지금까지 어디로든 소중한 물을 지니고 떠난 적이 한 번도 없었고, 물병 같은 용기는 아예 만들지도 않았기 때문이다. 율은 하루 안에 목적지에 도착하여 갈증에서 벗어나고 싶었다. 그래서 때로는 따뜻한 공기 속을 달리기도 하고 때로는 종종걸음 치면서 밝은 별빛 아래를 분주히 움직였다.

그렇게 해가 뜰 때까지 발길을 재촉했건만 여태 작은 산을 벗어나지 못했다. 앞쪽에 커다란 산봉우리 세 개가 희미하게 떠 있었다. 산봉우리의 그림자 속에서 그는 또 쉬었다. 아침나절 내내 산을 오른 끝에 정오에는 첫 번째 산봉우리에 올랐다. 그곳에 잠시 누워서 다음 산봉우리까지 펼쳐진 지세를 살폈다.

한 남자가 침식된 산봉우리에 누워, 멀리 계곡 너머를 응시하고 있었다. 그렇게 누워서 그는 아주 멀리까지 볼 수 있었으나, 그 메마른 공간 어디에도 움직이는 것은 없었다…….

이틀째 밤이 찾아왔고, 율은 잠시 쉬었던 산봉우리와 계곡에서 멀리 떨어진 거칠고 높은 봉우리 사이에 와 있었다. 두 번째 산등성이를 벗어나기 직전까지도 발길을 재촉했다. 그때 갈증이 느껴졌고, 자신의 우둔함을 후회했다. 그러나 그 풀밭에서 시체와 함께 남아 있을 수도 없었다. 마음을 추스르고 고단할 정도로 강행군을 이어갔다.

이제 마지막 산봉우리가 불과 몇 걸음 앞에 있었고, 그 너머의 땅을 곧 볼 수 있을 터였다. 율은 돌길에서 비틀거리다가 굴러서 심하게 다쳤다. 사람들이 산다는, 어렸을 때 전해 들었던 그 땅이 바로 눈앞에 있었다. 길은 멀었으나, 그 끝은 원대하였다. 거대한 표석 하나가 시야를 막아섰다. 초조히 그 표석을 기어올랐다. 드디어 시야가 트이고 그토록 갈구했던 목적지가 보였다. 맞은편 산기슭 바로 아래 옹기종기 모여 있는 건물들을 즐거이 바라보는 동안, 갈증과 근육통은 씻은 듯 사라졌다.

율은 쉬지 않았다. 방금 본 것에 고무되어서 남은 1킬로미터 남짓을 달리고 비틀거리고 기었다. 그 투박한 오두막 사이에서 사람들과 만나는 광경을 상상하였다. 해는 거의 저물었다. 인류를 학살한 저 증오스럽고 파괴적인 태양. 앞으로 어떤 일이 벌어질지 구체적으로 확신할 순 없었으나, 머잖아 오두막촌에 가까워졌다.

오두막들은 아주 낡은 것으로, 죽어가는 세상의 여전한 가뭄 속에서도 진흙 건축재가 오래 버텨주고 있었다. 수풀과 최후의 인간, 이 살아 있는 생물을 제외하고 사실 크게 변한 것도 없었다.

투박한 나무못으로 지탱되는 문 하나가 율 앞에서 열린 채 흔들거렸다. 사위는 햇빛 속에서 율은 금방이라도 숨이 넘어갈 듯 기진맥진했으나 그대로 기대했던 인간의 얼굴들을 고통스럽게 찾기 시작했다.

얼마 후 그는 바닥에 쓰러져 울었다. 탁자 위에는 메마른, 아주 오래된 해골 하나만 덩그러니 놓여 있었다.

* * *

율은 견딜 수 없을 정도로 고통스러운 갈증과 인간이 감당하기에는 너무도 큰 좌절감에 미친 사람처럼 일어섰다. 그는 지상에 살아 있는 마지막 인간이었다. 지구가 그에게 남겨준 유산이…… 모든 땅과 지상의 모든 것이 그에겐 쓸모없었다. 그는 달빛에 반짝이는 희끄무레한 해골을 외면해 버리고 비틀거리며 문을 나섰다. 물을 찾아 빈 마을을 헤매었고, 변함없는 열기 속에서 오래전부터 유령처럼 남아 있는 빈 공간을 비통하게 살펴보았다. 물건들을 만들어 썼던 조악한 삶의 흔적, 질그릇들 속엔 먼지만이 담겨 있을 뿐, 어디에서도 그의 타는 갈증을 달래줄 물은 보이지 않았다.

그때, 율은 그 작은 마을의 한복판에서 우물의 윤곽을 보았다. 음라드나한테서 많은 얘기를 들었기에 그것이 무엇인지 알고 있었다. 가련한 기쁨에 젖어 한달음에 달려가 우물의 가장자리에 몸을 기대었다. 찾아 헤매던 것이 바로 거기에 있었다. 흙탕물이 얇게 고여 있는 정도였으나 그래도 눈앞에 있는 것은 분명히 물이었다.

율은 사슬과 두레박을 찾아 더듬거리면서 고통스러운 짐승처럼 울부짖었다. 그때 손이 끈적끈적한 우물 가장자리에서 미끄러졌다. 가슴이 가장자리에 부딪쳤다. 한순간 그는 그 상태로 있었고, 이내 소리 없이 검은 우물 속으로 곤두박질쳤다.

그렇게 지구는 죽었다. 가여운 최후의 생존자가 죽었다. 수십억의 인구, 더딘 수천만 년의 시간, 인류의 제국과 문명은 이 가련히도 일그러진 몸뚱이 하나로 집약되었다. 이 얼마나 거대한 하찮음인가! 인류의 모든 노력이 드디어 절정과 결말에 이른 것이다. 지구의 좋은 시절에 만족스럽게 살았던 불쌍한 바보들이 봤다면, 이 얼마나 기괴하고 어처구니없는 절정일까! 이 행성에서 다시는 무수한 인간의 천둥 같은 발소리가 들리지 않을 것이다. 심지어 도마뱀의 기는 소리도 곤충의 윙윙거림도 들리지 않을 것이다. 그 모든 것이 죽었기 때문이다. 앞으로 시든 나뭇가지와 끝없이 펼쳐진 억센 풀밭이 이 행성을 지배할 것이다. 차갑고 태연한 달처럼 지구도 영원한 침묵과 암흑에 잠겼다.

행성들은 여전히 돌고 있다. 이 전방위적이고 부주의한 계획은 영원히 계속될 것이다. 이 시시한 사건의 하찮은 결말은 지금도 새로 나고 번성하다가 죽어가는 머나먼 성운과 항성 들과는 상관없는 일이다. 실제적인 역할이나 목표를 가지기엔 너무도 미약하고 덧없는 인류는 과연 존재한 적은 있었는지조차 의심스러워졌다. 오랜 세월을 익살스러우리만큼 힘겹게 진화해 온 인간, 그 종족의 최후는 고작 이런 것이었다.

그러나 난폭한 태양이 계곡 너머로 첫 광선을 던졌을 때, 진흙 속에 부러져 누워 있는 한 인간의 지친 얼굴에 빛줄기 하나가 내려앉았다.

50) 로버트 번스의 시 「붉디붉은 장미」의 "Till a' the Seas gang dry……."라는 구절에서 따왔다고 한다.

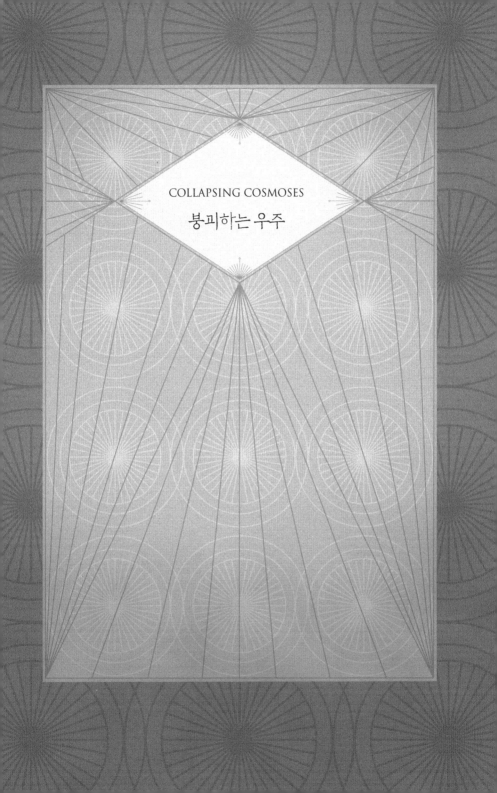

COLLAPSING COSMOSES

봉피하는 우주

댐 보르는 여섯 개의 눈동자에 차례대로 코스모스코프의 렌즈를 갖다 대고 있었다. 그의 코 촉수는 공포로 인해 오렌지색을 띠었고, 그의 뒤에 있는 작전관에게 말할 때는 더듬이가 마구 요동쳤다. "접근하고 있어!" 그가 소리쳤다. "양쪽의 흐릿한 얼룩은 우리가 아는 시공간이 아닌 외부에서 침입한 함대가 틀림없어. 이런 함대는 처음 봐. 적이 틀림없어. 우주 연합 상공회의소에 즉각 알려야 해. 시간이 없어. 현재 추세라면 6센튜리도 안 돼 도착할 거야. 하크 니가 즉각 저 함대에 대적할 기회를 줘야 해."

나는 슈퍼 은하 패트롤에서 따분하고 평온한 나날을 위로해 주던 바람의 도시 그라브-바그를 바라보고 있다가 시선을 거두었다. 유년 시절부터 애벌레 커스터드를 나누어 먹었고, 차원 간 도시 카스토르-야에서 사사건건 어긋났던 젊고 잘생긴 그 식물체는 엷은 자주색 얼굴에 진짜 걱정스러운 빛을 띠고 있었다. 우리는 에테르 바이크에 올라타고, 우주 연합 상공회의소의 정기 총회가 열리고 있던 외부 행성으로 서둘러 향했다.

2.6제곱미터에 달하는(그리고 천장이 드높은) 거대한 회의장 안, 인근 37개 은하에서 온 파견원들이 모여 있었다. 상공회의소의 의장이자 모자 제조업 연방의 대표인 올 스토프가 위엄 있게 주둥이를 추켜올리고 좌중을 향해 연설을 준비하고 있었다. 그는 노브-카스의 원생동물 조직에서 고도로 진화한 형태로서, 뜨겁고 차가운 파동을 교대로 발산함으로써 의사를 전달한다.

"여러분." 그가 파동을 발산했다. "여러분이 주목해야 할, 심각한 위험이 다가오고 있습니다."

각양각색의 청중 사이로 흥분파가 전해지자, 모두 요란스레 박수를 쳤다. 손이 없는 종족들은 촉수를 비볐다.

올 스토프의 말이 이어졌다. "하크 니, 연단으로 기어오르게."

아찔하리만큼 높은 연단 위에서 조바심 어린 소리가 희미하게 들려오는 동안, 회의장 안은 몹시 불길한 침묵에 휩싸였다. 무수한 군사 기지를 통틀어 가장 용맹한 우리의 군사령관인 노란 털의 하크 니가 바닥에서 10센티미터도 넘는 높이의 연단으로 올라섰다.

"동료 여러분." 그가 후배부의 팔다리를 설득력 있게 맞부딪치면서 말했다. "우리의 소중한 보금자리에 슬픔이 깃들지 않게 제가 책임지겠습니다." 이 대목에서 그의 동족 하나가 환호성을 질렀다. "저는 기억하겠습니다. 그……"

그때 올 스토프가 불쑥 끼어들었다. "나의 생각과 지시가 필요하다고 했지요. 가서 우리의 소중한 우주를 위해 승리하시오."

두 문단 후, 우리는 무수한 행성을 지나 50만 광년 떨어진, 우리가 보지 못했지만 증오스러운 적의 징후를 보여온 그 희미한 얼룩을 향해 비행하고 있었다. 무수한 위성들 한복판에서 과연 얼마나 흉포한 괴물들이 난동을 부리고 있을지 그 실상은 모른다 해도, 천공 전체를 차지할 정도로 그 악의적이고 위협적인 빛은 강해지고 있었다. 금세 우리는 얼룩 속에서 독립된 물체들을 식별해 냈다. 내 시야가 온통 공포로 채워지기도 전에 지금까지 한 번도 본 적이 없는 가위 모양의 우주선들이 끝없이 대형을 갖추고 있었다.

곧이어 적진으로부터 섬뜩한 소리가 들려왔고, 나는 그것이 총격이자 선전포고라고 생각했다. 나의 더듬이는 위로 솟구쳤고, 온몸에 전율이 일었다. 미지의 외부 심연으로부터 우리의 훌륭한 사회체제를 침략하러 온 기괴한 존재들과의 전쟁이 임박했다.

녹슨 재봉틀 소리처럼 더욱 섬뜩한 소리가 또 들려왔을 때, 하크 니 또한 결사항전의 태세로 주둥이를 들어 올리고 각 함대 함장에게 용장다운 명령을 내렸다. 곧바로 거대한 우주선들이 전투 대형을 갖추었고, 적과의 거리는 불과 100광년에서 200광년이었다.

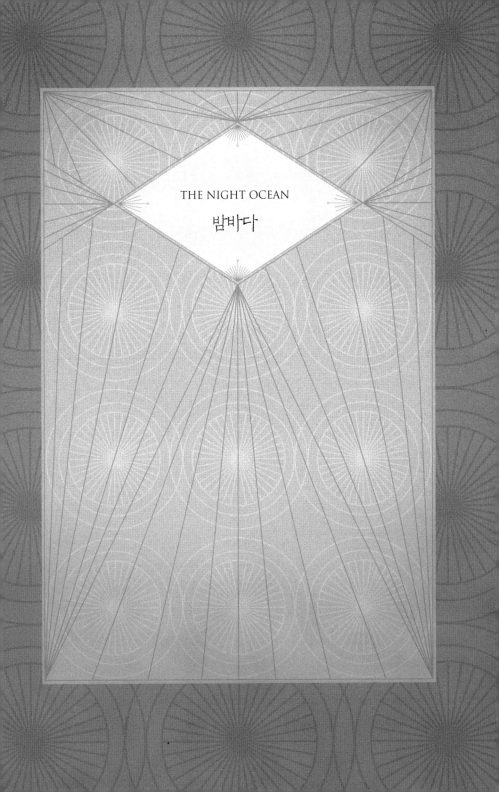

THE NIGHT OCEAN
밤바다

내가 엘스턴 비치에 간 것은 일광욕과 해수욕을 즐기고 지친 마음을 추스르기 위해서였다. 여름 한철 행락객을 상대로 성업할 뿐, 1년 중 대부분은 호젓한 이 작은 마을에 아는 사람도 없으니 방해받을 일은 없을 듯했다. 그 점이 마음에 들었는데, 그 이유는 임시 숙소 앞에 펼쳐진 파도와 해변 외에는 그 어떤 것도 보고 싶지 않았기 때문이다.

　내가 도시를 떠날 무렵에는 그해 여름의 오랜 작업도 완벽하게 끝났고, 그 결과물인 대형 벽화 디자인은 공모전에 출품된 상태였다. 벽화를 완성하는 데 참으로 오랜 시간이 걸린 터라, 마지막으로 붓을 빨고 손질하면서 당분간 건강을 회복하고 쉬며 혼자 지내고 싶다는 열망을 더는 억누를 수 없었다. 실제로도 해변에서 지낸 지 일주일이 지났을 때, 얼마 전까지만 해도 내 삶에서 가장 중요했던 작품과 그 성공에 대해서는 어쩌다가 떠올릴 정도였다. 색과 장식에 대한 온갖 복잡한 생각도 더는 하지 않았다. 상상의 이미지를 현실화하고, 오로지 나만의 기법으로 불분명한 구상을 꼼꼼한 디자인 초안으로 변모시킬 수 있을까 하는, 내 능력에 대한 두려움과 불신도 없었다. 그럼에도 나중에는 이 호젓한 해변이 내 정신에서 기존의 근심과 두려움과 불신을 뛰어넘는 뭔가를 끄집어낸 것 같았다. 왜냐하면, 나는 늘 탐구자이고 몽상가이며 탐구와 몽상에 대한 사색가였기 때문이다. 이러한 기질로 인해 미지의 세계와 존재의 질서에 예민한 심안 같은 것이 내 안에 잠재해 있다가 열린 건 아닐까?

이제 내가 본 것에 대해 말하려고 하니, 별의별 성가신 제약들을 의식하지 않을 수 없다. 우리가 잠의 공백 속으로 흘러들 때 내면의 눈으로 스쳐 본 환영의 형태들은 그것을 현실과 결부시키려고 시도할 때보다 더 생생하고 의미심장하다. 꿈을 펜으로 묘사해 보라. 그 꿈의 색깔은 다 빠질 것이다. 펜에 묻힌 잉크가 과도한 현실감으로 희석되어서, 결국에는 그 기상천외한 기억을 묘사해 내는 데 실패한다. 그것은 마치 한낮과 객관성의 속박에서 풀려난 우리 내면의 자아가 감금된 감정 속에서 떠들썩하게 주연을 베푸는 것과 같은데, 그 감정들을 달리 번역하려고 시도하는 순간 그것은 뻣뻣하게 굳어버리고 만다. 꿈과 상상 속에 인간의 가장 위대한 창조력이 있다. 거기엔 선이나 색채라는 굴레가 없기 때문이다. 유년 시절의 찬란한 세계보다도 더 어렴풋이 잊힌 풍광과 미지의 땅 들은 잠든 사람의 정신 속으로 뛰어들어 군림하다가, 잠에서 깨어나는 동시에 쫓겨 사라진다. 이러한 잠의 한복판에서 우리가 갈망하는, 영광스럽고도 만족스러운 뭔가를 얻을 수도 있다. 이를테면, 막연한 느낌만 있을 뿐 드러난 적은 없는, 강렬한 아름다움의 예시라고 할까, 이러한 것들은 지금의 우리에게 중세 시대로 치면 신앙심 깊은 사람들 앞에 나타난 성배와도 같으리라. 이런 것들을 예술의 이름으로 구체화하거나, 어둠과 공허의 실체 없는 제국에서 빛바랜 트로피를 가져오기 위해서는 그만한 능력과 기억력이 요구된다. 꿈은 누구나 꿀 수 있으나, 그 섬세한 날개를 찢지 않고 구체화할 수 있는 이들은 극소수에 불과하기 때문이다.

필자에겐 그런 능력이 없다. 가능하다면, 어둠의 제국과 거기서 은밀하게 움직이는 형체들을 훔쳐본 사람처럼 내가 어렴풋이 감지한 일들을 에둘러나마 알리고자 한다. 당시에 내가 출품하여 예정대로 어느 건물에 다른 작품들과 함께 전시되어 있던 벽화를 통해서도 덧없는 그림자 세계의 흔적을 포착해 내고자 노력했으니, 아마 지금 시도한대도 그때만큼 성공하진 못할 것 같다. 내가 엘스턴에 머무는 기간은 작품의 심사 결과를 기다리는 시기이기도 했다. 며칠 동안 익숙지 않은 휴식을 취하고 나자 퍽 긍정적인 생각이 들었고, 그 때문에 창작자라면 자신의 작품에서 대부분 정확히 간파하는 약점에도 불구하고 내가 상상이라는 영원한 세계에서 낚아챈 파편들을 선과 색으로 그럭저럭 그려내는데 성공했다는 판단이 섰다. 그 과정의 고난과 엄청난 긴장 탓에 건강이 나빠져 심사 기간 동안 그 해변에서 머물게 된 것이다.

나는 철저히 혼자 있고 싶었기에 엘스턴 마을에서 꽤 떨어진 ─ 그래서 의심 많은 집주인을 오히려 반색하게 만든 ─ 작은 집을 빌렸다. 행락 철의 끝물 무렵이라 관광객들의 한풀 꺾인 소란함이 아직 가시진 않았으나 이런 분위기엔 관심이 없었다. 원래부터 페인트칠을 한 건 아니어도 바닷바람에 거뭇거뭇해진 그 집은 마을에 속해 있지도 않았다. 아래로 조용한 괘종시계의 시계추처럼 흔들거리는 바다를 굽어보면서 잡초 무성한 모래언덕 위에 고즈넉이 있었다. 집은 바다를 마주하고서 웅크리고 있는 고독한 동물을 연상시켰다. 몹시 지저분한 창문들도 하늘과 땅과 거대한 바다의 쓸쓸한 왕국을 물끄러미 응시하고 있었다. 이 글이 사실인지 따지면서 기이한 모자이크처럼 과장하고 꿰맞추는 것은 아닐까 지나치게 골몰해 봐야 이로울 건 없다. 어쨌든 내가 처음 봤을 때, 그 아담한 집은 쓸쓸해 보였고, 나처럼 거대한 바다 앞에서 자신의 허망함을 알고 있는 것 같았다.

이 집에 도착한 것은 예정보다 하루 이른 8월 말이었다. 두 명의 인부가 집주인이 보낸 가구들을 트럭에서 내리고 있었다. 그때는 이곳에 얼마나 머물지 딱히 정하지 않았다. 어쨌든 트럭이 떠난 뒤, 단출한 짐을 풀고 잡초 무성한 모래언덕과 바다 쪽으로 난 출입문부터 잠갔다. (셋방에 몇 달 있다가 독채를 얻고 보니 내 것인 양 생각이 들었다.) 정사각형의 구조에 방은 하나뿐이어서 자세히 살펴보고 말고 할 것도 없었다. 양쪽에 하나씩, 두 개의 창문으로 햇빛이 잘 들었고, 바다 쪽 벽에는 억지로 쑤셔 넣은 것 같은 보조 문 하나가 나 있었다. 집을 지은 지는 10년가량 되었으나, 엘스턴 마을에서 멀리 떨어져 있는 터라 여름 성수기에도 세를 놓기가 녹록지 않았다. 난로 하나 없어 시월에서 이듬해 봄까지는 아예 텅 비어 있었다. 실제로는 엘스턴 아랫말에서 1.5킬로미터 남짓한 거리였으나, 느낌상으로는 더 외떨어져 있는 것 같았다. 해변이 굽어 있어서 마을 방면으로 보이는 것이라고는 풀이 무성한 모래언덕밖에 없었기 때문이다.

첫날은 반나절 동안, 출렁이는 바다에서 일광욕과 해수욕을 즐겼다. 고요하고 장엄한 풍광 앞에서 벽화 따위는 아무 상관도 없는 성가신 일처럼 느껴졌다. 그러나 그것은 오랫동안 삶과 일에 치여 있다 보면 으레 느끼는 감정이었다. 나는 일을 끝내고 휴가를 시작한 상태였다. 단번에 피부로 느끼지는 못했지만, 그날 오후에만도 주변은 온통 휴가의 분위기로 가득했다. 지금까지 익숙했던 어떤 것과도 다른 변화 속에 있었으니 말이다. 밝은 햇빛은 너울거리는 파도에 신비한 효과를 주어서 물결이 마치 라인스톤을 흩뿌려놓은 것 같았다. 바다와 백사장이 뒤섞이는 해변에 차고 넘치는 햇빛, 그것을 한 움큼 집어 한 폭의 수채화에 담을 수도 있을 것 같았다. 바다는 자신만의 색을 지니고 있음에도, 거대한 햇빛에 완전히 압도당했다. 주변에 아무도 없었기에 낯선 이의 성가신 방해 없이 그런 장관을 즐길 수 있었다. 오감은 각각 다르게 반응했지만, 때로는 바다의 일렁임이 곧 거대한 빛을 닮기도 했다. 다시 말해, 마치 파도가 태양을 대신하여 빛을 발산하는 것 같았고, 그 인상들이 너무도 강렬하고 집요해서 서로 뒤섞였다. 첫날 오후에 이어 그다음 날에도 작은 정방형의 집 인근에 해수욕을 즐기는 사람이 한 명도 없기에 이상한 생각이 들었다. 너른 백사장과 굽이치는 해안은 마을 근처의—여기저기 사람들이 보이는—해변보다도 더 매혹적이었기 때문이다. 거리가 먼 데다 이 근처에 다른 집은 한 채도 없어서거니 생각했다. 이토록 넓은 땅을 왜 그냥 방치해 두는지는 도무지 알 수 없었다. 북쪽 해안을 따라 무심히 바다를 마주하고 있는 집들이 빼곡하게 들어서 있는 것을 보면 더욱 그랬다.

그날 오후가 저물 때까지 수영을 즐겼고, 조금 휴식을 취한 뒤에 마을로 걸어갔다. 마을에 들어설 무렵, 바다는 어둠에 잠겼다. 마을 거리의 희미한 불빛 속에서 삶의 흔적들이 나타났다. 싸고 번드르르한 장신구를 걸치고 화장을 한 여인들, 무기력한 모습의 나이 든 남자들, 협곡 입구에 늘어서 있는 바보 같은 망석중이들. 별과 밤바다의 광대한 장관 속에서 아무것도 보지 않고 또 그럴 마음도 없는 무리들. 그렇게 어두워진 바다를 따라 걷다가 작은 집으로 돌아오는 길목에서 이따금씩 천연의 깊은 바다를 향해 손전등을 비추었다. 달이 뜨지 않은 컴컴한 시간이라 손전등 불빛은 단단한 막대처럼 파도에 닿곤 했다. 그리고 그 광대무변한 공간에 작은 불빛을 던지는 동안, 바다의 소음에서 형용할 수 없는 감정과 더불어 나 자신이 한없이 작아지는 기분이 들었다. 어두운 바다 위, 몇 척의 배들이 보이지 않는 어딘가로 흘러가는 것인지, 멀리서 성난 웅얼거림이 들려왔다.

마을에서 언덕의 집까지 1.5킬로미터를 걷는 동안 아무도 만나지 못했으나, 뭐랄까 외로운 바다의 혼과 줄곧 함께 있다는 느낌이 들었다. 바다는 사람의 형태를 띠고 눈에 보이진 않아도 이해력의 범위 밖에서 조용히 움직이는 것 같았다. 마치 각광에 의해 홀연히 모습을 드러내어 움직이고 말하기 전까지, 무대의 어둠 속에서 숨죽이고 대기 중인 배우들처럼 말이다. 이윽고 그런 환상을 떨쳐버리고 집으로 들어가기 위해 열쇠를 더듬거렸다. 페인트칠도 하지 않은 집의 맨벽을 대하는 순간 갑자기 안도감이 밀려들었다.

그 조붓한 오두막은 해변을 헤매다가 마을로 돌아가지 못한 외톨이 같았다. 그 후로도 마을에서 저녁을 먹고 집으로 돌아오는 길에 소란한 소음이라고는 듣지 못했다. 산책 삼아 걷다가 잠깐씩 마을에 들를 때도 있었다. 떠들썩한 휴양지답게 온갖 골동품 상점과 쓸데없이 으리으리한 극장 따위가 많았으나, 그런 곳에는 한 번도 들어가지 않았다. 나에게 마을에서 쓸 만한 곳은 식당뿐이었다. 사람들이 얼마나 쓸모없는 짓을 많이 하는지, 볼 때마다 참 놀라웠다.

처음 며칠 동안 화창한 날씨가 이어졌다. 일찍 일어나서 해돋이에 앞서 반짝이는 잿빛 하늘을 바라보았다. 그리고 그렇게 서서 일출을 보곤 했다. 새벽녘은 쌀쌀했고, 그 색깔도 세상을 온통 흰색으로 물들어버리는 한낮의 한결같은 빛과 달리 흐릿했다. 첫날부터 인상적이었던 햇빛은 계속해서 시간의 책을 한 장 한 장 수놓았다. 해변을 찾은 피서객 대다수는 그 강렬한 태양을 탐탁지 않아 했으나, 나는 정반대였다. 작업을 하느라 몇 달 동안 음침한 시간을 보낸 터라, 바람과 햇빛과 바다라는 단순함이 지배하는 이곳에서의 무료함은 오히려 내게 큰 영향을 끼치고 있었다. 이 치유의 과정을 계속하고 싶었기에 온종일 야외의 햇볕 속에서 지냈다. 이런 생활 덕분에 무감각하면서도 온화한 상태에 있었고, 탐욕스러운 밤에 비해 안전하다는 느낌이 들었다. 어둠이 죽음이라면, 빛은 생명이다. 무수한 세월을 거쳐 전해진 유산도 그렇거니와, 인간은 모성의 바다에 가까이 있을 때, 또 햇살이 파고드는 깊지 않은 물속에서 나른해져 있을 때, 피곤한 상태에서도 여전히 원시를 찾는다. 그리고 감히 질퍽한 땅으로 나아가지 못하는 초기 포유동물처럼 아득한 안정감 속에 우리 스스로를 가두는 것이다.

파도의 단조로움은 평온하기 그지없었고, 나는 바다의 다채로운 분위기를 응시하는 것 말고는 아무 일도 하지 않았다. 바다에는 끊임없는 변화가 있다. 친근한 얼굴에 스치는 공허한 표정들처럼 다른 색과 음영이 바다 위를 흘러간다. 그리고 이런 변화들은 알 듯 말 듯한 감각에 의해 우리에게 곧바로 전해지곤 한다. 바다가 자신을 지나간 배들을 기억하면서 끊임없이 출렁일 때, 우리 마음속에선 사라진 수평선을 향한 동경이 소리 없이 떠오른다. 그러나 바다가 잊는다면, 우리도 잊는다. 우리는 평생 동안 바다를 알고 있음에도 바다는 언제나 낯설게 굴 것이다. 마치 너무도 거대하여 형태를 가늠할 수 없는 뭔가가 우주 속에 숨어 있고, 그곳으로 가는 관문이 바로 바다 자신이라는 것처럼 말이다. 푸르스름한 흰색 구름과 다이아몬드 같은 포말을 머금고 빛나는 아침 바다는 낯선 것들을 물끄러미 바라보는 눈빛을 하고 있다. 그리고 형형색색의 물고기들이 질주하는 바다의 섬세한 살결 속 어딘가에 금방이라도 영겁의 세월을 뚫고 솟구쳐서 뭍으로 성큼 올라서려는, 아주 거대하고 한가로운 어떤 존재가 들어 있는 것 같다.

나는 시간이 지나도 만족스러웠고, 작은 짐승처럼 둥그런 모래언덕에 올라앉은 그 고즈넉한 집을 선택한 것에도 기뻤다. 한가로운 오락 삼아 바닷물의 ― 파도가 금세 사라지는 거품과 함께 불규칙한 선들을 남겨놓는 ― 가장자리를 따라 멀리까지 걷곤 했다. 종종 바다의 잡동사니 속에서 이상하게 생긴 조가비를 줍기도 했다. 나의 작은 집이 내려다보는, 안쪽으로 굽은 해안에는 놀라울 정도로 온갖 잡동사니들이 많았다. 아마도 마을 해변에서 갈라진 해류가 거기까지 닿는 모양이었다. 어쨌든 주머니가 달린 옷을 입고 있을 때는 주머니에 그런 잡동사니가 가득해졌다. 그런 잡동사니 대부분은 한두 시간 만지작거리면서 내가 왜 그것을 가지고 있을까 생각하다가 버리곤 했다. 그런데 한번은 생선의 뼈가 아니라는 것만 확실할 뿐이지 무엇인지 도통 모를 작은 뼈 하나를 주운 적이 있다. 그 밖에도 퍽 희한한 그림이 세밀하게 새겨진, 커다란 쇠구슬도 있어서 그것과 작은 뼈를 함께 보관해 두었다. 쇠구슬의 경우, 일반적인 꽃이나 기하학 무늬 대신에 해초를 배경으로 어류 같은 것이 새겨져 있었고, 오랜 세월 파도에 씻기었음에도 그림을 또렷이 알아볼 수 있었다. 그런 그림을 한 번도 본 적이 없던 터라, 그것이 지금은 잊힌, 오래전 엘스턴 마을에서 유행했던 것이라고 생각했다. 그와 비슷한 그림들이 지금도 마을에 흔했으니 말이다.

날씨가 조금씩 변할 무렵, 나는 대략 일주일에 한 번꼴로 그곳에 갔다. 날씨가 점점 어두워져가는 동안, 매번 미묘하게 그 어둠의 강도가 짙어지더니 결국에는 주변의 기후가 낮부터 저녁까지 완전히 변해 버렸다. 실제로 눈에 보이는 것보다 정신적인 인상 면에서 날씨의 변화는 더욱 분명했다. 잿빛 하늘 아래 하나뿐인 집에서 생활하는 데다가 종종 바다에서 눅진 바람이 집으로 휘몰아쳐 왔기 때문이다. 구름이 해를 가리는 시간이 길어졌고, 깊이를 알 수 없는 잿빛 안개 너머로 햇빛이 차단되었다. 햇빛은 그 거대한 안개의 장막 위에서 예전처럼 강하게 빛나긴 했으나 안개를 뚫고 들어오진 못했다. 집 앞 해변은 한 번에 몇 시간씩 무채색의 천장 아래 처박힌 감옥 같아서 혹시 밤 시간이 점점 더 길어지는 건 아닐까 하는 생각이 들 정도였다.

바람이 거셌고 바다는 변덕스러운 풍향에 의해 작은 소용돌이를 만들었다. 바닷물이 점점 차가워져서 전처럼 오랫동안 물속에 있지 못했다. 그러다 보니 수영 대신에 산책을 오래 하게 되었다. 바닷가를 따라 전보다 더 멀리까지 걸었고, 천박한 마을 너머로 수 킬로미터까지 해변이 펼쳐져 있기에 저녁이 가까워질 무렵에는 광대한 모래 공간에서 오롯이 혼자일 때도 종종 있었다. 이럴 때면 재잘거리는 바닷가를 따라 발길을 서둘렀고, 줄곧 가장자리를 따라 걸었기 때문에 내륙으로 잘못 들어가 길을 헤매는 일은 없었다. 이렇게 산책 시간이 늦어지는 경우가 잦아졌다. 그런데 바람이 몰아치는 언덕과 바다의 일몰이 던져주는 병적인 색채로 어둠에 휩싸이는 그 작은 집이 왠지 불안해지기 시작했다. 집은 햇빛과 달빛으로 가득했을 때보다 훨씬 더 쓸쓸해 보였다. 게다가 상상 속에서 말없이 재촉하는 듯한 얼굴 하나가 나를 향해 뭔가 해주기를 바라는 표정을 짓고 있는 것 같았다. 이미 말했듯이, 집이 외져서 처음에는 기뻤더랬다. 그러나 해가 핏빛 노을을 흩뿌리면서 물러가고 어둠이 얼룩처럼 번지며 내려앉는 저녁 시간, 그때는 집 주변에 이질적인 존재감이 느껴졌다. 불어오는 바람도 거대한 하늘도 그렇거니와, 어두워지는 파도를 혀처럼 해변에 대고 말을 거는 바다에서 전해지는 기운이나 음울함, 인상 따위가 갑자기 이상했다. 그때마다 나는 자연의 오랜 침묵과 소리에 익숙해진 후인데도 까닭 모를 불편함을 느끼곤 했다. 딱히 뭐라고 표현할 수 없는 이 불안감은 그리 오랫동안 나를 사로잡진 않았으나, 바다의 거대한 고독감이 서서히 내게 영향을 끼치는 것 같았다. 그 고독감은 전에 없이 뭐랄까, 활력이나 감각을 모방함으로써 내가 완전히 혼자 있는 것을 방해했고, 그래서 어딘지 무서웠다.

이상하리만큼 비현실적인 활력을 지닌 마을, 그 시끄럽고 속된 길거리는 아주 멀리 있었다. 저녁 식사를 위해 그곳에 들를 때면(어쭙잖은 나의 요리 실력을 믿을 수 없어서), 10시경까지 외출할 때가 있긴 했으나, 어두워지기 전에 어서 집으로 돌아가야 한다는 퍽 근거 없는 경계심이 점점 더 심해지고 있었다. 혹자는 그런 행동이 이치에 맞지 않는다고 말할 것이다. 어린아이처럼 어둠이 무서웠다면, 피하면 그만이지 않느냐고 말이다. 외로움이 그토록 갑갑했다면 마찬가지로 그곳을 떠나면 될 터인데 왜 그러지 않았느냐고 물을지도 모르겠다. 나는 마땅히 대답할 말이 없다. 다만, 내가 느꼈던 불안감이 무엇이든, 또 고독의 동요가 무엇이든 간에 해가 저무는 짧은 시간에 혹은 소금기 머금은 바람에 실려 혹은 거대한 옷처럼 구깃구깃 펼쳐져 있는 밤바다의 장막 속에서 전해진 것들의 절반은 나 자신의 마음에서 비롯된 것이고 금세 스쳐가는 것이어서 그리 오랫동안 내게 영향을 끼치지는 않았노라 말하고 싶다. 언제 그랬냐는 듯이 다이아몬드 빛 햇빛이 비추고, 햇빛 가득한 해변에서 장난기 어린 파도가 넘실대면 나는 곧 어둠의 기억을 터무니없다 여겼지만, 한두 시간 뒤에는 또다시 그런 분위기에 젖어서 절망의 어스레한 영역으로 가라앉곤 했던 것이다.

어쩌면 이런 내향적인 감정들은 바다 자체의 분위기를 반영하는 것에 불과할지도 모르겠다. 우리가 보는 것의 절반은 우리 자신의 마음이 투영된 것이고, 우리 감정의 상당 부분은 외부의 물리적인 현상에 영향을 받기 때문이다. 바다는 자신의 다양한 분위기에 우리를 동화시키고, 파도에 드리워진 어둠이나 빛의 미묘한 특징을 빌려 우리에게 속삭일 뿐만 아니라 자신의 슬픔이나 기쁨을 다양한 방식으로 전달할 수도 있다. 바다는 언제나 옛것을 기억하고, 우리가 이해하진 못한다 해도, 그 기억은 우리에게 전해져 바다의 즐거움이나 회한을 우리도 공유한다. 나는 당시에 아무 일도 하지 않았고 누구와도 만나지 않았기 때문에 다른 사람들이라면 무시했을 바다의 은밀한 의미에 민감하게 반응했는지 모르겠다. 그해 여름이 끝날 때까지 바다는 내내 나를 지배했다. 내게 선사한 치유의 대가를 요구하면서.

그해, 해변에서 여러 건의 익사 사고가 있었다. 나는 그런 이야기를 무심히 듣다가(우리가 직접 관련이 없고 직접 목격하지 않은 죽음에 무덤덤하듯), 익사의 자세한 정황이 꺼림칙한 것임을 알게 되었다. 익사자들은 ── 그중에서 보통 이상의 수영 실력을 지닌 사람들을 포함해서 ── 종종 며칠이 지날 때까지 발견되지 않다가, 바다에게 섬뜩한 복수라도 당한 것처럼 부패하고 훼손된 상태로 나타났다고 한다. 마치 바다가 그들을 어두운 심해의 은둔지로 끌고 들어가 마음껏 농락하고 직성이 풀린 뒤에야 오싹한 상태로 해안까지 밀어낸 것 같았다. 이런 죽음의 정확한 사인에 대해서 아는 사람은 없는 것 같았다. 빈번한 사고는 소심한 사람들 사이에 동요를 일으켰다. 엘스턴의 역류는 그리 강하지 않았고 인근 해역에 상어가 없다고 알려져 있어서 더더욱 그랬다. 시체들에 습격당한 흔적이 있었는지는 모르겠으나, 어둡고 정체된 곳에서 튀어나와 파도를 헤치고 혼자인 사람을 엄습하는 죽음의 공포를 사람들이 모를 리 없고 좋아할 리도 없다. 상어가 없다고 해도, 이른 시일 내에 죽음의 원인을 밝혀야 한다. 내가 아는 한, 상어의 공격은 추측에 불과했다. 그 후로 해수욕을 즐기는 사람들도 혹시 모를 바다 생물보다는 변덕스러운 해류를 더 걱정하는 것 같았다. 가을이 멀지 않았고, 피서객 일부는 그것을 핑계로 죽음의 재앙이 찾아온 이 바다를 떠나 안전한 내륙으로, 바다라는 말조차 들리지 않는 곳으로 떠나버렸다. 그렇게 8월이 끝났고, 나는 그곳에 온 지 한참이 지나 있었다.

9월 4일부터 태풍의 조짐이 있더니, 습한 바람 속에서 산책을 나섰던 6일에는 출렁이는 납빛 바다 위로 무채색의 숨 막힐 듯한 구름이 몰려들었다. 정처 없이 불어오는 바람은 불편한 기운을 전하는 동시에 다가올 어떤 활력 같은 것을 암시했다. 말하자면, 오래전부터 예견된 태풍 속의 생명이라고 할까. 엘스턴에서 점심을 먹은 뒤, 하늘이 커다란 상자의 뚜껑처럼 짓누르는 상황에서도 멀리 해변을 따라 걷다가 마을과 내 집에서 멀리 떨어지게 되었다. 온통 잿빛인 세상에 기분 나쁜 — 우중충한 색에도 불구하고 이상하리만큼 밝은 — 자줏빛이 섞이는 동안, 수 킬로미터 반경에 인가라고는 없다는 것을 깨달았다. 그러나 그것은 그리 중요해 보이지 않았다. 미지의 전조를 품은 하늘이 묘한 색채와 더불어 어두워졌음에도 나는 지금까지 불분명했던 형태와 의미를 갑자기 식별하게 된 사람처럼 온몸을 관통하는 섬광 혹은 희열의 분위기에 도취되어 있었기 때문이다. 어슴푸레 떠오르는 기억 하나가 있었다. 어렸을 때 누군가 읽어준 이야기를 듣고 상상했던 장면과 비슷했다. 오랫동안 잊고 지냈던 그 이야기는, 검은 수염의 왕과 그가 사랑한 한 여인에 관한 것이었다. 왕은 어둠침침한 해저의 낭떠러지 왕국에 살았고, 그곳엔 어류를 닮은 생물체들도 있었다. 사실 이 왕은 여인과 약혼한 금발의 젊은이였는데, 주교관 같은 것을 쓰고 늙은 원숭이처럼 생긴 악한에게 저주를 받아 모습이 바뀐 것이었다. 상상의 한편에 남아 있는 것은 하늘도 없는 무채색의 해저 낭떠러지 왕국이었다. 이야기의 대부분은 까먹었으나, 왕국의 모습만은 그것과 비슷한 하늘과 낭떠러지를 보는 순간 갑자기 되살아났다. 종잡을 수 없는 불완전한 인상만 남아 있을 뿐 흐릿한 기억이었으나, 아무튼 그때의 광경을 닮아 있었다. 그 이야기에서 암시된 것들이 불안하고 불완전한 기억 저편을 서성이다가, 실상은 별 의미도 없는 현실의 풍광 앞에서 마치 가치 있는 것처럼 되살아난 것 같았다. 우리는 찰나적인 인식을 통해서 깃털로 가득한 풍경(이를테면), 저녁 무렵 굽은 길을 따라 휘날리는 여인의 옷자락 혹은 흐릿한 아침 하늘을 배경으로 100년을 버티고 선 고목의 견고함(사물이나 대상보다는 그것이 나타나는 조건이 더 중요하다.) 따위에서 반드시 알아내야만 하는 중요한 뭔가를 느낄 때가 자주 있다. 그러나 그런 장면이나 배열은 나중에 다른 시각에서 보면, 이미 가치와 의미는 사라지고 없다. 이것은 아마도 우리가 본 것이 원래 모호해서라기보다는 우리가 기억하지 못하는 전혀 다른 뭔가를 암시하기 때문일 것이다. 순간적인 그 의미를 제대로 간파하지 못하고 어리둥절해진 사람의 정신은 한껏 흥분된 상태에서 그 대상을 떠올렸다가도 이내 그 속에 아무런 의미도 없음을 알고는 아연실색한다. 내가 자줏빛 구름을 보고 있을 때가 바로 그랬다. 그것은 황혼 녘의 수도원 탑에 감도는 웅장함과 미스터리를 간직하고 있었으나, 한편으로는 어린 시절 동화 속에 등장하는 낭떠러지 왕국이기도 했다. 잊었으나 혹시 다시 보게 되리라 어느 정도 기대했던 그 이미지가 느닷없이 이 더러운 포말과 깨진 흑유리 파편을 쏟뜨린 것 같은 파도 앞에서 떠올랐을 때, 원숭이 얼굴을 닮은 섬뜩한 형체가 녹슨 주교관을 쓰고서 파도가 곧 하늘인 심해의 왕국에서 금방이라도 모습을 드러낼 것만 같았다.

나는 상상에서도 그런 형체를 본 적이 없었다. 다만, 차가운 바람이 살랑대는 칼날처럼 하늘을 베는 동안, 구름과 바다가 만나는 어둠 속에 유목 같은 잿빛 물체 하나가 포말 사이로 흔들리고 있었다. 거리가 꽤 멀었고 금세 사라졌기 때문에 어쩌면 나무가 아니라 격랑의 수면으로 떠오른 돌고래였을지도 모르겠다.

차가운 빗방울이 떨어지기 시작하자, 다가오는 태풍의 장관과 유년 시절의 환상을 너무 오랫동안 연결 지어 생각하고 있었다는 걸 깨달았다. 줄곧 어두웠던 풍광은 더욱 균일한 암흑으로 변해 갔다. 잿빛 모래를 따라 발길을 서두르는 동안, 등에 떨어지는 차가운 빗방울이 느껴졌고, 얼마 가지 않아 옷이 흠뻑 젖었다. 보이지 않는 하늘에서 기다랗게 늘어진 무늬 같았던 무색의 빗방울에 쫓겨서 처음에는 힘껏 뛰었다. 그러나 아무래도 젖지 않은 상태로 몸을 피할 곳이 가까이에는 없다는 생각이 들자 발걸음을 늦추고 화창한 날씨에 산책을 하듯 집으로 향했다. 여유를 부린 건 아니었지만 그렇다고 서두를 이유도 없었다. 젖어서 몸에 착 달라붙는 옷에서 냉기가 전해졌고, 짙어지는 어둠과 바다에서 끝없이 불어오는 바람 때문에 몸이 저절로 떨렸다. 그러나 비를 맞는 불편함 외에도 자줏빛 구름 속에 잠재된 흥분이 있었고, 내 몸은 거기에 저절로 반응하고 있었다. 나는 온몸으로 비를 맞으면서 맛보는 환희라고 할까(그쯤에서 빗줄기가 내 몸을 타고 줄줄 흘러내렸고, 구두와 호주머니에 넘쳤다.), 아니면 시시각각 변하는 바다 위에 검은 날개를 드리운 병적이고 위압적인 하늘에 대한 이상한 감상이라고 할까, 그런 기분에 빠져서 엘스턴 해변의 잿빛 길을 저벅저벅 걸어갔다. 생각보다도 빨리,

불투명한 비의 장막 너머로 웅크린 집이 보였다. 모래언덕의 잡초들은 광풍에 따라 몸부림치면서 금방이라도 땅을 박차고 나와 먼 여정에 동참할 기세였다. 퍼붓는 빗줄기에 지붕이 휘어진 것처럼 보이는 것만 아니면 집 주변의 바다와 하늘은 조금도 변함이 없었다. 나는 흔들거리는 계단을 급히 올라서 집 안으로 뛰어들었다. 성가신 빗줄기에서 드디어 벗어났다는 생각을 하면서 잠시 서 있는 동안 온몸 구석구석에서 빗물이 줄줄 흘러내렸다.

집 양쪽에 하나씩 나 있는 두 개의 창문은 둘 다 바다를 정면으로 마주 보고 있었다. 비와 머잖은 밤의 영향으로 창가도 어둠침침했다. 나는 창문 너머를 바라보면서 옷걸이와 잡동사니로 가득해 본연의 기능을 잃은 의자에 걸쳐둔 얼룩덜룩한 마른 옷을 집어 갈아입었다. 점점 세를 불리는 태풍의 비호 아래 불쑥 찾아온 어둠은 유난히 짙어서, 사방이 꽉 막힌 곳에 갇혀버린 느낌이었다. 깊숙이 넣어둔 덕분에 젖지 않은 시계를 단번에 찾아냈지만, 잿빛 모래사장에 얼마나 오랫동안 있었는지 또 몇 시나 되었는지 알 길이 없었다. 보일락 말락 한 숫자와 시곗바늘에 의지해 시간을 어림짐작해 보았다. 잠시 후, 눈이 어둠 — 황량한 창문 너머보다 집 안에서 더 짙은 어둠 — 에 익숙해지자, 6시 45분임을 확인했다.

집에 들어올 때 해변에는 아무도 없었기에 당연히 밤에는 아무도 수영을 하지 않을 거라고 생각했다. 그런데 다시 창가를 보았을 때, 비 오는 저녁의 어스름 속에서 움직이는 형체들이 있었다. 퍽 이상하게 움직이고 있는 그들을 세어보니 셋이었다. 그리고 집 가까운 곳에 또 하나, 그것은 사람이 아니라 맹렬한 파도에 실려 온 통나무 같았다. 나는 놀라기보단 그 건장한 사람들이 무슨 이유로 태풍 속에서 밖에 나와 있을까 궁금했다. 혹시 나처럼 어쩌다가 비를 만나게 되어 물기 머금은 돌풍에 쫓기고 있는 것은 아닐까 생각했다. 잠시 후에 나는 고독에 대한 예찬보다는 문명인의 친절에 더 마음이 동하여 문밖으로 나갔고, 작은 포치에서 비를 맞으며(엄청난 기세로 퍼붓는 빗줄기에 또 옷을 적셔야 했다.) 그들을 향해 어서 오라고 손짓했다. 그러나 그들은 나를 보지 못했는지 아니면 내 의도를 이해하지 못했는지, 아무런 반응도 하지 않았다. 저녁의 어스름 속에서 그들은 놀란 듯 아니면 내게서 또 다른 행동을 기다리는 듯 그대로 서 있었다. 그들의 태도에서 어딘지 비밀스러우면서도 공허한, 이것도 저것도 아닌 그런 느낌이 전해졌는데, 내 집도 병적인 일몰을 배경으로 꼭 그런 모습으로 웅크리고 있었다. 불현듯, 아무도 없는 해변에 그것도 비 내리는 어둠 속에 꼼짝도 하지 않고 서 있는 그 형체들 주변에서 불길함을 느꼈다. 결국에 마음속 깊은 곳의 공포를 짐짓 귀찮은 듯 숨기면서 문을 닫아버렸다. 그러나 내 의식의 그늘 속에서 강렬한 공포가 부풀어 올랐다. 조금 있다가 창문 앞에 가 보았더니, 밖에는 불길한 어둠 외에는 아무것도 없는 것 같았다. 막연한 당혹감에, 그리고 그보다 더욱 막연한 공포에 ― 눈앞에 딱히 경계할 것이 없는데도 길을 건너다 혹시 마주칠지 모르는 뭔가를 두려워하는 사람처럼 ― 나는 밖에서 아무것도 보지 못한 것이라고 여겼다. 어둠이 나를 속인 것이라고.

북쪽 해변으로 시야가 닿지 않는 거리에 마을이 있고, 거리마다 흐릿하고 누런 불빛들이 고블린의 눈동자처럼 비에 젖은 숲 속을 비추고 있음에도, 내 집을 감도는 고독감은 그날 밤 더욱 강해졌다. 마을을 볼 수 없어서 또는 이 나쁜 날씨에 마을에 갈 수 없어서 ― 자동차가 없으니 뭔가가 서성이고 있는 어둠 속을 걷는 것 말고는 이 집을 떠날 방법이 없어서 — 안개에 가려져 솟구쳤다가 내려앉는 황량한 바다에 철저히 혼자라는 사실이 너무도 갑작스럽게 느껴졌다. 게다가 바다는 솟구치려다가 다친 짐승처럼 거친 신음을 토하고 있었다.

때 묻은 램프로 짙은 어둠을 간신히 밝힌 채 — 창문에 기어든 어둠이 끈질긴 야수처럼 귀퉁이에서 나를 노려보는 동안 — 저녁 식사를 준비했다. 마을까지 가고 싶지 않아서였다. 내가 잠자리에 들었을 때는 고작 9시, 그런데도 시간은 터무니없이 빠르게 흐르는 것 같았다. 여느 때보다 일찍 또 은밀히 찾아온 어둠은 잠자리에 든 후에도 내가 봤던 장면과 행동 하나하나에 스며들어 맴돌고 있었다. 영원히 정체를 알 수 없을 어떤 것이 밤에서 빠져나와 나의 잠재 감각을 들쑤시는 바람에, 나는 적의 순간적인 움직임에도 예민하게 반응하는 한 마리 짐승 같았다.

몇 시간째 바람이 불었고, 장대비는 빈약한 집 벽을 연신 후려치고 있었다. 바다의 웅얼거림을 듣고 있자니 마음이 평온해졌다. 나는 바람의 구슬픈 통곡 속에서 서로 밀치며 해변에 짜고 쓰린 물보라를 던지는 거대한 파도들을 떠올렸다. 그런데 파도의 끝없는 독백에서 전해지는, 어딘지 나른한 분위기는 여느 밤처럼 나를 무색의 꿈속으로 유혹하는 것 같았다. 계속되는 바다의 미친 독백 그리고 바람의 성가신 잔소리……. 그러나 그것들은 무의식의 벽 너머로 멀어졌고 한참 동안 그렇게 밤바다는 잠든 내 의식에서 추방되었다.

아침은 한결 부드러운 태양을 데려왔다. 태곳적 이 지상을 비추었던, 그리고 오늘은 시체처럼 창백한 하늘보다도 더 힘없는 태양. 그것은 예전의 모습을 되찾으려는 듯, 내가 잠에서 깨었을 때, 지저분하고 두꺼운 구름을 뚫고 빛을 던지려 애쓰고 있었다. 집 안의 북서쪽 공간을 가로질러 연한 황금빛 햇살이 퍼지는가 싶더니, 이내 그것은 천상의 잔디밭에 무심히 방치되어 있는 장난감처럼 빛나는 작은 공 모양으로 오그라들었다. 밤새 계속해서 내렸을 것이 분명한 빗줄기는 옛 동화 속 바다 절벽과 닮은 자줏빛 구름의 흔적을 씻어내고 있었다. 떠오르는 해도 지는 해처럼 사람의 눈을 속이기는 매한가지, 마치 태풍은 기나긴 어둠을 이 세상에 끌고 온 것이 아니라 그 어둠을 긴 오후처럼 부풀리고 가라앉힌 것처럼 오늘은 어제와 뒤섞여 있었다. 당당하지 못한 태양이 용기를 내어 이제는 지저분한 창문의 얼룩 같은 어제의 안개를 쫓아보려고 안간힘을 썼다. 불안하고 우울한 하루가 시작되면서 지저분한 안개도 자취를 감추었고, 나를 휘감았던 외로움은 원래의 조심스러운 은둔지로 돌아갔으나 더 멀리 가는 대신에 거기 웅크리고 기다렸다.

태양은 예전의 환한 빛을 되찾았고, 파도도 예전처럼 반짝였다. 인류 이전의 해변을 향해 장난스레 푸른 물결을 집어던졌던 바다, 그것은 아마도 인간이 시간의 무덤 속에서 잊히는 날이 오면 은근히 기뻐하리라. 적의 얼굴에 스치는 우정의 미소를 믿는 사람처럼 나는 날씨의 미심쩍은 장담에 이끌려 문을 활짝 열어젖혔다. 쏟아져 들어오는 햇빛에 의지해 문제의 현장을 살펴보니, 나 말고는 매끄러운 모래사장을 흐트러뜨린 사람은 아무도 없다는 듯이 해변은 이미 모든 흔적을 말끔히 지워버렸다. 불안한 우울증을 겪고 난 뒤 찾아오는 일시적인 활력처럼 나는 — 의지와는 상관없이 그저 순종적으로 — 생애의 모든 불신과 의혹과 병마와도 같았던 모든 공포가 기억에서 말끔히 씻겨 사라졌다고 생각했다. 바닷가의 오물들이 높은 파도에 씻겨 사라져버리듯이 말이다. 책장에 핀 곰팡내와 비슷한, 짠물에 젖은 풀 냄새가 뜨거운 태양을 머금고 바삭바삭해진 초원의 달콤한 냄새와 뒤섞였다. 이렇게 냄새를 맡고 있자니, 청량음료를 마신 듯, 혈관 구석구석 알 수 없는 뭔가가 흐르고, 정처 없는 산들바람에 실려 떠다니는 느낌이 들었다. 이런 협력 관계 속에서 태양은 어제의 비처럼, 쉴 없이 날아드는 눈부신 창처럼 내게 햇빛을 퍼부었다. 마치 내 시야 너머에서 움직이고 있는 의뭉스러운 배경을 감추려는 것 같기도 했다. 그 배경은 내 의식의 경계에서 불현듯 나타나거나 바다 공간에서 노려보는 허상의 눈길에 의해서만 보일 뿐이었다. 태양은 끝없는 소용돌이 속의 맹렬하고 고독한 공이었고, 올려다보는 내 얼굴을 향해 날아드는 황금빛 나방의 무리였다. 신성하고 불가해한 불의 희디흰 성배, 그것은 내게 약속된 천 가지 신기루를 가리고 있었다. 태양은 실제로도 안전하고 환상적인 제국을 암시하는 것 같았는데, 만약 내가 그 길을 알 수만 있다면 기꺼이 그곳으로 걸어갈 만큼 기이한 희열에 휩싸여 있었기 때문이다. 그러한 것은 우리 자신의 본성에서 나온다. 생명은 단 한순간도 그 비밀을 보여준 적이 없기 때문이다. 우리는 신중하게 유발된 분위기에 따라 암시된 이미지를 대하고 환희를 느끼거나 아니면 둔감해지는데, 우리가 이미지를 어떻게 해석하는가에 의해서만 그 비밀들이 나타나는 것이다. 우리는 이번만은 금단의 즐거움을 만끽할 수 있을 거라 믿고서, 이따금씩 생명의 속임수에 넘어갈 수밖에 없다. 이와 똑같은 방식으로 청량하고 부드러운 바람은, 스산한 어둠이(사악한 암시로 그 무엇보다도 나를 불편하게 만들었던) 물러가고 난 이 아침에 지구와는 별 상관이 없는 고대의 미스터리에 대해서 또 일부만을 경험했기에 오히려 더 생생한 쾌락에 대해서 속삭였다. 태양과 바람 그리고 그 위로 솟구친 냄새는 인간보다 100만 배는 더 예민한 감각과 100만 배는 더 미묘하고 오래 지속되는 쾌락을 즐겼던 신들의 축제에 대해 말해 주었다. 내가 만약 그들의 눈부신 기만술을 온 마음으로 받아들인다면, 신들의 감각과 쾌락 같은 것들이 내 것이 될 수 있다는 암시도 곁들였다. 벌거벗은 천상의 몸으로 웅크리고 있는 신이자, 눈으로 쳐다보기엔 너무도 강렬한 미지의 용광로인 태양은 새삼 생생해진 내 감정 속에서 거의 신성한 존재로 보였다. 그것이 영묘히 퍼붓는 빛은, 만물이 큰 놀라움 속에서 숭배해야 하는 그 무엇이었다. 은밀한 표범도 초록의 숲 속에서 나뭇잎에 흩뿌려진 그 빛을 보고 흠칫 멈추어 섰을 터이다. 빛에 의지해 살아가는 만물도 그 눈부신 메시지를 소중히 여겼을 터이다. 영원의 머나먼 끝자락에서 빛이 사라지는 날, 지구는 무한의 진공 속에서 길을 잃고 어둠에 잠길 것이기 때문이다. 내가 생명의 불을 공유했던 그날 아침, 그간의 탐욕스러운 일상에 없었던 쾌감을 잠시 맛보았던 그때, 글로는 적을 수 없는 묘연한 이름의 낯선 존재들이 보내는 신호들이 약동하고 있었다.

장시간 줄기차게 퍼부은 빗줄기에 시달린 후 마을의 모습이 어떻게 변했을까 궁금해하면서 그곳으로 가는 동안, 스무 걸음쯤 앞에서 황색 포도주처럼 퍼붓는 햇살 아래 연거푸 물거품에 휩싸이던, 흡사 사람의 손처럼 생긴 작은 물체 하나를 보았다. 그런데 그것이 진짜 썩은 살덩어리라는 것을 확인했을 때 받은 충격과 메스꺼움은 새뜻했던 만족감을 짓눌러버렸고, 그것이 정말 사람의 손은 아닐까 하는 섬뜩한 의혹을 일으켰다. 어류를 통틀어서 몸의 일부분이라도 그런 생김새를 띠고 있는 것은 없었다. 그것은 부패가 진행 중인 흐물흐물한 손가락 같았다. 손으로 만지기에는 너무 불결했기 때문에 발로 툭 차서 그것을 뒤집어 보려는데 그만 그것이 썩은 손아귀처럼 가죽 구두에 들러붙고 말았다. 원래의 형체를 거의 잃어버렸음에도 그것은 내가 우려한 대로 사람의 손과 너무도 흡사했다. 그것을 부드러운 파도 속으로 밀쳐버리자, 파도는 바닷가에서는 좀처럼 보여주지 않던 민첩한 동작으로 그것을 냉큼 집어삼켰다.

그것이 무엇이었는지 밝혀야겠으나, 그러기가 내키지 않는 이유는 그 정체가 너무 애매하기 때문이다. 그것의 일부는 바다 괴물에게 먹힌 상태였다. 그러나 이것만으로는 알려지진 않았으나 비극적이었을 사건의 증거라고 하기엔 역부족이었다. 물론, 익사자가 많다는 것을 생각했고, 가능성만 따져서 이런저런 경우의 수도 섣불리 떠올려보았다. 폭풍에 휩쓸려 온 그것이 무엇인지, 그것이 인간과 유사한 동물 혹은 어류의 일부분인지, 나는 지금까지 그것에 대해 입에 올린 적이 없다. 결국, 그것이 단순히 썩어서 그런 형태가 되진 않았다는, 그 어떤 증거도 없는 셈이다.

그것이 어쩌면 부패와 아름다움이 혼재하는 죽음의 무상함을 보여주는 섬뜩한 예이고, 자연은 본질적으로 부패를 더 선호한다손 치더라도, 깨끗한 해변의 아름다움 속에서 그 물체와 마주치는 바람에 마을로 가는 내내 속이 메슥거렸다. 엘스턴에서 최근 익사 사고나 해상 재난이 있었다는 얘기를 듣지 못한 데다, 내가 읽었던 지역 신문 어디에도 그런 사고 소식은 없었다.

그날 이후 나의 정신 상태가 어떠했는지 묘사하기란 녹록지 않다. 언제나 외부의 사물에 의해 야기되는, 혹은 나 자신의 정신 깊숙한 심연에서 튀어나왔을지 모르는 병적인 감정의 음울한 번민에 예민해져 있던 나로서는, 당시에 나를 사로잡고 있던 감정이 공포나 절망 혹은 그와 비슷한 어떤 것이라기보다 삶 이면의 불결함과 섬뜩함을 단시간에 자각한 것에 더 가까웠다. 그 일부는 나 자신의 내적인 본성을 성찰한 결과였고, 일부는 뜯긴 채 썩어가던 —사람의 손이었을— 그것을 떠올린 결과였다. 당시에 내 마음은 동화가 되살려낸, 생각지도 않은 고대 왕국처럼 어두운 절벽과 움직이는 검은 형체들로 가득했다. 각성의 일시적인 고뇌와 더불어 실감한 것은, 이 가공할 우주의 거대한 암흑 속에서 나와 인류의 삶은 산산이 사라져간 별들만큼이나 무의미하다는 것이었다. 이 우주에서 그 어떤 행동도 허망할 뿐만 아니라 슬픔의 감정조차 하찮다는 자각 말이다. 지금까지 건강을 회복하기 위해, 또 만족과 물질적인 행복을 위해 살아온 시간들은 (마치 그 과거의 시간들이 확고하게 끝나버리기라도 한 것처럼) 이제는 삶에 아무런 관심이라곤 없는 사람의 권태로 채워졌다. 나는 피할 수 없는 운명에 대한 비참하고 나른한 공포에 휩싸였다. 곁눈질하는 별들과 나를 집어 삼켜 박살내려는 검고 거대한 파도의 완벽한 증오심 ─ 냉정하고 무시무시하리만큼 장엄한 밤바다의 복수심 ─ 을 느꼈다.

어둠의 뭔가와 바다의 끝없는 움직임이 심장을 파고들었다. 그렇게 불합리할 뿐만 아니라 체감되지도 않는 고문 속에서 살았다. 그런데도 괴로웠던 이유는, 고문의 근원을 알 수 없어서였고 또 고문이 살아 있는 뱀파이어 같으면서도 정작 낯선 데다 이렇다 할 동기조차 없어서였다. 눈앞에는 자줏빛 구름과 이상한 은 지팡이, 계속 되풀이되는 썩은 거품, 황량한 집의 쓸쓸함, 꼭두각시 마을의 비웃음이 환등기의 영상처럼 펼쳐져 있었다. 삶의 졸렬한 모조품에 불과한 마을, 그래서 그곳에 더는 가지 않았다. 나 자신의 영혼처럼 마을은 사방을 에워싸고 있는 암흑의 바닷가에 서 있었다. 그 바다는 서서히 내게 증오심을 불러일으켰다. 썩고 곪은 이런 이미지 중에 인간을 더없이 왜소하게 만드는 어떤 형체가 서성였다.

이렇게 횡설수설하는 말로는, 마음속에 저절로 스며든 외로움을, 주변에 은밀히 맴도는 미지의 섬뜩한 존재가 있다고 속살거리고 있는 이 끔찍한 외로움(내가 굳이 떨쳐버리려고 하지 않기에 심장에 더욱 깊숙이 자리 잡은 이 감정)을 표현할 길이 없다. 그렇다고 광기는 아니었다. 아니, 그것은 우리 인간만큼이나 불안정하고 덧없는 태양에 의해 밝혀진, 이 연약한 삶 너머의 어둠을 너무도 또렷하게 날것 그대로 인식한 결과였다. 그것은 곧 허무의 깨달음이었고, 이런 깨달음 후에도 다시금 삶을 살아가는 사람은 극소수에 불과하다. 그것은 또 지식이고 전투였다. 나처럼 변하게 만든 지식, 나처럼 영혼의 남은 힘을 다해 싸웠던 전투. 나는 적대적인 우주를 상대로 터럭만 한 공간조차 얻어내지 못했고, 한순간도 내게 주어진 삶을 내 것으로 만들지 못했다. 삶을 두려워하듯 죽음을 두려워하면서 무섭지만 떨쳐버리고 싶지는 않은 짐에 짓눌려 있었다. 나는 의식의 벽 너머 광대한 영역에서 이 소모적인 공포가 또 어떻게 변할 것인지 기다리고 있었다.

그렇게 가을을 맞았다. 내가 바다에서 얻은 것은 다시 그 속으로 사라졌다. 붉게 물든 단풍은 물론, 익숙한 가을의 풍취라고는 없는 해변의 가을, 더욱 황량한 시간이었다. 인간은 변하건만, 위협적인 바다는 한결같았다. 마치 만년설이 소름 끼치는 바다에 내려앉기 위해 기다리듯, 수의를 휘감은 듯한 하늘은 더욱 어두웠고, 더는 들어가고 싶지 않은 바다는 싸늘한 냉기만을 품고 있었다. 만년설이 일단 내려앉기 시작한다면, 절대 멈추지 않을 터이고, 희고 때로는 노랗고 때로는 심홍빛으로 헛된 밤에만 모습을 감추는 작은 루비 같은 태양 아래서 끝없이 쌓여갈 터이다. 한때 친근했던 바다는 내게 의미심장한 포말을 일으키면서 이상한 눈초리를 던졌다. 이 어두운 풍광이 그저 음울한 내 마음의 반영에 불과한 것인지, 내 안의 우울은 아무런 이유 없이 싹튼 것인지, 알 수 없었다. 바다에도 내게도 소리 없이 저 위를 날아가는 새의 그림자 같은 것이 드리워졌다. 우리는 창공의 새가 지면에 몇 번이고 비칠 때까지 그 새의 눈길을 알아채지 못하다가, 불현듯 시선을 들었을 때, 지금까지 눈에 띄지 않게 우리 위를 맴돌던 뭔가를 발견하곤 한다.

9월 말이었다. 무분별한 천박함이 공포에 찌든 공허의 삶을 지배했고 알록달록 색칠한 꼭두각시 인형들이 여름의 익살극을 선보였던 마을의 위락 시설들도 폐장했다. 한쪽으로 팽개쳐진 꼭두각시들의 얼굴엔 그려놓은 미소와 찡그림이 지저분하게 번져 있었다. 마을에 남아 있는 사람은 100명이 채 되지 않았다. 정면에 번지르르한 치장 벽토를 바르고 해변을 따라 늘어서 있던 가건물들은 예정된 순서처럼 바람 속에서 아무렇게나 무너졌다. 문제의 그날을 향해 시간이 시나브로 흘러가는 동안, 내 안에서 지옥의 잿빛 여명이 점점 강해졌고, 그 빛과 더불어 모종의 사악한 마법이 완성되리란 예감이 들었다. 그러나 그 마법보다는 계속되는 나 자신의 섬뜩한 의혹이 — 이 거대한 무대 뒤편에 뭔가 기괴한 것이 숨어 있다는 너무도 미묘한 암시가 — 더 무서웠다. 그래서인지 그 마법이라는 것은, 내가 그 공포의 날을 하염없이 기다리고 있다는 실제적인 공포에 비하면 훨씬 비현실적이었다. 다시 말하건대, 그날이 22일인지 23일인지 정확하진 않지만 분명히 9월 말이었다. 내가 그 미완의 사건을 회상하려고 했을 때는 이미 그 자세한 과정이 기억에서 사라지고 난 뒤였다. 정상적인 사람이라면 그런 일에 개의치 않았을 것이다. 그 사건에 내포된 암시(오로지 암시)가 너무도 저주스러웠기 때문이다. 나는 영혼의 불안감 때문에 그날을 직감했다. 그 직감은 너무도 강렬한 것이어서 오히려 설명할 수가 없다. 낮 동안 내내 밤을 기다렸다. 조바심이 날 정도였다. 그렇게 햇빛은 물결치는 바다 위에 언뜻 스쳐 가는 물체처럼 사위어갔다. 그리고 낮에 무슨 일이 벌어졌는지 나는 아무것도 기억하지 못했다.

그 불길한 폭풍이 해변에 전조의 그림자를 드리운 지도 오래되었고, 나는 까닭 없이 망설이다가 엘스턴을 떠나기로 마음먹었다. 그해는 유난히 추웠고, 처음의 만족을 다시 얻을 수 없었기 때문이다. 내가 출품한 디자인이 최우수 작품으로 선정되었다는 전보를 받고서(내가 거의 무명인 데다가 소재를 알 수 없어서 전보는 이틀 동안 웨스턴 유니언 우체국에 보관되어 있었다.), 출발 날짜를 결정했다. 그해 초만 해도 그런 소식을 들었더라면 엄청난 흥분에 휩싸였을 테지만, 막상 이상하리만큼 무감동했다. 당선 소식은 주변의 비현실과는 너무도 동떨어진, 그래서 나와 아무런 상관도 없는 것 같았다. 마치 생판 모르는 타인에게 가야할 전보가 내게 잘못 전달됐다는 기분마저 들었다. 그래도 그것은 해변에서의 일정을 끝내고 오두막을 떠나게 만드는 동기가 되었다.

마지막 사건이 벌어진 것은 떠나기 나흘 전이었다. 그리고 그 사건의 의미는 분명한 위협을 통해서가 아니라 불길한 주변의 인상을 통해서 나타났다. 엘스턴 해변에 밤이 찾아왔다. 집 안의 지저분한 접시 더미가 최근에 내가 먹은 음식과 게으름을 보여주고 있었다. 바닷가로 난 창문 앞에서 담배를 피우며 앉아 있는 동안, 어둠이 몰려왔다. 어둠은 서서히 하늘을 채우는 액체 같아서, 기이하리만큼 높이 떠오른 달까지 씻어낼 것 같았다. 반짝이는 모래사장과 닿아 있는 수평의 바다, 나무도 사람도 그 어떤 생명체도 없는 완벽한 부재, 그리고 높이 뜬 달 때문에 주변이 얼마나 광활한지 또렷이 각인되었다. 별들은 거의 눈에 띄지 않았고, 이런 별들의 빈약함이 달과 끝없이 움직이는 물결의 웅장함을 한층 더 강조하는 것 같았다.

정체 모를 불길함이 가득한 밤이라 해변으로 나가기 두려워 집 안에 있었으나, 어마어마한 전설의 비밀을 말해 주는 바다의 웅얼거림에는 귀를 열어놓고 있었다. 어딘가에서 바람에 실려 온 기이하고 가슴 벅찬 삶의 숨결 ― 내가 느끼고 의심해 왔던 모든 것을 구체화한 것 ― 이 하늘의 틈새에서, 아니 침묵의 파도 밑에서 꿈틀거리고 있었다. 까마득히 오래되고 섬뜩한 잠에서 깨어난 이 비밀의 진원지가 어디인지 알 수는 없어도, 꿈에서 뭔가와 맞닥뜨렸지만 곧 깨어날 것을 아는 사람처럼 나는 창가에 웅크린 채 거의 다 타들어간 담배꽁초를 붙잡고 달을 바라보고 있었다.

결코 변하지 않을 것 같은 풍경 속에 달빛을 모아놓은 것처럼 환한 빛이 비쳤다. 나는 점점 더 강요된 힘에 짓눌린 채 무슨 일이 벌어질지 지켜보고 있었다. 해변에서 그림자들이 빠져나오고 있었고, 이제 곧 그 그림자들과 함께 암시된 뭔가가 나타나면 지금까지 내가 품어온 모든 생각의 종착점이 될 거라는 예감이 들었다. 그림자들이 지나는 곳마다 검게 물든 공백으로 남았다. 여전히 암흑의 덩어리들은 잔인하리만큼 환한 빛 아래서 기고 있었다. 달빛이 쉼 없이 그려내는 인상(달의 과거가 어떠했든 간에 인류보다 더 오래된 폐허 한복판에서 달이 간직했던 비(非)인류의 묘지처럼 지금은 생기를 잃고 싸늘한 인상)과 바다(미지의 생명과 금기시된 감각으로 들썩이는 바다)가 섬뜩하리만큼 생생하게 내 앞에 있었다. 나는 일어서서 창문을 닫았다. 반은 충동 때문에, 더 큰 이유는 잠시 다른 생각을 하고 싶다는 핑계 때문이었다. 닫은 창문 앞에 서 있자니 이제 아무런 소리도 들려오지 않았다. 찰나 혹은 영원은 매한가지였다. 겁에 질린 내 심장도, 창 너머 정지된 장면도, 그리고 나도 그저 막연한 생명의 징후를 기다리고 있었다. 방 안의 서쪽 구석 자리에 있는 상자에 등잔을 올려놓았으나 달빛이 훨씬 더 밝았다. 게다가 달빛은 등잔 빛이 미치지 않는 구석까지 스며들었다. 달이 침묵 속에서 발산하는 고대의 빛은 영원히 그곳을 비춰온 것처럼 해변을 물들였고, 나는 자꾸 지연되기에 또 그 결과를 알 수 없기에 더욱 고통스러운 기다림의 고문을 견디고 있었다.

웅크린 오두막 밖에서 흰 빛이 불분명한 유령의 형체들을 넌지시 비추었다. 그 형체들의 비현실적이고 환영 같은 움직임은 나의 무지를 조롱했고, 들리지 않는 목소리들은 애타게 귀를 기울이고 있는 나의 조바심을 비웃었다. 시간도, 그것을 알리는 거대한 종소리도 부재의 침묵에 빠져든 것처럼 나는 하염없이 기다렸다. 그러나 두려워할 만한 것은 없었다. 달빛이 새겨놓은 그림자들은 형태를 지니지 않고 부자연스러웠지만, 그렇다고 내가 보지 못하게 뭔가를 은폐하지는 않았다. 밤은 조용했고 — 창문을 닫아놓았지만 나는 밤의 고요를 알고 있었다 — 별들은 모두 장엄한 어둠에 잠겨 숨죽인 하늘에 처연히 박혀 있었다. 당시에 내가 어떻게 행동했건 혹은 지금 와서 어떤 말을 하건, 당시의 곤경을 설명할 수 없을뿐더러, 침묵이 주는 고통이 너무도 컸음에도 그 침묵을 감히 깰 수 없는 몸뚱이에 갇혀서 공포에 유린당했던 정신에 대해서도 말할 수 없다. 마치 죽음을 예감한 것처럼, 그리고 그 어떤 것으로도 내가 직면한 영혼의 위험을 물리칠 수 없다고 확신한 것처럼 나는 손에 담배를 들고 있는 것도 잊은 채 그저 곱송그리고 있었다. 허름하고 지저분한 창문 밖에서 고요한 세상이 빛나는 동안, 내가 오기 전부터 방 한쪽 구석에 놓여 있던 지저분한 노 한 쌍이 내 영혼과 불침번을 함께 섰다. 등잔은 시체의 피부처럼 메스꺼운 빛을 던지면서 계속 타들어갔다. 이따금씩 등잔불이 심하게 흔들거려 그쪽을 쳐다보니, 등유가 채워진 등잔 밑 부분에서 원인 모를 거품들이 끓어올랐다가 사라지곤 했다. 심지에서 열기가 발생하지 않으니 이상한 일이었다. 불현듯 그날 밤이 덥지도 춥지도 않은, 이상하리만큼 어중간한 기온이라는 걸 깨달았다. 마치 모든 물리력이 정지되고, 잔잔한 존재 방식의 법칙들이 모두 깨진 것처럼.

그때, 은빛 바다에서 해변으로 잔물결을 일으키며 미묘한 첨벙거림이 들려와, 내 심장 속에서 무섭게 메아리쳤다. 부서지는 파도 너머에서 뭔가 헤엄쳐 오는 것이 있었다. 개 아니면 사람, 아니 그 둘보다는 더 낯선 무엇. 그것은 내가 지켜보고 있다는 것을 모른 채 ― 어쩌면 알고도 모른 척 ― 뒤틀린 고기처럼 별빛 머금은 물살을 헤치면서 수면 아래로 곤두박질쳤다. 곧 그것이 다시 나타났고, 이번에는 좀 더 가까운 거리여서 그것이 어깨 부분에 뭔가를 메고 있는 것을 볼 수 있었다. 그때 알았다. 어두운 바다에서 육지로 향해 오는 그것이 동물도 아니고, 사람이나 그 비슷한 존재도 아니라는 것을. 그럼에도 그것은 소름 끼칠 정도로 능숙하게 헤엄치고 있었다.

겁에 질리고 위축된 내가 임박한 죽음을 알면서도 피할 수 없기에 그저 기다리는 사람의 눈길로 지켜보는 동안, 헤엄치던 그것이 ― 해변의 먼 남쪽이라서 그 윤곽이나 모습을 식별하진 못했으나 ― 해변에 도착했다. 그것은 성큼성큼 뛰는 것 같았고, 잽싼 발걸음마다 달빛에 젖은 물보라가 튀었다. 그것은 모래언덕 사이에서 모습을 드러냈다가 다시 사라졌다.

잠시 가라앉았던 공포가 불쑥 되살아났다. 창문을 열 용기가 나지 않아서 방 안이 갑갑했음에도, 온몸을 저릿하게 파고드는 냉기가 느껴졌다. 창문을 열어두었다가 자칫 뭔가가 뛰어들어 올까 봐 너무 무서웠다.

그것의 모습이 더는 보이지 않았으나, 가까운 어둠 속에 웅크리고 있거나 아니면 내가 내다보고 있지 않은 다른 창문 어딘가에서 나를 엿보고 있는 것 같았다. 그래서 황망히 다른 창문을 훑어보았다. 그러다가 침입자의 얼굴과 딱 마주칠까 봐 두려웠으나, 그렇다고 확인을 안 할 수도 없는 노릇이었다. 한참을 살펴봐도 해변에는 아무것도 없었다.

그렇게 밤은 지나갔다. 새벽과 함께 그 괴물체 — 항아리에서 금방이라도 흘러넘칠 기세로 가장자리까지 차오른 악마의 부화물처럼 비등했던 괴물체 — 도 결정적인 순간에 의뭉스레 멈추는가 싶더니, 그것이 가져왔던 불가사의한 메시지와 더불어 도로 가라앉기 시작했다. 오싹하면서도 찬란한 기억을 보여주겠다는 속임수로 우리를 숭배 의식으로 현혹했던 별들마저 아무것도 전해 주지 않았다. 나는 인간의 서식지 근처까지 대담하게 다가와, 현실의 경계 바로 너머에 신중하게 숨어 있던 고대의 비밀에 하마터면 포로가 될 뻔했다. 그러나 결국에는 아무것도 얻지 못했다. 은밀한 존재를 흘깃 본 것이 다였고, 무지의 베일에 가려져 그마저도 불분명해졌다. 내가 만약 바다가 아니라 육지 쪽으로 사라진 그 헤엄치는 물체에 아주 가까이 다가가보았더라면, 무엇을 알게 되었을지 상상조차 할 수 없다. 만약에 그 부화한 것이 항아리에 차고 넘쳐 폭로의 폭포처럼 쏟아져 나왔더라면, 내가 무엇을 얻게 되었을지 도저히 알 수 없다. 밤바다가 잉태한 것이 과연 무엇인지는 모르겠으나, 그것을 도로 가져가버렸다. 나는 앞으로도 알지 못할 것이다.

바다가 왜 그렇게 나를 홀렸는지 그마저 알 수 없다. 이런 일들은 모든 설명을 거부함으로써 존재하는 것이기에 그 의문을 풀 수 있는 사람은 없으리라. 바다와 황색 해변에 뛰어오르는 파도를 싫어하는 사람들과 현자들이 있다. 이들은 고대와 광막한 바다의 신비를 사랑하는 사람들을 이상하게 생각할 것이다. 그럼에도 내가 아는 모든 바다에는 집요하고 불가사의한 매혹이 있다. 달의 창백한 시체 아래 우울한 은빛 포말이 있다. 그것은 벌거벗은 해변을 때리는 침묵의 영원한 물결 너머에 떠다닌다. 우중충한 심연을 헤치며 미끄러지는 미지의 존재들 외에 그 어떤 생명체도 없을 때조차 바다는 거기에 있다. 끝없는 힘으로 솟구치는 무시무시한 물결을 볼 때마다 나는 공포와도 흡사한 황홀을 맛본다. 그렇기에 이 위대함 앞에서 나는 스스로를 낮춤으로써 바다 자체와 그 저항할 수 없는 아름다움을 미워하지 않는다.

광대하고 쓸쓸한 바다, 만물이 거기서 나오듯 돌아가야 할 곳도 거기다. 훗날, 수의로 가려진 시간의 심연 속에서 지상을 지배하고 움직이는 것은 오로지 바다 하나뿐일 것이다. 이 죽어가는 세상에서 휘도는 물결과 거친 모래 위에 뛰노는 희미하고 차가운 달빛을 지켜볼 자가 단 하나 남지 않는다 해도, 바다는 천둥 같은 포말을 일으키며 암흑의 해변을 때릴 것이다. 이 심연의 가장자리에는 바다에서 살다가 죽은 생물의 뼈와 껍질 주변으로 몰려든, 악취 나는 거품만 남을 것이다. 소리 없이 흐늘거리는 생명들이 텅 빈 해변에서 이리저리 뒹굴 테지만, 그들의 미약한 생명도 곧 끝날 것이다. 이윽고 모든 것이 암흑에 잠길 것이다. 마지막까지 난바다를 비추는 하얀 달빛마저 꺼져버릴 테니까. 우중충한 바다 위에도 밑에도 그 어디에도 남겨진 것은 없을 것이다. 마지막 1000년 동안, 그리고 그 후로도 바다는 황량한 밤 내내 천둥처럼 포효하며 일렁일 것이다.

THE LAST TEST

마지막 실험

작가와 작품 노트 | 아돌프 드카스트로(Adolphe de Castro, 1859~1959)

유대계 학자, 변호사, 작가. 폴란드에서 태어나, 1882년에 독일 본 대학에서 동양학 박사 학위를 받았다. 1883년에 미국으로 이민 와, 저널리스트와 교사로 일했다. 1903년부터 1904년까지 마드리드 주재 부영사로 복무하기도 했다. 이후에는 변호 사로 일했고, 1920년에는 로스앤젤레스 세파르디(스페인, 포르투갈계 유대인) 공동 체의 창립 멤버이자 초대 회장이 되었다. 아돌프 드카스트로는 폴란드, 독일, 스페 인, 스코틀랜드, 멕시코 등 여러 나라에서 살면서 교사, 치과의, 변호사, 외교관 등의 직업뿐만 아니라 이름도 여러 차례 바꾸는 (세 번의 결혼까지) 등 독특한 이력의 소 유자였다. 한때 앰브로스 비어스와 함께 독일 작가 리하르트 보스의 소설 『베르히테 스가덴의 수도사』를 영역했다. 비어스와는 번역뿐만 아니라 중편 소설 「수도사와 교 수형 집행인의 딸 The Monk and the Hangman's Daughter」을 공동으로 집필 하기도 했다. 러브크래프트와는 1927년부터 1936년까지 서신을 주고받았다.

「마지막 실험」은 원래 카스트로가 러브크래프트에게 수정을 의뢰하려고 했던 세 작 품 중에 첫 번째 단편이다. 처음엔 러브크래프트가 제시하는 비용에 주저했으나, 일 단 「과학에의 헌신」이라는 단편을 러브크래프트에게 보낸다. 수준 낮은 작품들을 수 정하는 과정에서 러브크래프트가 보통 그랬듯이, 이 작품 또한 단순한 교정이 아니라 새롭게 다시 쓰는 수준으로 작업하여 제목도 「클래런던의 마지막 실험」으로 고친다. 카스트로는 1928년 이 작품을 자신의 이름으로 《위어드 테일스》에 보내고 그 결과 「마지막 실험」이란 제목으로 출간된다. 러브크래프트는 카스트로와의 첫 작업에서 무척 속을 끓였던 것 같다. 이 작품 때문에 이번 겨울을 다 망쳤다고 토로하는가 하 면, 프랭크 벨내프 롱에게 보낸 편지에선 폭발 직전의 모습을 보여준다. 카스트로의 작품은 말도 못 할 정도로 수준 이하이고, 작업 비용을 지불하는 능력 또한 저급하다 고 분을 삭이지 못했기 때문이다. 나중에 카스트로는 러브크래프트에게 16달러를 지 불했다. 카스트로가 받은 원고료는 175달러였다.

「전기 처형기」는 러브크래프트가 1929년 여름에 카스트로의 의뢰를 받고 작업한 작 품이다. 카스트로와의 첫 작업부터 마땅치 않았던 러브크래프트는 이번에도 덜레스 에게 편지를 보내 분통을 터뜨린다. 늙은 카스트로의 빌어먹을 작업을 또 맡았는데,

이 사람의 작품을 손보는 건 의사가 폐인을 치료하는 것과 같다고 말했던 것이다. 그래도 러브크래프트가 이 작품을 거절하지 않은 건 대가를 선불로 받은 이유가 컸다. 카스트로가 러브크래프트와 처음 작업한 「마지막 실험」이 괜찮은 고료에 팔렸기 때문에 미리 비용을 지불했던 것 같다. 이 작품 역시 러브크래프트가 많은 부분을 수정했고, 그 결과 1930년 《위어드 테일스》 8월 호에 실린다.

I

    클래런던 사건의 실상을 아는 사람은 거의 없거니와, 심지어 언론에서도 모르는 내막이 있다. 그 사건은 대화재가 있기 직전, 샌프란시스코에서 일대 센세이션을 일으켰다. 그것이 몰고 온 공포와 위협도 대단했지만, 동시에 그것이 주지사와 밀접한 관련이 있기 때문이었다. 돌턴 주지사는 클래런던과 절친한 친구였고, 나중엔 그의 누나와 결혼했다. 돌턴도 돌턴 부인도 이 고통스러운 사건을 입에 올리려고 하지 않았으나, 어떤 경로를 통하여 극소수 사람들에게 정보가 새어 나갔다. 당시뿐만 아니라 그 후로도 오랫동안 사건의 당사자들이 누구인지 특정되지 않고 모호한 베일에 가려져 있었고, 앞으로도 누구든 철저히 은폐되었던 이 비밀을 조사하기까지 여전히 망설일 것이다.

    1890년대 어느 해에 앨프리드 클래런던이 샌퀜틴[51] 주립 교도소 의료원장으로 임명됐을 때 캘리포니아 전역에서 대대적인 환영의 분위기가 고조되었다. 샌프란시스코에 드디어 당대 최고의 생물학자이자의사가 살게 되었으니 영광스러운 일이었다. 더욱이 전 세계의 병리학자들이 저마다 자국의 문제를 해결하기 위해 클래런던의 기법을 배우고 그의 조언과 연구 성과를 얻으려고 샌프란시스코로 몰려들 거란 기대감도 있었다. 캘리포니아는 그야말로 하룻밤 새 세계적인 영향력과 명성을 자랑하는 의학계의 중심이 되었다.

그 중요성을 최대한 부각하여 널리 알리는 데 조바심이 난 돌턴 주지사는 언론에 신임 의료원장 임명 소식이 대서특필되도록 공을 들였다. 클래런던 박사와 유서 깊은 고트 힐 인근의 새 저택을 찍은 사진들, 박사의 경력과 다양한 수상 내역, 그의 탁월한 의학적 발견에 대한 기사가 한꺼번에 캘리포니아의 주요 일간지를 도배했다. 시민들은 곧 인도의 농혈, 중국의 페스트를 비롯하여 여러 지역에서 유사한 질병들을 연구한 이 클래런던 박사를 자랑스럽게 여겼다. 머잖아 혁명적인 항독소 혈청 개발로 주요 열병에 근원적으로 대처하는 동시에 차후 어떤 변종의 열병도 완전히 정복할 전기를 마련함으로써 세계 의학계의 큰 발전을 가져올 터였다.

이번 임명이 있기 전까지 옛 우정과 긴 이별 그리고 극적인 재회라는 그리 무미건조하지만은 않은 인생사가 녹아 있었다. 제임스 돌턴과 클래런던 가족은 10년 전 뉴욕 시절부터 친하게 지냈다. 클래런던 박사의 하나뿐인 누나 조지아나가 젊은 시절 돌턴의 연인이었고, 박사 자신은 고등학교와 대학 시절 내내 돌턴의 가장 친한 친구이면서 피보호자나 다름없었으니, 친구도 보통 친구가 아니었다. 앨프리드와 조지아나의 부친은 몰인정한 가문의 피를 그대로 물려받은 월스트리트의 약탈자였고, 돌턴의 부친과는 아는 사이였다. 실은 그저 아는 정도가 아니라, 어느 날 오후, 증권거래소의 역사에 남을 승부에서 돌턴의 부친으로부터 전 재산을 빼앗아버렸다. 재기의 기회를 잃은 돌턴의 부친은 사랑하는 자식에게 보험금이라도 남겨주기 위해 자신의 머리에 총을 쐈다. 그러나 제임스 돌턴은 복수를 꿈꾸지 않았다. 그는 아버지의 일을 승부였을 뿐이라고 여겼다. 그리고 결혼을 생각한 여자의 아버지와 학창 시절 내내 그 자신이 아끼고 보호했던, 전도유망한 청년 과학자에게 어떤 해코지도 하려 하지 않았다. 대신에 그는 법학에 매진하여 나름 성공을 거두었고, 절차에 따라 '클래런던 가의 가장'에게 조지아나와의 결혼 승낙을 구했다.

조지아나의 아버지는 벼락출세한 가난뱅이 변호사는 자신의 사위로 부적격자라며 아주 단호하고도 야단스레 거절했다. 상당히 난폭한 소란이 벌어졌다. 제임스는 늙은 약탈자에게 아주 오래전에 했어야 할 말을 쏟아내고는 분연히 그 집과 도시를 떠났다. 그리고 한 달도 안 되어 캘리포니아에서 새 삶을 시작했고, 법조계 동료와 정치인 들과의 숱한 경쟁을 거쳐 주지사 자리에 올랐다. 그는 앨프리드와 조지아나에게 간단히 작별 인사만을 고했기 때문에 클래런던 저택의 서재에서 그 일이 벌어진 이후로는 소식을 전혀 알지 못했다. 클래런던의 가장이 중풍으로 사망했다는 소식도 알지 못했는데, 이 때문에 그의 삶은 송두리째 바뀌었다. 그는 10년 넘게 조지아나에게 편지 한 장 쓰지 않았다. 그녀가 아버지의 말을 거역할 수 없다는 것을 잘 알기에 그 자신의 부와 사회적 지위로 그녀와의 결혼을 방해하는 모든 장애물을 없앨 수 있을 때까지 기다렸던 것이다. 앨프리드에게도 소식을 전하지 않았다. 자기를 사랑하고 떠받드는 사람 앞에서 냉담했던 앨프리드, 그는 늘 천재라는 자신의 운명을 의식하면서 자만하는 경향이 있었다. 앨프리드와 함께 있을 때조차 변치 않는 우정 같은 걸 거의 느껴본 적이 없던 제임스는 오로지 미래를 생각하면서 일했고 출세했다. 여전히 독신으로 살면서 조지아나도 자기를 기다리고 있을 거라는 철석같은 직감에만 의지한 채.

그 믿음은 돌턴을 저버리지 않았다. 왜 소식 한 번 없을까 의심하면서도 조지아나는 꿈과 상상을 벗어난 현실에서는 로맨스를 찾지 않았다. 게다가 동생의 성공으로 인해 새로이 떠맡게 된 책임을 다하느라 바쁜 나날을 보냈다. 앨프리드의 성장은 어린 시절의 가능성을 실현하는 과정이었고, 가냘픈 소년은 아주 빠르고 확실하게 과학의 계단을 뛰어올랐다. 쇠테 코안경을 걸치고 끝이 뾰족한 갈색 수염을 기른, 깡마른 수도사 분위기의 앨프리드 클래런던 박사는 스물다섯의 나이에 권위자가 되었고, 서른에는 국제적인 거물이 되었다. 천재의 태만으로 세속적인 일에는 무관심했던 클래런던은 누나의 보살핌과 관리에 크게 의존했기에 누나가 제임스를 잊지 못해 다른 남자를 만나지 않고 이렇다 할 교제도 없는 것을 은근히 다행이라고 여겼다.

조지아나는 위대한 세균학자의 집안일과 실무적인 일들을 처리했고, 열병을 정복하기 위해 연구에 매진하는 동생을 자랑스러워했다. 그녀는 참을성 있게 동생의 기벽을 받아주었고, 이따금씩 보이는 광적인 흥분을 다독거렸으며, 완벽한 진리와 그 발전을 위해 헌신하는 일 외에는 노골적으로 경멸감을 드러내는 동생의 성격 탓에 빚어진 친구들과의 불화까지 해결해 주었다. 보통 사람들의 입장에서 클래런던은 누가 봐도 매사에 짜증 나는 존재였다. 개개인의 소임을 인류적 사명과 비교하여 얕잡아 보기 일쑤였고, 가정생활이나 외적인 관심사를 심원한 과학 연구와 결부시키는 지성인들에 대해서도 비난을 멈추지 않았다. 그의 적들은 그를 따분한 사람이라고 했다. 반면에 숭배자들은 그가 보여주는 무아지경의 집중과 치열한 열정 앞에서 머뭇거리며, 절대 지식이라는 신성한 영역에서 벗어나 있는 자신들의 가치관이나 야망을 부끄러워하기까지 했다.

박사는 많은 곳을 여행했고, 조지아나가 짧은 여행에는 대개 동행했다. 그는 세 차례에 걸쳐 외국의 열병과 풍문으로 떠도는 전염병들을 연구하기 위해 낯설고 먼 지역을 여행했다. 지구 상의 질병 대부분이 미지의 신비한 땅과 태고의 역사를 지닌 아시아에서 비롯됐다고 생각했기 때문이다. 세 차례의 여행에서 돌아올 때마다 그는 기묘한 기념품을 가져와 집 안에 괴팍한 분위기를 더해 놓았다. 그중에서도 특히 전대미문의 전염병이 돌았다는 웨이짱[52] 어딘가에서 데려왔다는 ─ 클래런던이 이들에게서 흑열병의 병원균을 발견하고 추출한 후에 ─ 티베트인 하인들은 유별났고, 그 수도 쓸데없이 많았다. 이들은 대부분의 티베트인들보다 키가 크고 특별한 혈통을 지닌 것이 분명했으나 외부 세계에 별로 알려진 게 없었다. 이들은 해골처럼 비쩍 마른 체격이라서 혹시 클래런던 박사가 대학 시절 해부학 모형의 살아 있는 본보기가 필요해 이들을 데려온 것은 아닐까 의심이 갈 정도였다. 박사가 그들을 위해 골라준, 헐렁한 검은 비단으로 된 본교[53] 승복은 그들의 모습을 더없이 기괴하게 만들었다. 게다가 그들의 행동거지에서 감도는 웃음기 없는 침묵과 경직성은 괴이한 분위기를 더했고, 조지아나는 『바텍』[54]이나 『아라비안나이트』 속으로 빨려 들어간 듯한 기묘하고도 두려운 감정을 느꼈다.

그러나 그중에서도 가장 기묘한 것은, 클래런던이 '슈라마'라고 부르는 하인들의 우두머리 혹은 치료사였다. 클래런던은 북아프리카에 오랫동안 체류하면서 사하라 지역의 신비한 투아레그족 사이에서 꽤 이상한 간헐열을 연구한 후 귀국 길에 슈라마를 데려왔다. 당시 고고학계에서는 투아레그족의 조상이 사라진 아틀란티스의 중심 부족이었을 거라는 낭설이 떠돌고 있었다. 지력이 대단하고 박식함이 마르지 않는 샘물 같은 이 슈라마라는 사내는 티베트 하인들처럼 체구가 깡말랐다. 가무잡잡한 양피지 같은 피부가 반들반들한 정수리와 털 없는 얼굴을 어찌나 팽팽하게 감싸고 있던지, 두개골의 윤곽이 섬뜩하리만큼 확연히 드러났다. 그리고 검고 휑한 눈구멍 깊숙이 자리 잡은, 광채 없이 이글거리는 검은 눈동자로 인해 그의 얼굴은 더욱 무시무시한 분위기를 자아냈다. 싸늘한 외모에도 불구하고 애써 표정을 꾸미려 하지 않으니, 부리기 좋은 하인도 아니었다. 오히려 어느 순간에는 짐승을 갈가리 찢어놓고 느릿느릿 바다로 돌아가는 커다란 거북처럼 목구멍 깊은 곳에서 나오는 낄낄거림과 함께 아이러니하다고 해야 할지 아니면 즐겁다고 해야 할지 알 수 없는, 그러면서도 불길한 표정을 지었다. 생김새는 백인으로 보였으나 그 이상 자세히 분류하기는 어려웠다. 클래런던의 친구 중에는 억양 없는 말투에도 불구하고 그를 인도인이라고 생각하는 이도 있었으나, 그를 싫어하는 조지아나가 만약에 기적적으로 부활한 파라오의 미라가 있다면 아마도 그 냉소적인 해골바가지와 꼭 닮았을 거라고 말할 때 찬성하는 이들이 더 많았다.

한편, 힘겨운 정쟁(政爭)에 한창이었고 서양에 대한 자부심이 넘쳐 동양에는 관심이 없었던 돌턴, 그의 성공은 옛 친구의 현란한 그것과는 달랐다. 정치를 선택한 주지사가 그러했듯, 과학을 선택한 클래런던도 과학계 외부에서 벌어지는 일에는 귀를 기울이지 않았다. 넉넉한 유산 덕분에 돈 걱정 없이 살 수 있었던 클래런던 남매는 오랫동안 이스트 19번 거리의 맨해튼 저택에 살았는데, 이 저택의 조상 유령들은 해괴망

측한 슈라마와 티베트인들을 못마땅한 눈초리로 흘겨보았을 것이 틀림없다. 그리고 박사가 의학 연구의 본거지를 옮기고 싶어 하던 차에 갑자기 큰 변화가 생겼다. 그들이 새로운 삶의 터전으로 선택한 곳은 바로 샌프란시스코였다. 만을 굽어보는 고트 힐 인근의 오래되고 음침한 배너스터 저택을 사들인 후, 어슬렁거리는 기이한 식솔들과 함께 새 둥지를 틀었다. 프랑스식 지붕을 한 저택은 빅토리아 중기의 건축 양식과 황금광 시대 벼락부자의 허세를 간직한 채, 아직 시골 정취를 잃지 않은 교외에서 높은 담장에 둘러싸여 있었다.

클래런던 박사는 뉴욕에서보다는 훨씬 만족했지만 여전히 자신의 병리학 이론을 적용하고 시험할 기회가 부족한 것에 답답해했다. 세속적인 일과는 담을 쌓았으니, 자신의 명성을 이용해 공직을 얻어볼 생각은 해본 적도 없었다. 그런 그였지만, 정부 기관이나 자선단체 — 교도소, 구빈원 혹은 병원 — 의 의료 책임자가 되어야만 자신의 연구를 마무리하고 자신의 발견을 인류와 과학을 위해 활용할 충분한 기회를 얻을 수 있다는 현실을 점점 더 깨달아갔다.

그러던 어느 날 오후, 그가 마켓 거리에서 제임스 돌턴과 마주친 것은 순전히 우연이었다. 돌턴은 당시 로얄 호텔에서 성큼성큼 걸어 나오고 있었다. 클래런던 박사는 조지아나와 함께 있었고, 한눈에 서로를 알아봄으로써 극적인 재회의 드라마가 빛을 발했다. 서로의 성공을 몰랐기에 긴 설명이 필요했다. 클래런던은 고위 공직자를 친구로 둔 것을 알고 기뻐했다. 숱한 눈길을 주고받던 돌턴과 조지아나는 젊은 날의 풋풋한 감정 이상을 느꼈다. 다시 살아난 우정은 곧 잦은 만남으로 이어졌고, 서로에 대한 신뢰도 나날이 깊어졌다.

제임스 돌턴은 소싯적에 동생처럼 돌봐주었던 클래런던 박사에게 공직이 필요하다는 것을 깨달았다. 그리고 학창 시절의 보호자답게 '꼬맹이 앨프(클래런던)'에게 필요한 지위와 권한을 선사하기 위해 여러모로 방법을 찾았다. 물론 돌턴은 광범위한 지명권을 행사할 수 있었다. 그러나 주 의회의 지속적인 공격과 반발을 염려해 이번에는 더욱 신중을 기했다. 그리고 마침내, 뜻밖의 재회가 있은 후 석 달이 채 지나지 않아, 샌프란시스코에서 가장 좋은 의료계 공직이 공석이 되었다. 모든 요소를 심사숙고한 주지사는 친구의 업적과 명성이야말로 가장 확실한 보증수표임을 간파하고 드디어 행동에 나설 때라고 생각했다. 일은 순조롭게 진행되어 1890년대 어느 해 11월 8일, 앨프리드 스카일러 클래런던 박사는 샌퀜틴의 캘리포니아 주립 교도소 의료원장에 취임했다.

II

한 달도 지나지 않아서 클래런던 박사의 숭배자들이 기대했던 일들이 상당 부분 실현되었다. 업무 방식이 대대적으로 바뀐 결과, 교도소의 의료 체계는 지금까지 상상할 수 없었던 효율을 가져왔다. 부하 직원들의 시샘이 없지는 않았으나, 그들도 위대한 인물의 지도력에서 나온 마술과도 같은 결과를 인정해야만 했다. 클래런던의 실력을 그저 인정만 하던 분위기는 머잖아 맹목적인 감사로 바뀌었는데, 여기에는 때와 장소와 사람이 절묘하게 어우러진 계기가 작용했다. 어느 날 아침, 존스 박사가 심각한 얼굴로 신임 원장을 찾아왔다. 존스 박사의 보고에 따르면, 클래런던 박사가 밝혀낸 것과 동일한 흑열병 사례가 발견된 상황이었다.

클래런던 박사는 놀란 기색도 없이 뭔가 기록 중이던 일을 계속했다.

"알았어요." 그가 담담하게 말했다. "나도 어제 우연히 그 증상을 발견했어요. 박사도 그걸 파악했다니 다행입니다. 이번 열병은 전염성이 없는 것으로 보이지만, 일단 그 사람을 격리 병동으로 옮기세요."

전염성을 의심하던 존스 박사는 원장의 신중한 결정을 반겼고, 지체 없이 그 지시에 따랐다. 그가 다시 원장실로 돌아왔을 때, 클래런던은 혼자 그 환자를 맡겠다고 말한 뒤 자리를 떴다. 위대한 실력자의 의술을 배우고 싶었던 이 외과의는 적잖이 실망한 채, 방금 환자를 옮겨놓은 격리 병동으로 성큼성큼 걸어가는 상관의 뒷모습을 지켜보았다. 처음의 질시를 접고 존경의 마음을 품기 시작했던 그는 이 일을 계기로 클래런던의 새로운 의료 체계에 더더욱 비판적인 입장이 되었다.

병동에 도착한 클래런던은 병상을 힐끔 본 후 존스 박사의 호기심이 어느 정도인지 확인하려고 뒤를 살폈다. 복도에 아무도 없는 것을 확인하자, 병실 문을 닫고 환자를 관찰했다. 환자는 아주 혐오스러운 범죄자로, 극심한 고통에 시달린 것 같았다. 얼굴은 끔찍하리만큼 수척했고, 바짝 끌어 올린 두 무릎은 병마의 절망감을 무언으로 말해 주고 있었다. 클래런던은 꼭 감겨 있는 환자의 눈꺼풀을 열고, 맥박과 체온을 재는 등 꼼꼼하게 진찰한 후, 알약 하나를 물에 녹여 환자에게 억지로 먹였다. 오래지 않아 심각했던 병증이 차도를 보이기 시작했다. 환자의 뻣뻣했던 몸이 풀리더니 표정도 정상으로 돌아왔고, 호흡도 한결 편안해졌다. 얼마 후, 의사는 환자의 귀를 부드럽게 문질러 눈을 뜨게 했다. 우리가 영혼의 이미지라고 믿고 싶어 하는 생기는 부족했지만, 어쨌든 환자는 눈을 좌우로 움직이는 등 소생 가능성이 보였다. 클래런던은 자신의 처방이 가져온 평온한 결과를 흡족하게 살펴보면서 전지전능한 과학의 힘을 만끽했다. 이런 병증을 오래전부터 잘 알고 있었기에 잠깐의 진단만으로도 환자를 죽음의 문턱에서 살려낼 수 있었다. 한 시간만 더 지체했더라도 그 환자는 죽고 말았을 것이다. 며칠 동안 지켜보았던 존스는 병증을 파악하고도 손을 쓰지 못했다.

그러나 인간이 질병을 완전히 정복할 수는 없는 법이다. 클래런던은 미심쩍어하는 모범수 간호사에게 환자의 병은 전염성이 없다고 안심시킨 후, 환자를 목욕시키고 알코올로 닦아서 눕히라고 지시했다. 그러나 다음 날 아침, 그 환자가 숨을 거두었다는 소식이 전해졌다. 남자는 자정이 지나 극도의 고통 속에서 사망했는데, 그의 비명과 일그러진 얼굴은 간호사들을 거의 공황 상태로 몰아넣었다. 클래런던은 그 소식을 평소처럼 담담하게 받아들였고, 자신의 과학적인 속내는 내색조차 않고서 환자의 시신을 생석회로 매장하라고 지시했다. 그러고는 냉정하게 어깨를 으쓱해 보인 후, 평소처럼 교도소의 의료 업무를 시작했다.

이틀 후 교도소에 다시 소동이 일었다. 이번에는 세 명이 한꺼번에 쓰러졌고, 교도소 내에 흑열병이 돌고 있다는 사실을 숨길 수 없었다. 전염성이 없다는 확신을 굽히지 않았던 클래런던은 그간의 명성에 금이 갈지 모르는 위기를 맞았고, 모범수 간호사들이 환자 돌보기를 거부함으로써 더 불리한 입장에 빠졌다. 간호사들은 과학과 인류를 위해 온 마음을 다해 희생하고 헌신하는 사람들이 아니었다. 그들은 단지 특권을 누리기 위해 간호사 일을 맡은 죄수였고, 그 대가가 너무 클 때는 당연히 특권을 포기할 여지가 높았다.

그러나 클래런던은 그 상황에 능숙하게 대처했다. 교도소장과 의논하여 친구인 주지사에게 급히 전갈을 보낸 것이다. 요컨대, 위험한 간호 업무에 투입된 죄수들에게 금전 제공과 형 감량이라는 특별 보상을 하게 허락해 달라는 내용이었다. 이 방법은 많은 지원자를 불러 모았다. 클래런던은 단호하게 밀어붙였고, 그 어떤 것도 그의 평정과 결심을 흔들지 못했다. 추가 환자들이 생겼음에도 그는 무뚝뚝하게 고개를 끄덕였을 뿐이고, 비탄과 악의 근거지인 그 거대한 석조 건물에서 병상과 병상 사이를 다급히 오가면서도 피로를 전혀 느끼지 못하는 것 같았다. 한 주가 더 지났을 때, 환자는 40명을 넘어섰고, 시내에서 간호사들을 데려와야 했다. 이 무렵 클래런던은 거의 퇴근을 하지 않았고, 교도소장이 관사에 마련한 간이침대에서 잠을 청하며 언제나 그렇듯 의학과 인류에 헌신하는 모습을 보여주었다.

이윽고 그 재앙에 대한 수군거림이 곧 샌프란시스코를 떠들썩하게 만들었다. 뉴스가 속속 쏟아졌고, 흑열병의 공포가 만에서 밀려오는 안개처럼 도시 전체를 뒤덮었다. "일단 센세이션을 일으키고 봐라."라는 원칙에 따라 잘 훈련된 기자들은 거침없이 나름의 상상력을 동원했고, 결국에는 멕시코인 거주 지역에서 한 의사가 흑열병 환자를 발견했다는 ─ 시민의 복지를 위해서라기보다는 돈이 좀 생길까 하는 기대에서 ─ 기사까지 내보내는 개가를 올렸다.

이것이 결정타였다. 죽음이 슬금슬금 접근해 오고 있다는 생각에 광분한 샌프란시스코 시민들은 결국 집단적 광기에 빠져들었다. 급기야 역사적인 대이동이 시작되었고, 온 나라는 곧 이 소식을 전하느라 몸살을 앓았다. 나룻배와 노 젓는 배, 유람선과 대형 모터보트, 철도와 케이블카, 자전거와 마차, 가구 운반차와 작업용 수레에 이르기까지 모든 수단이 한꺼번에 광란의 탈출을 위해 동원되었다. 샌쿠엔틴 방면에 있는 소살리토와 타말파이어스도 이 탈출의 행렬에 동참했다. 반면, 오클랜드와 버클리 그리고 앨러미다의 주거 지역은 집값이 천정부지로 뛰었다. 밀브레에서 새너제이 사이, 인파로 북적이는 남부 고속도로를 따라 텐트촌이 우후죽순처럼 생겨났고, 임시 주거지들이 늘어섰다. 많은 사람들이 새크라멘토로 피했고, 이런저런 이유로 피난을 가지 못하고 남은 사람들은 겁에 질린 채 죽음의 도시나 다름없는 곳에서 기본적인 생활만 유지할 뿐 속수무책이었다.

'확실한 치료'와 '예방법'을 앞세워 열병을 돈벌이 수단으로 삼은 돌팔이 의사들을 제외하고 대부분의 사업체는 폐업 수준으로 급속히 기울었다. 큰 술집들이 처음에는 '약술'을 팔기도 했지만, 이내 사람들을 속이려면 더 고단수가 필요해졌다. 이상하리만큼 적막한 거리에서 사람들은 서로의 얼굴을 힐끔거리며 열병의 흔적을 찾았고, 상점 주인들은 시간이 갈수록 단골손님마저 열병의 위협인 양 여기고 받지 않았다. 검사와 사무관 들이 하나둘 탈출 행렬에 합류하면서 사법 체계도 붕괴되었다. 심지어 상당수의 의사들마저 도시를 떠났는데, 이들 중에서 대다수는 북부 지역의 산과 호수에서 휴가를 보낼 예정이라고 둘러댔다. 초중등학교와 대학교, 극장과 카페, 식당과 술집 등이 하나둘 문을 닫았다. 절반 수준으로 떨어진 조명과 전력과 수도 공급, 한두 장으로 빈약해진 신문, 말과 케이블카에 의지해 여전히 이어지는 탈출 행렬 등등, 샌프란시스코는 단 일주일 만에 널브러진 시체처럼 활기를 잃어버렸다.

이것이 최저점이었다. 인간의 용기와 경험이 모두 무용지물이 된 것은 아니었기에 병마는 오래가지 못했다. 비위생적인 교외 텐트촌에서 몇 명의 흑열병 환자와 장티푸스 환자가 나오긴 했으나, 샌퀜틴 외곽전 지역으로 확산되었다는 흑열병의 전염성은 머잖아 실체가 없는 것으로 드러났다. 각계각층의 지도자와 언론의 책임자 들이 머리를 맞대고 행동에 나섰다. 열정이 지나쳐 혼란을 부추기는 데 한몫했던 기자들도 그들의 "일단 센세이션을 일으키고 봐라."라는 원칙을 보다 건설적인 방향으로 활용하기 시작했다. 클래런던 박사가 병을 완벽히 통제하여 교도소 밖으로 전파되는 건 불가능하다는 내용의 사설과 가상 인터뷰가 등장했다. 이런 기사의 반복과 확산은 더디지만 효과를 발휘했다. 가는 물줄기 같았던 시민들의 복귀 행렬은 맹렬한 파도로 바뀌었다. 도시가 건전해지는 첫 징후는 신문을 통한 신랄한 논쟁으로, 이번 혼란이 다양한 요인에서 비롯됐다고는 하나 그 책임 소재를 분명히 하자는 것이 논점이었다. 때맞춰 휴가를 다녀온 덕분에 밉살스러울 정도로 건강해진 의사들은 클래런던을 공격하기 시작했다. 그들은 시민들에게 클래런던뿐만 아니라 자기들 역시 흑열병 퇴치에 나설 것이고, 클래런던이 샌퀜틴 교도소의 흑열병 확산을 저지하기 위해 좀 더 적극적인 조치를 취하지 않은 부분에 대해 책임을 묻겠다고 공언했다.

이들의 주장에 따르면, 클래런던은 필요 이상의 희생을 불러왔다. 요컨대, 이 풋내기 의학자는 열병의 전염을 충분히 막을 수 있었다. 이 유명한 학자가 그렇게 하지 않은 것은 적절한 치료로 환자를 살리기보다는 흑열병이 가져오는 최종 결과를 연구하겠다는 과학적인 명분을 선택했기 때문이었다. 이들은 또 에둘러 말하기를, 클래런던의 선택은 교도소의 살인자들을 상대로 할 때는 적절할지 모르나, 그것이 고귀하고 신성한 삶을 영위하는 샌프란시스코 시민을 상대로 한 것이라면 다른 얘기라고 했다. 이들의 주장은 계속되었고, 언론들은 그것을 기꺼이 기사화했다. 클래런던 박사를 포함시킨, 이 날 선 책임 공방이 시민들의 혼란을 잠재우고 신뢰감을 회복하는 데 도움이 된다는 판단 때문이었다.

그러나 클래런던은 대응하지 않았다. 그는 그저 미소를 머금었고, 그의 특이한 치료사 슈라마도 거북 같은 특유의 소리로 걸걸하게 웃어대는 일이 잦았다. 클래런던이 최근에는 귀가하는 일이 많아져서 기자들은 샌퀜틴의 교도소장 관사 대신에 박사 자택의 커다란 대문 앞에 진을 치고 있었다. 그래도 기자들이 얻은 수확은 신통치 않았다. 슈라마가 철벽처럼 박사를 호위했기 때문인데, 필사적으로 달려드는 기자들도 그 철옹성을 뚫진 못했다. 저택 현관까지 접근한 기자들이 클래런던의 특이한 수행원을 엿보았고, 그 슈라마와 해골 같은 티베트인들을 '기삿거리'로 최대한 이용했다. 새로운 기사가 나올 때마다 과장도 더 심해졌고, 그 결과 여론은 이 위대한 의학자에 대해 눈에 띄게 반감을 품기 시작했다. 대부분의 사람들은 이상한 것을 싫어하기 마련이다. 그리고 냉혹함이나 불완전함에는 너그러운 사람들도 킬킬거리는 조수와 검은 승복을 입은 여덟 명의 동양인을 거느리는 기괴한 취향은 기꺼이 비난했다.

1월 초순,《옵서버》의 유난히 집요한 젊은 기자 한 명이 클래런던 사유지의 뒤쪽에서 해자로 둘러싸인 2.5미터 높이의 돌벽을 기어올랐다. 그리고 앞에서 보면 나무에 가려져 있던 저택 밖의 다양한 풍경을 살피기 시작했다. 장미 산책로, 조류 사육장, 원숭이에서 기니피그까지 온갖 포유동물이 다 있을 법한 우리, 마당의 북서쪽 구석에 있는 창문을 전부 막아놓은 튼튼한 목제 진료소 등등, 모든 것이 그의 명석한 두뇌에 아로새겨졌다. 기자는 몸을 잔뜩 웅크리고 담장에 에워싸인 100제곱미터 가량의 사적인 본관 거주지까지 샅샅이 훑었다. 그의 머릿속에서는 벌써부터 근사한 기사가 떠올랐고, 이제 무사히 빠져나가기만 하면 되었다. 그런데 그때 조지아나 클래런던의 애견인 커다란 세인트버나드종이 짖어대기 시작했다. 곧 모습을 드러낸 슈라마가 뭐라고 항의하려는 기자의 목덜미를 낚아채더니, 테리어가 쥐를 가지고 놀듯 마구 흔들었다. 그러고는 나무 사이를 지나 앞마당과 대문까지 기자를 질질 끌고 갔다.

헐떡이며 설명해도, 클래런던 박사를 만나게 해달라며 떨리는 목소리로 애원해도 소용이 없었다. 슈라마는 그저 킬킬거리며 기자를 계속 끌고 갔다. 이 말쑥한 기자는 불현듯 실재적인 공포를 느꼈고, 이 섬뜩한 괴한이 진짜 살과 피로 이루어진 지상의 인간이라고 믿을 수 있게 아무 말이라도 해주기를 간절히 바랐다. 속이 뒤집어질 듯 울렁거렸고, 시커먼 눈구멍 깊숙이 자리 잡고 있을 남자의 두 눈을 보지 않으려고 애썼다. 기자는 곧 대문이 열리는 소리를 들었고, 자신의 몸이 대문 사이로 아무렇게나 내팽개쳐지는 것을 느꼈다. 다음 순간, 그가 큰 충격과 함께 처박힌 진흙탕은 클래런던이 담벼락을 따라 파놓은 도랑이었다. 육중한 대문이 쾅 닫히는 소리가 들려오자, 공포는 분노로 바뀌었다. 그는 흙투성이로 일어서서 금단의 문을 향해 주먹을 쥐고 부르르 떨었다. 그가 발길을 돌리는 동안, 뒤에서 은근히 기분 나쁜 소리가 들려왔다. 대문의 작은 쪽문에서 슈라마의 움푹 들어간 눈이 느껴졌고, 피를 얼어붙게 만드는 깊은 저음의 킬킬거림이 메아리쳤다.

이 청년이 자신이 한 짓에 비해 지나치게 거친 취급을 받았다고 느낄 만한 상황이었다. 그는 클래런던 집안을 상대로 직접 앙갚음을 하기로 결심했다. 그리하여 클래런던 저택에 딸린 진료소에서 박사와 인터뷰를 한 것처럼 꾸미고, 상상력을 동원해 10여 명의 흑열병 환자가 진료소의 병상에 누워 고통스러워하는 광경을 주도면밀하게 묘사해 나갔다. 그의 뛰어난 필력이 빛을 발한 대목은, 유난히 불쌍한 환자가 물을 달라고 헐떡이는 동안, 클래런던 박사는 환자의 손이 미치지 않는 거리에서 탄산수 잔을 들고 환자를 약 올리면서 환자가 감질나는 감정을 느끼면 증세에 어떤 영향을 끼치는지 과학적인 호기심을 푸는 장면이었다. 이 날조된 장면의 다음 문장들은 표면상 박사를 향한 존경을 표하는 듯했지만 실상은 곱절의 독기를 품고 있었다. 이 날조된 기사는 이랬다. "클래런던 박사는 단연 세계에서 가장 위대하고 헌신적인 과학자다. 그러나 과학이 개인의 행복에는 도움을 주지 않는다. 고통스러운 병마에 시달리는 사람이라면 누구든지 일개 연구자의 추상적인 진리 탐구 욕구를 충족시키기 위해 자신의 고통을 오래 끄는 걸 원치 않을 것이다. 그러기엔 인생이 너무 짧다."

지독히도 교묘한 이 기사를 읽은 사람 중 열에 아홉은 클래런던 박사와 그의 방식에 반감을 품었다. 다른 신문사들도 이 기사를 바탕으로 비슷한 기사들을 앞다투어 확대 재생산했고, 그 결과 클래런던의 명예를 훼손하는 온갖 허구들로 채워진 '날조' 인터뷰가 꼬리를 물었다. 상황이 이런데도 클래런던 박사는 단 한 차례의 반론도 하지 않았다. 그는 머저리와 거짓말쟁이 들에게 허비할 시간이 없었고, 그가 경멸해 마지않는 얼간이 대중들의 존경 따위에도 관심이 없었다. 제임스 돌턴이 전보를 보내 안타까움을 전하며 도와주겠다고 제안했을 때, 클래런던은 매몰차고 뚱한 답변을 보냈다. 그는 개들이 짖어대는 소리에는 관심이 없을뿐더러 그 주둥이를 막는 것도 귀찮다고 했다. 게다가 그 문제를 왈가왈부하는 사람 누구에게도 고마워할 생각이 없다고 했다. 그는 침묵하고 무시하는 방식으로 담담하고 침착하게 맡은 일을 계속해 나갔다.

그러나 젊은 기자의 도발은 나름의 성과를 거두었다. 샌프란시스코는 다시 광기에 빠졌는데, 이번에는 분노가 공포 못지않았다. 냉정한 판단력은 이 도시에서 사라진 과거의 유물이 되어버렸다. 두 번째 대탈출 같은 일은 벌어지지 않았으나, 부도덕과 무분별한 절망이 판쳤고, 페스트가 휩쓸었던 중세 시대의 혼란이 재연될 조짐마저 있었다. 증오심은 흑열병을 발견하고 그것을 퇴치하기 위해 고군분투하는 한 남자에 대한 반감을 넘어 폭동 수준으로 치달았고, 변덕스러운 대중은 분노의 불길을 지피는 데 혈안이 된 나머지 그 남자의 위대한 업적을 단번에 잊어버렸다. 사람들은 상쾌한 미풍이 불어오는 건강하고 활력이 넘치던 도시를 엄습한 병마보다 클래런던이라는 개인을 맹목적으로 증오하는 것 같았다.

로마에 불을 지른 네로처럼 불놀이를 즐기던 젊은 기자는 직접 결정적인 한 방을 날렸다. 그는 해골처럼 비쩍 마른 치료사에게 당했던 수모를 곱씹으면서, 클래런던 박사의 저택과 환경에 대해 공들여 쓴 기사를 준비했다. 특히 슈라마를 아무리 건강한 사람이라도 열병에 걸릴까봐 전전긍긍하게 만들 만큼 섬뜩한 분위기를 자아낸다는 식으로 부각시켰다. 시체처럼 앙상한 몸으로 낄낄거리는 슈라마를 우스꽝스러우면서도 섬뜩한 인물로 묘사하려는 의도였고, 특히 섬뜩함에서는 최고의 효과를 거둘 수 있었다. 그 자신이 슈라마와 접촉했던 그 짧은 순간을 기억할 때마다 어김없이 공포를 느꼈기 때문이다. 그뿐만 아니라, 슈라마에 대해 떠도는 온갖 소문들을 수집하여, 오싹하리만큼 심오하다는 그의 학식에 대해서도 공들여 기사화했다. 그리고 클래런던 박사가 아프리카에서 슈라마를 찾아냈다는 비밀과 영겁의 땅은 신에 대한 경건함이 없는 곳일지도 모른다고 암시했다.

기사들을 꼼꼼히 읽던 조지아나는 동생을 향해 쏟아지는 공격 앞에서 그만 좌절하고 상처를 받았다. 한편, 그 집을 자주 방문하던 제임스 돌턴은 그녀를 위로하려고 최선을 다했다. 그는 따뜻하고 진지했다. 사랑하는 여인을 위로할 뿐만 아니라, 논란의 중심에 있는 젊은 날의 절친에게 늘 간직해 온 존경심도 잊지 않았다. 그는 조지아나에게 위대함은 그 어떤 질시의 공격에도 사라지지 않는 법이라고 말했고, 속된 사람들의 발에 짓밟혔던 천재들의 슬프고도 긴 목록을 열거했다. 그리고 지금의 온갖 모략들은 앨프리드의 굳건한 명성을 반증하는 것에 지나지 않는다고 덧붙였다.

"그래도 마음이 아파요." 그녀가 말했다. "무엇보다 앨프리드가 무심한 척하지만 사실은 무척 힘들어하는 걸 아니까요."

돌턴은 그녀의 손에 입을 맞추었는데, 이런 표현 방식은 당시의 명문가 사람들 사이에서는 아직 유효한 것이었다.

"당신과 앨프리드가 얼마나 상심하고 있는지 알기에 나는 백배 천배 더 아파요. 하지만, 조지아나, 걱정 마요. 우리가 함께 힘을 합쳐 이겨낼 테니까!"

이리하여 조지아나는 네모진 턱과 강단을 지닌 ― 그리고 젊은 날의 연인인 ― 주지사에게 더욱더 의지하게 되었고, 걱정스러운 일들을 더 자주 털어놓았다. 언론의 공격과 전염병이 전부는 아니었다. 집 안에도 그녀가 꺼림칙해하는 것들이 있었다. 그녀는 사람과 짐승을 합쳐놓은 것처럼 잔혹한 슈라마에 대해 막연하면서도 더없이 큰 반감을 느끼고 있었다. 게다가 슈라마가 뭐라고 꼬집어 말할 수는 없지만 앨프리드에게 해를 끼치고 있다는 생각을 떨칠 수 없었다. 티베트인들도 마음에 들지 않기는 마찬가지, 특히 슈라마가 그들과 대화를 할 수 있다는 것이 퍽 이상했다. 앨프리드는 슈라마의 정체에 대해서는 한사코 입을 열려고 들지 않았고, 언제가 한번은 망설이듯, 슈라마의 나이가 보통 사람들이 알면 깜짝 놀랄 정도로 많을 뿐만 아니라, 자연의 숨겨진 미스터리를 탐구하는 과학자라면 누구든 동료로 삼고 싶을 정도로 심오한 지식과 경험을 지닌 인물이라고 말한 적이 있었다.

돌턴은 그런 조지아나의 불안한 기색에 마음이 쓰여서, 그의 방문을 슈라마가 아주 싫어하는 것을 알면서도 클래런던의 저택을 더 자주 찾게 되었다. 뼈만 앙상한 이 치료사는 돌턴을 맞을 때마다 흡사 유령 같은 눈구멍 속의 눈을 유난히 이글거렸고, 배웅할 때는 대문을 닫으면서 단조로우면서도 소름이 끼치는 웃음소리를 내곤 했다. 한편, 클래런던 박사는 샌퀀틴 주립 교도소의 일에만 매달려, 매일 슈라마와 단둘이 교도소로 출근할 뿐이었다. 슈라마가 보트를 모는 동안, 박사는 노트를 읽거나 대조했다. 돌턴은 조지아나에게 청혼할 기회를 번번이 놓쳤던 터라 두 사람이 집에 없는 것을 반겼다. 어쩌다가 저택에 오래 머물다가 퇴근하고 돌아오는 앨프리드와 마주칠 때면, 앨프리드는 평소처럼 과묵하면서도 변함없이 친근하게 인사를 건네곤 했다. 제임스와 조지아나의 약혼이 기정사실이 될 즈음, 두 사람은 앨프리드에게 그 사실을 알리기 위해 적당한 기회를 기다렸다.

주지사는 친구를 보호하겠다는 성심과 의리로 클래런던을 위해 우호적인 여론을 만드는 데 수고를 아끼지 않았다. 언론과 공무원들이 그의 영향력에서 자유로울 수는 없었다. 그뿐만 아니라, 그는 동양의 과학자들을 캘리포니아로 불러 모아 열병을 연구하는 한편, 클래런던이 단시간에 추출에 성공해 진전을 보이고 있는 항열병 바실루스 개발에 참가토록 분위기를 조성하는 데도 성공했다. 그러나 이들 의학자와 생물학자 들은 원하는 정보를 얻지 못했고, 일부는 상당히 부정적인 인상만 받고 도시를 떠났다. 이 때문에 클래런던에게 적대적인 기사들이 다시금 활기를 띠었다. 그가 비과학적이고 명성만 좇는다며 비난하는가

하면, 과학자답지 않게 순전히 개인적인 이익만 생각하여 연구 결과를 숨긴다는 암시도 서슴지 않았다.

다행히 나머지 언론들은 보다 유연하게 상황을 판단함으로써 클래런던과 그의 연구에 대해 긍정적인 기사를 내보냈다. 이런 언론들에서는 직접 환자들을 만나본 결과 클래런던이 병을 억제하는 데 얼마나 놀라운 성과를 거두었는지 확인했던 것이다. 그리고 클래런던이 항독소 혈청을 공개하지 않는 부분에 대해서도 이것이 무절제하게 보급될 경우 득보다는 실이 클 수 있다는 판단에서 적절한 조치를 취한 것이라고 평가했다. 이미 클래런던을 만난 적이 있는 상당수의 기자들도 이번에는 전에 없이 깊은 인상을 받았고, 평생을 병리학과 인류를 위해 헌신했던 제너, 리스터, 코흐, 파스퇴르, 메치니코프 등과 클래런던을 비교하는 데 주저하지 않았다. 돌턴은 조지아나를 만날 구실로 찾아와, 저택에 모여 있는 기자들과 일일이 대면하면서 클래런던에 대해 좋은 이야기를 하는 등 신중하면서도 적극적으로 친구의 구명을 도왔다. 그러나 주지사의 이런 행동은 클래런던 본인한테는 비웃음만 샀다. 그는 신문을 슈라마에게 내던지기 일쑤였고, 슈라마는 박사의 비웃음에 뒤질세라 특유의 낮고 고약한 소리로 킬킬거리며 기사들을 읽곤 했다.

2월 초순의 어느 월요일 저녁, 돌턴이 클래런던에게 조지아나와의 약혼 승낙을 받으려고 저택을 찾았다. 조지아나가 직접 그를 마중 나왔다. 둘이 현관을 향해 걸어가는 동안, 커다란 개 한 마리가 달려와 반갑다며 앞발을 들어 올리자 돌턴이 멈춰 서서 개를 쓰다듬어 주었다. 조지아나가 애지중지하는 그 세인트버나드의 이름은 딕이었다. 돌턴은 조지아나를 향한 마음만큼 딕에게도 애정을 느꼈다.

흥분해서 좋아하던 딕이 갑자기 낮게 한 번 짖고는 진료소 쪽 나무

사이로 뛰어갔는데, 그 힘이 얼마나 세던지 주지사의 몸이 반쯤 돌아갈 정도였다. 그런데 딕이 곧 멈춰 서더니 마치 돌턴에게 따라오라는 듯이 뒤돌아보면서 또 낮게 짖는 것이었다. 커다란 애완견의 장난기를 잘 받아주던 조지아나가 제임스에게 한번 따라가보자고 눈짓했다. 그래서 두 사람은 천천히 딕을 따라갔고, 딕은 이제 마음이 놓인다는 듯 종종걸음 쳐 뜰 뒤쪽으로 앞서 갔다. 가보니 진료소의 지붕이 별빛 아래서 커다란 벽돌담에 음영을 드리우고 있었다.

창문의 검은 커튼 끝자락에 불빛이 보이는 것으로 미루어, 앨프리드와 슈라마가 그 안에서 일을 하고 있는 모양이었다. 그런데 갑자기 안에서 아이의 울음소리처럼 억눌리고 가냘픈 소리가 들려왔다. "엄마! 엄마!" 하는 그 분명한 소리를 듣고 딕이 짖어대는 동안, 제임스와 조지아나는 소스라치게 놀랐다. 그러나 곧 조지아나는 클래런던이 실험 목적으로 키우는 앵무새들을 떠올리고 미소를 머금었다. 그리고 괜한 일로 그녀와 돌턴을 거기까지 데려온 딕을 용서하고 달래는 의미에서 머리를 가볍게 토닥여주었다.

그들이 천천히 집으로 향하는 동안, 돌턴이 그날 밤에 두 사람의 약혼을 앨프리드에게 알리겠다는 결심을 말하자, 조지아나는 반대하지 않았다. 그녀는 동생 앨프리드가 충실한 살림꾼이자 동반자를 잃는 것을 탐탁지 않아 하겠지만, 사랑하는 누나가 행복을 찾아 떠나는 것을 반대하진 않을 거라 생각하고 있었다.

그날 밤늦게 클래런던이 평소보다 가벼운 발걸음으로 진료소에서 돌아왔고, 표정도 한결 밝아 보였다. 박사가 쾌활하게 악수하면서 "형, 올해는 정치 하기가 어때?" 하고 묻자, 돌턴은 좋은 징조라고 여기고 용기를 냈다. 그의 눈짓에 따라 조지아나가 조용히 자리를 피하자, 두 사람은 자리에 앉아 이런저런 얘기를 나누었다. 조금씩 옛 추억을 화제에 올리면서 돌턴은 약혼 이야기를 꺼내려고 기회를 노리고 있었다. 그리고 마침내 분명한 어조로 이렇게 말했다.

"앨프, 조지아나와 결혼하고 싶어. 축복해 주겠나?"

돌턴은 유심히 지켜보던 옛 친구의 얼굴에 어두운 그림자가 스치는 것을 보았다. 그런데 검은 눈동자에 한순간 스쳤던 번뜩임도 평소의 평정심이 돌아오면서 저절로 사라졌다. 결국 중요한 것은 과학, 아니 이기심이었다!

"형은 지금 불가능한 것을 요구하고 있어. 누나는 옛날처럼 정처 없이 떠도는 나비가 아니야. 지금은 진리와 인류를 위해 봉사하는 자리에 있어. 그리고 그 자리는 바로 이 집에 있고. 누나는 나를 돕는 데 일생을 바치겠다고 결심했어. 내가 일을 할 수 있도록 이 집안 살림을 꾸려나가겠다고 말이야. 이건 함부로 그만둘 수도 없을뿐더러 개인적인 변덕으로 이랬다저랬다 할 일이 아니라고."

돌턴은 그가 말을 끝낼 때까지 기다렸다. 그놈의 ─ 개인 대 인류라는 ─ 광신주의도 모자라, 이제는 자기 누나의 인생까지 망치려 들다니! 돌턴은 설득하려고 애썼다.

"하지만 이봐, 앨프, 자네는 지금 조지아나가 자네의 일에 너무 필요하기 때문에 누나를 노예로 만들고 희생시켜도 좋다는 말인가? 좀 합리적으로 생각하라고, 이 친구야! 자네의 실험에 깊숙이 관련된 슈라마 같은 사람이라면, 그럴 수도 있어. 하지만 조지아나는 될 수 있으면 실험에 끌어들이지 말아야 할 자네의 유일한 혈육일세. 조지아나는 나의 아내가 되겠다고 약속했고, 나를 사랑하고 있어. 자네한테 조지아나의 행복을 막을 권리는 없잖은가? 자네한테……"

"형, 그만해!" 클래런던의 얼굴이 핏기를 잃고 일그러졌다. "내 가족을 감독할 권리가 나한테 있든 없든, 그건 남이 상관할 일이 아니잖아."

"남이라니, 그게 지금 나한테 할 소리……" 돌턴이 간신히 감정을 억누르는데 의사의 단호한 목소리가 또다시 그의 말꼬리를 잘랐다.

"내 가족한테는 남이지. 앞으로는 우리 집에도 오지 마. 형, 오늘 좀 주제넘은 말을 한 것 같군! 잘 가시오, 주지사 나리!"

클래런던은 작별의 악수도 없이 방에서 휙 나가버렸다.

돌턴이 잠시 어쩔 줄 몰라 멈칫하고 있는데, 조지아나가 나타났다. 그녀의 얼굴을 보아하니 방금 앨프리드와 얘기를 나눈 모양이었다. 돌턴은 와락 그녀의 손을 잡았다.

"조지아나, 당신 생각은 어때요? 앨프와 나, 둘 중 하나를 선택해야 하는 문제 같아서 걱정이군요. 지금 내 심정이 어떤지, 옛날에 당신의 아버지가 반대했을 때는 또 어땠는지 당신은 알 거요. 당신, 이번엔 뭐라고 대답하겠소?"

그녀는 천천히 말했다.

"제임스, 내가 당신을 사랑하는 거 믿죠?"

그는 고개를 끄덕였고, 기대감으로 그녀의 손을 더 힘주어 잡았다.

"당신이 날 사랑한다면, 조금만 기다려주세요. 앨프의 무례는 신경 쓰지 말고요. 동생도 불쌍한 아이니까요. 지금은 전부 말할 순 없지만, 내가 얼마나 동생을 안쓰러워하는지 당신도 알잖아요. 고된 연구에 매일 비난만 받고 게다가 저 끔찍한 슈라마의 눈길과 웃음까지! 앨프가 쓰러질까 봐 걱정이에요. 이 집 밖에서는 아무도 모르지만, 사실 앨프가 부쩍 힘들어하거든요. 무뚝뚝한 표정으로 숨기고 있지만, 갈수록 연구의 중압감에 시달리고 있어요. 내 말, 무슨 뜻인지 알죠, 네?"

그녀가 말을 멈추자, 돌턴이 그녀의 한쪽 손을 자신의 가슴에 대고 고개를 끄덕였다. 이윽고 그녀가 결론을 말했다.

"그러니까 약속해 줘요. 기다려주겠다고. 난 동생을 도와야 해요. 그럼요! 그래야죠!"

돌턴은 즉답을 하지 않았지만, 이내 존경의 마음까지 담아서 고개를 끄덕였다. 이 헌신적인 여성은 그가 아는 한 세상 누구보다도 예수를 닮은 사람이었다. 그런 사랑과 헌신 앞에서 그가 채근할 수는 없었다.

애틋한 작별의 시간은 짧았다. 제임스의 파란 눈동자는 물기에 젖어 있어서 대문을 열어주는 그 앙상한 치료사를 제대로 보지도 못했다. 그러나 등 뒤에서 문이 쾅 닫힌 후, 너무도 익숙하고 여전히 소름 끼치는 웃음소리가 들려왔다. 그제야 슈라마, 조지아나가 '동생의 사악한 천재'라고 부르는 자가 있다는 것을 알아챘다. 돌턴은 힘차게 걸어가면서 방심하지 않고 지켜보겠다고, 그래서 문제의 조짐이 나타나는 즉시 행동에 나서겠다고 결심했다.

III

한편, 여전히 전염병 얘기로 들끓던 샌프란시스코에서는 클래런던에 대한 반감이 걷잡을 수 없는 수준까지 치달았다. 사실, 교도소 밖에서 환자가 생긴 예는 극히 드물었고, 그마저도 위생 상태가 좋지 않아서 늘 온갖 질병의 온상지였던 멕시코 하층민 거주 지역을 제외하고는 병이 발생하지도 않았다. 그런데도 정치인들과 대중은 이 소수의 환자들만 보고도 클래런던의 적들이 만든 중상모략을 사실로 믿어버렸다.

클래런던을 옹호하는 돌턴의 입장이 확고한 것을 확인하자, 불평분자와 의료계 기득권층 그리고 지방 당원들은 주 의회를 겨냥하기 시작했다. 반(反)클래런던 진영과 주지사의 약삭빠른 정적들이 세를 결집하여 거부권을 행사함으로써 고위직 공무원과 여러 행정 관청이나 위원회의 책임자를 임명하는 주지사의 지명권에 대해 수정안을 준비했다.

이 수정안을 통과시키려는 로비스트 중에서 가장 적극적이었던 인물이 바로 클래런던의 핵심 조수인 존스 박사였다. 그는 처음부터 자신의 상관을 시샘했기 때문에 이번 수정안을 절호의 기회로 보고 있었다. 게다가 그는 수정안이 통과된다면 자신의 직위를 좌지우지하게 될 교도소 위원회의 위원장과 친분이 두텁다는 행운까지 쥐고 있었다. 수정안이 통과된다는 것은, 클래런던이 쫓겨나고 대신에 자신이 그 자리를 꿰찬다는 의미였다. 결국 자신의 이익을 위해 그는 수정안 통과에 열성적이었다. 존스는 클래런던과는 모든 면에서 상반된 인물이었다. 정치가의 기질을 타고난 데다 중상모략에 능한 기회주의자여서 자신의 안위가 우선이었고 과학은 그저 부업에 불과했다. 그는 자신이 내쫓으려는 부유하고 자유로운 학자와는 정반대로 가난했기 때문에 봉급을 받는 안정된 자리가 절실했다. 쥐처럼 교활하고 집요하게 그는 위대한 생물학자를 파멸시키는 데 온 힘을 다했다. 그러던 어느 날, 드디어 수정안이 통과되었다는 소식이 그간의 노력을 보상하듯 그에게 전해졌다. 이제 주지사는 샌프란시스코의 공직을 임명하는 데 아무런 권한도 행사할 수 없게 되었고, 샌퀜틴 교도소의 의료원장 자리는 교도소 위원회의 처분에 맡겨졌다.

이 요란한 입법 소동에서 클래런던은 철저히 배제되었다. 의사로서의 업무와 연구에만 몰두한 나머지, 그는 지척에서 일하는 '얼간이 존스'의 배반을 전혀 눈치채지 못했고, 교도관 사이에서 나도는 소문 하나 듣지 못했다. 평생 신문을 읽은 적이 없는 데다, 돌턴을 집에서 내침으로써 바깥세상과의 유일한 연결 고리마저 끊어버린 장본인도 그 자신이었다. 속세와 담을 쌓은 사람 특유의 고지식함과 순진함 때문에 그는 단 한 번도 자신의 지위가 위태로울 수 있다는 생각을 해본 적이 없었다. 클래런던은 돌턴에 대해서도 자기가 아무리 큰 잘못을 해도 늘 용서하고 의리를 지켜준 친구이기에 주지사의 권한으로 자기를 해고할 가능성은 아예 없다고만 생각했다. 돌턴이 자신의 아버지를 죽음으로 몰고 간 클래런던의 아버지를 어떻게 대했는지만 봐도 그랬다. 게다가 클래런던은 정치에 무지했기 때문에 자신을 유임하거나 해임할 수 있는 권한이 다른 사람들의 손으로 넘어갈 수 있다는 것도 예상하지 못했다. 그래서 돌턴이 새크라멘토로 떠났을 때, 그는 그저 흡족하게 미소를 머금었다. 샌퀜틴 교도소에서 그의 직위도, 집에서 누나의 자리도 그 모든 소동과는 무관하게 변함없을 거라고 자신했던 것이다. 그는 늘 자신이 원하는 것을 얻을 수 있었기에 자신의 행운은 계속된다는 환상을 품고 있었다.

수정안이 통과되고 하루 이틀 지난 3월의 첫 주, 교도소 위원회의 위원장이 샌퀜틴을 방문했다. 마침 클래런던은 외출 중이라서 존스 박사가 대신 이 중요한 방문객 — 좀 더 정확히 말하자면, 그의 삼촌 — 을 반갑게 맞이한 후, 신문과 확산된 공포를 통하여 익히 잘 알려진 열병 환자의 격리 병동을 비롯해 대규모 의료 시설을 구석구석 안내했다. 존스는 열병의 전염성이 없다는 클래런던 박사의 주장을 늘 반박해 왔지만, 이번만은 삼촌에게 미소를 머금은 채 전염이 되지 않으니 아무 걱정 말라고 안심시킨 뒤, 환자들을 자세히 관찰하도록 부추겼다. 특히 얼마 전까지만 해도 아주 건장하고 활력에 넘쳤지만 지금은 오싹한 해골처럼 앙상해진 한 환자를 가리키며, 클래런던이 적절한 처방을 하지 않아서 서서히 고통스럽게 죽어가고 있다고 은근히 내비쳤다.

"뭐?" 위원장이 소리쳤다. "클래런던 박사가 저 사람을 살릴 수 있는데도 치료를 하지 않고 방치했다는 말이냐?"

"그게 바로……" 존스 박사는 갑자기 입을 다물었다. 그때 병실 문이 열리면서 모습을 드러낸 사람이 바로 클래런던 박사였기 때문이다. 클래런던은 존스에게 냉랭하게 고개를 끄덕여 보인 후, 처음 보는 방문객을 못마땅한 기색으로 훑어보았다.

"존스 박사, 이 환자는 절대 안정을 취해야 한다는 걸 알고 있을 텐데요. 그리고 특별한 경우가 아니라면, 방문객의 출입을 금하라고 지시하지 않았던가요?"

그러자 조카가 소개를 하기도 전에 위원장이 먼저 말을 가로챘다.

"실례지만, 클래런던 박사, 저 환자를 살릴 수 있는데 일부러 치료를 하지 않는다는 게 사실인가?"

클래런던이 싸늘하게 번뜩이는 눈빛과 단호한 목소리로 말했다.

"선생, 그건 주제넘은 질문이군요. 내가 여기 책임자이고, 방문객은 들어올 수 없습니다. 당장 이 방에서 나가주세요."

이 극적인 분위기에 내심 재미를 느낀 위원장이 불필요할 정도로 허세를 떨면서 오만하게 맞받아쳤다.

"박사, 당신이 날 잘못 봤소! 이곳의 책임자는 당신이 아니라 바로 나요. 지금 당신 앞에 있는 이 사람이 바로 이 교도소 위원회의 위원장이란 말이오. 게다가 당신의 행동은 수감자들의 복지에 위협이 되고 있으니, 당신을 해임해야겠소. 지금부터 존스 박사가 원장 직을 수행할 것이오. 공식적인 해임 절차가 끝날 때까지라도 남아 있고 싶다면, 새 원장의 지시에 따르시오."

윌프리드 존스에게는 생애 최고의 순간이었다. 인생에서 처음 맛보는 절정이었다. 그렇다고 이 사람을 고약하게 여길 필요는 없겠다. 그는 악한이라기보다는 야비한 사람이었고, 무슨 수를 쓰든 자기 잇속만 차리는 것도 야비한 인간들의 철칙일 뿐이니까. 클래런던은 그 자리에 서서 상대방을 미친 사람인 양 쳐다보다가, 이어서 존스 박사의 얼굴에 드러난 의기양양한 표정을 본 후에야 뭔가 심상치 않은 일이 벌어지고 있음을 직감했다. 그는 정중하면서도 싸늘하게 대꾸했다.

"선생이 직접 한 자기소개이니 틀림없겠죠. 하지만 다행히 나를 임명한 사람은 주지사이고, 해임도 주지사의 몫입니다."

위원장과 그의 조카는 어리둥절한 눈으로 서로 보았다. 속세에 아무리 무관심하다고 해도 이 정도일 줄은 그들도 미처 예상치 못했던 것이다. 사태 파악을 한 위원장이 결국 자초지종을 설명하기 시작했다.

"지금 해임을 통보하는 것이 박사에게 부당하다면, 결정을 보류할 수도 있소. 하지만 이 불쌍한 환자와 박사의 오만방자한 태도를 보니 내겐 선택의 여지가 없소이다. 말하자면……"

그러나 클래런던 박사가 지금까지와는 달리 면도날처럼 날카로운 목소리로 말했다.

"말하자면, 지금 이곳의 책임자는 납니다. 그러니 당장 이 방에서 나가세요."

위원장이 얼굴을 붉히더니 버럭 화를 냈다.

"이봐, 지금 당신이 누구랑 말을 하고 있는 줄 알기나 해? 여기서 쫓겨날 사람은 당신이야. 이 건방진 놈!"

그러나 그는 말을 다 하지 못했다. 호리호리한 체격의 과학자가 모욕적인 언사에 갑자기 격분하여, 도저히 그라고는 상상이 가지 않는 괴력으로 두 주먹을 휘둘렀기 때문이다. 그 힘은 불가사의했을지 몰라도, 목표만은 정확했다. 복싱 챔피언도 그렇게 깔끔한 한 방을 날리지는 못했을 터이다. 두 남자 — 위원장과 존스 박사 — 는 정통으로 맞았다. 한 명은 면상에, 또 한 명은 턱 끝에. 베어 넘어뜨린 나무처럼 그들은 꼼짝없이 의식을 잃고 바닥에 쓰러져 있었다. 그제야 자제력을 되찾은 클래런던은 모자와 지팡이를 집어 들고, 슈라마가 기다리던 보트에 올라탔다. 움직이는 보트에 자리를 잡고 나서야 자신을 사로잡고 있는 오싹한 분노를 드러냈다. 그리고 일그러진 얼굴로 별과 그 너머 심연으로부터 저주를 불러오기 시작했다. 마침내 그는 슈라마마저 두려워 떨며 킬킬거림마저 잊게 만든, 그리고 어떤 역사서에도 기록되지 않은 엘더 사인[55]을 그었다.

IV

조지아나는 상심한 동생을 성심껏 위로했다. 심신이 탈진해서 돌아온 클래런던은 서재의 긴 의자에 몸을 던졌다. 그 음울한 서재에서, 변함없이 충실했던 누나는 조금씩 그 놀라운 소식을 알게 되었다. 그녀의 위로는 즉각적이었고 부드러웠다. 그리고 깨닫지 못할 뿐이지 지금의 비방과 박해 그리고 해임에 이르기까지 그 모든 것이 동생의 위대함을 증명하는 거라 설득했다. 그는 누나의 위로에 무관심한 척하면서 자존심을 지키려고 애썼다. 그러나 과학 연구의 기회를 잃었다는 것은 담담히 감당하기에는 너무 큰 타격이었다. 교도소에서 3개월만 더 있었더라면, 그토록 오랫동안 찾아온, 지상의 모든 열병을 과거의 유물로 만들어버릴 바실루스를 손에 넣었을 거라고 되뇌면서 연신 한숨을 내쉬었다.

조지아나가 이번에는 다른 말로 동생을 위로하려고 애썼다. 요컨대, 열병이 누그러지지 않거나 아예 더 강한 기세로 재발한다면 교도소 위원회에서 다시 그를 찾게 될 것이라고 했다. 그러나 그녀의 말은 부질없었다. 클래런던은 극심한 절망과 분노에 휩싸여 비아냥거리며 독설을 내뱉었다.

"누그러져? 재발해? 아, 열병은 누그러질 거야! 적어도 그자들은 누그러졌다고 생각할 거라고. 무슨 일이 벌어지든 마음대로 생각하는 게 그자들 특기니까! 무지한 눈으로는 아무것도 못 보고, 서툰 자들은 절대 찾아내지 못해. 과학은 그런 자들에게 진실을 보여주지 않아. 그런데도 지들이 의사랍시고! 기껏해야 얼간이 존스 놈을 책임자에 앉히는 놈들이!"

그는 콧방귀를 뀌면서 말을 멈추고는 사악하게 웃어댔고, 그 소리에 조지아나는 몸서리를 쳤다.

그로부터 며칠 동안 클래런던의 저택은 더없이 우울한 분위기에 빠져 있었다. 음울함과 적막감 그리고 불안감이 평소 지칠 줄 모르던 박사의 정신을 지배했다. 조지아나가 억지로 떠먹이지 않으면, 끼니마저 거부했다. 그간의 관찰 일지가 담긴 소중한 노트가 서재 책상 위에 펼쳐져 있었고, 항열병 혈청이 들어 있는 작은 황금 주사기 ─ 저장기가 따로 부착되어 있고, 넓은 황금 고리가 붙어 있어서 한 번의 압력으로도 저절로 작동되도록 그가 직접 고안한 장치 ─ 가 작은 가죽 상자 옆에 덩그러니 놓여 있었다. 연구와 관찰을 위해 타고난 활력과 야망과 욕구가 한꺼번에 그의 안에서 죽어버린 듯했다. 수많은 배양균이 담겨 있는 작은 유리병들이 질서정연하게 늘어서 있는 진료소마저 그의 관심에서 벗어나 있었다.

실험용 동물들이 통통하게 살이 오른 모습으로 3월 초순의 햇볕 아래서 신이 나서 뛰놀았다. 조지아나는 장미 산책길을 따라 축사로 가는 동안, 집 안 분위기와는 사뭇 다른 쾌활함 같은 것을 느꼈다. 그러나 그 유쾌한 분위기가 처량하게도 일시적인 것임을 알고 있었다. 머잖아 연구가 재개되면 이 작은 생물들은 과학 연구의 희생양이 되어야 하기 때문이었다. 동물들의 활기찬 분위기는 클래런던의 휴식이 잠시 선사한 보상 같은 것이었다. 여덟 명의 티베트인 하인들이 평소처럼 눈에 확 띄는 모습으로 부지런히 주변을 오가고 있었다. 주인이 칩거하는 동안에도 집안일에 흐트러짐이 없도록 조지아나는 주의를 게을리하지 않았다.

클래런던은 탐구욕과 야망을 슬리퍼와 실내복 차림의 무관심 속에 팽개쳐둔 채, 어린아이처럼 조지아나의 보살핌을 받는 데 만족해하고 있었다. 어머니처럼 잔소리를 하는 누나에게 씁쓸하고 활기 없는 미소로 답했고, 이런저런 지시와 훈계에도 고분고분 잘 따랐다. 나른한 저택을 휘감은 희미하고도 아련한 행복감, 그런데 유일하게 이런 분위기와 엇나가는 이가 있었으니 바로 슈라마였다. 아주 비참해진 그는 화창한 햇빛 아래서도 부루퉁히 화난 눈길로 조지아나의 얼굴을 쳐다보기 예사였다. 그의 유일한 즐거움은 실험의 분주함 속에 있었다. 불쌍한 동물들을 야수 같은 손으로 낚아채 진료소까지 끌고 가고 싶어 안달했고, 거기서 핏발 선 눈을 치켜뜬 동물들이 주둥이에 거품을 물고 부푼 혀를 내밀면서 서서히 의식불명에 빠져드는 모습을 이글거리는 눈과 사악한 킬킬거림으로 지켜보고 싶어 했다.

슈라마는 축사에서 즐거워하는 동물들을 보고 있으면 화가 치미는 모양이었다. 그래서 자꾸 클래런던을 찾아가 뭐든 지시 내릴 것은 없는지 묻곤 했다. 연구에 대한 박사의 무관심과 무의지를 확인한 그는 억눌린 분노를 중얼거리며 돌아다녔고 무엇이든 저주의 눈길로 쳐다보았다. 그러다가 지하실에 있는 자신의 숙소로 고양이처럼 기어들었는데, 거기서 그의 목소리는 불경하고 생경한 데다 꺼림칙한 종교적 의식을 암시하는 저음의 운율을 띠다가 점차 높아졌다.

조지아나는 슈라마의 언행에 신경이 쓰였으나, 무엇보다 심각한 문제는 동생의 계속되는 태만이었다. 동생의 상태는 그녀를 긴장시켰고, 치료사 슈라마를 자극하던 그녀의 쾌활함도 서서히 사라져갔다. 의학에 밝았던 그녀가 정신과 의사의 관점으로 보기에도 동생은 심각한 상태였다. 예전에는 동생의 광적인 열정과 과로를 걱정했건만, 이제는 무관심과 무기력을 걱정하는 처지였다. 좀처럼 사라지지 않는 우울증, 혹시 그것이 명석한 사람을 무해한 저능아로 만들 수도 있는 것일까?

그렇게 5월이 끝나갈 무렵, 갑작스러운 변화가 찾아왔다. 조지아나는 당시를 회상할 때마다 언제나 아주 세세한 부분까지 기억해 내곤 했다. 이를테면, 하루 전날 슈라마에게 배달된 상자 하나도 그런 세세한 기억의 일부였다. 알제(알제리의 수도)의 소인이 찍혀 있던 그 상자는 아주 고약한 악취를 풍겼다. 그리고 그날 밤, 슈라마가 걸어 잠근 지하실에서 단조로운 저음의 흥성으로 평소보다 더 크고 열정적으로 주문을 외우는 동안, 캘리포니아에서는 드물게 맹렬한 뇌우가 난데없이 몰아쳤다.

그날은 날씨가 화창하여 조지아나는 정원에서 식당에 장식할 꽃을 꺾고 있었다. 그녀가 다시 집에 들어와 얼핏 보니까, 동생이 정장을 입고 서재 책상 앞에 앉아서 두툼한 관찰 일지를 확인하고 힘찬 손놀림으로 뭔가를 새로 기록하고 있었다. 집중하는 모습이었고 활력까지 넘쳤다. 간간이 책장을 넘기거나 커다란 책상 뒤쪽에서 책을 꺼낼 때도 움직임이 가뿐했다. 기쁘고 안심이 된 조지아나는 서둘러 식당에 꽃을 꽂아두고 돌아왔다. 그런데 서재에 와보니 동생이 없었다.

조지아나는 동생이 당연히 진료소에서 일을 하고 있을 거라고 생각했다. 동생이 예전의 마음과 목표 의식을 되찾았다고 생각하니 기뻤다. 속히 점심 식사를 준비해야겠다는 생각에 일단 혼자서 간단히 요기를 한 후 아무 때나 불쑥 돌아올 동생을 위하여 따로 요리를 해서 한쪽에 따뜻하게 데워놓았다. 그러나 동생은 돌아오지 않았다. 조지아나가 장미 산책로를 따라 천천히 걸어가는 동안에도 클래런던은 크고 튼튼한 목제 진료소에서 그동안 허비한 시간을 메우려고 열심이었다.

향긋한 꽃 속을 걷던 조지아나는 실험용 동물을 가지러 나온 슈라마를 보게 되었다. 아직도 그 사람만 보면 소름이 끼치는 터라 이번에는 될 수 있으면 눈길을 주지 않으려고 했다. 하지만 그런 두려움 때문에 오히려 그녀의 시력과 청력은 슈라마의 행동을 더 예민하게 받아들였다. 그는 뜰을 오갈 때 항상 모자를 쓰지 않고 다녀서, 훤히 드러난 민머리가 해골 같은 생김새를 더 섬뜩하게 만들었다. 그가 원숭이 우리에서 작은 원숭이 한 마리를 붙잡아 진료소로 가는 동안, 그녀의 귓가에 희미한 킬킬거림이 들려왔다. 길고 앙상한 손가락으로 어찌나 우악스레 붙잡았던지, 원숭이는 겁에 질려서 시끄럽게 울어댔다. 그녀의 마음속 가장 깊숙한 곳에서 동생을 이리저리 조종하는 슈라마에 대한 반감이 치솟았고, 주인과 하인이 뒤바뀌다시피 한 동생과 슈라마를 떠올리며 쓸쓸했다.

밤에도 클래런던은 집에 오지 않았다. 동생이 아주 시간이 오래 걸리는 작업을 하나 보다 하고 조지아나는 생각했다. 그럴 때면 클래런던은 시간이 얼마나 걸리든 신경조차 쓰지 않곤 했다. 동생의 갑작스러운 회복에 대해 몇 마디 대화를 하고 싶었기에 그냥 잠을 청하려니 내키지 않았다. 그러나 결국은 기다려봐야 소용없는 일이라 생각한 뒤, 짤막한 격려 글을 써서 서재의 책상에 올려놓았다. 그러고는 잠을 청하기로 마음먹었다.

막 잠이 들려는데 현관문이 열렸다 닫히는 소리가 들려왔다. 밤샘 작업은 아니었나 보네! 동생이 잠들기 전에 요기할 거리라도 챙겨주고 싶은 마음에 조지아나는 옷을 걸치고 서재로 내려갔다. 그런데 반쯤 열려 있는 서재 문 사이로 소리가 들려와서 걸음을 멈추었다. 클래런던과 슈라마가 얘기 중이었다. 그녀는 치료사가 갈 때까지 기다리고 싶었다.

그러나 슈라마는 좀처럼 서재에서 나올 기미를 보이지 않았다. 열띤 대화가 오갔고, '연구에 대한 집중'과 '약속한 날짜' 같은 말들이 들렸다. 조지아나는 엿들을 생각은 없었으나 간간이 새어 나오는 말소리에까지 귀를 막아버릴 수는 없었다. 곧 정확히 이해할 수는 없으나 뭔가 아주 무시무시하고 불길한 일이 진행 중임을 눈치챘다. 동생의 초조하고 날카로운 목소리에서 불안한 고집이 느껴져 조지아나는 귀를 쫑긋 세웠다.

"어쨌든." 동생이 말하고 있었다. "얼마 못 가 동물이 부족해질 테고, 단시간 내에 괜찮은 동물을 구하기가 얼마나 어려운지는 너도 잘 알잖아. 인간을 쓰면 쉬운 일인데 허접스러운 동물 나부랭이에 노력과 시간을 허비하다니 멍청한 짓이야."

그 말이 암시하는 것을 떠올리다 속이 메스꺼워진 조지아나가 몸을 지탱하려고 선반을 붙잡았다. 이윽고 슈라마가 특유의 낮고 공허한 목소리로 답했다. 그의 목소리에는 숱한 세월과 행성 사이를 울리는 듯한 사악함이 스며들어 있었다.

"진정해요. 진정해. 지금 참을성 없이 보채는 아이 같잖아요! 당신네 족속들은 다 똑같아요! 나처럼 한평생이 한 시간 같은 삶을 살았다면, 당신들도 하루, 한 주, 한 달, 이런 시간에 그렇게 조바심을 내진 않았을 거예요! 당신은 너무 서두르고 있어요. 당신이 합리적인 속도로만 일한다면, 축사에 있는 재료만으로도 앞으로 일주일은 충분히 쓸 수 있어요. 게다가 무리만 하지 않는다면, 좀 더 오래된 재료들로 시작할 수도 있어요."

"내가 서두르든 말든 상관 마!" 상대가 발끈하며 날카롭게 쏘아붙였다. "내 방식대로 할 거야. 할 수만 있다면 그런 재료는 사용하고 싶지 않아. 그들은 원래의 모습대로 있는 게 더 나으니까. 그리고 앞으로 그들을 다룰 때 좀 더 조심해. 교활한 놈들이 칼을 품고 다니는 거 알잖아."

슈라마가 킬킬거렸다.

"그건 염려 마요. 놈들이 잘 먹고 있잖아요? 더 필요하면 언제든 공수해 올 수 있어요. 하지만 좀 천천히 해요. 그 아이가 죽었으니, 이제 남은 건 고작 여덟, 게다가 샌퀜틴 교도소에서 물러났으니 물건을 새로 확보하기가 무척 힘들어졌어요. 찬포부터 시작하는 게 좋겠어요. 그 녀석은 실험 조건에서 가장 모자라니까……."

그러나 조지아나는 거기까지만 들을 수 있었다. 그들의 대화에서 전해지는 섬뜩한 공포에 충격을 받은 나머지 하마터면 쓰러질 뻔했지만,

간신히 계단을 올라 자기 방으로 돌아갔다. 저 사악한 괴물 슈라마가 대체 무슨 수작을 부리고 있는 걸까? 동생을 어디로 이끌어 가려는 걸까? 그들의 알쏭달쏭한 말 뒤에 과연 얼마나 해괴한 상황이 펼쳐져 있는 걸까? 침대에 누워서도 눈앞에 아른거리는 음산하고 위협적인 오만 가지 환영 때문에 뒤척이며 잠들지 못했다. 무엇보다도 무시무시한 한 가지 생각, 그것이 저절로 떠오를 때마다 목청껏 비명이라도 지르고 싶었다. 그래도 자연의 섭리는 예상보다는 관대했다. 기절을 한 뒤에 다행히 아침까지 잠들었으니 말이다. 그리고 엿들은 대화에서 비롯된 또 다른 악몽이 잠을 방해하지도 않았다.

아침 햇살과 함께 긴장감도 누그러들었다. 조지아나는 간밤에 벌어진 일에 대해서, 사람이 너무 피곤하면 상황을 왜곡하여 받아들이는 경우가 있듯이, 자기가 일반적인 의학상의 대화를 이상하게 과장해서 들은 것이라고 생각했다. 동생 —— 프랜시스 스카일러 클래런던의 외아들 —— 이 과학을 빙자하여 야만적인 희생을 일삼는 죄인이라고 의심하는 것 또한 가문에 대한 모욕이 될 것 같았다. 서재에 내려갔던 일을 말해 봐야 황당무계한 상상을 한다며 앨프리드의 비웃음이나 살 것이기에 그 일에 대해서는 입을 다물기로 마음먹었다.

아침 식사를 하려던 조지아나는 클래런던이 이미 집에서 나간 것을 알았고, 이틀째 회복을 축하하는 인사 한마디 건네지 못한 것이 마음에 걸렸다. 말귀를 전혀 알아듣지 못하는 멕시코인 요리사 마가리타 노파가 차려준 아침을 조용히 먹은 뒤, 조간신문을 읽었고 커다란 정원이 내다보이는 거실 창가에 앉아서 바느질을 하기 시작했다. 바깥은 아주 조용했다. 남아 있던 동물들까지 모두 사라진 축사는 휑하니 비어 있었다. 과학 연구는 중단할 수 없는 과업이었고, 한때 활기차고 귀여웠던 동물들은 석회 항아리[56]에 생의 흔적만 남겨놓았다. 이런 살육은 언제나 그녀를 슬프게 만들었으나, 그것이 오직 인류를 위한 것임을 알기에 불평 한 번 하지 않았다. 과학자의 누이, 그것은 자국민을 살리기 위해 적을 죽여야만 하는 군인의 누이와 같은 입장이라고 늘 스스로 마음을 다지곤 했다.

점심 식사 후에도 창가에서 계속 바느질을 했다. 한창 바느질에 열중하고 있을 때, 정원에서 들려온 한 방의 총성에 깜짝 놀라 창밖을 내다보았다. 진료소에서 멀지 않은 곳에서 권총을 든 슈라마가 해골 같은 얼굴에 묘한 표정을 짓고 킬킬거리는 모습이 보였다. 그 앞에는 검은 비단 승복을 입고 긴 티베트 칼을 든 남자가 몸을 옹송그리고 있었다. 티베트인 하인 찬포였다. 찬포의 주름투성이 얼굴을 단번에 알아본 조지아나는 간밤에 들었던 그 섬뜩한 대화를 떠올렸다. 반들반들한 칼날이 햇빛에 번뜩이는 순간, 슈라마가 또 한 번 권총을 발사했다. 곧 찬포의 손에서 칼이 떨어졌고, 어리둥절한 표정으로 부들부들 떨고 있는 희생양을 슈라마는 탐욕스럽게 노려보았다.

찬포는 다치지 않은 나머지 손과 떨어진 칼을 힐끔거리다가, 점점 다가오는 치료사를 피해 저택 쪽으로 내달리기 시작했다. 그러나 슈라마보다는 빠르지 못했다. 슈라마는 단번에 찬포의 어깨를 움켜잡고는 으깨버리기라도 할 것처럼 살기등등했다. 잠시 동안 티베트인이 몸부림쳤으나, 슈라마는 한갓 짐승을 다루듯 목덜미를 낚아채어 진료소로 향했다. 조지아나는 슈라마의 킬킬거리는 웃음과 자기 나라 말로 내뱉는 욕설을 들었고, 찬포의 겁에 질려 일그러지고 씰룩거리는 누런 얼굴을 보았다. 지금 벌어지고 있는 일에 대한 갑작스러운 반감과 엄청난 공포가 그녀를 사로잡았고, 하루가 채 지나지 않아서 그녀는 또 의식을 잃고 말았다.

정신이 들었을 때, 늦은 오후의 황금빛 햇살이 거실에 가득했다. 조지아나는 바닥에 떨어져 있던 바느질감을 집어 들고 한동안 의혹의 혼란 속에 잠겨 있었다. 그러나 결국에는 그녀를 사로잡았던 광경들이 슬프게도 진짜였다는 느낌이 들었다. 가장 두려워했던 그것이 진짜 무시무시한 현실이었던 셈이다. 이제 어찌하나, 그녀의 경험 속에는 그 해답이 없었다. 그러나 동생이 아직 곁에 있다는 사실에 막연한 고마움이 느껴졌다. 당장은 아니라고 해도 동생에게 말해야 했다. 당장은 누구와도 말할 수 없었다. 그 폐쇄된 진료소의 창문 너머에서 벌어지고 있는 소름 끼치는 일을 생각하며 몸서리쳤고, 긴 밤을 고통스러운 불면에 시달렸다.

다음 날 아침 초췌한 모습으로 일어난 조지아나는 동생이 회복된 이후 처음으로 그와 마주할 수 있었다. 동생은 집과 진료소를 오가며 그저 연구에만 몰두했고, 다른 일에는 거의 관심을 두지 않았다. 남매 사이에 오싹한 대화가 오갈 기회는 없었고, 클래런던은 누이의 초췌한 모습과 머뭇거리는 행동을 눈치조차 채지 못했다.

그날 저녁 조지아나는 서재에서 평소와 달리 혼잣말을 하는 동생의 목소리를 들었다. 그녀는 동생이 중압감에 시달리고 있으니, 그것이 심해지면 곧 예전처럼 무감각한 태도를 보일 거라 생각했다. 서재에 들어간 그녀는 자극적인 얘기를 피하면서 동생을 진정시키고 고기 수프를 억지로 먹었다. 그러다가 마침내 무슨 고민이 있냐고 물은 후 동생의 대답을 초조히 기다렸다. 동생이 혹시나 슈라마가 불쌍한 티베트인 하인을 함부로 다룬 것을 알고 반감과 분노를 느꼈다고 대답해 주길 바라면서.

클래런던의 목소리에는 초조한 기색이 역력했다.

"고민이 뭐냐고? 나 참, 누나, 고민이 안 될 리 없잖아? 그런 걸 물어 보려면, 축사를 보고 나서 물어봐! 깨끗하잖아. 빌어먹을, 실험 재료가 바닥이 났단 말이야. 동물 몸속에서 박테리아를 배양하는 일이 가장 중요한데, 그마저 수포로 돌아갔다고! 그동안의 작업이고 뭐고 모든 계획이 물거품이 됐어. 그런데 누군들 미치지 않고 배겨! 괜찮은 실험 재료를 구하지 못하는데 내가 뭘 할 수 있겠어?"

조지아나가 동생의 이마를 어루만졌다.

"앨프, 조금 쉬는 게 좋겠어."

그는 누이의 손길을 뿌리쳤다.

"쉬어? 그거 좋지! 좋아서 환장하겠네! 남은 50년 아니면 천년 만년 쉬면서 채소나 키우고 멍하니 신문이나 보는 것 말고 내가 할 일이 뭐가 있겠어? 이제 다 왔다 싶으면 늘 재료가 바닥이 나버려. 그러면 또 처음부터 다시 시작할 수밖에! 염병! 이러고 있는 사이에 어떤 도둑놈이든 마음만 먹으면 내 실험 데이터를 훔쳐 가서 나보다 먼저 성공을 거둬버릴 수 있다고. 나는 간발의 차로 지는 거지. 어떤 멍청이든 알맞은 실험 재료와 일주일의 시간만 있으면 여기 절반 수준도 못 되는 시설에서도 나를 앞지를 수 있는 상황이라니까!"

동생은 잔뜩 골이 나 있는 데다 정신적 중압감이 역력했고, 그건 조지아나가 질색하는 상황이었다. 조지아나는 부드럽게, 물론 정신질환자를 대하는 듯한 말투가 되지 않게 조심하며 동생을 위로했다.

"하지만 너는 지금 걱정과 긴장 때문에 너 자신을 파괴하고 있어. 네가 잘못되기라도 하면, 어떻게 연구를 할 수 있겠니?"

그는 거의 비웃음에 가까운 미소를 머금었다.

"내가 필요한 시간은 일주일, 길어야 한 달인데, 그 안에 내가 잘못되지는 않을걸. 그리고 내가 어떻게 되든, 아니 다른 누군가가 어떻게 되든 상관없어. 연구는 계속되어야 해. 인간의 지식이 추구하는 준엄한 목표, 그게 바로 과학이니까. 과학의 발전 앞에서 난 그저 내가 사용하는 원숭이와 새와 기니피그와 똑같은 존재야. 기계의 한 부품에 지나지 않는 거야. 내가 동물을 죽여야 했듯, 나도 죽어야 할지 몰라. 그게 뭐 대수야? 우리의 목표는 그만한, 아니 그 이상의 가치가 있잖아?"

조지아나는 한숨지었다. 이 끝없는 살육들이 진정 가치가 있다는 것인지, 잠시 갈피를 잡지 못했다.

"그 연구가 이런 희생들을 정당화할 만큼 인류에 혜택을 줄 수 있다고 정말 자신하는 거야?"

클래런던의 눈빛이 위험하게 번뜩였다.

"인류! 인류란 게 대체 뭐지? 과학! 멍청이! 사람들은 언제나 똑같은 법이야! 인류니 뭐니 그런 건 무조건 자기를 믿으라는 설교자들에게나 어울리는 말이지. 인류, 그건 돈밖에 모르는 날강도 부자들에게나 어울리는 말이야, 자기 이득을 위해 집단을 대변하겠다는 정치가 나리들한테나 어울리는 말이라고. 인류가 뭐야? 아무것도 아니야! 그런 조잡한 착각은 오래가지 않을 테니 그나마 다행이지! 성숙한 사람들이 믿는 건 지식, 과학, 진리, 베일을 찢고 무지를 밀어내는 거야. 인간의 희생이 필요한, 지식! 우리의 제식 속에도 죽음은 있어. 우리는 발견을 위해서, 그 형용할 수 없는 진리를 위해서 죽이고 해체하고 파괴해야 해. 과학의 여신이 그걸 요구하니까. 우리는 죽임으로써 의심스러운 독을 테스트할 수 있어. 그것밖에는 방법이 없잖아? 그 결과가 누구에게 이로운가, 그런 생각은 하지 마. 오로지 지식, 그 결과로 얻을 수 있는 지식 그 자체를 위해서라고 생각해야 해."

갑자기 피곤이 몰려오는지 그의 목소리가 작아졌고, 조지아나는 살짝 몸서리쳤다.

"하지만 그건 끔찍해, 앨! 그런 식으로 생각하지 마!"

클래런던이 빈정대듯 웃음을 터뜨렸고, 그 웃음소리는 조지아나의 마음에서 이상하고 혐오스러운 연상을 불러일으켰다.

"끔찍해? 내가 한 말이 끔찍하다는 거야? 누나가 슈라마의 말을 들어봤어야 하는 건데! 내가 말해 주지. 아틀란티스의 사제들에게 전해진 비밀이 있는데, 누나는 아마 그 비슷한 암시만 들어도 겁에 질려 죽게 될 거야. 그 비밀의 지식은 까마득히 오래전, 우리의 특별한 조상들이 말 못 하는 유인원 모습으로 아시아 주변을 어기적어기적 돌아다닐 때 전해진 거야! 그들은 오가 — 저 멀리 티베트 고원지대에 있다는 — 지역에서 뭔가를 발견했는데, 나도 언젠가 중국에서 어느 노인이 '요그-소토스'라고 부르는 소리를 듣고……"

안색이 창백해진 그가 허공에다 집게손가락으로 묘한 표식을 그렸다. 조지아나는 정말 무서웠지만, 동생의 말투가 그나마 덜 허황되게 들려서 조금은 마음이 놓였다.

"그래, 끔찍할지도 모르지만 동시에 영광스럽기도 한 거야. 지식의 추구 말이야. 그건 초라한 감정 따위와는 아무 관련이 없으니까. 자연의 섭리란 끊임없이 가차 없이 죽이는 과정인데, 이 투쟁에서 끔찍해하고 두려워하는 건 멍청이들뿐이지, 안 그래? 죽임은 필수 조건이야. 그것 또한 과학의 영광이니까. 죽임을 통해서 우리는 뭔가 배워야 해. 우리의 지식을 감정 때문에 희생시킬 수는 없어. 감상주의자들이 백신주사를 반대하면서 울부짖는 걸 들어봐! 자칫 어린아이를 죽일 수도 있다고 걱정하잖아. 그래, 설사 그러면 좀 어때? 그것 말고는 질병의 법칙을 알 수 있는 방법이 없잖아? 과학자의 형제로서 누나는 시시껄렁한 감상 따위 지껄이지 말고 좀 더 제대로 알아야 해. 내 일을 방해하지 말고 도우란 말이야!"

"하지만 앨." 조지아나가 반박했다. "난 털끝만큼도 널 방해할 생각 없어. 내가 지금까지 널 도와주려고 최선을 다하지 않았니? 그래, 내가 무식하고, 아주 적극적으로 널 돕지 못하는 건 인정해. 하지만 적어도 난 개인으로서도, 우리 가문의 일원으로서도 널 자랑스럽게 생각했어. 그리고 늘 네가 연구를 순조롭게 할 수 있도록 최선을 다해 왔고. 그래서 너도 고맙다고 한 적 많잖아."

클래런던은 누나를 매섭게 노려보았다.

"그래." 그가 말을 툭 내뱉으면서 일어나더니 성큼성큼 방을 나갔다. "누나 말이 맞아. 누나 딴에는 최선을 다해서 날 도와주려고 노력했으니까. 그리고 누나가 더 도와줄 수 있는 기회가 아직 있긴 해."

조지아나는 현관을 나서는 동생을 보고 있다가 뒤따라 밖으로 나갔다. 꽤 멀리 나무 사이로 랜턴 불빛이 빛났고, 그들이 그리로 다가가는 동안, 슈라마가 땅에 널브러져 있는 커다란 물체에 몸을 숙이고 있는 모습이 보였다. 앞서 가던 클래런던이 짤막하게 신음을 토했다. 그러나 조지아나는 땅에 널브러져 있는 것의 정체를 확인하는 순간, 비명을 지르며 그쪽으로 달려갔다. 그것은 커다란 세인트버나드 딕이었다. 눈알은 붉었고 혀를 내민 채 누워 있었다.

"앨, 얘가 아파!" 그녀가 소리쳤다. "어떻게 좀 해봐. 어서!"

의사는 슈라마를 쳐다보았다. 슈라마가 뭐라고 계속 말하고 있었지만, 조지아나는 무슨 말인지 알아들을 수 없었다.

"진료소로 데려가." 의사가 명령했다. "딕이 열병에 걸린 것 같아."

슈라마가 어제 불쌍한 찬포에게 그랬듯이 딕을 움켜잡더니, 산책길에서 가까운 진료소로 조용히 데려갔다. 그런데 이번에는 킬킬거리지 않고, 오히려 진짜 걱정하는 눈빛으로 클래런던을 힐끔거렸다. 조지아나의 눈에는 슈라마가 그녀의 애완견을 살려달라고 클래런던에게 부탁하는 것처럼 보였다.

그러나 클래런던은 슈라마를 따라가는 대신, 그 자리에 가만히 서 있다가 느릿느릿 집으로 향했다. 동생의 냉담함에 깜짝 놀란 조지아나가 딕을 살려달라고 계속 애원했지만 소용이 없었다. 누나의 애걸복걸에도 아랑곳없이 클래런던은 곧장 서재로 들어가 책상에 펼쳐져 있던 두툼한 고서를 읽기 시작했다. 조지아나가 동생의 어깨에 손을 올렸지만, 그는 아무 말도 하지 않았고 고개조차 돌리지 않았다. 계속 책만 읽었다. 어깨 너머로 무슨 책인가 들여다보던 조지아나는 테두리를 놋쇠로 보강한 그 책에서 괴상한 알파벳을 보고 이상한 생각이 들었다.

홀 맞은편의 휑뎅그렁한 거실, 조지아나는 그 어둠 속에 15분 정도 홀로 앉아서 결심을 굳혔다. 뭔가 ― 그녀가 정확히 표현할 순 없지만 ― 심각한 문제가 생겼고, 보다 강한 사람에게 도움을 청해야 할 시점이었다. 물론 그 사람은 제임스였다. 힘과 능력, 거기에 연민과 애정까지 갖춘 제임스야말로 그녀의 문제를 해결해 줄 적임자였다. 그리고 그는 예전부터 앨을 잘 알고 있기에 동생을 이해해 줄 터였다.

좀 늦은 감이 있었으나 조지아나는 행동에 나서기로 결심했다. 홀 너머 서재에서 아직도 불빛이 새어 나오고 있었다. 그녀는 서재의 문간을 재빨리 살핀 후에 모자를 챙겨 집을 나섰다. 음침한 저택과 금단의 사유지를 벗어나 잭슨 거리까지 금세 도착했고, 그곳에서 운 좋게도 웨스턴 유니온 전신국까지 가는 마차를 얻어 탈 수 있었다. 그리고 그들 모두에게 아주 중대한 일이 있으니 당장 샌프란시스코로 와달라고, 새크라멘토에 있는 제임스 돌턴에게 신중히 전보를 보냈다.

V

돌턴은 조지아나의 갑작스러운 전보에 솔직히 당황스러웠다. 앨프리드가 그를 보고 남이라며 집에서 나가라고 선언해 험악한 분위기를 연출했던 2월의 어느 저녁 이후 클래런던 남매로부터 소식 한 번 없던 차였다. 연락하고픈 마음을 애써 참아왔고, 특히 클래런던의 해임 건에 대해 위로하고 싶어도 역시 자제하고 있었다. 돌턴은 정적들과 힘겨운 싸움을 벌이며 지명권을 유지하려고 노력했다. 그러나 최근의 실수에도 불구하고 그에겐 여전히 완벽한 과학자의 전형인 클래런던이 직위에서 쫓겨나는 것을 참담하고 안타까운 심정으로 지켜봐야 했다.

돌턴은 조지아나의 겁에 질린 부름을 받고 대체 무슨 일인지 짐작조차 할 수 없었다. 그러나 확실한 건, 조지아나가 쉽게 분별력을 잃거나 쓸데없이 동요하는 사람이 아니라는 점이었다. 지체 없이 새크라멘토를 출발하여 지름길로 단골 클럽에 도착했고, 거기서 조지아나에게 사람을 보내 지금 시내에 있으니 걱정 말라는 전갈을 전했다.

반면 클래런던 저택은 박사의 계속되는 침묵과 딕의 상태에 대한 완강한 함구에도 불구하고 평온한 일상이 유지되고 있었다. 악의 그림자가 저택 어디에나 자리를 잡고서 더욱 짙어지는 가운데, 잠시 깃든 일시적인 고요 같았다. 돌턴의 전갈을 받고 그가 가까이에 있음을 안 조지아나는 적잖이 안심했고, 중요한 순간이라는 판단이 들 때 도움을 청하겠다고 답신을 보냈다. 팽팽해진 긴장감 속에서도 마치 보상을 해주듯 그녀를 위로해 주는 것이 있었으니, 나중에야 그것이 앙상한 티베트인들의 부재임을 깨달았다. 그들의 은밀하고 빙퉁그러진 행동거지와 불온하고 이국적인 외모는 늘 그녀의 신경을 건드려왔다. 그런데 그들이 한꺼번에 사라졌다. 저택에서 유일하게 눈에 띄는 하인은 마가리타 노파였고, 그녀의 말에 따르면, 티베트인들은 진료소에서 주인어른과 슈라마를 도와주고 있었다.

다음 날 아침 ─ 오래도록 기억될 5월 28일 ─ 은 흐리고 잔뜩 찌푸려 있었다. 조지아나는 그간의 불안했던 고요마저 점점 사라지고 있는 느낌을 받았다. 동생의 모습을 아예 볼 수 없었지만, 진료소에서 그가 한탄했듯 실험용 동물이 부족한 상황임에도 모종의 연구에 몰두하고 있다는 건 알고 있었다. 그 불쌍한 찬포는 어떻게 됐는지, 혹여 그 중대한 접종 실험에 이용된 것은 아닌지 궁금했으나 솔직히 말해 더 궁금한 것은 딕의 상태였다. 주인의 이상하리만큼 냉정한 무관심 속에서 슈라마가 과연 그 믿음직스러운 개에게 어떤 조치를 취하기는 했는지 몹시 궁금했다. 딕이 병에 걸렸던 밤, 슈라마의 근심 어린 표정은 그녀에게 큰 인상을 남겼고, 그 혐오스러운 치료사에게 처음으로 인간미 같은 걸 느꼈다. 시간이 갈수록 그녀는 더 자주 딕을 떠올리고 있었다. 결국에는 집 안에 드리워진 공포가 상징적으로 덧쌓여가는 듯 점점 더 예민해져서 긴장감을 더는 견딜 수 없게 되었다.

그때까지 진료소에 있을 때만은 절대 찾아오거나 방해하지 말아달라는 동생의 간곡한 요구를 한 번도 어긴 적이 없었다. 그러나 그 운명의 날이 오후로 접어들었을 때, 조지아나는 지금까지의 금기를 깨야 한다는 결심이 점점 더 강해졌다. 마침내 단호한 표정으로 정원을 가로질렀고, 딕이 어떻게 됐는지, 아니 동생이 왜 딕에 대해 일절 함구하는지 알아야겠다는 일념으로 금단의 건물 — 잠가놓지 않은 진료소 — 의 정문으로 들어섰다.

물론 안쪽 문은 여느 때처럼 잠겨 있었다. 그 너머에서 열띤 대화가 들려왔다. 문을 두드려도 아무 응답이 없자, 되도록 큰 소리가 나도록 손잡이를 덜컥거려보았다. 그러나 안에서는 여전히 열띤 논쟁 소리만 들려왔다. 목소리의 주인공은 물론 슈라마와 클래런던이었다. 문 앞에서 그들의 주의를 끌려고 애쓰는 동안, 어쩔 수 없이 그들의 대화를 일부 듣게 되었다. 운명은 또다시 그녀를 엿듣는 사람으로 만들었고, 들려온 대화는 역시나 정신적 평정심과 불안한 인내력이 극한의 한계에 다다르게 했다. 앨프리드와 슈라마는 언성을 높이며 말다툼을 벌이는 중이었고, 그 요지는 극도의 공포를 불러내고 극단의 불안을 확증하고도 남았다. 동생의 목소리가 광적인 긴장감에 휩싸여 위태롭게 고음으로 치닫자, 조지아나는 온몸을 부들부들 떨었다.

"너, 이 빌어먹을 놈, 나더러 포기하고 자제하라는 말을 하다니 정말 잘났구나! 이 모든 걸 시작한 게 누구냐? 내가 어쩌다가 네놈의 저주받은 악마 신과 고대 세계를 알게 되었지? 네가 아니었다면, 별 너머에 있다는 빌어먹을 네놈의 우주와 기어드는 혼돈 니알라토텝[57]이 뭔지 내가 죽을 때까지 어찌 알았겠냐? 나는 평범한 과학자였다. 빌어먹을 네놈을 극악한 아틀란티스의 비밀과 함께 그 지하에서 *끄집어내는* 멍청한 짓을 저지르기 전까지는 말이다. 부추길 때는 언제고, 이제 와서 훼방을 놓겠다 이거냐! 너는 하는 일 없이 빈둥거리다가 재료를 구해 오지 못할 때마다 내게 속도를 늦추라고 말했지. 나는 방법을 몰랐다고

쳐도, 지구가 있기 전부터 이미 훤히 꿰뚫고 있었다는 네놈은 알고 있 겠지. 처음부터 끝낼 마음이 없었거나 아니면 그럴 능력이 없으면서 뭔 가를 시작하다니, 그야말로 너답구나. 걸어 다니는, 빌어먹을 시체 같 은 놈!"

슈라마의 간악한 낄낄거림이 들려왔다.

"당신은 미쳤어, 클래런던. 당신을 3분 안에 지옥으로 보내버릴 수도 있으나, 당신이 미쳤기 때문에 마음대로 지껄이게 놔두는 거야. 더 이 상은 안 돼. 당신이 초보자라지만 현재의 연구 단계를 고려하면 이미 충분한 재료를 사용했어. 내가 가져다주는 것만으로도 충분했단 말이 야! 지금 당신은 연구에 정신이 나간 미치광이일 뿐이야. 자신의 가여 운 누이가 아끼는 애견까지 희생시키다니 참으로 치사한 미치광이로 군! 마음만 먹으면 얼마든지 살려줄 수도 있었는데 말이야. 딕도 멕시 코 소년도 찬포와 일곱 명의 티베트인도 모두 쓸데없이 희생되고 말았 어. 정말 대단한 제자로세! 앞으로는 그런 재미를 못 볼 거야. 당신은 미 쳤어. 문제를 정복하기 위해 연구를 시작했으나, 지금은 오히려 당신이 정복당하고 있어. 클래런던, 이제 당신과는 끝내야겠어. 당신한테 재능 이 있다고 생각했는데, 아니었어. 다른 사람을 찾아볼 수밖에 없지. 이 제 당신은 사라져줘야겠어!"

박사의 고함치는 대답에서 공포와 광기가 전해졌다.

"너, 조심해. 너! 네 힘을 꺾을 수 있는 다른 힘이 존재하니까. 내가 괜히 중국에 갔는지 알아? 알하즈레드의 『아지프[58]』에도 아틀란티스 에는 전해지지 않은 비밀이 있지! 우리 둘 다 위험한 일에 휘말렸지만, 내 능력을 전부 안다고 생각하지 마. 불꽃의 네미시스는 어때? 예멘에 있을 때 심홍의 사막에서 살아 돌아온 어느 노인과 얘기를 나눈 적이 있지. 그 노인은 기둥의 도시 아이렘[59]을 목격했고, 지하에 있는 누그와 예브의 성소에서 숭배 의식을 치렀다고 했어. 아이와! 슈브-니구라스!"

클래런던의 날카로운 가성을 압도하면서 치료사의 걸걸한 킬킬거림이 들려왔다.

"닥쳐, 이 멍청한 놈! 네놈의 해괴한 헛소리에 내가 눈 하나 깜짝할 것 같으냐? 말과 공허한 문구, 그런 것들이 그 이면의 실체를 알고 있는 내게 조금이라도 영향을 줄 수 있다고 생각하느냐? 우리는 지금 물질 세계에 있으며, 물질 법칙에 종속되어 있다. 네겐 열병이 있고, 내겐 권총이 있다. 너는 앞으로 실험 재료를 얻지 못할 것이다. 이 권총으로 네놈을 내 눈앞에 붙잡아두는 한, 내가 열병에 걸릴 일은 없겠지."

조지아나는 거기까지 엿들었다. 현기증 때문에 바깥으로 바람을 쐬기 위해 비틀거리며 진료소의 정문을 빠져나왔다. 날이 흐렸다. 그녀는 마침내 위기가 찾아왔음을 직감했고, 광기와 미스터리의 정체 모를 심연 속에서 동생을 구해 내려면 속히 구원의 손길을 뻗어야 한다는 것도 깨달았다. 가까스로 집에 도착한 뒤, 서재에서 다급히 글을 쓰고 마가리타를 불러 제임스 돌턴에게 전해 주라고 일렀다.

노파가 집을 나섰을 때, 조지아나에겐 거실까지 간신히 갈 수 있을 정도의 힘만 남아 있었다. 거실에서 거의 혼수상태에 빠진 것처럼 힘없이 쓰러지고 말았다. 그렇게 쓰러진 상태로 몇 년이 흘러간 것 같았고, 휑하고 음산한 거실의 구석 자리에서 어둠의 그림자들이 기괴한 형태로 슬금슬금 모여드는, 어렴풋한 느낌만 들었다. 그리고 유령처럼 불분명한 공포의 그림자들이 득시글거리며 그녀의 짓눌리고 마비된 머릿속으로 파고들었다. 어스름은 짙은 어둠으로 바뀌었지만, 그 마법은 여전히 계속되고 있었다. 그때 홀에서 발소리가 들려왔다. 조지아나는 누군가 집 안으로 들어와 성냥갑을 더듬거리는 소리를 들었다. 샹들리에의 가스 불꽃이 하나씩 치솟자 심장이 그대로 멈출 것만 같았다. 그런데 눈앞에 나타난 사람은 동생이었다. 동생이 아직 살아 있다는 사실에 자기도 모르게 길고 짙은 안도의 한숨을 내쉬었고, 이내 경련을 일으킨 후 의식의 끈을 완전히 놓아버렸다.

한숨 소리를 들은 클래런던이 놀라서 획 거실을 둘러보았다. 그는 창백하게 의식을 잃고 쓰러져 있는 누나를 보고 소스라치게 놀랐다. 시체나 다름없는 누나의 얼굴은 그의 가장 깊숙한 영혼까지 공포로 얼어붙게 만들었다. 그는 누나 곁으로 몸을 던졌고, 누나의 죽음이 그에게 어떤 의미인지 새삼 절실히 깨달았다. 끝없는 진리 탐구에 매달리느라 의료 행위를 그만둔 지 오래된 터라, 응급처치라는 의사로서의 본분마저 잊은 동생은 그저 누나의 이름을 소리쳐 불렀고, 공포와 슬픔에 사로잡혀서 기계적으로 누나의 손목을 비비는 게 전부였다. 이윽고 물을 마시게 해야겠다는 생각이 나서 물병을 찾으러 식당으로 뛰어갔다. 막연한 공포의 은거지 같은 어둠, 그 속에서 이리저리 부딪치며 물병을 찾아내기까지 한참이 걸렸다. 떨리는 손으로 물병을 움켜잡고 다급히 돌아와 누나의 얼굴에 찬물을 끼얹기 시작했다. 방법은 서툴렀으나 효과는 있었다. 조지아나가 몸을 뒤척이며 두 번째 한숨을 토해 내더니 마침내 눈을 떴다.

"살았어!" 그가 소리쳤다. 그가 조지아나의 뺨에 자신의 뺨을 비비는 동안, 조지아나는 동생의 머리를 어머니처럼 토닥여주었다. 기절했던 것이 오히려 다행이라고 생각했다. 그 덕에 앨프리드의 이상한 행동이 사라지고 예전 모습으로 돌아온 것 같아서였다. 그녀는 천천히 일어나 앉아 동생을 안심시켰다.

"앨, 난 괜찮아. 물이나 한 잔 줘. 잠을 너무 많이 자는 것도 죄악인데 어쩌나. 몸이 불어서 허리선이 망가지면 또 어째! 그런데 누나가 잠깐 잠을 잘 때마다 너는 이렇게 호들갑을 떨어야겠니? 혹시 내가 병이라도 났을까 봐 걱정할 필요 없어. 그런 말도 안 되는 상황에 빠져 있을 여유가 없거든!"

앨프리드의 눈빛은 그녀의 담담하고 분명한 말투가 효과적이었음을 보여주었다. 동생의 얼굴에서 곧 두려움이 사라졌고, 그 대신에 모호하면서도 뭔가 계산적인 — 요컨대 아주 놀라운 가능성을 방금 찾아낸 사람 같은 — 표정이 떠올랐다. 교활하게 뭔가 값을 매기는 듯한 미묘한 표정이 동생의 얼굴에 스쳐 가는 동안, 조지아나는 동생을 안심시킨 것이 잘한 일인지 한층 자신이 없어졌고, 그가 무슨 말을 하기도 전에 까닭 없이 온몸을 부들부들 떨었다. 그녀는 동생이 온전한 정신을 금세 잃고, 다시금 과학이라는 거리낌 없는 광신에 빠져 있는 것을 예민한 직감으로 깨달았다. 건강에 관한 일상적인 말을 하면서도 교활하게 가늘어진 동생의 눈매에서 뭔가 병적인 느낌이 전해졌다. 대체 무슨 생각을 하고 있는 걸까? 실험을 위한 욕망이 아주 기이한 수준까지 도달한 건 아닐까? 그녀의 피가 깨끗하다느니, 장기가 더할 나위 없이 건강한 상태라느니 하는 말 이면에 대체 무슨 속셈이 도사리고 있는 것일까? 그러나 그런 불안감은 오래가지 않았다. 그녀는 자신의 맥을 짚어보는 동생의 안정된 손가락을 느끼자, 금세 마음을 가라앉히고 일말의 의심도 품지 않았다.

"누나, 열이 조금 있어." 그는 의사다운 눈빛으로 누나의 눈을 응시하면서 일부러 정확하고 절제된 목소리로 말했다.

"뭐, 무슨 소리야, 난 괜찮다니까. 누가 들으면, 네가 그동안 열병 환자들을 연구하고 뭘 발견해 냈는지 자랑하고 싶어서 그런다고 생각하겠다, 얘! 자기 누나를 치료하여 결정적인 증거와 시범을 보여주겠다 이건데, 뭐, 시적이긴 하네!"

클래런던은 뜨끔한 시선으로 매섭게 조지아나를 노려보았다. 누나가 내 속셈을 알아챈 것일까? 내가 혹시 실언을 한 적이 있던가? 그는 누나를 빤히 쳐다보다가 아무것도 눈치채지 못했다고 확신했다. 조지아나는 일어서는 동생의 손을 토닥이며 다정히 웃어주었다. 그는 곧 조끼 호주머니에서 작은 타원형의 가죽 상자를 꺼냈다. 그러고는 작은 금제 주사기를 끄집어내 골똘한 표정으로 만지작거리더니, 빈 주사기의 피스톤을 조심스레 밀었다 당겼다 했다.

"알고 싶은 게 있어." 그가 살가우면서도 직설적으로 말했다. "누나가 필요할 때 지금 말한 방법 같은 것으로 과학의 발전을 위해 기꺼이 도와줄 수 있을까? 만약에 내 연구의 절대적인 완성을 위해 꼭 필요하다면, 누나는 입다의 딸[60]처럼 의학을 위해 자기를 희생하겠어?"

동생의 기묘하고도 분명한 눈빛을 본 조지아나는 드디어 가장 걱정했던 공포가 현실로 다가왔음을 깨달았다. 무슨 수를 써서라도 동생을 진정시키고, 마가리타가 클럽에서 제임스 돌턴을 제때 찾아내기를 바라는 것밖에 달리 방법이 없었다.

"얘, 너 피곤해 보인다." 그녀가 부드럽게 말했다. "모르핀이라도 조금 맞고 푹 자지 그러니?"

그는 교활하고도 신중하게 대꾸했다.

"그래, 누나 말이 맞아. 무척 피곤해. 누나도 그렇고. 우리 둘 다 푹 자야겠어. 이럴 땐 모르핀이 정답이지. 내가 가서 이 주사기에 모르핀을 채워 올 테니까 잠깐만 기다려. 적정량으로 나눠서 쓰자고."

그는 여전히 빈 주사기를 만지작거리면서 조용히 거실에서 사라졌다. 조지아나는 절망에 쫓겨 주위를 두리번거렸고, 혹시 도움의 손길이 있을까 귀를 쫑긋 세웠다. 지하실 주방에서 마가리타의 인기척이 들린 것 같아, 자리에서 일어나 종을 울렸다. 심부름 보낸 것이 어찌 되었나 알아야 했다. 늙은 하인은 곧 부름에 답했고, 이미 몇 시간 전에 그녀의 말을 전했다고 했다. 돌턴 주지사가 외출 중이라 만날 수 없었으나, 클럽의 직원이 주지사가 돌아오는 대로 전갈을 전해 주겠다고 약속했다는 것이다.

마가리타는 다시 어기적거리며 계단을 내려갔지만 클래런던은 좀처럼 돌아오지 않았다. 대체 뭘 하고 있는 것일까? 무슨 속셈이지? 현관문이 닫히는 소리로 미루어 진료소에 간 것이 분명했다. 광기의 동요 속에서 생각해 낸 자신의 계획을 금세 잊어버린 것일까? 긴장감이 도저히 참을 수 없을 정도여서 조지아나는 비명을 지르지 않으려고 이를 악물어야 했다.

그 긴장감을 깬 것은 저택과 진료소에서 동시에 울리게 되어 있는 초인종 소리였다. 조지아나는 진료소에서 나와 대문 쪽으로 향해 가는 슈라마의 은밀한 발소리를 들었다. 그리고 곧이어 그 불길한 하인과 얘기를 나누는 돌턴의 단호하고 익숙한 말소리를 듣는 순간, 발작적인 안도의 한숨을 내쉬었다. 돌턴이 서재 문간에 나타나자, 그녀는 비틀거리며 그를 맞았다. 그가 정중하고 예스러운 방식으로 그녀의 손에 입을 맞추는 동안, 두 사람 사이에는 아무 말도 오가지 않았다. 이윽고 조지아나는 그동안 생긴 일이며 훔쳐보고 엿들은 얘기며 의심하고 두려워하는 것들을 쫓기듯 한꺼번에 쏟아냈다.

돌턴은 진심으로 이해심 있게 귀 기울였다. 처음의 어리둥절함은 점점 경악과 연민 그리고 단호함으로 바뀌었다. 부주의한 클럽 직원이 조지아나의 전갈을 약간 늦게 알려주었을 때, 그는 마침 클래런던이 화제에 오른 화기애애한 토론 자리에 앉아 있었다. 클럽의 동료 회원인 맥닐 박사가 의학 저널을 가져왔고, 거기 실린 기사 한 편은 클래런던을 불안하게 만들고도 남았다. 돌턴이 혹시 나중에 필요할지도 모른다는 생각에 의학 저널을 빌리고 나서 조지아나의 전갈을 듣게 되었다. 내심 맥닐 박사에게 앨프리드 문제에 대해 도움을 청할까 생각 중이던 돌턴은 그런 계획을 포기하고, 곧바로 모자와 지팡이를 가져오라고 한 뒤 지체 없이 마차에 올라 클래런던 저택으로 온 것이었다.

돌턴이 생각하기에, 슈라마가 겉으로는 평소처럼 낄낄거리면서 성큼성큼 진료소로 사라졌지만 대문에서 그를 알아봤을 때 퍽 놀라는 기색이었다. 돌턴은 그 후로도 그 불길한 밤에 슈라마가 킬킬거리며 성큼성큼 걷던 모습을 잊지 못했다. 그날 밤 이후로 두 번 다시는 그 오싹한 슈라마를 볼 수 없는 운명이었기 때문이다. 슈라마가 진료소로 들어가는 동안, 낮고 걸걸한 웃음소리와 멀리 지평선에 내리치던 천둥소리가 뒤섞이는 것 같았다.

돌턴은 조지아나의 얘기를 다 들은 후, 앨프리드가 그녀에게 모르핀을 주사하기 위해 언제든 진료소에서 돌아올 거라고 생각했다. 그래서 앨프리드가 돌아오면 단둘이 얘기하는 편이 낫겠다고 결심했다. 조지아나에게 방에 가서 기다리라고 권한 뒤, 클래런던의 성마른 발소리가 들려오는지 귀를 기울이면서 책장을 훑어보며 음침한 서재를 오갔다. 커다란 서재의 구석 자리는 샹들리에 불빛에도 불구하고 침침했고, 돌턴은 앨프리드의 책장을 보면 볼수록 꺼림칙해졌다. 의사이자 생물학자 혹은 교양인에 어울리는 일반적인 서재가 아니었다. 미심쩍고 애매한 주제를 다룬 책들이 지나치게 많았다. 중세 시대의 음산한 사상과 금기의 제식 그리고 기이하고 이국적인 신비들이 눈에 익은 혹은 생경한 외국의 활자 속에 담겨 있었다.

탁자에 놓여 있는 두툼한 관찰 일지도 병적이기는 마찬가지였다. 필체에는 신경과민의 흔적이 분명했고, 목차 항목만 봐도 안정감과는 거리가 멀었다. 라틴어로 괴발개발 휘갈겨 쓴 긴 문장들, 돌턴은 그것을 번역하기 위해 학창 시절에 배운 언어학을 총동원하면서 깜짝 놀라기도 했고, 대학 시절에 크세노폰과 호메로스를 좀 더 열심히 공부해 둘 걸 하고 아쉬워하기도 했다. 관찰 일지에는 뭔가, 아주 섬뜩한 문제가 있었다. 주지사는 클래런던의 거친 라틴어를 점점 더 자세히 살피다가 의자에 털썩 주저앉고 말았다. 그때 소리가 너무 가까이서 들려오더니, 누군가 신경질적으로 그의 어깨를 툭 치는 바람에 펄쩍 뛰어올랐다.

"뭐야, 남의 서재에 함부로 들어와 있는 이유를 물어봐도 될까? 일이 있으면 슈라마에게 말하면 되잖아."

클래런던이 싸늘하게 의자 옆에 서 있었고, 한 손에는 작은 금제 주사기가 들려 있었다. 어찌나 침착하고 이성적으로 보이던지, 돌턴은 조지아나가 그의 상태를 과장한 것은 아닐까 한순간 의심이 들 정도였다. 이렇게 깐깐한 학자가 과연 라틴어로 이런 것을 쓸 수 있을까? 주지사는 아주 신중하게 클래런던과 얘기해 보기로 결심했다. 그러고 보니 외투 주머니에 그럴듯한 구실을 넣어둔 것이 천만다행이었다. 돌턴이 자리에서 일어서면서 아주 침착하고 확고하게 말했다.

"네가 하찮은 일에 신경을 쓰진 않겠지. 하지만 이 기사만은 네가 당장 확인해 보는 게 좋을 것 같아서."

그는 맥닐한테서 빌린 의학 저널을 꺼내 클래런던에게 건넸다.

"542쪽, 「필라델피아의 밀러 박사, 새로운 혈청으로 흑열병을 정복하다.」라는 기사 있잖아. 밀러라는 사람이 너보다 먼저 치료법을 찾아 냈다고 생각하나 봐. 클럽에서도 이 문제를 놓고 토론이 벌어졌는데, 맥닐 박사는 그 기사가 꽤 신빙성이 있다고 하더군. 물론 나 같은 문외한이 판단할 수는 없겠지만, 어쨌든 기사가 나온 지 얼마 되지 않았을 때 네가 확인해 보는 게 좋을 거라 생각했어. 네가 바쁘다면, 물론 방해할 생각은 없지만……"

클래런던이 발끈하면서 말꼬리를 잘랐다.

"지금 누나한테 주사를 놔줄 거야. 몸이 아주 좋지 않거든. 누나한테 갔다 와서 그 돌팔이가 뭐라고 떠들어대는지 확인해 보겠어. 밀러라는 작자, 나도 아는 사람이야. 빌어먹을 돌팔이 도둑놈. 그놈한테 슬쩍 본 것을 바탕으로 내 것을 훔쳐낼 정도의 머리가 있다니 믿어지지가 않아."

돌턴은 불현듯 조지아나가 그 주사를 맞으면 안 된다는 위기감을 느꼈다. 어딘지 불길했다. 조지아나의 말을 종합해 볼 때, 앨프리드가 모르핀 주사를 준비하기까지 지나치게 오래 걸렸다. 그는 내색하지 않고 클래런던을 최대한 붙잡아둬야겠다고 생각했다.

"조지아나가 몸이 좋지 않다니 유감이야. 그런데 그 주사가 조지아나에게 정말 괜찮은 건가? 해가 되진 않는 거야?"

클래런던이 흠칫 놀라는 기색으로 봐서 정곡을 찔린 것 같았다.

"해가 되냐고?" 그가 소리쳤다. "헛소리 집어치워! 알다시피, 조지아나는 최고의 건강을 유지해야 해. 내 말은, 클래런던 가문이 헌신하는 과학 연구를 위해서 건강이 누구보다 좋아야 한단 말이야. 누나는 적어도 나와 남매라는 사실에 감사하고 있어. 누나는 나를 위해서라면 어떤 희생도 기꺼이 감수할 수 있다고. 내가 진리와 발견의 사제라면, 누나는 여사제니까."

그는 날카롭게 외치던 장광설을 멈추었다. 눈에 핏발이 서 있었고, 숨을 헐떡였다. 돌턴이 잠시 클래런던의 주의를 돌리는 데 성공한 셈이었다.

"하지만 그 빌어먹을 허풍이 뭔지 한번 확인이나 해보자고." 그가 말을 이었다. "만약에 그 돌팔이 허풍쟁이가 정말 의사인 척하는 거라면, 그놈은 내가 생각한 것보다 더 단순한 놈이지!"

신경질적으로 해당 기사를 펼친 클래런던이 주사기를 움켜쥔 채 그대로 서서 읽기 시작했다. 돌턴도 그 기사가 어디까지 사실일까 궁금했다. 맥닐의 말에 따르면, 기사에 오류가 있을 수는 있겠으나 밀러 박사가 최고 수준의 병리학자로서 능력과 박학다식함을 겸비했을 뿐만 아니라 더없이 진실하고 존경할 만한 인물이라는 점은 확실했다.

돌턴은 기사를 읽고 있는 클래런던의 수염으로 덥수룩한 야윈 얼굴이 창백해지는 것을 보았다. 커다란 눈이 이글거렸고, 손가락이 잡지를 더욱 우악스럽게 움켜쥐었다. 벌써 머리가 빠지기 시작한, 넓고 흰 이마에 땀방울이 맺히기 시작했다. 이윽고 방금 전까지 돌턴이 관찰 일지를 읽느라 앉아 있던 의자에 이번에는 클래런던이 털썩 주저앉았다. 곧이어 괴로운 짐승처럼 마구 악을 쓰면서 몸을 내밀고 두 팔을 휘젓는 바람에 책상 위의 책과 서류 들이 흩어졌다. 그리고 촛불이 바람에 꺼지듯 그의 의식은 어둠에 잠겼다.

돌턴은 쓰러진 친구를 부축하여 그 호리호리한 몸을 의자에 기대어 놓았다. 그리고 긴 의자 근처에 놓여 있는 물병을 발견하고 일그러진 얼굴에 물을 끼얹었다. 다행히 클래런던의 커다란 두 눈이 천천히 열리었다. 돌턴은 친구의 온전해진 —그윽하고 슬픔에 찼지만 의식이 말짱한 ─ 눈빛을 대하고는 도저히 바닥을 헤아릴 수 없는 그 비극의 심연 앞에서 두려움을 느꼈다.

금제 주사기는 여전히 클래런던의 가녀린 왼손에 꼭 쥐여 있었다. 클래런던은 불안하게 심호흡하며, 손가락의 힘을 빼고 손바닥에서 대롱거리는 주사기를 물끄러미 쳐다보았다. 이윽고 이루 말할 수 없는 슬픔과 절망에 휩싸인 목소리로 천천히 말했다.

"형, 고마워. 난 괜찮아. 하지만 해야 할 일이 많아. 이 모르핀 주사가 누나한테 해가 되냐고 물었지. 지금 분명히 말하는데, 그렇지 않아."

그는 주사기에 있는 작은 나사를 돌렸고, 손가락을 피스톤에 대는가 싶더니 눈 깜짝할 사이에 주사기를 자신의 목으로 가져갔다. 돌턴이 소리를 지르는 사이, 클래런던은 재빠른 동작으로 살집이 많은 목 부위에 주사를 놨다.

"맙소사, 앨, 지금 무슨 짓을 한 거야?" 클래런던은 부드러운 미소 ─ 평온하기까지 한 체념의 미소 ─ 를 머금었는데, 최근 몇 주 동안 입에 달고 있던 비웃음과는 사뭇 달랐다.

"형을 주지사로 만든 판단력이 아직 남아 있다면, 형은 분명히 알 거야. 내 일지에서 본 내용을 종합해 보면, 이제 아무 손도 쓸 수 없다는 걸 말이야. 컬럼비아 대학교 시절, 형의 라틴어 학점만 놓고 보면, 일지에서 놓친 부분이 많지 않을 테니까. 내가 할 수 있는 말은, 일지의 기록이 사실이라는 거야.

제임스 형, 책임을 회피할 생각은 없지만, 나를 이렇게 만든 게 슈라마라는 말은 해야겠어. 그자의 정체에 대해서는, 나도 제대로 알지 못하기 때문에 뭐라고 형한테 말할 수 없어. 내가 아는 건, 정신이 온전한 사람들이 절대 알아서는 안 되는 그런 것이야. 하지만 엄밀한 의미에서 볼 때 그자가 인간이 아니라는 점, 또 우리가 생각하는 생명의 기준에서 볼 때 그가 과연 살아 있는 것인지 나 자신도 확신이 가지 않는다는 점, 그 정도만 지금 말할 수 있어.

형은 지금 내가 헛소리를 지껄인다고 생각하겠지. 나도 차라리 그랬으면 좋겠어. 하지만 이 끔찍한 혼란은 있는 그대로의 사실이야. 생명 연구를 시작했을 때는 순수한 마음과 목적을 품고 있었어. 이 세상에서 열병을 퇴치하고 싶었어. 노력했지만 실패했어. 실패를 인정할 만큼은 내가 정직한 사람이었으면 좋겠어. 과학자로서의 내 과거 모습 때문에 형이 기만당하지 않았으면 좋겠어. 형, 난 혈청을 발견하지 못했고, 연구의 절반도 끝내지 못했어!

형, 그렇게 괴로운 표정 짓지 마! 형처럼 산전수전 다 겪은 정치꾼은 이 정도 폭로에는 신물이 날 텐데 뭐. 솔직히 말해서 열병 치료는 시작 단계에도 오지 못했어. 대신에 연구를 하다 보니 이상한 지역을 찾아다니게 됐지. 괴상한 사람들의 이야기를 들어야 하는 게 내 저주받은 운명이었나 봐. 제임스 형, 진정 행복해지길 바라는 사람이 있다면, 그 사람한테는 고대의 숨겨진 장소들 근처에는 얼씬도 말라고 해. 오래된 오지들은 위험하거든. 그런 곳에는 사람들에게 조금도 이롭지 않은 것들이 전해 내려오지. 나는 늙은 제사장과 신비주의자 들과 너무 많은 얘기를 나눈 나머지, 정당한 방법으로는 얻을 수 없는 업적을 사악한 방법으로 이루고 싶어진 거야.

내 말의 의미를 형한테 정확히 말해 줄 수는 없어. 만약 그렇게 한다면, 나를 파멸시킨 늙은 제사장들과 내가 뭐가 다르겠어. 내가 꼭 말해 둘 것은, 내가 어떤 비밀을 알게 된 후에는 이 세상의 발전에 대해 생각할 때마다 소름이 돋았다는 거야. 이 세상의 역사는 저주스러우리만큼 오래전으로 거슬러 올라가. 형, 그리고 이 지상에 유기체의 생명과 지질학상의 고생대가 시작되기 이전에 시작되기 이전에 이미 무수한 생명이 왔다가 사라졌어. 생각만으로도 섬뜩하지. 존재와 종족 그리고 지식과 질병의 진화 주기가 완전히 잊혔다니 말이야. 최초의 아메바가 열대 바다에서 꿈틀대기도 전에 숱한 생명이 살다가 사라졌으니.

내가 사라졌다고 말했지만, 정확히 맞는 말은 아니야. 사라졌더라면 좋았을 텐데, 꼭 그런 게 아니었으니까. 세계 도처에서 과거의 전통이 계속 유지되고 있어. 어떤 것들인지 밝힐 순 없지만, 특정한 고대의 생명체들이 무구한 세월을 거치면서 몇몇 은둔지에 위태롭게 살아 있지. 그런 곳에서는 숭배 의식이 지금도 행해지는데, 형도 알잖아, 지금은 바다 밑에 가라앉은 대륙에 있었다는 사악한 사제의 무리들 말이야. 그 중심지는 아틀란티스였어. 무서운 곳이었지. 하늘이 은혜를 베푼다면, 누군가 그 깊은 바닷속에서 공포를 끄집어내는 일은 없을 거야.

그런데 아틀란티스에는 가라앉지 않은 식민지 한 곳이 있었어. 형이 아프리카 투아레그족의 사제 한 명과 아주 비밀리에 대화를 나누게 된다면, 황당한 얘기를 듣게 될 거야. 그런 얘기는 아시아의 은밀한 고원 지대에서 미친 라마승과 변덕스러운 야크 몰이꾼들 사이에서 떠도는 수군거림과 관련이 있거든. 내가 그중에서도 거물 하나를 만났을 때 가장 많이 떠도는 이야기와 속삭임을 들었어. 그게 뭔지, 형은 절대 알아서는 안 돼. 다만, 불경하리만큼 오래전부터 내려온 누군가 혹은 뭔가가 모종의 방법을 통해서 다시 과거의 생을 반복하려고 — 혹은 다시 부활하려고 — 한다는 내용인데, 그 얘기를 해준 사람도 그 방법이 뭔지는 정확히 모르고 있더군.

제임스 형, 열병에 관해 내가 솔직히 털어놓았지만, 내가 그리 형편

없는 의사는 아니라는 건 형도 잘 알 거야. 난 의학에 평생을 바쳤고, 이 분야에서만은 앞으로 올 후대 사람들만큼 아니 어쩌면 더 많이 알고 있을 거야. 사하라의 호가르 지역에서 어떤 사제도 하지 못했던 일을 내가 해낸 적이 있거든. 그들은 내 눈을 가리고 수 세기 동안 봉인되어 있었다는 어느 곳으로 데려갔어. 그 이후로 내가 슈라마와 함께 돌아오게 된 거야.

진정해, 형! 형이 무슨 말을 하려는지 알아. 슈라마가 어떻게 그 많은 지식을 알고 있냐고? 어떻게 영어나 다른 언어를 모국어처럼 사용하냐고? 왜 나와 함께 왔냐고? 궁금하겠지. 전부 말해 줄 순 없고, 슈라마가 자신의 두뇌와 감각 외에 다른 어떤 존재의 생각과 이미지와 인상을 모방하고 있다는 정도만 알려줄게. 그자는 내가, 내 과학이 필요했던 거야. 내게 비밀을 알려주고 통찰력을 주었어. 그뿐만 아니라 원시적이고 불경한 고대의 신들을 숭배하는 방법까지 가르쳐주었고, 형한테는 암시조차 할 수 없을 만큼 무시무시한 목표를 향해 나를 이끌고 왔지. 형, 캐묻지 말아줘. 그래야만 형과 이 세상이 미치지 않고 무사할 수 있으니까!

슈라마는 모든 한계를 뛰어넘어. 천체와도, 자연의 모든 힘과도 결탁되어 있어. 내가 여전히 미쳤다고 생각하진 마. 형, 맹세해. 난 미치지 않았어! 난 너무도 많은 것을 보았기에 의심할 수 없는 거야. 슈라마는 내게 고제3기의 숭배 의식 같은 새로운 쾌락을 주었고, 그중에서도 가장 큰 쾌락이 바로 흑열병이었지.

제임스 형, 맙소사! 아직도 상황 파악이 안 돼? 형은 아직도 흑열병이 티베트에서 시작되었고, 내가 그 병을 알게 된 곳도 티베트라고 생각하는 거야? 형, 생각을 좀 해봐! 여기 밀러의 기사를 봐! 그가 50년 안에 모든 열병을 퇴치하게 될 기초 항독소 혈청을 발견했고, 다른 전문가들이 그것을 다양한 형태로 조절하는 방법에 대해 연구 중이라잖아. 이 사람이 내 허를 찌른 거라고. 내가 평생 계획한 일을 이 사람이 해낸 거야. 내가 지금껏 과학의 미풍에 기대어 정신없이 달려왔다면, 이 사람은 정직한 방법으로 단번에 유리한 고지를 점령한 셈이야! 형, 혹시 이 기사가 내게 새로운 전기를 마련해 줄 거라고 생각하는 거야? 내가 충격이라도 받고 광기에서 빠져나와 젊은 시절의 오랜 꿈으로 돌아올 거라고 생각해? 너무 늦었어! 너무 늦었어! 하지만 다른 사람들을 구할 시간은 아직 있어!

형, 내가 지금 횡설수설하고 있는 것 같아. 주사를 맞았으니까 이해해 주라. 내가 형에게 흑열병에 대해 파헤쳐서는 안 되는 이유를 말했을 거야. 하긴 형이 뭘 어쩌겠어? 밀러가 자신이 발견한 혈청으로 일곱 명의 환자를 치료했다고 하잖아? 이건 진단의 문제야. 그는 그것이 흑열병이라고 생각한 것뿐이야. 이 기사의 행간을 읽어보면 알지. 여기, 551쪽에 아주 중요한 열쇠가 있어. 다시 읽어봐.

봤지, 응? 태평양 연안에서 발원한 열병의 사례들은 밀러의 혈청에 반응하지 않았어. 그래서 밀러가 곤혹스러워하는 거야. 자기가 아는 진짜 열병과는 아주 달랐으니까. 그게 바로 내가 연구 중인 열병이라고! 그게 바로 진짜 흑열병이란 말이야! 그리고 흑열병을 치료할 수 있는 항독소 혈청은 이 지구 상에 존재할 수 없어!

내가 어떻게 아냐고? 왜냐하면 흑열병은 지구의 질병이 아니니까! 형, 그건 다른 곳에서 온 거야. 슈라마가 그 병을 이 땅에 가져왔으니, 거기가 어디인지 아는 것도 그자뿐이야. 그자가 병을 가져와 퍼뜨린 거야! 그게 바로 비밀이야! 그래서 내가 그토록 교도소 의료원장 자리를 원한 것이고, 내가 지금까지 한 일이 바로 이 금제 주사기와 지금 내 검지에 걸려 있는 고리형 펌프기 속의 열병을 퍼뜨리는 거였어. 과학? 그건 미끼야! 난 죽이고 또 죽이고 싶었으니까! 이 손가락에 힘 한 번만 주면, 흑열병이 주입되는 거야. 난 살아 있는 것들이 몸부림치고 울부짖으며 거품을 무는 광경을 보고 싶었다고. 펌프 주사기를 한 번만 누르면, 생명이 죽어가는 과정을 지켜볼 수 있었고, 그런 모습을 충분히 보지 못하면 난 살 수도 없고 생각할 수도 없었지. 그래서 눈에 띄는 족족 이 저주스러운 바늘로 찔러댔어. 짐승, 범죄자, 어린아이, 하인, 그리고 다음 차례는……."

클래런던은 말을 잇지 못했고, 의자에 앉아 있는 모습이 눈에 띄게 불안정해 보였다.

"그러니까, 형, 다음 차례는 바로 나 자신이야. 슈라마가 그렇게 만들었어. 그자가 날 가르쳤고, 멈출 수 없는 단계까지 내몰았어. 그자한테도 감당하기 어려운 상황이 된 거야. 그래서 날 막으려고 하더군. 그자가 이제 와서 막으려고 하다니 웃기잖아! 하지만 난 지금 마지막 실험 대상을 확보했어. 이게 내 마지막 실험이야. 형, 난 아주 건강하기 때문에 참 좋은 실험 재료잖아. 광기가 사라지자 고통을 지켜보는 쾌락도 느낄 수 없다니, 엄청난 아이러니군! 도저히…… 도저히……."

클래런던은 고열로 심한 경련에 시달렸다. 지금까지 슬프다는 생각마저 할 수 없을 정도로 공포의 충격에 망연자실해 있던 돌턴이 비탄을 머금었다. 과연 앨프리드의 이야기 중에서 어디까지가 헛소리고 어디까지가 진실이며, 그가 말할 수 없었던 공포는 또 얼마나 엄청난 것일까? 그러나 어찌 됐든 돌턴에겐 클래런던이 범죄자가 아니라 희생자였고, 무엇보다 오랜 친구이자 조지아나의 동생이었다. 옛 추억들이 주마

등처럼 돌턴의 뇌리를 스쳐 갔다. '꼬맹이 앨프', 필립스 엑서터 아카데미의 정원, 컬럼비아 대학교 교정, 앨프를 위해 톰 코틀랜드와 싸운 일…….

그는 클래런던을 거실로 데려간 후 자기가 할 수 있는 일이 뭐냐고 부드럽게 물었다. 그가 할 수 있는 일은 없었다. 앨프리드는 기어드는 소리로 간신히 말했다. 자신의 모든 죄를 용서해 달라고, 그리고 누나를 잘 부탁한다고.

"형은 누나를 행복하게 해줄 거야." 그는 숨을 몰아쉬었다. "누나는 행복해야 해. 신화를 위해 헌신했으니까! 형, 반드시 누나를 행복하게 해줘. 누나가 더 알게 해서는 안 돼!"

목소리가 웅얼거리듯 약해지더니 그는 이내 의식을 잃었다. 돌턴이 벨을 울렸지만, 마가리타는 이미 잠든 후여서 조지아나를 부르기 위해 계단을 올랐다. 그녀의 발걸음엔 흔들림이 없었지만 안색은 몹시 창백했다. 앨프리드의 비명이 가슴을 후벼 팠지만, 그녀는 제임스를 믿었다. 그리고 그가 거실에 의식불명인 채 쓰러져 있는 동생을 보여주고, 그만 방으로 돌아가 무슨 소리가 들리든 상관 말고 잠을 자라고 부탁했을 때도 그녀는 변함없이 그를 믿었다. 또다시 시작될 동생의 섬뜩한 착란 증세를 보지 않게 하려는 그의 배려였다. 어린 시절처럼 예쁘장한 소년의 모습 그대로 누워 있는 동생에게 마지막 작별의 입맞춤은 해도 좋다고 말했다. 그렇게 그녀는 동생 — 그녀가 오랫동안 자식처럼 보살펴온 광기에 사로잡힌 괴팍한 천재 — 의 곁을 떠났다. 그녀가 그때의 동생을 마지막 모습으로 간직하게 된 것은 그래도 큰 축복이었다.

반면, 돌턴이 무덤까지 가져가야 할 기억은 훨씬 더 괴로운 것이었다. 그가 걱정했던 클래런던의 정신착란은 그저 기우가 아니었다. 적막한 그날 밤 내내 그는 미친 환자의 광기를 가라앉히는데 온 힘을 쏟아부어야 했다. 그 부풀어 오르고 새카매진 입술에서 흘러나온 얘기들, 그는 그것을 두 번 다시 입에 올리지 않을 터였다. 그 후로 돌턴은 예전과 같을 수 없었다. 아니, 그런 얘기를 듣고도 변하지 않을 사람은 이 세상에 없었다. 이 세상을 위해서라도 발설하지 않을 것이다. 그는 그 비밀의 상당 부분을 이해하지 못하고 무의미하게 흘려버릴 수 있었던 자신의 무지를 오히려 다행으로 여겼다.

아침이 밝을 무렵, 클래런던이 갑자기 말짱한 정신으로 깨어나 단호한 목소리로 말하기 시작했다.

"형, 어떡해야 하는지 말하지 않았군. 내가 쓴 일지에서 라틴어 부분을 삭제한 뒤 그것을 밀러 박사에게 전해 줘. 서류철에 있는 다른 노트들도 마찬가지야. 이제 밀러 박사가 최고의 권위자야. 이 기사가 그걸 입증하고 있어. 형이 클럽에서 만났다는 친구의 말이 옳아.

하지만 진료소에 있는 모든 것은 없어져야 해. 죽은 것이든 산 것이든 남김없이 없애야 해. 지옥의 전염병들은 전부 진료소 선반에 가득한 유리병에 들어 있어. 다 불태워. 그중 하나라도 새어 나간다면, 슈라마가 전 세계에 흑사병을 퍼뜨리고 말 거야. 무엇보다 슈라마를 태워버려! 그, 그 괴물이 절대 이 땅에 살아남아선 안 돼. 형도 이제 알 거야. 내가 무슨 말을 했는지, 왜 그런 존재가 이 지상에 있어서는 안 되는지. 그건 살인이 아니야. 슈라마는 인간이 아니니까. 신앙심이 깊은 형한테 그걸 강요할 수는 없겠지. 하지만 '짐승과 교접하는 자는 반드시 사형에 처하여야 한다.[61]' 이 말을 명심해.

제임스 형, 그자를 불태워! 그자가 또다시 인간을 고문하면서 킬킬대게 놔두어선 안 돼! 다시 말하는데, 그자를 불태워. 불의 천벌을 내리는 거야. 형, 그자가 잠든 동안에 제압해서 말뚝을 그자의 가슴에 꽂든가 아니면 불태우든가 둘 중 하나야…… . 그자를 죽여. 흔적 하나 남기지 말고 없애. 그래서 이 좋은 우주에서 원시의 독을, 내가 영겁의 잠에서 불러내고 만 그 독을 씻어내야 해…… ."

의사가 팔꿈치를 괴고 상체를 일으켰다. 말을 끝맺으려고 애쓰는 동안, 목소리는 날카로운 비명으로 바뀌었다. 그것은 그에게 감당하기 힘든 필사의 노력이었고, 그는 홀연히 깊고 평온한 혼수상태에 빠져들었다. 돌턴은 그 치명적인 병원균에 전염성이 없다는 것을 알고 있었기에 열병을 두려워하지 않고 앨프리드의 팔과 다리를 거실 바닥에 가지런히 놓아준 뒤 그 가녀린 몸에 가벼운 모포를 덮어주었다. 결국, 이 공포의 상당 부분이 과장이나 정신착란이 아닐 수도 있단 말인가? 운명에 맡기는 셈 친다면, 혹시 맥닐 박사가 클래런던을 치료할 수 있지 않을까? 주지사는 잠들지 않으려고 애쓰면서 빠르게 거실을 오갔지만, 기진맥진한 심신을 추스르기엔 무리였다. 책상 옆에 있는 의자에 앉아서 잠시 쉴 요량이었으나, 의지와는 달리 이내 깊이 잠들고 말았다.

돌턴은 눈 속을 파고드는 날카로운 빛에 깜짝 놀라 잠에서 깼다. 한순간, 날이 밝았다고 생각했다. 그러나 새벽이 아니었다. 그가 무거운 눈꺼풀을 비비자 눈앞에 나타난 것은 정원의 진료소를 휘감은 불길이었다. 튼튼한 골재들이 화염에 휩싸인 채 하늘을 향해 요란하게 탁탁 소리를 내는 광경은 그가 지금까지 본, 가장 크고 거센 불길이었다. 그야말로 클래런던이 원했던 '불의 천벌'이었다. 돌턴은 일반적인 소나무나 삼나무로는 어림없는, 거센 불길을 보면서 뭔가 알려지지 않은 가연성 물질이 관련되어 있다고 직감했다. 흠칫하면서 거실을 살폈지만 앨프리드가 보이지 않았다. 소스라치게 놀라 의자에서 일어나 조지아나를 깨우러 가는 도중, 홀에서 마침 그녀와 마주쳤다. 바로 가까이에서 산더미만 한 불길이 솟구치고 있었다.

"진료소가 불타고 있어요!" 그녀가 소리쳤다. "앨은요?"

"사라졌어요. 내가 깜박 잠이 든 사이에!" 돌턴이 대답하고는 팔을 뻗어 휘청거리는 조지아나를 붙잡았다.

조심스럽게 그녀를 부축해 그녀의 방으로 올라갔다. 당장 앨프리드를 찾아보겠다고 약속했지만, 조지아나는 층계참 창문 너머로 화염에서 발산되는 기이한 광채를 보면서 천천히 고개를 저었다.

"동생은 죽었을 거예요. 제임스, 동생은 자기가 저지른 일 때문에 결코 온전한 정신으로 살 수 없었을 거예요. 동생이 슈라마와 싸우는 소리를 들었고, 끔찍한 일들이 벌어지고 있다는 것도 알고 있었어요. 물론 내 동생이지만, 이게 최선이에요."

그녀의 목소리가 속삭임처럼 가라앉았다.

난데없이 열려 있던 층계참 창문으로 낮고 오싹한 킬킬거림이 들려왔다. 그리고 불길이 새로운 양상을 띠더니 진료소가 정체 모를 거대한 괴물의 형상을 닮을 때까지 거세게 타들어갔다. 제임스와 조지아나는 어쩔 줄 몰라 하면서 층계참 창문 밖을 내다보았다. 그때, 하늘에서 천둥이 울리더니 갈래 진 번갯불이 불타는 폐허의 정중앙을 무서우리만큼 정확하게 후려쳤다. 저음의 킬킬거림이 멈추었고, 이번에는 무수한 구울과 늑대인간 들이 고통스럽게 울부짖기라도 하듯 광기의 비명이 들려왔다. 그것은 긴 메아리와 함께 사라졌고, 불길은 차츰차츰 원래의 형태를 띠기 시작했다.

지켜보던 이들은 꼼짝도 하지 않고 불기둥이 연기와 함께 수그러들 때까지 기다렸다. 소방대원들이 올 수 없다는 것도, 저택의 높은 담장이 호기심 어린 시선들을 차단해 준 것도 그들에겐 오히려 다행이었다. 거기서 벌어진 일을 세상 사람들이 봐서는 안 되었다. 우주의 깊은 비밀과 관련된 일이기에 그랬다.

창백한 여명 속에서 제임스는 자신의 가슴에 기대어 흐느끼는 조지아나에게 부드럽게 말했다.

"클래런던이 속죄를 한 것 같아요. 내가 잠든 사이에 불을 지른 게 분명해요. 나한테 불태워야 한다고 말했거든요. 진료소와 그 안에 있는 것 전부, 그리고 슈라마까지. 그것이 자기 손으로 끄집어낸 미지의 공포로부터 이 세상을 구하는 유일한 방법이라고 했어요. 클래런던은 자기가 아는 최선의 방법대로 실천한 거예요.

당신의 동생은 위대한 사람이었어요. 그걸 잊지 맙시다. 인류를 도우려 했고 죄를 범하고도 위대했던 클래런던을 자랑스러워해야 해요. 나중에 좀 더 자세히 말해 줄게요. 클래런던은 선악을 떠나 지금까지 그누구도 하지 못했던 일을 해냈어요. 어떤 비밀을 파헤친 최초이자 마지막 인간이었다고요. 티아나의 아폴로니우스[62]마저 클래런던을 능가하지 못할 거예요. 하지만 그런 얘기를 입에 올려서는 안 돼요. 우리는 클래런던을 옛날의 꼬맹이 앨프로만 기억해야 해요. 최고의 의사이자 열병 정복을 꿈꾸었던 소년으로 말이에요."

오후 들어, 소방대원들이 한가로이 잿더미 속을 조사했고 검게 그을린 살점이 붙어 있는 두 구의 유해를 찾아냈다. 석회 항아리는 뒤지지 않은 덕분에 두 구뿐이었다. 하나는 인간의 유해였고, 다른 하나는 지금까지도 캘리포니아의 생물학자들 사이에서 논란의 대상으로 남아 있다. 정확히는 원숭이 해골도, 도마뱀 해골도 아니었으며, 고생물학 분야에서도 밝히지 못한 진화의 계통을 암시하며 불안감을 야기했다.

그런데 불에 탄 두개골은 이상하리만큼 인간과 아주 흡사했고, 그것을 보고 슈라마를 떠올리는 사람들도 있었다. 그러나 유해의 나머지는 추측을 불허했다. 잘 지은 옷가지만이 사람의 몸을 떠올리게 하는 게 고작이었다.

반면에 사람의 유해는 클래런던의 것이었다. 그 부분에 대해서는 논란이 없었고, 전 세계의 많은 이들이 지금까지도 당대 가장 위대했던 의사의 때 이른 죽음을 애도하고 있다. 그가 좀 더 오래 살았더라면, 확실한 열병 혈청을 완성함으로써 밀러 박사의 유사 항독소 혈청을 압도했을 터이다. 그리고 밀러가 나중에 거둔 성공의 대부분은 사실 화마에 희생된 클래런던의 유작 노트들이 있었기에 가능했다. 클래런던을 향한 질시와 증오는 이제 거의 사라지고 없었다. 윌프리드 존스 박사마저도 고인이 된 클래런던과 한때 친분이 있었노라 자랑하는 것으로 알려져 있을 정도였다.

제임스 돌턴과 그의 아내 조지아나는 늘 언행에 조심했으니, 사람들은 그것을 겸손과 가족을 잃은 슬픔 때문이라고 생각했다. 위대한 클래런던을 기리기 위해 유작의 일부를 출간하기도 했으나, 클래런던에 대한 대중의 평가나 극소수의 예리한 사상가들이 조심스럽고 극히 우회적으로 암시하고 있는 경이에 대해서는 긍정도 부정도 하지 않았다. 특히 이런 암시들은 아주 미묘하고도 느리게 새어 나왔다. 돌턴이 맥닐 박사한테 진실을 넌지시 비추었을 가능성도 있으나, 훌륭한 성품의 맥닐은 비밀을 캐묻지 않았다.

돌턴 부부는 대체로 아주 행복한 삶을 살았다. 공포의 그림자는 눈에 띄지 않게 멀리 물러나 있었고, 서로를 향한 깊은 사랑이 언제나 그들을 건강하고 활력 있게 지켜주었다. 그러나 그들을 이상하리만큼 불안하게 만드는 일들이 있기는 했다. 다른 사람들에게는 불평거리도 되지 않을 사소한 일들이었다. 이를테면, 그들은 마른 체격이거나 목소리가 낮고 굵은 사람을 극도로 피했다. 조지아나는 목구멍에서 걸걸하게 나오는 킬킬거림만 들어도 안색이 창백하게 질렸다. 돌턴 상원의원은 오컬티즘과 여행, 주사기 그리고 해독하기 어려운 생경한 문자들에 대해 복합적인 공포를 보였다. 그가 클래런던 박사의 서재 대부분을 철저하게 파괴해 버린 것에 대해 지금도 비난하는 사람들이 있다.

그러나 맥닐은 이해하는 것 같았다. 담백한 성격의 그는 앨프리드 클래런던의 이상한 책들이 잿더미로 변하는 동안, 기도문 한 구절을 외웠다. 그 책들을 어렴풋이나마 이해하는 사람들은 맥닐의 기도문이 영원히 비밀로 남기를 바랄 것이다.

....

51) 샌퀜틴(San Quentin): 샌프란시스코 인근 해안에 1854년 문을 연 교도소. 초창기부터 가혹 행위, 불결한 시설과 의료 문제 등이 불거져 여러 차례 개혁 논의가 있었다. 샌퀜틴 교도소는 한국과도 관련이 있다. 고종 황제의 외교 고문이었던 미국인 스티븐스가 1905년 을사조약 이후 미국으로 돌아가 일제의 통치를 정당화하는 발언을 여러 차례 하자, 장인환 의사가 1908년 샌프란시스코 시계탑 앞에서 스티븐스를 권총으로 저격하였는데, 장인환 의사가 2급 살인죄로 복역한 교도소가 바로 샌퀜틴이다.

52) 웨이짱(衛藏): 티베트의 전통적인 지역 구분에서 중심부를 가리킴.

53) 본교(Bon敎): 티베트의 토착 종교.

54) 윌리엄 벡포드의 고딕 소설.

55) 엘더 사인(Elder Sign): 엘더 사인은 크툴루 신화에서 차지하는 비중이나 많은 작가들이 차용한 것에 비해서는 러브크래프트 본인의 언급이나 설명은 빈약한 편이다. 러브크래프트의 시 「메신저 *The Messenger*」에서는 아주 오래전부터 전해지는 표식으로서 어둠의 세력을 해방시킨다고 언급되어 있다. 러브크래프트가 직접 그려서 언급한 엘더 사인은 짧은 나뭇가지 모양이다. 러브크래프트의 엘더 사인은 특정 존재(주로 위대한 올드원)의 위협이나 저주로부터 보호를 받기 위해 손으로 그려 보인다. 이 작품과 「미지의 카다스를 향한 몽환의 추적」이 이런 예에 속한

다. 미완성작인 「후손」에서는 의식을 치를 때 사용하는 표식으로 묘사되기도 한다. 이 밖에 다른 형태의 엘더 사인은 별 모양 속에 눈동자가 그려진 것인데, 이것은 덜레스에 의해 만들어져 러브크래프트의 나뭇가지 모양보다 오히려 더 많이 알려졌다.

56) 석회 항아리: 여기에 짐승의 가죽을 담아서 털을 없앤다고 한다.

57) 니알라토텝(Nyalarthotep): 니알라토텝은 러브크래프트의 창조물 중에서 여러 작품에 다양한 모습으로 등장한다. '까무잡잡하고 호리호리한 체구'와 이집트에서 왔다는 것 외에 생김새에 대한 묘사가 없는 편이다. 사자(使者)이자 외계의 신이 그중에서 뚜렷한 실체에 가깝다. '위대한 올드원'과 아자토스의 사자로서 인간의 신체를 빌려 나타나는 경우가 많다. 냉혹함, 거대함, 절대 혼돈, 어둠의 중심 등의 수식어를 달고 다니듯, 매우 음산한 이미지다.

58) 『아지프 Azif』: 『네크로노미콘』의 아랍어 원본인 『알 아지프』를 말함.

59) 아이렘(Irem): 러브크래프트가 창조한 가상의 공간이며 '기둥의 도시'로도 불린다. 아이렘이 처음으로 언급된 소설은 「이름 없는 도시」이며, 아이렘의 폐허에서 『네크로노미콘』의 저자 압둘 알하즈레드의 램프가 발견되기도 한다. 「실버 키의 관문을 지나서」의 묘사에 따르면, 무시무시한 천재 사다드가 건설하여 아라비아의 사막에 숨겨놓은 이후로 그 경계선을 넘은 사람은 없으며, 수천 개의 기둥으로 이루어진 무수한 탑, 웅장한 건물이 들어서 있다.

60) 입다의 딸: 입다는 구약성서 사사기에 나오는 이스라엘의 판관으로, 승리의 대가로 자기 딸을 야훼에게 번제로 바쳤다고 한다.

61) 구약성서 출애굽기 22장 18절.

62) 티아나의 아폴로니우스(Apollonius of Tyana): 기원전 4년에 지하 세계를 여행하여 '신들의 도시'를 발견했다고 알려진 그리스의 신(新)피타고라스 학파 철학자. 지하 세계에서 기이한 마법을 배워 와서, 모든 물체를 공중에 띄우는가 하면 기계를 만들어 요리를 하게 했다는 설이 있다.

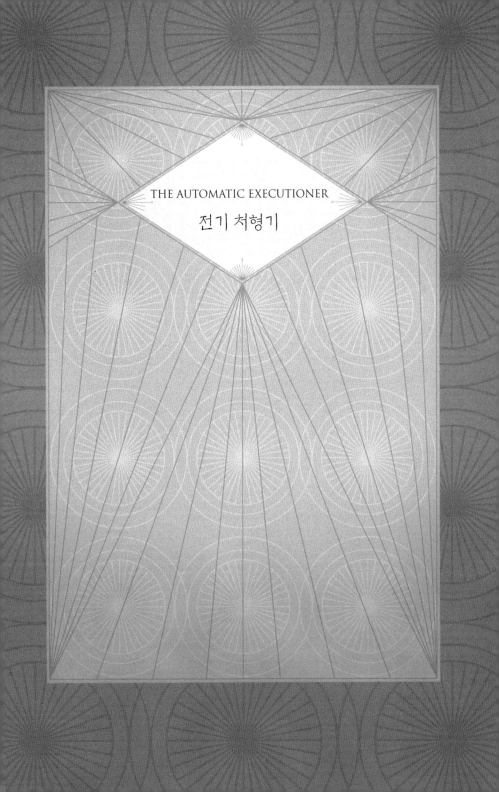

THE AUTOMATIC EXECUTIONER

전기 처형기

나는 합법적인 사형의 고비를 넘겨본 적이 없음에도 전기의자를 화제로 삼을 때 유독 이상한 공포를 느낀다. 사실, 생사를 걸고 재판정에서 본 사람들보다도 내가 전기의자에 관한 이야기에서 더 큰 전율을 느낄 것 같다. 내가 40년 전에 연루되었던 한 사건 때문이다. 그것은 나를 미지의 검은 심연 바로 앞까지 데려갔던, 참으로 기묘한 사건이었다.

1889년, 나는 샌프란시스코의 틀락스칼라 광산 회사에서 회계 감사를 맡고 있었다. 당시에 이 회사는 멕시코의 샌마테오 산맥에 자리 잡은 소규모 광산 몇 곳에서 은과 구리를 채굴하고 있었다. 제3광구에서 문제가 생겼고, 아서 펠던이라는 부감독이 의심을 받았다. 8월 6일, 회사로 날아든 전보에 따르면, 펠던이 모든 기록과 유가증권, 거기다 비밀 문건까지 가지고 도주하는 바람에 현장의 관리와 재정 상태가 극심한 혼란에 처해 있었다.

이 사건은 회사에 심각한 타격을 주었고, 오후 늦게 매콤 회장이 집무실로 나를 불러 무슨 수를 써서라도 서류를 찾아내라고 지시했다. 회장은 사안의 심각성을 잘 알고 있었다. 나는 펠던이라는 사람을 한 번도 만난 적이 없는 데다, 가져갈 수 있는 것이라고는 별 도움이 안 되는 사진 몇 장이 고작이었다. 더구나 다음 주 목요일 — 불과 9일 후 — 에 결혼식을 앞두고 있던 터라, 시간이 얼마나 걸릴지도 모르는 수색을 위해 멕시코로 달려가기가 당연히 마뜩잖았다. 그러나 상황이 상황이니만큼 매콤 회장의 입장에서는 내게 당장 떠나라고 지시할 수밖에 없었다. 그리고 그 결과에 따라 회사에서 내 위상이 크게 달라질 것이라는 암시를 받은 것도 결심을 굳히는 데 한몫했다.

나는 그날 밤 출발해 멕시코시티까지 회장의 전용 객차를 타고 간 뒤, 협궤용 화물차로 광산까지 가기로 예정되어 있었다. 제3광구의 감독인 잭슨이 내가 도착하는 대로 자세한 사정과 가능한 단서를 제공할 터였다. 그리고 곧 산속에서 해안에 이르기까지 또 멕시코시티의 샛길까지 포함하는 철저한 수색 작업이 있을 터였다. 나는 문제를 성공적으로 해결하고 되도록 빨리 돌아오겠다는 굳은 결심과 함께 출발했다. 사라진 서류와 범인을 찾아 일찍 돌아온 뒤, 개선을 축하하며 결혼식을 올리는 그림을 눈앞에 그리며 불만을 달랬다.

가족과 약혼녀를 비롯해 가까운 친구들에게 소식을 알리고 서둘러 여행 준비를 끝낸 뒤, 8시 정각에 남태평양 철도역에서 매콤 회장을 만났다. 거기서 지시 사항이 담긴 문건과 수표장을 받았고, 8시 15분발 동부행 대륙 횡단 열차에 연결된 회장의 전용 객차에 몸을 실었다. 이후의 여정은 평온하게 전개되리란 기분이 들었고, 이례적인 호의로 제공된 회장 전용 객차에서 편히 하룻밤을 보냈다. 그리고 전달받은 지시 문건을 꼼꼼히 읽은 뒤, 펠던을 붙잡고 서류를 되찾기 위해 계획을 세웠다. 나는 틀락스칼라 지역을 잘 알고 있어서, 어쩌면 사라진 남자보다도 훨씬 더 잘 알고 있어서 그가 이미 기차를 타지만 않았다면, 수색하기에 유리한 입장이었다.

지시 사항에 따르면, 펠던은 꽤 오랫동안 잭슨 감독의 골칫거리였다. 행동거지가 미덥지 않은 데다 이따금씩 회사 실험실에서 이상한 작업을 하기도 했다. 멕시코인 십장과 일꾼 몇 명이 펠던과 공모해 광물을 훔친 혐의를 받기도 했다. 멕시코인들은 해고되었으나, 교활한 펠던의 혐의를 입증하기엔 증거가 부족했다. 사실, 수상한 행동에도 불구하고 펠던의 태도에서는 죄의식보다는 반항심이 더 두드러졌다. 그는 적대적인 태도로 자기가 회사를 속인 게 아니라 회사가 자기를 속였다는 식으로 말하곤 했다. 잭슨의 기록을 보면, 펠던은 동료들의 감시가 심해지면서 동요를 느낀 것 같았다. 그리고 지금, 회사의 중요한 기록을 전부 가지고 사라진 상태였다. 그의 행방은 오리무중이었다. 물론 잭슨이 마지막 전보에서 그는 시에라 데 말린체의 울창한 산에 있을 거라 암시하고는 있지만 말이다. 그곳에 있다는, 시체처럼 생긴 전설의 산봉우리는 멕시코인 도적 떼의 소굴로 알려져 있다.

출발 이튿째 오전 2시에 도착한 엘파소[63], 이곳에서 내가 탄 전용 객차는 대륙 횡단 열차에서 분리되어, 전보를 통해 미리 예약해 둔 남부 멕시코시티행 기관차와 연결되었다. 새벽녘까지 꾸벅꾸벅 졸다 보니, 단조롭고 황량한 치와와[64]의 풍광 위로 날이 점점 밝아오고 있었다. 기관차 승무원은 금요일 오후까지 멕시코시티에 도착할 예정이라고 말했지만, 정작 출발이 기약 없이 지체되면서 소중한 시간을 허비하고 있었다. 단선 철로의 측선에서 한없이 기다려야 했고, 발열축상[65] 등의 이런저런 문제 때문에 일정은 더 복잡하게 꼬였다.

토레온에 도착했을 때는 예정보다 여섯 시간이나 늦은, 금요일 밤 8시가 가까운 시간이었다. 그 때문에 전체 일정이 열두 시간이나 지체되자, 기관사도 속력을 내보라는 내 요구를 받아들였다. 점점 조바심이 났지만, 할 수 있는 일이라고는 자포자기 심정으로 전용 객차의 속력을 기관차에 맞추는 것뿐이었다. 결국, 속력을 높인 대가를 치러야 했다. 30분도 지나지 않아, 내가 탄 전용 객차에서 발열축상 현상이 나타났기 때문이다. 조바심을 내면서 기다리던 승무원은 정비소가 있는 다음 정거장, 즉 케레타로 공단 도시까지 최대한 속력을 늦춰 간 다음, 그곳에서 베어링 전체를 정밀 조사하는 쪽으로 가닥을 잡았다. 이것이 결정타였다. 나는 어린아이처럼 발을 동동 굴렀다. 뱀처럼 기어가는 기관차의 속도에 갑갑해져서 나도 모르게 객차의 좌석 팔걸이를 밀치고 있었지만 그런다고 속력이 날 리 만무했다.

케레타로에 들어선 것은 거의 밤 10시, 10여 명의 멕시코 정비공들이 객차를 철로 대피선으로 옮기고 수리를 한답시고 수선을 피우는 동안, 나는 역 승강장에서 초조해하며 시간을 보냈다. 결국 정비공들은 차대 앞부분에 새 부품이 필요한데 멕시코시티까지 가야만 그 부품을 구할 수 있으니 자기들로서는 고치기 어렵다고 말했다. 모든 상황이 나를 방해하는 것 같았다. 번번이 여정이 지체되어 발만 동동 구르는 동안, 펠던은 더 멀리 — 어쩌면 해운업이 발달한 베라크루스 아니면 다양한 철도 시설을 갖춘 멕시코시티로 안전하게 — 도피했을지 모른다고 생각하니 분한 마음이 들었다. 물론 잭슨이 여러 도시의 경찰에 신고를 해두었다고는 하나, 애석하게도 나는 멕시코의 경찰력에 대해 잘 알고 있었다.

머잖아 깨달았듯이, 내가 할 수 있는 일이라고는 아과스 칼리엔테스에서 출발해 케레타로 역에서 5분간 정차하는 멕시코시티행 야간 급행 열차를 타는 것뿐이었다. 시간표대로 오전 1시에 열차를 탄다면, 멕시코시티까지는 토요일 오전 5시 정각에 도착할 터였다. 기차표를 사고 보니, 열차는 2인승 좌석이 쭉 늘어서 있는 미국식 긴 차량이 아니라 유럽식 칸막이실로 이루어져 있었다. 이런 열차는 유럽의 건설 이익을 고려한 탓에 멕시코의 철도 사업 초창기에 많이 사용되었다. 그리고 1889년 당시만 해도 멕시코 당국은 여전히 이들 중 상당수를 단거리 운송에 운영하고 있었다. 나는 평소 사람들과 마주 보고 앉는 것을 싫어해서 미국 열차를 더 선호했다. 그러나 이번만은 무엇이든 좋았고, 밤 시간이라 객차 한 칸을 전부 독차지할 수도 있었다. 지치고 신경이 곤두선 상태이니, 넉넉한 공간에 부드러운 팔걸이와 헤드 쿠션을 갖춘 안락한 시설뿐만 아니라 고독마저도 고마울 따름이었다. 1등석 표를 사고, 대피선에 옮겨져 있는 회장 전용 객차에서 여행 가방을 가져왔다. 그리고 매콤 회장과 잭슨에게 현재 상황을 전보로 알리고, 최대한 인내심을 갖고 야간 급행열차를 기다렸다.

신기하게도 열차는 30분밖에 늦지 않았다. 그렇다고 해도, 아무도 없는 역에서 혼자 열차를 기다리자니 이미 인내심의 한계를 넘어선 참이었다. 기관사가 어서 타라고 손짓하면서 지체된 시간을 만회하여 예정된 시간에 멕시코시티에 도착하겠다고 말했다. 나는 세 시간 반의 조용한 질주를 기대하면서 열차 이동 방향으로 나 있는 좌석에 느긋하게 몸을 기댔다. 천장에 매달린 오일 램프에서 희미한 빛이 아늑하게 비쳤고, 근심과 긴장감에도 불구하고 부족한 잠을 보충할 수도 있겠다는 생각이 들었다. 열차가 덜컹거리며 움직이자, 승객이 나 혼자밖에 없는 것 같아서 기분이 정말 좋았다. 내 생각은 앞으로 있을 추격전으로 옮겨 갔고, 열차의 높아지는 속력을 느끼며 고개를 끄덕였다.

그런데 불현듯 내가 유일한 승객이 아니라는 것을 깨달았다. 대각선 방향으로 맞은편 구석에 남루한 옷차림을 한, 엄청난 거구의 사내가 구부정하게 앉아 있었는데, 처음에는 희미한 불빛 속에서 그가 있는 줄 몰랐던 것이다. 게다가 그의 옆에는 너덜너덜하고 불룩한, 큰 가방 하나가 놓여 있었다. 그는 잠이 든 상황에서도 체구와는 어울리지 않게 가녀린 손으로 그 가방을 단단히 움켜잡고 있었다. 곡선 철로인지 아니면 교차로인지 아무튼 그 지점에서 열차가 날카롭게 기적을 울리자, 남자가 초조하고 경계심 가득한 표정으로 설핏 잠을 깼다. 그가 고개를 들자, 잘생긴 얼굴과 수염이 드러났는데, 눈빛이 음산하고 탐욕적인 것으로 봐서 앵글로색슨족이 분명했다. 그는 나를 발견하고는 잠이 확 깬 모양이었다. 하도 적개심 어린 눈으로 나를 쳐다보기에 이상한 생각이 들었다. 혼자 차량을 차지하고 싶었는데 갑자기 내가 나타나는 바람에 화가 난 것이 틀림없었다. 나 또한 불빛이 희미한 차량 안에서 낯선 승객을 발견하고 실망했듯이 말이다. 그러나 우리가 할 수 있는 일이라고는 점잖게 상황을 받아들이는 것뿐이었다. 그래서 내가 갑자기 방해하게 됐다며 사과의 말을 꺼냈다. 그는 미국인으로 보였고, 서로 몇 마디 정중한 말을 주고받고 나면 훨씬 편안해질 것이었다. 그리고 각자의 편안한 여정을 위해 서로 간섭하지 않으면 그뿐이었다.

그런데 놀랍게도 그 낯선 사내는 정중한 내 말에 일언반구 대꾸하지 않았다. 대꾸는 고사하고 계속해서 마치 정밀 감정이라도 하듯 나를 매섭게 노려보았고, 내가 멋쩍게 내민 시가를 옆으로 획 밀쳐버리는 것이었다. 그러는 동안에도, 그의 한쪽 손은 여전히 크고 낡은 가방을 꽉 움켜쥐고 있었다. 몸 전체에서 까닭 모를 적의가 뿜어져 나오는 것 같았다. 한참 만에 그가 얼굴을 획 창가로 돌렸지만, 창밖의 짙은 어둠 속에는 아무것도 보이지 않았다. 그런데도 그는 밖에서 뭐라도 보이는 것처럼 뚫어지게 창밖을 응시했다. 나는 더 성가시게 하지 말고 그가 자기만의 호기심과 명상에 빠져 있게 내버려두기로 결심했다. 그래서 내 자리로 돌아와 중절모를 눈까지 눌러쓰고, 은근히 기대하던 대로 잠이나 청해 볼 요량이었다.

어떤 외부적인 힘에 끌리듯 눈을 뜨고 보니, 그리 오래 잠이 든 것도 아니었고 푹 잔 것도 아니었다. 다시 눈을 감고 잠을 청했으나 소용이 없었다. 실체 모를 힘이 나를 계속 깨어 있게 만드는 것 같았다. 그래서 나는 고개를 들고 혹시 수상한 점이라도 있는지 확인하기 위해 불빛이 희미하게 비치는 객차 안을 둘러보았다. 딱히 이상한 점은 없었으나, 맞은편 구석 자리의 낯선 사내가 나를 빤히 ─ 뭐랄까, 다정하거나 친근한 기색이라고는 없지만 처음의 험악했던 분위기와는 사뭇 달라진 눈빛으로 ─ 쳐다보고 있었다. 이번에는 그에게 말을 거는 대신, 지금까지 꾸벅꾸벅 졸던 자세 그대로 또다시 잠이 쏟아지는 것처럼 눈을 반쯤 감고서 푹 눌러쓴 중절모의 챙 너머로 그를 지켜보았다.

기차가 줄기차게 어둠을 헤치고 덜커덕거리는 동안, 나를 노려보는 남자의 표정에 미묘하면서도 점진적인 변화가 생겼다. 내가 잠들었다고 여기고 얼굴에 온갖 감정을 드러냈는데, 안심하거나 그런 표정은 전혀 아니었다. 증오, 공포, 승리감 그리고 광신, 이런 표정들이 뒤섞여 그의 입술과 눈가에 스치는 동안, 그의 시선은 더욱 탐욕스럽고 난폭하게 이글거리기 시작했다. 불현듯 그가 미친 사람이고 또 그만큼 위험하다는 생각이 들었다.

사태를 정확히 파악하는 한편 겁먹은 내색을 하지 않을 작정이었다. 온몸에서 식은땀이 나기 시작했으나, 편안하게 선잠에 빠진 것처럼 보이려고 무던히 애를 써야 했다. 그 순간 내겐 살아야 할 이유가 무수히 많았기에, 살의를 지닌 — 무장을 하고 있을지도 모르고 놀라울 정도로 힘이 셀지도 모르는 — 광인과 상대해야 한다고 생각하니 절망스럽고 무서웠다. 어떤 식의 싸움을 벌이든 내게 불리한 점이 많았다. 그는 한눈에 봐도 엄청난 거구인 데다 체력까지 최상의 상태에 있는 것이 분명해 보였고, 반면에 나는 늘 허약한 체질인 데다 당시에는 스트레스와 수면 부족과 긴장으로 더욱 쇠약해진 상태였기 때문이다. 나로서는 정말이지 운이 나빴다. 그 이방인의 눈에서 광기의 분노를 알아채는 순간, 곧 끔찍한 죽음을 당하게 될 거라고 직감했다. 사람이 익사하기 직전에 평생의 시간이 한순간에 떠오른다는 말처럼 과거의 일들이 작별을 고하듯 뇌리를 스쳐 갔다.

물론 외투 호주머니에 권총이 있었으나 그것을 꺼내려 들었다가는 금세 들통이 날 터였다. 더구나 내가 권총을 꺼내 드는 모습을 본 그 미치광이가 어떻게 나올지는 예측 불허였다. 심지어 그를 겨냥해 한두 발 총을 쏜다고 해도, 그가 내게서 총을 빼앗고 자기 식대로 나를 요리할 힘이 남아 있을지도 모르는 일이었다. 아니면 그도 무장을 하고 있어서 내게 총을 쏘거나 칼을 휘두를 가능성도 있었다. 정상적인 사람을 총으로 위협할 수는 있어도, 무감각한 상태의 광인에게 총을 들이댔다간 외려 놈이 위기감을 느끼고 순간적으로 초인적인 힘을 발휘할 수도 있었다. 아직 프로이트의 학설이 알려지기 전이었으나, 나는 정상적인 자제력이 없는 사람이 얼마나 위험한 힘을 발휘하는지에 대해 분명히 알고 있었다. 구석에 있는 그 이방인이 진짜 살기 어린 행동에 나서려는 것 같았다. 그 순간, 이글거리는 눈과 일그러진 얼굴을 본 나로서는 의심의 여지가 없었다.

갑자기 거친 숨소리가 들려왔고, 그의 가슴이 크게 들썩거리는 것이 보였다. 일촉즉발의 순간. 나는 최선의 방법을 생각해 내려고 절박하게 머리를 쥐어짰다. 계속 자는 척하면서, 권총이 들어 있는 호주머니 쪽으로 오른손을 은밀하게 조금씩 움직였다. 그러면서 혹시 미치광이가 내 움직임을 눈치채지는 않을까 유심히 살펴보았다. 불행히도 그가 눈치를 채고 말았다. 표정이 그랬다. 그는 덩치에 비해 도저히 믿기지 않을 정도로 민첩하게 뛰어오르더니, 내가 미처 상황을 파악하기도 전에 내 앞에 서 있었다. 그러고는 나를 집어삼킬 듯 버티고 서서 전설에 등장하는 거인 괴물처럼 앞쪽으로 건들거리다가, 억센 손 하나로 나를 붙잡더니 다른 손으로는 나보다 먼저 권총을 꺼내 들었다. 권총을 손에 쥔 그는 가소롭다는 듯이 나를 놓아주었다. 그가 얼마나 엄청난 괴력의 소유자인지, 또 내 목숨이 누구의 손아귀에 있는지를 여실히 보여준 셈이었다. 그는 몸을 꼿꼿이 ─ 정수리가 열차의 천장에 거의 닿을 듯 ─ 세우고 나를 내려다보았고, 노기 어린 눈빛은 이내 나를 불쌍히 여기는 듯한 경멸과 냉혹한 계산의 눈빛으로 바뀌어 있었다.

내가 옴짝달싹 못하고 있는 동안, 그는 곧 맞은편 자신의 자리로 돌아갔다. 그리고 오싹한 미소를 짓더니 크고 불룩한 가방에서 독특하게 생긴 ─ 잘 휘는 철사로 야구의 포수 마스크처럼 엮은 꽤 큼직한 새장 혹은 모양만 봐서는 잠수 헬멧에 더 가까운 ─ 물건을 꺼냈다. 그 물건의 맨 위에 줄이 달려 있었고, 줄 끝은 가방에 들어가 있었다. 그는 그것을 애지중지하는 물건처럼 무릎에 가만히 올려놓고는 나를 또 쳐다보면서 마치 고양이가 혀를 놀리듯 수염에 뒤덮인 자신의 입술을 핥는 것이었다. 그때 그가 처음으로 말했다. 그것도 거친 코듀로이 옷을 입은 남루한 행색과는 도저히 어울리지 않는, 교양과 온화함이 배어 있는 저음의 부드러운 목소리로 말이다.

"선생, 당신은 운이 좋은 겁니다. 우선은 선생을 이용할 생각이니까요. 선생은 이 놀라운 발명품의 첫 번째 결실로 역사에 기록될 겁니다. 사회적으로 엄청난 반향이 일 테고, 나는 그런 분위기를 그대로 방치할 생각입니다. 나는 늘 빛을 발해 왔지만, 아무도 나의 진가를 알지 못합니다. 이제 선생은 알 겁니다. 지적 능력을 지닌 기니피그니까요. 고양이와 작은 당나귀, 하긴 당나귀마저도 효과가 있어서……."

그가 갑자기 말을 멈추었다. 머리 전체가 격렬히 회전하듯 흔들렸고, 수염이 덥수룩한 얼굴까지 갑자기 경련을 일으키기 시작했다. 마치 불분명한 방해물을 흔들어 없애려는 것 같았다. 왜냐하면, 그 동작을 끝냈을 때 교활한 표정이 사라진 대신에 온화함과 침착함 속에 더욱 분명해진 광기를 숨기고 맑아졌다고 할까 아니면 섬세해졌다고 할까 하는 표정을 지었기 때문이다. 나는 그 표정의 차이를 단번에 눈치챘고, 그의 마음을 해롭지 않은 방향으로 돌릴 수 있지 않을까 하여 말을 걸어 보았다.

"내가 보기에, 댁은 아주 훌륭한 장치를 가지고 있는 것 같군요. 그걸 어떻게 발명했는지 물어봐도 될까요?"

그가 고개를 끄덕였다.

"그저 논리적인 사고력에 불과합니다, 선생. 나는 시대의 요구에 귀를 기울였고, 그에 따라 실천했습니다. 나와 똑같은 일을 하는 사람들이라면 아마도 나처럼 집중력을 유지할 수 있을 정도로 강한 정신력을 가졌을 겁니다. 나는 신념, 다시 말해 유용한 의지력을 지니고 있다고 할까요, 그게 다입니다. 아직은 아무도 깨닫지 못하고 있는 것, 다시 말해 케찰코아틀이 돌아오기 전에 지구 상에서 모든 것을 없애는 일이 얼마나 절실한 것인지를 나는 깨달았지요. 또한 그 일을 우아하게 끝내야 한다는 것도 알고 있습니다. 나는 학살 같은 방식을 혐오하고, 교수형은 미개하리만큼 조잡하다고 생각합니다. 선생도 알다시피, 작년에 뉴욕 주 의회에서 사형수를 전기 처형하는 방안을 채택했지요. 하지만 그들이 생각하는 장치는 전부 스티븐슨의 '로켓'이나 대번포트의 전기 엔진처럼 원시적인 것에 불과하지요. 나는 더 좋은 방법을 알고 있다고 그들에게 말해 주었지만, 주의해서 듣지를 않더군요. 허허, 멍청한 족속들! 나를 마치 기본적인 지식도 모르는 사람처럼 취급했습니다. 인간과 죽음과 전기에 대하여, 또 학생과 어른과 아이, 혹은 기술 전문가와 공학자와 용병에 대해서 아무것도 모르는 사람처럼……."

그는 좌석에 등을 기대고 실눈을 떴다.

"나는 20년도 넘게 막시밀리안[66] 군대에 있었습니다. 나는 귀족이 될 예정이었지요. 그런데 그 빌어먹을 멕시코 놈들이 막시밀리안을 죽였고, 나는 고국으로 돌아갈 수밖에 없었습니다. 하지만 난 돌아왔습니다. 왔다가 다시 가고, 다시 또. 나는 뉴욕 로체스터에 살고 있습니다."

그의 눈빛이 아주 교활해졌다. 그가 앞으로 몸을 내밀더니, 기묘하리만큼 섬세한 손으로 내 무릎을 만졌다.

"말했듯이, 난 돌아왔습니다. 그리고 어느 누구보다도 깊숙한 곳까지 들어가봤지요. 난 멕시코 놈들을 증오하면서도 한편으로는 좋아합니다! 무슨 소리냐고요? 젊은 친구, 내 말을 들어보시오. 혹시 멕시코가 진짜 스페인의 영토라고 생각하는 건 아니겠지요? 후우, 당신이 그 부족을 알았더라면 좋았을걸. 난 알아요! 산속, 저 아나우악[67] 고원, 테노치티틀란[68]에 있는 그 태고의 종족들……."

그의 목소리가 영창하는 조로 바뀌었는데, 귀에 거슬리는 꽥꽥거림은 아니었다.

"이아! 위칠로포치틀리[69]! ……나우아틀라카틀[70]! 일곱, 일곱, 일곱…… 소치밀카, 찰카, 테파네카, 아콜우아, 틀라우이카, 틀라스칼테카, 아즈테카! 이야! 이야! 나는 치코모스톡의 일곱 동굴[71]에 가봤지만, 나 말고는 그 누구도 모를 겁니다! 당신은 내 말을 어디 가서 발설하지 않을 것이기에 말해 주는 겁니다."

그가 차분해지더니 평소 말투로 돌아왔다.

"선생이 그 산속에서 전해지는 얘기를 알게 된다면 깜짝 놀랄 겁니다. 위칠로포치틀리가 곧 돌아올 겁니다……. 그걸 의심할 수는 없어요. 멕시코시티 남부의 날품팔이들 누구라도 그렇게 말할 겁니다. 하지만 난 그 얘기를 하려는 게 아닙니다. 말했듯이, 난 고향으로 돌아갔지요. 왔다 갔다 하기를 수차례, 사회를 위해 내가 만든 전기 처형기라는 은혜를 베풀어주려는데 올버니 의회가 다른 방법을 채택한 겁니다. 선생, 그들이 선택한 방법이란 게, 참 웃기지도 않아요! 난롯가에 있는 할아버지의 의자라고 할까, 호손[72]이 앉아 있었을 법한……."

그 남자는 착한 사람인 척, 그래서 오히려 더 기분 나쁘게 킬킬거렸다.

"허허, 선생, 난 그들의 빌어먹을 의자에 앉는 최초의 인간이 되었으면 좋겠어요. 그래서 그 시시껄렁한 배터리의 전류를 한번 느껴보고 싶어요! 개구리 다리 하나도 움직일 수 없을 테니! 그런데도 그걸로 살인자들을 처형할 수 있다고 생각하다니! 응분의 대가를 치르게 한다나요. 하지만 젊은 선생, 난 고작 몇 사람을 죽여보았자 소용이 없다는 걸 깨달았습니다. 그건 무의미한 부조리에 불과합니다. 세상 모든 사람들이 살인자니까요. 그들은 생각을 살인하고 발명을 훔치고, 끝없이 나를 감시하면서 내 것을 도둑질해……."

남자가 감정이 북받쳐 말을 잇지 못하자, 내가 위로의 말을 건넸다.

"나는 댁의 발명품이 훨씬 더 뛰어나다고 확신합니다. 그래서 의회에서도 언젠가는 그걸 사용하게 될 겁니다."

내 말이 그리 위로가 되지는 못한 모양이었다. 그가 또 동요를 보였기 때문이다.

"확신한다? 친절하고 상냥하며 보수적인 확신이로세! 네놈의 저주받은 운명이나 걱정해라. 하지만 너는 곧 알게 될 거야! 빌어먹을 놈, 나한테서 훔쳐 가려는 저 전기의자에 직접 앉아봐야 얼마나 좋은지 알게될걸. 그 신성한 산에서 네사왈필리[73)의 유령이 내게 말했어. 그들이 지켜본다고, 계속 지켜보고 있다고……."

그는 또 목이 메었고, 이번에는 얼마 전처럼 머리와 표정이 동시에 흔들리기 시작했다. 그런 동작이 일시적으로 그에게 안정감을 주는 것 같았다.

"내 발명품은 테스트를 해야 합니다. 바로 이거, 이 철사 헬멧이랄까, 머리그물처럼 생긴 부분은 신축성이 있어서 머리를 집어넣기가 쉽지요. 목 덮개 부분은 숨을 쉬는 데 지장을 주지 않습니다. 전극 봉들은 이마와 소뇌 아랫부분에 닿습니다. 그게 다예요. 두뇌가 정지된 상태에서 뭘 할 수 있겠어요? 올버니의 멍청이들은 떡갈나무로 만든 안락의자나 만지작거리면서 그걸 머리에서 발끝까지 적용해야 한다고 생각하지요. 한심한 놈들! 총으로 머리를 쏘면 그만인데 몸 전체에 총질을 해야 한다고 생각하는 꼴이지 않습니까? 내가 축전지를 어떻게 이용했는지, 왜 눈 뜨고도 보질 못하냐 이 말입니다. 내 얘기를 듣지도 않고, 아무도 모르고 있으니, 나 혼자만 그 비밀을 알고 있을 수밖에. 그래서 나와 케찰코아틀과 위칠로포치틀리가 세상을 지배하게 될 거예요. 나와 그들이, 그리고 내가 선택한 자들이……. 하지만 실험 대상이 필요했지요.

선생, 내가 맨 처음 선택한 실험 대상이 누구인지 혹시 알려나?”

나는 진정제처럼 재치와 진지함을 섞어서 친근하게 말하려고 노력했다. 재치와 적절한 말은 그나마 나를 구해 줄 수 있는 수단이었다.

“글쎄요, 내 고향이 샌프란시스코인데, 거기 정치인들 중에 훌륭한 실험 대상이 아주 많지요! 그 정치인들은 댁의 치료가 필요하니까요. 내가 기꺼이 그들을 댁에게 소개해 드리지요! 난 진심으로 댁을 돕고 싶습니다. 내가 새크라멘토에서 꽤 영향력이 있기 때문에 멕시코에서 볼일을 마친 후 함께 미국으로 돌아간다면, 사람들 앞에서 발언할 자리를 만들어드리겠습니다.”

그가 차분하면서도 정중하게 대답했다.

“아니요, 난 돌아갈 수 없어요. 올버니의 범죄자들이 내 발명품을 거절하고, 그것을 훔치기 위해 스파이를 붙여 나를 미행했을 때, 난 돌아가지 않겠다고 다짐했습니다. 하지만 미국인 실험 대상이 필요했지요. 저주받은 멕시코인들은 너무 쉬운 상대니까요. 순수 인디언 — 깃털 달린 뱀의 진정한 후손들 — 의 경우는 적절한 희생제를 치르지 않고서는 함부로 해칠 수 없는 신성한 존재들이거든요. 물론 그들을 인신공양으로 죽일 때조차 정해진 의식에 따라야 합니다. 나는 미국으로 돌아가지 않고 미국인을 손에 넣어야 했습니다. 그리고 내가 선택한 최초의 인간은 대단한 영예를 누릴 겁니다. 그가 누구인지 알겠습니까?”

나는 위기를 넘기기 위해 필사적이었다.

“아, 그게 문제라면, 멕시코시티에 도착하는 대로 1등급 양키를 열 명도 넘게 찾아드릴 수 있습니다! 실종되어도 한동안은 찾을 사람이 없는 광부들, 그들이 어디에 많이 있는지 내가 알고……”

그러나 그가 난데없이 위엄을 갖추고 내 말을 잘랐는데, 그 말투에서 진짜 기품이 느껴졌다.

"그만. 너무 오랫동안 실없는 소리를 지껄였군요. 자리에서 일어나 남자답게 똑바로 서시오. 내가 선택한 실험 대상은 바로 당신입니다. 당신은 저세상에서 이런 영광을 준 내게 감사할 것입니다. 희생제의 제물이 자신에게 영원한 영광을 선사한 사제에게 고마워하는 것처럼. 새로운 원칙, 살아 있는 그 어떤 사람도 꿈꾸지 못했던, 그리고 이 세상에서 앞으로 1000년 동안 실험한다 해도 두 번 다시 얻지 못할 배터리. 혹시 당신은 원자의 모습이 겉으로 보이는 것과 다르다는 걸 알고 있습니까? 지금부터 100년이 흐르고 나면 이 세상을 구하려 한 사람이 바로 나라는 걸 짐작하는 사람이 생길지도 모르지!"

내가 명령에 따라 일어서자, 그는 가방에서 줄을 더 길게 빼내고 내 옆에 똑바로 섰다. 그가 두 손으로 붙잡은 전기 헬멧을 내게 내미는 동안, 햇볕에 그을리고 수염이 덥수룩한 그의 얼굴에 희열이 번졌다. 잠시 동안, 그는 빛을 발산하는 그리스의 비법 전수자, 아니 신비 의식의 사제처럼 보였다.

"여기, 아, 젊은이여, 자유여! 우주의 포도주, 별이 빛나는 공간의 신주(神酒), 리노스, 이악코스[74], 이알메노스[75], 자그레우스[76], 디오니소스, 아티스[77], 힐라스[78], 아폴론의 자식으로 아르고스의 사냥개한테 죽은 프사마테[79]의 씨, 태양의 아이, 에보에[80]! 에보에!"

그가 다시금 영창을 읊조리자, 이번에는 오래전 대학 시절의 고전 강의실로 돌아간 것 같았다. 똑바로 서 있던 나는 머리 위 가까이에 있는 연결선을 보았다. 그의 의식에 화답하는 척 동작을 취하면서 그 연결선을 낚아챌 수도 있을 것 같았다. 해볼 만했다. 그래서 되풀이되는 "에보에!"라는 대목이 들리는 순간, 나는 그를 향해 의식의 한 동작처럼 두 팔을 높이 치켜들었고, 그가 눈치채기 전에 연결선을 획 잡아당길 생각이었다. 그러나 부질없는 짓이었다. 의도를 눈치챈 그가 내 권총이 들어 있는 오른쪽 외투 주머니로 한 손을 가져갔기 때문이다. 말이 필요 없었다. 우리는 목상처럼 잠시 그대로 멈춰 서 있었다. 이윽고 그가 조용히 말했다. "빨리 해!"

나는 또다시 필사적으로 탈출 방법을 생각해 내느라 정신이 없었다. 내가 아는 한, 멕시코 열차의 객실 문은 보통 잠겨 있지 않았다. 그러나 내가 문으로 뛰어나가려고 한다면, 그가 단번에 알아챌 것이었다. 게다가 열차가 아주 빠르게 달리고 있는 상황이어서 자칫 치명적인 실패로 끝날 수 있었다. 당장 할 수 있는 일이라고는 얼마 동안 그가 하라는 대로 따르는 것이었다. 세 시간 반의 예정 소요 시간도 이미 많이 흘러간 상황, 일단 멕시코시티에 도착한다면 역내 안전요원과 경찰 들의 도움으로 안전하게 구출될 것이었다.

교묘하게 시간을 지연시킬 기회가 두 번은 있을 것 같았다. 헬멧을 쓰기까지 시간을 끌 수 있다면, 시간을 꽤 벌 수 있을 것이었다. 물론 내가 그 장치를 진짜 위험한 것으로 생각한 것은 아니었다. 그러나 그것이 제대로 작동하지 않을 경우에 이 미치광이가 어떻게 나올지는 뻔했다. 좌절감 때문에 더욱 광분하여 실패의 책임을 나한테 돌릴 테고, 그 결과는 살인적인 분노가 불러올 핏빛 혼란이 될 것이었다. 그러므로 실험을 최대한 지연시켜야 했다. 그리고 또 한 번의 기회가 남아 있었다. 만약 영리하게 계획을 세운다면, 내가 실패의 원인을 설명함으로써 그의 주의를 끌고 방법을 수정하여 실험을 몇 차례 반복하게 할 수도 있었다. 그가 나를 얼마나 믿어줄지, 또 미리 신탁을 통한 것처럼 실패를 예언함으로써 나를 예언자나 비법의 전수자 혹은 신으로까지 보일 수 있을지는 미지수였다. 나는 멕시코 신화에 대해 겉핥기이긴 하나 써먹을 만큼은 알고 있었다. 물론 처음에는 다른 지연술을 시도하고, 갑작스러운 신의 계시처럼 실패를 예언할 생각이었다. 예언자나 신적인 존재로 보이는 데 성공한다면 과연 그는 나를 살려줄 것인가? 내가 과연 케찰코아틀이나 위칠로포치틀리인 척 꾸미면서 위기를 모면할 수 있을까? 어쨌든 멕시코시티에 도착 예정인 5시까지는 어떡해서든 시간을 벌어야 했다.

이런 걱정에도 불구하고 나는 시작부터 노련하고도 자연스러운 지연술을 구사했다. 그 미치광이가 서두르라고 연신 재촉하는 동안, 나는 내 가족과 곧 있을 결혼식에 대해 말하면서 유언을 남기고 유산 문제를 해결하게 배려해 달라고 부탁했다. 종이를 빌려주고 내가 기록한 것을 우편으로 부치겠다고 약속해 준다면, 더 평화로이 더 기꺼이 죽을 수 있을 거라고 말했다. 생각에 잠겼던 그가 우호적인 결심을 내비치더니, 가방에서 메모장을 꺼내 엄숙히 내게 건넸고, 나는 다시 자리에 앉았다. 나는 연필을 꺼냈지만 곧바로 교묘하게 연필심을 부러뜨림으로써 그가 연필을 찾아 뒤적이는 동안 시간을 벌 수 있었다. 그는 자신의 연필을 내게 건네고는 부러진 내 연필을 받아 들고 허리띠에 차고 있던, 손잡이가 뿔로 된 큰 칼로 깎기 시작했다. 또 한 번 연필심을 부러뜨리는 것은 그리 좋은 방법이 아닐 터였다.

그때 내가 뭐라고 썼는지, 지금은 거의 기억이 나지 않는다. 대부분 횡설수설 되는대로 적었고, 그마저 쓸거리가 없을 때는 기억나는 문학 작품을 아무렇게나 짜깁기했다. 그리고 글을 기록한다는 취지를 살리면서도 필체를 최대한 알아볼 수 없게 했다. 왜냐하면, 그가 실험을 시작하기에 앞서 내가 쓴 것을 확인하려 들 것이고, 말도 안 되는 내용을 간파한다면 어떻게 나올지 뻔했기 때문이었다. 그 시간은 참으로 고된 시련이어서 나는 매 순간 기차의 더딘 속도에 조바심이 났다. 얼마 전까지만 해도 기차가 철로 위를 기운차게 달릴 때마다 빠르다고 쾌재를 부르기도 했건만, 지금은 장례 행렬, 그것도 나 자신의 장례 행렬처럼 더디게만 느껴졌으니 말이다.

그 작전은 종이 넉 장을 채울 때까지만 유효했다. 마침내 미치광이가 시계를 꺼내 확인하더니 앞으로 5분만 시간을 더 주겠다고 말했기 때문이다. 이제 어떡한다? 유언장을 서둘러 마무리 짓다가 새로운 수가 떠올랐다. 내가 미사여구로 끝맺은 유언장을 건네자, 그는 그것을 외투 왼쪽 주머니에 아무렇게나 쑤셔 넣었다. 내가 알고 있는 새크라멘토의 유력한 지인들이 그의 발명품에 큰 관심을 가질 것이라고 다시 한 번 상기시켰다.

"그 사람들한테 가져갈 소개장이라도 써놓아야 하지 않을까요?" 내가 말했다. "내가 직접 댁의 처형기를 스케치하고 설명한 글에 서명을 해둔다면, 진지한 회견 자리를 마련하는 데 도움이 되지 않을까요? 아시다시피, 내 지인들이 댁을 유명인으로 만들어줄 겁니다. 그리고 나처럼 그들이 잘 알고 신뢰하는 사람의 소개를 받는다면, 캘리포니아 주에서 댁의 처형기를 채택하겠지요."

좌절한 발명가라는 신세 타령에 몰입하게 함으로써 잠시 동안 이 미치광이가 아즈텍 종교를 잊게 하는 것이 나의 전략이었다. 그리고 나중에 그가 다시 종교적인 면을 생각하는 순간, 내가 계획 중인 '계시'와 '신탁'을 불쑥 터뜨릴 작정이었다. 그가 무뚝뚝하게 서두르라고 말하기는 했으나, 눈빛이 반짝이고 간절한 표정이 스치는 것으로 봐서 그 작전은 효과가 있었다. 그는 가방을 뒤져서 헬멧에 달려 있는 전선의 나머지 부분을 꺼냈는데, 유리 전지와 코일 다발 같은 것으로 그 생김새가 독특했다. 그리고 내게는 너무 전문적이라 이해할 순 없지만 어딘지 간단하고 그럴듯한 말로 장치의 원리를 열심히 설명하는 것이었다. 나는 그가 말하는 것을 전부 옮겨 적는 척하면서 그 이상한 장치가 진짜 배터리는 아닐까 의아해졌다. 혹시 그가 장치를 작동하면 내게 약간이라도 충격이 전달되는 건 아닐까? 그는 마치 천재적인 전기학자처럼 자신만만하게 말했다. 그가 자신의 발명품을 설명하는 모습을 보고 있자니, 그런 일이 적성에 딱 맞는 것 같았다. 그리고 지금까지와는 다르게 그리 조바심을 내지도 않았다. 그가 말을 다 끝내기 전, 희망에 부푼 새벽의 여명이 붉게 빛났고, 드디어 탈출의 기회가 엄연한 현실로 느껴졌다.

그러나 그 또한 여명을 보았고, 또다시 눈빛이 험악해졌다. 그는 열차가 멕시코시티에 5시 도착 예정임을 알고 있었다. 내가 만약 혹할 만한 화제로 그의 판단력을 흐려놓지 못한다면, 그가 실험을 서두를 것이 분명했다. 그가 단호한 태도로 일어서서 열려 있는 가방 옆에 배터리를 올려놓는 동안, 나는 필요한 스케치를 아직 끝내지 못했다고 말했다. 그리고 그에게 배터리를 자세히 그릴 수 있도록 헬멧을 들고 있어달라고 부탁했다. 그는 서두르라는 경고를 여러 번 되풀이하면서도 순순히 자리에 앉았다. 잠시 후에 나는 또 스케치를 멈추고 설명이 필요하다는 구실로, 어떻게 상대방한테 처형기를 씌우는지 또 몸부림칠 경우에는 어떻게 하는지 물었다.

"그거야." 그가 대답했다. "범죄자를 기둥에 확실히 묶어두면 됩니다. 머리를 아무리 흔들어대도 그건 문제가 되지 않소. 이 헬멧은 머리를 꽉 조이는데, 전류가 흐르면 더 강하게 조이게 되니까요. 이 스위치를 서서히 돌리는 겁니다. 이거 보이죠? 이렇게 가감저항기로 철저하게 준비해 놓았소."

차창 밖 여명 속에서 경작지와 점점 많아지는 집들이 드디어 멕시코시티에 가까워지고 있음을 알리는 동안, 새로운 지연 작전이 떠올랐다.

"그런데요." 내가 말했다. "배터리 옆에 있는 헬멧뿐만 아니라 사람의 머리에 쓴 상태의 헬멧도 그려야겠습니다. 잠시만 직접 헬멧을 써주시면 내가 그릴 수 있을 텐데, 안 될까요? 정부 관리뿐만 아니라 신문기자들은 이런 것까지 원하고, 완벽할수록 호감이 가니까요."

내 계획은 예상보다 더 큰 효과를 거두었다. 신문기자라는 말에 미치광이의 눈빛이 또다시 반짝였기 때문이다.

"신문기자? 맞아, 빌어먹을 기자 놈들, 그러니까 선생이 기자회견 자리까지 주선할 수 있단 말이군! 놈들은 지금까지 비웃기만 했지 기사한 줄 써주려고 하지 않았소. 자, 서두르시오! 시간이 없소!"

그는 헬멧을 쓰고서, 분주히 움직이는 내 연필을 탐욕스레 쳐다보고 있었다. 초조하게 두 손을 꼼지락대면서 앉아 있는 모습은 전선으로 엮은 헬멧 때문에 기괴하고도 우스꽝스럽게 보였다.

"이번에는 그 망할 놈들이 신문에 그림을 실어주겠지! 선생이 잘못 그리는 부분이 있다면 내가 수정하겠소. 무슨 일이 있어도 정확해야 하니까. 경찰이 나중에 선생을 발견하게 될 테고, 그 스케치들이 이 장치의 작동 원리를 설명해 주겠지. AP 통신사에 딱 맞는 기삿거리이다, 선생의 소개 글까지 덧붙이면 불후의 명성은 따놓은 당상⋯⋯. 빨리, 빨리 하라니까, 빌어먹을!"

기차가 도시 가까이에 이르러 더 나빠진 노반 위를 덜커덕거리며 달리는 동안, 우리는 이따금씩 심하게 흔들렸다. 그 기회를 놓칠세라 나는 또 연필심을 부러뜨렸지만, 미치광이는 기다렸다는 듯이 미리 깎아 놓은 내 연필을 건넸다. 1단계 전략이 거의 바닥이 났고, 잠시 후면 내가 그 헬멧을 써야 할 처지였다. 역까지 아직 15분은 족히 남은 상황, 이쯤에서 화제를 종교적인 쪽으로 돌리고 내가 신탁을 터뜨려야 할 시점이었다.

그동안 주위들은 나우안-아즈텍 신화를 머릿속으로 정리한 후, 나는 갑자기 연필과 종이를 내던지고 영창을 시작했다.

"이야! 이야! 이야! 틀로케나우아케[81], 모든 섭리를 터득한 그대! 그대 또한 우리를 살게 하는 이팔네모안[82]이라! 들린다! 들린다! 보인다! 보인다! 뱀을 닮은 독수리여, 어서 오소서! 신탁! 신탁! 위칠로포치틀리여, 그대의 천둥이 내 영혼에서 울리나이다!"

나의 영창 소리에 미치광이는 괴상한 헬멧 너머로 믿을 수 없다는 눈빛을 보냈고, 잘생긴 얼굴에 떠올랐던 놀라고 어리둥절한 표정은 이내 공포의 그것으로 바뀌었다. 잠시 멍해 보이던 그의 얼굴에서 이내 다른 표정이 떠올랐다. 그가 두 손을 높이 쳐들더니 꿈을 꾸듯 영창을 시작했다.

"위대한 왕, 믹틀란테우크틀리[83]의 표식이여! 그대의 검은 동굴에서 나온 표식이여! 아이와! 토나티우-메츨리[84]! 크툴루틀! 명령을 내리소서. 따르겠나이다!"

그때 그가 화답하듯 읊조린 뜻 모를 말 중에는 지금 내 기억 속에서 기묘한 울림으로 와 닿는 단어가 하나 있다. 멕시코 신화에 관한 어떤 책에도 나오지 않는 말이기에 기묘했지만, 한편으로는 회사의 틀락스칼라 광산에서 일하는 날품팔이 노동자들 사이에서 외경심 어린 속삭임으로 떠돌던 그 말을 나도 몇 번 들은 적이 있다. 그 말은 극히 비밀스럽고 오래된 의식의 일부 같았는데, 그것과 함께 독특하게 속삭이는 답창을 나도 몇 번 들었기 때문이다. 그 단어 자체는 학자들에게도 알려진 것이 아니었다. 이 미치광이는 자신의 말대로 산간의 날품팔이 노동자와 인디언 사이에서 오랜 시간을 보냈음이 분명했다. 기록에도 없는 그런 전설을 단순히 책을 통해서 얻었다고 볼 수 없으니 말이다. 그가 더 비의적인 장광설에 집착하는 것으로 미루어, 나는 그의 가장 취약한 부분을 공략하기로 마음먹고 멕시코 원주민들이 사용하는 뜻 모를 말로 응수했다.

"야-리예! 야-리예!" 내가 소리쳤다. "크툴루틀 프타근! 니구라틀-이그! 요그-소토틀······"

그러나 나는 영창을 끝마칠 수 없었다. 그 미치광이가 자신의 잠재의식에서도 예상치 못했을 나의 정확한 답문에 그만 전기에 감전된 듯 종교적인 간질 상태에 빠져들었기 때문이다. 그는 무릎을 꿇은 상태로 기어 다니며 헬멧 쓴 머리를 계속 조아렸고, 그러면서도 연신 왼쪽과 오른쪽으로 오갔다. 이리저리 오갈 때마다 그는 머리를 더 깊이 조아렸고, 거품을 문 입술에서 "죽여, 죽여, 죽여."라는 말이 점점 커지는 단음으로 계속 흘러나왔다. 그제야 내가 너무 지나치게 대응했다는 생각이 들었다. 내가 읊조린 문구가 흥분한 미치광이한테서 기차가 역에 닿기도 전에 살의를 이끌어냈기 때문이다.

그의 행동반경이 점점 커지면서 헬멧과 배터리를 연결하는 전선도 점점 팽팽해졌다. 그는 급기야 모든 것을 망각한 환희의 착란상태에서 완벽하게 원을 그리며 움직였고, 그의 목에 감긴 전선이 의자에 놓여 있는 배터리를 잡아당기기 시작했다. 곧 배터리가 바닥으로 떨어져 부서질지도 모르는데, 그때 가서 그가 어떻게 나올지 의문이었다.

파국은 갑자기 벌어졌다. 광적인 탐닉에 빠진 미치광이의 마지막 동작에 좌석 가장자리까지 당겨진 배터리가 진짜 바닥으로 떨어지고 만 것이었다. 그러나 배터리가 완전히 부서진 것 같지는 않았다. 떨어진 충격이 순식간에 가감저항기로 전달되었고, 스위치가 곧바로 전류를 흘려보냈다. 그리고 놀랍게도 진짜 전류가 흘렀다. 그 장치는 미치광이의 한갓 꿈이 아니었다.

나는 파란색의 눈부신 빛을 보았고, 그 말도 안 되는 끔찍한 여정에 서 있었던 그 어떤 비명보다도 섬뜩하게 울부짖는 절규를 들었으며, 살이 타는 역겨운 악취를 맡았다. 내 정신이 도저히 감당할 수 없는 상황, 나는 곧 정신을 잃고 말았다.

내가 멕시코시티 역의 경비원 덕분에 정신을 차리고 보니, 객차 문 주위에 사람들이 몰려들어 있었다. 나는 나도 모르게 비명을 질렀고, 그 때문에 궁금한 표정의 얼굴들이 더욱 호기심에 차고 의아해졌다. 경비원이 의사를 불렀고, 마침 의사가 사람들 사이를 헤치고 달려오는 모습에 나는 다행이라고 생각했다. 내가 비명을 지른 것은 아주 자연스러운 일이었다. 그러나 그 비명은 내가 객차 바닥에서 보게 될 거라고 예상했던 광경보다 더 큰 충격에서 비롯된 것이었다. 아니, 예상보다 충격이 덜한 광경 때문이라고 해야 옳을지 모르겠다. 왜냐하면, 객차 바닥에는 아무것도 없었기 때문이다.

경비원도 문을 열고 기절해 있는 나를 발견했을 때 아무것도 없었다고 말했다. 그 객차용으로 팔린 승차권은 한 장밖에 없었고, 내가 유일한 승객이었다. 나 자신과 내 가방, 그것이 다였다. 나는 케레타로 역에서부터 내내 혼자였다. 내가 정신없이 횡설수설 질문을 해대자, 경비원과 의사 그리고 구경꾼들이 나를 보며 미쳤다는 듯 하나같이 자기들의 이마를 톡톡 쳐 보였다.

그것이 꿈이 아니었다면, 내가 진정 미쳤던 것일까? 나는 그간의 불안과 극도의 긴장을 떠올리면서 몸서리를 쳤다. 나는 경비원과 의사에게 고맙다는 말을 건네고 호기심 어린 군중에게서 비틀비틀 벗어난 뒤, 택시를 타고 폰다 내쇼날로 향했다. 그곳에서 광산에 있는 잭슨에게 전보를 보낸 뒤, 몸을 추스르기 위해 오후까지 잠을 청했다. 광산까지 갈 협궤용 열차를 타기 위해 오후 1시 정각에 일어났을 때, 문 밑에 전보 한 장이 놓여 있었다. 잭슨이 보낸 것으로, 펠던이 그날 아침 산에서 시체로 발견됐으며, 그 소식은 오전 10시경에 광산에 전해졌다는 내용이었다. 회사 서류들은 모두 무사하며, 샌프란시스코 본사에도 이미 그 소식을 알렸다고 했다. 그렇다면 긴박하게 달려왔고 비참한 정신적 시련까지 안겨주었던 지금까지의 여정이 깡그리 헛고생이었단 말인가!

상황이 종료되긴 했으나 매콤 회장이 개인적인 보고를 원할 것이기에 나는 따로 전보를 보내고 협궤 열차에 몸을 실었다. 네 시간을 덜커덕거린 후 도착한 제3광구 역, 거기까지 마중 나온 잭슨이 나를 다정히 맞아주었다. 바쁜 광산 일에 경황이 없는지, 그는 여전히 초췌하고 불편한 내 모습을 알아채지 못했다.

잭슨 감독의 이야기는 간단했다. 그는 펠던의 시체가 있다는 아라스트라[85] 위쪽의 산 중턱으로 나를 안내하는 동안, 1년 전 이맘때쯤에 광산에서 일을 시작한 펠던은 늘 괴팍하고 음침한 사람이었다고 말했다. 비밀스러운 기계장치를 만지작거리는가 하면, 끊임없이 감시를 당하고 있다며 불평했고, 원주민 일꾼들과 고약할 정도로 가까이 지냈다. 어쨌든 그가 광산 일도 잘 알고 이 지역 지리에 밝으며 아는 사람도 많다는 것은 분명했다. 그는 종종 날품팔이 노동자들이 사는 산속 멀리까지 여행을 다녀왔고, 그들의 오래되고 야만적인 의식에 직접 참여하기도 했다. 그리고 자신의 기술을 자랑하면서 기묘한 비밀과 이상한 힘에 대해 자주 내비치곤 했다. 그의 이상 증세는 최근에 극도로 심각해졌다. 동료들에 대한 병적인 의심이 부쩍 심해졌고, 돈이 부족해지자 원주민 친구들의 광물 절도에도 가담한 것이 분명했다. 이런저런 이유로 터무니없이 많은 돈이 필요했는데, 언제나 멕시코시티나 미국의 실험실과 기계 공장에서 상자들을 들여오고 있었다.

잭슨 감독은 이어서, 결국에는 회사 서류를 몽땅 훔쳐서 도망친 것도 그가 말하는 '감시'를 당한 것에 복수를 하겠다는 정신 나간 행동에 불과하다고 했다. 백인이 살지 않는, 으스스한 시에라 데 말린체의 황량한 비탈에 숨겨진 동굴까지 찾아가 아주 기이한 짓들을 하다니 완전히 정신이 나간 것이 틀림없다고도 했다. 마지막 참사가 없었더라면 끝내 발견되지 않았을 그 동굴에는 섬뜩한 태고의 아즈텍 신상과 제단이 가득했다. 특히 제단은 최근에 번제의 제물로 바쳐진 정체 모를 뭔가의 그을린 뼈로 뒤덮여 있었다. 그곳 원주민들은 아무것도 모른다고 했으나, 한눈에 봐도 그 동굴은 그들의 오랜 회합 장소였고, 펠던이 그곳에서 그들의 의식을 처음부터 끝까지 함께했다는 것은 짐작이 가고도 남았다.

영창 소리와 마지막 비명이 없었더라면 수색자들은 그 동굴을 발견하지 못했을 것이다. 새벽 5시에 가까운 시간, 밤새워 수색 작업을 하던 사람들이 소득 없이 광산으로 돌아갈 채비를 하고 있을 때였다. 그때 누군가 멀리서 희미한 리듬을 감지했고, 그것이 악명 높은 원주민들의 고대 의식 중에 하나임을 알아챘다. 그리고 그 소리는 시체처럼 생긴, 고즈넉한 산비탈에서 들려오고 있었다. 이윽고 믹틀란테우크틀리, 토나티우-메슬리, 크툴루틀, 야-리에 같은 태고의 이름들도 들려왔는데, 이상한 것은 그 소리에 영어 단어들이 섞여 있다는 점이었다. 그것은 멕시코인이 아니라 백인 남자의 영어 발음이었다. 그들은 소리를 따라 잡초 무성한 산 중턱을 바삐 올랐고, 마법과도 같은 침묵이 흐른 후에 단말마의 비명이 들려왔다. 그들이 지금까지 들어본 그 어떤 소리보다 끔찍한 비명이었다. 이윽고 연기가 나는 것 같았고, 지독한 냄새가 풍겼다.

그들이 더듬거리며 동굴에 도착했을 때, 동굴 입구는 메스키트 덤불로 막혀 있었다. 그러나 동굴에서 역겨운 연기가 나오고 있었다. 동굴 안에서 일렁이는 촛불과 섬뜩한 제단과 기괴한 신상이 모습을 드러냈고, 초를 새것으로 교체한 지 30분이 채 되지 않은 것 같았다. 그리고 동굴 바닥에서 발견된 무시무시한 광경에 수색자들은 비틀비틀 뒷걸음질 쳐야 했다. 머리에 이상한 장치를 뒤집어쓴 펠던, 그의 머리는 바삭바삭하게 타버린 상태였다. 전선으로 만든 헬멧 같은 것에 배터리가 연결되어 있었고, 배터리는 근처의 제단에서 떨어졌는지 조금 파손되어 있었다. 그것을 본 사람들은 펠던이 늘 발명품이라고 자랑하던 — 아무도 믿지 않았지만 몰래 훔쳐서 복제품을 만들려고 했다던 — '전기 처형기'를 떠올리면서 서로 눈짓을 주고받았다. 회사의 서류들은 가까운 곳에 열려 있던 가방에 고스란히 담겨 있었다. 그로부터 한 시간 후, 수색대는 임시로 만든 들것에 소름 끼치는 시신을 싣고 제3광구로 복귀하기 시작했다.

그것이 다였다. 그러나 그것만으로도 잭슨이 나를 이끌고 아라스트라를 지나 시체를 놓아두었다는 건물로 향하는 동안, 내가 창백하게 질리고 비틀거리기에 충분했다. 내가 상상력이 없는 사람이 아닌 데다,

이 비극적인 사건이 초자연적으로 오싹한 악몽과 연결되어 있다는 것을 스스로 너무나 잘 알고 있었기 때문이다. 인부들이 호기심 어린 표정으로 모여들어 있는 건물, 살짝 열린 그 문 안쪽에서 내가 무엇을 발견하게 될지 이미 알고 있었다. 그래서 나는 거대한 형체와 거친 코듀로이 옷, 이상하리만큼 섬세한 손과 타다 남은 한 줌의 수염 그리고 진저리 쳐지는 기계를 보고도 눈 하나 깜짝하지 않았다. 배터리는 약간 부서져 있었고, 헬멧은 그 내부에서 타버린 내용물 때문에 시커멓게 그을려 있었다. 불룩한 대형 여행 가방을 보고도 나는 놀라지 않았다. 다만 나를 움찔하게 만든 물건이 두 개 있었으니, 하나는 시체의 왼쪽 주머니에서 삐져나와 있는 종이 몇 장이었고 다른 하나는 묘하게 부풀어 있는 오른쪽 호주머니였다. 아무도 안 보는 사이, 나는 너무도 눈에 익은 그 종이들을 낚아챘고, 그 필체를 확인할 엄두도 내지 못하고 그냥 손으로 구겨버렸다. 그날 밤 내가 공황 상태에서 사람들의 눈을 피해 그 종이들을 태워버렸으니 지금은 후회막급이다. 그것은 어떤 사건의 확증 혹은 반증이 될 수 있을 테니까 말이다. 그러나 그 문제라면, 나는 아직 검시관에게 불룩한 오른쪽 코트 주머니에서 꺼낸 권총을 어떻게 처리했냐고 물어봄으로써 증거를 확보할 수 있다. 지금까지 권총에 대해 물어보지 못했다. 내 권총은 그날 밤 기차에서 사라졌기 때문이다. 내 연필도 금요일 오후 매콤 회장의 전용차에서 내가 반듯하게 깎아놓았던 것과는 다르게 투박하고 급히 깎인 흔적이 남아 있었다.

결국 나는 그렇게 어리둥절한 ─ 오히려 그래서 다행인 ─ 상태로 고국에 돌아왔다. 케레타로에 도착해 보니, 회장의 전용차는 수리를 끝낸 상태였다. 리오그란데와 엘파소를 거쳐 미국으로 돌아오는 과정에서 안도감은 최고조에 달했다. 금요일에 샌프란시스코에 도착했고, 그다음 주에 미루었던 결혼식을 올렸다.

　지금까지 내가 말한 그날 밤, 과연 무슨 일이 벌어졌는지 생각할 엄두조차 나지 않는다. 그 펠던이라는 친구는 처음부터 제정신이 아니었고, 광기의 절정에서 그 누구도 알아서는 안 되는 선사시대의 아즈텍 마녀 전설을 많이 축적했다. 그는 진정 창의적인 천재였고, 그 배터리는 천재의 작품이 분명했다. 나는 나중에 그가 몇 년 동안 언론과 대중과 유력 인사들에게 어떤 식으로 무시를 당했는지 전해 들었다. 큰 좌절감이 해가 되는 사람들이 있기 마련이다. 어찌 됐든, 불경한 힘의 조합이 효력을 발휘했다. 그는 진짜 막시밀리안의 군인이었다.

　내가 이런 이야기를 하면 대부분의 사람들이 나를 새빨간 거짓말쟁이라고 한다. 또 어떤 이들은 그것이 비정상적인 심리 ― 내가 얼마나 중압감에 시달리고 있었는지는 신만이 알겠지만 ― 때문이라고 하고, 어떤 이는 유체이탈 같은 말을 들먹이기도 한다. 요컨대, 펠던을 찾아내고픈 내 열망이 내 생각을 미리 그에게 보냈고, 펠던은 그것을 인지하고 대응할 수 있는 인디언 마법에 정통했다는 얘기다. 그가 기차의 객차에 있었던 것일까, 아니면 내가 시체를 닮은 으스스한 산속 동굴에 있었던 것일까? 내가 만약 시간을 끌지 못했더라면 내게 무슨 일이 벌어졌을까? 솔직히 모르겠다. 그리고 알고 싶기나 한지도 모르겠다. 그 후로 나는 멕시코에 간 적이 없으며, 처음에 말했듯이, 전기 처형에 관한 얘기를 좋아하지 않는다.

---

63) 엘파소(El Paso): 미국 텍사스 주 제일 서쪽에 위치한 카운티로 미국과 멕시코 접경에 있는 도시 중에서 가장 크다.

64) 치와와(Chihuahua): 멕시코 북부 고지대로 애완견 치와와의 원산지.

65) 발열축상(發熱軸箱): 기차 쇠바퀴를 지탱해 주는 축에서 발열이 심한 현상.

66) 막시밀리안(Maimilian): 멕시코 황제를 지낸 오스트리아의 대공.

67) 아나우악(Anahuac): 멕시코 중부의 고원으로 옛 아즈텍 문명의 중심지.

68) 테노치티틀란(Tenochtitlan): 현재의 멕시코시티 자리에 있던 아즈텍 왕국의 수도.

69) 위칠로포치틀리(Huitzilopotchli): 아즈텍의 태양신이자 전쟁 신.

70) 나우아틀라카틀(Nahuatlacatl): 테노치티틀란이 종족의 폐쇄성을 극복하기 위해 정립하려고 시도한 새로운 종족 개념. 테노치티틀란의 분지와 주변에 있던 주요 종족인 소치밀카, 찰카, 테파네카, 아콜우아, 틀라우이카 등을 동일한 근원 종족으로 보고 공동체 의식을 강화하려고 했으나 종족 개념을 교체하는 데는 실패하였다.

71) 치코모스톡의 일곱 동굴: 치코모스톡은 동굴을 의미하며, 이 동굴에서 아즈텍의 선조들이 태어났다고 한다.

72) 너새니얼 호손(Nathaniel Hawthorne): 미국의 작가. 『주홍 글씨』, 『일곱 박공의 집』 등의 대표작이 있다.

73) 네사왈필리(Nezahualpilli): 멕시코 분지의 세 개 주요 도시국가(테노치티틀란, 테스코코, 틀라코판) 중에서 테스코코의 왕이었다. 아버지 네사왈코요틀이 문화적인 황금시대를 이루었고, 네사왈필리는 이런 아버지의 정책을 계승하여 시인, 주술사, 철학자로서 뛰어난 재능을 발휘하였다. 사형 제도를 폐지했고, 아즈텍의 세력 중심이 테노치티틀란으로 집중되는 상황에서도 정치적 독립을 꾀했다.

74) 이악코스(Iacchus): 그리스 신화의 신성한 존재. 엘레우시스 신비 의식에서 숭배되었다.

75) 이알메노스(Ialmenus): 그리스 신화에 등장하는 인물. 미니아이 부족을 이끌고 트로이 전쟁에 참가했다.

76) 자그레우스(Zagreus): 그리스 신화에 나오는 소년 신.

77) 아티스(Attis): 그리스 로마 신화에 등장하는 미소년.

78) 힐라스(Hylas): 그리스 신화에서 헤라클레스가 사랑한 미소년.

79) 프사마테(Psamathe): 아르고스 왕 크로토포스의 딸. 아폴론과 결합하여 리노스를 낳았으나 아버지의 분노를 두려워하여 아이를 버렸다고 한다. 또는 아이의 존재를 알게 된 크로토포스가 강제로 아이를 빼앗아 산 채로 땅에 묻었다거나 들판에 버려 양치기 개들이 뜯어먹게 했다는 이야기도 있다. 아폴론은 아들의 죽음을 보복하기 위해 포이네라는 괴물을 보내 아르고스 주민들의 아이들을 잡아먹게 했다고 한다.

80) 에보에(Evoë): 주신(酒神) 바쿠스의 무녀가 바쿠스에게 외치는 소리.

81) 틀로케나우아케(Tloquenahuaque): 아즈텍 신화에서 창조주이자 주재자.

82) 이팔네모안(Ipalnemoan): 멕시코의 토착 신.

83) 믹틀란테우크틀리(Mictlanteuctli): 아즈텍 신화에서 죽음의 신이자 믹틀란의 왕. 믹틀란은

지하 세계에서도 최북단 최하층에 위치한 영역.

84) 토나티우(Tonatiuh)는 태양신, 메츨리(Metzl)는 달의 신 혹은 여신이자 농부들의 수호신.

85) 아라스트라(Arrastra): 광산에서 광석을 분쇄하는 기계.

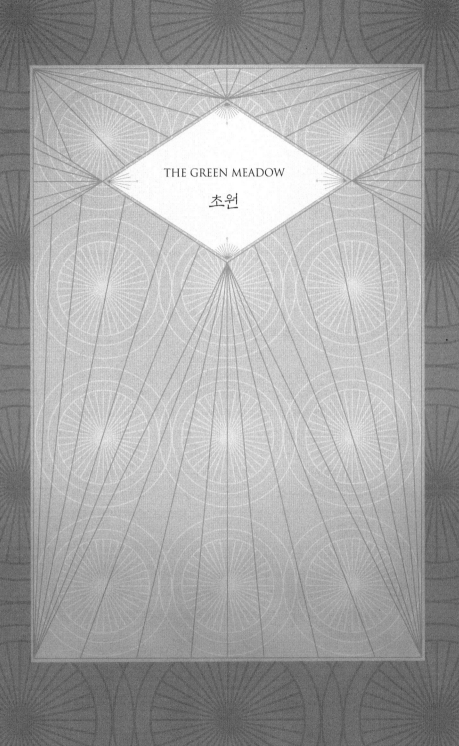

THE GREEN MEADOW

초원

작가와 작품 노트 | 위니프리드 버지니아 잭슨(Winifred Virginia Jackson, 1876~1959)

시인이자 아마추어 저널리스트. 1918년부터 1921년까지 저작과 아마추어 저널리즘 등 여러 방면에서 러브크래프트와 함께 작업을 하였다. 그러나 재기 발랄했던 위니프리드의 삶은 사실보단 추측으로 더 많이 남아 있다. 어느 정도 근거가 있는 추측 또한 대부분 그녀의 연애사에 치중되어 있는 느낌이다. 러브크래프트를 알게 된 무렵에 그녀는 이혼을 했고, 미국 시인이자 문학 평론가인 윌리엄 브레이스웨이트와 염문을 뿌리고 있었다. 이런 사실을 몰랐던 것으로 보이는 러브크래프트는 이 연상의 매력적인 여성에게 호감을 느꼈다고 한다. 러브크래프트의 감정에 대해선 이견이 많고 불확실한 반면, 위니프리드가 러브크래프트에게 연정을 품었다는 것은 좀 더 명확해 보인다. 그러나 1921년 아마추어 저널리스트 모임에 함께 참석한 이후 두 사람의 관계가 악화되어 서신 왕래를 끊었다고 한다.

「초원」은 1919년경 두 사람이 공저하여, 1927년 《베이그란트》 봄 호에 발표했다. 발표 당시 '엘리자베스 네빌 버클리(위니프리드)와 루이스 시어벌드 준(러브크래프트)'이라는 필명을 대고 번역한 원고 형태를 취하였다. 작품은 메인 주 인근에 떨어진 유성에서 발견된 노트를 번역했다는 글로 시작해서, 노트를 작성한 사람이 표류하다가 초원을 발견하고 접근하는 것으로 끝난다. 러브크래프트는 이 작품을 위니프리드와 자신이 꾼 꿈을 바탕으로 했다고 밝혔다. 러브크래프트가 꿈 얘기를 하자, 잭슨이 자신도 비슷한(그리고 더 구체적인) 꿈을 꿨다며 놀라워했다는 것이다. 유성에서 발견된 노트가 희랍어로 쓴 것이라는 설정은, 노트를 작성한 신원 미상의 남자(혹은 여자)가 지구를 떠나 다른 행성에 도착한 고대 그리스 철학자임을 암시하지만, 구성에 비해 분량이 짧아 상황을 추측하거나 해석하기 어렵다.

「포복하는 혼돈」은 「초원」과 같은 필명으로 1921년에 아마추어 잡지 《유나이티드 코퍼러티브》에 발표했다. 1920년경에 쓴 것으로 추정되며, 러브크래프트가 이보다 조금 앞서 완성한 「니알라토텝」과 관련해서 '포복하는 혼돈'이라고 제목을 붙이고 마음에 들어 했다고 한다. 역시 위니프리드가 꿈을 소재로 제공하고 러브크래프트가 쓴 것으로 알려져 있다.

엘리자베스 네빌 버클리와 루이스 시어벌드 준의 공동 번역.

일러두기.

다음의 아주 독특한 해설 혹은 인상의 기록은 너무도 기이한 상황에서 발견되었기에 신중하게 설명할 필요가 있다. 1913년 8월 27일 수요일 밤 8시 30분경, 미국 메인 주의 포토원켓이라는 작은 어촌의 주민들은 강렬한 섬광을 동반한 천둥소리에 깜짝 놀랐다. 그리고 해안 가까이 사는 사람들은 하늘에서 거대한 불덩이 하나가 엄청난 물기둥을 일으키며 멀지 않은 바다로 떨어지는 것을 목격했다. 같은 주 일요일, 고기잡이를 나갔던 존 리치먼드, 피터 B. 카, 사이먼 캔필드가 트롤망에 걸린 금속성 돌덩어리 하나를 해안으로 끌고 왔는데, 무게가 163킬로그램으로 화산암재처럼(캔필드 씨의 말에 따르면) 생긴 것이었다. 주민 대부분은 그 육중한 덩어리가 며칠 전 하늘에서 떨어진 별똥별이라고 생각했다. 인근에서 유명한 과학자인 리치먼드 M. 존스 박사도 그것이 운석일 것이라고 인정했다. 보스턴의 전문 분석가에게 보낼 견본을 채취하는 과정에서 존스 박사는 그 유사 금속 덩어리에 들어 있던, 앞으로 소개할 이야기가 포함된 이상한 책을 발견했고 지금까지 보관 중이다.

그 책은 1제곱미터 크기의 일반적인 공책처럼 생겼고, 전체 장수는 30매였다. 그러나 재질이 무척 독특했다. 책 표지는 지질학계에도 알려지지 않은 검은 암석 재질로 만들어져 있는 데다 어떠한 물리적인 수단으로도 부술 수 없는 것이었다. 그리고 어떠한 화학 시약에도 반응하지 않는 것 같았다. 내부 재질은 표지에 비해 색상이 밝고 아주 얇아서 쉽게 구부러지거나 펴진다는 점만 제외하면 역시나 표지와 비슷한 특징을 지니고 있었다. 일정한 공정에 따라 ─ 각각의 내용물을 표지와 붙이는 과정을 포함해 ─ 제본이 이루어져 있으나, 책을 살펴본 사람 어느 누구도 제본 방법에 대해 정확히 밝히지 못했다. 책을 분리할 수 없었고, 아무리 힘을 줘도 낱장으로 뜯어낼 수 없었다. 문자는 순수 고전 그리스어인데, 고문학자 몇 명은 필체에 대해 기원전 2세기경에 사용된 흘림체라고 주장했다. 내용에 시기를 추정할 단서가 거의 없었다. 근대의 석판에 석필로 쓴 형태와 비슷하다는 것 외에는 어떤 재질로 쓴 문자인지도 추정이 불가능했다. 지금은 고인이 된 하버드 대학의 체임버스 교수가 이 책의 분석 과정에서 몇 장 ─ 대부분 해설의 결말 부분 ─ 이 읽을 수 없을 정도로 지워져 있음을 발견했다. 이렇게 소실된 부분은 복구가 거의 불가능했다. 고문학자인 루더포드가 소실된 부분을 제외한 내용 전체를 현대 그리스어로 옮겼고, 이것은 다시 번역자들에게 보내졌다.

매사추세츠 공과대학의 메이필드 교수는 이상한 암석의 표본을 조사한 결과 운석이 맞다고 주장했다. 그러나 이것은 하이델베르크 대학의 폰 윈터펠트 박사(1918년 위험하고 적대적인 외국인으로 억류된)

와 다른 주장이었다. 컬럼비아 대학의 브래들리 교수는 좀 더 온건한 주장을 펼쳤다. 전혀 알려지지 않은 재료들이 대거 포함되어 있기 때문에 어떤 식의 분류도 아직은 시기상조라고 경고한 것이다.

이 기이한 책의 존재, 재질, 그리고 그 의미는 중대한 문제이기 때문에 설명하려는 시도조차 아직 나오지 않고 있다. 언어가 허용하는 선에서 여기 풀어쓴 책의 내용을 읽고 누군가 참다운 의미를 찾아내 최근 과학계의 가장 큰 미스터리를 풀어줄 수 있기를 바란다.

—버클리와 준

[책의 내용.]

그 좁은 공간에 나는 혼자였다. 짙은 초록빛 풀밭 너머 한쪽은 바다였다. 푸르고 맑은 물결 그리고 그 위로 피어오르는 안개가 눈길을 사로잡았다. 사실, 안개가 어찌나 자욱하던지 바다와 하늘이 하나로 합쳐진 듯한 기이한 인상을 받곤 했다. 하늘도 역시 푸르고 맑았으니까. 바다 반대쪽은 바다만큼 오래된 숲이었고, 내륙 쪽으로 끝없이 펼쳐져 있었다. 나무들이 기괴할 정도로 크고 무성한 데다 그 수도 엄청나게 많아서 숲은 아주 어두웠다. 거대한 나무줄기의 소름 끼치는 녹색은 내가 서 있는 비좁은 초원의 색깔과 기묘하게 뒤섞였다. 내가 서 있는 위치에서 양쪽으로 꽤 멀리까지 펼쳐져 있는 기이한 숲은 바닷가에 닿아 있었다. 해안선을 삼키고 그 좁은 길을 완전히 에워쌌다. 내가 본 나무 중에서 어떤 것들은 바다에 서 있었다. 마치 어디든 갈 수 없게 만드는 장애물은 견딜 수 없다는 듯이.

나 자신 말고는 그 어떤 생물도 그 흔적도 보지 못했다. 바다와 하늘과 숲이 나를 둘러싸고 있었으며, 그것들은 내 상상력이 미치지 못하는 곳까지 뻗어 있었다. 바람에 일렁이는 나무 소리와 바다 소리 외에는 아무 소리도 없었다.

이 적막한 곳에 서 있던 나는 갑자기 부들부들 떨기 시작했다. 어떻게 그곳에 왔는지 알 수 없었고 내 이름과 신분마저 기억할 수 없었음에도, 만약 내 주변에 도사리고 있는 것들을 알게 된다면 미쳐버리고 말 거라는 느낌이 들어서였다. 아주 먼 다른 생에서 내가 배웠던 것, 꿈꾸었던 것, 상상했던 것 그리고 갈망했던 것들을 떠올렸다. 하늘의 별들을 응시하며 자유로운 영혼과 육체로도 저 광활한 심연을 건너갈 수 없다는 것에 신을 원망하면서 보냈던 긴긴 밤들이 생각났다. 태고의 신성모독을 염원했고, 데모크리토스의 저작들에 푹 빠져 있었다. 그러나 기억들이 떠오를수록, 더욱 깊은 두려움에 몸서리쳤다. 왜냐하면, 내가 혼자였다는, 끔찍하리만큼 외톨이였다는 것을 알았기 때문이다. 혼자였고, 거대하고도 모호한 그리고 예리한 ― 내가 절대 이해하거나 접하지 않기를 기도했던 ― 충격에 가까이 있었다. 초록빛 나뭇가지들이 흔들리는 소리를 들으며 악의적인 증오심과 사악한 승리감 같은 것을 알아챘다. 그것들은 오싹한 소리를 내는 존재 같기도 했고, 비늘이 달린 녹색의 몸뚱이를 나무로 슬쩍 가리고 있는 ― 시력으로는 찾을 수 없지만 의식으로는 찾을 수 있는 ― 전대미문의 괴물 같기도 했다. 내가 느낀 가장 답답한 감정은 불길한 소외감이었다. 주변에 보이는, 이를테면 나무, 풀, 바다, 하늘 따위가 내가 익히 아는 것들이었음에도, 그것이 이제는 희미하게 기억나는 또 다른 생에서 알고 있던 나무, 풀, 바다, 하늘과는 다르다는 느낌 때문이었다. 그것이 어떤 차이인지 딱히 알 수 없으면서도 내게 전해지는 그 느낌만으로도 완벽한 공포에 떨게 만들었다.

그런데 문득, 지금까지 안개 자욱한 바다로만 생각했던 곳에서 초록빛 초원을 보았다. 햇살에 물든 푸른 물결로 드넓게 뻗어 있는 바다를 사이에 두고 그럼에도 이상하리만큼 가까이 초원이 펼쳐져 있었다. 오른쪽 어깨 너머에 있는 나무들을 자꾸 힐끔거렸지만, 묘하게 눈길을 잡아끄는 초록빛 초원에 더 마음을 빼앗겼다.

내가 처음으로 발밑의 땅이 움직이는 느낌을 받은 것은 그 독특한 초원에 시선을 빼앗기고 있을 때였다. 고동치는 듯한 흔들림, 거기엔 어딘지 의도적인 행동을 암시하는 사악한 기운이 전해졌다. 이윽고 내가 서 있던 둑의 일부가 풀밭 해안에서 떨어지더니 바다에 둥둥 떠다니기 시작했다. 마치 저항할 수 없는 힘에 이끌려 한 방향으로 서서히 떠가는 것 같았다. 예기치 못한 상황에 놀라서 꼼짝도 할 수 없었다. 넓은 물결 너머로 숲의 대지가 멀어질 때까지도 뻣뻣하게 굳은 채 서 있었다. 이윽고 현기증을 느끼며 주저앉았다. 그리고 햇살에 물든 바닷물과 초록빛 초원을 다시 쳐다보았다.

내 뒤에서 나무와 그 뒤에 숨은 괴물들이 엄청난 위협감을 뿜어내고 있었다. 나는 뒤돌아보지 않고도 알 수 있었다. 그곳에 익숙해질수록 한때 내가 유일하게 믿고 의지했던 오감에 점점 덜 의존하게 되었기 때문이다. 비늘 달린 초록빛 숲이 나를 증오한다는 것을 알았지만, 떨어져 나온 둑의 일부가 그 해안으로부터 멀어졌기 때문에 이제는 안전하다는 생각이 들었다.

그러나 첩첩산중, 이번에는 내가 올라타 있는 작은 섬에서 계속 흙이 떨어져 나가고 있었다. 죽음이 멀지 않았다. 그런 상황에서도 죽음이 아무런 의미도 없다는 느낌이 들었다. 다시 초록빛 초원으로 고개를 돌렸을 때 전반적인 공포의 분위기와는 정반대로 묘한 안도감 같은 것이 몰려들었기 때문이었다.

그때 어디인지 모를 곳에서 폭포 소리가 들려왔다. 내가 아는 작은 폭포가 아니라 저 멀리 스키타이에서나 들을 수 있을 법한, 마치 지중해 전체가 깊디깊은 심연을 향해 쏟아져 내리는 듯한 소리였다. 조금씩 침몰하는 나의 조각 섬이 그 소리를 향해 흘러가고 있었으나, 나는 만족하고 있었다.

멀리 뒤에서 기묘하고도 무시무시한 일들이 벌어지고 있었다. 여전히 몸서리를 치면서 그 광경을 뒤돌아보았다. 하늘에 떠도는 검은 안개가 흔들리는 초록빛 나뭇가지들의 도발에 화답하듯 기괴하면서도 침울하게 숲을 짓누르고 있었다. 그리고 바다에서 피어오른 짙은 안개가 하늘의 그것과 합쳐지자, 안개에 가려진 해안을 볼 수 없었다. 태양이 ― 그것이 어떤 태양인지는 모르겠으나 ― 주변의 수면을 밝게 비추고 있는데도, 내가 떠나온 육지는 광란의 태풍에 휘말린 것 같았다. 그곳에서 오싹한 숲과 거기 숨어 있는 괴물들의 의지가 하늘과 바다의 의지와 충돌하고 있었다. 안개가 걷히고 나자, 푸른 하늘과 푸른 바다만 나타났다. 육지와 숲은 이제 없었다.

초원에서 들려오는 노랫소리가 내 주위를 끈 것은 그때였다. 말했듯이, 그때까지 나는 사람의 흔적을 만난 적이 없다. 그런데 귓가에 들려오는, 둔중한 노랫소리는 분명히 사람의 목소리였다. 전혀 의미를 알수 없는 노랫말이었으나, 그 소리 자체가 내 안에서 특정한 연상들을 떠올렸다. 그리고 내가 언젠가 번역했던 이집트 서적 ― 고대 메로에의 어느 파피루스를 필사했다는 책 ― 에서 막연한 불안감을 주던 구절들이 기억났다. 되뇌고 싶지 않은 구절이건만 머릿속에는 이미 그 문장들이 줄달음치고 있었다. 그것은 까마득한 태초의 지구에 살았다는 초고대의 존재와 생명의 형태에 대한 내용이었다. 생각하고 움직이고 살아 있는 존재, 그러나 신과 인간은 살아 있는 것이라고 인정하지 않을 그런 이상한 존재. 아무튼 그것은 이상한 책이었다.

귀를 기울이는 동안, 그 전까지는 잠재의식에서만 곤혹스러웠던 상황이 조금씩 실체를 드러내고 있었다. 지금까지 내 인식의 총합으로서 생생한 초록빛 인상으로 자리 잡고 있던 그 초원에서 분명한 형체라고는 무엇 하나 본 적 없었다. 그런데 조금 있으면 물결에 따라 내가 올라탄 조각 섬이 아주 가까운 거리에서 초원을 지날 것이었다. 그렇다면 초원에 대해 또 거기서 들려오는 노랫소리에 대해 더 자세히 알 수 있을 터였다. 불안감이 교차하면서도 노래 부르는 사람을 보고 싶다는 호기심이 더욱 강해졌다.

나를 싣고 가는 조각 섬에서 흙이 계속 떨어져 나가고 있었으나 개의치 않았다. 내가 취하고 있는 지금의 육체(혹은 그렇게 보이는 형체)에 죽음이 찾아올 것 같지는 않았기 때문이다. 주변에 있는 모든 것, 심지어 삶과 죽음마저 착각이었다. 제한된 생명과 육체에 갇힌 존재라는 한계를 뛰어넘어 자유로운 초월자가 되었다는 느낌, 그것은 거의 확신에 가까웠다. 한때 너무도 익숙했던 지구는 아니겠지, 이런 느낌만 있을 뿐 그곳이 어디인지 알 수 없었다. 끝없이 시달리던 공포로부터 벗어난 지금, 발견을 위한 끝없는 항해에 나선 여행자의 감각을 가지게 되었다. 잠시 동안 내가 떠나온 땅과 사람들에 대해 생각했다. 설령 다시 돌아갈 수 없다고 해도, 언젠가 이 모험에 대해 사람들에게 말해 줄 수 있을 것 같은 묘한 느낌이 들었다.

어느새 초원과 아주 가까운 곳까지 떠내려갔고, 목소리도 또렷해졌다. 내가 여러 언어를 구사할 수 있었음에도 그 노랫말을 도저히 해석할 수가 없었다. 멀리서 들었을 때는 느낄 수 없었지만, 모호하고 외경스러운 기억을 넘어서 아주 친숙했다. 목소리의 가장 독특한 특징 ─ 내가 뭐라고 표현할 수 없는 특징 ─ 때문에 두렵기도 하고 끌리기도 했다. 그쯤 온통 초록빛인 초원에서 뭔가를 식별해 낼 수 있었다. 밝은 초록빛 이끼로 뒤덮인 바위들, 키가 아주 큰 관목들 그리고 그보다는 덜 분명하지만 엄청난 크기의 형체들이 숲에서 독특한 방식으로 움직이거나 흔들리고 있었다. 간절히 보고 싶었던 노랫소리의 주인공들, 그런데 갑자기 노래가 최고조에 달했고, 엄청나게 많은 형체들이 더없이 격렬하게 움직이기 시작했다.

나의 섬이 초원에 더 가까이 흘러가고 폭포 소리가 점점 커질 무렵, 노랫소리의 주인공들을 분명하게 보았고 그 순간 공포 속에서 모든 것을 기억해 내고 말았다. 그 존재들에 대해 감히 입에 올릴 수 없다. 거기에 내가 지금까지 곤혹스러워했던 수수께끼의 해답이 있기 때문이다. 그리고 그 해답은 누구든 미치광이로 만들어버릴 것이다. 심지어 나마저도 광기에 빠져들 뻔했으니까……. 이제야 내가 지나왔던, 그리고 한때 인간이었던 타자들이 지나왔던 변화를 알게 되었다. 끝없이 되풀이되는 미래의 주기, 나 같은 존재는 그 누구도 탈출할 수 없을…… 내 영혼은 죽음과 망각의 축복을 달라고 신에게 울부짖고 있으나, 그럼에도 나는 영원히 살아야 하고 영원히 깨어 있어야 한다……. 모든 것이 내 앞에 있다. 귀를 먹먹하게 만드는 폭포 소리 너머 젊은이가 무한정 늙게 되는…… 초원…… 바로 스테틀로스[86]의 땅이 있다. 나는 이 무시무시한 심연 너머로 이 메시지를 전할 것이다…….

[이하는 해독할 수 없게 지워져 있다.]

----

86) 스테틀로스(Stethelos): 「이라논의 열망」과 이 작품을 포함해 두 편에 나오는 가상공간. 그러나 그 작품에서도 거대한 폭포의 하류에 세워졌다고만 언급되어 스테틀로스가 드림랜드의 일부인지 또 다른 이계에 속하는지는 알기 어렵다.

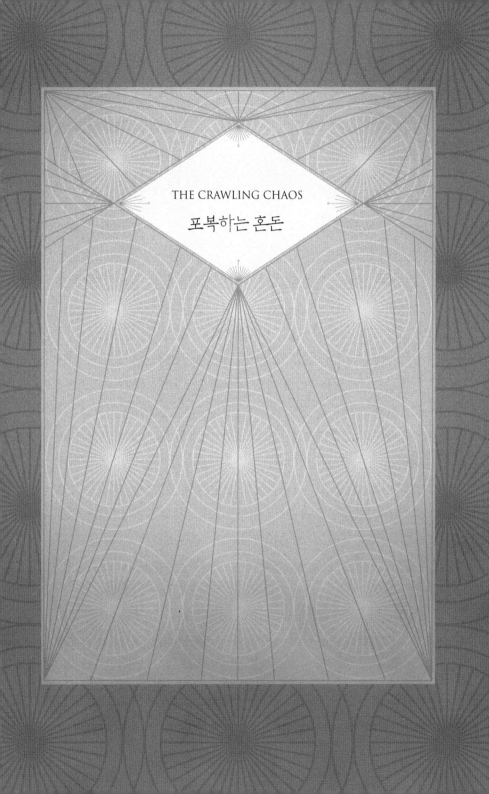

THE CRAWLING CHAOS

포복하는 혼돈

아편의 쾌락과 고통에 대해 쓴 글은 많다. 드퀸시[87]의 황홀경과 공포, 보들레르의『인공 낙원』은 이들 작가에게 불후의 명성을 안겨준 기교와 더불어 지금도 읽히고 해석되며, 세상 사람들은 영감에 고취된 몽상가가 빠져드는 그 모호한 왕국의 아름다움과 공포 그리고 미스터리에 대해 잘 알고 있다. 그러나 많이 언급되어 왔듯이, 그 누구도 그 환상의 본질을 사람들에게 누설하거나 마약 사용자가 필연적으로 들어서게 마련인 화려하고 색다른 미증유의 길이 어느 쪽인지 암시하려 들지 않는다. 드퀸시는 흐릿한 그림자들로 가득한 땅, 아시아로 갔다. 아시아의 섬뜩한 고색창연함은 너무도 인상적이어서 '까마득한 과거로 거슬러 올라가는 종족과 명칭'은 인간의 패기를 압도하고도 남았다. 그러나 드퀸시는 더는 멀리 들어가지 않았다. 더 멀리 간 사람들은 대부분 돌아오지 못했다. 설령 돌아온다 해도 침묵하거나 완전한 미치광이로 남았다. 나는 한때 ─ 전염병이 창궐할 무렵, 의사들이 치료할 수 없는 고통을 완화하고자 하는 방편에서 ─ 아편을 사용했다. 나의 주치의가 공포와 과로에 기진맥진해졌을 때, 나는 아편을 과하게 사용하게 되었고 그 결과 진짜 아주 멀리까지 여행했다. 결국에는 돌아와서 이렇게 살아 있으나, 나의 밤은 기이한 기억으로 가득 차 있다. 그리고 다시는 의사가 내게 아편을 처방하지 못하게 하고 있다.

마약이 주입되면 머릿속의 고통과 울림을 도저히 참을 수 없었다. 앞날이 어찌 되든 관심도 없었다. 치료가 되든 아니면 죽든 어떤 식으로든 벗어나고 싶다는 생각뿐이었다. 얼마간 착란상태에 빠졌기에 전이의 정확한 시점을 알기란 녹록지 않다. 그러나 아마도 머릿속의 울림에서 고통이 사라지기 직전에 전이가 시작된 것 같다. 앞서 말했듯이, 마약을 과다 사용한 적이 있다. 그때 내가 평소와는 사뭇 다르게 반응했던 모양이다. 무엇보다 중력이나 방향감각이 사라진 상태에서 추락하는 듯한, 묘한 느낌이 강했다. 가늠할 수 없을 정도로 깊숙한 곳에서 보이지 않는 무리, 지극히 다양하면서도 어떤 식으로든 나와 관련이 있는 무리가 있다는, 부차적인 느낌도 있긴 했다. 간혹 추락하고 있다는 느낌보다는 우주 혹은 시간이 나를 지나 떨어지고 있다는 느낌이 더 강했다. 갑자기 고통이 사라졌고, 머릿속 울림이 내부적인 힘보다는 외부적인 그것과 관련이 있다는 생각이 들기 시작했다. 추락도 끝났고, 거북하면서도 잠깐의 휴식 같은 느낌이 들었다. 귀를 기울여보니, 머릿속의 울림은 강력한 태풍이 지나간 후 불길하고도 거대한 파도로 황량한 해변을 유린하는 어마어마하게 광대한 바다의 소리 같았다. 그때 눈을 떴다.

처음에는 얼핏 주변이 온통 초점에서 벗어난 투사체처럼 뒤죽박죽 혼란스러워 보였지만, 시나브로 환한 빛을 머금은 수많은 창문에 둘러싸인 기이하고도 근사한 방 안에 혼자 있음을 깨닫게 되었다. 나의 사고 체계는 여전히 불안정한 상태여서 그 방이 정확히 어떤 곳인지는 알 수 없었다. 다만, 형형색색의 융단과 커튼, 정교하게 만든 탁자와 의자, 오토만[88]과 침대 의자 그리고 완전히 이질적이지는 않으면서 이국적인 분위기를 풍기는 섬세한 꽃병과 장식물이 눈에 띄었다. 그런 것들은 오랫동안 내 주의를 끌지는 않았다. 서서히 그러나 다른 느낌들을 압도하면서 냉혹하게 내 의식을 기어오르는 공포, 그것은 미지의 대상을 향한 아찔한 공포였다. 분석할 수 없기에 또 은밀히 접근해 오는 위협이기에 더더욱 강렬하고, 표현할 수 없는 미증유의 이름 없는 대상이기에 죽음보다 더 섬뜩하고 소름 끼치는 공포.

곧 그 공포의 직접적인 상징과 자극이 나의 지친 머리와는 상반되게 미친 듯이 쉬지 않고 맥동하는, 섬뜩한 울림임을 깨달았다. 그것은 내가 서 있는 건물의 바깥, 그중에서도 아래쪽에서 울리는 것 같았고, 그 자체만으로도 더없이 무시무시한 심리적인 이미지가 떠올랐다. 벽에 늘어진 비단 휘장 뒤에 끔찍한 장면이나 뭔가가 숨어 있다는 느낌이 들었다. 나는 사방으로 정신없이 열려 있는 아치 형태의 격자무늬 창문들을 힐끔거리며 움츠러들었다. 그러다가 창문마다 달려 있는 덧문을 전부 닫으면서 시선을 창밖에서 안쪽으로 거두었다. 그리고 작은 탁자 위에서 발견한 부싯돌과 부시로 벽 곳곳에 설치되어 있는 아라베스크 돌출 촛대에 불을 붙였다. 덧문을 닫고 촛불을 밝힘으로써 안정감이 생기자 마음도 어느 정도 차분해졌지만, 단조로운 울림만은 막을 수 없었다. 그런데 마음이 차분해진 상태에서 들어보니, 그 소리는 무서운 동시에 매혹적이었다. 그래서 여전히 위축된 마음에도 불구하고 그 소리의 진원지를 찾아보고픈 모순된 욕구가 생겼다. 울림과 가장 가까운 방 한쪽의 칸막이 커튼을 젖히자, 아담하게 장식된 복도가 나타났고 그 끝에서 조각문과 커다란 퇴창이 보였다. 나를 돌려세우려는 막연한 불안감, 그러나 동시에 그 퇴창으로 잡아끄는 거부할 수 없는 유혹도 있었다. 퇴창이 가까워지자, 멀리 바다에서 어지럽게 휘도는 소용돌이가 보였다. 이윽고 퇴창으로 사방을 내다보니 주변의 숨 막히는 풍광이 완전하고도 압도적인 힘으로 눈앞에 펼쳐졌다.

내 평생 그런 풍광은 처음 보았다. 살아 있는 그 누구도 열병의 착란 상태나 아편의 지옥에서가 아니라면 도저히 볼 수 없는 광경이었다. 건물은 좁은 땅 ─ 지금 생각할 때 좁은 땅 ─ 에, 그것도 얼마 전부터 더욱 격렬해진 것이 분명한 광란의 소용돌이에서 100미터 바로 위에 세워져 있었다. 건물 양쪽에는 최근에 붉은 흙이 유실되어 생긴 절벽이 깎아지른 듯 아래로 곤두박질치고 있었고, 정면에는 무시무시한 파도가 여전히 미쳐 날뛰며 무서우리만큼 변함없이 또 의도적으로 땅을 집어삼키고 있었다. 2킬로미터쯤 떨어진 곳에서 높이가 15미터도 넘는 맹렬한 파도가 솟구쳤다가 떨어졌고, 멀리 지평선에 잔혹하고 기괴한 모습으로 모여든 먹구름은 유해한 독수리 떼를 연상시켰다. 검은색에 가까운 검붉은 파도가 난폭하고 탐욕스러운 손처럼 둑의 붉은 진흙을 움켜잡았다. 나쁜 바다 종족들이 격노한 하늘의 선동에 이끌려 육지에 전면전을 선포했다는 생각밖에는 들지 않았다.

마침내 기이한 풍광이 던져준 충격에서 벗어나, 실제적이고 물리적인 절체절명의 위험에 직면해 있음을 깨달았다. 내가 지켜보는 동안에도 둑이 상당 부분 파도에 유실되었고, 건물이 머잖아 그 무시무시한 격랑 속으로 떨어질 것이 분명했기 때문이다. 그래서 건물 반대편으로 달려갔는데, 기다렸다는 듯이 문이 나타나기에 열고 들어간 다음 손잡이에 걸려 있던 이상한 모양의 열쇠로 문을 잠갔다. 내가 들어간 곳은 더욱 생경한 지역으로, 마치 살기 어린 바다와 창공 사이에 놓여 있는 것처럼 독특한 공간이었다. 양쪽으로 각각 다른 형태로 튀어나온 갑(岬) 두 곳이 흔들리고 있었다. 내가 서 있는 내륙 방향의 왼쪽에는 눈부신 태양 아래 평화로운 파도와 함께 부드럽게 너울대는 바다가 있었다. 태양의 특징과 위치에 전율을 일으키는 뭔가 이상한 점이 있었으나, 그것이 무엇인지는 당시에도 지금에 와서도 알 수 없다. 오른쪽에도 바다, 그런데 그 푸르고 잔잔한 바다는 부드럽게 일렁일 뿐이었고, 반면에 그 위의 창공은 더 검었으며, 휩쓸려 나간 둑은 붉은색보다는 흰색에 가까웠다.

이번에는 땅을 유심히 보다가 새삼 놀라움을 금치 못했다. 지금까지 현실에서 또 책에서 보아온 어떤 것과도 다른 식물 때문이었다. 무더운 공기로 미루어보건대, 열대 아니면 적어도 아열대 식물 같았다. 이따금씩 고향 땅의 식물군과 묘하게 닮았다는 생각을 하다가 어쩌면 내가 잘 아는 식물과 관목 들이 급속한 기후 변화로 인해 이런 모습을 띠게 된 것은 아닐까 짐작했다. 그러나 어디에나 있는 커다란 야자수는 아무리 봐도 낯설었다. 내가 방금 빠져나온 집은 아주 작았는데 — 오두막만 한 크기로 — 그 재료는 분명 대리석이었고, 동서양의 건축 양식을 혼합한 기묘하고도 복합적인 형태였다. 귀퉁이마다 코린트식 기둥이 받치고 있었으나, 붉은색 기와지붕은 중국의 정자를 떠올리게 했다. 문에서 내륙 쪽으로 펼쳐져 있는 유난히 흰 모랫길은 폭이 1미터 정도로, 길양쪽에 웅장한 야자수와 정체 모를 관목 들이 늘어서 있었다. 그 길은 바다가 푸르고 둑이 흰색에 가까운 갑 쪽으로 나 있었다. 길을 따라 내려가노라니, 맥동하는 바다에서 나온 사악한 정령에 쫓기기라도 하듯 도망치고픈 충동이 일었다. 처음에는 약간 오르막이었다가 이내 완만한 정상이 나타났다. 뒤에 남겨진 풍광을 돌아보았다. 오두막처럼 작은 집과 검은 물, 한쪽에는 초록빛 바다, 다른 쪽에는 파란 바다 그리고 그곳을 짓누르고 있는 정체 모를(알 수도 없는) 저주. 나는 두 번 다시 그곳을 보지 못했고, 가끔씩 의아해지곤 한다……. 그곳을 뒤로한 채, 성큼성큼 걸어가면서 앞에 펼쳐진 내륙의 파노라마를 눈여겨보았다.

앞에서 지나가듯 언급했듯이, 그 길은 오른쪽 해변을 따라 내륙으로 이어졌다. 정면과 왼쪽에 수천 제곱미터에 이르는 웅장한 계곡이 보였고, 거기서 내 키를 훌쩍 넘는 열대 식물들이 하늘거렸다. 시야가 미치는 맨 끝에서 커다란 야자수 한 그루가 어서 오라 유혹하듯 서 있었다. 그쯤에는 위험한 반도에서 탈출했다는 안도감과 경이로움 때문에 두려움이 거의 사라졌다. 그러나 피곤을 달래기 위해 발길을 멈추고 길에 주저앉아서 흰빛이 도는 따스한 금빛 모래를 한가로이 손으로 파고 있을 때, 새롭고도 날카로운 위기감이 엄습해 왔다. 흔들거리는 긴 수풀 속의 어떤 공포가 미처 날뛰는 바다의 공포에 덧씌워졌다. 나는 갑자기 비명을 지르고 생뚱맞게 이렇게 소리쳤다. "호랑이? 호랑이? 호랑이인가? 맹수? 맹수? 내가 무서워하는 게 맹수인가?" 호랑이에 관한 고전을 읽었던 기억이 떠올랐다. 공포의 한복판에서 떠오른 그 이야기는 러디어드 키플링의 작품이었다. 그러나 이 존경스러운 고전 작가가 선사했던 기괴함은 기억나지 않았다. 나는 그 단편소설이 수록된 책을 원했고, 그것을 가지러 그 저주받은 오두막으로 발길을 돌리고 있었다. 다행히 좀 더 맑아진 정신과 야자수의 유혹이 발길을 막아주었다.

거대한 야자수의 유혹이 없었더라면 내가 과연 오두막으로 돌아가고픈 충동을 이겨냈을까. 야자수의 유혹은 강렬했다. 다시 길을 걸었고, 수풀과 그 속에 있을지 모르는 뱀에 대한 두려움에도 불구하고 손과 무릎으로 기듯이 계곡의 비탈을 내려갔다. 바다 혹은 육지의 어떤

458

위협에도 죽을 각오로 싸우고, 가급적 이성적으로 행동하겠노라 결심했다. 그런데도 이따금씩 기분 나쁜 수풀들이 미친 듯 흔들리면서 여전히 멀리서 들려오는 파도의 불안한 울림과 합세할 때마다 이길 수 없는 싸움이라는 두려움이 밀려들곤 했다. 자주 걸음을 멈추고 두 손으로 귀를 막았다. 그러나 그 가증스러운 소리를 결코 막을 수 없었다. 간신히 야자수에 도착해 그 든든한 그늘 아래 누울 때까지 수백 년은 걸릴 것 같았다.

이때부터 나를 환희와 공포의 극단으로 오가게 한 일련의 사건들이 벌어졌다. 나는 전율 속에서만 그 사건들을 떠올릴 수 있으며, 감히 그 의미를 해석하려고 들지 않는다. 풍성하게 늘어진 야자수 잎 아래로 기어든 직후, 나뭇가지 사이에서 난생처음 본다 싶을 정도로 예쁘게 생긴 어린아이가 떨어졌다. 행색은 초라하고 지저분했지만, 아이의 용모만은 목신이나 반신반인(半神半人)을 떠올리게 할 정도로 아름다웠고, 야자수의 짙은 그림자 속에서도 주위에 빛을 발하는 것 같았다. 아이가 웃으면서 손을 내밀었는데, 내가 일어서서 뭐라고 말을 하기도 전에 위쪽 어딘가에서 고상한 멜로디가 들려왔다. 고음과 저음이 숭고하고도 영묘한 조화를 이룬 곡조였다. 어느새 해가 수평선 아래로 가라앉은 시간이라, 나는 어스름 속에서 아이의 머리를 에워싼 원광이 가볍게 흔들리는 것을 보았다. 이윽고 아이가 낭랑한 목소리로 말했다.

"여기가 끝이에요. 그들은 별에서 나와 박명을 뚫고 왔지요. 이제 모든 게 끝났어요. 저 아리누리안 강 너머 텔로에에서 우리는 이제 더없이 행복하게 살 거예요." 아이가 말을 하는 동안, 나는 야자수 잎 사이에서 부드러운 광휘를 보았다. 그리고 남녀 한 쌍이 인사를 건네며 몸을 일으켰으니, 좀 전에 노래를 불렀던 이들 중에서 대표 같았다. 그 비범한 아름다움으로 봐선 신과 여신임이 틀림없었다. 그들은 내 손을 잡고 이렇게 말했다. "이리 오너라, 아이야, 넌 이미 목소리를 들었을 테니, 아무 걱정 마라. 은하수와 아리누리안 강 너머 텔로에, 그곳에는 호박과 옥수로만 세운 도시들이 있단다. 그리고 둥근 천장마다 기이하고 아름다운 별들의 이미지가 반짝이지. 텔로에의 상아 다리들 밑으로 황금 강물이 흐르고, 즐거운 유람선들이 일곱 태양의 키타리온으로 향해 가지. 그리고 텔로에와 키타리온에는 젊고 아름답고 즐거운 자들만 살고, 웃음과 노래, 류트 소리 외에는 아무 소리도 들리지 않아. 황금 강의 텔로에에는 오로지 신들만이 거주하나, 특별히 너도 그 속에서 살게 될 것이다."

황홀에 취해 듣고 있던 나는 갑자기 주변에 변화가 생긴 것을 깨달았다. 방금 전까지 지친 내 몸 위로 그늘을 드리웠던 야자수가 어느새 왼쪽 아래로 꽤 멀어져 있었다. 나는 분명히 허공에 떠 있었다. 곁에는 이상한 아이와 광휘를 내뿜는 한 쌍의 남녀 외에도 부분적으로 덩굴 화관을 쓴 청년들과 바람에 날리는 머리칼과 쾌활한 얼굴을 한 아가씨들이 빛을 내며 함께 있었고, 그 수가 점점 늘어났다. 우리는 한데 어우러져, 지상이 아니라 황금 성운에서 불어오는 미풍에 몸을 실은 듯 천천히 올라갔다. 아이가 내 귀에 대고 속삭이는 말, 저 위에 있는 빛의 길만 올려다봐야지 방금 떠나온 땅을 돌아봐서는 절대 안 된다고 했다. 청년과 아가씨 무리는 이제 류트 연주에 맞춰 강약약강의 리듬으로 달콤하게 노래를 불렀고, 나는 지금껏 상상한 어떤 것보다도 훨씬 더 깊은 평화와 행복을 느꼈다. 그런데 그때 갑자기 끼어든 단 하나의 소리가 내 운명을 바꾸고 영혼을 부수어버렸다. 노래하는 이들과 류트 연주자들의 황홀한 음악을 꿰뚫고, 조롱과 광란이 한데 합쳐진 듯 그 끔찍한 바다의 가증스러운 울림이 저 아래 심연에서 진동했던 것이다. 그 음산한 파도가 내 귀에 전언을 알리는 순간, 나는 아이의 말을 까맣게 잊은 채 그만 고개를 돌려, 내가 탈출했다고 여겼던 그 파멸의 풍광을 내려다보고 말았다.

하늘 저 끝 아래에서 저주받은 땅이 휘도는 것을 보았다. 격노하고 광포한 바다가 황량한 해안을 갉아댔고, 버려진 도시의 기우뚱한 고층 건물들을 향해 돌진하고 있었다. 그리고 스산한 달빛 아래서 내가 도저히 설명할 수 없는, 그리고 도저히 잊을 수 없는 광경이 번뜩였다. 시체와 같은 진흙 사막 그리고 폐허와 타락의 정글, 그곳은 한때 사람들로 붐비던 평원과 내 고향 마을이 펼쳐져 있던 곳이었다. 포말이 이는 바다의 소용돌이, 그 한복판에 한때 내 선조들의 웅장한 신전들이 솟아 있었다. 그리고 오싹한 깊이로부터 꿈틀거리며 더욱더 높이 치솟던 파도들이 대학살을 벌이기 직전, 북쪽 끝에서 불쾌한 것들이 득시글거리면서 독기 어린 수증기가 뿜어져 나왔다. 이윽고 아비규환의 소음이 어둠을 갈랐고, 황폐한 땅 곳곳에 틈이 벌어지고 연기가 솟았다. 중앙의 틈이 점점 넓어지는 동안, 음산한 바다는 여전히 포말을 일으키며 땅의 양쪽을 집어삼키고 있었다.

이제 땅은 사라지고 사막만 남았을 뿐, 그런데도 바다는 여전히 삼키고 또 삼켰다. 날뛰는 바다도 뭔가를 두려워하고 있다는, 요컨대 물의 사악한 신보다 강한 땅의 검은 신들을 두려워하고 있는 것 같다는 생각이 뇌리를 스쳤다. 그렇다고 해도 되돌릴 수는 없었다. 도움의 손길을 뻗치기엔 황폐한 땅이 이미 악귀와도 같은 파도에 크게 유린당한 후였다. 바다는 마지막 땅마저 집어삼킨 후 연기 나는 만으로 쏟아져 들어감으로써 지금까지 정복했던 것들을 전부 포기해 버렸다. 범람하던 대지에서 다시 물이 흐르기 시작하자, 죽음과 부패가 드러났다. 물은 태고의 밑바닥을 드러내며 역겹게 흘러갔고, 신들도 태어나지 않았던 시절의 어두운 비밀을 폭로했다. 파도 위로 이끼 낀, 낯익은 첨탑들이 솟구쳤다. 죽은 런던 위로 백합처럼 희고 창백한 달빛이 드리워졌다. 파리는 우주의 먼지로 부패를 씻어내고자 축축한 무덤에서 일어섰다. 그리고 이끼 낀 낯선 첨탑과 돌기둥이 솟구쳤다. 소름 끼치는 첨탑과 돌기둥의 땅, 그것은 인간이 결코 알지 못했던 땅이었다.

지금은 어떤 굉음도 들리지 않고, 단층의 틈새로 파고드는 파도의 섬뜩한 포효와 노호만 있을 뿐이다. 단층의 틈새에서 피어오른 연기는 뜨거운 증기로 바뀐 뒤 점점 짙어져서 그 세계를 거의 덮어버렸다. 데일 듯한 증기가 얼굴과 손에 닿았고, 다른 이들은 증기를 쐬고도 괜찮은지 보려고 주변을 살폈으나 그들은 모두 사라지고 없었다. 너무도 갑작스러운 결말이었다. 그 이후로 아는 것이라고는 내가 병상에서 깨어났다는 것이다. 지하의 심연에서 피어오른 증기 구름은 결국 시야를 완전히 가려버렸고, 창공은 온통 대기를 뒤흔드는 거친 반향의 격변 속에서 몸부림치며 악을 쓰고 있었다. 한 번의 광적인 섬광과 폭발 속에서 벌어진 일이었다. 눈과 귀를 멀게 하는 불과 연기와 천둥이 빠르게 허공으로 솟구치면서 희미한 달을 녹여버렸다.

그리고 연기가 걷혔을 때, 지구를 돌아본 나는 차갑고 익살스러운 별빛을 배경으로 죽어가는 태양과 자매 행성을 찾아 슬퍼하는 창백한 행성들을 보았다.

87) 토머스 드퀸시(Thomas De Quincey): 영국의 비평가이자 소설가. 『어느 아편 중독자의 고백』이 대표작이자 출세작으로 아편 중독자인 자신의 경험을 엮어 아편이 주는 쾌락과 고통을 전하고 있다.

88) 오토만(ottoman): 등받이나 팔걸이가 없는 긴 의자.

THE HORROR AT MATIN'S BEACH

마틴 비치에서의 공포

작가와 작품 노트 | 소니아 그린(Sonia Haft Greene, 1883~1972)

러시아계 유대인 이민자로 아마추어 저널리스트. 우크라이나에서 태어나, 아버지가 사망한 후 어머니와 함께 미국으로 이주했다. 열여섯 살 때 결혼하여 슬하에 딸을 두 었으나, 1916년 남편이 자살한다. 소니아 그린은 당시에는 보기 드물게 독립성이 강 한 여성이었다. 여성용 모자 판매를 하면서 사업가로서 어느 정도 수완을 보여주었 고, 아마추어 간행물에 기부하기도 했다. 러브크래프트와 만난 것은 아마추어 저널 리스트 모임에서였다. 이들은 1924년에 결혼하는데, 러브크래프트가 34살, 재혼이 었던 그린은 41살이었다. 뉴욕 브루클린에서 신혼살림을 차린 이후 2년가량의 결혼 생활은 순탄치 않았다. 러브그레프트는 심각한 경제적 어려움에 처했고, 소니아 그 린 또한 사업 실패와 건강 악화까지 겹쳤다. 뉴욕 생활에 환멸을 느낀 러브크래프트 는 1926년에 고향 프로비던스로 돌아오고, 소니아 그린은 사업을 재개하기 위해 따 로 살다가 결국 1929년 초 이혼에 이른다. 소니아 그린은 작가로서보다는 미국 아마 추어 출판인 협회(UAPA) 회장을 역임한 것으로 더 많이 알려져 있다. 많이 거론되 는 저작으로는 러브크래프트가 수정하고 공저한 「마틴 비치에서의 공포」 외에 러브 크래프트와의 결혼 생활 2년을 집중적으로 다룬 전기물 『러브크래프트의 사생 활 The Private Life of H. P. Lovecraft』이다.

「마틴 비치에서의 공포」는 1922년에 소니아 그린과 공저하여, 1923년 《위어드 테 일스》 11월 호에 「투명 괴물」이라는 제목으로 발표했다. 거대 괴수의 실체를 좀처럼 드러내지 않으면서 공포를 전달하는 방식은 다분히 러브크래프트의 색채가 강하다. 최면 효과가 작위적이고 구성이 다소 산만하다는 결점에도 불구하고, 죽음을 향해 가 는 줄다리기라는 발상은 흥미롭다. 거대한 괴수를 생포했는데, 나중에 그것보다 더 거대한 어미가 복수에 나선다는 내용은 영화 「고르고」(1961)와 TV 시리즈물 「비스 트」(1996, 국내 출시명은 「심해의 습격자」) 등과 상당히 흡사하다. 특히 후자는 영 화 「죠스」의 원작자로 유명한 피터 벤츨리가 쓴 동명 소설을 원작으로 한 것이다.

나는 마틴 비치에서 벌어진 공포에 대해 적절한 설명 비슷한 것도 들어본 적이 없다. 목격자들이 많았음에도 일치하는 설명이 하나도 없다. 그리고 지역 경찰에서 조사한 증언에도 가장 놀라운 모순들이 포함되어 있다.

　어쩌면 그것을 목격한 사람들 전부가 마비되다시피 한 공포 자체의 전무후무한 특징을 감안할 때, 이런 모순들이 당연한 것인지도 모르겠다. 거기다 앨턴 교수의 「최면술은 특정한 성격에만 효과를 보이는가?」라는 기고문으로 이 사건이 세간에 알려진 이후, 최고급 호텔인 웨이버크레스트 측에서 그 일을 은폐하기 위해 애쓴 것도 한몫했다.

　이런 온갖 방해에도 불구하고 나는 논리 정연한 설명을 하기 위해 고군분투하고 있다. 내가 그 끔찍한 일을 목격했고, 그것이 제시하는 가공할 만한 가능성을 반드시 알려야 한다고 믿기 때문이다. 마틴 비치는 다시금 해수욕장으로 유명해져 있으나, 나는 그 일을 떠올릴 때마다 몸서리친다. 솔직히 말해서 그 바다를 볼 때마다 진저리가 쳐진다.

　운명이 때로는 드라마틱하게 절정에 오르듯, 1922년 8월의 그 섬뜩한 사건 또한 앞서 마틴 비치에서 벌어진 보다 사소하고 그럴듯한 일련의 놀라운 흥분 뒤에 나왔다. 5월 17일 글로스터의 소형 어선인 앨마의 선원들은 제임스 P. 오른 선장의 지휘 아래 40시간에 가까운 사투 끝에 바다 괴물 한 마리를 붙잡았다. 그 괴물의 크기와 생김새는 과학계에 엄청난 파장을 몰고 왔고, 보스턴의 박물학자들은 그것을 박제하여 보관하기 위해 심혈을 기울였다.

괴물은 길이 4.5미터, 지름 3미터가량의 원통형에 가까운 형태였다. 전반적인 특징으로 판단할 때 아가미가 있는 어류임은 분명했으나, 가슴지느러미를 대신한 원시적인 앞다리와 발가락이 여섯 개인 발은 아주 황당한 추측까지 불러왔다. 독특한 주둥이, 비늘이 달린 두꺼운 가죽, 깊숙이 박힌 외눈은 그 거대한 크기만큼이나 놀라운 것이었다. 그리고 박물학자들이 그것을 태어난 지 며칠밖에 안 된 새끼라고 발표하자, 세간의 관심이 증폭했다.

오른 선장은 약삭빠른 미국인답게 괴생물체를 실을 선박을 확보한 뒤, 자신의 전리품을 전시하는 데 알맞도록 준비했다. 그가 꼼꼼하게 목수의 솜씨를 발휘한 결과 선박은 멋진 해상 박물관으로 탈바꿈했다. 그는 남쪽의 부유한 휴양지인 마틴 비치로 항해하여 부둣가 호텔에 머물면서 입장료 수익을 챙겼다.

괴생물체 자체의 놀라움에다 전국에서 찾아온 과학자들이 인정하는 높은 가치까지 더해짐으로써 이 발견은 당시 가장 큰 센세이션으로 자리매김했다. 그것이 아주 진기한 — 과학적인 혁명이라고 할 만한 — 일대 사건임을 누구나 이해했다. 박물학자들은 그것이 플로리다 해안에서 잡히는 거대 어류와는 근본적으로 다르다는 것을 분명히 입증했다. 그것의 서식지가 수백 미터로 추정되는 아주 깊은 심해라는 게 분명했고, 그것의 머리와 주요 기관들은 어떤 어류에서도 찾아볼 수 없을 만큼 놀라운 진화의 형태를 보여주고 있었다.

7월 20일 아침, 선박과 함께 귀중한 괴생물체가 사라지면서 흥분이 더욱 고조되었다. 전날 밤에 불어닥친 태풍으로 인해 정박 중인 선박이, 위험한 날씨에도 불구하고 그 배에서 잠이 들었던 경비원과 함께 떠내려간 것이다. 오른 선장은 과학계의 대대적인 지원과 많은 글로스터 어선들의 도움으로 사라진 어선을 찾는 데 매달렸지만, 관심과 소문만 무성해졌을 뿐 소득은 없었다. 8월 7일에 선박 수색 작업은 중단되었고, 오른 선장은 마틴 비치에서의 사업을 정리하고 아직 체류 중인 과학자들과 상의를 하기 위해 웨이버크레스트 호텔로 돌아왔다. 공포는 8월 8일에 찾아왔다.

잿빛 바닷새들이 해안 근처를 낮게 맴돌고, 떠오르는 달이 바다를 가로질러 빛을 던지는 황혼 녘이었다. 이 장면은 모든 인상 하나하나가 중요하기에 기억해 둘 필요가 있다. 해변에는 산책을 나온 몇 사람과 뒤늦게 해수욕을 즐기는 두세 명, 그리고 멀리 북쪽의 푸른 언덕에 자리 잡은 소박한 오두막촌 혹은 외관만 봐도 부유함과 위엄을 떠올리게 만드는 인근 절벽 위 호텔에서 온 사람들이 있었다.

해변이 잘 보이는 거리에 또 다른 구경꾼들이 있었다. 호텔의 천장 높고 등불이 밝혀진 베란다에서 몇 사람이 호텔 안의 무도장에서 들려오는 댄스 음악을 즐기는 것 같았다. 이들 중에는 공포의 사건이 아직 표면화되기 전, 함께 모인 오른 선장과 그의 과학적인 조언자 일행이 포함되어 있었다. 그들 또한 호텔의 다른 투숙객들처럼 해변의 정취를 즐기고 있었다. 아무튼 저마다 본 것에 대해 공포와 의혹이 뒤섞인 진술을 하긴 했지만, 목격자들이 적지 않았다는 건 분명했다.

대다수의 목격담에 따르면, 완연한 보름달이 수평선의 낮게 깔린 수증기 위로 '한 뼘쯤' 떠올랐을 때라고는 하나, 사건이 시작된 시간에 대해서는 정확한 기록이 없다. 사람들이 달을 언급한 이유는 그들이 목격한 것과 달 사이에 미묘한 관련이 있다고 보기 때문이었다. 이를테면, 멀리 수평선으로부터 달빛 비치는 수면을 따라 은밀하면서도 계획적이고 위협적인 물결이 다가왔다는 식이었다. 그러나 그 물결은 해안에 닿기 전에 잠잠해진 것처럼 보였다고 한다.

나중에 벌어진 사건을 떠올리기 전까지 많은 사람들은 이 물결에 크게 주목하진 못했다. 그러나 물결이 그 주변의 일반적인 피도외는 높이와 움직임이 달랐기 때문에 사람들의 눈에 잘 띄었던 것 같다. 어떤 이들은 그것이 교활하고 계산적이었다고 표현했다. 그리고 그 물결이 멀리 검은 암초 부근에서 슬며시 사라졌을 때, 달빛 머금은 바다에서 갑자기 죽음의 비명이 솟구쳤다. 그것은 연민을 불러일으키는 고통과 절망에 찬 외마디 비명이었다.

비명에 맨 처음 반응한 사람들은 당시 근무 중이던 두 명의 구조원이었다. 이 건장한 두 사내는 가슴 부위에 구조원임을 나타내는 붉은색 커다란 글씨가 새겨져 있는 흰색 수영복을 입고 있었다. 구조 작업과 익사자의 비명에 익숙한 그들에게 들려온 당시의 섬뜩한 울부짖음은 평소의 구조 상황과는 사뭇 다른 것이었다. 그러나 잘 훈련된 사명감 아래 그들은 이상한 낌새에도 아랑곳없이 여느 때처럼 구조 작업에 나섰다.

늘 가까이 놔두는, 밧줄 달린 튜브를 낚아챈 구조원 한 명이 사람들이 몰려들기 시작하는 지점으로 해안을 따라 재빨리 달려갔다. 그리고 달리는 동안, 추진력을 얻기 위해 빙빙 돌리던 튜브를 비명이 들려온 방향으로 멀리 집어던졌다. 튜브가 파도 사이로 사라지자, 구경꾼들은 비상한 관심 속에서 극한 절망에 빠져 있던 사람이 나타나기를, 튼튼한 밧줄을 잡고 구조되기를 기다렸다.

그러나 곧 밝혀졌듯이, 구조 작업은 신속하고 쉽게 끝날 성질의 것이 아니었다. 두 명의 건장한 구조원들이 있는 힘껏 밧줄을 잡아당겼지만 반대편 끝에서 아무것도 움직이지 않았다. 오히려 반대편에서도 그들과 맞먹는, 아니 그 이상의 힘으로 끌어당기고 있었다. 얼마 후 구조원들의 발이 질질 끌리더니, 생명선 반대편에서 전해지는 기이한 힘에 이끌려 그만 물속으로 끌려들어 갔다.

구조원 한 명이 정신을 차리고 해변의 사람들에게 남은 밧줄을 내던지면서 함께 잡아당겨달라고 소리쳤다. 금세 구조원보다 더 힘센 남자들이 밧줄 잡아당기는 걸 도왔는데, 그중에서도 맨 앞에 오른 선장이 있었다. 열 명이 넘는 장사들이 팽팽한 밧줄을 힘껏 잡아당겼지만 소용이 없었다.

그들이 힘을 다해 잡아당길수록, 맞은편의 힘도 강해졌다. 양쪽에서 단 한순간도 힘을 뺀 적이 없기에 밧줄은 강철처럼 빳빳해져 있었다. 구경꾼뿐만 아니라 이 줄다리기에 참가한 남자들도 이쯤에서 과연 반대편 바닷속에 있는 상대의 정체가 무엇인지 자못 궁금해질 수밖에 없었다. 물에 빠진 사람이 아닐 거라고 생각한 것은 이미 한참 전이었다. 이제는 고래, 잠수함, 괴물, 악마 등등 온갖 추측이 난무했다. 처음엔 구조의 사명감으로 밧줄을 잡아당겼으나, 이제는 놀라움이 그렇게 만들었다. 그들은 무슨 일이 있더라도 그 수수께끼의 상대를 물 밖으로 끌어낼 결심이었다.

결국에는 고래가 구명 튜브를 집어삼켰다는 판단이 섰다. 지도자 기질을 타고난 오른 선장이 해변의 구경꾼들을 향해 그 보이지 않는 레비아탄을 작살로 잡아 뭍으로 끌고 오려면 배가 필요하다고 소리쳤다. 곧바로 몇 사람이 적당한 선박을 준비하기 위해 사방으로 흩어졌다. 일부는 오른 선장이 준비된 배에 오를 것에 대비해 그를 대신할 생각으로 밧줄을 잡아당겼다. 오른 선장은 내심 가능성을 고래에 국한하고 있지 않았다. 왜냐하면 그 자신이 훨씬 더 이상한 괴생물체도 잡아봤기 때문이었다. 4.5미터짜리가 고작 갓난 새끼라면 과연 다 성장한 것은 또 얼마나 크고 어떻게 행동할지 궁금했다.

오싹하리만큼 순식간에 모든 상황이 놀라움에서 공포로 변했고, 밧줄을 당기는 사람들과 구경꾼들은 겁에 질려 멍해졌다. 오른은 밧줄을 놓고 자리를 옮기려 했지만 설명할 수 없는 힘에 압도되어 밧줄에서 손을 뗄 수 없음을 알게 되었다. 그의 낭패감은 예고편에 불과했고, 다른 사람들도 저마다 밧줄을 놓을 수 있는지 확인하다가 그만 똑같은 상황을 경험하고 말았다. 그것은 밧줄을 잡은 사람들에게 부인할 수 없는 현실이었다. 그들은 분명 정체 모를 힘에 짓눌려 억센 밧줄에 달라붙은 채 서서히, 소름 끼치도록 거침없이 바닷속으로 끌려들어 가고 있었다.

침묵의 공포가 잇따랐다. 공포에 돌처럼 굳은 구경꾼들은 손가락 하나 까딱할 수 없었고 정신이 혼란해졌다. 그들이 얼마나 큰 정신적 혼란을 겪었는지는 각각의 상반된 설명과 무력감에 대한 소심한 변명에도 잘 드러나 있다. 나 역시도 그들 중 한 명이었기에 잘 안다.

밧줄을 당기던 사람들조차 몇 차례 광란의 비명과 공허한 신음을 토해 낸 후에는 마비 상태에 빠져 미지의 힘 앞에 묵묵히 체념하고 말았다. 그들은 그렇게 창백한 달빛 아래서 처음에는 무릎 다음에는 엉덩이가 바닷물에 잠기는 동안 기괴한 운명에 맞서 기계적으로 몸을 앞뒤로 흔들었다. 달의 일부가 구름에 가려지자, 일렬로 늘어서서 흔들거리는 사람들의 모습도 흐릿해져서 언뜻 옥죄어오는 무시무시한 죽음 앞에서 몸부림치는 불길하고 거대한 지네처럼 보였다.

밧줄이 팽팽해질수록 양쪽에서 서로 잡아당기는 힘도 커졌다. 밧줄은 일렁이는 물결에 고스란히 잠겨 점점 부풀어 올랐다. 서서히 밀물이 들어왔고, 늦게까지 웃는 아이들과 밀어를 속삭이는 연인들로 북적이던 모래사장은 어느새 물에 잠겨버렸다. 공황 상태에 빠진 구경꾼들이 발치로 밀려드는 바닷물을 피해 부랴부랴 뒤로 물러나는 동안, 밧줄을 잡은 채 몸이 반쯤 물에 잠긴 사람들은 섬뜩하게 몸을 흔들며 해변에서 멀어져갔다. 침묵은 완전했다.

해변을 벗어나 대피소로 피한 군중은 멍하니 바다를 응시할 뿐, 충고나 격려는 고사하고 도와주겠다고 나서는 사람 하나 없었다. 공기 중에는 전대미문의 악마가 금방이라도 나타날 것 같은 가위 눌린 공포감이 가득했다.

1분이 한 시간 같았고, 뱀처럼 늘어선 사람들의 흔들리는 상체가 거센 물결 위로 여전히 드러나 있었다. 리드미컬한 물결처럼 서서히, 오싹하게 파멸의 그림자가 덮쳐 오고 있었다. 더 짙어진 구름이 달을 가리자, 반짝이던 바다는 거의 어둠에 잠겼다.

일렬로 까딱이는 머리들이 아주 희미하게 보였고, 이따금씩 어둠 속에서 뒤를 힐끔거리는 흙빛 얼굴은 땀으로 번들거리고 있었다. 점점 빠르게 몰려드는 구름, 마침내 그 성난 틈바구니에서 날카로운 섬광이 떨어졌다. 천둥이 처음에는 낮게, 그러나 곧 귀청을 찢을 듯 무섭게 울리기 시작했다. 그리고 천둥소리가 절정에 이른 뒤 — 마치 땅과 바다를 한꺼번에 뒤흔드는 것 같더니 — 곧바로 어둠에 잠긴 세상을 향해 폭우가 쏟아지기 시작했다. 하늘이 열리어 천벌의 폭포수가 퍼붓는 것 같았다.

구경꾼들은 경황도 없었고 올바른 판단력도 없었으나 본능에 따라 호텔 베란다로 이어지는 절벽의 계단을 오르고 있었다. 호텔 안에 있던 투숙객들에게도 곧 소식이 전해졌고, 삽시간에 공포가 전염되었다. 나는 몇 마디 겁에 질린 말들을 들은 것 같지만 정확히는 기억할 수 없다.

호텔에 있던 사람들 중에서 일부는 겁에 질려 각자의 방으로 돌아갔다. 또 다른 일부는 발작적인 번개의 섬광 아래서 거센 파도 위로 까딱이는 머리만 간신히 들이 올린 사람들을 지켜보있다. 나는 그들의 머리를 떠올리고는 한다. 불룩 튀어나왔을 그들의 눈동자, 거기엔 아마도 공포와 충격과 적대적인 우주의 망상이 오롯이 담겨 있었을지도 모르겠다. 태초 이래 무수한 세월의 슬픔, 죄악, 불행, 무너진 희망과 실현되지 않은 소망 그리고 공포와 증오와 고뇌, 그 모든 것이 말이다. 그들의 눈에는 영원히 불타는 지옥의 쓰라린 고통이 번뜩이고 있었으리라.

내가 그들의 머리 너머를 쳐다보고 있을 때, 또 다른 눈동자를 본 것 같은 착각이 일었다. 역시도 번뜩이는 외눈, 거기엔 너무도 혐오스러워서 내 머릿속에서 순식간에 사라져버린 어떤 목적 같은 것이 담겨 있었다. 보이지 않는 바이스 장치에 물린 것처럼 그 저주받은 행렬은 계속 바닷속으로 끌려들어 갔다. 그들의 소리 없는 비명과 무언의 기도, 그것은 아마도 검은 파도와 밤바람만이 알고 있을 터이다.

그때 격노한 하늘에서 지금까지의 천둥소리를 압도하는, 마성과도 같은 광기의 울림이 폭발했다. 눈부신 섬광 한복판에서 하늘의 목소리가 지옥의 불경함과 더불어 울려 퍼졌다. 그리고 모든 망자의 뒤엉킨 고통들이 대참사를 예언하듯 지구를 뒤흔드는 거인의 고함이 되어 울리었다. 그것이 폭풍의 끝이었다. 느닷없이 비가 그쳤고, 이상하리만큼 잔잔한 바다에 또다시 창백한 달빛이 비쳤기 때문이다.

이제 까딱이는 머리의 행렬은 보이지 않았다. 잔잔하고 무심해진 바다에는 달빛 아래 소용돌이처럼 물러나는 물결만이 있었다. 그곳은 맨 처음 기이한 비명이 들려온 지점이었다. 그러나 내가 달뜬 상상과 지친 감각으로 믿지 못할 은색 달빛을 좇으며 지켜보는 동안, 심해 어딘가의 폐허에서 나온 희미하고 불길한 웃음의 메아리가 내 귓가를 간질이고 있었다.

UNDER THE PYRAMIDS

피라미드 아래서

작가와 작품 노트 | 해리 후디니(Harry Houdini, 1874~1926)

탈출 묘기로 세계적 명성을 얻은 헝가리계 미국인 마술사. 본명은 에리히 바이스다. 1900년부터 신의 경지에 가까운 탈출 마술로 세계적인 명성을 얻기 시작했다. 수갑, 밧줄, 자물쇠는 물론 물속과 땅속, 금고, 밀실에서도 탈출에 성공함으로써 '수갑 후디니', '수갑 왕'이라 불리며 마술 공연을 큰 성공으로 이끌었다. 미국 마술 협회 회장을 지내면서 가짜 초능력자와 영매를 적발하는 데 힘을 쏟기도 했다. 활동 분야를 넓혀 그의 명성을 바탕으로 만든 영화 「후디니 시리얼」, 「그림 게임」 등에 출현했고, 『로버트 후디니의 참모습 The unmasking of Robert-Houdin』 등의 마술 관련서를 집필하기도 했다. 「후디니에게 물어봐 Ask Houdini」라는 칼럼을 쓰기도 했고, 「피라미드 아래서」 외에 두 편의 (역시 대필로 보이는) 단편을 더 썼다. 그러나 그의 죽음은 다소 어이없는 사건에서 비롯됐다. 맥길 대학의 한 학생이 후디니에게 복부를 아무리 때려도 끄떡없는지 확인해 보자고 하자, 후디니가 허락한 것이다. 학생은 후디니의 복부를 연거푸 주먹으로 강타했고, 그날 밤부터 고통을 호소하던 후디니는 이틀 후 복막염으로 사망했다.

「피라미드 아래서」는 1924년에 러브크래프트가 대필한 중편으로, 1924년《위어드 테일스》5월 호부터 7월 호까지 3회에 걸쳐 연재되었다. 첫 출간 당시 제목은 「파라오와 함께 갇혀서」였다. 탈출 마술사로 명성을 날리던 후디니와 러브크래프트의 조합은 언뜻 어울리지 않아 보인다. 그래서인지 얼마 동안 이 작품은 러브크래프트가 후디니라는 필명을 사용한 작품으로 잘못 알려지기도 했다. 실상 이 의외의 조합을 계획한 건 당시 재정적인 어려움에 빠져 있던《위어드 테일스》의 소유주인 헤네버거였다. 유명인을 끌어들여 잡지 판매 부수를 늘려보겠다는 심산이었다. 후디니는 실제로 아랍인들에게 결박을 당한 채 피라미드에 갇힌 경험이 있다고 주장했으나, 여러 자료와 정황을 살펴본 결과, 러브크래프트는 후디니의 주장에 신빙성이 없다고 판단하고 자신의 상상에 의지해 작품을 전개해 나갔다. 헤네버거는 애초 이 작품을 러브크래프트와 후디니의 공저로 발표할 생각이었으나, 결과적으로 후디니 단독 저자로 출간되었다. 1인칭 시점이라 공동 저자가 될 경우 독자들이 혼란을 느낄 수 있다는 지나친 배려 때문이었다.

미스터리는 미스터리를 낳는다. 신묘한 곡예사로 이름이 널리 알려진 이후, 내가 직업상 관심을 갖고 긴밀히 관련을 맺고 있을 거라고 사람들이 여길 만한, 이상한 이야기와 사건들을 접해 왔다. 그중에는 시시하고 당치도 않은 것들이 있는가 하면, 대단히 극적이고 흥미로우며 기이하고도 위험한 경험을 하게 만든 것들도 있다. 또한 과학적이고 역사적인 연구의 일환으로 내가 직접 참여한 사례들도 있다. 내가 지금까지 말해 왔고, 또 앞으로도 거리낌 없이 말하게 될 이런 사례들은 많다. 그러나 말하기 무척 주저되는 일이 하나 있는데, 내 가족한테서 막연히 그 소문을 들은 잡지의 출판인들이 거듭 강권하는 바람에 간신히 그 일에 대해 말하고 있는 것이다.

　지금까지 비밀에 부쳐왔던 이 이야기는 14년 전 내가 업무와는 상관없이 이집트를 방문한 일과 관련이 있다. 나는 몇 가지 이유 때문에 그 일의 언급을 회피해 왔다. 무엇보다 피라미드 주변에 몰려들기 마련인 무수한 관광객들에겐 알려지지 않았고, 그 사실을 몰랐을 리 없는 카이로 당국에 의해 적극적으로 은폐되었던, 명백한 어떤 사실과 조건을 이용하는 것 같아서 내키지 않았다. 그런 이유뿐만 아니라, 나 자신의 기괴한 상상력이 주요 원인이었을 그 사건에 대해 재론하는 것 자체가 싫었다. 내가 본 것 ─혹은 봤다고 생각한 것 ─은 실제로 일어난 일이 분명 아니다. 당시에 내가 이집트학 관련서를 읽었고 당시의 상황에서 자연스러운 주제를 깊이 생각했기 때문이라고 하는 편이 더 정확하다. 그것만으로도 아주 오래전 그 그로테스크한 밤, 퍽 오싹한 실제 사건의 흥분에 의해 부풀려진 상상의 자극은 절정으로 치달은 공포를 가져왔다.

1910년 1월, 나는 영국에서의 계약 기간을 마치고 호주 극단의 순회 공연에 참가하기로 새 계약을 맺었다. 일을 시작하기 전에 시간 여유가 생겨서 평소 좋아하는 여행을 하기로 마음먹었다. 그래서 아내와 함께 즐겁게 유럽 대륙을 따라 마르세유에서 페닌슐러앤드오리엔탈 해운의 증기선인 말와호를 타고 포트사이드로 향했다. 호주로 가기 전에 이집트 남부의 중요한 유적지를 방문하기로 계획한 것이 그때였다.

여정은 유쾌했고, 휴가 중인 마술사에게 벌어지는 이런저런 재미있는 사건들 덕분에 활력까지 넘쳤다. 나는 조용한 여행을 위해서 신분을 숨겼다. 그러나 평범한 속임수로 승객들을 깜짝 놀래고 싶어 안달이 난 동료 마술사들이 나더러 자기들의 재주를 이겨보라고 자꾸 부추기는 바람에, 그리고 나 자신이 그런 꾐에 넘어가는 바람에 익명을 원했던 원래의 계획은 수포로 돌아가고 말았다. 이런 말을 굳이 하는 이유는 그 여파가 심각했기 때문이다. 곧 있으면 나일 계곡 곳곳으로 찾아가게 될 승객들 앞에서 신분을 드러냈을 때 어떤 결과를 가져올 것인지 미리 예상했어야 했다. 결과적으로 가는 곳마다 내가 누구인지 알려지게 되었고, 나와 아내가 애초에 원했던 여정의 평온함을 빼앗기고 말았다.

진기한 것을 찾아 떠난 여행에서 나 자신이 진기한 대상이 되어 사람들의 호기심 어린 시선을 받아야 하는 경우가 종종 있었다.

우리는 아름다운 풍광과 신비한 감동을 얻고자 이집트에 왔지만, 배가 포트사이드 인근에 정박하여 승객들을 작은 보트에 나누어 실을 무렵에는 이미 그런 기대와는 거리가 멀어져 있었다. 낮은 모래 언덕, 얕은 물에서 끄덕거리는 부표들 그리고 황량한 유럽풍의 작은 마을에 이르기까지 거대한 드레셉스[89]의 석상 말고는 시선을 끄는 것이 전혀 없어서 우리는 남은 여정 동안 뭐라도 건지고 싶어서 조바심을 내기 시작했다. 한참 의논을 한 뒤에 지체 없이 카이로와 피라미드를 향해 떠나기로 결정했다. 그리고 그 고대 도시가 보여주는 그레코로만 유적들이 얼마나 대단하든지 간에 더 미련 없이 알렉산드리아로 가서 호주행 선박에 오를 생각이었다.

기차 여행은 견딜 만했고, 시간도 네 시간 30분밖에 걸리지 않았다. 이스마일리아까지 철로를 따라 펼쳐진 수에즈 운하도 실컷 보았고, 여행 후반에는 복원되어 신선한 물이 흐르는 중왕국의 운하를 일견하면서 고대 이집트의 운치도 만끽했다. 마침내 점점 짙어지는 어스름 속에서 반짝이는 카이로가 눈에 들어왔다. 거대한 상트랄 역에 도착했을 때 반짝이던 별들은 이글거리는 섬광으로 변해 있었다.

그런데 또 한 번의 좌절이 우리를 기다리고 있었으니, 사람들과 그들의 복장을 제외하고 보이는 것이라고는 온통 유럽풍이었던 것이다. 지루한 지하철을 타고 도착한 광장에는 마차와 택시, 노면전차 그리고 고층 건물 숲에서 반짝이는 눈부신 전깃불로 가득했다. 한편 별 가망도 없이 내게 공연 요청을 했던 극장에 그냥 관객으로서 가봤더니 최근에 '아메리칸 코스모그래피'라고 간판을 바꾸었다. 우리 부부는 택시를 타고 넓은 번화가를 지나 셰퍼드 호텔에 여장을 풀었다. 서비스가 나무랄 데 없는 호텔 식당과 엘리베이터, 화려한 영미권의 분위기 속에서 동양의 신비와 태고의 시간은 아주 먼 나라 얘기 같았다.

그러나 우리는 다음 날, 아라비안나이트의 분위기를 만끽하는 뜻밖의 즐거움을 맛보았다. 카이로의 구불구불한 길과 이국적인 지평선, 하룬 알 라쉬드 치하의 바그다드가 되살아난 것 같았다. 베데커 여행 안내서에 의지해, 원주민 거주 지역을 찾기 위해 동쪽의 무스키를 따라 에즈베키예 가든을 지났고, 머잖아 떠버리 관광 안내원 한 명을 만났는데, 그는 최근에 많이 발전했지만 그래도 그 지역에 대해 잘 안다고 우리를 안심시켰다. 호텔에서 정식 안내원을 소개받을걸 하는 후회는 나중에야 들었다. 아무튼 깨끗하게 면도하고 목소리가 유난히 저음이었던 이 사내는 파라오를 닮은 모습에 퍽 깨끗한 인상이었고, 자신을 '압둘 레이스 엘 드로그만'이라고 소개했다. 언뜻 그는 동류의 무리 중에서 영향력이 커 보였다. 나중에 경찰에서 그를 알지 못한다고 하면서, '레이스'는 단지 높은 사람을 뜻하는 칭호이며, '드로그만'은 안내인 중에서 우두머리를 뜻하는 '드라고만'을 어줍게 변형시킨 것에 지나지 않는다는 말을 듣긴 했지만 말이다.

압둘은 우리가 책에서만 읽고 꿈에서만 본 경이로움 속으로 안내했다. 옛 카이로는 그 자체가 동화책이자 꿈이다. 비밀의 향기가 스멀거리는 비좁은 골목길의 미로. 자갈 깔린 길 위로 닿을 듯 나와 있는 아라베스크 발코니와 퇴창. 기이한 외침과 채찍 소리, 덜커덕거리는 수레와 댕그랑거리는 동전, 낑낑거리는 당나귀가 뒤섞인 동양식 운송 수단들의 아수라장. 형형색색의 옷, 베일, 터번, 타부슈[90], 물지게꾼과 이슬람 성직자, 개와 고양이, 점쟁이와 이발사. 후미진 구석마다 웅크리고 흐

482

느끼면서 구걸하는 눈먼 거지들, 변함없이 새파란 하늘을 배경으로 우아하게 늘어선 미나레트[91]에서 울려 퍼지는 무에진[92]의 낭랑한 영창 소리.

지붕이 있는 좀 더 조용한 시장들도 역시나 매혹적이었다. 향신료, 향수, 향, 구슬, 융단, 놋쇠 제품 따위가 있었고, 늙은 마흐무드 슐레이만이 고무진이 묻은 병들 사이에 다리를 꼬고 앉아 있는 동안, 재잘거리는 젊은이들은 아주 오래된 고전 양식의 ― 아우구스투스가 세 개 이집트 군단 중 하나를 주둔시켰던 인근의 헬리오폴리스[93]에서 유래한 것으로 보이는 로마 코린트 양식의 ― 기둥에서 떨어진, 우묵한 기둥머리에 겨자를 넣고 빻았다. 고대의 유물은 이국적인 취향과 섞이기 마련이다. 우리는 곧 모스크와 박물관까지 빠짐없이 보았다. 박물관의 어마어마한 보물들이 발산하는 파라오 치하 이집트의 음산한 매력에 우리의 아라비아 취향을 빼앗기지 않으려고 애쓰면서 말이다. 이집트의 매력은 그 정도가 절정이었다. 당시에 우리의 관심은 아라비아 사막 가장자리에서 몽환적으로 반짝이며 네크로폴리스(죽음의 도시)를 연출해내는 웅장한 묘지 사원과 그 주인들인 칼리프가 누린 중세 사라센의 영광에 온통 집중되어 있었기 때문이다.

압둘은 드디어 우리를 데리고 샤리아 모하메드 알리를 따라 술탄 하산 모스크[94]에 갔고, 이어서 탑들이 늘어선 바브-엘-아자브 너머 담장을 두른 가파른 고갯길을 오르니, 살라딘[95]이 지금은 사라진 피라미드들의 돌을 가져가 지었다는 웅장한 요새에 다다랐다. 우리가 그 절벽을 올라 모하메드 알리의 현대식 사원을 일주하고 아찔한 높이의 흉벽에서 신비한 카이로를 내려다본 것은 해 질 녘이었다. 영묘한 미나레트와 그 화려한 정원들 그리고 돔 지붕들이 황금빛으로 물든 카이로, 정말이지 신비했다. 도시 너머 멀리 새로 지은 박물관의 거대한 로마식 돔이 보였고, 다시 그 너머로는 — 영겁과 무수한 왕조를 잉태한 불가사의한 황색의 나일 강 너머로는 — 물결치는 무지갯빛과 태고의 비밀스러운 악을 머금은 리비아 사막의 위협적인 모래밭이 숨어 있었다. 붉은 해가 지면서 이집트 황혼의 매서운 추위를 가져왔다. 해는 헬리오폴리스의 고대 태양신처럼 세상의 가장자리에 자리를 잡았다. 우리는 그 새빨간 일몰을 배경으로 기제 지역의 피라미드가 검은 실루엣을 드리우는 것을 보았다. 그곳에 있는 태고의 무덤들은 투탕카멘이 멀리 테베에서 황금 왕관을 썼을 때 이미 숱한 세월에 씻겨 빛이 바랜 뒤였다. 우리는 이쯤에서 사라센 시대의 카이로를 섭렵했다는 것을 알았고, 앞으로 원시 이집트의 보다 깊은 비밀 — 레와 아멘, 이시스와 오시리스의 검은 켐[96) —을 맛봐야 했다.

다음 날 아침, 우리는 피라미드를 방문했다. 빅토리아호에서 내려, 청동 사자상들이 서 있는 거대한 나일 강 다리를 건넜고, 커다란 레바크[97) 나무들이 줄지어 선 기제레 섬을 거쳐 나일 강 다리보다는 작은 영국풍 다리를 지나, 서쪽 해안에 도착했다. 해안 길에 늘어선 커다란 레바크 나무 사이를 누비고 광활한 동물원을 지나자, 기제의 외곽이었고 이곳에 카이로로 이어지는 신축 다리가 있었다. 샤리아 엘 하람을 따라 내륙을 돌면서 반짝이는 운하와 초라한 원주민 마을을 지나는 동안, 우리의 목표물들이 드디어 유령처럼 모습을 드러내기 시작했다. 피라미드들은 새벽안개를 가르고 도로변 저수지에 거꾸로 된 그림자를 투영하고 있었다. 나폴레옹이 자신의 군대를 향해 말하던 4000년의 세월이 우리를 굽어보고 있었다.

길이 갑자기 오르막으로 변하더니 마침내 노면전차와 메나 하우스

호텔 중간의 환승역에 도착했다. 우리를 위하여 피라미드 관람권을 능숙하게 구입한 압둘 레이스는 그곳의 군중과 외침에 익숙할 뿐만 아니라 그곳에서 꽤 떨어진 빈민촌에 살면서 여행객을 가리지 않고 공격하는 베두인[98]들까지 잘 아는 눈치였다. 그들을 아주 점잖게 제압한 데다 우리가 타고 갈 훌륭한 낙타 두 필을 확보했으니 말이다. 압둘 자신은 당나귀에 올라타더니, 일단의 남자와 소년 들에게 우리의 낙타를 끌게 했는데 솔직히 쓸모에 비해 돈이 많이 드는 방식이었다. 횡단할 지역이 그리 넓지 않아서 낙타까지 부릴 필요도 없었지만, 이렇게 골치 아픈 방식으로 사막 여행이라는 경험의 폭을 넓힌다고 해서 후회하지는 않았다.

피라미드들은 고지대 암반에 자리 잡고 있었다. 위치상 멸망한 수도 멤피스 인근, 황제와 귀족 들의 묘가 늘어서 있는 지역 북쪽 끝이었다. 기제의 남쪽, 나일 강변에 있었던 멤피스는 익히 알려진 대로 기원전 3400년에서 기원전 2000년 사이에 번성했다. 현대화된 도로에서 제일 가까운, 그리고 가장 커다란 대피라미드는 기원전 2800년경 쿠푸 왕에 의해 축조되었고, 그 높이가 130미터를 넘는다. 대피라미드 남서쪽에 한 세대 후 케프렌 왕이 세운 제2피라미드가 있다. 케프렌 왕의 피라미드는 규모가 약간 작지만, 더 높은 지대에 있어서 오히려 더 커 보인다. 규모가 눈에 띄게 작아진 것은 기원전 2700년경에 축조된 미케리누스 왕의 제3피라미드다. 이것은 고원의 가장자리, 제2피라미드의 정동쪽에 있으며, 정면의 모습이 케프렌의 거대한 초상화로 바뀐 것으로 보인다. 그리고 충심 어린 복원가가 기괴한—동시에 말이 없고 냉소적이며 인류와 그 기억을 뛰어넘을 만큼 지혜로운—스핑크스를 세우기에 이른다.

그 밖에 소규모 피라미드와 그 폐허의 흔적 들이 여러 곳에서 발견되고, 고원 곳곳에 왕족의 웅장한 묏자리가 파여 있다. 왕족 묘들은 원래 마스타바(고대 이집트의 직사각형 형태의 묘) 형태로, 멤피스 시대의 묘에서도 이런 형태가 발견되며 대표적인 것으로는 뉴욕의 메트로폴리탄 박물관에 전시되어 있는 페르넵의 묘를 꼽는다. 그러나 기제 지역에서 이런 형태의 묘는 전부 세월의 풍파와 약탈 때문에 그 흔적을 찾아보기 어렵다. 모래가 들어차 있거나 아니면 고고학자들에 의해 깨끗하게 비워진 석실의 잔해만이 예전의 존재를 주장하는 정도다. 묘마다 딸려 있는 예배당에서 사제와 친척 들이 떠도는 망자의 '카(영혼 혹은 생명력의 근원)'를 위해 음식과 기도를 바쳤다. 작은 묘는 석실 내부에 예배당을 포함하고 있는 반면, 파라오가 잠든 피라미드의 매장 예배당들은 독립된 사원으로 피라미드 동쪽에 있으며, 바위 고원 가장자리에 있는 거대한 입구까지 둑길로 연결되어 있다.

제2피라미드와 연결된 예배당 입구는 모래에 거의 파묻힌 상태에서 스핑크스의 지하 남동쪽으로 틈이 벌어져 있다. 완고한 전통은 이 공간에 '스핑크스 사원'이라는 칭호를 선사했다. 만약 스핑크스가 제2피라미드를 만든 케프렌의 대리물이 진짜 맞는다면, 그런 칭호도 합당한 것이리라. 케프렌의 피라미드에 딸린 이 스핑크스와 관련하여 불편한 이야기들이 전해 온다. 그러나 과거의 상황이 어떠했는지는 모르나, 케프렌 왕은 사람들이 두려움 없이 볼 수 있도록 자신의 얼굴을 본떠 스핑크스를 만들었다. 지금은 카이로 박물관에 옮겨진, 섬록암으로 만든 실물 크기의 케프렌 석상이 발견된 곳이 바로 이 거대한 사원 입구였다. 나는 앞에 버티고 있는 그 석상을 경외감 속에서 바라보았다. 지금은 건물 전체가 발굴되었는지는 모르겠으나, 1910년에는 대부분 지하에 묻혀 있었고 밤에는 그 입구를 철통같이 막아놓았다. 독일인들이 발굴 작업을 맡고 있었는데, 전쟁 아니면 다른 사정 때문에 작업이 중단되었을 가능성이 있다. 카이로에는 알려져 있지 않거나 아니면 알고도 믿지 않는 베두인들 사이에서 떠도는 소문과 나 자신의 경험에 비추어, 개코원숭이의 석상들과 묘하게 대치를 이룬 파라오의 석상들이 발견된 회랑의 우물과 관련해 무슨 일이 벌어지고 있는지 내가 어느 정도 단서를 제공할 수 있다.

그날 아침에 우리가 낙타를 타고 가는 동안, 목제 건물인 경찰서, 우체국, 약국 그리고 왼쪽으로 여러 상점들을 지나면서 길이 급하게 구부러지더니, 급기야 남쪽과 동쪽으로 완전히 굽어서 바위 고원까지 오르막을 이루고 있었다. 우리는 대피라미드의 그늘 속에서 사막을 마주 보고 올라갔다. 거대한 석조물을 지나 동쪽으로 돌아갈 때는 작은 피라미드들을 정면으로 내려다보았고, 그 너머 동쪽엔 끝없는 나일 강이, 서쪽엔 끝없는 사막이 반짝이고 있었다. 아주 가까이에 세 개의 중심 피라미드가 더없이 황량한 겉모습을 어렴풋이 드러냈고, 건축재로 쓰인 돌들이 얼마나 어마어마한가를 보여주었다. 그러나 여기저기 나머지 피라미드들은 깔끔하고 잘 맞는 덮개에 씌워져 있어 전성기의 매끄러운 외관을 간직했다.

우리는 곧 스핑크스를 향해 내려갔는데, 보이지 않는 섬뜩한 눈동자들의 마력에 사로잡혀 낙타 등에서 아무 말도 하지 않았다. 가슴을 이루고 있는 거대한 돌에는 후기 왕조에서 스핑크스로 오인받았던 레-하라크테(태양신)의 상징이 있었다. 거대한 앞발 사이에 있는 명판은 모래로 덮여 있었지만, 우리는 투트모시스 4세가 거기에 뭐라고 새겨 넣었는지 또 그가 어린 시절에 무슨 꿈을 꾸었는지를 기억해 냈다. 바로 그 순간, 스핑크스의 미소에서 까닭 모를 불쾌감을 느꼈고, 그 기괴한 피조물 아래 있다는 지하 통로에 얽힌 전설들을 미심쩍게 떠올렸다. 그 지하 통로는 끝없이 아래로, 아래로 누구도 가늠할 수 없을 정도의 — 우리가 아는 이집트 왕조보다도 더 오래전으로 거슬러 올라가는 모종의 미스터리와 관련된 — 깊이까지 내려가고, 고대 나일 강의 만신전에 있었던 동물 머리를 한 신들과 집요한 비정상성을 불길하게 암시하고 있었다. 이곳에서 꺼림칙한 기분뿐만 아니라 섬뜩한 암시를 느끼지 않을 사람이 있을까 나는 태평하게 자문해 보기도 했다.

다른 관광객들이 우리를 따라잡기 시작했다. 우리는 남동쪽으로 50미터쯤 떨어진, 모래에 뒤덮여 있는 스핑크스 신전으로 올라갔다. 스핑크스 신전이 고원에 있는 제2피라미드의 예배당으로 이어지는 둑길의 거대한 관문임은 앞에서 이미 언급했다. 대부분은 아직 지하에 묻혀 있었고, 우리가 낙타에서 내려 현대화된 길을 따라 설화석고로 만든 복도와 기둥이 있는 홀까지 가긴 했지만, 내 느낌에는 압둘과 독일인 안내인이 거기서 볼 만한 것들을 전부 우리에게 보여주진 않은 것 같았다. 그때부터 피라미드 고원의 일반적인 답사 코스를 따라, 제2피라미드와 동쪽에 있는 그 부속 예배당의 독특한 폐허, 제3피라미드와 남쪽의 작은 위성 피라미드들, 폐허가 된 동쪽 예배당, 제4왕조와 제5왕조의 벌집 같은 바위 묘들을 구경했다. 드디어 그 유명한 캠펠 묘에 가보니, 16미터 깊이의 어두운 갱도 아래에 음침한 석관이 있었다. 그래서 낙타 몰이꾼 중 한 명이 밧줄을 타고 아슬아슬하게 내려가 석관의 모래를 치웠다.

대피라미드 쪽에서 고함이 들려왔다. 베두인들이 일단의 관광객을 상대로 정상까지 안내해 주겠다느니, 한 명씩 아주 빠른 속도로 관광을 시켜주겠다느니 하면서 괴롭히고 있었다. 정상까지 올라갔다가 내려오는 데 7분이 기록이라지만, 그 탐욕스러운 베두인 가장들과 그 자식들을 후한 팁으로 격려해 준다면 그 기록을 5분으로 단축할 수 있다고 우리를 꼬드겼다. 그들은 그런 격려를 받지 못했다. 그 대신 우리는 압둘의 안내에 따라 올라갔고, 성채 아래서 황보라색 산들의 호위를 받고 멀리서 반짝이는 카이로뿐만 아니라, 멤피스 지역과 다흐슈르 북쪽에 있는 아부 로아쉬의 모든 피라미드까지 포함하는 생에 다시없을 장관을 보았다. 낮은 마스타바에서 진정한 피라미드로의 진화를 보여주는 사카라 고분 마을의 계단 피라미드가 사막을 사이에 두고 멀리서 또렷하게 유혹하듯 자태를 드러내고 있었다. 이 전환기적 기념비 바로 가까이서 —투탕카멘이 잠들어 있는 테베의 바위 계곡에서 북쪽으로 650킬로미터 이상 떨어진 곳에서— 그 유명한 페르넵의 무덤이 발견되었다. 나는 또다시 절대적인 경외감에 젖어 말문이 막히고 말았다. 고대 유물들 앞에서, 그 고색창연한 유적들이 간직하고 있는 듯한 비밀 앞에서 지금껏 한 번도 느껴보지 못했던 존경과 광활함을 맛보았다.

정상에 오르느라 지치고 또 무엇 하나 마음에 드는 구석이라고는 없는 베두인들의 집요함에 신물이 난 우리는 피라미드의 비좁은 내부 통로로 들어가는 험한 여정을 생략하기로 했다. 몇몇 강단진 관광객들은 질식할 것 같은 포복 자세로 쿠푸 왕의 강렬한 기념물을 뚫고 들어갈 채비를 했다. 웃돈까지 얹어주고 낙타 몰이꾼을 돌려보낸 뒤 오후의 태양 아래서 압둘 레이스와 카이로로 돌아오는 동안, 피라미드 내부까지 들어가지 않고 포기한 것이 못내 아쉬웠다. 여행 안내서에는 피라미드의 통로에 얽힌 매력적인 이야기들은 나오지 않았다. 그런 통로들이 피라미드를 발견하고 발굴 중인 일단의 완고한 고고학자들에 의해 서둘러 봉쇄되고 숨겨지고 있다는 이야기도. 물론 이런 이야기는 대부분 근거 없는 낭설에 불과했다. 그러나 한편으로는 관광객들에게 밤에는 피라미드 접근을 금지하거나 대피라미드의 가장 낮은 굴과 납골소마저 방문하지 못하게 하는 이유를 둘러싼 호기심에서 비롯된 것이기도 했다. 후자의 경우처럼 대피라미드가 두려움을 사는 이유는 아마도 심리적인 요인 때문일지 모른다. 발을 헛디뎌 단단한 석조물의 거대한 세계로 떨어지면 어쩌나 하는, 방문자 스스로 느끼는 두려움 말이다. 혹은 방문자가 오로지 기어서만 통과할 수 있을 좁은 터널에서 혹여 사고나 사악한 의도에 의해 그 너머의 세계로 빠져버리는 것은 아닐까 하는 두려움도 있을 것이다. 그 모든 것이 너무도 기이하고 매혹적이어서 우리는 가급적 이른 시일 내에 피라미드 고원을 다시 방문하기로 마음먹었다. 그런데 그 기회가 생각보다 일찍 찾아왔다.

그날 저녁, 팍팍한 일정을 마친 터라 우리 일행은 꽤 지쳐 있었다. 나는 압둘과 단둘이 아름다운 아랍인 마을을 산책했다. 낮에 이미 본 곳이었지만, 그윽한 그림자와 감미로운 빛이 신비하고 환상적인 환영을 드리우는 황혼 녘에 골목과 시장을 음미해 보고 싶었다. 주민들의 인적이 뜸해졌지만, 수켄-나하신(구리 세공 시장)에서 흥청망청하는 일단의 베두인들을 만났을 때는 여전히 시끄럽고 북적였다. 험상궂은 얼굴에 타부슈를 한껏 멋을 부려 젖혀 쓰고 거들먹거리는 우두머리 격의 젊은이가 우리를 유심히 쳐다보았다. 그는 그리 우호적이지는 않았지만 압둘 레이스 — 유능하지만 오만하고 냉소적인 나의 안내인 — 를 알은체했다. 내가 유쾌하면서도 불안한 기분으로 종종 스핑크스의 묘한 미소를 닮았다고 말했던 압둘의 미소가 그 젊은이의 기분을 상하게 만든 것 같았다. 아니면 압둘의 공허하고 음산한 목소리가 마음에 들지 않았는지도 모르겠다. 어쨌든, 조상 대대로 전해져온 거친 말들이 오갈 때는 꽤 화기애애했다. 얼마 후 나는 무리 사이에서 그 젊은이가 더없이 나쁜 의미인 알리 지즈라는 이름으로 불린다는 걸 알게 되었다. 이 알리 지즈가 압둘의 옷을 거칠게 잡아당기기 시작했고 이것이 화근이 되어 두 사람은 드잡이를 벌이다가 서로 신성시하는 타부슈까지 벗어졌다. 내가 끼어들어 두 사람을 억지로 떼어놓지 않았더라면 상황은 더 나빠졌을 것이다.

처음엔 두 사람 모두 내가 개입한 것을 못마땅해했지만 결국에는 싸움을 멈추기로 합의했다. 호전적인 이 두 사내는 부루퉁하게 분을 삭이면서 옷매무새를 고쳤다. 그리고 갑자기 위엄 있는 태도로 돌변해서는 명예 협정이라는 것을 체결했다. 나중에 나는 그것이 카이로에서 오래전부터 내려오는 풍습이라는 것을 알게 되었다. 요컨대, 달빛을 구경 나온 관광객들도 모두 돌아간 한밤에 대피라미드 위에서 주먹 싸움을 벌여 서로의 우위를 확정한다는 협정이었다. 결투자들이 각각 입회인을 모으되, 가장 정중한 방식으로 라운드 경기를 열기로 했다. 이 계획에는 나를 흥분시키는 요소가 많았다. 결투 자체가 독특한 구경거리였고, 희미한 달빛 아래서 야심한 시간에 그것도 태고의 기제 고원을 굽어보는 고색창연한 피라미드에서 벌어지는 만큼, 내 안의 모든 상상력을 자극하기에 충분했다. 압둘은 내게 자신의 입회원으로 동참해 달라고 강하게 부탁했다. 그렇게 하기로 하고, 남은 초저녁 시간 동안 압둘과 함께 마을에서도 무법 지대로 악명 높은 여러 소굴들을 돌아다녔다. 그는 특히 에즈베키예의 북동쪽 지역에서 하나같이 흉포하고 주먹질에 일가견이 있는 사람들을 하나씩 끌어모아 만만찮은 일당을 구성했다.

9시 직후에 우리 일행은 각자 당나귀에 올라탔는데, 당나귀마다 '라

메스', '마크 트웨인', 'J. P. 모건', '미네하하' 등등 왕족과 관광객을 기리는 이름을 붙여놓았다. 우리는 동서양의 분위기가 뒤섞인 미로와도 같은 거리를 누볐고, 청동 사자상의 다리를 따라 질퍽질퍽하고 무성한 나일 강의 숲을 지났다. 그리고 기제까지 레바크 나무 사이로 천천히 당나귀를 몰며 사색적인 분위기에 잠기기도 했다. 돌아오는 마지막 관광객 무리를 지나치고 마지막 노면전차에 인사를 건네면서 목적지에 가까워진 것은 마을을 떠난 지 두 시간이 조금 지나서였다. 이제 우리 앞에는 어둠과 지나간 세월과 유령 같은 달빛만이 남아 있었다.

이윽고 길 끝에서 나타난 거대한 피라미드들은 낮에 봤을 때와는 달리 막연하고 잠재적인 위협감을 자아내며 구울처럼 버티고 있었다. 가장 작은 피라미드마저 섬뜩한 분위기를 자아냈다. 제6왕조의 여왕 니토크리스—나일 강 밑 어느 신전에서 베푼 연회에 적들을 모두 초대한 뒤 수문을 열어 그들을 익사시킨 교묘한 여왕—가 산 채로 매장되었기 때문은 아닐까? 나는 니토크리스에 관해 아랍인들 사이에서 떠도는 소문과 그들이 달의 위상이 특정한 단계가 이르면 제3피라미드를 피해 다닌다는 말을 떠올렸다. 토머스 모어가 멤피스의 뱃사람들이 중얼거리는 말을 옮겨 적으면서 깊은 시름에 잠긴 것도 비슷한 이유 때문이었을 것이다.

어둠의 보석과 영광 속에서 살았던
지하의 요정,
그대 피라미드의 여인!

우리도 일찍 출발한 편인데, 알리 지즈와 그 일행은 우리보다 앞서 가고 있었다. 그들이 타고 가는 당나귀들이 가블-엣-하람의 사막 고원을 배경으로, 지저분한 아랍인 거주지에서 스핑크스 부근으로 움직이고 있었다. 우리는 메나 하우스로 향하는 일반 도로 대신에 샛길로 빠졌다. 혹시 무기력하고 무능한 경찰이 우리를 발견하고 불러 세울지 몰라서였다. 상스러운 베두인들이 케프렌의 조신들을 묻은 바위 무덤에 당나귀와 낙타를 묶어두었고, 이 지점부터 그들이 우리를 이끌고 바위를 오른 뒤 대피라미드까지 사막을 건너갔다. 세월의 풍파에 씻긴 대피라미드의 측면을 오르기 위해 아랍인들이 떼를 지어 열심히 기어올랐고, 압둘 레이스는 쓸데없이 나를 도와주겠다고 나섰다.

대부분의 여행객들이 알고 있듯이, 이 건축물의 정상은 오랜 세월에 걸쳐 마모되어 가로세로 11미터가량의 꽤 평평한 정방형 공간으로 변해 있었다. 이 으스스한 정상을 링으로 삼아 잠시 후에 결투가 벌어졌고, 냉소적인 달빛이 이 광경을 비추었다. 그러나 링 주변에서 들려오는 고함 소리만 놓고 보면, 미국의 어느 작은 체육관에 와 있는 착각이 들었다. 경기를 지켜보는 동안, 나는 어딘지 찜찜했다. 왜냐하면, 두 사람 사이에 오가는 타격과 페인트 동작, 방어가 웬만큼 식견이 있는 내가 보기에는 '속임수'로 비쳤기 때문이다. 시합은 일찍 끝났다. 시합 방식이 꺼림칙했음에도 압둘 레이스가 승자로 결정되었을 때, 나는 부하에 대한 자랑스러움이라고 할까 그런 기분을 느꼈다.

결투자 사이에 기막히게 빠른 화해가 이루어졌다. 노래와 화기애애한 분위기에 이어 술판이 벌어지는 동안, 진짜 싸움이 벌어지긴 했는지 분간이 가지 않았다. 더욱 이상한 것은 대결의 주인공들보다 내게 더 좌중의 관심이 쏠려 있었다는 점이다. 몇 마디 서툰 아랍어로 짐작해보건대, 그들은 나의 직업과 어떠한 속박과 감금 상태에서도 탈출할 수 있는 묘기를 화제로 삼고 있는 것 같았다. 분위기로 보아, 나에 대해 놀라워하면서도 탈출 묘기에 대해 적의와 회의를 품고 있었다. 이집트의 고대 마법사들은 흔적도 없이 사라졌고, 기이하고 비밀스러운 전통과 숭배 의식의 일부가 암암리에 농부들 사이에 전해져서 '하휘(마법사)'들의 능력에 대해 논란이 일 정도라는 얘기가 조금씩 귀에 들어왔다. 문득 공허한 목소리의 압둘 레이스가 고대 이집트의 제사장이나 파라오 혹은 미소 짓는 스핑크스와 참 많이도 닮았다는 생각이 들면서 새삼 의아해졌다.

그런데 내 생각이 옳다는 것을 입증하는 일이 순식간에 벌어졌다. 그들이 스스로 드러낸 무익하고 악의적인 흉계보다도 그 밤의 시합에 동참한 나 자신의 우둔함이 더 저주스러웠다. 아무런 예고 없이, 압둘의 교묘한 신호에 따라 베두인들이 한꺼번에 내게 달려들었다. 그들은 굵은 밧줄을 꺼내 들고 나를 묶었는데, 내 평생 무대에서든 어디서든 그렇게 단단히 결박당한 적은 처음이었다. 처음엔 저항해 보았으나, 혼자서 건장한 스무 명의 야만인들과 대적하기는 무리였다. 두 손이 등 뒤로 묶이고 무릎이 꿇린 다음, 단단한 밧줄로 손목과 발목이 한데 묶였다. 입에는 재갈이 물렸고, 눈가리개가 눈을 압박하고 있었다. 이윽고 아랍인들이 나를 어깨에 둘러메고 피라미드에서 우르르 내려가기 시작했다. 방금 전까지 안내인이었던 압둘이 공허한 목소리로 유쾌하게 비웃는 소리가 들려왔다. 그는 잠시 후면 내가 최고의 시험에서 '마술 능력'을 발휘하게 될 것이고, 지금까지 미국과 유럽에서 승승장구하면서 얻게 된 자부심에 이번만은 금이 갈 거라고 장담했다. 또 이집트는 오랜 역사를 자랑한다는 사실을 상기시키면서, 지금까지 나를 옭아매는 데 실패한 전문가들은 상상할 수조차 없는 미스터리와 태고의 힘이 가득한 곳이라는 말도 했다.

그들이 얼마나 멀리 또 어느 방향으로 나를 데려가는지 알 수 없었다. 정확한 판단력을 기대할 수 없는 상황이었다. 다만, 아주 멀리 떨어진 곳은 아니라고 생각했다. 나를 둘러멘 아랍인들의 발걸음이 보통 걷는 것보다 빠르지 않은 데다 그 이동 시간도 아주 짧았기 때문이다. 사실, 당혹스러울 정도로 짧은 시간이라 기제와 그 고원을 떠올릴 때마다 느끼는 전율 같은 것이 일었다. 그 당시에 있었고 지금도 있을 것이 분명한 일반 관광 코스에서 아주 가깝다는 느낌이 특히 그랬다.

정상적인 것에서 벗어난, 사악한 느낌은 처음부터 현실로 나타나진 않았다. 그들은 느낌상 바위보다는 모래인 듯한 바닥에 나를 내려놓은 후, 가슴에 밧줄을 묶어 몇 미터 질질 끌고 갔다. 곧 불규칙한 구멍 같은 것이 바닥에 나 있었고, 그들은 일말의 망설임도 없이 거친 손길로 나를 그 구멍에 밀어 넣었다. 나는 들쭉날쭉한 돌에 부딪치면서 비좁은 굴 속으로 쓸려 내려갔는데, 그 시간이 영원처럼 길게 느껴졌다. 그렇게 고원의 무수한 수직 굴 중 하나를 따라 내려가는 동안, 그 엄청난 깊이를 가늠조차 할 수 없었다.

공포감은 시나브로 더 강해졌다. 암석 사이로 뚫린 지상의 어떤 굴도 지구의 핵에 닿을 만큼 깊지는 않을 것이고, 어느 누구도 이 불경하고 어마어마한 깊이까지 나를 매달아 늘어뜨릴 만큼 긴 밧줄을 만들 수 없을 것이다. 이런 생각은 그 자체로 너무도 기괴하여 차라리 나 자신의 혼란한 감각을 의심하는 편이 더 쉬웠다. 더구나 평소의 감각이나 삶의 조건 중에서 한 가지만 제거되거나 어긋나도 사람이 얼마나 시간 감각에 혼란이 오는지 알기에 어떤 것도 확신할 수 없었다. 그러나 내가 아직까지는 논리적인 판단이 가능한 상태인 건 확실했다. 적어도 나는 그 자체로 끔찍한 현실에 터무니없는 상상의 환영까지 덧붙여 과장하지는 않았으니까 말이다. 게다가 그 상황에 대해서도 진짜 환영이 아니라 뇌에서 일어난 환각이라고 설명할 수 있을 정도였다.

내가 처음으로 잠시 의식을 잃은 것은 지금까지 말한 상황 때문만은 아니었다. 충격적인 시련은 점점 강해졌고, 떨어지는 깊이에 비례해서 새롭고도 강렬해진 공포가 꼬리를 물었다. 아랍인들이 아주 빠르게 밧줄을 늘어뜨리는 바람에 비좁고 거친 굴 벽에 마구 긁히면서 쏜살처럼 낙하하고 있었다. 옷이 너덜너덜해졌고, 점점 고통이 심해지면서 온몸에서 피가 났다. 코끝에도 설명하기 어려운 위협감이 파고들었다. 지금까지 한 번도 맡아본 적이 없는 눅눅하고 쾨쾨한 냄새가 스멀거렸다. 이 냄새에는 마치 조롱하는 것처럼 옅은 향료와 향내가 스며들어 있었다.

이윽고 정신적인 격변이 일었다. 그것은 공포였다. 그 어떤 말로도 표현할 수 없고 영혼을 송두리째 앗아 가는 섬뜩함이었다. 그것은 악몽의 환희이자 마성의 총합이었다. 그 갑작스러움은 묵시론적이고 악마적이었다. 이를 악다문 고통 속에서 비좁은 굴 속으로 떨어지는가 싶으면, 다음 순간 지옥의 심연에서 올라온 박쥐의 날개에라도 올라탄 듯 위로 솟구치는 것이었다. 정신없이 흔들리면서 무한한 태고의 공간 속으로 곤두박질쳤다가, 싸늘한 공기를 뚫고 아찔하게 솟구치고, 또다시 메스꺼운 더 아래의 진공으로 빨려 들어가고…… 정신을 잃으면서 감각을 후벼 파고 정신을 하피처럼 할퀴던 의식의 발톱에게서 벗어날 수 있었으니 그나마 다행이었다. 무척이나 짧은 휴식이었으나 그 막간 동안 기력과 정신력을 회복하여 저 앞에서 웅크리고 앉아 웅얼거리던 우주적 고통도 견뎌낼 수 있었다.

II

그 스틱스 같은 공간에서 오싹한 비행을 한 이후 나는 아주 서서히 정신을 차렸다. 그 과정이 너무도 고통스러웠고, 결박당하고 재갈이 물린 상태에서 환상적인 꿈까지 곁들여져 독특한 형상이 떠올랐다. 꿈을 꾸고 있는 동안에는 그 실체가 아주 또렷했으나, 곧바로 다시 기억해내려고 했을 때는 흐릿해져서 그저 무서운 —— 그것이 현실이든 상상이든 —— 사건들의 희미한 윤곽으로 축소되었다. 거대하고 섬뜩한 손에 붙잡혀 있는 꿈을 꾸었다. 다섯 개의 갈고리 손가락을 지닌 털북숭이의 누런 손이 땅에서 솟구쳐 나와서 나를 으깨버릴 듯이 움켜잡았다. 그 손이 무엇일까 생각하다가 그만두었을 때, 불현듯 그것의 실체가 이집트라는 생각이 들었다. 꿈에서 지난 몇 주 동안 벌어진 일들을 돌아보는 동안, 나일 강의 잔학무도한 옛 마법사가 쳐놓은 교활한 덫에 조금씩 걸려드는 나 자신의 모습을 보았다. 그 마법사는 인류 이전에 이집트에 있었고, 앞으로 인류가 사라진 후에 다시 나타날 그런 존재였다.

이집트의 공포와 부패한 유적을 보았다. 이집트는 언제나 망자의 무덤, 망자의 신전과 오싹한 관련을 맺어왔다. 황소, 매, 고양이, 따오기의 형상을 머리에 뒤집어쓴 사제들의 유령 행렬도 보았다. 유령 행렬은 지하의 미로를 따라 인간이 파리처럼 작게 보일 만큼 거대한 입구를 지나 형용할 수 없는 신들을 향해 정체불명의 번제를 바쳤다. 거대한 석상들이 끝없는 어둠 속을 행진하면서 히죽거리는 안드로스핑크스[99]의 무리를 악취가 진동하는 광대무변의 시커먼 강변으로 몰아갔다. 그 너머에서 내가 본 것은, 검고 형태 없는 원시 마법의 이루 말할 수 없는 악의였다. 그것은 내가 경쟁심에서 감히 자기를 비웃었다고 나의 영혼을 비틀어 죽이기 위해 더듬더듬 쫓아오고 있었다. 잠든 머릿속에서 불길한 증오와 추격전이 혼합된 멜로드라마가 연출되기 시작했다. 그리고 알아들을 수 없는 속삭임으로 나를 찾아내려는 이집트의 검은 영혼을 보았다. 그것은 사라센풍의 빛과 관능으로 나를 부르고 유혹하여 태고의 지하 무덤과 그 망자의 공포와 심연의 잔인한 심장이 있는 곳으로 데려갔다.

얼마 후 꿈속의 얼굴들이 사람의 모습을 닮기 시작했다. 그때 왕의 옷을 입고서 스핑크스의 냉소를 머금고 있는 안내인 압둘 레이스를 보았다. 그의 얼굴은 케프렌 왕 ― 제2피라미드를 만들고 스핑크스에 자신의 얼굴을 새겨 넣은 왕 ― 의 그것이었다. 고고학자들은 케프렌 왕의 거대한 신전 입구와 그 무수한 회랑을 발견하고는 마치 숨겨진 사막과 쓸모없는 돌에서 그것을 발굴해 낸 것인 양 호들갑을 떨었다. 그리고 나는 케프렌의 길고 앙상하고 딱딱한 손을 보았다. 카이로 박물관에서 보았던 ― 무시무시한 신전 입구에서 발견된 ― 석록암 석상의 길고 앙상하고 딱딱한 손 말이다. 그런데 이상했다. 그 똑같은 손을 압둘 레이스에게서 발견하고도 비명을 지르지 않다니……. 그 손! 소름 끼치게 차갑던, 나를 으깰 듯 움켜잡았던 손. 석관의 꺾쇠처럼 차갑던……. 기억할 수도 없는 이집트의 냉기와 속박……. 그것은 어둠에 잠긴, 망자의 도시 이집트 그 자체였다. 그 누런 손……. 케프렌에 관한 것들을 말하는 속삭임…….

그러나 이때부터 나는 깨어나고 있었다. 적어도 지금까지처럼 완전히 잠이 든 상태는 아니었다. 피라미드 위에서 벌어졌던 대결과 교활한 베두인들의 공격 그리고 밧줄에 매달린 채 끝없이 이어진 추락, 부패의 냄새가 스멀거리는 차가운 공간에서 미친 듯이 흔들리고 곤두박질쳤던 일을 떠올렸다. 축축한 돌바닥에 누워 있으며 결박당한 상태가 전과 조금도 다름없이 고통스럽다는 것을 깨달았다. 몹시 추웠다. 불쾌한 공기가 스쳐 가는 것 같았다. 돌로 된 수직 굴을 지나느라 온몸에 입은 열상과 타박상 때문에 고통스러웠고, 희미한 공기에 실려 오는 악취로 인해 그 통증이 찌르고 타들어가는 듯 더 극심해졌다. 게다가 몸을 이리저리 움직이는 것만으로도 말할 수 없는 통증과 함께 온몸이 욱신거렸다.

몸을 움직이다가 위쪽에서 밧줄을 획 잡아채는 것을 느꼈다. 아마도 나를 묶은 밧줄이 여전히 지상까지 연결되어 있는 것 같았다. 아랍인들이 밧줄을 계속 붙잡고 있는지는 알 수 없었다. 내가 얼마나 깊은 곳까지 떨어져 있는지도 알 수 없었다. 눈가리개에 스며드는 달빛의 흔적조차 없는 것으로 미루어 주위는 칠흑처럼 어두웠다. 오랜 추락 시간으로 볼 때 아주 깊숙이 들어왔겠지만, 그것을 인정하지 않을 정도로 나 자신의 감각을 믿지 않았다.

적어도 위쪽 바위 입구에서 수직으로 상당한 깊이까지 내려와 있음은 분명했기에, 내가 갇힌 곳이 혹시 케프렌의 지하 예배당 입구—스핑크스 신전—가 아닐까, 아침에 방문했을 때 안내인들이 보여주지 않았던 내부 회랑은 아닐까 하는 의혹이 일었다. 내가 봉쇄된 입구로 가는 길을 찾아내 쉽게 탈출에 성공할까 봐 그 부분을 보여주지 않았던 것이다. 길을 찾으려면 미로를 헤매야 하겠지만, 이곳에 갇히는 것보다 더 나쁜 상황은 없었다.

제일 먼저 결박과 재갈, 눈가리개를 풀어야 했다. 그 정도는 대수롭지 않은 일이었다. 이 아랍인들보다도 훨씬 더 노련한 전문가들이 탈출의 대가라는 나의 길고도 다채로운 이력에서 온갖 방법으로 나를 결박해 보려고 시도했으나 한 번도 성공한 적이 없었기 때문이다.

그때 불현듯, 내가 만약 밧줄을 푸는 낌새만 보여도 아랍인들이 예배당 입구에서 기다렸다가 나를 공격하려고 들지 모른다는 생각이 들었다. 그들이 밧줄을 잡고 있을 것이기에 조금만 흔들려도 낌새를 챌 것이다. 물론 이런 예상은 내가 감금된 곳이 진짜 케프렌의 스핑크스 신전이 맞는다는 전제를 필요로 했다. 천장의 입구는, 그것이 어디에 숨겨져 있든 간에, 스핑크스 근처의 현대식 일반 출입구처럼 쉽게 접근할 수는 없을 터였다. 어쩌면, 관광객들에게 알려져 있는 전체 공간이 그리 거대하진 않은 것으로 봐서 내가 떨어진 상부의 바닥도 그리 넓지는 않을 것 같았다. 낮 동안 여행하면서 그런 출구를 본 적이 없지만, 바람에 날아온 모래 속에 간단히 숨겨져 눈에 띄지 않았을 가능성도 충분했다.

이런 생각에 잠겨서 바위 바닥에 구부리고 누워 있는 동안, 불과 얼마 전에 정신을 잃게 했던 끝없는 추락과 흔들림의 공포를 거의 잊을 수 있었다. 오로지 아랍인들을 따돌려야겠다는 일념하에 가능한 한 빨리 결박을 풀기로 결심했다. 밧줄을 잡아당기거나 해서 탈출 시도가 발각되기라도 하면 안 되기에 각별히 조심해야 했다.

그런데 결심처럼 쉬운 일이 아니었다. 시험 삼아 한두 번 결박을 풀어보았으나 동작을 크게 하지 않고서는 불가능했다. 게다가 한 차례 힘을 세게 준 직후, 밧줄 사리가 떨어지더니 주변에 쌓이기 시작했다. 의도를 눈치챈 베두인들이 잡고 있던 밧줄을 놓아버린 것이 분명했다. 이제 틀림없이 신전 입구로 달려가 거기서 매복한 뒤 나를 기다릴 터였다.

그런 예상을 하고 있자니 기분이 좋지 않았다. 그러나 지금까지 살면서 나쁜 상황에 직면하여 꽁무니를 뺀 적이 없었고, 지금도 마찬가지였다. 당장은 결박을 푸는 것이 급선무였고, 그다음엔 신전을 훼손하지 않고 탈출 묘기를 선보여야 했다. 내가 감금된 장소가 지상에서 그리

깊지 않은 스핑크스 옆 케프렌의 옛 신전이라고 은연중에 확신하고 있었으나, 그런 확신이 어디서 온 것인지 내가 생각해도 알 수 없었다.

그 믿음은 산산이 부서졌다. 세련된 탈출 계획을 세웠음에도 공포가 점점 더 강해지는 상황인지라 처음에 걱정한 끝없는 깊이와 악마적인 미스터리에 대한 불안감이 되살아났다. 앞서 말했듯이, 밧줄 사리가 계속해서 나를 덮치면서 주변에 쌓이고 있었다. 끝없이 쌓이는 밧줄, 도대체 그렇게 긴 밧줄이 세상에 정말 있기나 한 것인지 의심스러울 정도였다. 가속도 때문에 산사태처럼 떨어지는 밧줄이 바닥에 둔덕처럼 쌓여갔고, 나는 그 속에 반쯤 묻히고 말았다. 곧 밧줄의 소용돌이 속에 완전히 갇혀서 숨을 쉬지도 못했다.

또다시 극심한 혼란에 빠져서 가물가물해지는 의식을 부여잡고 그 불가항력의 위협과 맞서기 위해 버둥거렸다. 그것은 단순히 인간의 한계를 뛰어넘는 고문만은 아니었다. 단순히 생명과 숨결을 서서히 앗아가는 그런 과정이 아니었다. 그것은 밧줄의 비정상적인 길이가 무엇을 의미하는지에 대한 깨달음이었고, 그때 나를 에워싸고 있는 공간이 도저히 깊이를 알 수 없는 미지의 지하라는 깨달음이었다. 악귀 같은 공간을 지나온 끝없는 추락과 흔들림은 착각이 아니라 진짜였고, 내가 힘없이 누워 있는 이 정체 모를 지하 공간은 지구의 핵에 가까웠다. 갑작스럽게 확인한 이 극단적인 공포의 실체에 그만 두 번째로 의식을 잃었고, 그래서 다행이었다.

다행히 의식을 잃었지만, 그렇다고 꿈에서 자유로웠던 것은 아니었다. 오히려 의식의 부재를 파고든 것은 이루 말할 수 없는 섬뜩한 영상이었다. 이럴 수가! 이 땅에 오기 전에 왜 하필 그토록 많은 이집트 관련 책들을 읽었던가. 그것이 이 암흑과 공포의 근원이 될 줄이야! 두 번째로 의식을 잃은 동안, 내 꿈은 이 땅 이집트가 품은 고색창연한 비밀에 관한 전율 어린 깨달음으로 새로이 채워졌다. 그리고 그 꿈은 무덤보다는 집에 가까운 불가사의한 묘 너머에서 망자가 영혼뿐만 아니라 육체의 형태로도 계속 머문다는, 고대의 믿음에 대한 것으로 바뀌었다. 차라리 또렷이 기억할 수 없기에 다행인, 꿈의 흐릿한 형태를 통해 이집트 무덤의 독특하고 정교한 구조를 보았고, 이 구조물을 결정짓는 대단히 특이하고 섬뜩한 원칙들을 알게 되었다.

이 고대의 이집트인들이 생각한 것은 오로지 죽음과 망자뿐이었다. 이들은 아주 정성스럽게 망자를 미라로 만들고, 그 장기들을 단지에 넣어 시체 가까이에 놔두면 부활할 수 있다고 믿었다. 죽은 육체 외에 이들이 생각한 요소가 두 가지 더 있다. 하나는 영혼으로, 축복의 땅에 거주하는 오시리스가 그 무게를 재어 인정한다고 믿었다. 다른 하나는 불분명하고도 엄숙한 카 혹은 생명의 원칙으로, 이것은 섬뜩한 방식으로 상계와 하계를 떠돌면서 간간이 미라로 보존된 망자의 육체에 접근하려고 시도하며 망자의 경건한 친척과 사제 들이 석묘 예배당에 가져다 놓은 음식들을 먹는다고 여겨졌다. 이 카는 때때로 ─ 쉬쉬하는 소문에 따르면 ─ 망자의 육신이나 그 옆에 묻는 목각 분신을 점령한 뒤, 아주 무시무시한 짓을 일삼으며 돌아다닌다고 했다.

카의 방문을 받지 않은 시체들은 수천 년 동안이나 호화로운 관 속에서 흐릿한 눈으로 위쪽을 응시해 왔다. 이들은 이 오랜 시간 동안 오시리스가 카와 영혼을 되살려내기를, 뻣뻣한 망자의 군단을 지하의 집에서 꺼내주기를 기다렸다. 이것이 영광스러운 부활이었지만, 모든 영혼에게 허락되지는 않으며 또 모든 무덤이 신성한 상태로 보존될 수 있는 것도 아니기에 해괴한 실수와 극악하고 비정상적인 일들이 벌어지기도 했다. 심지어 오늘날까지도 아랍인들 사이에 지하 어딘가에서 불경한 집회와 의식이 열리고 있다는 소문이 돌고 있으니, 그곳에 갔다가 무사히 돌아올 수 있는 것은 오로지 날개 달리고 눈에 보이지 않는 카와 영혼 없는 미라뿐이라고 한다.

그중에서도 피를 얼어붙게 만드는 가장 오싹한 전설은 타락한 사제 집단에 의해 만들어진 사악한 결과물일 것이다. 요컨대, 혼합 미라라고 하는 이것은 태고의 신을 모방하여 인간의 몸에 동물의 머리를 붙여 만든 인공적인 결합체다. 역사를 통해 보면 어느 시대건 신성한 동물들은 미라로 만들어졌는데, 황소, 고양이, 따오기, 악어 등등 시대와 장소에 따라 이런 영광을 누렸던 동물들이 있었다. 그러나 유독 타락한 사제들은 인간과 동물을 결합하여 미라를 만들었으며, 이런 타락 속에서 그들은 카와 영혼의 권리와 특혜를 이해하지 못했다.

이런 혼합 미라들이 어떻게 됐는지는 ── 적어도 공식적으로는 ── 알려져 있지 않다. 또한 이집트학자들 중에서 혼합 미라를 하나라도 발견한 사람이 없다는 것도 분명하다. 게다가 이와 관련한 아랍인들의 소문은 아주 황당무계하기 때문에 신뢰가 가지 않는다. 이들은 심지어 케프렌이 까마득한 지하 ── 스핑크스와 제2피라미드 그리고 신전 입구까지 포함하여 ── 에 살아 있으며, 잔혹한 여왕 니토크리스와 결혼하여 인간도 짐승도 아닌 미라들을 지배하고 있다는 암시까지 서슴지 않는다.

내가 꿈속에서 본 것이 바로 이 케프렌과 그의 아내 그리고 혼합 시체들로 이루어진 케프렌의 기묘한 군대였다. 그래서 그 기억이 흐릿하게 남아 있다는 걸 다행으로 여겼다. 그중에서도 가장 끔찍한 광경은 하루 전 내가 사막의 거대한 토굴을 보면서 속으로 궁금해했던, 그 신전이 과연 얼마나 깊은 곳까지 은밀히 연결되어 있을까 하는 심심풀이 의문과 관련이 있었다. 그때만 해도 엉뚱하고 천진하게 떠올렸던 그 의문들이 꿈속에서 열떠고 병적인 광기의 의미를 띠고 있었다. 애초에 스핑크스를 만들어 표현하고자 했던 거대하고 섬뜩한 비정상성은 과연 무엇일까?

두 번째 깨어남은 — 마치 잠에서 깨어난 듯한 — 내 생에서 다시없을 충격적인 기억이었다. 물론 곧 경험할 또 다른 충격은 제외하고 말이다. 아무튼, 나의 삶이 보통의 남자들보다 격렬하고 모험적이었음을 고려할 때 그 충격이 가히 어느 정도인지 짐작할 만할 것이다. 내가 엄청난 추락의 깊이를 입증하며 폭포처럼 떨어지는 밧줄 더미에 깔려 정신을 잃었다는 것은 앞에서 이미 말했다. 그런데 의식을 되찾는 과정에서 짓누르는 어떤 무게감도 느낄 수 없었다. 게다가 몸을 굴려보니, 여전히 결박이 된 상태에서 재갈과 눈가리개도 그대로였지만, 나를 짓누르던 밧줄 더미를 누군가 말끔하게 치워놓은 후였다. 물론 이런 상황이 무엇을 뜻하는지에 대해서는 아주 서서히 깨달았다. 그러나 새삼 질겁할 만한 공포가 아니더라도 감정적인 탈진 때문에 또 기절을 할지 모른다는 직감이 들기는 했다. 이런 생각이 들었기 때문이다. 혹시 내가 어떤 것과 단둘이 있는 것은 아닐까?

이 새로운 생각으로 나 자신을 괴롭히기 전, 그리고 결박을 풀려고 다시 시도하기 전, 또 다른 상황이 밝혀졌다. 팔다리에서 전보다 훨씬 더 심한 통증이 느껴진 것이다. 그리고 추락하면서 살이 찢어지고 까졌을 때보다 더 많은 출혈을 알려주는 응혈들이 온몸에 말라붙어 있었다. 밧줄을 치운 자가 분풀이를 하기 위해 내 몸에 해코지를 한 모양이었다. 그런데 나는 보통 사람들이 예상하는 것과 다른 감정을 맛보았다.

이쯤 되면 끝없는 절망의 나락으로 떨어지기 마련이지만, 오히려 새로운 용기와 활력을 느꼈다. 그 사악한 힘의 실체가 육체를 지닌 대상이라고 직감했고, 용감한 사람이라면 한번 맞서볼 수 있겠다고 생각했기 때문이다.

이렇게 마음을 추스른 뒤, 다시 한 번 결박을 풀기 위해 온 힘을 다했다. 번뜩이는 조명과 구름 같은 관중의 박수갈채 속에서 해왔던 일생의 기술을 전부 동원했다. 점점 탈출이라는 익숙한 과정에 몰입되었고, 기다란 밧줄이 사라지고 없는 지금에는 그 극단의 공포들이 환영에 불과했으며, 무시무시한 수직 굴도 깊이를 알 수 없는 심연도 끝없는 밧줄도 원래부터 없었다고 어느 정도 확신이 섰다. 그렇다면 결국 이곳은 스핑크스 옆 케프렌 신전 입구이며, 내가 의식을 잃고 있는 사이 아랍인들이 몰래 들어와 나를 괴롭히고 사라진 것이란 말인가? 어쨌든 결박을 풀어야 했다. 자유로운 몸으로 일어서서 재갈과 눈가리개를 집어 던진 후, 어디서 새어 들어오는 것이든 상관없이 희미한 빛을 찾아내야 했다. 그리고 기꺼이 악랄하고 가증스러운 적들과의 결전을 치르리라!

얼마나 오랫동안 밧줄과 씨름을 했는지는 모르겠다. 부상을 입고 탈진한 상태에서 이미 체력을 많이 소모한 뒤라 무대에서의 탈출 묘기보다는 시간이 걸렸을 것이다. 마침내 결박을 다 풀었을 때, 불쾌한 냄새가 스며든 차갑고 축축한 공기를 힘껏 빨아들이고 심호흡을 했는데, 재갈과 눈가리개를 하고 있을 때보다 공기가 더욱 오싹했다. 게다가 기진맥진한 상태라 곧바로 몸을 움직이기에는 무리였다. 가늠할 수 없는 시간 동안, 누운 채로 굳었던 몸을 펴면서 눈에 힘을 주고 위치를 짐작할 만한 빛의 흔적이라도 있는지 살폈다.

조금씩 힘과 유연성이 돌아왔지만, 눈에는 아무것도 보이지 않았다.

비틀거리며 일어서서 사방을 더듬어보았으나, 눈이 가려져 있을 때처럼 어둠은 거대하게만 느껴졌다. 너덜너덜 찢어진 바짓가랑이 사이로 피가 말라붙어 있는 다리를 이리저리 움직여보니 걸을 수 있을 것 같았다. 그러나 어디로 가야 할지는 여전히 오리무중이었다. 자칫 찾으려는 입구에서 멀어질 수 있으므로 아무 데나 갈 수도 없었다. 그래서 일단은 멈춰 서서, 차갑고 역겨운, 소다 냄새가 나는 공기의 흐름을 알아내기 위해 애썼다. 냄새의 진원지를 입구라고 판단하고 길잡이 삼아 그쪽으로 걸어갔다.

성냥갑 한 개와 작은 손전등을 가지고 있었다. 그러나 옷이 찢어지면서 묵직한 물건들은 이미 빠져나가고 난 후였다. 어둠 속을 조심스럽게 걸어가는 동안, 공기의 흐름이 더 강해졌고 더 불쾌해졌다. 그것은 동양 설화 속 어부의 단지에서 나오는 게니이의 연기처럼 어느 틈에서 뿜어져 나오는 혐오스러운 수증기였다. 동양…… 이집트…… 문명의 이 어두운 요람은 실로 입에 담기도 무서운 공포와 경이의 원천이었다.

이 공기의 정체에 대해 생각하면 할수록, 불안감은 더욱 커졌다. 악취에도 불구하고 처음엔 그 진원지가 외부 세계로 나가는, 적어도 간접적인 단서는 될 거라고 생각했다. 그런데 알고 보니, 이 불결한 수증기는 리비아 사막의 깨끗한 공기와는 조금도 섞이지 않았고 아무런 관련도 없었다. 게다가 훨씬 더 깊고 불길한 지하에서 솟구치고 있음이 분명했다. 그렇다면 여태 잘못된 길로 왔단 말인가!

잠시 생각한 끝에 왔던 길을 돌아가지 않기로 마음먹었다. 평지에 가까운 돌바닥은 뚜렷한 형태를 지니고 있지 않아서 공기의 흐름 외에는 길잡이로 삼기에 마땅한 것이 없었다. 그러나 계속 공기의 흐름을 따라가다 보면, 틀림없이 입구 같은 것을 발견할 수 있을 터였다. 그렇다면 벽면을 돌아서 예측불허의 이 거대한 공간 반대편으로 갈 수도 있었다. 물론, 실패할 수 있다는 것을 잘 알고 있었다. 이곳이 관광객들에게 알려진 케프렌의 신전 입구가 아니라는 추측이 일었고, 어쩌면 고고학자들에게도 알려지지 않은 특별한 공간일 거라는 생각도 들었다. 이곳에 나를 가둔 호기심과 악의로 가득한 아랍인들이 그저 우연히 발견한 공간 말이다. 그렇다면 이곳에 기존의 구조물로 통하거나 외부로 탈출할 길이 과연 있기는 할까?

생각을 고쳐 이곳이 신전의 입구라고 볼 만한 증거가 있긴 한 걸까? 잠시 동안 별의별 생각이 떠올랐다. 추락, 허공에 매달림, 밧줄, 찢기고 까진 상처들, 분명히 꿈에 불과할 꿈들, 이런 인상들이 생생하게 뒤섞였다. 결국 이렇게 죽는 것인가? 아니면, 차라리 지금 죽는 것이 그나마 축복이란 말인가? 아무런 대답도 할 수 없었다. 그저 하염없이 걸었고, 그렇게 세 번째 망각의 시간이 찾아왔다.

이번에는 꿈을 꾸지 않았다. 의식적이든 혹은 무의식적이든 모든 생각들이 갑작스러운 충격 때문에 모두 사라졌기 때문이다. 공기가 실제적이고 물리적인 저항력처럼 강해지는 지점에서 예상치 못한 내리막 계단이 나왔고, 나는 거대한 돌계단으로 곤두박질쳐 섬뜩한 심연 속으로 빠져들고 말았다.

다시 숨을 쉴 수 있었던 것은 건강한 신체의 생명력 덕분이었다. 종종 그날 밤을 떠올리다가, 당시에 반복적으로 의식을 잃었던 부분에 대해 익살스러운 기분마저 느끼곤 한다. 되풀이되는 의식불명은 당시의 기억을 조잡한 멜로드라마처럼 만들었다. 물론 애초부터 내가 반복적으로 의식과 무의식을 오간 일이 아예 없었던 게 아닐까 하는 추측도 가능하다. 그 지하의 악몽은 긴 혼수상태에서 비롯된 한갓 꿈에 불과했다고, 추락의 충격으로 기절했다가 외부 공기와 떠오르는 태양에 정신을 차렸을 때, 냉소적인 얼굴에 여명을 머금은 대스핑크스 앞 기제 사막에 널브러져 있었다고 말이다.

차라리 이 설명을 더 믿고 싶었다. 그래서 케프렌 신전 입구의 차단막이 풀린 채 발견되었고, 아직 땅속에 묻혀 있는 한쪽 구석 부분의 지표면에 상당한 크기의 틈이 나 있다는 경찰의 말을 들었을 때 기뻤다. 그뿐만 아니라, 내가 입은 상처에 대해, 결박되고 눈이 가려진 상태에서 버둥거리다가 꽤 깊은 곳까지 — 아마도 신전의 내부 회랑에 움푹 파인 공간으로 — 떨어진 후, 외부로 빠져나오면서 생긴 것에 불과하다는 의사의 말을 들었을 때도 기뻤다. 나는 의사의 진단에 아주 만족했다. 그럼에도 이런 표면적인 것 이상의 뭔가가 있다는 것을 알고 있었다. 그 엄청난 추락의 깊이는 쉽게 떨쳐버릴 수 없을 정도로 생생한 기억이었다. 게다가 안내인이었던 압둘 레이스 엘 드로그만에 대해 아는 사람이 아무도 없다니 이상한 노릇이었다. 무덤 속에서 울리는 듯한 목소리, 그리고 케프렌 왕을 빼닮은 외모와 미소를 지녔던 인물……

이런 이야기는 요점에서 벗어난 것이다. 어쩌면 마지막 사건에 대한 이야기를 회피하고픈 헛된 바람 때문인지도 모르겠다. 그것은 환각으로 치부해도 무방한 사건이었다. 하지만 말하겠다고 약속했으니 약속을 지키겠다. 검은 돌계단으로 굴러떨어진 후에 정신을 차렸을 때 — 혹은 그런 것처럼 느껴졌을 때 — 예전과 다름없는 암흑 속에 홀로 남겨져 있었다. 고약했던 악취는 극에 달해 있었다. 그래도 그 무렵에는 악취를 견뎌낼 만큼 익숙해져 있는 상태였다. 비몽사몽간에 기다시피 해서 악취가 풍겨 오는 쪽에서 벗어나기 시작했고, 얼마 후 피가 흐르던 두 손에 갑자기 거대한 포석이 만져졌다. 그와 동시에 딱딱한 물체에 머리를 부딪쳤는데, 어느 기둥 —상상을 초월하리만큼 거대한 기둥 —의 밑동이라는 것을 깨달았다. 기둥 표면에 새겨진 거대한 상형문자들이 손끝을 따라 쉽게 윤곽을 드러냈다.

그곳에서 아주 멀리까지 다시 기어가다가 또 거대한 기둥과 마주쳤다. 느닷없이 주의를 잡아끄는 것이 있었으니, 의식적으로 그것을 느끼기에 앞서 무의식을 때리는 뭔가가 있었다.

땅 밑 더 아래쪽에 있는 틈 어딘가에서 어떤 소리가 들려오고 있었다. 음이 고르고 일정한, 그러나 난생처음 들어보는 그런 소리였다. 직감적으로 그것이 까마득한 고대의 의식과 관련이 있다고 생각했다. 이집트학에 관한 책을 많이 읽었던 터라 플루트, 삼부카, 시스트럼, 팀파눔 같은 악기들이 떠올랐다. 단조롭고 느린 저음의 관악기와 빠른 장단의 북소리는 내게 공포를 일깨웠다. 지상의 어떤 공포보다도 강렬한 —개인적인 공포에서 출발하여 지구 전체에 미치는 객관적인 형태의 —이 섬뜩한 불협화음 너머 지하 깊숙한 곳에 이대로 남겨져 있어야 하는 공포……. 소리가 내게 다가오듯 점점 커졌다. 그리고 이번에는 판테온의 신들이 모조리 소리를 통해 되살아난 것처럼 희미하고도 먼, 으스스한 영겁의 행진 소리가 들려오기 시작했다.

서로 다른 발소리가 하나의 운율에 맞춰 일사불란하게 움직이다니 너무도 섬뜩했다. 지구의 가장 깊숙한 곳에서 벌어지는 괴물들의 행진, 그것은 아마도 수천 년의 불경한 훈련 때문에 가능했을지 모른다. 터벅터벅, 딸깍딸깍, 우르르 쿵쿵 걷고 활보하고 스르르 기어드는……. 이 모든 발소리의 불협화음이 조롱하는 듯한 악기 소리에 맞춰 들려오고 있었다. 아, 신이여, 내 머릿속에서 아랍인의 전설을 지워주소서! 영혼 없는 미라들……. 방황하는 발길의 합류점……. 4000년간 저주받아 온 망자들의 무리……. 케프렌 왕과 그의 잔혹한 왕비 니토크리스에 의해 칠흑 같은 어둠의 공간을 헤치고 온 혼합 미라들…….

발소리가 점점 가까워졌다. 점점 또렷해지는 저 무수한 발, 발굽, 발톱 소리를 듣지 않아도 된다면 좋으련만! 깊디깊은 이 지하의 어두운 포석 위에서, 악취 나는 바람 속에서 한줄기 불꽃이 번뜩였다. 나는 거대한 기둥 뒤에 몸을 숨겼다. 초인적인 공포와 무시무시한 태고의 거대한 다주식 공간을 헤치고 나를 향해 은밀히 다가오는 무수한 괴물들을 잠시나마 피할 수 있을까 해서였다. 빛의 번뜩임이 더욱 강렬해졌고, 발소리와 불협화음도 진저리 쳐질 만큼 커졌다. 흔들리는 주황색 불빛 속에서 희미하게 드러나는 광경, 나는 공포와 혐오마저 압도하는 완벽한 경이감에 빠져 숨죽인 채 돌처럼 굳어버렸다. 기둥의 가장 낮은 밑동조차도 인간이 올려다보게 만드는……. 가장 낮은 물체마저도 에펠탑을 난쟁이처럼 왜소하게 만드는……. 그리고 햇빛이 머나먼 전설이었을 동굴에서 상상을 초월하는 존재들이 새겨 넣은 상형문자들…….

나는 다가오는 행렬을 보지 않으려고 했다. 죽음의 음악과 죽음의 발소리 위로 삐걱거리는 관절과 쌕쌕거림을 들으면서 필사적으로 보지 않으려고 했다. 그들이 말을 하지 않은 것이 천만다행이었다. 그러나 아뿔싸! 미친 듯 흔들리는 횃불이 거대한 포석 표면에 그림자를 드리우기 시작했다. 인간의 손을 지닌 하마가 흔들리는 횃불을 들고 있을 리 없었다……. 인간이 악어의 머리를 하고 있을 리 없었다…….

나는 돌아서려고 했으나, 그 그림자와 소리와 악취는 어디에나 있었다. 불현듯 어린 시절에 꿈인지 현실인지 애매한 악몽을 꿀 때의 습관처럼 "이건 꿈이야! 이건 꿈이야!"라고 혼잣말을 되뇌기 시작했다. 그러나 부질없었다. 이번에는 눈을 감고 기도했다. 물론, 그 모든 것이 환각이었으니 내가 어땠노라 확신한다는 것도 어불성설, 그러니 내가 그렇게 행동했을 거라고 생각하는 수밖에 없다. 그리고 그것 말고는 달리 할 수 있는 일도 없었다. 그곳에 다시 간다면, 그래서 슬며시 눈을 뜨고 본다면 악취 나는 바람과 끝이 보이지 않는 기둥과 요지경처럼 기괴한 그림자 외에 그곳에서 다른 것을 식별해 낼 수 있을까 궁금해지곤 한다. 푹푹 소리를 내며 흔들리는 무수한 횃불이 빛을 발했고, 그곳이 진정 벽 하나 없는 지옥의 공간이 아니라면, 경계선이나 경계표 같은 것을 분명히 볼 수 있을 터였다. 그러나 나는 얼마나 무수한 괴물들이 모여 있는지 깨닫고는 다시 눈을 감아야 했다. 그런데 슬쩍 스치는 어떤 물체가 있었다. 엄숙하게 걸어가는, 허리 위로는 아무것도 없는…….

시체의 가르랑거림 혹은 임종을 앞둔 헐떡임처럼 무시무시한 소리들이 대기를 찢었다. 나프타와 역청에 찌든 납골당의 허공을 향해 불경하기 그지없는 시체 군단이 의도된 합창처럼 한목소리를 내고 있었다. 빙충맞게 흔들리던 내 시선에 어떤 인간도 공포와 육체적인 탈진 없이는 상상조차 할 수 없는 광경이 들어왔다. 괴물들이 의식을 치르듯 한 방향으로, 악취가 풍겨 오는 쪽으로 몰려들어 있었는데, 붕대로 칭칭 감긴 그들의 머리 — 아니면 머리 같은 것을 감은 붕대 — 가 횃불에 드러났다. 그들은 시야가 닿지 않는 위쪽, 검은 악취를 뿜어내는 틈 앞에서 숭배 의식을 치르고 있었다. 어둠 속 멀리 떨어져 있는 거대한 두 개의 계단에 시야가 가려져 보이는 것이라고는 무리의 오른쪽 측면뿐이었다. 그 계단 중 하나는 내가 굴러떨어진 곳이 틀림없었다.

틈의 크기는 기둥의 그것과 맞먹었다. 웬만한 집 한 채는 들어가고도 남았고, 또 웬만한 공공건물마저 쉽게 들어갔다 나왔다 하리만큼 거대했다. 틈의 바깥 면 또한 거대하여 눈으로 그 경계를 한 번에 볼 수 없었다. 너무도 거대하고, 끔찍이도 검고, 지독한 악취를 풍기는……. 쩍 벌어진 거대한 문 바로 앞에서 괴물들이 뭔가를 집어던지고 있었다. 그 동작으로 봐서는 제물이나 종교적인 번제가 틀림없었다. 무리의 우두머리는 케프렌이었다. 비웃음을 머금은 왕 케프렌 혹은 안내인 압둘 레이스가 황금 프센트[100]를 쓰고 예의 섬뜩하고 공허한 목소리로 끝없이 주문을 외고 있었다. 그리고 그 옆에 무릎을 꿇고 있는 미모의 니토크리스 왕비, 언뜻 스쳐 간 그녀의 얼굴 오른쪽은 쥐나 구울에 먹혀 반쯤 뜯겨 나간 상태였다. 그리고 그 역겨운 틈 혹은 그들만의 신적 존재를 향해 내던져지는 번제가 무엇인지를 봤을 때 나는 또 눈을 감고 말았다.

숭배 의식을 퍽 정성스레 치르는 것으로 미루어, 숨겨진 신적 존재가 상당히 중요한 위치에 있는 것 같았다. 오시리스 아니면 이시스, 호루스 아니면 아누비스, 그것도 아니면 거의 알려져 있진 않지만 훨씬 더 중요하고 절대적인 위상을 지닌 망자의 신은 아닐까? 한 전설에 따르면, 우리가 아는 신들이 숭배를 받기 훨씬 전에 이미 미지의 신이 세운 섬뜩한 제단과 거석 들이 있다는데…….

이 무렵에는 이름 없는 존재들이 벌이는 황홀하고 음산한 숭배 의식을 지켜보는 데 어느 정도 단련이 되었고, 불현듯 탈출해야 한다는 생각이 떠올랐다. 내부는 어둠침침했고, 기둥들은 짙은 그림자에 가려져 있었다. 그 악귀 같은 무리들은 예외 없이 충격적인 황홀에 빠져 있었기에, 살금살금 기어서 계단 한 곳까지 간 다음 몰래 그 위로 올라갈 수 있을 듯했다. 그리고 운명과 기술에 몸을 맡기고 탈출을 시도하는 것이다. 내가 어디에 있는지 알지도 못했거니와 심각하게 생각해 보지도 않았다. 꿈이 분명할 그 상황에서 진지하게 탈출을 계획한다는 것 자체가 순간적으로 기쁨을 주었다. 내가 있는 곳이 케프렌의 신전 — 오랜 세월 동안 스핑크스 신전이라고 일관되게 불려온 ──아래에 숨겨진 미지의 공간이었을까? 추측할 순 없었지만, 정신력과 체력이 허락하는 한 살기 위해 또 온전한 정신을 되찾기 위해 올라가고야 말겠다고 결심했다.

바닥에 배를 깔고 엎드린 자세로 두 개 중에서 좀 더 접근하기 수월해 보이는 왼쪽 계단까지 불안한 여정을 시작했다. 그렇게 기어갔던 과정과 그때의 심정을 말로 표현할 길이 없다. 다만, 발각될까 봐 사악하게 흔들리는 횃불 주위에서 눈을 뗄 수 없었던 상황만 떠올려봐도 어느 정도 짐작은 갈 것이다. 앞에서 말한 대로, 그 계단은 어둠 속에 아주 멀리 있었고, 그 거대한 틈 위쪽으로 아찔하리만큼 곧게, 단 한 곳도 구부러짐 없이 솟구쳐 있었다. 포복의 과정이 거의 끝나갔을 땐, 시끄러운 무리와 꽤 멀리 떨어져 있었다. 물론, 오른쪽 멀리서 벌어지는 광경은 여전히 소름 끼쳤다.

드디어 계단에 무사히 도착하여 올라가기 시작했다. 더없이 오싹한 장식이 새겨진 벽에 바짝 몸을 기대고, 악취가 풍겨 나오는 틈과 그 앞 포석에 내던져진 차마 입에 담지 못할 번제들을 바라보는 괴물들의 몰입과 황홀경에 오로지 일신의 안전을 맡긴 상태였다. 계단이 거대하고 가팔랐지만 한편으로는 거인의 발에 맞춰 거대한 반암 덩어리로 만든 것 같았고, 난간과 함께 이어진 그 경사가 정말이지 깎아지른 듯했다. 들킬지 모른다는 두려움과 기는 도중에 다시 불거진 상처의 고통이 더해져 위로 올라가는 과정은 그야말로 괴로운 기억이었다. 계단 밑에 도착한 후에는 앞뒤 가리지 않고 곧바로 계단을 오를 생각이었다. 20미터 내지 25미터 아래서 앞발로 긁고 무릎을 꿇는 썩은 육신들을 마지막으로 보기 위해 멈출 생각도 없었다. 그런데 계단 꼭대기까지 거의 다 올라갔을 때, 갑작스레 시체의 가르랑거림과 임종의 헐떡임이 또다시 합창이 되어 귀청을 찢을 듯 울리는 것이었다. 나를 발견하고 소동이 일어난 게 아니라 의식의 일부였기에 잠시 멈추고 난간 너머를 슬며시 엿보았다.

괴물들이 뭔가에 환호하고 있었다. 그것은 앞에 바쳐진 소름 끼치는 먹잇감을 붙잡기 위해 역겨운 틈에서 몸을 내밀고 있었다. 높은 곳에서 내려다보는데도 그것은 굉장히 육중했고, 누르스름한 색깔에 털이 북슬북슬 나 있었다. 그리고 뭐랄까, 움직임이 신경질적이었다. 덩치가 하마만 했지만, 생김새는 아주 기묘했다. 목이 없는 대신, 다섯 개의 털북숭이 머리가 원통형의 몸에서 나란히 튀어나와 있었다. 첫 번째 머리는 아주 작았고, 두 번째는 꽤 큰 편이었고, 크기가 비슷한 세 번째와 네 번째 머리가 가장 컸으며, 나머지 다섯 번째 머리는 비교적 작아서 첫 번째보다 조금 크다 싶은 정도였다.

이 다섯 개의 머리에서 빳빳한 촉수가 튀어나와 틈 앞에 놓여 있던, 차마 입에 올리지 못할 번제를 마구 붙잡았는데, 잡아채는 양이 실로 어마어마했다. 그것은 한 차례씩 펄쩍 뛰었다가 아주 수상한 동작으로 자신의 소굴로 돌아갔다. 나는 그 기묘한 행동을 정신이 팔려 보고 있다가, 그것이 다음에는 틈의 더 아래쪽에서 나타났으면 하고 바랐다.

이윽고 그것이 나타났다……. 그것을 보자마자 나는 뒤에 있는 높은 계단을 뛰어올라 어둠 속에 몸을 피했다. 무작정 까마득한 계단을 뛰어오르고 사다리와 비탈을 올랐다. 인간의 시각이나 논리는 나를 이끌어주지 못했다. 지금 나는 아무것도 확인할 수 없는 그 공간을 꿈이라고 규정할 수밖에 없다. 꿈이 아니었다면, 냉소적인 얼굴에 여명을 머금은 대스핑크스 앞 기제 사막에서 내가 살아서 발견되지 않았을 것이다.

대스핑크스! 아! 햇빛 가득한 어느 아침, 나 혼자 떠올렸던 무의미한 질문……. 애초에 스핑크스를 만들어 표현하고자 했던 거대하고 섬뜩한 비정상성은 과연 무엇일까?

꿈이었든 현실이었든, 내 눈에 보인 그 광경은 저주이고 절대적인 공포다. 우리가 모르는 죽음의 신, 그것은 까마득한 지하에서 자신의 거대한 입을 핥으며, 존재해서는 안 되는 무자비하고 우둔한 괴물들이 던져주는 불경한 먹이로 살아가고 있다. 다섯 개의 머리를 지닌 괴물……. 다섯 개의 머리를 지닌 하마처럼 커다란 괴물……. 다섯 개의 머리를 지닌 괴물, 그리고 그것은 그저 앞발에 불과하고 또 다른…….

하지만 나는 살아남았고, 그것이 한갓 꿈이라는 것을 알고 있다.

....

89) 드 레셉스(Ferdinand Marie Vicomte de Lesseps): 프랑스의 외교관. 수에즈 운하의 구상을 세우고 완성했다.

90) 타부슈(tarbush): 터키에서 유래한, 검은 술이 달린 빨간 모자.

91) 미나레트(minaret): 이슬람 사원의 외곽에 설치하는 첨탑.

92) 무에진(Muezzin): 하루에 다섯 번 이슬람 사원에서 예배 시간을 알리는 사람을 일컫는 말.

93) 헬리오폴리스(Heliopolis): 카이로 북동쪽에 있는 고대 이집트의 종교도시 유적.

94) 술탄 하산 모스크(Sultan Hassan Mosque): 13세기 맘루크 왕조의 대표적 건축물. 이집트의 수도 카이로에 있으며, 가장 대표적인 이슬람 건축물로 평가된다.

95) 살라딘(Saladin): 이집트 아이유브 왕조의 시조.

96) 켐(Khem): 흑토의 나라, 즉 이집트를 뜻하는 이집트어.

97) 레바크(lebbakh): 가로수로 심은 상록수의 일종으로 보인다.

98) 베두인(Bedouin): 동물을 기르면서 이동 생활을 하는 아랍계 유목민을 가리킨다.

99) 안드로스핑크스(Androsphinx): 몸은 사자, 머리는 인간의 형태로 피라미드의 정면에 배를 깔고 앉아 있는 괴물의 총칭. 머리를 당대 국왕의 얼굴과 비슷하게 만들었다고 한다.

100) 프센트(pshent): 고대 이집트의 왕관.

THE TRAP

함정

작가와 작품 노트 | 헨리 화이트헤드(Henry S. Whitehead, 1882~1932)

주로 위어드 픽션을 쓴 미국 작가. 하버드 대학과 컬럼비아 대학에서 수학했고, 일리노이 주 소재 유잉 칼리지에서 문학 석사 학위를 받았다. 서른 살 전까지는 하버드 대학에서 풋볼 선수로 뛰기도 하고 미국 아마추어 경기 연맹의 육상 위원을 지내는 등 활동적인 삶을 살았다. 나중에 버클리 신학교에 입학한 뒤, 1912년에 미국 성공회 집사(부제)로 임명되었다. 1921년부터 1929년까지 버진아일랜드에서 대집사를 역임하면서 이곳의 민간전승(특히 좀비를 비롯한 전설적인 존재들에 관한)에 매료되어 위어드 픽션의 소재로 삼았다. 러브크래프트와 서신을 주고받으며 《위어드 테일스》, 《스트레인지 테일스》 등의 펄프 잡지에 많은 작품을 발표했다.

말년에는 플로리다의 더니든에서 목회 활동을 했다. 러브크래프트는 1931년에 더니든에 사는 화이트헤드를 방문하여 보름 넘게 머무르며 당시 구상 중이었던 「울타르의 고양이」의 줄거리를 아이들에게 들려주었다고 한다. 러브크래프트는 그때 만난 화이트헤드에 대해 "칙칙한 성직자의 느낌은 전혀 없었다. 옷차림은 산뜻했고, 종종 남성미까지 풍겨서 빈틈없는 신앙이나 딱딱한 분위기와는 거리가 멀었다."라고 말했다.

화이트헤드의 작품들은 위어드 픽션치고는 대개 온화하고 무난한 편이지만, 우아한 문체와 때때로 감성을 자극하는 힘이 있다. 러브크래프트는 화이트헤드의 「어느 신의 죽음 *The Passing of a God*」에 대해 '독창적인 재능의 절정'이라고 평가하기도 했다. 화이트헤드의 서인도제도를 소재로 한 작품들은 이국적인 지역에 대한 외경심과 신비감을 생생히 전달하는 면에서 타의 추종을 불허한다는 평가를 받는다. 러브크래프트는 1933년 《위어드 테일스》 3월 호에 「추모글: 헨리 화이트헤드 *In Memoriam: Henry St. Clair Whitehead*」를(원본의 4분의 1로 축약하여) 발표한다.

「함정」은 러브크래프트가 화이트헤드를 방문했던 무렵, 자신의 작품을 화이트헤드가 수정 중이라고 말한 작품이다. 러브크래프트는 이 작품의 절반 혹은 70퍼센트 정도를 쓴 것으로 알려졌으나, 러브크래프트의 양해 아래 1932년에 화이트헤드의 이름으로 《스트레인지 테일스》에 실었다. 샴쌍둥이 미니어처를 가진 남자에 관한 이야기 「카시우스 *Cassius*」도 러브크래프트의 구상을 바탕으로 했다고 알려져 있다.

이 모든 일이 불가사의하게 시작된 것은 12월의 어느 목요일 아침, 내가 오래된 코펜하겐 거울을 들여다보고 있을 때였을 것이다. 숙소에 혼자 있었는데도 거울에 다른 뭔가가 비쳤다는 느낌을 받았다. 흠칫 멈춰 서서 거울을 뚫어지게 쳐다보다가 결국에는 그것이 순전히 착각이라 여기고는 마저 머리를 빗었다.

내가 먼지와 거미줄로 뒤덮인 그 낡은 거울을 발견한 곳은, 산타크루스 섬에서 사람들이 많이 살지 않는 북쪽 지역, 어느 폐가의 헛간이었다. 그리고 그것을 버진아일랜드에서 미국으로 가져온 것이다. 그 깨지기 쉬운 거울은 200년도 넘게 열대 기후에 노출되어 흐릿해져 있었고, 금박을 입힌 테두리의 상단을 따라 우아하게 수놓인 장식은 심하게 훼손된 상태였다. 나는 떨어진 장식들을 테두리에 다시 맞춰놓은 뒤 거울을 다른 물건들과 함께 창고에 보관해 두었다.

그로부터 몇 년이 지나, 나는 기후가 고약한 코네티컷 주의 어느 산중턱에 자리 잡은, 오랜 친구 브라운이 운영하는 사립학교에서 손님 겸 교사로 머물고 있었다. 기숙사 건물 중에서 사용하지 않는 별관에 묵었고, 방 두 개와 복도 하나가 내 차지였다. 이곳에 도착하자마자 제일 먼저 푼 짐이 안전하게 싸서 가져온 그 낡은 거울이었다. 증조모님의 유품인 낡은 자단 까치발에 거울을 올려놓고 거실에 근사하게 세워놓았다.

침실 문은 복도를 사이에 두고 거실 문 바로 맞은편에 있었다. 양복장에 달린 두 개의 거울을 통해서 문 두 개를 지나 그 커다란 거울을 볼 수 있었다. 점점 작게 보이긴 하지만 그래도 끝없이 이어질 것 같은 복도를 훑어보는 듯한 효과가 있었다. 그 주 목요일 아침, 보통은 비어 있는 복도에서 이상한 움직임이 거울에 비쳤지만, 앞서 말했듯이, 이내 착각이라고 무시해 버렸다.

식당에 도착했을 때, 모두들 춥다고 원성이 자자했는데, 알고 보니 학교의 장작이 다 떨어진 것이 이유였다. 나는 유독 추위에 민감했던 터라 그중에서도 가장 큰 피해자였다. 그래서 그날만은 얼음장 같은 교실을 피해야겠다고 결심했다. 학생들을 내 거실로 데려와 벽난로 가에 둘러앉아 특별 수업을 하기로 마음먹었다. 학생들은 그 제안에 환호하면서 좋아했다.

수업이 끝났을 때 학생 중에서 로버트 그랜디슨이 2교시가 빈다면서 함께 있어도 되냐고 물었다. 나는 얼마든지 있어도 좋다고 말했다. 로버트는 난로 앞 안락의자에 앉아서 책을 읽었다.

그런데 얼마 지나지 않아서 난롯불이 좀 더 강해졌을 때, 로버트는 조금 떨어진 다른 의자로 옮겨 앉았고, 그 때문에 낡은 거울과 정면으로 마주 보게 되었다. 다른 의자에 앉아 있던 나는 로버트가 희미하고 침침한 거울을 빤히 처다보고 있는 것을 발견했다. 왜 저리도 빠져 있나 의아해하다가, 문득 그날 아침에 내가 겪었던 일이 떠올랐다. 시간이 지나도 로버트는 미간을 약간 찡그린 채 계속 거울을 응시하고 있었다.

결국에는 내가 무엇을 그리 쳐다보고 있냐고 조용히 물었다. 로버트는 여전히 꺼림칙한 듯 미간을 찌푸리고서 천천히 나를 돌아보더니 퍽 조심스럽게 대꾸하는 것이었다.

"거울에 주름 같은 게 있어요, 캐니빈 선생님. 정확히 뭔지는 모르겠지만, 전부 한곳에서 뻗어 나오는 것 같아요. 제가 보여드릴게요."

벌떡 일어선 소년이 거울로 가더니, 거울의 왼쪽 아래 모서리에서 가까운 한 곳을 손가락으로 짚었다.

"바로 여기예요, 선생님." 소년이 손가락을 거울에 그대로 댄 채 나를 보면서 말했다.

나를 향해 돌아서는 과정에서 거울을 짚고 있던 손가락에 힘이 들어간 모양이었다. 갑자기 로버트가 거울에서 손을 뗐는데, 어딘지 힘겨워 보였다. 그리고 조그맣게 아야 소리가 들려왔다. 아이는 이내 얼떨떨한 표정으로 거울을 쳐다보았다.

"왜 그러냐?" 내가 의자에서 일어나 다가가면서 물었다.

"저, 그게……." 로버트는 어리둥절해 있었다. "그러니까 내 손가락을 잡아당기는 것 같았어요. 그게, 얼토당토않은 소리라는 건 알지만, 선생님, 너무 독특한 느낌이 들어서요." 로버트는 열다섯 살치고는 남다른 어휘를 구사했다.

내가 정확히 어디인지 가리켜보라고 말했다.

"선생님은 절 한심한 놈이라고 생각하실 거예요." 로버트가 겸연쩍어하면서 말했다. "그러니까, 정확히 여기인지 잘 모르겠어요. 저 의자에서 봤을 때는 또렷하게 보였는데 말이죠."

그쯤에서 완전히 흥미가 동한 나는 로버트가 앉았던 의자에 앉아서 아이가 가리킨 거울의 한 지점을 바라보았다. 그 순간 그것이 '나를 향해 뛰어들었다.' 틀림없이, 그 각도에서 보니, 낡은 거울에 있는 모든 소용돌이무늬가 한 손에 쥐어진 무수한 줄처럼 모였다가 바깥쪽으로 퍼져 나오는 것 같았다.

내가 일어서서 거울로 다가가자 그 이상한 지점이 더는 보이지 않았다. 특정한 각도에서만 보이는 것 같았다. 바로 앞에서 보면, 거울의 그 지점은 일반적인 물체조차 반사하지 않았다. 얼굴조차 비추어볼 수 없었다. 자잘한 수수께끼 하나가 생긴 셈이었다.

잠시 후 수업 종이 울렸고, 넋이 나가 있던 로버트 그랜디슨은 부리나케 그곳을 떠났다. 그 이상하고 사소한 시각의 문제 앞에 나 혼자 남게 되었다. 창문 블라인드 몇 개를 올린 후, 복도 건너편의 양복장 거울로 가서 거기에 비친 문제의 지점을 찾아보았다. 그것을 찾기는 쉬웠다. 그곳을 집중해서 쳐다보고 있는데, 또 '움직임' 같은 것이 거울에 나타났다. 목을 쭉 빼자, 마침내 특정한 각도에서 그것이 또 '나를 향해 뛰어들었다.'

모호한 '움직임'이 또렷하고 분명해졌다. 비틀림 혹은 소용돌이였다. 순간적이지만 강렬한 소용돌이나 회오리, 혹은 평평한 잔디밭을 따라 원형으로 바람에 날리는 낙엽 더미와 아주 흡사했다. 그것은 지구의 자전과 공전처럼 계속해서 회전했고, 마치 소용돌이 자체가 거울 안쪽 어딘가를 향해 끝없이 쇄도해 들어가는 것 같았다. 정신이 팔려 있으면서도 그것이 착각이라는 생각이 들었다. 그런데 '빨아들임'과도 같은 느낌이 분명히 있었다. 문득, 어리둥절해하던 로버트의 말이 떠올랐다. "손가락을 잡아당기는 것 같았어요."

갑자기 냉기가 슬며시 등골을 오르내렸다. 들여다볼 가치가 있는 뭔가가 거기 있었다. 알아내자는 생각을 하는 동안, 수업 종이 울려서 돌아가던 로버트 그랜디슨의 아쉬운 표정이 떠올랐다. 아이는 고분고분 복도로 나가면서도 뒤를 돌아보았더랬다. 그래서 나는 이 작은 미스터리를 어떻게 분석하든 간에 로버트를 동참시켜야겠다고 결심했다.

그러나 곧 로버트와 관련된 아슬아슬한 사건들 때문에 한동안 거울을 까맣게 잊게 되었다. 나는 그날 오후 내내 외출했다가 5시 15분 '점호' 시간 — 학생들이 모두 모여야 하는 전체 집합 시간 — 에야 학교에 돌아왔다. 거울 문제로 로버트를 따로 불러낼 마음으로 점호에 참석하고 보니, 그 아이가 보이지 않아서 깜짝 놀라고 말았다. 그것은 평소의 그 아이답지 않은, 아주 예외적이고 이상한 일이었다. 그날 저녁 브라운한테서 전해 들은 말에 따르면, 기숙사 방과 체육관을 비롯해 갈 만한 곳을 다 찾아보았지만 끝내 로버트의 행방은 묘연했고, 외출복 따위의 개인 물품은 그대로 있더라고 했다.

그날 오후 스케이트를 즐기거나 산책을 하던 사람들도 로버트를 본적이 없는 데다, 학교에 식자재를 납품하는 인근 상인들에게 전화를 해봐도 오리무중이었다. 다시 말해, 2시 15분에 수업이 끝난 직후 자신의 기숙사 3호실로 가는 계단에서 눈에 띈 것을 마지막으로, 로버트는 종적을 감추었다.

로버트의 실종이 기정사실화되었을 때 교내에 큰 동요가 일었다. 브라운은 교장으로서 책임을 져야 했다. 철저한 교칙과 뛰어난 교육 여건을 자랑하던 이 학교에서 이런 일은 처음이었고, 이 때문에 브라운은 몹시 어리둥절해 있었다. 곧바로 확인한 바에 따르면, 로버트는 펜실베이니아 서부에 있는 자신의 집으로 줄행랑을 친 것도 아니었고, 학생과 교사로 구성된 수색대는 학교 인근의 눈 덮인 지역에서도 그의 흔적을 발견하지 못했다. 지금까지의 상황으로 볼 때, 로버트는 그저 홀연히 사라진 것이었다.

다음 날 오후, 로버트의 부모가 도착했다. 그들은 이 뜻밖의 변고로 큰 충격에 휩싸여 있었음에도 묵묵히 상황을 전해 들었다. 브라운은 하룻밤 새 10년은 더 늙어 보였지만, 상황은 속수무책이었다. 실종 나흘째, 학교 측에서 이 문제를 해결할 수 없다는 점이 분명해졌고, 그랜디슨 부부는 내키지 않는 발걸음으로 돌아가야 했다. 그리고 다음 날부터 열흘간의 크리스마스 방학이 시작되었다.

여느 때의 휴일과는 사뭇 다른 분위기에서 학생들과 교사들이 학교를 떠났다. 브라운 내외는 하인들과 함께 학교에 남았다. 이 커다란 건물에 그들과 나만 남은 셈이었다. 교사와 학생이 없으니 정말이지 건물이 텅 빈 것 같았다.

그날 오후 나는 난로 앞에 앉아서 로버트의 실종에 대해 생각하면서 그 해결책이랍시고 온갖 공론(空論)을 펴고 있었다. 저녁에는 두통이 심해서 저녁 식사를 간단히 때웠다. 곧 빠른 걸음으로 건물을 돌아 거실로 돌아온 뒤, 또다시 힘겨운 생각에 빠져들었다.

난롯불이 꺼진 줄도 모르고 졸다가 냉기와 뻣뻣한 느낌 때문에 안락의자에서 잠을 깬 것은 10시가 조금 넘어서였다. 몸은 불편했지만, 머리는 묘한 기대와 희망으로 활력에 넘쳤다. 물론 그것은 얼마 전까지 나를 애먹이던 문제와 관련이 있었다. 나를 선잠에서 퍼뜩 깨운 것이 기묘하고도 집요한, 어떤 생각이었기 때문이다. 요컨대, 꼭 집어서 말할 수는 없어도 뭐랄까, 로버트 그랜디슨이 나와 말을 하기 위해 필사적으로 애쓰고 있다는, 아무튼 이상한 생각이었다. 나는 마침내 터무니없는 확신에 차서 침실로 향했다. 어찌 됐든, 로버트 그랜디슨이 아직 살아 있다는 확신이 들었다.

내가 그런 생각을 냉큼 받아들인 것에 대해, 내가 서인도제도에서 오랫동안 체류했고 그곳에서 불가사의한 일들을 겪었다는 것을 아는 사람들이라면 이상하게 여기지 않을 터이다. 그리고 그런 사람들에게는 내가 실종된 소년과 정신적인 교감을 나누기 위해 잠자리에 들었다는 것도 이상하진 않을 터이다. 프로이트, 융, 아들러처럼 세상에서 가장 지루한 과학자들마저도 수면 중 무의식은 외부적인 인상에 가장 개방되어 있다고 확인해 주지 않았던가. 물론 그런 인상들이 원래의 양상 그대로 깨어 있는 상태까지 나타날 가능성은 희박하지만.

　한 단계 더 나아가, 텔레파시의 힘이 존재한다고 가정한다면, 그 힘은 잠든 사람에게 가장 강하게 작용한다. 그러므로 만약 내가 로버트한테서 확실한 메시지를 얻고자 한다면, 그것은 깊은 잠에 빠져 있는 동안에 가능한 일이다. 물론, 잠에서 깨어났을 때 그 메시지를 잊어버릴 가능성도 있었다. 그러나 이런 일을 받아들이는 나 자신의 능력은 그동안 세계 곳곳의 오지에서 습득한 정신 수양 같은 것으로 잘 연마되어 있었다.

　나는 곧 깊은 잠에 빠져들었음이 분명하다. 꿈의 생생함과 잠들려고 뒤척이는 과정이 없었던 것으로 봐서 상당한 숙면 상태였다. 잠에서 깬 것은 6시 45분, 수면 상태의 뇌 활동으로 전해 받은 특정한 인상들이 아직 남아 있었다. 칙칙한 녹색을 띤, 검푸른색의 소년으로 이상하게 변한 로버트 그랜디슨의 모습이 내 머릿속을 꽉 채우고 있었다. 로버트는 내게 뭔가를 말하려고 안간힘을 썼고 무척이나 힘겨워 보였다. 공간을 분리하는 기묘한 벽 하나가 우리 둘 사이에 가로놓여 있는 것 같았다. 그 눈에 보이지 않는, 불가사의한 벽은 우리 두 사람을 곤혹스럽게 만들었다.

내가 본 로버트는 상당히 떨어져 있었지만, 그와 동시에 바로 옆에 있는 듯한 묘한 느낌을 주었다. 소년은 실제보다 크거나 작았다. 다시 말해 대화를 시도하는 동안, 다가오거나 물러나는 거리에 따라 몸의 크기가 수시로 바뀌었다. 그런데 그가 물러나거나 뒤로 멀어지면 작아지는 것이 아니라 오히려 더 커졌다. 앞으로 가까이 다가올 때는 그 반대였다. 이 소년의 경우에는 원근법이 완전히 뒤바뀐 것 같았다. 소년의 모습은 희미하고 불분명했다. 마치 신체가 정확한 윤곽을 띠고 있지 않은 것 같았다. 나는 처음에 소년의 이상한 색과 옷차림에 크게 당황했다.

꿈속의 어느 지점에 이르자, 말소리가 이상하리만큼 둔탁하고 단조롭기는 해도, 말을 하려는 로버트의 노력이 마침내 결실을 맺었다. 나는 한동안 소년의 말을 전혀 알아들을 수 없었다. 꿈에서조차 나는 그가 어디에 있는지, 무엇을 말하려고 하는지 또 왜 그의 말이 그토록 서툴고 알아듣기 어려운지, 그 단서를 찾아내려고 머리를 쥐어짜고 있었다. 그런데 로버트의 단어와 문장이 조금씩 이해가 되기 시작했다. 처음 로버트의 말을 이해한 순간 꿈속의 나는 엄청난 흥분에 빠져 너무 터무니없다는 이유로 의식 상태에서는 거부해 버렸던 정신적 교감을 기꺼이 받아들였다.

내가 깊은 잠 속에서 그 어눌한 말들을 얼마나 오랫동안 듣고 있었는지는 모르겠으나, 로버트가 묘한 거리감을 두고 이야기를 하려고 안간힘 쓰는 동안 몇 시간은 족히 지났을 것이다. 확실한 증거가 없어 다른 사람더러 믿으라고 강요할 수 없는 상황이었지만, 나는 그것을 기꺼이 — 꿈속에서건 꿈에서 깨어서건 간에 — 진실로 받아들였다.

그것은 과거에 기이한 일들과 마주했던 나 자신의 경험 때문이었다. 로버트는 감정이 북받치는지 내 얼굴 — 꿈속에서 자꾸 변하는 얼굴 — 을 물끄러미 쳐다보고 있었다. 내가 그의 말을 알아듣기 시작했을 무렵, 그의 표정이 밝아졌고 고마움과 희망의 표정을 띠었다.

추위 때문에 갑자기 깨어난 후 귓가에 맴돌던 로버트의 이야기를 밝히기 위해서는 더없이 신중하게 어휘를 선택하여 이 글을 써나갈 수밖에 없다. 모든 상황이 기록하기에 너무도 벅찬 것이라 횡설수설하기 쉽기 때문이다. 내가 제정신에서 이성적으로는 차마 따를 수 없었던 어떤 교감이 계시에 의해 이루어졌다는 말, 앞에서 했다. 굳이 더는 숨길 필요가 없는 그 교감이라는 것은, 로버트가 실종된 날 아침에 기이한 움직임으로 내게 큰 인상을 주었고 나중에는 소용돌이 같은 윤곽과 환각임이 분명한 빨아들임으로 로버트와 내게 불안한 매혹을 던져주었던 그 코펜하겐 거울과 관련이 있었다.

이전까지는 직관이 암시하려는 것을 나의 외부 의식이 거부했으나, 더는 이 엄청난 개념을 부인할 수 없었다. 『이상한 나라의 앨리스』에서 환상이었던 부분들이 이제 내게는 심각하고도 즉각적인 현실로 다가왔다. 그 거울은 실제로도 사악하고 비정상적인 흡인력을 지니고 있었다. 그리고 꿈속에서 힘겹게 말하던 소년은 지금까지 인간의 경험계에 알려진 모든 것과 오랫동안 정상이라고 여겨온 3차원의 법칙을 모두 폐기해 버렸다. 그것은 단순한 거울이 아니었다. 관문이었다. 함정이었다. 이런 공간의 후미로 가는 관문은 가시적인 현실 세계에서 거주하는 사람들에겐 무의미한 것이고, 가장 복잡한 비(非)유클리드 수학 용어로만 실감되는 것이다. 로버트 그랜디슨은 상당히 과격한 방식으로 우리의 세계에서 거울 속으로 사라졌고, 거기에 갇힌 채 탈출을 기다리고 있었다.

내가 잠에서 깨어났을 때, 그 계시에 대해 일말의 의심도 품지 않았다는 점은 중요하다. 내가 전이된 차원의 로버트와 실제로 대화를 나누었다는 것은, 로버트의 실종에 관한 나의 골몰한 생각과 거울의 환영에서 비롯된 것이 아니라, 상식적이고도 유효한 본능의 확실성만큼이나 내겐 분명한 사실이었다.

실종 당일 아침, 로버트는 그 낡은 거울에 깊이 매료되어 있었다. 이후 수업 시간에도 거울 생각을 하다가 그것을 더 살펴보고 싶어서 내 거실을 다시 찾아왔다. 그가 수업을 마치고 거실에 도착한 것은 2시 20분이 조금 넘은 시각으로 그때 나는 마을에 가고 없었다. 로버트는 나를 찾아 두리번거리다가 괜찮겠거니 여기고 내 거실로 들어와 곧장 거울로 향했다. 그리고 거울 앞에 서서 그가 전에 말한, 소용돌이가 한곳으로 모이는 지점을 찬찬히 살펴보았다.

그런데 갑자기 그 소용돌이의 중심에 손을 갖다 대고픈 강렬한 충동을 느꼈다. 로버트는 자신의 이성적인 판단력을 저버린 채 주저하면서도 그 충동에 따랐다. 거울에 손을 대자마자, 그날 아침에도 당황스러웠던, 이상하고도 아프기까지 한 흡인력이 느껴졌다. 곧바로 아무런 예고 없이 그러나 온몸의 뼈와 근육이 비틀려 갈가리 찢어지고 신경이 짓이겨져 끊어지는 고통과 함께 순식간에 거울을 뚫고 들어가 그 내부에 있는 자신을 발견했다.

일단 거울을 통과하고 나자, 온몸을 옥죄던 견딜 수 없는 고통이 홀연히 사라졌다. 로버트의 말에 따르면, 갓 태어난 아기가 된 느낌이었다고 했다. 행동 하나하나에서 그런 느낌을 받았단다. 요컨대 걷거나 구부리고 머리를 돌리거나 말을 할 때 말이다. 몸이 제각각 따로 노는 것 같았단다.

이런 느낌은 한참이 지나서 사라졌고, 로버트의 몸은 고유의 기능을 지닌 무수한 부분의 결합이 아닌 하나의 단일한 조직이 되었다. 그중에서도 특히 표현, 즉 말하기가 가장 어려웠다. 발화라는 것이 서로 다른 기관과 근육, 힘줄의 상호작용을 요구하는, 복잡한 과정이기 때문이었다. 반면, 로버트의 발은 거울 내부라는 새로운 조건에 제일 먼저 적응한 신체 기관이었다.

아침 몇 시간 동안, 나는 하나에서 열까지 이성과 상반되는 그 문제를 곱씹어보았다. 보고 들은 것을 서로 연결 짓고, 이성적인 인간에게 당연한 의심일랑 접어둔 채, 로버트를 그 기막힌 감옥에서 탈출시키기 위해 별의별 계획들을 궁리했다. 그러는 동안 처음에는 당혹스러웠던 여러 상황들이 명확해졌다. 아니, 적어도 전보다는 또렷해졌다.

이를테면, 로버트의 살색이 그랬다. 앞에서 말했듯이, 로버트의 얼굴과 손은 칙칙한 녹색이 도는 검푸른색이었다. 그리고 또 덧붙이자면, 로버트가 평소 즐겨 입던 파란색의 노픽 재킷은 연한 황색으로 변해 있었던 반면, 바지는 전과 다름없이 우중충한 회색이었다. 잠에서 깬 후에 이 부분을 생각하는 동안, 그것이 뒤바뀐 — 로버트가 내게서 멀어지면 더 커지고 다가오면 더 작아지는 — 원근법과 밀접한 관련이 있다는 점을 발견했다. 뒤바뀐 것은 물질적인 부분도 마찬가지였다. 요컨대 거울 내부라는 미지의 차원에서 로버트의 옷 색깔은 현실의 색과 정확한 보색이었기 때문이다. 대표적인 보색을 꼽자면, 파랑과 노랑 그리고 빨강과 초록이다. 이런 보색들은 서로 반대의 색이며, 함께 섞으면 회색이 된다. 로버트의 원래 살색은 연분홍빛이 도는 담황색으로, 내가 꿈에서 본 녹색이 도는 파란색과는 반대였다. 그래서 파란색 재킷이 노란색으로 변했고, 회색 바지는 그대로 회색이었다. 바지 색깔은 다소 어리둥절한 부분이었지만, 회색이 보색의 혼합이라는 점을 기억해 냄으로써 그 의문도 해소되었다.

그 밖에 명확해진 부분은, 로버트가 불평했던 육체의 부적응감과 전반적인 어색함, 그리고 이상하리만큼 어눌하고 단조로운 말투였다. 이것은 처음부터 풀리지 않는 수수께끼였다. 그리고 한참을 생각한 후에야 그 단서를 얻을 수 있었다. 이 역시 원근법과 색상에 영향을 준 반전현상 때문이었다. 4차원에서는 이런 식의 반전현상이 필연적이다. 색상과 원근법뿐만 아니라 손과 발도 변한다. 콧구멍, 귀, 눈처럼 쌍을 이루고 있는 기관들은 전부 반전된다. 그래서 로버트는 반전된 혀, 치아, 성대, 유사 발화 기관을 통해 말을 하고 있었던 것이다. 그렇다면 로버트가 말하기를 무척 어려워했다고 해서 그리 이상한 문제는 아닌 셈이다.

아침이 지나는 동안, 그것이 분명한 현실이라는 느낌과 꿈의 상황이 요구하는 절박함은 약화되기보다 오히려 더 강해졌다. 뭔가 조치를 취해야 한다는 생각은 더욱 커져갔지만 그렇다고 조언이나 도움을 받을 수 있는 상황이 아니었다. 이런 이야기 — 한갓 꿈에서 비롯된 확신 —가 얻게 될 결과라고는 내 정신 상태에 대한 조롱이나 의혹밖에 없을 터였다. 더구나 도움을 받든 받지 못하든 간에 꿈이 제공한 이 빈약한 자료에만 의지하여 과연 내가 뭘 할 수 있겠는가? 결국 로버트를 구출할 방법을 생각하기에 앞서 우선은 더 많은 정보를 확보해야 한다는 것을 깨달았다. 그것은 수면 상태에서만 가능했기에 다시 깊은 잠에 빠져드는 순간 정신 교감이 일어날 것이라고 스스로를 격려했다.

나는 브라운 부부와 점심 식사를 하는 동안 확고한 자제력을 발휘하여 마음속의 격렬한 동요를 들키지 않았다. 그리고 점심 식사를 끝낸 후, 오후에 잠을 청했다. 눈이 감기자마자 희미한 정신 교감의 이미지가 나타나기 시작했다. 간밤의 꿈과 똑같은 — 아니, 그때보다 더 분명한—상황이어서 나는 곧 엄청난 흥분감을 맛보았다. 이윽고 말소리가 들려왔을 때, 나는 상당히 많은 부분까지 이해하는 기분이 들었다.

잠을 자는 동안, 로버트와의 대화는 잠을 깨기 한참 전에 무슨 이유에서인지 중단되고 말았지만, 내가 아침에 추리했던 것 대부분이 확인되었다. 교감이 중단되기 직전 로버트는 불안해 보였지만, 자신이 갇혀 있는 기묘한 4차원 감옥의 색과 공간이 실제로 반전되어 있다는, 요컨대 검은색이 흰색이 되고 거리가 멀어질수록 크게 보인다는 따위의 설명을 이미 하고 난 뒤였다.

로버트는 자신이 몸과 감각을 고스란히 지니고 있음에도 생명을 유지하려는 인간적인 본능은 이상하게도 정지된 것 같다고 암시하기도 했다. 이를테면, 음식물을 섭취할 필요가 전혀 없었다. 이 현상은 사실 물체와 속성의 반전보다도 더 독특한 것이었다. 반전은 합리적으로 설명할 수 있으며, 물질의 상태를 합리적이고 수학적으로 나타내는 것이기 때문이다. 그리고 추가로 알아낸 중요한 정보로는, 거울에서 나오는 유일한 탈출구가 곧 그가 들어간 입구라는 점이었다. 그리고 그 하나뿐인 출구는 영구적으로 막혀 있고 철통같이 봉해져 있다는 것이었다.

그날 밤, 나는 또다시 로버트의 방문을 받았다. 내가 잠이 들고 로버트가 감금되어 있는 동안 내내, 일련의 인상들이 꼬리를 물었다. 뭔가를 말하려는 로버트의 노력은 절박했고 때로는 가여웠다. 간혹 텔레파시의 감도가 약해졌고, 피로와 흥분 혹은 방해를 받을지 모른다는 두려움이 번번이 로버트의 말을 가로막았기 때문이다.

정신 교감을 통해 로버트에게서 띄엄띄엄 들은 이야기들을 모아 한 번에 옮기는 편이 낫겠다. 그리고 필요한 부분은 로버트가 풀려난 뒤에 직접 밝힌 사실로 보충하면 될 터이다. 텔레파시로 전달된 정보들은 단편적인 데다 이해할 수 없는 것들도 많았으나, 교감에 집중했던 그 사흘 동안, 나는 깨어 있는 시간에 그 정보들을 거듭 검토했다. 만약 로버트가 현실 세계로 돌아올 수 있다면, 내가 의지할 수 있는 것은 그런 정보들이 유일했기에 쉬지 않고 그것들을 분류하고 숙고했다.

로버트가 자기도 모르게 들어간 4차원 공간은 공상 과학 소설에 등장하는 것처럼 기이한 광경과 환상적인 생명체로 이루어진 미지의 무한 공간이 아니었다. 그보다는 우리의 현실 중에서 한정된 특정 부분을 이질적이면서 보통은 접근할 수 없는 공간 상태 혹은 방향으로 투사해 놓은 공간에 가까웠다. 이상하리만큼 단편적이고 실체가 없으며 이질적인 세계, 다시 말해 서로 아무 관련이 없는 장면들이 불분명하게 서로 결합된 세계 같았다. 이곳의 세부적인 구성체들은 로버트처럼 고대 거울 속으로 빨려 들어간 물체와는 극명하게 달랐다. 이곳 장면들은 마치 꿈속 풍경 혹은 환등기의 이미지와 흡사해서 로버트가 실제로는 그 일부라기보다 파노라마식 배경이나 무형의 환경과는 겉도는 것처럼 교묘한 시각적 인상을 주었다.

로버트는 이런 장면 ─ 벽, 나무, 가구 등등 ─ 중에서 어느 것 하나 만질 수 없었다. 그러나 그 이유가 물체들이 원래 비물질적인 속성을 지니고 있기 때문인지, 아니면 그가 다가갈 때마다 물체들이 물러나기 때문인지는 로버트 자신도 확신하지 못했다. 모든 것이 유동적이고 가변적이며 비현실적으로 보였다. 로버트가 걷는 동안, 아래쪽 표면에 바닥, 길, 잔디 같은 것들이 나타났지만, 그런 것들과의 접촉은 착각에 불과했다. 발에 전달되는 저항력에는 아무런 차이가 없었다. 시험 삼아 몸을 숙이고 손으로 표면을 만져봐도 마찬가지였다. 그런데도 외형적인 표면은 계속 변하는 것처럼 보였다. 로버트로서는 자신이 딛고 있는 토대 혹은 제한된 수평면에 대해서 무게 균형을 맞춰주는 이론적인 압력이라고밖에는 설명할 수 없었다. 분명한 입체감이나 촉감은 없지만, 고도를 바꿔주는 제한된 공중 부양력 같은 것이 보완 역할을 하는 것 같았다. 로버트는 실제로 계단을 오를 수 없지만, 낮은 곳에서 높은 곳으로 서서히 걸어 올라갈 수는 있었다.

하나의 장면에서 다른 장면으로 이동할 때, 장면들이 이상하게 뒤엉켜 있는 그림자 지역 혹은 초점이 흐릿한 지역을 통과하는 활주로 같은 것이 있었다. 그때 그때 스쳐 가는 사물은 없는 반면, 가구나 식물 따위의 유사 사물은 모호하거나 불명확했기 때문에 모든 풍경이 오히려 도드라져 보였다. 빛은 모든 장면마다 가득했고 현란했다. 게다가 강렬한 붉은색 풀밭, 어두운 잿빛 구름으로 뒤섞인 노란 하늘, 흰색 나무줄기, 녹색 벽돌담 등등 반전된 색상은 어디를 봐도 기막히게 그로테스크한 분위기를 자아냈다. 낮과 밤의 변화는, 나중에 밝혀졌듯이, 거울이 걸려 있었던 곳에서는 정상적이었던 빛과 어둠의 시간이 반전된 결과였다.

로버트는 이처럼 어긋나 보이는 장면들의 변화에 어리둥절했고, 나중에야 그런 장면들이 고대 거울에 오랜 기간 동안 투영되어 온 장소들을 조합한 것에 불과하다는 것을 깨달았다. 이것으로 설명되는 부분들이 더 있었다. 이를테면, 스쳐 가는 사물들이 없는 기이함과 제멋대로인 풍광의 경계 그리고 모든 외면이 문틀이나 창문틀로 둘러싸여 있다는 것이 그랬다. 이 고대의 거울은 복잡한 장면들을 오랫동안 투영함으로써 ─ 물질 자체를 빨아들이지는 못하지만 ─ 저장할 수 있는 것 같았다. 다만, 로버트가 실제로 빨려 들어간 것은 전혀 다른 독특한 과정을 통해 일어난 예외에 속했다.

그러나 ─ 적어도 내 입장에서는 ─ 이 광기의 현상 중에서도 가장 믿기 어려운 부분은 터무니없이 전복된 공간 법칙이었는데, 이 법칙은 다양한 착시적인 장면들과 현실 영역의 장면에 관여한다. 앞에서 거울이 실제 영역들의 영상을 저장한다고 말했는데, 이것은 사실 정확한 표현은 아니다. 실상, 거울 속 장면들은 각각 대응하는 현실 영역의 사실적이고 반영구적인 4차원 투사체를 형성했다. 그 결과, 로버트가 특정 장면의 특정 부분으로 이동할 때면 그는 실제로도 현실 세계의 그 장소에 있는 셈이었다. 다만, 로버트는 그 자신과 3차원 현실 공간 사이의 감각적인 소통이 어느 쪽에서든 모두 차단된 공간 조건에 놓여 있었다.

이론적으로 말하자면, 거울 속에 갇힌 사람은 단 몇 초 만에 지구 상 어떤 곳이든, 다시 말해 거울 표면에 투영된 적이 있는 곳이라면 어디든 갈 수 있다. 어쩌면 거울이 또렷한 착각의 장면을 만들어낼 수 있을 정도로 충분한 시간 동안 투영되지 않은 장소까지 포함될지도 모르겠다. 그렇다면 지상의 이런 영역들은 다소 흐릿하고 어두운 부분으로 나타날 터이다. 또렷한 장면들의 바깥쪽은 우중충한 회색 음영으로 채워져 있어서 겉으로 보기엔 끝없는 황무지 같았다. 이 외곽 부분에 대해서는 로버트도 어떤 곳인지 확신하지 못했고, 현실 세계와 거울 세계 양쪽에서 미아가 될지 모른다는 두려움 때문에 거기까지는 감히 가볼 엄두를 내지 못했다.

로버트의 메시지가 구체성을 띠기 시작했을 때 맨 처음 전해 준 정보 가운데 하나는 그가 혼자 갇혀 있는 것이 아니라는 사실이었다. 하나같이 옛날 옷을 입은, 이런저런 사람들이 그와 함께 있다고 했다. 머리를 땋아 늘이고 벨벳으로 만든 짧은 바지 차림으로 스칸디나비아 억양이 심하긴 하나 유창한 영어를 구사하는 뚱뚱한 중년 신사. 윤기 나면서도 검푸른 색조가 가미된 금발을 한 상당한 미모의 소녀. 반전된 피부색의 창백함 때문에 유난히 그로테스크해 보이는, 말을 못하는 듯한 두 명의 흑인. 세 명의 젊은 남자. 한 명의 젊은 여자. 갓난아기나 다름없는 어린 아이 한 명. 그리고 대단히 독특한 외모와 더불어 악의가 느껴질 정도로 지력을 발산하는 마르고 늙은 덴마크인 한 명.

마지막에 언급한 노인의 이름은 악셀 홀름, 짧은 새틴 바지와 끝이 나팔꽃처럼 퍼지는 외투를 입고 있는데, 특히 끝이 퍼지는 형태의 풍성한 가발은 200년도 더 지난 것이었다. 그는 이 작은 집단의 책임자처럼 보였고, 확연히 눈에 띄는 인물이었다. 마법과 거울 제조에 능할 뿐만 아니라, 그 기묘한 감옥을 만든 장본인이기도 했다. 그가 초대하거나 꾀어 온 노예들은 거울이 보존되는 한 꼼짝없이 그곳에 갇혀 있어야 했다.

17세기 초에 태어난 홀름은 코펜하겐에서 상당한 수완으로 거울을 팔아 크게 성공했다. 특히 그가 응접실용으로 만든 커다란 거울은 늘 최상품으로 통했다. 그는 과감한 성격 덕분에 유럽 최초의 거울 장수로 성공했으나, 거기서 멈추지 않고 자신의 관심과 야망을 장인의 경지 너머까지 밀어붙였다. 주변 세계를 연구하다가 인간의 지식과 능력이 한정되어 있다는 것에 답답해했다. 결국에는 그런 한계를 극복하기 위해 사악한 방법을 모색했고, 어느 누구도 도달하지 못한 성공을 거두었다.

그는 불멸을 원했고, 거울을 그 수단으로 삼았다. 그렇다면 4차원에 대한 진지한 연구가 아인슈타인에 의해 시작된 것이 아니었다. 당대의 모든 방법에 능통했던 홀름은 은폐된 공간 속으로 육체를 들여보냄으로써 일반적인 물리적 의미의 죽음을 피할 수 있다는 점을 간파하고 있었다. 그는 부단한 연구를 통해서 투영의 법칙이 현실의 3차원을 넘어 모든 차원으로 가는 관문을 형성한다는 것을 알았다. 그러던 중, 그가 신비한 힘을 지니고 있다고 믿는 태곳적의 작은 거울에 손을 집어 넣은 것이 일대 전환점이 되었다. 그동안 이론으로 구상하던 방법에 따라 일단 거울 '내부'로 들어가자, 거울이 파손되지 않는 한 형식과 의식 상태의 '생명'이 실제로도 영원히 지속될 수 있음을 감지한 것이다.

홀름은 귀중품처럼 조심스럽게 보관하고 싶은 마음이 들게끔 멋진 거울 하나를 만들었다. 그리고 예전에 확보해 둔 나선형의 묘한 유물을 거울에 보기 좋게 장식했다. 그렇게 피난처와 함정을 준비한 후, 그곳으로 들어가는 방식과 거주 조건을 구상하기 시작했다. 그가 원한 것은 하인인 동시에 동료였다. 그래서 서인도제도에서 사 온 믿을 만한 두 흑인 노예를 자기보다 앞서 시험 삼아 거울 속으로 보냈다. 오로지 상상 속에서만 가능했던 자신의 이론을 처음으로 증명한 순간 그가 어떤 심정이었을지는 능히 짐작이 갈 만하다.

이 박학다식한 인물은 거울 내부에서 수명이 연장된 사람들이 현실 세계로 돌아가려고 시도하는 순간 즉사할 것이라는 점을 분명히 알고 있었다. 그런 불상사를 막기 위해서 거울 내부의 사람들은 들어올 때의 모습 그대로 영원히 머물러야 했다. 이들은 늙지 않을뿐더러 먹고 마실 필요도 없었다.

감옥 생활의 무료함을 달래기 위해 홀름은 책과 필기도구, 아주 튼튼한 의자와 탁자, 그리고 몇 가지 물건을 거울 속으로 먼저 보내놓았다. 그는 거울에 비치거나 빨려 든 이미지들은 만질 수 있는 물체가 아니라 꿈의 배경처럼 그저 주변에 펼쳐져 있을 뿐이라는 것을 이미 알고 있었다. 1687년에 일어난 홀름 본인의 전이는 중대한 경험이었다. 아마도 그는 승리감과 공포가 뒤섞인 감정을 맛보았을 터이다. 조금이라도 잘 못된다면, 상상을 초월하는 다차원의 암흑 공간에서 미아 신세가 될 끔찍한 가능성이 컸다.

그는 50년 넘게 자신과 노예로 이루어진 소집단에 새 구성원을 확보하지 못했다. 외부 세계의 일부분을 거울 가까이 시각화하고 거울의 기이한 입구를 통해 사람들을 유인하는 텔레파시 능력이 완벽해진 것은 나중의 일이었다. 그 결과, 로버트에게 거울의 '관문'을 밀치고픈 충동을 일으켜 안으로 끌어들인 것이다. 이런 시각화는 전적으로 텔레파시에 의존하는데, 그 이유는 거울 내부에 있는 사람들이 현실 세계를 내다볼 수 없기 때문이었다.

홀름과 그 일행이 거울 속에서 사는 삶은 참으로 기이한 것이었다. 거울은, 내가 그것을 발견한 헛간에서 100년 동안이나 지저분한 돌벽을 마주 보고 놓여 있었다. 100년 만에 이 지옥의 변방으로 들어온 사람이 바로 로버트였다. 로버트의 등장은 축제를 방불케 했다. 그가 거울 내부의 사색가들에게 깜짝 놀랄 만한 외부 세상의 소식을 알려주었기 때문이다. 로버트 또한 ─ 아직 어린 나이지만 ─ 17세기와 18세기를 살아온 사람들과의 만남과 대화에서 불가사의한 감정을 맛보았다.

그 포로들이 얼마나 단조로운 생활을 하는지는 그저 짐작만 해볼 뿐이다. 말했듯이, 거울 속 전반에 펼쳐져 있는 공간의 다양성은 오랜 기간에 걸쳐 거울에 투영된 장소에 제한되어 있었다. 그리고 이런 공간의 상당수는 열대 기후에 의해 지표면이 침식당한 것처럼 흐릿하고 이상했다. 어떤 장소들은 밝고 아름다웠는데, 포로 일행은 그곳에 주로 모이곤 했다. 그러나 100퍼센트 완벽한 공간은 없었다. 왜냐하면 눈에 보이는 물체들은 모두 허상이고 만질 수 없는 데다, 종종 불분명한 윤곽 때문에 혼란스러웠기 때문이다. 지루한 밤 시간이 찾아오면, 포로들은 대개 추억과 명상에 잠기거나 대화를 나누었다. 이 기묘하고 가여운 집단의 구성원 각각은 변하지 않는 또 변할 수 없는 개성을 유지하고 있었으니, 그 이유는 이들이 외부 공간의 시간 개념에 영향을 받지 않았기 때문이다.

거울 속에서 포로들의 옷을 제외한, 무수한 무생물들은 아주 작았다. 그 대부분은 홀름이 자신을 위해 구비해 놓은 부속품이었다. 수면이라든가 피로감은 대부분의 생체 활동과 함께 사라져버렸기 때문에 휴식을 취할 때조차 특별한 가구는 필요 없었다. 이러한 무기물들은 생명체의 부패와 같은 속성에서 벗어나 있는 것 같았다.

로버트는 스칸디나비아 억양의 영어를 구사하는 틸레 씨로부터 그곳의 정보 대부분을 얻었다. 이 풍채 좋은 덴마크 신사는 로버트를 마음에 들어 하면서 많은 이야기를 해주었다. 다른 사람들도 역시 호감을 갖고 로버트를 대했다. 성품이 좋아 보이는 홀름은 거울 함정의 출입문을 비롯해 이런저런 이야기를 해주었다.

나중에 로버트가 내게 직접 말했듯이, 그는 홀름이 가까이 있을 때는 나와 교감을 시도하지 않을 정도로 영리하게 굴었다. 나와 교감에 열중하고 있을 때 홀름이 두 차례 나타났지만 즉시 교감을 중단했다. 내가 거울의 표면 너머에 있는 세상을 직접 본 적은 한 번도 없다. 육체적인 형태와 옷을 포함한, 로버트의 시각적인 이미지는 —떠듬거리는 목소리의 청각적 이미지와 시각화한 로버트 자신의 모습처럼 —순전히 텔레파시의 결과였다. 그래서 여기에는 차원 사이의 실제 모습이 들어 있지 않았다. 그러나 로버트가 홀름처럼 텔레파시에 능했더라면, 그 자신과 인접한 모습 외에도 몇 가지 강렬한 이미지를 전송할 수 있었을 것이다.

이런 식으로 텔레파시를 받는 동안, 나는 로버트를 구출할 방법을 찾느라 혈안이 되어 있었다. 나흘째, 다시 말해 로버트가 실종된 지 9일째 되는 날, 드디어 방법을 찾아냈다. 모든 경우의 수를 궁리하면서 힘겹게 체계화한 방법이란 것이 그리 복잡한 것은 아니었다. 물론, 그 방법이 과연 효과가 있을진 확실하지 않은 반면, 조금의 실수로도 치명적인 결과를 가져올 수 있다는 가능성은 끔찍하고 분명한 것이었다. 방법의 핵심은 거울 속에서 밖으로 빠져나올 수 없다는 사실에 있었다. 흘름과 그의 포로들이 거울 속에 영원히 갇혀 있어야 한다면, 탈출은 전적으로 밖에서 시도해야 했다. 그 밖에도 다른 포로들 — 만약에 그들이 살아남는다면 — 가운데 특히 악셀 흘름을 어떻게 처리해야 할지도 문제였다. 로버트가 흘름에 대해 알려준 정보는 결코 믿을 만한 것이 아니었다. 게다가 나는 흘름까지 구출하여 그가 내 숙소에서 또다시 세상에 해로운 짓을 일삼게 놔두고 싶지 않았다. 텔레파시의 메시지를 종합해봐도, 아주 오래전에 거울 속에 갇힌 사람들이 자유를 얻었을 때 어떤 일이 생길지 확신이 서지 않았다.

그리고 마지막 한 가지, 물론 성공한다면 그리 큰 문제는 아니겠지만, 이 황당한 사건에 대해 아무런 설명 없이 로버트가 다시 학교에 복귀할 수 있을까 하는 부분이 남았다. 실패할 경우를 생각해서라도 탈출 과정에 목격자를 두는 것은 대단히 어리석은 짓이었다. 성공한다고 해도, 나는 이 사실을 설명할 엄두가 나지 않았다. 나 자신마저도 일련의 꿈속에서 너무도 강렬하게 제시된 이미지를 떠올릴 때마다 이런 일이 얼마나 미친 짓인가 하는 생각이 들기 때문이었다.

이런 문제들을 곰곰이 따져보는 한편, 학교 실험실에서 커다란 확대경을 가져와 흘름이 사용한 그 고대 거울의 회오리 무늬를 1밀리미터까지 샅샅이 살펴보았다. 그런데도 원래의 부분과 덴마크 마법사가 추가한 표면의 정확한 경계를 찾아낼 수 없었다. 그러나 오래고 고된 작업 끝에 드디어 경계로 보이는 타원형 형태를 찾아낸 뒤, 파란색의 부드러운 펜으로 그 지점의 윤곽을 정확히 그려놓았다. 나는 곧장 스탬포드(코네티컷 주 남서부의 도시)로 가서 묵직한 유리 절단 도구를 사 왔다. 나중에 덧붙인 표면과 마법이 적용된 원래 부분을 분리해 내는 것, 이것이 바로 계획의 1단계였다.

그다음으로는, 중대한 실험을 위해 하루 중에서 가장 적당한 시간을 선택하는 일이었다. 내가 드디어 선택한 시간은 오전 2시 30분이었다. 누구에게도 방해받을 일이 없고, 로버트가 거울로 들어간 오후 2시 30분과 정반대 시간이기 때문이었다. 이런 식의 '정반대'가 얼마나 관련이 있을지 장담할 순 없지만, 적어도 내가 볼 때는 가장 적절하고 좋은 시간이었다.

로버트의 실종 11일째 새벽, 드디어 일에 착수했다. 거실의 커튼을 전부 치고, 복도로 나가는 문을 꽉 잠갔다. 숨 막히는 긴장감 속에서 파란 펜으로 그려둔 타원형을 따라 철제 유리 절단기로 소용돌이 부분을 잘라내기 시작했다. 1.3센티미터 두께의 고대 거울은 강하고 일관적인 압력 아래서 말끔하게 잘려 나갔다. 타원형으로 잘라낸 후, 그 주위를 다시 한 번, 절단기의 롤러로 유리를 더 힘주어 누르며 잘랐다.

그리고 아주 조심스럽게 묵직한 거울을 까치발에서 들어 올려 벽면을 향하게 기대놓았다. 거울 뒷면에 못질 되어 있는 얇고 좁은 두 장의 판자도 떼어냈다. 그다음, 역시 신중하게 거울의 잘린 타원형 부분을 유리 절단기의 나무 손잡이로 가볍게 쳤다.

단번에 소용돌이무늬를 포함하는 타원형 부분이 부하라 융단 위로 떨어졌다. 나는 극도의 흥분 상태에서 무슨 일이 벌어질지 알지도 못한 채 심호흡을 해보았다. 그때 작업하기 편하게 무릎을 꿇은 자세여서 거울에서 잘려 나간 빈 타원형 공간이 바로 얼굴 가까이 있었다. 심호흡을 하는데 살면서 한 번도 맡아보지 못한 냄새와 함께 뿌연 먼지가 콧구멍 속으로 들어왔다. 그 순간 시야가 온통 우중충한 잿빛으로 변하더니, 알 수 없는 힘에 압도당하여 온몸을 꼼짝할 수 없게 되었다.

창문의 커튼 앞에서 힘겹게 그러나 부질없이 숨을 몰아쉬는데, 커튼이 뜯기는 기분이 들었다. 내가 커튼 자락을 붙잡고 망각의 어둠에 휩싸여 바닥으로 천천히 고꾸라졌던 것이다.

정신을 차려보니, 나는 부하라 융단 위에 쓰러진 채 두 다리를 이상한 형태로 허공에 들어 올리고 있었다. 방 안에는 고약하면서도 설명하기 어려운 냄새가 가득했다. 시야가 조금씩 또렷해지는가 싶더니, 내 앞에 서 있는 로버트 그랜디슨이 보였다. 정상적인 색깔의 옷과 몸을 지니고 있는, 진짜 로버트였다. 그는 학교에서 배운 응급처치의 요령에 따라 기절한 사람의 두 다리를 위로 치켜들어 혈액이 머리로 가도록 하고 있었던 것이다. 처음엔 숨 막히는 악취와 당혹감에 짓눌려 있었지만, 곧 승리감이 몰려들었다. 이윽고 나는 제대로 움직이고 정확히 말을 할 수 있었다.

나는 시험 삼아서 손을 들어 올리고 로버트를 향해 힘없이 흔들었다.

"이제 됐다." 내가 웅얼거리듯 말했다. "다리를 내려놓아도 돼. 고맙구나. 난 괜찮은 것 같다. 이놈의 고약한 냄새 때문에 괴롭지만 말이다. 저 맞은편 창문을 열어주렴. 활짝. 그렇지, 고맙구나. 커튼도 다 걷어주고."

일어서려던 나는 휘청거리다가 균형을 잡았고, 커다란 의자 등받이를 붙잡고 간신히 설 수 있었다. 여전히 '그로기' 상태였지만, 창문에서 들이치는 신선하고 몹시 차가운 바람 덕분에 금세 정신을 차렸다. 커다란 의자에 앉아, 마침 나를 향해 다가오던 로버트를 바라보았다.

"로버트," 내가 다급히 말했다. "다른 사람들, 그 홀름이라는 사람부터 어떻게 되었는지 말해 보렴. 응? 내가 그 문을 열었을 때 말이다."

"점점 흐릿해지다가 그냥 사라져버렸어요, 캐니빈 선생님." 로버트는 진지하게 말했다. "그 사람들과 함께 전부 사라졌어요. '내부'에는 이제 아무것도 없어요. 하느님 정말 고맙습니다. 그리고 선생님 정말 고맙습니다!"

어린 로버트는 그 끔찍했던 열하루 동안 견뎌왔던 긴장감을 더는 감당하지 못하고 갑자기 어린애처럼 주저앉아 엉엉 목 놓아 울었다.

나는 로버트를 일으켜 소파에 부드럽게 앉혔다. 그리고 무릎 덮개를 덮어준 뒤, 그 옆에 앉아 아이의 이마를 손으로 어루만지며 진정시켰다.

"애야, 괜찮단다." 내가 달래면서 말했다.

내가 별일 없이 학교로 돌아가게 해주겠다며 자신 있게 계획을 말해 주는 동안, 로버트의 갑작스럽고 지극히 자연스러운 히스테리 증상도 금세 사라졌다. 내가 예상한 대로, 현재 상황의 중요성과 그럴듯한 설명으로 이 믿을 수 없는 진실을 감추어야 할 필요성이 로버트의 상상력을 억제한 셈이었다. 이윽고 로버트는 자세를 고쳐 앉더니, 탈출 과정을 소상히 말해 주었고, 내가 생각해 낸 계획과 앞으로의 해결 방법에 귀 기울였다. 내가 탈출구를 열었을 때, 로버트는 내 침실의 '투사된 영역'에 있다가 현실의 내 침실에 나타났지만 자신이 거울 '외부'로 나왔다는 사실을 깨닫지 못한 듯했다. 마침 거실에서 쿵 소리가 나기에 이쪽으로 달려왔고, 융단 위에 기절해 있는 나를 발견한 것이었다.

그리 특별해 보이지 않는 방법으로 내가 어떻게 로버트를 학교 생활로 돌아가게 했는지 간단하게만 밝히겠다. 나는 로버트에게 나의 낡은 모자와 스웨터를 입혀서 창문으로 몰래 데리고 나왔다. 그러고는 길가에 조용히 시동을 걸어둔 내 차로 데려간 뒤, 생각해 둔 계획을 차근차근 설명했다. 나는 브라운의 숙소로 가서 그를 깨우고 로버트를 찾아냈다고 말했다. 브라운에게는 이렇게 설명했다. 로버트는 실종된 날 오후에 혼자서 걷고 있었다. 그런데 차를 몰고 가던 두 청년이 농담 삼아 그를 태워주겠다고 했다. 로버트는 스탬포드를 넘어가면 돌아올 수 없다고 꺼려했지만, 청년들은 그를 태운 채 그 마을을 지나 계속 차를 몰았다. 히치하이크로 저녁 점호 전까지는 학교로 돌아갈 수 있겠다고 생각한 로버트가 신호에 걸린 틈을 타 청년들의 차에서 뛰어내렸다. 그러나 그 순간 신호가 바뀌었고, 로버트는 다른 차량에 치이고 말았다. 그리고 열흘이 지나 그가 눈을 뜬 곳은 사고를 낸 운전자의 그리니치 집이었다. 날짜가 많이 지난 것을 안 로버트는 곧바로 학교에 전화를 걸었다. 그리고 유일하게 깨어 있던 내가 그 전화를 받고 다른 사람에겐 알릴 겨를도 없이 부리나케 내 차로 로버트를 데려왔다.

브라운은 내 말을 의심 없이 받아들였고, 즉시 로버트의 부모에게 전화를 걸었다. 그리고 로버트가 탈진 상태였기 때문에 꼬치꼬치 캐묻는 것을 삼갔다. 로버트는 전직 간호사였던 브라운 부인의 전문적인 보살핌 아래 학교에 남아 휴식을 취하게 되었다. 나는 자연히 남은 크리스마스 방학 동안 그를 자주 만났고, 단편적인 꿈으로는 이해할 수 없었던 간극들을 메울 수 있었다.

나와 로버트는 이따금씩 우리에게 벌어진 일이 진짜인지 의심하곤 했다. 우리가 거울의 반짝이는 최면에서 비롯된 기괴한 망상을 공유하고 있는 것은 아닌지, 또 로버트가 차를 얻어 탔다가 사고를 당한 것이 실제로 벌어진 일은 아닌지 의심하면서 말이다. 그러나 그런 의심이 들

때마다, 우리는 기괴하고도 집요한 기억에 의해 그 일을 다시금 믿게 되었다. 내 입장에서는 꿈에서 본 로버트의 모습과 어눌한 목소리 그리고 반전된 색이 그랬다. 로버트의 입장에서는 옛사람들의 너무도 기괴한 행색과 그가 목격한 섬뜩한 장면들이 그랬다. 그리고 우리 두 사람의 기억을 연결하는, 지독한 악취가 있었다……. 그것이 무엇을 의미하는지 우리는 알고 있었다. 그것이 100년도 훨씬 전에 낯선 차원에 들어갔던 사람들의 즉각적인 죽음이었다는 것을 말이다.

덧붙이자면, 적어도 두 가지의 확실한 증거가 있다. 그중 하나는, 내가 악셀 홀름이라는 마법사에 관한 덴마크 연보를 조사하는 과정에서 나왔다. 실제로도 악셀 홀름은 민담과 기록물에 많은 흔적을 남겨놓았다. 부지런히 도서관을 오가며 다양한 덴마크 학자들의 자문을 구한 결과, 그의 사악한 명성에 대해 많은 것이 밝혀졌다. 내가 여기서 언급할 필요가 있는 것은, 이 코펜하겐 거울 제조자가 1612년에 태어났다는 점과 이 악명 높은 악한의 야심과 마지막 실종이 200년 전부터 이미 경이로운 논란을 야기했다는 것이다. 어린 시절부터 오컬트와 금기의 지식에 탐닉했던 그는 만물의 진리를 알아내고 인간의 모든 한계를 정복하려는 욕망에 불탔다.

홀름이 무시무시한 마녀 회합에 참석했다는 말이 기정사실처럼 퍼졌고, 얼마 후에는 고대 스칸디나비아 신화 — 교활한 로키와 저주받은 펜리스 늑대를 포함하는 — 가 그의 탐독서가 되었다. 그는 기묘한 관심과 목적을 숨기고 있었으나, 그 일부는 그가 자행한 몹쓸 짓에 의해 외부로 드러나기도 했다. 기록에 따르면, 덴마크령 서인도제도에서 데려왔다는 흑인 노예들은 홀름의 손에 넘겨진 직후 벙어리가 되었다. 그리고 홀름이 인간세계에서 홀연히 자취를 감추기 얼마 전 흑인 노예 두 명도 실종되었다.

홀름의 뇌리에 불멸의 거울이라는 생각이 떠오른 것은, 이미 장수를 누리던 그가 죽음을 눈앞에 둔 시점이었다. 그가 연대를 알 수 없을 정도로 오래된 고대의 마법 거울을 손에 넣었다는 소문이 조용히 퍼져나갔다. 동료 마법사가 광택을 내달라고 맡긴 것을 그가 갈취했다는 설이 유력했다.

전설에 따르면, 많이 알려진 미네르바의 방패나 토르의 망치처럼 강력한 전리품이었다는 이 거울은 작은 타원형으로 '로키의 거울'로 불리었다. 재질은 광택이 나는 가용성의 광물이며, 가까운 미래를 알려주고 거울을 소유한 사람에게 그의 적들을 보여주는 등의 마법을 지니고 있었다. 뛰어난 마법사의 수중에 들어갈 경우, 거울의 힘이 더욱 커지리라는 것은 당연했다. 학자들조차도 홀름이 불멸의 삶을 위해 로키의 거울과 그보다 큰 거울을 합치려 한다는 소문에 두려움과 함께 지대한 관심을 가졌다. 드디어 1687년 마법사가 종적을 감추었고, 그가 만든 마지막 거울들은 고조된 소문과 전설 때문에 구름처럼 모여든 사람들에게 팔려나갔다. 이 모든 것은 특별한 동기가 없는 사람이라면 누구나 웃어넘길 이야기에 불과하다. 그러나 그 꿈을 기억하고 로버트 그랜디슨의 행적을 두 눈으로 직접 목격한 내게는 혼란스러운 기적의 명백한 증거였다.

그러나 말했듯이, 또 한 가지 — 성격이 아주 다른 — 확실한 증거가 있다. 탈출 이틀 만에 기력을 많이 회복한 로버트가 내 침실 난로에 장작을 넣고 있을 때, 나는 그 아이의 행동에서 어딘지 거북한 구석을 발견했고, 한 가지 생각을 떨쳐버릴 수 없었다. 나는 로버트를 책상 앞으로 부른 뒤, 잉크병을 집어달라고 불쑥 말해 보았다. 그리고 오른손잡이였던 로버트가 무의식중에 왼손으로 잉크병을 집어 드는 모습을 보고도 그리 놀라지 않았다. 그다음에는 역시나 별일 아니라는 듯이 로버트의 심장 소리를 들어보고 싶으니 외투의 단추를 풀라고 했다. 내가 그 아이의 가슴에 귀를 댔을 때 알게 된 것은, 그리고 그 후로도 오랫동안 그에게 말하지 않았던 것은, 그의 심장이 오른쪽에서 뛰고 있었다는 점이다.

로버트는 오른손잡이로, 또 신체의 모든 장기가 정상적인 상태에서 거울 내부로 들어갔다. 그런데 지금은 왼손잡이가 되었고, 신체의 장기들은 뒤바뀌어 있었다. 이런 상태로 그는 남은 생을 살게 될 것이다. 이런 신체의 변화는 눈에 보이는 분명한 것이기에 차원의 전이 현상이 착각일 리 없었다. 만약 거울에 원래부터 출구가 있었더라면, 로버트는 또 한 번의 전이 과정을 거침으로써 완전한 정상의 상태로 ── 피부색과 옷 색깔이 원래대로 돌아온 것처럼 ── 돌아왔을 터이다. 그런데 강제적인 탈출 과정에서 그만 일이 어긋나버린 것이었다. 결국 색채 주파수는 원래대로 돌아온 반면, 차원까지 되돌릴 기회는 없었다.

내가 단순히 홀름의 함정을 여는 데서 그친 것이 아니었다. 나는 그것을 파괴했다. 로버트의 탈출과 동시에 진행된 파괴의 어느 단계에서 반전된 속성의 일부가 사라졌다. 로버트가 거울에서 탈출할 때, 그 속으로 들어갈 때에 비해 고통을 느끼지 않았다는 것은 의미심장하다. 파괴가 조금만 더 갑작스럽게 진행되었더라면, 로버트가 지금 어떤 색으로 남아 있을지 생각만 해도 아찔하다. 로버트에게서 일부 반전의 흔적을 발견한 후, 나는 거울 속에서 입었다가 버려둔, 로버트의 헝클어진 옷을 찾아서 살펴보았다. 예상대로, 옷의 호주머니, 단추 등이 완전히 정반대의 위치로 바뀌어 있었다.

지금 이 순간, 부하라 융단으로 떨어졌던 로키의 거울은 덴마크령 서인도제도의 수도 ― 지금은 미국령 버진아일랜드가 된 ― 세인트토머스 섬의 내 책상에서 서진으로 쓰이고 있다. 옛 샌드위치 유리를 수집하는 사람들은 이 서진이 미국 초기에 만들어진 독특한 물건이라고 오해하고 있으나, 이것이 훨씬 더 오래전에 교활한 장인의 손에서 만들어진 골동품이라는 것은 나만 알고 있다. 하지만 수집광들의 환상 같은 건 내게 없다.

러브크래프트의 청소년기 작품에 대하여

이 책에 수록한 러브크래프트의 청소년기 작품들은 1908년(18세) 이전, 주로 10세 전후하여 쓴 작품 중에서 원고가 남아 있는 것들이다. 「작은 유리병」은 1898년(9세), 다임 노블(dime novel, 1860년대부터 20세기 초까지 인기를 끌었던 종이 표지의 염가 통속소설)을 모방한 「동굴의 비밀 혹은 존 리 남매의 모험」(9세에서 10세 사이), 「신기한 배」(13세), 「달콤한 에르멩가르데 혹은 시골 처녀의 마음」(집필 연대 미상이나 10대 후반으로 추정) 이렇게 총 다섯 편이다. 독특한 것은 마지막 작품 「달콤한 에르멩가르데」는 러브크래프트의 작품 중에서 거의 찾아보기 힘든 코믹 장르로 「새뮤얼 존슨 박사를 회상하며」, 「이비드」(이상 전집 4권에 수록)와 더불어 러브크래프트 3대 희극 작품으로 통한다. 16세와 19세에 쓴 「동굴 속의 짐승」, 「연금술사」 역시 전집 4권에 수록되어 있다.

이 밖에 원고가 유실된 청소년기 작품이 많은데, 러브크래프트가 최초로 쓴 작품은 원고가 남아 있지 않은 「고귀한 도청자 *The Noble Eavesdropper*」(8세)다. 「귀신 들린 집 *The Haunted House*」(13세),

「그림 *The Picture*」(18세) 등도 러브크래프트의 서한에서 언급되지만 원고가 유실된 상태다. 소설뿐만 아니라 시와 각종 에세이도 청소년기 저작 중에서 남아 있는 원고가 있다. 시는 「율리시스의 시 *The Poem of Ulysses: Written for Young People*」를 포함하여 총 다섯 편이 남아 있다. 흥미로운 것은 문학 작품 외에 화학, 천문학 등 과학 분야에 일찍이 관심이 많았기에 직접 젤라틴판 복사본으로 《사이언티픽 가제트 *The Scientific Gazette*》, 《로드아일랜드 천문 저널 *The Rhode Island Journal of Astronomy*》 등의 과학 잡지를 만들고 글을 썼다는 점이다.

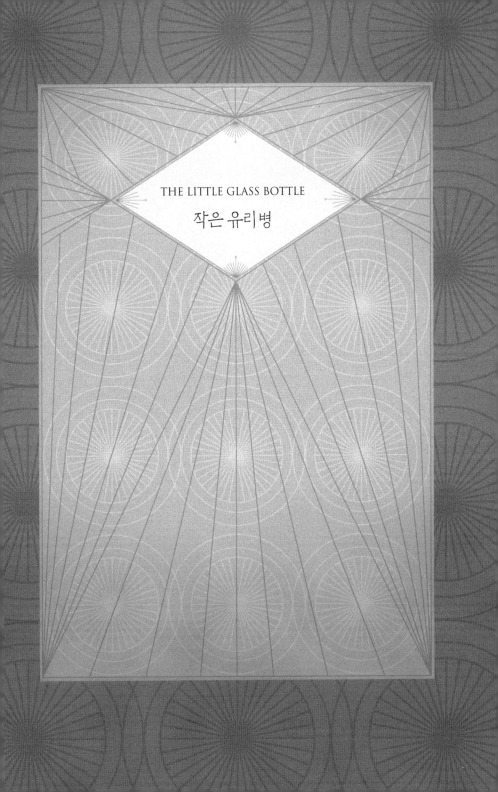

THE LITTLE GLASS BOTTLE
작은 유리병

"정지, 바람이 불어 가는 쪽에 뭔가 떠 있다." 이렇게 말한 땅딸막하고 다부진 체격의 남자는 윌리엄 존스였다. 그는 외대박이 작은 돛배의 선장으로, 이 이야기가 시작되는 무렵에 선원들과 함께 항해를 하고 있었다.

"네, 선장님." 존 타워스가 말했다. 배가 정지하자, 존스 선장이 떠 있는 유리병을 향해 손을 뻗었다. "난 또 뭐라고, 다른 배에서 버린 술병이로군." 그렇게 말하면서도 호기심이 동해서 술병을 건져 올렸다. 그저 술병에 불과하기에 도로 던져버리려는데 안에 종이 한 장이 들어 있는 게 보였다. 종이를 꺼내보니 이렇게 적혀 있었다.

1864.1.1.
이 글을 쓰고 있는 본인은 존 존스. 내 배는 보물을 실은 채 빠르게 침몰하고 있다. 여기 넣어두는 해도에 침몰 장소(*)를 표시해 둔다.
존스 선장이 종이를 뒤집어보니, 뒷면에 해도가 그려져 있었다.

그리고 가장자리에 다음과 같은 글이 적혀 있었다. "점선은 우리의 항로를 표시한 것임."

"타워스." 존스 선장이 흥분해서 타워스에게 말했다. "이걸 읽어봐."

타워스가 종이를 읽고 말했다. "가볼 만하겠는데요."

그러자 존스 선장이 말했다. "그래?"

"그럼요." 타워스가 대답했다.

"오늘 당장 스쿠너 선을 빌려야겠군." 흥분한 선장이 말했다.

"그거 좋죠." 타워스가 말했다. 그들은 보트 한 대를 빌려 해도의 점선을 따라 출발했고, 4주 만에 그 지점에 도착했다. 잠수부들이 물속으로 들어갔다가 쇠로 만든 통 하나를 들고 올라왔다. 통에는 갈색 종이 한 장이 들어 있었고, 거기에 다음과 같은 글이 휘갈겨져 있었다.

1880. 12. 3.

"친애하는 수색자 여러분, 이 몹쓸 장난을 용서해 주시오. 그러나 그대들이 멍청하게 굴었으니 헛고생을 할 만하구려."

"허허, 계속 읽어봐." 존스 선장이 말했다.

"그래도 여러분의 노고에 보답을 하겠소. 이 통을 발견한 지점에서 철통에 든 25달러를 발견하게 될 거요. 난 이 병과 철통을 여기에 놔두었고, 좋은 장소를 골라 두 번째 병을 숨겨두었소. 두 번째 돈까지 찾아낸다면 여러분의 노고에 상당한 보답이 되겠지요. 아무개가."

"이놈의 머리통을 날려버렸으면 좋겠어." 존스 선장이 말했다. "어이, 들어가서 25달러를 가져와." 잠시 후에 잠수부가 철통 하나를 들고 올라왔는데, 그 안에 25달러가 들어 있었다. 그 정도면 그들이 고생한 보답을 받은 셈이지만, 그들이 두 번째 불가사의한 병의 지시에 따라 불가사의한 장소를 찾아갈 것 같지는 않다.

THE SECRET CAVE OR JOHN LEES ADVENTURE

비밀의 동굴 혹은
존 리 남매의 모험

"자, 착하지 얘들아." 리 부인이 말했다. "엄마가 없는 동안 말썽 피우면 안 돼요." 리 부부는 외출 준비 중이었고, 둘만 남게 된 열 살의 존과 두 살배기 앨리스는 "네, 엄마." 하고 대답했다.

부모님이 집을 나가자마자, 리 남매는 지하실로 내려가 잡동사니를 뒤지기 시작했다. 어린 앨리스는 벽에 기대서서 오빠를 지켜보았다. 존이 불룩한 통으로 한창 배를 만들고 있는데, 앨리스는 기대어 있던 벽이 무너지는 바람에 귀청을 찢을 듯 비명을 질렀다. 존이 냉큼 달려가, 울고불고하는 동생을 벽돌 더미에서 꺼내주었다. 울음을 그친 앨리스가 말했다. "저 벽이 무너졌어." 존이 그곳에서 통로를 발견하고 동생에게 말했다. "뭐가 있는지 가보자." "응." 앨리스는 그렇게 말하고 통로로 들어갔다. 리 남매가 통로에 서서 살펴보니 생각보다 훨씬 길었다. 그래서 그들은 위층으로 올라가 주방 서랍에서 초 두 개와 성냥을 가지고 다시 지하실 통로로 돌아왔다. 통로 벽은 회반죽이 칠해져 있었고, 천장과 바닥에는 아무것도 없이 의자를 대신한 상자 하나만 덩그러니 놓여 있었으며, 그 안을 살펴보았으나 텅 비어 있었다. 둘이 조금 더 들어가자, 회반죽 벽이 끝나고 동굴이 나타났다. 처음엔 겁을 내던 꼬맹이 앨리스도 오빠가 괜찮다고 안심을 시키자 곧 무서움을 떨쳐버렸다. 그들은 곧 작은 상자를 발견했고, 존이 그것을 들고 안쪽으로 더 들어가자, 두 개의 노가 있는 보트 한 척이 나타났다. 힘들게 배를 끌고 가는데 갑자기 통로가 막혀버려서 존이 장애물을 있는 힘껏 치우는 순간, 어리둥절하게도 물이 쏟아져 들어왔다. 존은 수영을 잘 했고 숨도 오래 참을 수 있었다. 그래서 숨을 들이마신 후 물 위로 떠오르려고 버둥거렸지만 상자와 동생까지 데리고 수영을 하기는 불가능했다. 마침 그때 물에 떠 있는 보트를 발견하고 그것을 붙잡았다…….

얼마 후 존이 정신을 차리고 보니, 죽은 동생과 이상한 상자를 붙잡은 채 물에 떠 있었다. 물이 어떻게 동굴 안으로 쏟아져 돌아왔는지 알 길이 없었지만 물이 그렇게 계속 차오르다가는 천장까지 잠길 것이라는 또 다른 위험이 도사리고 있었다. 그런데 불현듯 좋은 수가 떠올랐다. 존은 재빨리 물살을 헤치고 죽은 여동생을 보트에 밀어 올린 후 자기도 올라탔다. 그렇게 통로를 따라 배를 저어가는 동안, 촛불이 물에 꺼져버려 캄캄하고 으스스한 데다 바로 옆에는 시체가 있어서 소름이 끼쳤다. 그는 두리번거리지 않고 죽을힘을 다해 노만 저어갔다. 문득 고개를 들어보니 보트는 지하실에 떠 있었고, 그는 재빨리 동생의 시체를 안고 위층으로 올라갔다. 마침 외출했던 부모님이 돌아와 있기에 지금까지 벌어진 일을 알렸다.

* * *

앨리스의 장례식에 시간이 많이 걸려서 존은 그 상자를 까맣게 잊고 있었다. 그러다가 마침내 상자를 열어보니, 1만 달러가량 되는, 앨리스를 다시 살려내는 것만 빼고 뭐든지 할 수 있는 순금 덩어리가 들어 있었다.

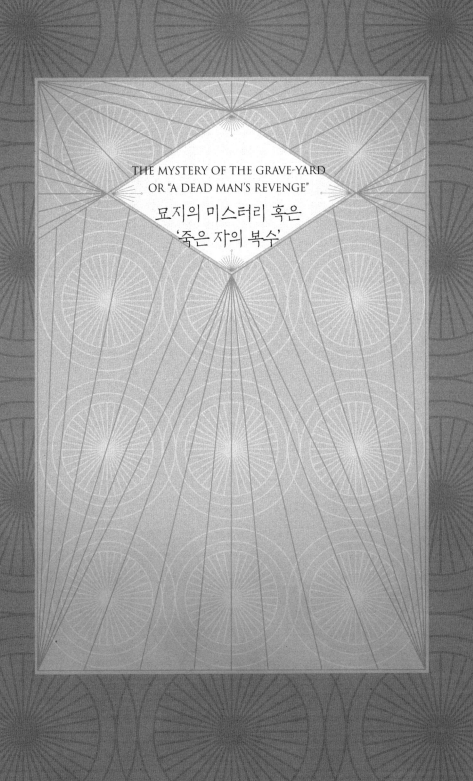

THE MYSTERY OF THE GRAVE-YARD
OR "A DEAD MAN'S REVENGE"

묘지의 미스터리 혹은
'죽은 자의 복수'

제 1 장

번스의 묘지

어느 오후, 메인빌의 작은 마을에서 슬픔에 찬 사람들이 번스의 묘 앞에 둘러서 있었다. 조셉 번스가 죽은 것이었다. (그는 죽어가면서 다음과 같은 이상한 유언을 남겼다. "나를 매장하기 전에 A라고 표시된 바닥에 이 공을 놓아주세요." 그러고는 교구 목사에게 조그만 황금 공을 건네주었다.) 사람들은 그의 죽음에 크게 마음 아파했다. 장례식을 마친 후, 돕슨 씨(교구 목사)가 이렇게 말했다. "친구 여러분, 이제 고인의 마지막 소원을 들어주기로 합시다." 목사는 무덤 속으로 내려갔다. (A라고 표시된 지점에 공을 놓기 위해서.) 곧 장례식 참석자들이 조바심을 내기 시작하자, 차스 그린 씨(변호사)가 또 무덤 속으로 내려갔다. 그런데 곧 겁에 질린 얼굴로 올라온 그가 이렇게 말했다. "돕슨 씨가 없어요!"

제 2 장

수수께끼의 인물, 벨 씨

그날 오후 3시 10분, 돕슨 저택의 초인종이 요란하게 울리기에 하인이 문을 열어보니, 머리칼이 검고 구레나룻을 기른 노인이 있었다. 노인은 돕슨 양을 만나게 해달라고 했다. 돕슨 양이 나타나자 그가 말했다. "돕슨 양, 당신의 아버지가 어디 있는지 압니다. 1만 달러를 내시면, 내가 그분을 찾아오겠소. 내 이름은 벨입니다." 돕슨 양이 말했다. "벨 씨, 잠깐만 실례해도 될까요?" 벨 씨가 말했다. "물론입니다." 잠시 후 돕슨 양이 돌아와서 이렇게 말했다. "벨 씨, 당신의 속셈을 알겠어요. 당신이 내 아버지를 납치해 놓고, 지금 몸값을 요구하는 거잖아요."

제 3 장

경찰서에서

그날 오후 3시 20분, 노스엔드 경찰서에서 전화벨이 요란하게 울리기에 깁슨(전화를 받은 사람)은 무슨 용건이냐고 물었다.

"아버지의 실종 사건을 해결했어요." 여자 목소리였다. "저는 돕슨이고, 납치된 분이 저의 아버지예요. 킹 존을 보내 주세요!" 킹 존은 유명한 형사였다. 그때 한 남자가 뛰어들어 소리쳤다. "악! 무서운 일이 벌어졌어요! 어서 묘지로 가요!"

제 4 장

서쪽 창

다시 돕슨 저택으로 돌아가보자. 벨 씨는 돕슨 양의 공격적인 언사에 퍽 놀랐지만, 정신을 차리고 이렇게 말했다. "돕슨 양, 함부로 말하지 마시오. 왜냐하면 내가……" 그는 킹 존이 들어오는 바람에 말을 마치지 못했다. 킹 존은 권총을 들고 출구를 완전히 막아섰다. 그러나 벨은 뜻밖에도 날랜 동작으로 서쪽 창을 뛰어넘었다.

제 5 장

무덤의 비밀

이번에는 경찰서로 가보자. 흥분한 방문객이 어느 정도 진정하고 좀 전보다 정확하게 자초지종을 말하기 시작했다. 그는 묘지에서 세 명의 남자가 "벨! 벨! 대체 어디 있는 거요?"라고 소리치면서 아주 수상쩍게 구는 광경을 목격했다고 한다. 그래서 그들을 뒤쫓아 갔더니, 그들이 번스의 무덤 속으로 들어가더란다. 그가 계속해서 그들을 쫓아 무덤 속으로 들어가자, 그들은 'A'라고 표시되어 있는 곳의 용수철 하나를 건드리고는 휙 사라져버렸다. "킹 존이 있어야 하는데." 깁슨이 말했다. "성함이 어떻게 되죠?" "존 스프랫입니다." 방문객이 말했다.

제 6 장
벨 추적

이번에는 다시 돕슨 주택으로 돌아가보자. 킹 존은 벨의 예기치 못한 도주에 매우 당황했으나, 충격을 떨치자마자 추격을 떠올렸다. 그래서 그 유괴범을 뒤쫓기 시작했다. 기차역까지 뒤쫓아 갔으나 원통하게도 벨은 이미 남쪽의 대도시 켄트행 기차를 탄 뒤였다. 게다가 켄트와 메인빌 사이에는 전보나 전화 시설이 없었다. 간발의 차로 켄트행 기차를 놓치다니!

제 7 장
흑인 마부

켄트행 열차가 10시 35분에 출발했고, 10시 36분경에 지저분하고 지친 기색의 남자(킹 존 — 작가주)가 흥분하여 메인빌 마차 회사로 뛰어들었다. 그러고는 문가에 서 있는 흑인 마부를 향해 "나를 켄트까지 15분 안에 데려가주면 1달러를 주겠소."라고 말했다. "가는 길을 모르는뎁쇼." 흑인이 말했다. "그리고 제가 부리는 말들은 썩 좋은 놈들이 아닌 데다……" "2달러!" 여행자가 소리쳤다. "좋수다." 마부가 말했다.

제 8 장

벨이 놀라다

11시 정각, 켄트의 모든 상점은 문을 닫았지만 서쪽 끝에 있는 지저분하고 작은 가게 하나만은 예외였다. 그 가게는 켄트 항, 켄트, 메인빌로 이어지는 철도 중간에 자리 잡고 있었다. 가게 앞쪽에 있는 내실에서 나이를 가늠하기 어려운 궁색한 옷차림의 남자가 백발의 중년 여자와 이야기하고 있었다. "내가 그 일을 하겠다고 약속했잖소, 린디." 남자가 말했다. "벨은 11시 30분에 도착할 거요. 지금 그 사람을 태운 마차가 오늘 밤 아프리카로 출항하는 배 한 척이 정박해 있는 부두를 따라 달려오고 있소."

"하지만 킹 존이 오면 어쩌죠?" 린디라는 여자가 물었다.

"우린 다 붙잡히는 거지. 벨은 교수형당할 거고." 남자가 대꾸했다.

바로 그때 문가에서 똑똑 소리가 들려왔다. "벨?" 린디가 물었다. "그래." 문 뒤에서 대답이 들려왔다. "10시 35분에 출발하는 기차를 탔지. 킹 존을 따돌렸으니까 우린 다 무사해." 11시 40분, 그들은 부두에 도착했고, 배 한 척이 어둠 속에 어렴풋이 떠 있었다. '아프리카 총독'이라는 글자가 선체에 페인트칠되어 있었다. 그들이 막 배에 오르려는 순간, 한 남자가 어둠 속에서 그들의 앞을 막아섰다. "존 벨, 당신을 여왕 폐하의 이름으로 체포하겠다!"

그는 킹 존이었다.

제 9 장

재판

재판 날이 되었다. 많은 사람들이 납치 혐의로 체포된 존 벨의 재판을 보기 위해 리틀의 작은 숲(여름마다 법원 역할을 하는) 주변에 모여들었다. "벨 씨." 판사가 말했다. "번스 씨의 무덤에 어떤 비밀이 있는 겁니까?"

"이미 그 대답을 수도 없이 했습니다." 벨이 말했다. "판사님이 직접 그 무덤 속으로 들어가서 'A'라고 표시된 곳을 만지면, 알게 됩니다."

"돕슨 씨는 지금 어디에 있나요?" 판사가 물었다. "여기 있습니다!" 그들 뒤에서 목소리가 들려왔다. 돕슨 씨가 직접 모습을 드러냈다.

"당신이 여길 어떻게!" 여러 목소리가 한꺼번에 터졌다. "말하자면 깁니다." 돕슨이 말했다.

제 10 장

돕슨의 이야기

"제가 무덤 속으로 내려갔을 때," 돕슨이 말했다. "온통 어두워서 아무것도 볼 수 없었습니다. 그러나 마침내 마노로 만든 바닥에 흰색으로 'A'라고 적혀 있는 글자를 찾아내고 그 위에 공을 올려놓았습니다. 그랬더니 곧 뚜껑문이 열리고 한 사람이 튀어나왔습니다. 그 사람이 바로 여기에 있습니다. (피고석에 떨면서 서 있는 벨을 가리켰다.) 이 사람이 저를 아주 환한 곳으로 끌고 내려갔고, 저는 그 궁전 같은 방에서 오늘까지 지내다 왔습니다. 어느 날인가 한 젊은이가 뛰어들어 이렇게 소리치고는 가버렸습니다. '비밀이 탄로 났어요!' 그는 나를 보지 못했습니다. 한번은 벨이 열쇠를 놔두고 나갔고, 저는 밀랍으로 열쇠의 본을 떠놓았습니다. 그리고 다음 날 하루 종일 열쇠를 만들었습니다. 그다음 날 드디어 맞는 열쇠를 손에 넣었고, 역시 다음 날(즉 오늘) 탈출했습니다."

제 11 장

해결된 미스터리

"고인이 된 J. 번스가 당신에게 공을 놔두라고 부탁한 이유가 뭡니까?" ('A'라는 글자 위에 말이죠.) 판사가 물었다.

"저를 곤경에 빠뜨리기 위해서입니다." 돕슨이 대답했다. "그 사람과 프랜시스 번스(그 사람의 동생)는 수년 동안 저를 해치려고 음모를 꾸며왔습니다. 그들이 대체 어떤 방법으로 저를 해코지하려고 하는지는 몰랐습니다."

"프랜시스 번스를 체포하시오." 판사가 소리쳤다.

제 12 장

결말

프랜시스 번스와 존 벨은 종신형을 선고받았다. 이 무렵 킹 존스 부인이 되어 있던 돕슨 씨의 딸은 아버지를 진심으로 다정히 맞아주었다. '린디'와 그 공범들은 범죄인 도피 방조 및 은닉죄로 뉴게이트에서 30일간 구류를 살았다.

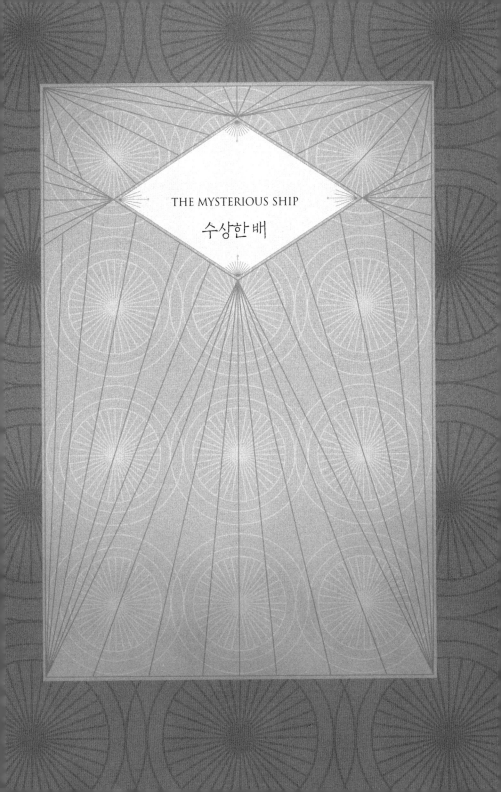

THE MYSTERIOUS SHIP

수상한 배

　1847년 봄, 작은 마을인 루럴빌은 항구에 들어온 이상한 쌍돛대 범선으로 인해 흥분에 휩싸였다. 깃발도 없고, 선체 측면에는 이름도 없어서 배와 관련된 것은 무엇이든 의혹을 부추겼다. 출항지는 아프리카의 트리폴리, 선장의 이름은 마누엘 루엘로였다. 그러나 존 그릭스(마을의 고위 관리)가 자신의 집에서 갑자기 실종됨으로써 흥분은 더욱 고조되었다. 그가 실종된 것은 10월 4일 밤이었고, 쌍돛대 범선은 10월 5일에 항구를 떠났다.

제 2 장

미국 프리깃 함인 '컨스티튜션' 함에 벨이 울린 시간은 8시, 이때 패러거트 함장은 서쪽으로 항해 중인 이상한 범선을 발견했다. 큰 소리로 부르자, 범선은 해적 깃발을 올렸다. 패러거트는 함포 사격을 명령했고, 곧 해적선은 옆으로 기울어졌다. 그런데 해전이 끝났을 때 패러거트 함장은 헨리 F. 존스라는 부하가 사라진 것을 발견했다.

제 3 장

마다가스카 섬에서 그 일이 벌어진 것은 여름이었다. 옥수수를 따던 원주민 중에서 한 명이 소리쳤다. "이봐들! 배를 봤어! 깃발도 없고 이름도 없는, 온통 수상쩍은 배라고!" 그러자 원주민들이 한꺼번에 뛰어갔다. 그들이 섬 반대편에 도착했을 때, 다하베아라는 사람이 실종되고 없었다.

제 4 장

결국 조치를 취해야 한다는 판단이 내려졌고, 각종 기록이 비교 분석

되었다. 존 그릭스, 헨리 존 그리고 다하베아가 실종된 이후 세 명이 더 피랍된 것으로 밝혀졌다. 마침내 마누엘 루엘로, 범선, 인질 그리고 선원들을 찾는 데 5000파운드의 현상금이 걸렸다. 그리고 이름을 알 수 없는 정체불명의 쌍돛대 범선이 미국의 플로리다 키스에서 격침되었다는 흥미진진한 소식이 런던으로 날아들었다.

제 5 장

사람들은 서둘러 플로리다로 몰려들었다. 부서진 범선 옆에 타원형의 금속 물체가 유유히 떠 있었다. "잠수정이다!" 누군가 소리쳤다. "맞아!" 또 다른 이가 소리쳤다. "수수께끼가 풀렸군." 현명해 보이는 사람이 말했다. "전투의 혼란을 틈타 잠수정이 출항했다가 보이지 않는 것까지 다 가져온 거야. 또……." "존 브라운이 실종됐어!" 갑판에서 누군가 소리쳤다. 실제로 존 브라운이 실종되고 없었다!

제 6 장

잠수정의 발견과 존 브라운의 실종은 사람들 사이에 또 다른 흥분을 일으켰고, 또 새로이 발견된 것도 있었다. 이 발견과 관련해서 지리학적인 사실을 언급할 필요가 있다. 북극에 화산재로 이루어진, 여행자와 탐험가에게 개방되어 있는 불모의 거대한, 그래서 절대 통과할 수 없는 대륙이 있다고 알려져 있다. 이는 '무인 대륙'으로 불리고 있다.

제 7 장

무인 대륙의 최남단에서 부두와 오두막을 비롯해 사람이 거주한 온갖 흔적들이 발견되었다. 오두막에 못질해 놓은 투박한 문패에는 고대 영어로 'M. 루엘로'라고 새겨져 있었다. 그렇다면 이 오두막이 바로 마이클 루엘로의 집이었다. 이 집에서 존 그릭스의 것으로 보이는 공책과 헨리 존스의 것으로 보이는 컨스티튜션 함의 일지 그리고 다하베아의 작물 수확 도구가 발견되었다.

제 8 장

사람들은 오두막을 떠나려다가 그 한쪽 구석에서 스프링 하나를 발견했다. 그것을 누르자, 구멍이 나타났고 사람들은 곧 그 안으로 들어 갔다. 그곳은 검고 음산한 바닷가까지 이어진 지하 동굴이었다. 바다에는 타원형의 검은 물체가 떠 있었다. 또 다른 잠수정, 사람들은 거기 탑승했다. 그 안에는 그릭스와 존스 그리고 다하베아의 선실이 있었고, 그들은 모두 무사히 살아 있었다. 런던에 도착한 그들은 뿔뿔이 흩어져서, 그릭스는 루럴빌로, 존스는 컨스티튜션 함으로 그리고 다하베아는 마다가스카로 돌아갔다.

제 9 장

그러나 존 브라운 실종의 수수께끼는 여전히 풀리지 않고 있다. 사람들이 그를 실은 잠수정이 도착하기를 바라면서 무인 대륙의 부두를 샅샅이 수색했다. 그리고 드디어 존 브라운을 실은 잠수정이 도착했다. 10월 5일이 공격 날짜였다. 그들은 해변을 돌며 세력을 모았다. 마누엘 루엘로의 지휘 아래 하나씩 모인 해적들은 잠수정을 떠났다. 그들은 놀랍게도 속사포 공격을 받았다.

제 10 장

결말

해적들은 마침내 패했고, 브라운 수색 작업이 벌어졌다. 드디어 브라운이 발견되었다. 존 그릭스는 루럴빌에서 진심 어린 환대를 받았고, 다하베아는 마다가스카의 왕이 준비한 만찬에 초대되었으며, 마누엘 루엘로는 뉴게이트 교도소에서 처형되었다.

SWEET ERMENGARDE OR,
THE HEART OF A COUNTRY GIRL

달콤한 에르망가르데 혹은
시골 처녀의 마음

제 1 장

순박한 시골 처녀

금발의 아름다운 에르망가르데 스텁스는 버몬트 주에서 가난하지만 정직한 농부 겸 밀주업자인 히람 스텁스의 딸이었다. 원래 이름은 에틸 에르망가르데였으나 미국 헌법 수정 제18조가 연방의회를 통과한 후, 그 이름에서 C_2H_5OH, 즉 에틸알코올이 떠올라 갈증이 난다는 아버지의 설득에 따라 에틸을 빼버렸다. 그의 생산품에는 대부분 CH_3OH, 즉 메틸알코올(혹은 목정)이 포함되어 있었다. 에르망가르데는 스스로 열여섯 살이라고 고백했고, 그녀의 나이가 서른 살이라는 항간의 소문에 대해 전부 거짓이라고 일축했다. 그녀는 커다란 검은 눈과 도드라진 매부리코, 마을 약국에 염색약이 떨어졌을 때가 아니면 모근까지 금발인 머리카락, 곱지만 싼 티 나는 피부를 지니고 있었다. 부친의 측정 기구로 잰 결과, 그녀의 신장은 162.4센티미터, 체중은 52.3킬로그램으로,

부친의 농장과 그곳에서 재배하는 술을 빚는 재료가 되는 작물을 흠모하는 마을 젊은이들 사이에서 최고의 미인으로 꼽혔다.

에르망가르데에게 열렬히 구혼하는 남자는 둘이었다. 그녀의 낡은 집을 저당잡고 있는 대지주 하드맨은 아주 부자였고 나이도 많았다. 가무잡잡한 피부에 대단한 미남자였고, 어디를 가든 말을 탔고 말채찍을 가지고 다녔다. 오랫동안 아름다운 에르망가르데를 흠모해 온 그가 최근에는 자신만 아는 비밀이 생기는 바람에 더 애를 태우게 되었다. 그 비밀이란, 스텁스의 빈약한 땅에서 엄청난 금맥이 발견되었다는 것이다. "아!" 그가 말했다. "에르멩가르데의 부모가 그 뜻밖의 횡재를 알아채기 전에 그녀를 차지해서 내 재산을 더 늘리고 말 거야!" 그래서 그는 에르망가르데의 집을 일주일에 한 번씩 방문하던 것을 두 번으로 늘렸다.

그러나 이 악한의 음모에는 안된 일이지만, 이 미인을 얻으려는 남자가 하드맨 한 명은 아니었다. 마을에 잭 맨리라는 또 다른 미남자가 있었다. 잭의 곱슬곱슬한 금발은 두 사람이 마을 학교에서 아장아장 걸어다닐 때부터 아름다운 에르멩가르데의 호감을 얻었다. 수줍음이 많은 잭은 오랫동안 사랑한다는 말을 하지 못했는데, 어느 날 에르멩가르데와 함께 낡은 방앗간 근처의 그늘진 오솔길을 걷다가 속마음을 보여줄 용기를 내게 되었다.

"아, 내 삶의 빛." 그가 말했다. "내 영혼이 너무도 괴로워 말을 해야겠어! 에르멩가르데, 나의 이상!(여기서는 발음을 '이성'이라고 했다.) 당신이 없는 삶은 텅 빈 공간이야. 내 영혼의 사랑, 당신 앞에서, 이 먼지 속에서, 무릎 꿇고 애원하는 나를 봐. 에르멩가르데, 아, 에르멩가르데, 제발 훗날 내 여자가 되겠다고 말해, 그래서 내게 천상의 기쁨을 줘! 내가 가난한 건 맞지만, 젊고 힘이 넘치니 노력하면 얼마든지 명성을 얻을 수 있지 않겠어? 내가 당신을 위해 해줄 수 있는 건 그것뿐이야. 사랑하는 에틸, 아 미안, 에르망가르데, 내 유일한, 가장 소중한 당신⋯⋯." 이 대목에서 그는 눈가를 훔치고 이마를 닦느라 말을 멈추었다. 그때 에르멩가르데가 대답했다.

"잭, 나의 천사, 이런 일은 뜻밖이고 처음이야! 농부 스텁스의 아이 같고, 사실 아직 난 어리니까, 이 미천한 여자를 사랑할 줄은 꿈에도 몰랐어요! 당신처럼 고귀한 사람이 보잘것없는 내 매력을 사랑한다니 두려워요. 게다가 당신은 큰 도시에 나가 돈을 벌겠지요. 거기서 패션 잡지에 나오는 멋진 여자들을 만나서 그중에 한 명과 결혼할 거라고 생각했어요.

하지만 잭, 당신이 사랑하는 여자가 진정 나이기 때문에 쓸데없이 에둘러서 말하지 않겠어요. 잭, 내 사랑, 난 오래전부터 당신의 남자다운 우아함을 흠모해 왔어요. 당신을 향한 사랑을 소중히 간직하고 있어요. 나를 당신의 여자로 생각해 주세요. 그리고 퍼킨스 철물점에서 반지를 사주겠다고 약속해요. 가게 진열장에 멋진 모조 다이아몬드 반지가 있더군요."

"에르망가르데, 내 사랑."

"잭, 내 소중한 사람!"

"내 여자."

"내 우상."

[커튼.]

제 2 장

그리고 악한은 계속해서 그녀를 원했다

그러나 이들의 열정에 비해서는 너무 부드럽고 고상한 말과 행동을 지켜보는 음흉한 시선이 있었다. 덤불에 웅크리고 이를 가는 남자, 바로 비열한 하드맨이었다! 연인들이 사라지자, 그는 오솔길로 뛰어나와 콧수염과 말채찍을 마구 비틀었다. 그러다가 주위를 어슬렁거리는, 죄 없는 고양이를 향해 발길질을 했다.

"망할!" 악을 쓴 것은 고양이가 아니라 하드맨이었다. "농장과 계집을 차지하려는 계획에 차질이 생겼어! 하지만 잭 맨리, 네놈은 절대 안 돼! 내겐 힘이 있으니까. 두고 봐라!"

그는 곧 스텁스의 검소한 오두막으로 향했다. 에르멩가르데의 다정한 아버지는 밀주 전용 지하실에서 얌전한 아내이자 어머니인 한나 스텁스가 지켜보는 가운데 병들을 씻고 있었다. 악한은 단도직입적으로 말했다.

"스텁스, 난 오래전부터 당신의 어여쁜 딸, 에틸 에르망가르데를 마음에 두어왔소. 이러다 사랑으로 죽을 것 같으니, 에르망가르데와 결혼하게 해주시오. 입이 무거운 내가 빙빙 돌려서 말하진 않겠소. 당신 딸을 내게 주시오. 싫다면 담보권을 행사하여 이 집을 빼앗아버리겠소!"

"하지만 나리." 당황한 스텁스가 애원의 말을 하는 동안, 깜짝 놀란 아내는 인상만 찌푸리고 있었다. "제 딸아이는 다른 사람을 좋아하고 있답니다."

"에르망가르데는 내 여자야!" 흉악한 지주가 으름장을 놓았다. "나를 사랑하게 만들겠소. 아무도 내 의지를 꺾진 못해! 당신의 딸을 내 아내로 주든가 아니면 이 집을 넘기든가!"

하드맨은 코웃음을 치고 말채찍을 휘두르면서 어둠 속으로 걸어갔다.

그가 자리를 떠난 직후, 뒷문이 열리더니 기쁨에 겨워하는 한 쌍의 연인이 들어와 자신들이 방금 전 발견한 행복에 대해 스텁스 부부에게 알리고 싶어 안달했다. 모든 사실이 밝혀진 후 그들이 얼마나 큰 충격을 받았을지 상상해 보라! 흰 맥주처럼 눈물이 흘러내렸다. 그러다가 갑자기 잭이 스스로 영웅임을 떠올리고 고개를 들어 남자답게 말했다.

"내가 살아 있는 한, 아름다운 에르망가르데를 그 짐승한테 희생양으로 줄 순 없어요! 내가 이 여자를 보호할 겁니다. 내 여자입니다. 내 여자, 내 여자. 아버지, 어머니, 걱정 마세요. 제가 이 여자와 두 분 모두를 보호하겠습니다! 이 집은 앞으로도 두 분의 집입니다. (잭이 물론 스텁스의 농장에서 만들어지는 술에 무관심한 것은 절대 아니었다.) 그리고 세상에서 가장 아름다운 에르망가르데를 반드시 아내로 맞을 겁니다! 그 비열한 지주와 부정하게 긁어모은 그 인간의 재산을 지옥으로 보내겠습니다. 정의가 늘 승리하고, 영웅은 늘 정의로운 법! 큰 도시로 나가 돈을 벌겠습니다. 그래서 담보권이 실행되기 전에 여러분 모두를 구하겠습니다. 안녕, 내 사랑, 지금은 당신의 눈물 속에서 떠나지만, 돌아올 때는 반드시 담보를 갚고 당신을 내 아내로 당당히 맞이하겠어."

"잭, 나의 보호자!"

"에르미, 나의 사랑!"

"세상에서 가장 소중한 당신!"

"자기! 퍼킨스 철물점에서 반지 사 오는 거 잊지 말고."

"아!"

[커튼.]

제 3 장

비열한 행동

    그러나 수완이 뛰어난 하드맨이 호락호락 물러날 리 없었다. 마을 인근에 흉흉한 소문이 나도는 누추한 오두막촌이 있었는데, 이곳엔 도둑질과 이런저런 이상한 짓으로 생계를 이어가는 뱅충맞은 악한이 살았다. 이 악한은 또 다른 —— 점잖은 사람들과는 거리가 먼, 질 나쁜 —— 동료 두 명과 함께 생활하고 있었다. 그리고 어느 불길한 밤, 이 세 명의 악한이 스텁스의 농가에 몰래 침입하여 아름다운 에르멩가르데를 납치했다. 그리고 그녀를 오두막촌에 사는 고약한 할멈, 마리아에게 맡기고 감시하도록 했다. 몹시 절망한 스텁스는 단가가 단어당 1센트만 넘지 않는다면 광고를 내서라도 딸을 찾겠다고 생각했다. 에르멩가르데는 동요하지 않았고, 못된 하드맨과의 결혼을 거부한 자신의 선택에도 일말의 후회를 하지 않았다.

    "이런, 참으로 훌륭한 미인이로세." 하드맨이 말했다. "지금 넌 내 손아귀에 있으니, 조만간 너의 고집을 꺾어주마! 네 가난한 부모가 집에서 쫓겨나 들판을 헤매는 꼴이나 생각해 봐!"

    "아, 그분들을 그냥 내버려두세요. 제발!" 에르멩가르데가 말했다.

    "그렇게는 못 하지……. 하 하 하!" 악한이 추파를 던지면서 말했다.

    그렇게 잔인한 나날이 빠르게 흘러갔고, 그동안 명성과 부를 얻겠다고 큰 도시로 나간 잭 맨리는 까맣게 잊혔다.

제 4 장
교활한 악행

어느 날, 궁궐처럼 으리으리한 저택의 응접실에서 하드맨이 이를 갈면서 채찍을 휘두르는, 나름 가장 좋아하는 오락에 몰두하고 있다가 불현듯 묘안을 떠올렸다. 그는 마노로 만든 벽난로 장식대에 놓여 있던 악마의 조각상을 향해 큰 소리로 욕설을 내뱉었다.

"내가 이렇게 미련하다니까!" 그가 소리쳤다. "담보권을 실행하여 농장을 차지하면 될 일인데, 내가 뭐 하러 계집애 때문에 속을 태우고 있담? 왜 이 생각을 못 했지! 계집을 풀어주고 농장을 빼앗아버리는 거야. 그리고 지난주에 마을 회관에서 공연한 흥행단의 주연처럼 멋진 도시 여자와 결혼하는 거야!"

그는 곧 오두막 촌으로 가서, 에르멩가르데에게 사과한 뒤 그녀를 풀어주었다. 그러고는 다시 자기의 집으로 돌아와 새로운 음모와 악행을 궁리하기 시작했다.

며칠이 지났고, 스텁스 가족은 곧 보금자리를 잃게 생겼지만 속수무책인 상황에 더욱 큰 슬픔에 잠겨 있었다. 그러던 어느 날, 도시에서 온 사냥꾼 무리가 우연히 스텁스의 농가 근처를 지나가다가 그중 한 명이 금맥을 발견했다. 그는 동료들에겐 그 사실을 숨긴 채, 방울뱀에게 물린 것처럼 가장하여 스텁스의 농가에 들러 도움을 청했다. 에르멩가르데가 문을 열고 그를 쳐다보았다. 그 또한 그녀를 보았고, 그 순간 그녀를 먼저 차지함으로써 황금을 얻겠다고 결심했다. "기필코 어떤 희생을 치르더라도 저 여자를 차지하겠어." 그는 속으로 다짐했다.

제 5 장
도시 남자

앨저넌 레지널드 존스는 대도시 출신의 세련된 남자였고, 그의 노련한 수작 앞에서 불쌍한 에르멩가르데는 어린아이에 불과했다. 그녀가 진짜 열여섯 살이라는 것을 거의 믿게 만들 정도였다. 앨저넌은 여자를 금세 꼬드겼지만 검은 속셈을 들키는 법이 없었다. 상황이 됐더라면, 하드맨에게 호색질의 몇 가지 세련된 비법을 가르쳐줄 수도 있었을 것이다. 그가 우연을 가장하여 스텁스 농가를 찾아와 이곳에서 독사처럼 똬리를 튼 지 일주일 만에 그는 에르멩가르데를 꼬드겨 함께 도망치는 데 성공했다. 야반도주하던 밤, 에르멩가르데는 부모님께 남겨놓을 편지를 쓰면서 마지막으로 집 안의 밀주를 홀짝였고, 가엾은 고양이한테도 작별의 입맞춤을 해주었다. 기차에서 앨저넌이 졸음을 이기지 못하고 깜박 잠이 들자, 그의 주머니에서 종이 한 장이 삐져나왔다. 에르멩가르데는 그와 결혼할 여성으로서 당연히 그 접힌 종이를 빼 들고 향수 냄새 풍기는 글자들을 읽어보았다. 아뿔싸! 그녀는 기절할 뻔했다. 그것은 또 다른 여자에게서 온 연애편지가 아닌가!

"못된 사기꾼 같으니!" 그녀는 잠든 앨저넌을 향해 작은 소리로 말했다. "일편단심이라더니 고작 이런 거니! 당신과는 영원히 끝이야!"

그렇게 말한 후, 그녀는 그를 창밖으로 밀쳐버리고는 휴식을 위해 남은 여정 동안 잠을 청했다.

제 6 장

회색 도시에 혼자서

기차가 요란스레 도시의 어두운 역에 들어섰을 때, 가엾고 무력한 에르멩가르데는 호그턴으로 돌아갈 차비도 없이 완전히 혼자였다. "아이고, 이런." 그녀는 천진한 후회 때문에 한숨지었다. "그놈을 밀어버리기 전에 지갑이라도 빼놓을걸. 아무튼, 어쩌면 좋아! 이 도시에 대해 그놈이 다 말해 주었으니까 집에 돌아갈 차비 정도는 쉽게 벌 수 있을 거야. 그때까지 집이 넘어가지만 않는다면 말이야."

그러나 애석하게도 이 시골 처녀가 일거리를 얻기란 녹록지 않았고, 어쩔 수 없이 일주일 동안 잠은 공원 벤치에서 자고 끼니는 무료 급식으로 때워야 했다. 한번은 약삭빠르고 간사한 사람이 그녀의 형편을 알아채고 화려하고 타락한 카바레에서 접시 닦이 일을 해보는 게 어떠냐고 제안했다. 소박한 사고방식을 지녔던 에르멩가르데는 겉만 번지르르하고 천박한 곳에서 일할 수 없다고 거절했다. 특히 숙식 제공도 아니고 — 식사만 제공하면서 — 일주일에 고작 3달러밖에 주지 않는다는 조건이 마음에 들지 않았다. 그녀는 한때 연인이었던 잭 맨리를 수소문했으나, 어디에서도 찾을 수 없었다. 어쩌면 그가 그녀를 알아보지 못하는지도 몰랐다. 그녀가 무일푼인 상황에서 본연의 모습인 흑갈색 머리로 돌아가버렸고, 잭은 학창 시절부터 그런 그녀의 모습을 본 적이 없기 때문이다. 그러던 어느 날, 에르멩가르데는 공원에서 산뜻하면서도 값비싼 지갑 하나를 주웠다. 안을 살펴보니 돈은 그리 많지 않아서 명함에 적힌 대로 지갑의 주인임이 분명한 어느 부유한 부인을 찾아갔다. 그 불쌍한 부랑아의 정직함에 아주 감복한, 밴 이티 부인은 아주 오래전에 유괴당한 자신의 딸을 대신해 에르멩가르데를 양녀로 삼았다. "내 딸 모드를 꼭 빼닮았구나." 그녀가 다시 금발로 탈바꿈한 에르멩가르데를 바라보면서 탄식했다. 그렇게 몇 주가 지나는 동안, 에르멩가르데의 늙은 부모는 괴로움에 몸부림쳤고, 사악한 하드맨은 음흉하게 낄낄대고 있었다.

제 7 장
그 후로 쭉 행복하게

어느 날, 부유한 상속녀인 에르멩가르데 S. 밴 이티는 두 번째 운전사를 고용했다. 운전사의 얼굴이 어딘지 익숙해서 한 번 더 자세히 쳐다보다가 그녀는 깜짝 놀라고 말았다. 운명의 그날, 그녀가 기차 밖으로 밀쳐버린 사기꾼 앨저넌 레지널드 존스, 바로 그 사람이었다. 그가 살아 있었던 것이다. 게다가 그는 다른 여자와 결혼했지만, 그의 아내는 우유배달원과 눈이 맞아서 집 안의 돈을 전부 가지고 도망가버렸다고 했다. 지금은 더없이 겸손해진 그가 에르멩가르데에게 용서를 구했고,

그녀의 아버지 농장에서 발견한 황금에 대해서도 솔직히 말해 주었다. 감동한 에르멩가르데는 앨저넌의 봉급을 1달러 올려주는 한편, 지금까지 노심초사하던 부모님에 대한 걱정을 드디어 해결 짓기로 결심했다. 그래서 어느 화창한 날, 에르멩가르데는 호그턴으로 차를 몰았다. 마침 부모님의 농장에서는 하드맨이 한창 담보권을 집행하면서 그녀의 부모님에게 집에서 어서 나오라고 윽박지르고 있었다.

"그만둬, 이 악당아!" 그녀가 커다란 돈뭉치를 흔들면서 소리쳤다. "당신은 결국 실패한 거야! 자, 이 돈 가지고 어서 꺼져. 우리의 소박한 농가를 더는 더럽히지 마!"

곧이어 즐거운 재회의 장면이 연출되었고, 그동안 망연자실한 하드맨은 자신의 콧수염과 말채찍을 마구 비틀어댔다. 그런데 저 소리! 대체 무슨 소리지? 오래된 자갈길에서 들려오는 발소리에 이어 모습을 드러낸 사람이 있으니, 바로 잰 맨리. 행색은 지치고 지저분했지만 얼굴은 밝게 빛나고 있었다. 그는 곧 낙담한 악한을 알아보고는 이렇게 말했다.

"지주 양반, 나한테 10달러만 빌려주시겠소? 여기 아름다운 신부, 브리짓 골드스테인과 도시에서 막 돌아온 터라 허름한 농가에서 신혼살림을 하려면 이것저것 필요한 게 있어서요." 그러고는 스텁스 부부에게 돌아서서 약속한 대로 담보금을 마련하지 못해 미안하다고 사과했다.

"괜찮아요." 에르멩가르데가 말했다. "우린 부자가 됐으니까요. 당신이 우리의 철없는 사랑을 영원히 잊어준다면, 내가 충분한 보상을 할 수도 있을 것 같은데요."

그동안, 밴 이티 부인은 차 안에서 에르멩가르데를 기다리고 있었다. 그런데 그녀가 한나 스텁스의 선이 날카로운 얼굴을 무심히 바라보는

데, 그녀의 뇌리를 스쳐 가는 흐릿한 기억이 있었다. 이윽고 기억이 전부 되살아나자, 그녀는 메부수수한 한나를 향해 버럭 소리를 질렀다.

"너, 너, 한나 스미스. 이제 알겠구나! 28년 전, 너는 내 딸 모드의 보모였는데 그때 내 갓난아이를 유괴했잖아! 어디 있어, 내 딸 어디 있어?" 그러다가 불현듯 찌푸린 하늘에서 번개가 치듯 생각이 떠올랐다. "에르멩가르데, 저 아이가 너의 딸이라고 했지……. 저 아이는 내 딸이야! 운명의 여신이 드디어 내게 아이를 돌려준 거야. 나의 앙증맞은 모드! 에르멩가르데, 아니 모드야, 어서 이 어미의 품에 안기렴."

그러나 에르멩가르데는 퍽 터무니없는 생각에 골몰해 있었다. 만약에 그녀가 28년 전에 납치되었다면, 어떻게 열여섯 살로 살아왔을까? 게다가 그녀가 스텁스 부부의 딸이 아니라면 황금도 그녀의 것이 될 수 없었다. 밴 이티 부인이 부자이긴 하나, 스텁스 부부가 더 부자였다. 그녀는 결국 낙담해 있는 악당에게 다가가 그에게 최후의 형벌을 내리기에 이르렀다.

"지주님," 그녀가 속살거렸다. "모든 걸 다시 생각해 봤어요. 난 당신과 당신의 우직한 힘을 사랑해요. 지금 당장 나와 결혼하지 않는다면, 작년에 저지른 납치 사건으로 당신을 고발하겠어요. 그리고 담보권을 실행하는 거예요. 그래서 나뿐만 아니라 똑똑한 당신이 찾아낸 황금까지 손에 넣는 거지요. 어서요!" 결국 그 한심한 사내는 그녀의 말대로 했다.

외전 출간에 즈음한
러브크래프트와의 가상 인터뷰

역자:『러브크래프트 전집』에 이어 이번에 두 권의 외전이 출간을 앞두고 있습니다.『러브크래프트 외전上: 박물관에서의 공포』(이하『외전上』)는 전집에 포함되지 않은 공저작과 유실되지 않고 남아 있는 청소년기 작품을 수록합니다.『러브크래프트 외전下: 러브크래프트 연대기』(이하『외전下』)에서는 다른 작가들과의 상호 영향 관계를 통하여 러브크래프트 문학의 형성 과정을 짚어보는 취지로 계획했는데요. 역자로서 번역뿐만 아니라 인터뷰도 하게 되어 무척 부담스러운 게 사실입니다. 고인이 된 분과 인터뷰 형식을 빌림으로써 자칫 역자의 결례와 과도함이 작가님(편의상 이 호칭을 선택하겠습니다.)께 누가 될지 모르나, 취지만은 이해해 주시리라 생각합니다. 전집을 통하여 작가님의 생애와 문학 전반에 대해선 어느 정도 살펴본 터라, 곧장 외전과 관련된 본론으로 들어가겠습니다. 우선 공저작을 수록한『외전上』의 경우, 단순 교정에서 윤문, 대필에 이르기까지 작가님이 어느 정도까지 각각의 작품에 참여했는지가 중요하겠지요. 작가님이 남긴 방대한 서신과 공저자들의 진술을 통하여 상당 부분 밝혀졌으니 다행입니다. 그런데 문

학에 대한 자긍심이랄까 강고한 가치관으로 볼 때 타인의 글을 고쳐주는 작업이 쉽지 않았을 텐데, 이런 작업을 하게 된 동기는 무엇인지요?

러브크래프트: 나 또한 전집에 대한 소회나 인사는 생략하고 곧장 답하지요. 생계 때문이었어요. 늘 마음먹은 대로 창작을 하고 그때마다 고료를 받을 수 있다면 좋았겠지요. 그러나 현실은 녹록지 않았어요. 일례로 가장 많은 작품을 발표했던 《위어드 테일스》의 경우에도 한 번에 작품을 받아주기보다 이런저런 수정 요구와 함께 거절이 반복된 적이 많았고, 그나마 많은 시간이 걸리는 것도 예사였지요. 한번 경제적 어려움에 처한 뒤로는 좀처럼 빠져나오기가 쉽지 않더군요. 돈을 위해 글을 쓰고 싶지 않다는 생각도 경제적 궁핍을 가중시켰지요. 정통 문예지도 아니고, 펄프 잡지에서 큰돈을 받기는 어려웠으니까 원고료로 생계를 유지하는 건 정말 힘들었어요. 그래서 다른 작가의 글을 대필하거나 수정해 주는 것으로 근근이 버티었으나, 하고 싶지 않은 일이라는 자괴감과 생활고라는 현실 때문에 늘 이율배반적인 선택을 강요받는 것 같았지요. 작품을 발표하고 싶은 아마추어 작가들을 도와주고 싶다는 것도 이유겠으나, 생계의 절실함에 비해선 부차적인 문제였어요.

역자: 솔직한 답변 감사드립니다. 공저작의 경우 단순 교정이나 윤문, 대필 등으로 기계적인 분류가 힘들 것 같은데요. 작품 자체가 유기적인 결과물인 데다 작가님이 문장이나 문단 단위로 철저하게 수정을 요구하거나 직접 수정을 하는 등 공저작 작가들이 결국 자신이 쓴 것이 없다며 볼멘소리를 할 정도였다지요. 대략이나마 직접 분류를 해주실 수 있을까요?

러브크래프트: 말씀대로 단순 교정이나 윤문보다는 대필 혹은 그에 준하는 작품이 더 많았습니다. 예를 들어 후디니의 「피라미드 아래서」, 헤이

즐 힐드의 다섯 편, 질리아 비숍의 세 편이 대필에 해당하고, 반면 R. H. 발로 등의 경우엔 내가 참여한 부분이 미미한 편이지요.

역자: 발로와는 아버지뻘이 될 정도로 나이 차가 많은데, 작가님이 각별히 신뢰하셨던 것 같습니다. 작가님의 문학 작품에 대한 권리 집행을 일임하신 걸로 봐서요. 작가님이 고인이 된 후, 발로는 미리 작성된 작가님의 지침에 따라 작품을 분류 정리하고 존 헤이 도서관에 기증했습니다. 오거스트 덜레스와 도널드 원드레이가 아컴 출판사를 세우고 작가님의 작품들을 출간하는 데 큰 도움을 주기도 했습니다. (다만 알력과 대립으로 인해 출판사 운영에는 배제됐지만요.) 또 작가님의 육필 원고들을 타이핑해서 원고를 보존하는 데 지대한 공헌을 하기도 했습니다.

러브크래프트: 처음 서신을 주고받을 땐 발로가 열세 살인지 몰랐어요. 나이를 속였거든요. (웃음.) 나이가 어리다고 해서 달라질 건 없지요. 나중에 영화 「사이코」로 알려진 로버트 블록도 내게 편지를 보낼 때 열여섯 살이었어요. 문학적인 소통을 나누는 데 남녀노소 또 아마추어, 유명인 상관없이 모두 진심으로 대했으니까요. 그때 꾸준히 서신을 주고받았던 많은 분들이 끝까지 나를 지지하고 문학을 알려주셨지요. 발로는 작가로서 또 학자로서도 명민하고 재능이 많았던 친구예요. 두 번인가 초대를 받아 발로의 집에 갔는데 그때마다 장기간 함께 지냈고, 내가 프로비던스로 초대하기도 했어요.

역자: 말년에 병마로 고통스러운 상황에서도 끝까지 동료와 후배 작가 들에게 기탄없는 격려와 영감을 주셨다는 건 잘 알려져 있습니다. 그것이 또 작가님의 문학이 확장되고 재생산되는 밑거름이 됐습니다. 공저작 작업

을 함께 하는 과정에서 특별히 더 힘들었다거나 인상적이었다거나 하는 작가나 작품이 있는지요?

러브크래프트: 공저작 중에서 특히 여성 작가들은 대부분 작품을 발표하고 싶어 하는 아마추어 작가들이었어요. 처음엔 로맨스 소설이나 시에 관심이 많아서 내가 위어드 픽션 쪽으로 유도를 했고요. 아돌프 드카스트로는 나보다 30세나 연상이었는데, 작업하기가 퍽 고약한 상대였어요. 능력에 비해 문학적 야심은 너무 강했고, 비용을 지불할 의사는 너무 약했지요. 작품을 들라면, 글쎄요, 지나고 보니 우스운 상황이나 당시에는 진땀이 났던 일이 있어요. 후디니의 「피라미드 아래서」라는 작품 때문이었지요. 소니아 그린과 뉴욕에서 결혼을 앞둔 시점이었어요. 「피라미드 아래서」의 타이핑까지 끝낸 원고를 가지고 결혼식을 위해 뉴욕으로 가다가 그만 기차역에서 원고를 잊어버렸지 뭡니까. 다행인 건 마침 육필 원고도 챙겨 갔다는 것이고, 불행인 건 그것을 다시 타이핑하느라 신혼여행 대부분을 허비한 겁니다.

역자: 말씀하신 카스트로는 일각에서 당시 앰브로스 비어스와의 인맥을 지나치게 이용하려고 했다는 비난이 있었던 것으로 압니다. 나중엔 카스트로가 비어스의 전기물에 관해 작업 의사를 타진했으나, 작가님이 거절하신 것으로 알고 있습니다. 『외전下』에 수록한 비어스는 작가님과 직접적인 관련이 있다기보다 로버트 W. 체임버스를 통한 간접적인 관련이 있다고 보는데요. 어떤가요?

러브크래프트: 물론 비어스의 '할리 호', '카르코사', '해스터'를 크툴루 신화에 차용하게 된 계기는 체임버스를 통한 것이지요. 체임버스가 먼저 자신의 『황색의 왕』에 비어스의 요소들을 차용했고, 내가 그것을 다시 작품에 차용했으니까요. 서른 살 전후였던 것 같은데요. 비어스라는

작가를 발견하고 공포를 다룬 단편들에 깊은 인상을 받았어요.

역자: 그리고 후디니 일화도 퍽 흥미로운데요. 당시 탈출 마술가로 명성이 높았던 후디니와 작가님의 조합은 어딘지 쉽게 그려지지 않는, 흥미로운 대목입니다. 후디니의 이름으로 작품을 대필하게 된 계기는 무엇이었나요?

러브크래프트: 나도 후디니와 문학 작품을 함께 할 거라고는 생각지 못했어요. 물론 후디니가 글쓰기와 전혀 관련이 없었다고는 할 수 없지요. 칼럼도 쓰고, 단편도 두 편인가 발표했으니까요. 칼럼은 모르겠고, 단편들은 대필이라는 설이 유력했지만요. 어쨌든 당시에 《위어드 테일스》가 재정적인 어려움에 처해 있어서 소유주였던 제이콥 클라크 헤네버거가 유명인을 참여시켜 잡지 홍보를 하려고 한 거지요.

역자: 소니아 그린 여사 얘기도 나왔으니 여쭙겠습니다. 작가님의 아내로 더 많이 알려졌으나, 문학에 관심이 많았고 단편 「마틴 비치에서의 공포」도 함께 작업하셨더군요. 실질적인 결혼 생활이 2년 정도로 짧았는데, 당시 어떤 상황이었습니까?

러브크래프트: 글쎄요. 역자께서 뭔가 질문할 것이 따로 있는 느낌이네요. 결혼 생활에 대해선 전집에 이미 간략하게나마 소개되어 있고 따로 덧붙일 만한 것도 딱히 없어요. 이 역시 전집에 소개된 내용과 중복되는 얘기겠으나, 소니아 그린은 문학에 대한 열정도 남달랐고, 모자 가게를 운영하는 등 사업 수완도 좋았어요. 당시로서는 드물게 독립적이고 당찬 여성이었지요. 결혼 생활 동안 소니아는 건강이 악화되면서 사업도 중단했고, 나 또한 벌이가 시원찮으니 경제적인 문제가 쉽지 않았어요. 뉴욕 생활에 염증이 나서 고향 프로비던스로 돌아가고 싶은 향수병도 심했고요. 소니아는 사업 재기를 원하고 있어서 프로비던스로 함

께 가는 건 여건이 맞지 않았고 어찌 보면 자연스럽고 담담하게 이별을 한 거 같아요. 그것 말고 특별한 이유는 없습니다.

역자: 작가님도 소니아 그린 여사에 대해 이미 알려진 내용을 반복하시고 굳이 이유를 묻지 않았는데 특별한 것은 없다 하시니 제가 질문하려는 요지를 짐작하시는 것 같습니다. 그래서 실례를 무릅쓰고 여쭙겠습니다. 짧은 결혼 생활과 관련하여 말씀하신 경제적인 이유 외에 다른 중요한 뭔가가 있다고 생각하고 싶어 하는 사람들이 있는 것 같습니다. 한때는 작가님이 동성애자라는 설도 있었지만, 최근에는 염문설로 이동하는 느낌입니다. 그것도 『외전上』에 수록된 두 명의 작가가 그 상대로 회자되니 더 호기심이 이는 것도 사실입니다. 공저자로 작품을 발표한 헤이즐 힐드, 위니프리드 버지니아 잭슨, 질리아 비숍의 경우엔 대부분(소니아 그린 여사도 사실 별다른 작품 활동이 없었고) 이후 지속적인 활동을 하지 않아서 현재 알려진 정보가 없고, 그나마 알려진 것은 작가님과의 개인적인 관계에 국한된 겁니다. 정보가 없다 보니, 헤이즐 힐드가 실존 인물이 아니라, 위니프리드 아니면 비숍 또는 다른 유명 작가의 필명이라고 알려지기도 했습니다.

러브크래프트: 솔직히 말해서 지금 열거하신 작가들에 대해선 나도 아는 것이 많지 않습니다. 물론 서신 왕래가 있었고, 작업을 함께 했으나 그렇다고 개인사에 대해 많이 알지 못하고, 그러니 염문설 운운하는 것도

난처하군요. 헤이즐 힐드는 작가로서의 재능을 평가하기는 어렵지만, 상상력은 꽤 독특했지요. 그녀가 이혼녀이고 지속적으로 함께 일을 해서 염문설이 났나 본데, 나는 좋은 동료 이상으로 생각해 본 적이

없어요. 당시 에디 여사가 작가 모임을 주선하는 자리에 함께 참석하기도 했고, 힐드가 저녁 식사에 저를 초대한 일이 있긴 해요. 또 다른 작가 위니프리드에 대해선 당시에도 말들이 좀 있었어요. 워낙 재기 발랄하고 매사 정열적이어서 종종 오해를 불러일으키고 알쏭달쏭한 여자였어요. 감정적인 문제가 아예 없었다고 할 순 없으나 그 역시 서신 왕래를 끊으면서 자연스레 중단됐고요. 염문설이라고 하는 것들도 소니아 그린과의 결혼 전과 이혼 후에 있었던 일이고요. 혹시 역자분이 내 이름까지 번역했나 보군요. 나는 이름과는 달리 연애에 능하지 못하고 젬병이니까요. 로맨티시스트에다 여성과 잘 지내기론 클라크 애슈턴 스미스가 일가견이 있지요. 역자 스스로 경계한 과도함을 상기할 시점으로 보입니다만.

역자: 알겠습니다. 『외전下』로 넘어가겠습니다. 헨리 S. 화이트헤드, 로버트 W. 체임버스, 앰브로스 비어스, 윌리엄 호프 호지슨, 로버트 E. 하워드, 아서 매컨, 클라크 애슈턴 스미스, 헨리 커트너, 어빈 코브, 로드 던세이니, 앨저넌 블랙우드가 『외전下』에 수록된 작가들입니다. 던세이니 경과 함께 작가님께 가장 큰 영향을 준 에드거 앨런 포는 국내에도 많이 알려져 있고, 국내엔 생소하나 작가님과 밀접한 관련이 있는 작가들을 소개하기 위해 『외전下』에는 제외했습니다. 또 덧붙여 설명할 부분은 『외전上』과 『외전下』에 중복되는 두 명의 작가가 있습니다. 질리아 비숍과 작업하면서 작가님이 대필한 작품 「고분」을 따로 『외전下』에 수록한 이유는 대필 작품 중에서도 걸작에 속하고, 작가님의 이상향이나 작풍까지 강한 작품이라 작가들 간의 관계를 살피는 취지에 적합하다고 판단한 결과입니다. 또 한 명인 헨리 S. 화이트헤드의 「보손」은 작가님의 작품이라는 설과 덜레스의 작품이라는 설 등 논란이 있

는 작품인데, 어떤 경우든 역시 상호 관계를 살피기에 좋다고 판단하여 수록했습니다.

러브크래프트: 새삼 그립고 설레는 이름들이군요. 또한 내가 『문학에서의 초자연적인 공포』(국내 출간명은 『공포문학의 매혹』— 역자주)에서 다루었던 작가들이고요.

역자: 우선 눈에 띄는 작가로는 작가님과 더불어 펄프 잡지 《위어드 테일스》의 전성기를 이끈 3인방으로 알려진 로버트 E. 하워드와 클라크 애슈턴 스미스입니다. 세 분은 긴밀한 문학적인 교류에도 불구하고 정작 서로 만난 적은 없다고 들었습니다.

러브크래프트: 문학을 제외하고 서로 다른 것이 많았지요. 사는 지역도 서로 멀었고, 작품에 투영된 개인적인 취향도 그렇고요.

역자: 외모도 많이 달랐습니다. 하워드가 복싱으로 단련된 다부진 체격이었다면, 작가님은 위아래(키뿐만 아니라 얼굴까지) 길쭉길쭉했고, 스미스는 보통 키에 호리호리하고 날렵한 체격이었지요. 그러나 지역과 생활양식, 취향, 외모 등 여러 차이에도 불구하고, 세 분은 문학적으로 서로 깊은 영향을 주고받았던 것으로 알고 있습니다. 먼저 고인이 된 분 때문에 창작의 동인을 잃은 것은 물론이고 일상에서도 상실감에 힘들어하셨지요.

러브크래프트: 왕성한 활동을 하던 하워드가 서른 살의 젊은 나이에 요절할 거라곤 상상치 못했어요. 그 충격이 무척 컸지요. 장문의 추모 글로도 다 상쇄할 수 없는 상실감이 컸습니다. 그런 면에서 문학, 그림, 조각에 이르기까지 다재다능했던 클라카쉬-톤(Klarkash-Ton, 러브크래프트가 스미스에게 붙인 별명으로 작품에서도 종종 언급됨. — 역자주)이 어쩌면 가장 힘들었을 겁니다. 하워드에 이어 나까지 먼저 보내고,

부모님까지 떠나보내는 슬픔을 연이어 감당해야 했을 테니까요. 게다가 클라카쉬-톤은 우리 두 사람의 그늘에 가려 그 놀라운 독창성을 제대로 평가받지 못했으니 미안함이 큽니다.

역자: 말씀대로 클라카쉬-톤은 두 분을 떠나보내고 남은 생애 동안 거의 창작을 하지 못했습니다. 하워드의 검과 마법, 작가님의 크툴루 신화 양쪽의 아류작이라고 저평가되던 스미스의 작품들도 다행히 최근 들어 재평가가 이루어지는 중이고, 국내에서도 이번에 걸작선이 출간될 예정입니다. 스미스에 비해선 덜한 편이나, 헨리 커트너도 하워드 투톱(하워드 필립스 러브크래프트와 로버트 E. 하워드의 이름에 들어간 하워드를 따서 판타지와 호러의 전설적 쌍벽을 일컫는 말. ― 역자주)의 그늘을 벗어나느라 어려움을 겪었습니다. 다행히 캐서린 무어와 결혼한 이후 부부 공동 창작으로 전기를 마련했고, 근래에는 영화화로 다시 주목을 받았습니다.

러브크래프트: 클라카쉬-톤과 커트너 둘 다 재능이 너무 많아 오히려 걸림돌이 됐나 봅니다. 커트너의 첫 단편 「공동묘지의 쥐」는 주변에서 내가 쓴 것으로 오해를 받았으나, 커트너 본인의 작품이 맞습니다. 하긴 나 자신도 놀랐을 정도로 내 색채가 강하긴 했지요. 커트너는 연이어 크툴루 신화에 속하는 작품들을 썼고, 검과 마법 판타지 장르에서도 연작으로 작품을 발표하면서 재능을 인정받았지요. 그러나 나중에 나와 하워드의 영향에서 벗어나 SF로 선회했을 땐 그때까지의 성과가 오히려 독이 됐지요. 절친한 문우였던 클라카쉬-톤은 정말이지 시적이고 독창적인 문체와 상상력에선 타의 추종을 불허하는 천재였어요. 문학 전반에서 그러했듯, 크툴루 신화 계열의 작품들 역시 '클라카쉬-톤화' 하는 능력을 유감없이 보여주었지요. 그런 클라카쉬-톤마저도 꽤 오랫

동안 역시나 나와 하워드의 아류라는 오해를 받았으니 안타까웠어요. 아무튼 내가 포와 던세이니의 영향에서 벗어나기까지 얼마나 힘겨웠는지 떠올리면 클라카쉬-톤의 독창성은 참 대단합니다.

역자: 저 또한 스미스의 독창성을 인정하나, 작가님 자신에 대해선 너무 겸손하신 것 같습니다. 특히나 포에 대해선 죽음이 아니면 아름다움을 볼 수 없을 정도로 작품뿐만 아니라 삶에 깊게 투영된 그늘이라고 토로하셨고, 작품 중에서 던세이니의 것이 아닌 것이 과연 있을까 하고 역시 괴로워하신 적이 있는 걸로 압니다. 그러나 창작의 동력이 저하된 침체기에 토로한 극단적인 절망과 고뇌의 표출이었다고 봅니다. 던세이니는 실제로 작가님의 작품에 주목했고, 자신과 소재나 작풍이 흡사하나 완전히 독창적이라는 평가를 했으니까요. 그리고 보니 작가님은 자신의 작품에는 늘 인색하고 혹독한 평가를 하셨습니다. 다른 작가들에겐 지나치다 싶을 정도로 좋은 평가를 하셨는데요. 그런데 호평했던 체임버스의 경우엔 좀 달랐던 것 같습니다.

러브크래프트: 체임버스의 『황색의 왕』을 비롯해 초기 공포 소설들은 참 매력적이지요. 다만 체임버스가 잘 팔리는 로맨스 쪽으로 방향을 바꾼 것에 대한 서운함과, 좋은 재능을 제대로 활용하지 못했다는 아쉬움이 컸어요. 어찌 보면, 체임버스는 아이러니하게도 내가 싫어하는 방식으로 내가 원하는 삶을 살았군요. 글을 쓰는 것으로 안정된 생활을 하고 싶다는 건, 작가로서 당연하고도 절실한 소망일 겁니다. 영국과 미국의 차이도 있을 겁니다. 유령 소설뿐만 아니라 섬뜩한 주제와 이미지의 마카브르(macabre)를 포함하고 여기에 호러와 판타지, SF가 혼합된(물론 당시에는 장르 개념이 확립되지 않은 상황이었으나) 위어드 픽션(Weird Fiction)의 특성상 독자층과 발표 지면이 얼마나 확보되는가

의 문제가 있었으니까요. 영국에서는 상대적으로 장르 소설에 제한이나 차별이 없어서, 이를테면 위어드 픽션을 쓴다고 해서 대우나 출간에 제한이 있지는 않았어요. 반면 미국은 상황이 달랐어요.《위어드 테일스》의 선정적이고 야한 표지만 봐도 질겁하는 독자들이 많았고, 순문학과의 경계가 뚜렷한 편이어서 장르 소설의 공급원은 펄프 잡지로 제한된 면이 있었으니까요. 물론 로버트 E. 하워드처럼 펄프 잡지에 글을 써서 경제적으로 성공한 작가가 있긴 했지요. 하지만 드문 경우였어요. 체임버스 또한 계속 호러를 고집했다면 성공을 장담하진 못했을 테지요.

역자: 위어드 픽션 얘기가 나왔으니, 그 핵심이라 할 수 있는 일명 '코스미시즘(Cosmicism)'에 대해서 짚고 넘어가겠습니다. 코스미시즘을 위어드 픽션의 그릇에 우주적 공포를 담아낸 작가님의 문학론이라고 본다면, 윌리엄 호프 호지슨과의 관련성이 깊은데요. 또한 코스미시즘과 긴밀한 관계를 맺고 있는 오컬티즘 측면에서 작가님이 매컨이나 블랙우드처럼 오컬트 단체와 직접적인 관련을 맺었다는 시각도 있는데 어떤가요?

러브크래프트: 코스미시즘 하니까 거창하군요. 편의상 우주적 공포라고 하겠어요. 우주적 공포의 핵심은 광대하고 냉혹한 우주와 그에 비해 너무도 하찮은 존재로서의 인간을 보여주는 것이지요. 필연적으로 무신론과 닿아 있고, 오컬트 요소도 포함하지요. 내가 호지슨의『경계의 집』과『나이트 랜드』에서 우주적 공포를 발견하고 얼마나 흥분했을지 짐작할 겁니다. 호지슨도 블랙우드의 '존 사일런스'를 모방하여 '유령 사냥꾼 카낙키'를 등장시킨 일련의 심령 탐정물을 선보였지요. 블랙우드와 매컨이 '황금 여명회' 등의 오컬트 단체와 관련을 맺었으나, 호지슨은 아닌 걸로 알고 있어요. 나 또한 오컬트에 관심이 많았으나, 특정 단

체나 의식에 관여한 적은 없습니다. 나는 애초부터 무신론자고 유물론자니까요. 아이러니하게도 (아니면 당연하게도) 내가 위어드 픽션으로 가장 뛰어난 걸작 1위와 2위에 꼽은 작품이 바로 블랙우드의 「버드나무」와 매컨의 「요정」이군요. 아무튼, 나는 정통 과학뿐만 아니라 마법과 신비학 등에도 관심이 많았고, 그것은 작품 전반에 표현되고 있어요.

역자: 이미 알고 계시겠지만, 작가님은 현재 20세기 모던 호러와 판타지의 원류이자 이 장르에서 가장 영향력 있는 작가로 평가받고 있습니다. 에드거 앨런 포와 비견될 정도로 학계와 평단을 바쁘게 만드는 작가이기도 하며, 책이 나올 때마다 유명 작가들이 기꺼이 헌사를 바치고 있지요. 무엇보다 크툴루, 『네크로노미콘』 등 작가님의 상상력을 바탕으로 지금 이 순간에도 유무명의 작가들이 끝없이 또 다른 실험과 재생산을 하고 있다는 사실이 조금이라도 위안이 됐으면 합니다. 작가님이 남긴 유산은 비단 공포와 환상 문학에서 차지하는 작가적 위상뿐만 아니라, 고단하고 힘겨운 삶을 살면서도 소외당한 대중 문학을 일정한 수준으로 끌어올린 정신적인 부분이 더 클지 모릅니다. 작가님이 평생을 천착한 '값싼 저질 문학' 속에서 오히려 문학의 진정성과 작가 정신이 도도히 흐르고 있다는 사실 때문에 당대의 수많은 작가들이 작가님에게 열광하고 있습니다. 마지막으로 독자들에게 하실 말씀은 없는지요?

러브크래프트: 감회가 새롭군요. 이제 고인이 된 옛 동료들을 생각하면 더욱 그래요. 모두들 나름대로 뛰어난 문학적 성과를 거두고, 이제는 예전처럼 나와 함께할 수 있으니 그 역시 죽음이 준 선물이군요. 내 이름을 기억해 주는 요즘 최고의 베스트셀러 작가라는 스티븐 킹과 닐 게이먼을 비롯해 내 작품에 창조적인 변주를 가미해 준 유무명의 후배 작가들에게 고마움을 표합니다. 그러나 누구보다 고마운 분들은 바로 독

자들입니다. 변덕이 심했던 평단이나 일부 작가들과는 달리 늘 한결같이 나를 신뢰해 주고 아껴준 분들은 독자 여러분이었지요. 내 무덤에 묘비를 세워준 이도 독자 여러분이었으니 늘 감사한 마음입니다.

역자: 인터뷰에 응해 주셔서 감사합니다. 작가님의 방대한 문학 세계를 조명하기엔 턱없이 부족한 시간이었습니다. 기회가 된다면 다시 모셔도 될는지요?

러브크래프트: 허허, 정말 궁금해서 묻는 건 아니겠지요? 역자분은 혼자서도 심심하지 않겠어요.

역자: (식은땀을 흘리며) 오해하지 마십시오. 저는 원래 땀을 많이 흘립니다. 뮤노즈 박사(단편 「냉기」에 등장하는 인물로 온도가 조금만 높아도 땀을 흘림. ─ 역자주) 스타일인가 봅니다.

옮긴이 | 정진영

홍익대 영문학과를 졸업했다. 현대 호러의 모태가 되는 고딕(Gothic) 소설과 장르 문학에 특히 관심이 많다. 국내에 잘 알려지지 않은 걸작들을 소개하려고 노력하고 있다. 주요 역서로는 『세계 호러 걸작선』 시리즈, 스티븐 킹의 『그것』, 『아울크리크 다리에서 생긴 일』 외에 필명(정탄)으로 『피의 책』, 『셰익스피어는 없다』, 『해변에서』 등이 있다.

러브 크래프트 전집 5 외전 (상)

1판 1쇄 펴냄 2015년 1월 30일
1판 11쇄 펴냄 2024년 7월 8일

지은이 | H. P. 러브크래프트 외
옮긴이 | 정진영
발행인 | 박근섭
편집인 | 김준혁
펴낸곳 | 황금가지

출판등록 | 2009. 10. 8 (제2009-000273호)
주소 | 06027 서울 강남구 도산대로 1길 62 강남출판문화센터 5층
전화 | 영업부 515-2000 **편집부** 3446-8774 **팩시밀리** 515-2007
홈페이지 | www.goldenbough.co.kr

도서 파본 등의 이유로 반송이 필요할 경우에는 구매처에서 교환하시고
출판사 교환이 필요할 경우에는 아래 주소로 반송 사유를 적어 도서와 함께 보내주세요.
06027 서울 강남구 도산대로 1길 62 강남출판문화센터 6층 민음인 마케팅부

㈜민음인은 민음사 출판 그룹의 자회사입니다.
황금가지는 ㈜민음인의 픽션 전문 출간 브랜드입니다.